KB061377

서녀명란전

처녀명란전 6

관심즉란 장편소설

위즈덤하우스

知否? 知否? 应是绿肥红瘦

아는가, 아는가,

푸른 잎은 짙어지고

붉은 꽃은 진다는 걸

목차

제5장

하지만 그는 해당화가 여전하다고 말하네 (1)

제5장

하지만 그는 해당화가 여전하다고 말하네 (1)

제157화

세상일, 집안일, 나랏일

고정엽을 배웅한 후, 명란은 별로 내키지 않지만 몇몇 관사와 어멈의 보고를 들었다.

"후부와 징원 사이의 벽은 전부 철거했습니다. 이제 목재와 벽돌, 기와가 오기만 기다리면 됩니다……."

"다달이 주는 돈은 다 나눠주었는데 장부와 맞지 않는 부분을 몇 군데 발견했습니다……."

"옷감을 샀으니 한번 확인하시지요. 내일부터 바느질을 시작해 겨울옷을 만들 예정입니다……."

"공사장 취사장이 와서 비용을 보고했습니다……."

여기에 관례대로 대패[1]를 가지러 오는 이도 있었다. 명란은 뒤죽박죽 산더미같이 쌓인 일들을 인내심을 가지고 하나하나 처리했다.

주위를 둘러보니 단귤이 창가에 반듯하게 앉아서 장부를 대조하고 있

---

1) 한 쌍으로 이루어진 목패로, 하인이 필요한 물건 등을 요청할 때 주인이 확인, 허락했다는 증표로 사용.

었다. 몇 년 사이에 그녀의 주판 실력은 장부 몇 장쯤이야 눈 깜빡할 사이에 맞춰볼 정도로 발전해 있었다.

발이 넓은 료용댁은 이미 단귤의 신랑감 물색을 끝냈다. 집안 형편이 여유로운 자산가 집안과 전답 꽤나 가진 소작인 집안, 자기 아들과 맺어주고 싶다는 부 안의 관사 집안들로 후보가 좁혀졌다. 하나같이 시집가면 시중 들어 줄 이가 있는 집안이었다. 설이 되면 경성 외부에 있는 점포 주인들도 경성에 모여들 테니 젊고 능력 있는 젊은이나 전도유망한 아들을 둔 자들도 볼 수 있으리라.

명란은 단귤의 혼사 때문에 머리가 아팠다. 단귤에게 의견을 묻고 싶었지만 단귤은 그때마다 얼굴을 붉히면서 도망쳤다. 붙잡아서 조심스럽게 물어보면 그 자리에서 화를 내며 토라지곤 했다.

"마님께서 잘못하셨네요. 처녀한테 신랑감이나 혼사에 대해 대놓고 묻는 경우가 어딨습니까?"

최씨 어멈이 웃으며 말했다.

명란은 희고 고운 얼굴을 찡그렸다.

"물으면 어떤가. 안 그럼 그 아이가 어떤 사람을 좋아하는지 내가 어찌 알겠어. 점잖은 사람을 좋아하는지, 쾌활한 사람을 좋아하는지, 듬직하고 성실한 사람을 좋아하는지, 그도 아니면 말재주가 좋고 다정다감한 사람을 좋아하는지 말이야. 자기 인생이 달린 일인데 뭐가 그리 부끄러운지."

결혼한 후에 성격이라도 안 맞으면 어떡한단 말인가? 하아…… 자신이 생각이 너무 많은 걸까?

"예전에 노대부인께서도 지금의 마님처럼 아랫사람들 생각을 많이 하셨지요. 마님께서도 그것을 똑같이 배우신 듯하네요. 이 부 안의 아랫것들은 모두 복 받았습니다."

최씨 어멈이 따뜻한 눈길로 명란은 바라봤다. 경험이 없는 탓에 행여 단귤의 혼사를 망치지 않을까 걱정됐던 명란은 최씨 어멈에게 도움을 요청했다. 최씨 어멈이 조카딸의 배필을 찾을 때 보여준 모습이 믿음직스러웠기 때문이다.

"마님, 안심하십시오. 단귤과 소도는 어릴 적부터 봐온 아이들입니다. 더구나 마님께서 이리 부탁하시는데 제가 어찌 소홀히 하겠습니까."

최씨 어멈이 말했다.

최씨 어멈이 물러간 후 명란은 시집을 쥐듯 장부책을 쥐고 상비죽 평상에 비스듬히 기대어 앉았다. 하지만 생각은 다른 곳에 가 있었다. 아무래도 진상의 혼사가 제일 수월한 축에 속했다. 얼마 전 진상의 가족이 먼 고향에서 찾아왔다. 관사를 통해 명란에게 부탁하기를, 진상의 혼기가 꽉 찼으니 시집갈 수 있도록 은혜를 베풀어 달라 했다. 정당한 대금을 치르고 딸을 데려가고 싶다는 뜻이었다. 명란은 두 말 않고 진상의 가족을 만나 보기로 했다.

수수하고 단정한 차림새의 진상의 부모와 오라버니는 한눈에 봐도 인정 많은 사람들이었다. 그들은 벌벌 떨며 방 안으로 들어오더니 명란을 보자마자 무릎 꿇고 절하며 목 놓아 울어 명란을 깜짝 놀라게 했다.

명란은 사윗감이 어떤 사람이냐고 물었다. 들어보니 인품과 가정환경 모두 무난한 사람인 것 같아 마음이 놓였다.

"……이런 귀인을 만나다니 하늘이 도우셨습니다. 우리 아이가 잘 먹고 잘 입는 것도 모자라 글을 알고 서책까지 읽게 되다니요."

태양에 검붉게 그을린 피부에 주름이 가득한 진상의 어머니는 매사에 감사해하는 소박하고 선량한 사람이었다.

"마님과 성 노대부인께서 베풀어주신 크나큰 은혜는 저희 식구가 평생 기억하며 다음 생에도 갚을 것입니다."

당초에 어쩔 수 없이 딸을 팔았지만, 딸의 행방을 알 수 없게 되자 무슨 일이 생긴 건 아닌지 걱정하며 가족들 모두가 고통 속에서 힘든 나날을 보냈다고 한다. 성실한 농사꾼인 진상의 아버지는 말재주가 없어 그저 하염없이 눈물을 흘리며 연신 절만 했다. 이래저래 달래서 겨우 일으켰더니 몸을 옹송그리고는 방 한쪽에 가서 섰다.

명란이 은자를 거절하자 세 사람은 또다시 일제히 무릎을 꿇고 감사의 뜻을 담아 오체투지 자세를 취했다. 그들은 눈물과 함께 감사 인사를 쏟아내며 마늘을 빻듯 연신 절을 했다. 이제까지 살아오면서 이렇게 절을 많이 받아본 적이 없던 명란은 머리에 쥐가 나는 기분이었다. 그녀는 일상적인 대화 몇 마디를 한 후 그들이 진상과 대화할 수 있도록 서둘러 자리를 마련해주었다. 명란의 허락을 받은 진상의 가족은 연신 감사하다 말하며 먼저 고향으로 돌아갔다. 이제 안심하고 진상의 신혼방과 혼사를 준비할 수 있게 되었으니 내년에 그들이 진상을 데리러 오면 진상의 혼사는 끝나는 셈이다.

"신랑감은 어떤 사람이려나? 인품은 어떨까?"

명란은 베개 위에 머리를 올리고 혼자 중얼거렸다.

햇볕에 말린 향 베개 두 개를 들고 들어오던 녹지가 그 말을 듣고는 웃으며 말했다.

"너무 걱정하지 마세요. 마님께서 녕원후부에 시집오시기 전에 가족 만나고 오라고 진상이를 고향에 보내셨잖아요. 그때 부모님과 함께 이미 신랑을 만났는걸요."

명란이 살짝 놀랐다.

"벌써 신랑을 봤다고?"

"그렇다니까요!"

녹지는 따뜻하고 푹신한 베개를 가져다 명란의 허리 아래에 넣으며 말했다.

"마을의 대부호랍니다. 온 식구가 인정도 많고, 농지도 많고, 소작인들도 많대요. 게다가 신랑은 잘생기기까지 했다죠."

"못된 계집애. 너희한테만 얘기하고, 내 앞에서는 조개처럼 입을 다물고 있었구나!"

명란은 살짝 마음이 놓였지만 이내 작은 소리로 중얼거렸다.

"……진상이 시댁에서 계집종 노릇한 걸 언짢아하면 어쩌나 싶구나."

어린 나이에 팔린 탓에 경성에서 십 년 가까이 살아온 진상이었다. 부모, 형제지만 아직 어색하고 혼인에 대해서도 잘 모르는 진상에게 무슨 일이라도 생기면 멀리 있는 명란은 도울 수도 없는 터였다.

녹지가 약간 놀란 듯 웃었다.

"마님, 무슨 말씀이세요. 진상이가 경성 명문가 아가씨의 측근 계집종인 걸 알고 시작된 혼담인걸요. 더구나 지금은 후부의 계집종인 데다가 행동거지 바르죠, 가식 없죠, 성실하고 성품까지 온화하니 그쪽에서도 좋아 죽는답니다. 어찌 싫겠어요? 그 사람들이 외원의 그 궁상맞은 서생들과 같겠습니까?"

명란은 눈을 부릅뜨고 녹지를 쳐다보았다. 녹지가 누구를 말하는지는 뻔했다. 녹지는 시원시원한 성격에 유능하고 성실한 아이였지만, 관대함이 부족하고 말에 거침이 없었다. 약미 또한 쉽게 물러서는 성격이 아닌지라 두 사람은 매일같이 신경전을 벌였다. 주인이 화내며 야단칠까 봐 대놓고 싸우지는 못하고 암암리에 힘겨루기를 하는데, 그러면서도 서로 안 싸운다고 완강히 부인하는 모습을 보면 아이들 싸움 같아 화가 나는 한편 웃음이 나오기도 했다.

명란은 이상하게 요즘 머리 회전이 둔해진 것 같았다. 게다가 침상에서 일어난 지 얼마 되지 않은 이른 시간에도 금세 다시 졸리곤 했다. 그녀는 고개를 푹 숙인 채 평상 위에서 졸기 시작했다. 고개를 숙인 채 자리를 정리하며 계속 재잘대던 녹지는 아무 소리도 들리지 않자 고개를 들었다. 명란이 자는 모습을 본 그녀는 슬쩍 웃더니 명란에게 얇은 이불을 덮어주고 조심스럽게 나갔다.

명란은 사시巳時까지 깊은 잠을 잤다. 온몸이 노곤해지는 잠이었다. 살짝 정신이 들었을 때 마침 단귤이 문발을 젖히며 들어오더니 웃으며 말했다.

"손님께서 오셨어요. 얼른 일어나세요."

• • •

"황궁에서는 오는 길입니다. 법도를 지키느라 숨도 제대로 못 쉬다가 후부 댁에서 차라도 마시러 왔어요."

두 뺨이 발그스레한 심청평이 낭랑한 목소리로 웃었다. 은방울같이 맑고 깨끗한 목소리였다.

물가에 지은 정자 안 탁자 위에는 차와 다과가 가득했다. 높디높은 가을 하늘 아래 빛이 출렁이는 수면 위로 시원한 바람이 불었다. 주위에는 서산에서 가져온 단풍나무가 몇 그루 심겨 있었는데, 솔솔 부는 바람에 붉은 낙엽이 사라락 떨어져 황금빛으로 물든 풀밭을 장식하고 푸른 물결이 춤추는 수면 위를 떠다녔다. 마음이 편해지는 광경이었다.

"법도를 지키느라 숨도 제대로 못 쉬었다고?"

한쪽에 앉아 귤을 까던 경 부인이 눈을 동그랗게 뜨며 말했다.

"어릴 적부터 자네가 뒷산을 누비고 늪지를 굴러다녀도 황후마마께서는 차마 손가락 하나도 못 때리셨어. 그런데 그런 말이 나오나?"

심청평이 재밌다는 듯 웃더니 예쁜 눈을 찡끗거리며 말했다.

"오늘은 태후마마도 계셨잖습니까. 황후마마 혼자 계셨더라면 부인이 답답해 죽겠다는 얼굴을 하셨겠어요? 인자하고 관대한 저희 언니가 언제 부인들을 불편하게 한 적 있나요?"

그녀는 명란을 돌아보며 웃었다.

"한 시진 이상 서 있었거든요. 다들 피곤하고 지쳐 보이길래 부인 댁에 와서 좀 쉬자고 했지요. 설마 언짢으신 건 아니지요?"

심청평의 말에 명란이 쓴웃음을 지으며 말했다.

"이 누추한 집을 좋게 봐주시니 참으로 영광입니다. 사양 마시고 언제든 오세요."

심청평은 아무 대답 없이 그저 마음에 든다는 듯이 생글생글 웃었다.

정자 안에 사람 그림자가 움직였다. 계집종 일고여덟이 뜨거운 물을 가져와 수건을 적셨다.

단 부인은 어린 계집종에게 수건을 받아 경 부인에게 건넸다. 그녀가 자애로운 미소를 띠며 공손히 말했다.

"어서 목을 닦으세요. 땀을 많이 흘려서 분이 지워졌습니다. 누가 보면 웃을 거예요. 아예 얼굴을 씻으셔도 좋고요."

"고맙습니다. 부인도 씻으세요."

경 부인은 냉큼 수건을 받아 목의 땀을 훔쳤다. 그녀는 계집종을 시켜 가슴 앞에 수건을 받치도록 했다. 옆에 있던 또 다른 계집종이 거울과 물이 든 대야를 들고 와서 조심스럽게 그녀의 화장을 씻어주려고 했다.

경 부인은 잠시 생각하더니 활기찬 목소리로 말했다.

"그것도 괜찮겠지."

그녀는 계집종이 씻을 수 있도록 허리를 굽혀 고개를 숙여주었다.

옆에 있던 종 부인은 계집종들을 찬찬히 관찰했다. 시중을 잘 들 뿐만 아니라 공손하고 동작도 매끄러웠다. 동작과 동작 사이에는 옷자락 스치는 소리만 나고 다른 소리는 들리지 않았다. 종 부인은 젖은 수건으로 자신의 이마를 누르며 명란 쪽으로 고개를 돌렸다.

"지난번에 왔을 때 말하고 싶었는데 자네가 부리는 계집종이 내 측근 몸종들보다 낫네."

종 부인의 시선이 눈을 아래로 내리깐 계집종을 스쳤다. 계집종의 가늘고 긴 얼굴에는 미소가 드리워져 있었다.

"외모도 좋고, 행동거지도 바르고, 예절은 더 훌륭해."

평가하는 듯한 말에 명란은 살짝 기분이 상했지만 일부러 기분 좋은 척 웃음을 지었다.

"부인은 말씀도 참 듣기 좋게 하시는군요. 마음을 편하게 해주는 재주가 있으세요. 산에서 갓 따온 신선한 죽순이 몇 바구니 있는데 맛보시라고 갈 때 챙겨드리겠습니다."

종 부인이 웃음을 터뜨렸다. 그녀가 대답하기도 전에 심청평이 끼어들었다.

"부인은 칭찬에 약하시군요. 좋은 소리 한 번 들었다고 싱글벙글하시다니. 말재주가 없는 사람에게는 아무것도 안 돌아오는 겁니까?"

"있습니다, 있고말고요. 어휴, 한 분께 드리는 걸 들켰으니 다 드려야죠. 이러면 되겠습니까?"

명란이 급히 손을 저으며 용서를 구했다. 재물이라도 뜯긴 듯한 명란의 모양새에 심청평과 종 부인이 일제히 웃기 시작했다.

얼굴을 다 씻은 경 부인은 고개를 돌리고는 계집종을 시켜 비녀와 귀걸이, 팔찌, 목걸이를 달게 했다. 입이 자유로워지자 그녀가 서둘러 대화에 끼어들었다.

"얼마 전 노비 상인 몇한테 이런 훌륭한 계집종들을 원한다고 했다가 되레 웃음거리가 됐지 뭔가! 노비 상인들이 그러는데 전통 있는 대가문의 일등 시녀들은 모두 어린 시절부터 훈육을 시킨 거라고 하더군. 인품과 덕성, 행동을 계속 관찰하다가 몇 년 후에 괜찮은 아이를 골라서 도련님과 아가씨에게 붙여준다나. 하아…… 나도 매섭고 법도를 잘 아는 어멈을 찾아서 차근차근 교육시킬 수밖에."

그녀의 말에 전원이 일제히 웃음을 터뜨렸다. 특히 심청평은 웃음보가 제대로 터져 의자를 움켜잡았는데도 어깨의 떨림이 멈추지 않았다. 단 부인이 웃음을 꾹 참고 경 부인을 놀렸다.

"그런 사람을 굳이 찾을 필요 있습니까? 부인이야말로 제일 매서운 어멈 아니십니까!"

단성잠 부부는 촉 중부 지역의 명문가 출신으로 방계이긴 했지만 최소한의 교양과 규칙은 알았다. 단 부인이 이번에 남편을 따라 상경했을 때 순조롭게 집안을 꾸릴 수 있었던 건 시댁 식구들과 친정 어른들이 쓸 만한 하인을 보내준 덕이었다.

한참을 웃고 난 후 경 부인이 다시 눈살을 찌푸리며 한숨을 내쉬었다.

"이번에 경성으로 오면서 다른 건 다 괜찮았는데 일이 잘 돌아가지 않아서 곳곳에서 일손들을 사들였지요. 그런데 나이 많고 똑똑한 자는 꾀가 많고, 성실한 자는 너무 우둔하고, 어린 애들은 당최 부릴 수가 없더군요. 경성에는 경성만의 법도가 있지 않습니까. 그런데 지난번 연회 때 여기저기서 실수를 해대는 바람에 하마터면 비웃음을 잔뜩 살 뻔했다니까요."

"동생, 눈이 너무 높은 거 아닌가. 한 달 만에 계집종들을 대여섯 번이나 사고팔지 않았나. 뭐 그리 어려운 일이라고. 아주 뛰어나지 않더라도 그럭저럭 아쉬운 대로 쓰면 되는 것을."

종 부인이 호수를 바라보며 나직하게 말했다.

경 부인이 입을 삐죽대며 투덜거렸다.

"그 꿍꿍이 많은 사고뭉치 여우들이 집안 남자들을 망치는데 가만있으라는 말씀입니까?"

"남자들이 첩을 여럿 두는 건 당연한 일이잖나. 이제 곧 며느리를 들일 나이면서 아직도 그걸 못 받아들이나?"

종 부인은 웃으면서 진담 반 농담 반으로 말했다.

종 장군과 경 장군은 평소 친형제처럼 의리가 돈독했다. 각자 가정을 이룬 후, 종 장군은 절친한 형제가 마누라에게 괴롭힘당하며 사는 꼴이 안타까웠고, 이에 종 부인마저 경 부인을 만나면 면전에서 타박을 주곤 했다.

"됐습니다, 됐어요. 또 시작이시네요!"

경 부인이 또 화내려고 하자 단 부인이 서둘러 싸움을 말렸다.

"부인이 요리를 내왔다고 사내가 아무거나 다 먹으면 되겠습니까. 어쨌든 집안마다 자기 방식이 있는 법이니 이제 그만하세요!"

아이가 없는 젊은 부인들은 쉽사리 끼어들기 힘든, 연륜 차이가 느껴지는 화제였다. 명란과 심청평은 서로 약속이나 한 듯 찻잔으로 얼굴을 가린 채 조용히 차를 마셨다. 명란은 줄곧 찌그러져 있다가 오늘은 자신이 주인이라는 사실을 깨달았다. 멍청한 척 가만히 있긴 틀렸다는 생각에 명란은 목소리를 가다듬고 화제 전환을 시도했다.

"이번에 감사 인사차 한 입궁은 왜 이리 오래 걸리셨습니까?"

지난번 그녀는 반 시진도 안 되어 끝났었다. 물론 중간 쉬는 시간과 광고 시간도 포함해서 말이다.

감사 인사를 올리는 데도 규칙이 있는 법, 일 년 중 큰 명절을 제외하고는 평일에 여러 사람이 한꺼번에 입궁할 수 없었다. 엄숙한 궁정 분위기를 해칠 수 있기 때문이다. 명란은 새로 봉호를 받은 일품 부인인 데다가 추가 하례품을 받았던 터라 첫 타자로 입궁했던 것인데 운 좋게 황은도 듬뿍 받고, 궁중 드라마의 엑스트라도 해볼 수 있었다.

원래는 다음 날에도 입궁해야 했지만, 뜻밖의, 흠흠, 작은 사건이 있어서, 흠, 가지 못했다.

"달리 무슨 이유가 있겠나? 요 며칠간 이녕궁 그분의 심기가 불편했으니 그러지."

성격이 시원시원하고 솔직한 경 부인이 말했다.

"윗전 마마들이 서로 으르렁거리는데 우리가 선뜻 움직일 수 있는가? 한참을 가만히 서 있었네."

종 부인이 찻잎을 불며 점잖게 말했다.

"동생, 말을 삼가게."

"삼가긴 뭘 삼갑니까. 출궁할 때 보니 형님 얼굴은 마차에 묶인 말보다 더 거무죽죽해 보이더이다."

경 부인이 코웃음을 쳤다.

종 부인은 얼굴이 새빨개졌고, 단 부인은 연신 기침을 해 댔다.

한숨이 나올 것만 같던 명란은 고개를 돌려 심청평에게 물었다.

"도대체 어떻게 된 일이에요? 전 며칠 동안 집에만 있어서 아무것도 모르는데…… 말씀해주실 수 있나요?"

마지막 말은 일부러 아주 작게 말했다.

요즘 기분이 좋은 심청평이 호탕하게 대답했다.

"어려울 게 뭐 있나요. 오늘 아침 일찍 황상께서 궁녀 이천 명을 내보내라고 성지를 내리셨답니다."

"잘됐군요! 나라와 백성에 좋은 일이지요."

명란은 신이 나서 웃었다. 비빈의 궁녀 절반을 줄인다면 지출도 많이 줄 터였다.

단 부인이 고개를 살짝 끄덕이며 온화하게 말했다.

"좋긴 좋은 일이지. 하급 궁녀들은 의미 없이 나이만 먹고 평생 의지할 데 없이 사니까. 기댈 가족이 있는 사람은 그나마 낫겠지만, 대다수는 노후에 가련한 신세가 되지 않은가. 황상께서 영명하시고 태후마마와 황후마마께서 인자하고 관대하신 덕에 하늘이 보우하고 사람이 화합하니 실로 이 나라 조정의 복이지."

"한데 이번에는 하급 궁녀만 방출하는 게 아니잖습니까."

경 부인은 흥분으로 눈을 반짝거리며 낮게 말했다.

명란이 하얗고 깜찍한 앞니를 드러내며 웃었다.

"당연하지요. 이천 명을 어찌 하급 궁녀로만 채울 수 있겠어요. 그렇게 되면 궁 안에서 허드렛일하는 사람이 하나도 안 남는걸요."

합리적인 감원 방식은 등급별로 궁녀를 조금씩 줄이는 것이다.

명란이 해맑게 웃는 모습을 본 종 부인의 얼굴에 저도 모르게 미소가 피어났다. 다섯 살짜리 어린 딸에게서 늘 보던 어린애 같은 짓궂은 웃음이 보였던 것이다. 종 부인은 웃으며 말했다.

"황후마마께서 지금 군대를 동원해 치수 작업을 하는 데 여러모로 돈이 들어간다면서 비빈의 일손뿐만 아니라 각 궁의 주인들도 지출을 줄여야 한다고 하셨지. 황후부터 비빈들, 그리고 황자와 공주들까지 일정 숫자의 궁녀만 남기고 나머지는 내보내야 한다더군. 물론 태후 두 분도 말일세."

"한데…… 이녕궁의 궁녀와 환관들 수가 가장……."

명란은 약간 어리둥절하기도 하고 놀랍기도 했다. 황궁의 최고참답게 성덕태후는 새로이 봉해진 성안태후와 황제, 황후보다 곁에서 시중드는 자가 많았다.

"그러게 말일세."

경 부인은 고소하다는 말투였다.

"태후께서…… 받아들이셨나요?"

명란은 너무 놀라서 쭈뼛쭈뼛 물었다.

"조정에서 며칠간 논쟁이 있었다더군."

단 부인이 부드럽게 말했다.

"한데 지금 국고가 비었고, 은자가 나올 만한 곳을 조사해봤지만 별다른 희망이 안 보였나보네. 황상께서 앞장서서 거처의 지출을 줄이시겠다는데 누가 감히 반박하겠나. 그리 해도 태후 두 분께 남겨진 궁녀가 제일 많은 것을. 황상보다 많다네."

궁금증이 해소된 명란은 오랫동안 아무 말 없이 가만히 있었다. 황제가 독한 수를 썼구나 싶었다.

정자에 한동안 침묵이 흘렀다.

기나긴 정적을 깬 사람은 심청평이었다.

"요 며칠 이녕궁이 난리도 아니었답니다. 궁녀 몇 명이 주인 곁을 떠나기 싫다며 울고불고 죽기 살기로 떼를 썼다죠."

그녀의 목소리는 금방이라도 날아갈 듯이 들떠 있었다.

"오늘 아침 내무부에서 성지를 들고 가서 이녕궁 궁인들을 데려갔다더군요. 아, 제일 앞에 있던 아이들이 그때 본 두 미인이었답니다……."

심청평은 기분이 좋은 듯 말끝을 길게 늘였다.

"그날 태후마마께서 그러셨잖아요, 이제 나이도 있으니 혼처를 찾아주고 싶다고. 이참에 소원 성취하신 거지요."

정자에 다시 한번 침묵이 내려앉았다. 또 한참이 흐른 후에 명란이 조용히 말을 꺼냈다.

"어디로 시집가게 될까요?"

명란은 어째 종일 혼사 문제에 시달리는 기분이었다.

첩이 되려는 여자를 보면 극단적으로 분개하는 경 부인이 냉소를 지으며 말했다.

"사람 사는 게 뭐 있나? 그저 일하고, 아이 낳고, 집안 안팎의 일 처리하고……. 여자라면 다들 이렇게 산다네. 평안하게 살 의지가 있고 마음만 비뚤게 먹지 않으면 탈 없이 잘 사는 법이지. 궁녀를 취할 수 있는 자라면 못나봐야 얼마나 못나겠는가. 하지만 그렇게 하지 못하는 여인이라면, 흥……."

이 '흥'에는 지극히 강력한 위력이 있었다. 아마 〈혼인법〉 중 가정 폭력 금지 조항에 위반되는 내용일 것이다.

머나먼 북부 변방 지역에 가는 일개 병사의 아내는 아무리 고생한다고 한들 얻을 수 있는 게 없다. 마음 편히 먹고 사는 평범한 여자라면 도리어 좋은 일일 테지만, 물질적 행복과 권력을 추구하는 여자라면 살기 힘들 터였다. 게다가……. 명란은 재빨리 심청평을 힐끗 쳐다봤다. 일단

궁 밖으로 나오면 그때 그 여인들의 혼사는 태후의 뜻대로 되긴 힘들 것이다.

단 부인이 웃으면서 소소한 집안 이야기를 꺼낸 덕분에 분위기는 다시 화기애애해졌다. 잠시 이야기를 나눈 뒤 명란은 웃으며 점심을 들고 가라고 권했다.

"저희 나리께서 오늘 안 돌아오신다고 하더군요. 좋은 음식도 한 상 차렸고, 사냥해 온 고기로 만든 특별 요리도 있으니 한잔하시는 게 어떠신가요."

진심을 담아 초대했지만 의외로 완곡한 거절이 돌아왔다.

"안 되네. 안 돼."

단 부인이 거듭 손을 저으며 환하게 웃었다.

"후부 음식이 맛있는 건 알지만, 오늘 오후에 일이 있어서 돌아가봐야 한다네."

종 부인도 웃으며 말했다.

"아무렴……. 오늘 입궁해서 다들 소식을 기다리고 있을 테니 돌아가봐야지."

경 부인도 말했다.

"다음에 하세. 이곳 정원 수리가 끝나면 날 잡아서 한잔하자고."

명란은 웃으며 심청평을 돌아보고는 투정 부리듯 말했다.

"부인은요? 집에 돌봐야 할 어른도, 아이도 없으시잖아요!"

그런데 심청평마저 고개를 저었다. 심청평은 깊은 한숨을 쉬더니 말했다.

"자연재紫煙齋에 가봐야 해요. 우리 어린 조카가 곧 규수 학당에 들어가는데, 형님과 함께 규방 여자아이가 쓸 만한 문방사우를 보러 가기로

했거든요. 특별히 청옥으로 주문도 해두었고요."

"호오, 좋은 동서로군."

단 부인이 놀리듯 말했다.

"정씨 가문이 덕 있는 며느리를 얻었어."

얼굴이 새빨개진 심청평이 겸연쩍어하며 말했다.

"어머니 같은 형님이시니까요."

이것이 바로 심청평이 우울해하는 이유였다. 몸이 약하고 상냥한 시어머니는 모시기에 어렵지 않았다. 오히려 예법 따지기로 경성에서 둘째가라면 서러운 형님이 문제였다. 형님은 과묵하고 정숙했으며 나이도 많았다. 친척들과 친구들은 하나같이 형님의 단정하고 현숙한 면모를 존경했다. 하지만 심청평은 그녀의 매서운 눈빛이 자신을 스쳐 지나갈 때마다 황상을 알현할 때보다 더 큰 두려움에 떨곤 했다.

명란은 모두를 배웅한 후 마지막에 동정 어린 눈길로 심청평과 인사를 나누었다.

"제가 게으르고 외출하기 싫어하는 거 아시죠? 마음이 답답하면 저한테 와서 푸세요."

"됐습니다, 게으름뱅이 부인. 세 번 찾아오면 두 번은 침상에서 맞으시면서."

말은 그렇게 해도 심청평은 속으로 감동했다. 그녀는 외진 곳에서 온 터라 말투나 예절 때문에 한때 경성의 귀부인 무리에 섞이기 힘들었고, 지금도 행여 조롱거리가 될까 다른 사람 앞에서는 점잖게 있으려 애써야 했다. 하지만 명란 앞에서만큼은 긴장을 풀 수 있었다.

명란은 그 말을 듣는 순간 동정심을 거두었다.

"무슨 말씀을. 그건 상비죽 평상이었어요."

심청평이 '뭐가 달라요?'라고 묻기도 전에, 명란은 정색하며 그녀를 마차 안으로 밀어 넣었다.

심청평의 말에 다소 자극을 받은 명란은 점심을 먹고 나서 차마 게으름을 피울 수가 없었다. 그녀는 낮잠을 미루고 사람을 시켜 용이를 불러왔다. 공부를 봐줄 생각이었다. 그런데 의욕적으로 자세까지 고쳐 앉았건만, 용이는 횡설수설하며 대답을 하지 못했다.

서책의 문구를 물었을 때 대답하지 못한 건 그렇다고 치자. 하지만 황당하게도 이십사효二十四孝[2]조차 제대로 답하지 못하고, 더듬더듬 말을 지어내더니 3분의 1은 끼워 맞춰서 답하는 것이 아닌가. '변을 맛보며 부친의 병을 근심하다嘗糞憂心'는 '똥을 맛보며 고민하다嘗屎煩惱'로, '자식을 묻고 어머니를 봉양하다埋兒奉母'는 '딸을 죽여 고기를 먹다宰女吃肉'로 말이다.

명란은 하마터면 웃겨서 뒤집어질 뻔했다. 곁에서 감독하고 응원해주는 한이가 없으니 용이의 실력이 다시 급속도로 바닥을 친 것이다.

"……그런 일이 있지 않았을까요."

겁에 질린 용이가 개미 같은 목소리로 해명했다.

"그냥 전해지지 않은 것일 수도 있잖아요."

명란은 어쩔 수 없다는 눈빛으로 아이를 보았다. 잠이 싹 달아났다. 그래, 이 아이만 나무랄 수 없지.

명란은 일찍이 공홍초의 학문이 얕다는 사실을 알고 있었다. 공홍초의 수업은 따분한 것은 물론이요, 학문에 한계가 있는 터라 질문도 감당

---

2) 중국 고대의 대표적 효행 24가지.

하지 못했고, 때로는 틀리기까지 했다. 어릴 적에 글을 좀 익혔을지 모르지만 이제는 가물가물한 것이다. 학생이 스승의 인품을 존경하지 않고 스승의 학문을 경외하지 않으니 글공부도 실패할 수밖에 없는 노릇이었다.

사실 명란이 직접 가르칠 수도 있었다. 규방 여인들이 배워야 하는 『여사서女四書』[3]와 『여칙女則』, 『절부전節婦傳』, 『열녀부烈女賦』 등 봉건 시대의 해로운 서책들은 그녀도 열심히 배운 바 있다. 게다가 장 선생의 수업도 들었으니 적지 않게 배운 셈이다.

여자아이를 가르치는 데는 그것으로 충분했다. 그러나 명란은 그러고 싶지 않았다.

함께하는 시간이 길어질수록 명란은 용이가 아버지를 빼닮았다는 사실을 깨달았다. 거칠고 고집스러웠으며, 기존 규범에 도전하는 것을 좋아하고, 억지가 많았다. 그저께 용이와 『여논어女論語』[4] 중 '해가 중천에 떴는데 침상에서 일어나지 않는다'라는 장에 대해 말했는데, 이 계집애가 바로 흥미진진한 눈빛으로 자신을 주시하는 게 아닌가.

순간 난처해진 명란은 고심한 끝에 '실제 삶에 따라 탄력적으로 적용하는 법'의 중요성을 설파했다.

전생에 요의의는 순진하고 아둔한 피해자와 꼼수에 능한 피고들을 주로 만났지, 아이들과 함께한 경험은 부족했다. 자신이 아이를 낳아도 어떻게 교육해야 할지 모르는 판국에 사생아 교육은 오죽하겠는가?

---

3) 여인이 읽어야 할 네 가지 책인 여계, 여논어, 인효문황후내훈, 여범첩록.

4) 고대 중국 여인이 지켜야 할 생활 규범을 엮은 책.

명란은 아까 얻은 약간의 정보를 기반으로 고민에 고민을 거듭한 끝에 자신의 머리와 정신 건강을 위해, 그리고 아이의 전면적인 인격 성장을 위해 전문가에게 이 문제를 맡기기로 했다.

"이렇게 하자."

명란은 긴 한숨을 내쉬었다.

"학당에 가렴."

용이가 검게 빛나는 큰 눈을 깜빡거렸다. 아기 야생 동물처럼 길들여지지 않은, 꾸밈없고 천진난만한 눈이었다.

제158화

삶의 곳곳이 전쟁터

생각을 굳히자 금세 마음이 편해진 명란은 미소를 지으며 용이에게 돌아가라고 했다. 자녀를 가르치려면 학교에 등록하고 돈을 내면 그만이었다. 하지만 번거롭고 불필요한 예법이 넘치는 이 고리타분한 곳에서는 그보다 번거로운 수고를 더 해야 했다.

그날 저녁 식사 시간. 명란은 용이의 아버지한테 이 일에 대해 얘기하기로 마음먹었다. 오 장 스무 절에 걸쳐 꼼꼼하고 세세하게 구상한, '청소년이 또래 집단 안에서 인격을 수양해야 하는 이유' 등 네 가지 방면 여섯 개의 분야를 전방위적으로 분석한 진학의 중요성을 고정엽에게 막 설명하려는 순간, 고정엽이 한마디로 명란의 입을 막았다.

"알아서 하거라."

고상하게 입을 닦고, 물로 입을 가신 뒤 손을 닦은 남자는 최근 살이 포동포동 오른 명란의 얼굴을 어루만졌다. 그의 눈이 만족스러운 듯 보기 좋은 곡선을 그렸다.

"저녁 마저 먹어라. 난 공무 볼 게 있으니."

말을 마친 뒤 고정엽은 부드럽게 웃어 보이고는 도포를 털고 몸을 돌려 성큼성큼 서재로 향했다.

'인재를 알아보고 적재적소에 활용하되, 일단 거둔 사람은 의심하지 말라'는 옛말처럼 고정엽이 보기에 그 일은 명란에게 맡기면 될 문제였다. 하지만 명란의 눈에는 책임을 회피하는 악질적인 행동으로 보였다. (그 어미가 얄밉다고 딸도 신경 안 쓰는 거야?) 건조한 가을 날씨 때문일까? 마른 장작에 불이 붙듯 가슴속에 화가 치밀어 오른 명란은 그날 밤 남편에게 등을 돌린 채 잠을 청했다. 이를 알 리 없는 고정엽은 늦은 밤이 돼서야 돌아와 그대로 명란의 허리를 감싸 안고 등에 딱 붙어 누웠다. 명란의 하얀 피부는 매끈하고 부드러웠다. 그는 아담하고 우아한 명란의 등에 턱을 비볐다. 촉감이 마음에 쏙 들었다. 고정엽은 입이 가는 대로 그녀의 등과 어깨를 깨물다가 그대로 세상모르게 잠이 들었다.

다음 날 아침, 단귤은 깜짝 놀랐다. 명란의 어깨와 등에 이 자국들이 줄지어 선 병사들처럼 가지런히 나 있었기 때문이다. 단귤은 바로 화장대의 거울 앞으로 갔다. 당장이라도 일러바치고 싶었지만 방씨 어멈의 경고가 생각나 애써 숨을 삼킨 뒤 이를 악물고 명란의 옷시중을 들었다.

간밤의 일을 알 리 없던 명란은 아무런 눈치도 채지 못했다. 오늘따라 등에 닿는 속옷이 약간 거슬리는 기분이었지만 신경 쓰지 않았다. 아침을 먹은 후, 맑디맑은 바깥을 보니 하늘이 돕는 것 같았다. 기분이 좋아진 명란은 단귤에게 고방에 가서 좋은 가죽 몇 필과 사색 선물함을 가져오고, 문간방에 마차를 대령하라고 전하라 했다.

늦가을의 햇살은 따갑기는커녕 졸음이 쏟아질 정도로 따사로웠다. 다행히 명란이 잠이 들기 전에 마차가 연우蓮藕 골목 안쪽 끝자락에 있는 정가에 도착했다. 심청평은 막 바느질을 끝내고 할 일이 없던 차에 명란이 왔다는 소식을 듣고 신이 나서 맞이하러 나갔다.

"부인이 절 보러 다 오고, 오늘 해가 서쪽에서 떴나요?"

그녀의 기대를 깰 수밖에 없던 명란은 웃으며 말했다.

"해는 평소대로 동쪽에서 떴어요. 오늘은 부인의 큰형님을 뵈러 온 거예요."

심청평이 매우 놀라 말했다.

"큰형님을 뵈러 왔다고요?"

그녀의 표정과 목소리만으로도 정 부인이 얼마나 무서운 사람인지 설명하기 충분했다.

두 사람이 얘기를 나누던 그때, 뒤쪽에서 한 어멈이 급한 걸음으로 다가와 또박또박 말했다.

"둘째 마님, 큰마님께서 녕원후 부인이 오셨다는 소식을 듣고 다과를 준비해 객청에서 기다리십니다. 두 분 모두 저와 함께 가시지요."

이유가 궁금했지만 꾹 참을 수밖에 없던 심청평은 명란의 팔짱을 끼고 안으로 발걸음을 옮겼다. 그러자 명란이 그녀에게 귓속말을 했다.

"며칠 전만 해도 '둘째 아씨'였는데, 언제 승급되신 거예요?"

심청평은 고개를 기울여 작게 대답했다.

"우리 큰조카의 혼담이 오가고 있거든요. 곧 조카며느리가 들어올 거랍니다."

몇 걸음 안 가 문 앞에 도착하니 정 부인이 바른 자세로 서 있었다. 정 부인의 엄숙한 표정을 보자 약간 주눅이 든 명란은 황급히 웃으며 예를 갖췄다. 정 부인도 가볍게 답례를 했다. 인사를 나눈 두 사람은 자리에 앉았다.

큰형님이 옆에 있자 심청평은 옷매무새를 가다듬고 단정하게 앉아 농담 같은 건 꿈도 못 꾼 채 명란에게 계속 눈을 찡긋거릴 뿐이었다. 본래 고씨 가문과 정씨 가문은 왕래가 거의 없던 터라 몇 마디 말을 주고받자 금세 할 말이 동이 났다. 정 부인은 명란에게 오늘 방문한 연유도 묻지 않고 명란과 심청평에게 나가보라는 말도 하지 않은 채 우아하고 꼿꼿하게 앉아 있었다. 어색하고 썰렁한 분위기였다.

하지만 명란은 당황하지 않았다. 장백 오라버니를 상대한 경험이 있는 그녀였다. 이렇게 조용하고 근엄한 성격의 사람은 대부분 머리가 좋다. 말수는 적지만 통찰력이 있으며, 에둘러 말하기보다는 직설적으로 말한다. 명란은 크게 심호흡한 뒤 입을 열었다.

"솔직히 말씀드리지요. 오늘 이곳에 온 것은 청할 게 있어서입니다."

정 부인은 눈썹도 까딱하지 않고 아무 말 없이 찻잔을 내려놓은 뒤 명란을 바라보았다.

명란은 한마디 한마디에 진심을 담아 말했다.

"제 슬하에 딸이 하나 있습니다. 올해 여덟 살인데 순수하고 천진난만한 아이죠. 그런데 아직 글을 잘 모르는 데다 세상 물정에도 어두워서 아무래도 더 미루지 말고 교육을 시켜야겠다고 생각하고 있었습니다. 그런데 어제 저희 집에서 다른 부인들과 담소를 나누던 중 우연히 이 댁 따님이 규수 학당에 다닐 거라는 얘기를 듣고, 제 여식도 규수 학당에 보내고 싶은 마음에 부인께 청을 드리러 왔습니다."

명란의 말이 끝나자 심청평은 깜짝 놀랐다. '슬하에 딸'이라니? 명란이 혼인한 지 이제 한 해도 되지 않은 데다 첫 번째 정실을 들인 것도 삼, 사 년 전의 일이니, 방금 말한 여덟 살짜리 여자아이는 서출이란 소리였다. 고정엽이 혼인을 치르기도 전에 딸이 있었다는 걸 생각하니 경멸감이 차올랐지만 입을 삐죽거리지 않으려고 참았다. 그런데 명란이 그 아이 때문에 이곳에 부탁하러 왔다니.

옆에 있던 정 부인도 약간 놀라긴 했지만 내색하지 않고 말했다.

"개국 공신 집안인 녕원후부의 체통과 명성이 있는데, 어찌 감히 번데기 앞에서 주름 잡을 수 있겠습니까. 차라리 부 안에 여선생을 들이지 그러세요?"

이 질문을 예상했던 명란은 바로 대답했다.

"부인께서 모르시는 게 있습니다. 현재 녕원후부에는 우리 딸아이 말고 형님 댁 조카까지 여자애가 둘밖에 없습니다. 겨우 계집애 둘 때문에 여러 사람을 번거롭게 할 필요가 있나요. 게다가……."

명란은 웃으며 말을 이었다.

"솔직히 말씀드리면, 아직 젊고 인맥도 없는 제가 덕이 높고 재능이 출중한 여선생을 어찌 알겠습니까? 설령 안다 해도 청하기 힘들 겁니다."

정 부인의 입가에 못마땅한 기색이 스쳤다. 그녀가 담담하게 말했다.

"사람이 사는 곳은 아무래도 북적거리는 편이 좋지요. 결국 이렇게 될 것을 애초에 어째서 분가를 서둘렀습니까?"

명란은 가슴이 쿵쿵거렸지만 잠시도 망설임 없이 청옥과 같은 맑은 목소리로 대답했다.

"사람이 북적거리는 건 당연히 좋은 일입니다. 그래도 사람의 마음이 반듯하지 않으면 한 불당에서 각자 다른 경을 읽는 것과 무엇이 다르겠습니까?"

"부인, 말씀을 잘하시는군요."

냉담한 표정의 정 부인이 여전히 미동도 없이 말했다.

"부인의 날카로운 언변은 일찍부터 들었지만 오늘 보니 과연 허명이 아니었나 봅니다. 이러니 고 태부인도 칼끝을 피해 꽁무니를 빼고 도망쳤나 보군요."

명란은 울컥 분노가 치밀어 올랐다. 그 늙은 여우가 20년 동안 쌓은 명성은 역시 괜한 게 아니었다. 그동안 사람들 앞에서 연기를 꽤나 했을 것이다. 명란은 사력을 다해 노기를 억누르고 평정심을 되찾았다.

"부인, 저와 부인은 왕래가 없었지만, 평소 부인의 인품을 존경해왔습니다. 부인께서 여식을 안심하고 맡기는 규수 학당이라면 분명 더할 나위 없이 좋은 곳일 거라 생각했어요. 그래서 게으른 마음을 다잡고 부인께 신세를 지고자 이렇게 염치 불고하고 찾아왔지요."

뭐니 뭐니 해도 아첨만한 게 없다더니, 명란의 말이 끝나자 과연 정 부인의 노여움이 조금 풀렸는지 표정이 좀 더 부드러워졌다. 중요한 건 이 다음이었다. 명란이 이어서 말했다.

"부인께서 그간 들으셨던 건……."

그녀는 호흡을 고르고 고개를 들어 정 부인의 눈을 마주보며 말했다.

"저는 어릴 적 할머니를 따라 불공을 드리러 가곤 했던 터라 인과응보를 믿어 의심치 않습니다. 살아가면서 무언가를 한다면, 그에 따른 결과를 감수하는 게 마땅합니다. 누구든 잘못을 저지르면 속세에서든 저승에서든 응보를 받을 것이고, 누구도 억울하다 호소할 필요 없지요. 저는 지금 제가 한 말을 감당할 자신이 있습니다!"

객청 안은 바늘이 떨어지는 소리까지 들릴 정도로 조용해졌다. 심청평은 숨소리마저 죽였다. 명란의 이야기는 다소 뜬금없이 들렸지만 심청평은 그 말의 속뜻을 이해했다.

정 부인이 명란을 쳐다봤다. 잠시 후, 그녀의 입꼬리가 부드러워더니 처음으로 얼굴에 표정이 드러났다.

"원수에게 은덕을 베푼다는 말도 있지 않습니까?"

명란은 목소리는 가벼웠지만 확고한 표정으로 말했다.

"원한을 은혜로 갚는다면 은혜는 어찌 갚아야 하는 걸까요? 정직은 정직으로, 은혜는 은혜로 갚아야 비로소 세상에 선과 악이 있다는 걸 알겠지요."

정 부인은 작게 탄식하고 더는 말하지 않았다. 하지만 냉랭했던 아까와는 다른 표정이었다.

명란은 미간을 찌푸리며 천천히 말했다.

"게다가 제 힘으로는 딸아이에게 해줄 수 없는 일도 있습니다. 잎사귀 끝에서 떨어지는 물방울 하나는 사람에겐 보잘것없을지라도 개미에게는 억수와도 같은 감로지요. 누군가 손을 들어주면, 옆 사람의 운이 바뀔 수도 있습니다. 사실 저도 자애롭고 덕 있는 사람이라 이러는 것이 아니라, 그저 해야 할 일을 해서 마음의 안정을 구하려는 것뿐입니다."

만약 용이의 천성이 온순했다면 그녀가 이렇게 속 끓일 필요도 없을 것이다. 제대로 가르쳐서 좋은 사람과 짝을 지어 주면 그만이니까. 하지만 용이는 제멋대로에 고집이 세서 까딱했다간 잘못된 길로 빠지기에 십상이었다.

정 부인은 눈도 깜빡이지 않고 명란을 주시했다. 하지만 명란의 진심 어린 목소리와 거짓 없는 눈빛을 보고는, 만년 얼음 산과도 같았던 정 부인의 표정이 마침내 녹을 기미가 보였다. 한참 후 정 부인이 온화한 목소리로 말했다.

"모두가 부인의 학식이 훌륭하다고 칭찬하던데, 직접 가르칠 생각은 없습니까?"

정 부인의 표정을 본 명란은 성공했다는 걸 알고 웃으며 장난스럽게 말했다.

"설마 부인의 학식은 훌륭하지 않단 말씀이세요?"

명란은 심청평에게 살아 있는 염라대왕 같은 자기 큰형님이 혼인하기 전부터 뛰어난 학식으로 유명했다고 들었던 것을 떠올리며 물었다.

정 부인이 마침내 웃음을 터뜨렸다. 그녀는 명란이 털어놓은 근심거리를 들으면서 착한 척하는 계모의 모습이 아닌 것을 보고 오히려 믿음이 갔다.

정 부인은 하는 수 없다는 듯 고개를 가로저으며 말했다.

"됐습니다, 됐어요. 그 일은 나한테 맡기세요. 규수 학당은 우리 큰아버님댁 바로 뒤에 있고, 선생은 내 사촌 올케의 친여동생입니다. 원래 심양 본가에서 규수 학당을 열었었죠."

"심양이요?"

명란은 눈을 반짝이며 말했다.

"설마 '설 대가'라고 불리는 그분이신가요?"

정 부인이 미소를 지으며 말했다.

"맞아요."

설 대가는 원래 수도 전역에 이름을 떨친 여인이었다. 젊은 나이에 과부가 된 후, 시댁과 인연을 끊고 싶었지만 남의 입에 오르락내리락하기는 싫었던 그녀는 친정으로 돌아가지 않은 채 규수 학당을 열고 살림을 꾸리며 아들을 키우고 가문을 떠받쳤다.

설 대가는 여자아이를 가르쳤지만, 그녀가 가르치는 분야는 하나에 국한되지 않고, 춘추, 의학 상식, 별자리, 재정 관리, 가사 관리, 법률, 심지어는 처세술까지 다방면에 걸쳐져 있었다. 그러자 차츰차츰 심양에서 이름을 떨치며 유명세를 얻게 되었다.

그러다 몇 년 전에 아들이 관직에 오르고 혼인을 하게 되면서 설 대가도 규수 학당을 접고 안락한 여생을 보내고 있었다. 더 보태자면 현재 그녀의 며느리는 그녀가 규수 학당에서 가르쳤던 자랑스러운 제자다. 자신이 직접 가르쳤기 때문에 고부 사이가 매우 돈독했다.

명란도 성가에 있을 때 노대부인이 설 대가를 입이 닳도록 칭찬하는 걸 들은 적 있다.

한동안 잠자코 있던 심청평은 마침내 자신이 나설 자리가 생기자 큰형님의 기분이 좋아진 걸 확인하고 웃으며 말을 보탰다.

"설 대가는 원래 심양에 계셨어요. 그런데 외직을 맡게 된 설 대가의 아드님이 어머니가 혹여 여로에 몸이 상할까 봐 따라오지 못하게 했대요. 설 대가는 차마 아들을 혼자 보낼 수 없어서 며느리도 따라 보냈죠. 마침 형님의 큰아버님 댁에 여자아이들이 많은데 교육할 사람이 부족했던 터라 형님의 사촌 올케가 그 기회를 놓치지 않고 황급히 설 대가를 경성으로 청했지요. 자매끼리 서로 보살피며 살면 조카도 안심이 될 테니까요. 그분 말고 금琴 선생과 바느질 선생도 있답니다."

이 말을 들은 명란은 기뻐서 손뼉을 쳤다.

"정말 하늘이 복을 내려 주셨나봐요. 부인께 정말 감사드립니다."

불현듯 한 가지 일이 떠오른 명란은 틈을 놓치지 않고 말을 이었다.

"저희 조카도 함께 규수 학당에 가도 될까요?"

고대에는 정보 통신 기술이 발달하지 않아 훌륭한 스승에 관한 건 입에서 입으로 전해질 수밖에 없었다. 장 선생조차도 그리 어렵게 청했는데, 그보다 더 꼭꼭 숨은 여선생을 청하기란 하늘의 별 따기였다.

"너무 많으면 설 대가도 힘들 테지만 한 명 정도는 괜찮을 겁니다."

"감사합니다. 돌아가서 저희 형님께도 말씀드려야겠어요. 분명 기뻐하실 겁니다."

명란은 아이처럼 웃으며 좋아했다.

화기애애한 분위기를 이어 우스갯소리를 몇 마디 나눈 후 명란은 작별을 고하고 나왔다. 심청평이 따라와 배웅하며 쏘아붙이듯 말했다.

"우리 큰형님도 구워삶다니 하여튼 대단하십니다!"

오랫동안 나와 있던 명란은 너무나 고단한 나머지 기운이 쭉 빠져서 말했다.

"부인 큰형님께서 분별력이 없으셨다면 제가 입이 닳도록 말해도 소용없었을 거예요. 휴…… 말을 잘하든 못 하든 안 통하는 사람도 있답니다. 정말 골치 아프지요."

오라버니댁에서 어느 정도 내막을 들은 심청평은 진심을 담아 말했다.

"걱정 마세요. 세상에 눈먼 사람만 있는 건 아닙니다. 다른 사람이 뭐라 말하든 신경 쓰지 마세요."

명란은 입을 삐죽거리며 말했다.

"두고봐야죠."

마차에 올라탄 후, 단귤은 서둘러 뜨거운 방석을 명란의 허리 뒤에 받쳐 주었다. 단귤은 녹초가 된 명란의 얼굴을 보고 안쓰러워하며 말했다.

"정가 대부인 마님도 참, 어쩜 말씀을 그리하신답니까? 누가 들으면 우리가 잘못한 줄 알겠습니다."

"이상할 거 없어."

눈을 지그시 감은 명란은 중얼거리듯 작고 힘없는 목소리로 말했다.

"이런 일이 있을 거라고 진작 예상하고 있었어. 오늘 드디어 설명할 기회가 생긴 것뿐이야……."

고 태부인이 밖에서 무슨 짓을 하고 어떻게 말하고 다니는지 모르는 바는 아니다. 그저 반격하기 어려울 뿐이었다.

고씨 집안과 대대로 교분이 있는 집안의 여자 권솔은 대부분 깊든 얕든 고 태부인과 연을 쌓아 왔다. 고 태부인과 수십 년간 교분을 쌓았는데 이제 갓 들어온 서녀인 그녀가 녕원후 부인 자리에 앉았으니 그녀를 질투하는 사람도 적지 않을 것이었다. 그 사람들이 뭘 보고 명란을 믿고 존중하겠는가?

더구나 고 태부인은 말을 흐리며 억울한 모양새만 취해도 동정표를 얻을 수 있었다. 거기에 필요한 부분만 떼서 집안일을 살짝 흘리면 사람들을 오해하게 만드는 건 식은 죽 먹기였다.

따지고 보면 사실인 데다 험담은 한마디도 안 하니 명란이 어떻게 반박할 수 있을까? 아무리 그래도 계모도 웃어른이었다. 남들한테 열심히 변명하면서 고 태부인의 말을 반박하면, 남들은 명란이 예의도 모르는 교만한 사람이라고 여길 것이다. 하지만 그렇다고 내버려 둘 수도 없는 노릇이었다. 비방이 거듭되면 사람을 파멸시키는 법. 그렇게 되는 것도 큰 문제였다.

그렇기 때문에 이 일은 무척이나 다루기 힘들었다.

구멍을 막기보다는 공격할 방법을 새로 찾는 편이 나았다. 명란은 보름 동안 고심한 끝에 겨우 정 부인을 생각해냈지만, 이유도 없이 찾아간다면 목적이 너무 빤히 보이고 부자연스러웠다. 하지만 마침내 기회가 생긴 것이다.

우선 정 부인은 친정과 시댁 모두 명문 귀족으로 출신 성분이 좋았다. 둘째, 온 경성 사람이 칭송해 마지않는 인품과 덕행을 갖췄다. 셋째, 정 부인은 성격도 독특하고 본래 잡담을 즐기지 않았으니 그녀와 벗이 될 수 있는 사람은 극히 드물었다. 만약 이렇게 유명한 경성의 귀부인이 그녀를 인정한다면, 명란에게 이것만큼 효율적인 성공이 어디 있을까!

가장 중요한 건 두 가문의 정치적 입장이 일치하고, 정 부인이 사리에 밝다는 것이다. 그녀가 여러 경로를 통해 고씨 집안의 속사정을 알아볼 수 있을 테니 명란의 편으로 설득될 가능성이 높았다.

오늘 첫 싸움에서 승리를 쟁취한 명란은 마음을 단단히 굳혔다. 듣기 좋은 소리만 하고 알랑방귀를 뀌며 마음에도 없이 툭하면 서로를 자매라고 부르는 것만이 유일한 교제 수단은 아니다. 앞으로 그녀에게는 자신의 무리가 생길 것이고 자신을 대변해줄 친구도 점점 많아질 것이다.

그녀에게 친목 모임 자리를 소개해주지 않겠다? 상관없다. 아쉽지 않다. 그녀에게도 두 다리가 있으니까. 한 걸음 한 걸음 앞으로 나아가 자신의 길을 만들면 된다.

마차가 약간 흔들렸다. 눈을 감으니 너무 피곤한 나머지 금방 잠이 들 것 같았다.

의식이 몽롱해질 찰나, 명란은 자신이 잠만 자는 게으름뱅이라던 심청평의 말이 떠올랐다. 정말이지 억울해 죽을 것 같았다. 자신은 주머니가 넉넉하다고 할 일을 내팽개치고 잠만 자는 사람이 아니었다. 자고로 일을 할 때는 적당한 휴식을 취해야 하는 법! 매일같이 치열하게 생각하고 신경을 곤두세워 계략을 짠다면 일찍 저승사자를 만날 테니까.

제159화

경사가 다가온다, 경사가

마차에서 졸았는데도 잠이 부족했던 걸까. 집으로 돌아오고 나서 집안 일 몇 가지를 처리하고 점심을 배불리 먹은 후 또 한 시진이나 잤다. 그제야 정신이 맑아진 명란은 소 씨의 처소로 가서 오전에 있었던 일을 처음부터 끝까지 들려주었다.

"……설 대가께서 가르친답니다. 잡기 힘든 기회라 한이가 떠올랐어요. 형님 생각은 어떠세요?"

이 말에 소 씨는 약간 떨떠름한 표정을 지었다. 오히려 곁에 있던 한이가 좋아하며 만면에 기쁨을 드러냈다. 기뻐하는 딸의 모습을 보자 소 씨의 마음이 약해졌다. 남편이 세상을 뜬 후 넷째 숙부댁과 다섯째 숙부댁도 연달아 이사 가면서 야생마 같은 용이를 제외하고는 부 안에 이렇다 할 여자애가 없었다. 평소에 늘 자신과 함께 있으며 딸아이는 얼마나 외롭고 쓸쓸할까. 이러한 상황이 지속되면 좋지 않을 터였다.

소 씨는 잠깐 생각을 하더니 걱정스러운 듯이 말했다.

"설 대가의 가르침을 받을 수 있다니 이 또한 복일세. 언제나 우리를 신경 쓰느라 자네가 고생이 많아. 다만……."

가슴이 철렁 내려앉은 한이는 간절한 눈빛으로 소 씨를 바라보며 다음 말을 기다렸다.

"남의 집에 가면 얼마나 불편한지는 일단 차치하고 여자애들이지 않나. 외출 한번 하려면 아이들을 챙기고, 마차를 준비하고, 몸종을 붙이는 것까지 여러 가지를 신경 써야 하네. 어멈과 관사에게 얼마나 많이 폐를 끼치겠어. 많은 사람이 동원되어야 하는데 어찌……."

별도의 보상이 없다면 누가 하려고 하겠는가.

말이 채 끝나기도 전에 그녀의 말뜻을 이해한 명란이 웃으며 말했다.

"형님, 걱정하지 마세요. 아이들이 과거를 보려는 것도 아니잖습니까. 규수 학당은 일반 서당과 달리 열흘 중에 닷새만 가요. 학당에 가는 날 한이를 제게 보내주시면 용이와 함께 마차에 태워 보낼게요. 아이들을 수행할 호위와 심부름할 어멈, 하인들은 전부 준비됐어요. 형님께서는 계집종이나 어멈 둘만 보내주시면 돼요. 사람을 많이 동원할 필요도 없고, 편리하고 수월하니 좋지 않나요?"

소 씨가 신중하게 말했다.

"그게……."

한이가 간절한 얼굴로 조용히 말했다.

"어머니."

고개를 돌려 딸을 본 그녀는 어쩔 수 없이 이렇게 말했다.

"아주 잘됐구나. 한이야, 어서 작은어머니께 감사 인사드려야지?"

한이의 미간이 풀어지면서 얼굴 가득 웃음꽃이 피어올랐다. 그녀는 아기 토끼처럼 깡충깡충 뛰더니 행복한 얼굴로 명란에게 감사의 예를 올렸다.

"동서에게 폐를 끼치네."

소 씨가 또 감사 인사를 했다.

명란이 시원스럽게 손을 저었다.

"폐라니요. 용이가 걱정돼서 알아본 것을요. 용이가 한이처럼 얌전하고 예를 아는 아이였다면 굳이 밖에서 여선생을 찾지 않았을 겁니다. 용이는 워낙 성정이 야생마 같은지라 한이가 밖에서 많이 보살펴줘야 할 거예요."

소 씨가 웃으며 말했다.

"자매끼리 서로 돌보는 건 당연한 일이지."

두 사람은 대화를 몇 마디 더 나누고 함께 정원으로 향했다. 정원을 지나 방 안으로 들어가자 고 태부인과 주 씨가 무슨 얘기를 하는지 즐겁게 웃고 있었다. 두 사람은 명란과 소 씨가 온 것을 알아차리고 웃음을 멈췄다. 명란의 심기가 살짝 불편해졌다.

고 태부인에게 문안 인사를 드린 후, 명란이 웃는 얼굴로 물었다.

"두 분이서 무슨 얘기를 하시길래 그리 즐겁게 웃고 계세요?"

"별일 아니란다. 오늘 날씨가 좋길래 네 동서와 농담을 하면서 무료함을 달래고 있었다."

고 태부인이 즐거운 표정을 짓고, 주 씨 또한 불러온 배를 잡은 채 그저 웃기만 할 뿐이라 명란도 더는 캐묻지 않았다.

고 태부인이 친근하게 물었다.

"너희 둘도 즐거워 보이는데 무슨 좋은 일이라도 있느냐?"

기분이 좋았던 소 씨가 방금 있던 일을 전부 말했다. 고 태부인의 미간이 살짝 떨렸다. 그녀는 명란을 힐끗 쳐다보더니 가타부타 말이 없었다. 들뜬 마음이 사그라든 소 씨는 고개를 살짝 떨궜고 주 씨는 시종일관 아무 말도 하지 않은 채 그저 따뜻한 미소를 지으며 다른 이들의 말을 듣고 있었다.

고 태부인은 손에 든 법랑 코담배 병을 열었다 닫았다 하며 담담히 말했다.

"역시 둘째 며느리가 수완이 좋구나. 시집온 지 얼마 되지도 않았는데 벌써 영향력이 대단해. 정 장군의 부인까지 설득해내다니."

명란은 못 알아듣는 척하며 온화하게 웃었다.

"어머님, 너무 절 띄워주시네요. 다 녕원후의 후광 덕이지요."

"한데……."

고 태부인이 눈살을 찌푸렸다. 일찍이 명란이 멍청한 척하는 데 익숙해진 고 태부인은 말을 명확히 하는 수밖에 없었다.

"충경후부의 규수 학당에 우리 같은 외부인이 들어가는 건 좋지 않을 듯 싶구나."

"어머님께서 모르시는 게 있습니다."

명란이 웃으면서 설명했다.

"정가의 여식 넷과 친지의 여식 서너 명이 듣는 수업에 저희 아이들이 끼는 겁니다. 정 부인께서도 이 정도면 많지도 적지도 않아 적당하다고 하셨고요. 학문도 배우고 명문가 규수들과 교분도 맺을 수 있으니 좋은 일이지요. 전부 가풍이 엄격한 명문가 출신에 교양 있고 사리에 밝은 아이들이에요. 어릴 적부터 친하게 지낸다면 나중에 커서도 자매처럼 잘 지낼 수 있을 겁니다."

바늘이 와서 콕콕 찌르는 기분이었지만 고 태부인은 담담함을 유지하며 말했다.

"아이들이 철없게 굴까봐 걱정되는구나. 집 안에서야 그렇다 쳐도 밖에 나가 체면을 깎으면 어찌하겠느냐?"

고 태부인의 '체면을 깎는다'는 말에 소 씨는 손에 들고 있던 수건을 꽉 쥐었다.

명란이 그런 소 씨를 힐끗 보고 고개를 돌리더니 미소 지으며 말했다.

"다른 아이들이나 그러겠지요. 한이는 제가 보증합니다. 성격으로 보나 인품으로 보나 누구보다 훌륭한 아이인지라 규수 학당에 가면 오히려 집안의 체면을 살려줄 거예요. 용이는……."

명란은 입을 가리고 웃으며 말을 이었다.

"……어쨌거나 아직 어리니까요. 교육을 일찍 하면 괜찮아지겠죠. 한데……."

소 씨의 미간이 풀렸다.

명란은 말하는 도중 갑자기 장난기가 발동했다.

"어머님께서 영 내키지 않으신다면 정가에 도로 가서 거절하고 오겠습니다."

이 말을 마친 후 명란은 고 태부인을 뚫어지라 쳐다봤다. 한번 당해보라는 심보였다.

고 태부인 미간의 주름이 더 진해졌다. 적모로서 서녀와 아비 잃은 조카를 위해 어렵게 다리를 놓았는데 의붓할머니가 막았다는 소문이 퍼지면 얼마나 체면이 떨어지겠는가. 생각이 여기에 미친 고 태부인은 어쩔 수 없이 승낙했다.

"이미 약속된 일이니 그냥 보내거라."

명란의 입꼬리가 살짝 올라갔다. 어차피 의견을 구하러 온 건 아니었다. 소 씨가 한이를 보내려 하지 않았다면 용이 혼자라도 어떻게든 보냈을 것이다. 일이 일단락되자 주 씨가 일어나 두 형님에게 축하 인사를 건넸다.

"둘째 형님께서 이렇게 마음을 써주시며 가문의 면을 세우고 계시니 어머님께서도 기뻐하셔야죠."

이 말에 무슨 심오한 뜻이 있는 걸까? 고 태부인의 입가에 느닷없이 미소가 떠올랐다. 고 태부인이 내심 기뻐하는 모습에 명란은 가슴이 덜컥했다. 이런 꺼림칙한 느낌이라니.

모두가 흩어진 후, 소 씨가 미간을 찌푸린 채 방으로 들어가자 서른 남짓의 어멈이 그녀를 맞이했다. 그녀는 소 씨를 부축해 침상 위에 앉히더니 신발을 벗기며 재잘거렸다.

"……아가씨가 얼마나 기뻐하시는지 몰라요. 문방사우를 챙기시더니 지금은 글자를 연습하고 계십니다."

그러다 소 씨의 안색이 좋지 않은 걸 발견하고 작은 소리로 물었다.

"마님, 어찌 그러십니까?"

소 씨가 나지막이 말했다.

"한이에게 전해라. 학당에 가서 공부할 때 혼자만 생각하지 말고 용이도 많이 챙겨주라고."

어멈은 떨떠름했지만 그러겠다고 대답했다.

이런저런 생각을 하자 소 씨는 별안간 가슴속에서 슬픔이 복받쳐 올랐다. 그녀는 침상에 엎드려 흐느꼈다.

"우리 가여운 한이. 후부에서 버젓이 적출로 태어난 아이가 이제 내력도 모르는 말괄량이의 호감을 사야 하는구나!"

크게 놀란 어멈이 급히 다가와 물었다.

"마님, 왜 그러세요. ……혹여 둘째 마님께서 체면을 봐주지 않으시던가요?"

소씨가 고개를 저었다.

"아니, 되레 나에게 예의 바르게 대하지……."

그녀는 목이 멘 듯한 목소리로 말했다.

"동서가 철없이 보여도 쉬운 사람이 아니야. 어머님이 어떤 사람인가. 그런데도 그 사람 앞에서 한 번도 아쉬운 소리를 하지 않더군. 그런 사람에게 미움 살 일은 하지 않았어."

"하온데 어찌 이러십니까? 이건 좋은 일이잖습니까."

어멈은 영문을 알 수 없었다.

"나리께서 살아 계실 적에는 나리를 돌봐야 했던 터라 변변한 사교 활동을 못 했지. 지금은 과부 처지라 누군가를 만나 교제하는 게 더 쉽지 않아. 그저 내가 쓸모없는 인간인 게 한탄스러울 뿐이다. 체면도 없고, 연줄도 없으니."

소 씨는 울음을 꾹 참았다.

어멈이 위로했다.

"지나친 생각이세요. 마님은 신분이 높지 않으십니까. 밖에서 교분을 맺지 않는다고 한들 누가 마님을 업신여기겠어요?"

소 씨는 고개를 절레절레하더니 몸을 일으켜 앉으며 중얼거리듯 말했다.

"……지금은 정찬 아가씨가 집에서 시집가는 날만 기다리고 있지만, 어려서부터 얼마나 많은 것을 누렸느냐. 봄에는 꽃놀이를 하고 가을에는 시 모임을 했지. 친해지고 싶은 규수들을 부르면 다들 찾아와서 해마다 후부가 떠들썩했어."

어멈은 침묵했다. 똑같은 고씨 가문 장자의 적녀인데 한이의 삶은 정찬의 삶과 너무 달랐다.

"한데 우리 한이는…… 나와 함께 외롭고 쓸쓸한 삶을 살아야 한다."

소 씨가 오열했다.

"스승을 찾는 일조차 차남의 덕을 봐야 하다니! 앞으로 또 어떻게 될지 모르겠구나."

어멈의 눈가에도 눈물이 고였다. 그녀가 힘겹게 웃음을 지으며 소 씨를 타일렀다.

"마님, 그리 생각하지 마세요. 원래 지아비를 잃으면 여기저기 의지하며 사는 법입니다. 큰마님께서는 원래 상냥한 분이시고, 지금 보니 둘째 마님도 좋은 분이시더군요. 앞으로 마님과 아가씨의 인생도 그리 힘들지 않으실 겁니다."

그녀가 조심스럽게 타이르자 소 씨가 조금씩 울음을 그쳤다.

"우리 아가씨는 생각이 그대로 드러나는 분이죠. 그런데 보세요. 징원에 놀러 갈 때마다 해맑게 웃으시잖아요. 아가씨의 얼굴에서 싫어하는 기색 보셨습니까? 둘째 마님의 표정을 봤을 때도 아가씨를 몹시 좋아하는 것처럼 보였습니다. 용이 아가씨도 거칠긴 하나 한이 아가씨를 진심으로 대하고요. 그리고 누가 뭐래도 우리 아가씨는 사랑스러운 분이시잖아요."

이 말이 소 씨의 마음을 울렸다. 그녀는 울음을 멈추고 미소를 지었다. 마음에 크나큰 위안을 얻은 것이리라.

• • •

그날 저녁 고정엽이 부로 돌아왔을 때 명란은 옷시중을 들며 말했다.

"……그래서 한이도 같이 가게 됐어요."

고정엽은 눈살을 찌푸리더니 아무 말도 하지 않았다. 그의 얼굴은 석

탄 덩어리처럼 시커멨다. 명란은 곁눈질로 그의 안색을 살폈다. 이 인간, 뭔가 마음에 들지 않나 보군. 고정욱에게 시달린 세월이 얼마인데 이제 그 딸까지 돌봐야 한다고 하니 어디서부터 어떻게 말해야 할지 모르는 거겠지.

명란은 이 화제를 서둘러 마무리 짓고 오늘 생긴 의혹에 대해 털어놓았다.

"……이곳에 시집오고 나서 어머님은 줄곧 점잖은 표정만 지으셨거든요. 오늘처럼 기뻐하는 얼굴은 처음 봤어요. 무슨 일일까요?"

고정엽이 짙은 눈썹을 살짝 치켜올리더니 냉소를 지었다.

"그게 뭐 추측하기 어렵다고. 내 계모에게는 아들과 딸이 있다. 기껏해야 둘 중 하나겠지."

"둘 중 하나요?"

명란은 흰 목이버섯 탕을 들고서 뜨거운지 확인하려고 살짝 마셨다.

"내가 죽어 셋째가 이 자리를 잇거나."

그는 늘씬하고 긴 몸을 팔걸이의자에 기대었다.

명란은 하마터면 사레에 들릴 뻔했다. 탕 그릇을 잡은 손은 얼어붙었고 팔은 공중에서 멈췄다. 그녀는 그를 응시하다가 위아래로 훑어보며 천천히 말했다.

"한동안은 죽지 않으실 것 같은데요."

고정엽이 나른하게 웃으며 말했다.

"아니면 정찬의 혼사 일이겠지."

명란은 아직 뜨거운 흰목이버섯탕 그릇을 탁자에 놓았다. 달리 생각하자 감탄이 나왔다.

"정찬 아가씨의 혼사가 정해졌나보군요."

노처녀의 출가는 좋은 일이었다. 그렇게 차갑고 도도한 여인을 어느 복 많은 집에서 데려가려나. 시누이가 있으면 한여름에도 얼음이 따로 필요 없을 테지. 아미타불.

눈을 돌려 보니 고정엽이 가타부타 말이 없었다. 명란은 웃으며 타박하듯 말했다.

"어떻게 오라버니라는 사람이 여동생 혼사에 전혀 관심이 없으세요?"

고정엽이 웃으면서 맞받아쳤다.

"올케라는 사람도 별 관심 없는 듯하다만?"

명란은 쓴웃음을 지으며 고정엽의 앞으로 가서 한숨을 쉬었다.

"아가씨와 대화도 제대로 해본 적 없거든요. 어디서부터 무슨 말을 해야 할지 모르겠어요."

고정엽이 손을 들어 명란을 잡더니 자신의 허벅지 위에 앉히고는 웃는 듯 마는 듯한 표정을 지으며 말했다.

"이런 우연이 있나. 나도 제대로 대화해본 적이 없단다."

"어떻게 그럴 수가 있죠?"

명란은 의아했다. 아무리 그래도 십몇 년간 남매로 살아온 세월이 있잖은가.

고정엽은 그녀의 부드러운 허리를 감싸더니 덤덤한 표정으로 그녀의 연한 아래턱살을 어루만졌다.

"그 아이는 고결한 성품이라 어린 시절부터 티끌 하나 용납하지 못했다. 자연히 악명 높은 방탕아인 나를 혐오했지."

명란은 잠자코 있었다. 무슨 말을 해야 할지 몰랐다. 이 남매는 대략 열 살 차이가 난다. 고정찬이 철들었을 때 고정엽은 한창 질풍노도의 시기를 겪고 있었다. 그가 반항적이었을 때 사고 치던 장면을 적지 않게 보고 들었을 것이다.

고정엽은 고개를 들고 허공을 응시했다. 문득 얼굴에 묘한 표정이 떠오르더니 읊조리듯 조용한 목소리가 흘러나왔다.

“이것도 괜찮아. 괜찮지…….”

“뭐가 괜찮아요.”

명란이 잠꼬대하듯 중얼거렸다. 자신을 어루만지는 손에 한껏 편안함을 느낀 그녀는 그의 듬직한 허리에 두 팔을 두르며 널찍한 가슴에 착 달라붙었다. 따뜻해서 졸음이 몰려왔다.

고정엽은 고개를 숙여 온순한 아기 고양이처럼 웅크리고 있는 명란을 보았다. 눈을 가늘게 뜨고 발그스레한 뺨에 향기가 나는 것이 금방이라도 잠들 것 같았다. 하지만 품 안에 파고든 통통한 느낌이 좋았다.

그는 팔에 안긴 그녀의 무게를 가늠해 보고는 가벼운 한숨을 내쉬며 말했다.

“정말 통통한 마누라가 됐군…….”

제160화

희소식이 왔구나

또다시 열흘이 지나고, 드디어 개학날이 되었다.

후세의 수많은 아이가 가슴이 찢어질 듯한 고통에 울고 불며 몸부림치는 이 날은, 폐쇄된 생활을 하는 고대의 여자아이들에게는 기뻐서 폴짝폴짝 뛰는 날이었다. 묘정卯正[1]을 알리는 딱따기가 울리지도 않았건만 두 아이는 벌써 새 옷으로 단장하고 가희거 정원 앞에 나와 있었다.

한 아이는 연노란 대나무 가지와 꽃망울이 곳곳에 수놓인 연분홍빛 오자를 입었다. 가슴에는 상서로운 구름무늬가 있는 금쇄가 찬란한 빛을 발하고 있었다. 아홉 마디로 이루어진 순금 목걸이에는 총 열두 개의 유리구슬이 꿰어져 있었다. 다른 아이는 족제비 가죽으로 테를 두른 암청색 비단 오자를 입고, 수수하고 정교한 은장식만 달고 있었다. 하지만 은장식에는 투명하게 윤이 나는 진귀한 양지 백옥[2]이 달려 있었다.

1) 오전 6시.

2) 양의 지방처럼 새하얀 옥.

고요한 방 안, 반 정도 열린 창 사이로 새벽이 화초에 남기고 간 서리의 차가운 기운이 들어왔다. 동쪽에 놓인 커다란 탁자 위에서는 두 마리 기린이 영지靈芝를 지키는 모양의 앙증맞은 자옥 향로가 감미로운 향을 품은 연기를 모락모락 피워내고 있었다.

공홍초와 추랑은 단정하게 한쪽에 서 있었다. 동쪽 차간에서 젓가락과 수저, 그릇, 접시 소리가 희미하게 들려왔지만 추랑은 사력을 다해 보고 싶은 욕망을 누르고 고개를 숙인 채 조용히 서 있었다. 반면, 공홍초는 고개를 들어 명란을 바라봤다.

"마님, 그냥 먼저 드시지요."

"괜찮네."

명란이 손을 저었다. 명란의 얼굴은 약간 피곤해 보였고 목소리도 약간 잠겨 있었다. 공홍초는 달그락거리는 소리가 귀에 거슬린다고 생각하며 얼른 고개를 숙였다. 하지만 안절부절못하던 추랑은 결국 참지 못하고 고개를 돌려 자꾸 차간 쪽을 바라봤다.

이때 단귤이 두 아이를 데리고 방 안으로 들어왔다. 두 아이가 예를 행하자 상석에 앉아 있던 명란이 허리를 곧게 펴며 단정하고 엄숙한 눈빛으로 단전에 기를 모아 말했다.

"집 밖은 집 안과 다르다. 모든 언행에 신중을 기하고 경거망동하지 말아야 한다. 너희 둘은 밖에서 우리 고씨 집안의 얼굴이다. 너희가 행동거지를 바르게 해야 고씨 집안의 체통을 지킬 수 있어. 많이 보고, 많이 들어라. 말과 행동은 될 수 있는 대로 삼가고, 다른 사람의 행동을 잘 관찰하고, 생각을 많이 하여라. 스승님들께 잘 배워야 한다……."

명란이 진지하게 당부하자 두 아이가 진지하게 고개를 끄덕였다. 아이들이 고분고분 약속하는 모습에 명란은 마음이 놓이면서 자신의 모습에 약간 도취되었다. 사실 그녀는 사람을 교화하는 일에 잘 맞지 않았다. 그녀의 전문 분야는 말하자면 곤장치기, 감봉하기, 하옥하기 등 처벌 쪽이었고, 사상 교육은 옆 사무실에 있던 정치 선전부의 전문 분야였다.

"최씨 어멈이 알려 줬겠지만, 밖에 나가서 심술부리지 말고, 스승님 말씀 잘 듣고, 무슨 일이 생기면 말로 해결하렴."

명란은 엄한 표정으로 용이를 바라보며 신신당부했다. 그리고 잠깐 생각하더니 한마디를 덧붙였다.

"그래도 안 되겠으면 돌아와서 내게 이야기하거라."

용이가 붉어진 얼굴로 고개를 힘껏 끄덕이며 작은 목소리로 말했다.

"어머니, 안심하세요."

다소 마음이 놓인 명란은 고개를 돌려 한이를 향해 부드럽게 말했다.

"넌 착한 아이라 이 작은엄마도 안심이다. 미안하지만 용이가 밖에서 고집부리지 않나 봐다오."

한이가 해맑게 웃으며 대답했다.

"작은어머니, 안심하세요. 작은어머니의 당부, 명심하겠습니다."

밝고 진심 어린 말투에 명란은 기분이 좋아졌다. 그때 불현듯 동쪽 차간에서 짧고 가벼운 코웃음 소리가 들렸다. 들릴락 말락 한 작은 소리였지만 명란은 그 속에서 불만과 조소를 느낄 수 있었다. 오늘 아침 명란은 고정엽의 질투 어린 눈길을 받으며 잠을 이기고 일찍 일어났다. 오늘 새로운 길에 오르는 학생들에게 마지막 훈계를 하기 위해서였다.

명란은 설교하는 제 모습이 분명 멍청해 보일 거라는 생각에 얼굴이 달아오르는 것 같았지만 가만히 앞을 보며 아무것도 못 들은 척했다.

"됐으니 이제 가 보렴. 앞으로는 일부러 여기에 올 필요 없다. 꼭두새벽에 얼마 자지도 못하고 나가는 걸 보니 안쓰럽구나."

명란의 눈에는 연민이 가득했다. 아침 일찍 일어나 공부하러 가다니 이 얼마나 끔찍한 일인가.

동쪽 차간에서 젓가락이 청자 받침대에 부딪힐 때 나는 맑은 소리가 다시 들려왔다. 명란은 홱 돌아보고 싶어 고개가 근질근질했지만 그러지 않기 위해 애썼다. 그래, 내가 오래 자고 싶어서 그런다. 내 머리에는 온통 잠 생각뿐이니까. 그게 뭐 어때서?

방에 있는 사람들은 아무 말이 없었다. 추랑만 동쪽을 여러 번 쳐다봤을 뿐이다.

시간이 거의 다 되자 단귤이 두 아이를 데리고 나갔다. 앞장서서 성큼성큼 걷는 한이와 달리 용이는 걸음을 질질 끌었다. 한 걸음 내디딜 때마다 세 번 고개를 돌려 명란을 쳐다보는데, 어린아이의 또렷한 검은 눈에서 약간의 불안이 느껴졌다.

마음이 울컥한 명란이 용이를 불렀다.

"용아."

용이가 바로 발걸음을 멈추고 그녀를 물끄러미 바라보았다.

"공부 열심히 하고 예의 바르게 행동해야 한다. 그렇다고 다른 사람한테 당하고 다니면 안 돼. 명심하렴. 넌 고씨 집안 사람이야."

명란은 잠깐의 생각 끝에 한마디 덧붙였다.

"네 아버지도 경성 바닥에서 누구한테 당한 적은 없다."

어릴 적부터 한 성질 하신 고씨 집안 둘째 도련님은 두 주먹으로 경성의 귀족 자제 세계를 평정했다. 남을 괴롭히지만 않으면 나무아미타불하고 감사할 일이었다.

그 말이 떨어지기 무섭게 동쪽 차간에서 푭 하고 웃음 참는 소리가 났다. 용이는 어리둥절한 표정을 지었다. 명란은 이를 꽉 물고 용이를 서둘러 내보냈다. 아이는 머리를 숙인 채 몸을 돌려 문밖으로 나갔다.

계집종과 어멈이 모두 나간 후 커다란 사람 그림자가 홀연히 나타났다. 고정엽이었다. 그는 시선집이 꽂힌 선반 옆에 서서 새하얀 수건으로 손가락 사이를 가볍게 문지르고 있었다. 홍갈색 비단 평상복을 입은 모습에서 성숙하고 중후한 분위기가 물씬 풍겼다.

추랑은 그의 얼굴을 보자마자 감격하여 입술을 살짝 떨었지만, 정작 한마디도 하지 못했다. 반면, 영민한 공홍초는 재빨리 입을 열었다.

"마님께서는 한참 바쁘셨어요. 제가 바로 나리와 마님의 식사 시중을 들겠습니다."

그러면서 명란을 부축하러 나섰다.

고정엽이 눈살을 찌푸렸다.

"여기에 시중들 사람이 있으니 너와 추랑은 먼저 돌아가거라."

위엄 어린 말투에 아무도 반항하지 못했다. 공홍초는 잠깐 멈칫하더니 만면에 미소를 짓고 그러겠노라고 대답하며 물러났다. 추랑도 고개를 숙인 채 미련을 질질 흘리며 그 뒤를 따랐다.

"저들처럼 정실부인에게 문안드리기 좋아하는 첩은 극히 드물어요."

명란은 쓸쓸해하는 두 사람을 바라보다 고개를 돌려 웃는 듯 마는 듯한 표정을 짓고 있는 고정엽을 바라보았다.

"나리, 저들이 왜 저러는지 아세요?"

고정엽은 아무 대답 없이 장식장에 비스듬히 기댔다. 명란이 자문자답했다.

"제가 어질고 정직하고 당당한 사람이니까, 존경하고 우러러 보는 거예요."

"얼른 밥이나 먹자."

남자의 표정은 변하지 않았다. 다만 입꼬리가 살짝 휘고 눈에서 애정이 묻어 나왔을 뿐이다.

• • •

아이들이 학당에 다닌 지 일고여덟 날이 지났다. 명란은 고대 풍습에 따라 감사 인사를 올리러 갔다. 오후에 다시금 약소한 선물을 준비해 정 장군부로 향했는데 주요 목적은 스승을 추천해 준 정 부인에게 감사의 뜻을 표하는 것이었다. 어릴 적 경험을 떠올려 보면 정 부인같이 과묵하고 엄숙한 사람은 시끄럽게 떠드는 자를 좋아하지 않았고, 말이 많을수록 되레 미움을 사기 십상이었다. 진심을 담아 감사 인사를 올린 명란은 이제 또 무슨 말을 해야 할지 몰랐지만, 그렇다고 바로 돌아가기도 뭐 했기에 그저 허심탄회하게 실제 있었던 일을 이야기하며 정 부인의 신뢰도를 높였다.

"요즘 저희 집 용이가 똑똑하고 예의 발라졌습니다."

'어머니'라고 부를 때의 용이 말투가 진지해졌다. 내키지 않은 듯 모기만 한 소리로 머뭇머뭇 부르던 예전과는 확연히 달랐다. 역시 정신 개조 작업은 가끔 외부에 맡길 필요가 있다.

명란은 잠시 생각하다 한마디 덧붙였다.

"누가 지켜보지 않아도 스스로 공부하기 시작했고요."

정 부인은 별말 하지 않았지만 명란의 천진한 말투가 마음에 들었는지 자상하고 온화한 미소를 지었다. 심청평이 웃으며 끼어들어 분위기를 띄웠다.

"조카가 그러는데 따님도 승부욕이 대단하다고 하더군요. 스승님이 처음 수업 내용을 질문했을 때 대답을 제대로 하지 못했는데 다음 날에 바로 만회했답니다."

"그게 다가 아니에요."

명란은 손수건으로 웃는 입을 가리며 최대한 진지한 말투로 말했다.

"이제 장난도 안 치고 어른을 공경할 줄도 압니다. 그 아이 처소의 계집종들에게 들었는데 용이가 저와 나리를 위한 새해 선물을 만들겠다며 요 며칠 열심히 바느질 연습을 한다더군요. 그 서툰 아이 때문에 바느질 선생이 화병나지 않게 부처님이 가호해주시길 바랄 뿐입니다."

정 부인이 그 말을 듣더니 웃음을 터뜨렸다.

"그럴 리가요. 기본만 익히면 금세 나아질 겁니다."

그러다 뭔가 떠오른 듯 잠시 주춤하더니 웃음을 참으며 말을 이었다.

"제 딸도 원래는…… 손이 어찌나 둔한지 꼭 발로 바느질하는 것 같았지요."

방 안의 분위기가 화기애애해지자 명란은 몰래 안도의 한숨을 내쉬었다. 장백과 성 노대부인 앞에서는 어린 나이를 무기 삼아 애교도 부리고 비위도 맞추며 멍청한 척도 하고 얼빠진 체도 했다. 하지만 정 부인에게 달라붙어 아양을 부릴 수는 없는 노릇 아닌가.

사실 그녀는 모르는 사람에게 살갑게 굴지 못했다. 그때 정치선전부 보스 어르신 밑에 들어갔더라면 달라졌을지도 모른다. 어르신의 제자들은 하나같이 화려한 언변을 자랑했으니까. 머리를 설득하는 것도 모자라 사람의 가슴을 울렸다. 설령 실패할지라도 끝까지 달라붙어 설득했다. 그들 세계의 아이돌은 누구? 바로 삼장법사다.

명란은 잠깐 대화를 나눈 후 작별 인사를 했다. 심청평이 황급히 일어서더니 짐짓 물시계를 보는 척하며 말했다.

"어머, 벌써 시간이 이렇게 됐군요. 이제 저쪽도 수업이 끝날 때가 됐겠어요."

그러더니 웃는 얼굴로 명란을 똑바로 바라봤다.

어린 나이에 부모를 여읜 심청평은 오라버니와 언니의 사랑을 듬뿍 받으며 별다른 제재 없이 자유롭게 자랐다. 하지만 정씨 집안에 시집온 후로는 부녀자의 덕목을 엄격히 지키며 살아야 했다. 대문은커녕 중문도 넘지 못하며 온종일 장군부에 처박힌 채로 엄숙하고 경건한, 살아 있는 염라대왕인 큰형님에게 일거수일투족을 통제받으며 갑갑하게 지낸 것이다.

명란이 어찌 심청평의 마음을 모를까. 그녀는 모르는 체하고 싶었지만 활활 타오르는 기대의 눈빛을 차마 저버릴 수 없었다. 속으로 쓴웃음을 지었으나 겉으로는 자연스러운 미소를 지으며 말했다.

"그렇지요. 저도 원래 인사를 다 드리면 아이들을 데리러 가려 했답니다."

심청평은 속으로 쾌재를 부르고는 웃으며 고개를 돌렸다.

"형님, 거리도 멀지 않은데 저도 같이 가서 조카를 데려올게요."

정 부인은 덤덤한 눈길로 명란과 심청평을 힐끗 봤다. 그녀는 고개를 숙이고 차만 마실 뿐 아무 말도 하지 않았다. 심청평이 명란을 쳐다보자 명란은 고개를 숙였다. 두 사람이 벌벌 떨고 있을 때 정 부인의 목소리가 들렸다.

"그렇다면 같이 다녀오게."

심청평은 대사면이라도 받은 듯 서둘러 자기 방으로 돌아가 행장을 갖춘 후 명란의 팔짱을 낀 채 문을 나섰다.

"후우, 이제야 숨통이 트이네요."

마차에서 심청평은 수시로 휘장을 걷으며 사방을 두리번거렸다. 그녀의 얼굴에는 기쁨이 가득했다.

"촉에 있을 적에 경성이 번화하고 풍요롭고 천하에서 가장 좋은 곳이라고 들었거든요. 안타깝게도 경성에 온 지 꽤 되었는데 제대로 구경한 적이 한 번도 없답니다."

명란이 웃었다.

"안타깝다니요. 한 번도 출타한 적이 없는 것처럼 말씀하시네요."

심청평이 입을 삐죽 내밀더니 휘장을 내린 후 명란을 돌아보며 답답하다는 듯 말했다.

"절에 가서 향을 피우거나 도관에 가서 천도재를 지내거나, 그것도 아니면 꼭 제사 지내러 가는 것처럼 차려입고 남의 저택에 가서 식사나 차를 함께한 것뿐인걸요. 기껏 해 봤자 잘 아는 골동품 점포에 가서 둘러보는 게 전부였다고요. 이것도 구경이랍니까!"

"그럼 뭘 하고 싶으신데요?"

명란은 고개를 옆으로 기울였다. 자그마한 난로 곁에 있으니 또다시 졸음이 몰려오고 온몸이 나른해졌다.

심청평이 눈동자를 반짝이더니 낭랑한 목소리로 말했다.

"당연히 산과 하천, 시장을 돌아다니며 사람 사는 것과 세상 돌아가는 걸 봐야죠. 그래야 천자가 다스리는 이 세상이 어떻게 생겼는지 알 수 있잖아요."

명란이 웃었다. 그리고 심청평의 체면을 세워주려는 듯 난로에서 두 손을 떼고 가볍게 손뼉을 쳤다. 수치심이 든 심청평이 화를 냈다.

"부인, 절 놀리시는 거죠!"

심청평이 신경질을 내자 명란은 웃음기를 거두고는 부드러운 말로 그녀를 달랬다.

"부인을 비웃는 게 아니에요. 전부 맞는 말인걸요. 다만 여인으로 태어난 탓에 자유롭게 돌아다니지 못하니 애석할 뿐이죠. 저는 부인보다 경성에 온 지 오래됐지만 가본 곳은 몇 군데 안 된답니다. 햇살이 좋던 어느 봄날, 성부의 여인들끼리 근처 망춘산에 나들이를 갔었는데, 그때 저도 처음 바깥 풍경을 봤지요. 그것도 연세 지긋하신 우리 조모님께서 제안하신 덕이었어요. 조모님을 제외하고는 어머니도 바깥 구경이 쉽지 않았어요."

심청평은 부러운 듯 듣더니 잠시 뒤에 말했다.

"우리 시어머님이 어딜 돌아다니시겠어요. 우리 큰형님은……."

그녀는 가볍게 한숨을 내쉬더니 더는 말을 잇지 못했다.

누구인들 여기저기 돌아다니고 싶지 않겠는가. 명란도 낙담했지만 농을 던졌다.

"그럼 방법은 하나뿐이네요. 얼른 자식을 순풍순풍 낳으세요. 나중에 부인이 집안의 어른이 되고 자손이 번창하면 어디든 갈 수 있잖아요."

심청평은 부끄러움에 얼굴이 새빨개지더니 신경질을 냈다.

"마음이 통하는 벗이라 생각하고 솔직하게 얘기했는데 어떻게 사람을 놀릴 수가 있어요? 부인같이 매정한 사람과는 이제 얘기하지 않을 거예요."

명란은 한바탕 미친 듯이 웃더니, 두툼하고 보드라운 깔개 위에서 살짝 움직여 심청평에게 다가가 그녀의 어깨에 손을 올리고 부드럽게 말했다.

"제가 잘못했어요. 다시는 안 그럴 테니까 용서해주세요."

명란은 칭찬을 반 광주리나 쏟아부어주고 나서야 심청평의 기분을 풀

수 있었다.

심청평은 명란의 이마를 콕 찌르고는 웃으며 핀잔을 주었다.

"이 장난꾸러기 부인. 고 장군님이 불쌍할 따름이에요. 전생에 무슨 죄를 지었길래 부인같이 수명 갉아먹는 사람을 아내로 맞이하셨을까요? 아마 부인 때문에 기절하거나 분통 터져서 돌아가실 겁니다."

나이대가 비슷한 두 사람은 같이 얽혀 까르르 웃었다. 잠시 후 심청평이 천천히 허리를 곧게 펴더니 들릴 듯 말 듯한 목소리로 말했다.

"여기가 좋긴 한데 성가신 일이 너무 많아요. 촉에 있을 때가 훨씬 자유로웠어요."

명란은 비단 깔개에 앉은 채 묵묵히 그녀를 바라보았다.

잠시 후 심청평이 나지막이 말했다.

"오라버니와 언니가 그리워요."

명란은 여전히 아무 말도 하지 않았다. 문득 유명한 다이애나 비가 떠올랐다. 그녀는 비극적인 인물이었다. 밑바닥에서 알아주는 이 하나 없을 때는 왕비가 되고 싶어했지만, 세계의 주목을 받고 부귀영화를 누리게 됐을 때는 자유와 사랑을 갈구했다. 하지만 이 세상에서 두 마리 토끼를 다 잡는 게 어디 쉽던가. 심청평은 화려하고 호화로운 경성의 삶을 누리고 싶으면서도, 한편으로는 아무 데도 얽매이지 않고 자유롭게 살고 싶어 했다. 전생에 쌓은 공덕만으론 부족하니 이번 생의 팔자가 끝내주게 좋아야 가능할 일이었다.

소금에 절인 생선을 먹을 때 갈증을 감수해야 하듯 부귀영화를 누리려면 성가신 일은 참아야 한다.

정씨 집안의 일은 한때 경성 권문세가에서 화제가 된 적이 있던 터라 명란도 조금 들은 바가 있었다.

심청평이 정씨 집안에 시집왔을 무렵, 심청평은 황후 언니를 믿고 입궁해 고자질을 했다. 황실에서 큰형님의 기를 꺾어주면 앞으로 편하게 지낼 수 있을 거라는 판단에서였다.

하지만 정 부인은 심청평보다 더 독하고 똑똑한 사람이었다. 심청평의 하소연을 들은 황후가 정 부인에게 어떻게 얘기해야 할지 생각하기도 전에, 정 부인이 시어머니인 정 노대부인 앞에 무릎을 꿇고 "제가 너무 미천하여 큰형님 노릇을 할 자격이 없습니다."라며 선수를 친 것이다.

고령의 정 노대부인은 대경실색하며 혼이 반쯤 나갔다. 십여 년을 함께한 며느리였다. 애정도 남다를뿐더러 그녀는 줄곧 큰며느리를 마음에 들어 했다. 자식도 잘 낳아 잘 기르고 집안일도 도맡아 하고 집안도 화목한데 어찌 내칠 수 있겠는가. 정 노대부인은 병약한 몸을 일으켜 고명 부인의 의복을 갖춘 후 궁에 가서 용서를 빌었다.

일순간에 의론이 분분해졌다.

말이 의론이지, 논쟁의 여지없이 여론은 정 부인 쪽으로 기울었다. 그녀는 덕망 높은 가문 출신으로, 본디 명망 높은 사람이었다. 선조 중에는 태묘에 배향된 이도 있고, 충렬사에서도 그녀의 선조들을 모시고 있었다. 그녀 집안사람이 전국 열녀문의 지분을 십 퍼센트나 차지하고 있었고(실로 무서운 가풍이로다), 그녀 자신도 경성에서 단정하고 바르기로 이름 난 며느리이자 아내였다.

시집온 지 얼마 되지 않은 심청평이 현숙한 큰형님을 못살게 굴려 하자 사람들은 분노했다. 황실의 외척인 심청평이 정씨 집안에 엉덩이를 붙이자마자 안하무인격으로 횡포를 부리는 걸 보니 훗날 필시 큰 화를 일으킬 거라며 손가락질했다.

그 당시 성굉에게 들은 바에 따르면, 어사언관이 이미 탄핵 상소를 쓰고 언제 올릴지 칼을 갈며 기회만 엿보고 있다고 했다.

이뿐만이 아니라, 경녕대장공주를 주축으로 한 황실 여인들도 심기가 불편하기는 마찬가지였다.

정 부인이 얼마나 좋은 사람인가. 신분도 높고 선량했다. 공주나 군주 같은 황족 여인들도 함부로 시댁의 동서를 무시하지 않거늘 황후의 여동생이 감히? 하루아침에 신분 상승한 주제에 감히 태평공주太平公主[3]를 따라 하려고 하다니 아직 한참은 멀었거든?

성덕태후와 몇몇 왕비들은 비웃으며 상대조차 해주지 않았다.

그때 명란도 분개하며 떠들자 장백 오라버니가 옅게 웃으며 말했다.

"그저 기를 꺾으려는 행동이다. 황상께서 금방 잠재우실 게야."

훗날 명란은 깨달았다. 문관들은 관례에 따라 새로운 외척 무리들의 기를 꺾으려고 한다는 것을. 하물며 심청평의 황제 형부는 '인자하고 효심이 깊다'는 이미지를 열심히 홍보하고 있지 않은가.

장백 오라버니의 예상대로 심복들은 재빨리 머리를 굴렸고 황제 또한 민첩하게 행동했다. 황제가 황후를 불러 권유를 했는지 질책했는지 모르지만, 황후는 바로 정씨 집안의 여인들을 입궁시키더니 성덕태후가 힐난하기 전에 여동생을 호되게 야단치고, 훈육상궁 둘을 보내 심청평의 행동을 감시하게 했다. 마지막으로는 상냥한 얼굴로 정씨 집안의 고부를 위로했고 푸짐한 하사품을 내렸다. 그제야 사건이 마무리되었다.

가장 비참해진 건 심청평이었다. 그냥 고자질 좀 한 것뿐인데(어릴 적에 늘 그랬듯이) 언니의 훈계가 끝나자마자 오라버니의 훈계가 이어졌

---

3) 측천무후의 딸로 막강한 권력을 휘두른 공주.

고, 오라버니 훈계가 끝나자마자 태후, 그것도 두 명의 태후가 훈계했다. 시댁으로 돌아오니 시부모님의 안색이 나쁜 건 물론이고, 남편조차 언짢은 표정을 지었다. 남편은 그저 자기 형에게 거듭 사과할 뿐이었다. 이 일을 겪고 난 후 심청평은 얌전해졌다.

"솔직히 말해서……."

심청평은 명란이 하는 대로 머리를 깔개에 대고는 가벼운 한숨을 내쉬었다.

"우리 큰형님이 대화를 좋아하지는 않지만 굉장히 좋은 분이긴 해요."

그녀는 진심을 못 알아보고 좋은 사람을 구분하지 못할 정도로 우둔하진 않았다.

정 부인도 그녀에게 그렇게 가혹하게 굴지 않았다. 그녀에게 시중을 시키지도, 업신여기거나 비아냥거리지 않았다. 다만 심청평이 남들 앞에 공공연히 얼굴을 드러내거나 밖에 놀러 나가자고 서방님에게 매달리는 것을 막았을 뿐이다.

그걸 제외하면, 집 밖에서 비웃음 사는 걸 막기 위해 수시로 사교 예절을 일러 주고 말과 행동거지를 똑바로 하라고 충고한 게 다였다. 겉으로 웃으면서 뒤통수를 치거나 암투를 벌이거나 냉담한 눈빛으로 비웃는 일반 권문세가 동서들에 비하면 훨씬 나았다.

"당연한 말씀. 그걸 누가 모르나요. 이제 복에 겨운 소리 하지 마세요. 아주 진실된 분이잖아요."

명란이 그녀를 놀렸다.

"하아, 이제는 황후마마조차 복에 겨운 줄 알라고 귀 따갑게 말씀하세요. 그렇게 훌륭한 큰형님 계시지, 청렴하고 강직한 가풍에, 집안 남자들도 하나같이 성실하지 않냐면서 내가 전생에 무슨 덕을 쌓았는지 모르겠대요. 큰형님 말씀 잘 듣고 말썽부리지 말라더군요."

심청평의 말투에는 '과거의 영광을 잃은 자'의 슬픔이 배어 있었다.

이 또한 정 부인의 대단한 점이었다. 집 안에서 어떻게 하든 집 밖에서는 전력을 다해 심청평을 감싸며 우리 집안에서 알아서 교육할 테니 외부인은 신경 끄라는 자세를 취했다. 한 번은 어떤 사람이 심청평의 예법이 어설프다며 시골뜨기 아가씨 같다고 비웃었다. 그러자 정 부인은 바로 인상을 쓰고는 옷자락을 휘날리며 자리를 떴다. 그렇게 시간이 흘러 흘러 이제는 황후조차 그녀를 존경하게 되었고, 종종 그녀를 궁으로 불러 담소를 나누기도 했다. 이것이 당초 명란이 수많은 사람 가운데 그녀를 돌파구로 삼은 이유였다.

똑똑한 사람이었다. 규방에도 이런 인재가 있다니. 하지만…….

"저기, 그때……."

명란은 어감에 신경 쓰며 조심스럽게 물었다.

"부인의 큰형님께서 정말로 자리에서 물러나려고 하셨을까요?"

사실 물어보면 안 되는 질문이었지만 근질거리는 호기심을 주체할 수가 없었다.

심청평은 명란을 흘겨보고는 잠시 생각하더니 천천히 고개를 끄덕였다. 난감한 표정이었다.

"나도 원래 안 믿었어요. 그런데 이 집에 들어온 지 벌써 이 년이 되어가잖아요. 객관적으로 봤을 때……."

그녀는 긴 한숨을 내쉬고 말을 이었다.

"형님 친정의 가정교육을 보니까 예와 법도를 목숨보다 중시하더군요. 진짜 큰형님 성정이 그래요. 목숨을 내놓을지언정 법도는 지켜야 한다는 주의세요."

명란은 몸을 뒤로 젖히며 벌렁거리는 심장을 움켜잡았다. 진지한 사람은 함부로 건드리면 안 되는구나.

이미 누군가가 충경후부 별원에 가서 이들의 도착을 알렸다. 문간방에서 도착하니 여자아이들 몇 명이 계집종, 어멈과 함께 거기서 기다리고 있었다.

정씨 집안의 꼬마 아가씨는 성격이 시원시원하고 사랑스러웠다. 심청평을 무척이나 따르는지 두 사람은 만나자마자 신나게 손을 잡고 마차에 올랐다. 열심히 공부한 상으로 우선 구수각에 가서 새로 나온 비둘기 구이를 사 주고, 자운재에 가서 새로 나온 옥판선지[4]를 구경시켜주겠다고 말하는 게 들렸다. 심청평이 무척 신난 걸 보니 정 장군부에서 갑갑하긴 갑갑했나 보다.

하지만 아이를 핑계 삼아 돌아다니다니 명란은 이건 아니라며 속으로 깊은 유감을 표할 수밖에 없었다.

한이와 용이도 명란과 함께 마차에 올라탔다. 둘은 돌아가는 길 내내 수업 중에 있었던 재미난 일을 재잘거렸다. 원래 공부를 좋아하는 한이는 그렇다고 쳐도 용이마저 굉장한 흥미를 느끼고 있는 게 보였다. 설 대가는 학업 성과를 평가할 때 서책 이해도만 보는 것이 아니었다. 용이는 서책에는 약했지만 산수 실력은 뛰어나서 옆 사람이 주판을 굴리고 있는 사이 암산으로 단번에 계산을 끝낼 수 있는 아이였다.

"마침 가는 방향이니 여란 이모네에 들르자꾸나."

두 아이가 재밌게 얘기하는 모습을 보니 문득 떠오른 생각이었다. 마

---

4) 폭이 좁고 두꺼우면서도 희고 결이 고운 고급 선지. 그림이나 글씨 쓰는 데 많이 이용됨.

침 날씨도 좋고, 그녀 같은 집순이가 모처럼 외출했으니 기회를 낭비하지 말아야겠다 싶었다.

금은화가 흐드러지게 핀 검은색 대문 앞에 마차가 당도했다. 문염경의 집은 첨수甜水 골목의 중간에 위치한, 정원이 족히 세 개는 되는 꽤 큰 저택이었다.

"어떻게 빈손으로 와?"

여란이 한 손으로 허리를 받치며 나왔다. 그녀는 진분홍 바탕에 나비와 꽃이 수놓인 얇은 족제비 가죽 장오를 입었고, 깔끔하게 원형으로 올린 머리에는 눈에 띄는 대남[5] 진주 순금 비녀를 꽂고 있었다.

거대하게 부른 배를 내민 채 자신에게 꺼낸 첫 마디가 고작 이런 거라니. 명란은 기가 막혔다. 이런 자매가 있으면 제 명에 살기 힘들다.

"갑자기 생각나서 왔는데 선물은 무슨 선물! 싫으면 앞으로는 사람을 통해 물건만 보내고 안 올게."

"그럼 쓰나."

여란도 그냥 뱉은 말이지 정말 선물을 바란 건 아니었다. 그녀는 유쾌하게 웃으며 명란에게 자리를 권했다.

"정말 운도 좋다. 오늘 짜증 나는 두 사람이 전부 출타했거든. 네 형부의 이모댁에 일이 생겼어."

이때 차반을 들고 들어오던 기혼녀 차림의 희작이 이 말을 듣고는 질겁하며 말했다.

"마님, 어찌 또……."

---

5) 베트남의 옛 이름.

그녀는 사방을 두리번거리다 외부인이 아무도 없는 걸 확인하고 말했다.

"입에 배면 나중에 무심결에 나온다고요."

여란도 그녀를 당할 도리가 없기에 입을 삐죽 내밀었다.

"읏, 얘가 제일, 제일 짜증 나."

명란이 빙그레 웃으며 희작에게 온화한 말투로 말했다.

"네 몸은 괜찮니? 불편한 데 있으면 억지로 참거나 숨기지 말고 언니에게 말하렴. 언니가 애걸복걸해서 너희 내외를 데려온 거잖니."

희작이 차반을 내려놓더니 입을 가리며 웃었다.

"무슨 말씀이세요. 제가 아가씨를 못 떠나는 거예요. 제가 애걸복걸해서라도 와야죠. 명란 아가씨가 농 좋아하는 건 여전하시다니까. 오늘 노마님과 둘째 마님은 출타하셨어요. 우리 마님과 마음껏 담소 나누고 가세요."

그녀는 이렇게 말하며 줄지어 들어오는 계집종들이 다과 접시를 잘 놓도록 깔끔하게 지시했다.

두 자매는 자리에 앉았다. 여란은 꼬투리를 잡으려고 명란을 힐끗 쳐다봤다. 명란이 입은, 녹색 빛이 은은하게 감도는 푸른 비단 족제비 오자는 하사품이었다. 그밖에는 별다른 게 없었다. 다시 봐도 수수하니 다른 장신구는 보이지 않았다. 단지 순금 뼈대에 비취를 박은 진주 봉황 비녀를 머리에 비스듬히 꽂았을 뿐이다. 아래로 늘어진 엄지만 한 진주가 얼굴 옆에서 살짝 흔들리며 찬란한 빛을 발하고 있었다.

혼인 후 신분이 높아지고 더 아름다워진 명란을 볼 때마다 여란은 심기가 조금 불편했다. 그런데 오늘은……. 그녀는 고개를 숙여 자신의 배를 가볍게 어루만지면서 옆에 있는 용이를 힐끗 쳐다봤다. 시집가자마자 이렇게 큰 서녀가 생기면 눈에 거슬리겠지.

이런 생각을 하니 명란의 호화로운 삶이 매력적으로 보이지 않았다. 기분이 좋아진 여란은 갑자기 자애심이 솟아나서 사탕을 한 움큼 집어 용이와 한이에게 쥐여주었다. 그리고 계집종과 어멈에게 아이들을 데려가 놀라고 했다.

"아이를 안 낳고 어머니가 되는 느낌은 어때?"

여란이 목소리를 낮춰 물었다. 그녀의 눈빛에 선의라고는 보이지 않았다.

저 못된 주둥아리 같으니! 명란은 손수건을 꽉 쥐었다. 그녀는 즉시 침착하고 예리하게 반격했다.

"능력 있으면 평생 언니가 낳은 아이의 어머니만 되어보시든가."

여란은 말문이 막혔다. 그녀 또한 장담할 수 없는 터였다. 그녀가 거칠고 직설적이긴 해도 천진난만한 건 아니었다. 여란이 지금 생각하는 가장 이상적인 삶은 남편과 스무 해 정도 서로 은애하며 살다가 아이들이 장성하면 냉큼 짝지운 후 손주 재롱을 보면서 노후를 즐기는 것이다. 그때는 성실하고 본분을 아는 계집종을 방에 두고 시중 들라고 하는 것도 괜찮을 것이다.

명란은 붉으락푸르락하는 여란의 얼굴을 즐겁게 쳐다봤다. 그녀는 어릴 적부터 말로는 여란에게 져 본 역사가 없다. 하물며 지금은 어떻겠는가? 입씨름이 끝났으니 안부를 물을 차례였다. 아무리 그래도 임산부인지라 너무 심하게 괴롭힐 수는 없었다. 명란은 자세를 바르게 고쳐 앉은 후 상냥한 미소를 지으며 물었다.

"언니, 요즘 몸은 어때? 내가 도와줄 게 있을까?"

여란은 귀밑머리의 금비녀를 추스르며 명란을 한번 노려본 후 대답했다.

"의원과 어멈들이 내 상태가 좋대. 식탐이 늘고 졸음이 자주 오긴 하지만 특별히 심각한 문제는 없어. 하루에 다섯 끼니를 먹고, 눈을 뜨든 안 뜨는 늘 졸리는 게 꼭 미혼약[6]을 먹은 것 같다니까. 뭐, 지금은 괜찮아졌어. 그리고……."

웃으면서 듣던 명란의 심장이 갑자기 덜컥 내려앉았다.

그곳을 나왔을 때는 이미 신시申時 삼각三刻이었다. 일행은 마차를 타고 천천히 후부로 돌아왔다. 마차에서 내리자 계집종과 어멈이 두 아이를 데리고 들어갔다. 명란이 처소에 들어서니 방 안에서 안절부절못하며 왔다 갔다 하고 있는 단귤이 보였다. 그녀는 명란을 보자마자 바로 달려오더니 횡설수설 말했다.

"마님, 드디어 오셨군요. 큰마님 쪽에서 벌써 서너 번이나 사람을 보냈어요. 마님께서 출타하셨을 때 고모님이 오셨거든요."

"누구?"

명란은 온몸이 피곤해서 침상에 가서 누우려는 참이었다.

"고모님이요!"

• • •

정말로 바쁜 하루구나. 초등학생 글짓기 소재로 딱이겠어.

---

6) 정신을 몽롱하게 만드는 약.

훤넝당 편청의 문이 열리자 정중앙에 앉아 있는 귀티 나고 점잖은 노부인 둘이 보였다. 한쪽은 고 태부인이었고, 다른 한쪽은 양씨 집안으로 시집간 고 대인의 누이동생이었다.

"고모님께 인사 올립니다."

명란이 예를 갖춰 절을 한 후 작은 소리로 말했다. 이왕 늦은 김에 몸치장을 다시 하고 환복한 후에 온 차였다.

고모의 둥글둥글한 얼굴에는 자상하고 온화한 미소 대신 거짓 웃음이 걸려 있었다.

"둘째 조카며느리가 참으로 바쁘구나. 내가 돌아가야 할 때가 돼서야 오다니. 얼굴 한번 보기가 참 힘들어."

명란은 한쪽에 앉아 있는 소 씨와 주 씨를 힐끗 본 후 공손하게 대답했다.

"고모님, 오늘 아이들 스승을 추천해 준 일로 정 장군부에 감사 인사를 드리러 다녀왔습니다. 이틀 전에 어머님과 형님, 동서에게도 말씀드렸지요. 오늘 고모님께서 오시는 줄 정말로 몰랐습니다. 미리 알았다면 외출하지 않았을 겁니다."

고모가 웃는 표정으로 고 태부인 쪽을 보며 말했다.

"며느리의 입심이 대단하네요. 한마디 하자마자 열 마디를 쏘아붙이다니. 무서워서 말을 못 하겠습니다."

명란은 웃을 뿐 아무 말도 하지 않았다. 뭐라 말하면 궤변으로 몰릴 것이고, 가만있으면 묵인하는 것이 될 터였다. 어느 쪽이나 잘못이긴 매한가지. 그녀가 혼례를 올릴 때 축하주도 마시러 오지 않은 사람이다. 그다지 가까운 사이도 아닐 터. 그렇다면 꼭 필요한 말과 대답만 하고, 최대한 예절을 지키면 그만이었다. 명란은 그 외에 나머지 일은 전혀 신경 쓰지 않았다.

편청의 분위기가 가라앉았다.

고모는 트집을 잡으려는 듯 명란을 쳐다봤다. 명란은 발끝을 내려다보며 묵묵히 숫자를 셌다. 백까지 세면 자리에 앉을 생각이었다. 고 태부인은 여유롭게 찻잔을 들었다. 상황을 수습하려는 의지 따위는 없었다. 당연히 주 씨도 얌전히 있었다. 성격이 모질지 못한 소 씨만 상석에 앉은 고 태부인과 명란을 번갈아 보더니 서서히 일어섰다.

"동서도 피곤할 텐데 어서 와서 앉게."

그녀는 명란을 데려와 옆에 앉히더니 웃으며 말했다.

"오늘 우리 집안에 경사가 생겼네. 정찬 아가씨의 혼사가 정해졌어."

명란은 편안하게 의자에 기대고 앉아 '기쁜 척'을 했다.

"어머, 정말요? 어머님, 정말 축하드립니다. 어느 복 받은 집안이 우리 아가씨를 데려가는 건가요?"

소 씨가 웃으며 말했다.

"경창대장공주의 부군인 한 부마 집안이라네. 공주마마의 셋째 아드님이지."

"한씨 집안이라……. 그 부마는 진남후 노대인의 적차자嫡次子이시잖아요?"

명란이 이렇게 확실하게 기억하는 데는 이유가 있다. 진남후부에는 고정엽과 함께 이름을 날린 도련님이 있었다. 고정엽은 그 세계에서 손을 씻고 나왔지만, 한씨 집안의 그분은 여전히 활보하고 계신다. 고정엽은 종종 그 사람을 들먹이며 자신은 개과천선한 탕아라며 농담처럼 득의양양하게 말하곤 했다.

고 태부인이 찻잔을 내려놓더니 기쁜 얼굴로 조심스럽게 입을 열었다.

"두 사람의 다리를 놔준 고모 덕분이지요. 정찬이가 운이 나빠 시집도 가기 전에 제 아비를 잃었지만, 이렇게 자기를 생각해주는 고모가 있다니 그 아이도 그리 박복한 팔자는 아닌가봅니다."

고모가 고 태부인을 돌아보며 웃었다. 그녀가 몸에 걸친 황갈색 비단 괘자가 반짝거렸다.

"정찬이가 복이 있는 거죠. 한가의 셋째 공자는 어린 나이에 늠생廩生[7]이 된 재원이에요. 한 부마를 따라 다른 지역에 가 있던 터라 혼사가 늦어졌죠. 이제 경성에 돌아왔는데 사위로 들이겠다는 사람이 어찌나 많은지 그 댁 문턱이 다 닳을 지경이라니까요. 저도 넌지시 제안한 건데 정찬이의 재명才名이 있다보니 그 댁에서 듣자마자 좋아하더군요. 그래서 제게 혼담을 넣어달라 하셨어요."

"정말 좋은 혼사네요."

명란이 분위기를 맞추며 기쁜 내색을 했다.

"고모가 신경 써준 덕분입니다. 어떻게 감사 인사를 해야 할지 모르겠어요."

고 태부인은 고모의 손을 정겹게 잡았다. 고모의 얼굴에 의기양양한 미소가 떠오르며 눈가에 주름꽃이 피어났다.

"한씨 집안 공자도 어릴 적부터 글을 좋아했다는데 정찬이도 시서를 많이 읽었잖아요. 마침 한 부마께서 경성에 돌아왔으니 이게 하늘이 맺어 준 인연이 아니면 뭐겠어요!"

편청에 있던 모든 사람이 축하와 감사의 인사를 나눴다. 특히 고 태부

---

7) 관에서 녹미를 받는 생원.

인이 진심 어린 환한 미소를 짓고 있었다.

명란은 그녀가 이토록 기뻐하는 이유를 알았다. 정말로 괜찮은 혼사였기 때문이다.

정안황후가 서거한 후 궁궐에는 대혼란이 찾아왔다. 곳곳에서 형이 집행됐고, 무황제 슬하의 공주 대부분은 그 영향으로 신분이 낮은 자에게 허겁지겁 시집가거나 우울하게 생을 마감했다. 말로가 좋은 사람은 몇 없었는데, 행운아인 경녕대장공주 다음으로 운이 좋은 사람이 경창대장공주였다.

그녀의 생모가 정안황후보다 일찍 죽은 덕분에 훗날 피비린내 나는 분쟁을 피하고 평온하게 성장할 수 있었다. 선제는 그녀에게 어울리는 부마도 점지해주었다.

경창공주는 황실과 궁궐의 인맥이 좋았고, 선제 앞에서도 발언권이 있던 사람이었다. 무엇보다도 진남후 작위를 잇지 못했지만 근면성실하고 일 처리가 깔끔한 그녀의 남편을 선제가 중용해주었다. 몇 년이 흐른 후 부마부駙馬府는 점점 쇠락하고 있던 진남후부를 뛰어넘었다.

날로 번창하는 집안 출신에, 권력자 부모를 가진 데다 학식까지 갖춘 남편이니 앞으로 의붓 오라버니인 고정엽을 두려워할 필요가 없는 것이다. 그래. 정말로 괜찮은 혼사다. 어쩐지 두 어르신의 얼굴에 꽃이 폈더라니.

주 씨와 소 씨가 맞장구를 치자 고 태부인과 고모는 갈수록 흥이 났다. 딴 생각에 빠진 명란을 힐끗 본 고모는 명란의 열정이 부족해 보여 기분이 상했다.

"둘째 조카며느리는?"

갑자기 이름이 불린 명란이 황급히 고개를 들었다. 고모가 입꼬리를 올린 채 냉소를 짓고 있었다.

“남자와 여자가 혼인하면 아들, 딸 낳고 사는 것이 인간의 도리다. 너 같은 아이가 우리 고씨 집안에 시집온 건 엄청난 복이지. 그런데 어찌 일 년이 되도록 아무 소식이 없어?”

명란이 속으로 구시렁거렸다. 웃기시네요. 당신 옆에 앉아 있는 아줌마는 고씨 집안에 시집오고 나서 칠팔 년 동안이나 아이를 못 낳았거든요. 그때는 왜 ‘인간의 도리’를 떠들지 않으셨는데요!

고모는 명란이 아무 대꾸도 하지 않자 신이 나서 큰 소리로 말했다.

“얘기하고보니 가엾구나. 지금 고씨 집안 종갓집에 남자아이라곤 현이밖에 없다니. 집 안이 적적한 걸 보니 내 마음이 다 아파. 이렇게 하자꾸나. 내가 아이를 잘 낳을 만한 계집을 보내주마. 정엽이에게 첩으로 삼으라고 하면 네 부담이 좀 덜어질 테지. 어떠냐?”

속에서 천불이 난 명란은 냉소를 지었다. 제안을 피할 이유가 산더미였지만 이치에 따라 조목조목 반박할 생각은 없었다. 이런 황당무계한 사람에게는 이치를 말해봤자 의미가 없었다. 시치미 떼는 게 최고였다. 대진 씨 얘기를 끌고 나와도 괜찮겠지.

명란이 막 입을 떼려는 순간, 입구에서부터 쩌렁쩌렁한 소리가 울려 퍼졌다.

“후부 나리 오셨습니다!”

미소를 짓고 있던 고 태부인의 얼굴이 굳었고, 사냥감을 가지고 노는 사냥꾼처럼 신났던 고모의 표정도 빛을 잃었다. 소 씨와 주 씨는 서로 바라보더니 바로 예법에 따라 좌우 병풍 뒤에 섰고, 명란은 서서히 일어나 그 사이에 섰다.

힘찬 발소리가 들리더니 곧 고정엽이 위풍당당한 걸음으로 들어왔다.

그의 표정은 위엄 있고 엄숙했다. 주홍 망포[8]도 갈아입지 않은 것이 퇴청하자마자 곧장 내당으로 들어온 모양이었다. 그가 편청에 섰다. 기분을 파악할 수 없는 먹물처럼 시커먼 눈동자가 두 어른의 얼굴을 스쳤고, 고 태부인과 고모는 예상치 못한 상황에 당황했다.

고정엽은 깔끔하게 읍하더니 간단한 인사말을 건넨 후 태사의에 앉았다.

"정엽아, 오랜만이구나. 방금……."

고모가 억지웃음을 지었다. 하지만 그녀의 말이 끝나기도 전에 고정엽이 명쾌하게 말했다.

"방금 문 앞에 서서 고모님의 말씀을 들었습니다."

고모는 순간 당황했지만 웃음을 잃지 않았다. 고정엽이 지체 없이 말을 이었다.

"우선 고모님의 관심에 감사드립니다. 다만……."

그가 웃었다. 입꼬리에는 냉기가 서려 있었다.

"선물을 주실 때는 상대가 좋아하는 것을 주셔야지요. 고모님께서는 제가 뭘 원하는지 아십니까?"

고모는 대체 무슨 의도로 저리 질문하는 것인지 알 수 없어 멍하니 듣고만 있었다.

고정엽은 두 어른을 쳐다봤다. 그의 말투가 갈수록 차가워졌다.

"적자입니다. 제가 지금 원하는 건 적자예요. 고모님께서 도와주실 수 있겠습니까?"

---

8) 대신들이 입던 황금색 이무기를 수놓은 예복.

편청의 분위기가 순식간에 얼어붙었다. 고모의 얼굴이 굳더니 가슴팍이 거칠게 오르내렸다. 화가 많이 난 듯했다. 고 태부인의 안색도 보기 안쓰러울 정도로 나빠졌다. 그녀는 하얗고 가느다란 손가락으로 손수건을 꽉 쥐었다.

전세는 역전됐다. 고정엽이 차가운 눈으로 두 어른을 바라봤다. 그는 비웃음이 서린 눈으로 거침없이 말했다.

"고모님은 고관대작 가문에서 태어나 고관대작 가문으로 시집가셨으니 이런 집안에 적자와 서자 간 차별이 있는지 없는지, 있다면 얼마나 있는지 모르실 리 없지요."

차별이야 당연히 있지. 명란은 고개를 숙인 채 한쪽에 서서 미친 듯이 터져 나오는 웃음을 꾹 참았다.

작위는 대대로 세습되지만 종인부에 보고해 황제의 윤허를 얻어야 한다. 여기서 가장 골치 아픈 부분은 '대를 이을 적자가 없다면 상황을 참작해 집안의 다른 적출 형제에게 세습하거나 아예 작위를 박탈한다.'이다. 말인즉슨, 적자가 있으면 작위 승계는 아주 순조롭게 이뤄지지만, 적자가 없는 상황에서 서자에게 세습할 경우에는 황제 또는 종인부가 윤허를 할 만한 그럴듯한 명분이 있어야 한다는 것이다.

바꿔 말하면, 고정엽에게 적자가 없다면 적출 형제인 고정위나 고정위의 적자인 현이가 작위를 이어받을 이유가 충분했다. 권력이 강할 때는 아무도 고정엽을 함부로 건들지 못할 것이다. 하지만 그가 죽은 후 부인과 서자만 남은 상태에서 기회를 노리는 자가 있다면 일이 곤란해질 터였다.

"고모님께서는 정녕 모르시는 겁니까? 그것이 아니면 고의로 이러시는 겁니까?!"

고정엽이 싸늘한 눈으로 고모를 쳐다봤다. 가슴에 박히는 매몰차고 날선 한마디 한마디가 듣는 이에게 압박감을 안겨주었다.

"그게 무슨 뜻이냐!"

고모가 결국 참지 못하고 버럭 화를 내며 일어섰다.

고정엽이 담담하게 말했다.

"아실 텐데요."

음흉한 속셈 측면에서 본다면 이렇게 해석할 수도 있다. 고정엽이 아름다운 첩에 빠져 본처를 냉대하게 되면 고모가 보내는 계집들은 자식 문제를 해결해주기는커녕 오히려 적자 생산을 방해할 것이다.

십 년 전 부안후부의 형제는 작위를 놓고 족히 삼 년간 송사를 치렀다. 십팔 년 전 창흥백부는 작위를 박탈당했다. 재작년에 금향후가 비난받은 것도 전부 '적자와 서자' 문제 때문에 일어난 일이었다.

고모는 화가 나서 온몸을 부들부들 떨었고 얼굴이 벌게진 채 말문이 막혀 아무 말도 하지 못했다.

상황을 지켜보던 고 태부인은 행여 고모에게 무슨 일이 생겨 자기 딸의 혼사가 물 건너갈까봐 서둘러 고모를 부축하며 웃는 얼굴로 중재에 나섰다.

"정엽아, 그만해라, 그만. 가족이라 걱정하신 것뿐이잖니. 네가 오해한 것 같구나."

"혼인을 한 지 일 년도 채 되지 않았는데 고모님께서 이리 나오시니 오해할 수밖에요."

고정엽은 저격하는 눈빛으로 고 태부인을 바라보며 냉담한 미소를 지었다.

"오해를 사기 싫으면 오해 사기 쉬운 일은 삼가야지요."

그는 경고하듯 나지막한 목소리로 말했다.

이미 무디어진 고 태부인이 웃으며 말했다.

"쯧쯧, 정말이지 나더러 무슨 말을 하라는 건지. 고모와 조카가 똑같구나. 같은 핏줄에서 나와서 성격을 빼다 박았어. 말도 직설적으로 내뱉고 듣는 사람들이 얼마나 화나는지도 모르지. 됐다, 됐어. 오늘은 좋은 날이니 내 얼굴을 봐서라도 얼른 화 풀고 가봐라!"

사태가 대충 수습되고, 더는 자리에 앉아 있을 수 없었던 고모는 몇 마디 하지 않고 딱딱하게 일어서서 작별 인사를 했다. 고 태부인도 배웅 차 함께 나갔다. 고정엽은 정원에서 인사하는 척만 하고 명란을 끌고 징원으로 돌아갔다.

방에 돌아가서도 고정엽의 화는 누그러지지 않았다. 그는 짜증 난 손길로 옷깃을 풀어헤치더니 아직도 정신이 없어 멍한 명란을 보고 꾸짖듯 말했다.

"왜 이리 생각이 없느냐! 고모님이 상대하기 얼마나 힘든 상대인 줄 알아? 고모님이 왔다는 얘기를 듣자마자 바로 달려갔다."

명란은 상냥하게 고정엽이 옷시중을 들으며 말했다.

"화내지 마세요. 저도 방법이 있었거든요."

고정엽이 코웃음을 쳤다.

"방법은 무슨. 질투에 눈 먼 여자라는 소문이나 났겠지."

"무슨 말씀이세요. 굳이 완강하게 나갈 필요 있나요."

명란은 눈을 깜빡이며 장난치듯 말했다.

"이렇게 말하면 되죠. '고모님의 호의에 몸 둘 바를 모르겠네요. 가족끼리 서로 도와야 하는 법이니 나중에 정찬 아가씨뿐만 아니라 고모님 자식들까지 제가 반드시 돕겠습니다.' 하하. 두 사람이 어떻게 나올지 보라죠!"

고정엽이 아무 말 없이 그녀를 물끄러미 쳐다봤다.

"네 생각에…… 그게 통할 것 같으냐?"

"안 통해도 괜찮아요."

명란은 어깨를 으쓱이며 상관없다는 듯이 말했다.

"혹여 정말 보내더라도 나리만 동의하시면 봉선 낭자의 말동무나 하라고 영정각에 보내면 되죠. 귀찮을 것도 없어요."

이번에는 고정엽이 고개를 끄덕였다.

"그래. 그럼 되겠구나. 선물을 받았으면 답례를 하는 것이 도리이지. 고모님이 계집을 보내면 나도 몇 명 찾아서 사촌에게 보내야겠어."

고정엽의 화가 누그러든 듯하자 명란은 미소를 지으며 환복 시중을 들었다.

"나리만 제 편이면 고모님이 몇 명이든 하나도 두렵지 않아요."

고정엽이 실소를 터뜨리더니 다시 한숨을 내쉬었다. 그는 명란을 바라보며 자기 앞으로 끌어당겨 잠시 그녀를 품에 안았다. 그런 다음 그녀를 평상에 앉힌 후 고개를 숙여 시선을 맞춘 채 나지막이 말했다.

"조급해하지 않아도 된다. 자식도 인연이 있어야 생기는 법이지. 넌 건강만 잘 챙기면 된다."

명란은 바로 대답을 하지 않았다. 뭔가 곤란한 게 있는 듯 그녀가 주저하며 말했다.

"사실……."

"걱정 마라. 내가 있지 않느냐. 아버지는 그 사람을 십 년 가까이 지키셨지만 나는 널 평생 지킬 수 있어!"

고정엽이 그녀의 말을 잘랐다.

"그게 아니에요. 사실은……."

명란이 우물쭈물했다.

"첩을 들이라느니 그런 말은 하지 마라. 듣기 싫으니."

"나리, 제 말 좀 들어주세요! 어쩌면 제가……."

"의심하지 않아도 된다. 넌 건강하니 다산할 거야."

"제 말 좀 들어 보시라니까요!"

계속 말이 끊기자 답답했던 명란은 한 손으로 그의 입을 막고 큰 소리로 말했다.

"저 회임한 것 같아요!"

방 안에 기이한 침묵이 흘렀다.

남자가 실눈을 떴다. 아무 표정 없이 시선으로 명란의 머리부터 발끝까지 훑더니 다시 발끝에서 머리까지 훑었다. 이렇게 세 번을 반복하고서야 얼굴에 표정이 생겼다. 처음에 어쩔 줄 몰라하던 이상한 표정은 이내 미친 듯이 기뻐하는 표정으로 바뀌었다.

머리가 조금씩 기능을 회복한 듯 그는 명란 앞에 한쪽 무릎을 꿇고 두 팔로 그녀를 끌어안았다. 목소리가 살짝 떨렸다.

"다시 말해봐라, 다시 말해봐."

명란은 부끄러운 듯 두 손의 검지 끝을 맞대며 말했다.

"아마 맞을 거예요. 아니면 태의한테 진맥을 받아볼까요? 한데 장세제 의원도 태의원에서 봉직하는 분이에요. 그 장씨 집안에서 하는 의원에는 다녀왔는데……."

"넌 내 보물이다!"

고정엽의 목에서 낮은 신음 소리가 났다. 말로 형용할 수 없는 기쁨이 그를 온전히 덮쳤다. 그는 단숨에 명란을 당겨 품에 단단히 안고는 제자리에서 빙글빙글 돌기 시작했다.

제161화

만랑, 정찬, 혼수, 가산, 그리고 명란의 행복한 삶

키 큰 고정엽이 꽉 안으니 명란의 몸이 공중에 들렸다. 놀라서 정신이 나간 명란은 그의 목덜미를 필사적으로 껴안으며 가느다란 손가락으로 그의 옷깃을 꽉 잡을 수밖에 없었다. 그의 어깨너머 몇 척 아래로 보인 두꺼운 융단 위의 짙은 색채 모란화가 빙글빙글 돌았다. 비명을 지르려고 했으나 너무 놀란 탓에 일시적으로 목이 잠긴 명란은 이 한마디만 겨우 짜낼 수 있었다.

"내려줘요!"

내려달라고, 이 ×××야!

남자가 큰 소리로 웃었다. 그 쩌렁쩌렁한 목소리에 방 밖에 있던 계집종들의 고막이 울렸다. 기쁨에 가득 찬 웃음이었다. 녹지 등 몇몇 계집종들은 놀란 눈으로 서로를 멀뚱멀뚱 쳐다봤다.

서너 바퀴를 돌고 나서야 고정엽은 명란의 비명이 귀에 들어왔다. 어깨에 매달린 그녀는 아기 다람쥐처럼 바들바들 떨고 있었다. 두려움에 눈은 커다래지고 조그마한 손은 필사적으로 자신을 붙잡고 있었다. 상

태의 심각성을 깨달은 고정엽은 바로 팔을 살짝 벌려 그녀를 고쳐 안더니 평상 위에 조심스럽게 눕혔다.

"……몸은 괜찮으냐? 아까는 내가 평정심을 잃었구나. 어지럽지는 않으냐? 먹고 싶은 것은 없느냐? 아니면 잠깐 잠이라도 자겠느냐? 어서 누워라, 어서."

남자는 두서없이 말하며 두 손으로 명란의 등 뒤에 방석을 끊임없이 밀어 넣었다. 옆으로 누운 자세가 점점 윗몸일으키기 마지막 자세로 변하고 있었다. 처음에는 어지럽게 돌려대더니 이제 괴롭히기까지! 결국 명란의 말투가 험악해졌다.

"전 괜찮고 어지럽지도 않아요. 배고프다고요. 저녁도 안 먹었는데 무슨 잠이에요? 그리고 방석을 이렇게 많이 깔면 어떻게 눕겠어요!"

고정엽은 재빨리 일어나 명란을 제대로 눕혔다. 그러고는 무엇을 해야 할지 감이 서지 않아 뒷짐을 진 채 끊임없이 방 안을 빙빙 돌았다. 무려 일고여덟 번을 돌고 나서야 그는 정신이 돌아온 듯 주먹 쥔 손으로 손바닥을 치며 말했다.

"옳거니, 얼른 태의를 불러와야겠구나!"

그는 사람을 불러 명첩을 가져오게 했다.

명란은 빵빵하고 푹신한 방석을 안은 채 고개를 젖혀 높디높은 대들보를 바라봤다. 거기에는 다채로운 색상으로 정교하게 새겨진 그림이 있었다. 다복과 다산을 상징하는 석류나무 옆에 복을 상징하는 박쥐가 여러 마리 보였다. 어리벙벙하게 생긴 큰 박쥐가 머리가 동그란 작은 박쥐 몇 마리를 의기양양하게 이끌고 가고, 그 뒤로는 어미 박쥐가 어쩔 수 없다는 듯이 따라가고 있었다. 그래, 아주 상서로운 일가족 그림이로고.

태의가 당도했을 때는 명란이 저녁 식사를 마친 후였다.

밥을 먹어도 무슨 맛인지 모를 정도로 넋이 나간 고정엽은 여전히 구름 속에 있었다. 그는 몇 술 뜨기도 전에 주위를 놀라게 했다. 툭하면 고개를 숙인 채 접시와 그릇을 보며 소리 없이 웃었다. 명란을 힐끗 보며 기뻐서 어쩔 줄 몰라하다가 다시 한번 명란을 보고는 미간을 잔뜩 찌푸리기도 했다. 잠깐 사이에 급변하는 표정은 실로 소름이 끼칠 지경이었다.

반면에 명란은 담담하게 식사했다. 오후 내내 밖을 돌아다녀서 식욕이 돌았던지 만족스럽게 음식을 넘겼다. 국 두 그릇과 밥 한 그릇을 더 먹은 다음, 입을 헹구고 입 주변과 손을 닦으니 태의가 당도했다.

하얀 얼굴에 단정하게 생긴 탁 태의는 오랫동안 영국공부의 신임을 얻은 자로, 심씨 가문에 추천되어 얼마 전에 임부를 돌본 터라 경험과 에너지가 모두 충만한 상태였다. 고정엽은 어두운 얼굴로 옆에 서 있었다. 그 모습만 보면 명란이 회임한 게 아니라 마치 불치병에라도 걸린 것 같았다. 원래 태의원 수장인 장 태의를 모셔 오려고 했지만 하필 장 태의가 오늘 밤 당직이었다. 그를 부르겠다고 궁의 문을 두드릴 수는 없는 노릇이었다.

탁 태의는 장막을 사이에 두고 명란의 팔목에 수건을 걸친 채 진맥을 했다. 잠시 후 얼굴에 웃음을 띄우더니 고정엽을 향해 공수하며 말했다.

"후부 나리, 축하드립니다. 부인께서 회임하셨습니다. 벌써 두 달째입니다."

고정엽은 손을 살짝 들고는 나지막한 목소리로 감사 인사를 했다.

"수고했네."

유월에 형님이 단명에 죽고 어쩔 수 없이 수효를 치르면서 3개월간 순결한 부부 생활을 했었다. 마침 음력 십일 월 중순이니 좋구나, 좋아. 하늘이 도우신 게야.

겉으로 담담한 척했지만 속으로는 뛸 듯이 기뻤던 그는 탁 태의의 진찰이 끝나기를 기다리더니 또 서재로 청하여 차 한잔을 마실 동안 계속 질문을 쏟아냈다. 그는 탁 태의가 거의 실소를 터뜨릴 즈음이 되어서야 그를 놔주고는 진찰비를 두둑이 챙겨서 보냈다.

그날 밤 고정엽은 공무를 보러 외서방에 가지 않고, 일찌감치 세수한 후 침상에 올랐다. 그의 날카롭고 예리한 말솜씨는 공격하고 언쟁하는 데는 최고였지만, 사람을 달래고 위로하는 데는 최악이었다. 결국 고정엽은 지금 무슨 말을 해야 할지 알 수 없어 그저 명란을 꼬옥 끌어안았다. 명란은 목 뒤로 그의 따뜻한 숨결이 와닿고, 등에 그의 탄탄한 가슴이 달라붙고, 배에 그의 커다란 손이 덮이는 걸 느꼈다. 서로 아무 말도 하지 않았지만 명란은 그가 얼마나 기뻐하는지 알 수 있었다.

평온하고 아름다운 분위기 속에서 명란은 점점 잠이 쏟아졌다. 반쯤 잠들었을 때 느닷없이 뒤에서 가벼운 탄식이 들렸다. 깊은 고민이 있는 듯했다. 궁금해진 명란은 몸을 돌려 그를 바라보며 물었다.

"왜 한숨을 쉬세요?"

깊은 밤, 방 안은 물속처럼 고요했다. 한참이 지나고 난 후에야 고정엽이 나지막이 말했다.

"갑자기 창이가 생각났다."

어둠 속에서 명란이 눈을 번쩍 떴다. 잠이 확 달아나버렸다. 하늘은 그녀가 이걸 얼마나 궁금해했는지 알리라. 고정엽이 시종일관 감추려고 해서 어쩔 수 없이 참고 있었는데 오늘 밤 그가 자진해서 말을 꺼낸 것이다.

"……용이 그 아이가 제 곁에 있은 지 꽤 오래되었죠. 한 번도 내색하지 않았지만 용이가 그 애를 그리워한다는 걸 알아요. 창이 모자는 지금 어떻게 지내나요?"

그녀가 부드러운 목소리로 넌지시 물었다. 사실 궁금해서 속이 근질거렸다.

또다시 기나긴 침묵이 이어졌다. 고정엽이 똑바로 누우며 말했다.

"……입을 것과 먹을 것 걱정 없이 마을에서 평안하게 살고 있다. 그게 다야."

실의에 가득 찬 목소리였다.

"나리…… 후회하세요?"

명란이 그의 가슴팍에 파고들며 물었다. 춥고 어두운 밤, 탄탄하고 따뜻한 몸이 어찌 그립지 않을까.

"후회하지 않는다."

그의 대답은 의외로 차분했다.

고정엽은 팔을 벌려 명란에게 팔베개를 해주었다.

"열여섯에 만랑을 만나 거의 십여 년을 알고 지냈다. 그녀가 어떤 사람인지 너무 잘 알고 있어."

그가 잠시 말을 멈췄다. 쓴웃음이라도 짓는 듯 어둠 속에서 가벼운 웃음소리가 들려왔다.

"아녀자이긴 하나 일반 남자들보다도 강했다. 뭔가를 이루기로 작정하면 손쉽게 이뤄냈고, 망치기로 작정하면 막으려야 막을 수가 없었지. 나는…… 너를, 우리 아이들을, 우리의 삶을 위험해지게 만들 수 없다."

이번에는 명란이 침묵했다. 그렇게 시간이 조금 지난 후 그녀가 넌지시 물었다.

"나리께서 만랑을 칭찬하는 게 벌써 두 번째예요. 그렇게…… 능력 있는 사람인가요?"

커다란 손이 그녀의 얼굴을 부드럽게 어루만졌다. 굳은살 박인 손이 거친 듯 가볍게 보드라운 피부를 자극해 오자 약간 저릿한 느낌이 들었다. 쌀쌀한 밤, 고정엽의 목소리는 유달리 더 차가웠다.

"담력과 식견이 대단하고 기지가 뛰어나지. 다른 사람들은 못 견딜 일도 참을 수 있는 사람이었다. 한번 연기를 하면 의심을 사지 않을 정도로 완벽한 연기를 해서 조방의 형제들도 칭찬을 아끼지 않았단다. 십 년 가까이 함께하는 동안 허점이 거의 드러나지 않았어. 내가 조사해 볼 마음이 생기지 않았더라면 지금까지 그녀의 사람됨을 알 수 없었을 게다."

머리 위로 온갖 조미료 통이 한꺼번에 쏟아진 듯한 복잡 미묘한 기분이었다. 하지만 명란은 그냥 이렇게 말했다.

"그 사람 전문이잖아요."

연기 전공 수재인데 당연히 대단할 수밖에.

명란의 말투에서 우울함을 읽은 고정엽은 허허 웃더니 팔을 굽혀 그녀를 꽉 껴안고 한참을 어루만졌다. 그가 다정하게 말했다.

"이 바보."

고정엽이 그녀의 양 볼을 꽉 눌러 얼굴을 찌그러뜨렸다. 그 바람에 말을 할 수 없게 된 명란은 재빨리 손을 들어 떼어 내려고 했지만 힘이 달려서 실패하자 대신 손을 뻗어 그의 허리를 간지럽혔다. 고정엽은 웃음을 터뜨리며 재빨리 손을 찰싹 때리고는 버릇 나쁜 오동통한 손을 낚아챘다.

두 사람은 한참을 웃고 떠들고서야 장난을 멈췄다. 서로 껴안고 잠시 가만히 누워 있었는데 고정엽의 시선이 침상 꼭대기에 걸린 어두컴컴한 장막을 향했다. 창호지를 통과한 희미한 빛이 살짝 흔들리며 삼월 봄날의 강 물살처럼 출렁이고 있었다.

그는 처음 만랑을 만났던 때를 떠올렸다.

그날 극이 끝나고 누가 제안한 거였더라. 화려한 의복 차림의 어린 공자 무리가 당시 최고 인기를 구가하던 소단小旦[1] 춘설옥을 보러 무대 뒤로 갔다. 화장을 지우고 난 후에 얼마나 아름다울지 궁금해서였다. 그리고 고정엽은 만랑을 만났다.

무명옷에 낡은 신을 신은, 열 살 남짓한 아름다운 여자아이가 정원 구석에서 오라버니를 기다리고 있었다. 지분을 바르지 않은 그 아이는 연기할 때 쓰는 넓고 긴 덧소매를 걸친 채 남의 눈을 신경 쓰지 않고 아름답게 춤추며 맑은 목소리로 노래하고 있었다. '신첩은 향포처럼 강가에 늘어져 물줄기를 따라 이리저리 떠돌며 그대를 그리워하나이다.' 은은하고 매력적인 가락이었다. 이 광경에 공자들이 발걸음을 멈추고 그 여자아이를 몇 번이고 쳐다봤다. 그중 몇몇이 경박하게 말을 걸자 고정엽은 아이를 돕고자 다른 사람이 먼저 춘설옥을 보면 안 되니 서두르라고 사람들을 부추겼다.

열렬한 극 애호가인 공자들은 초조해하며 안으로 급히 들어갔다. 순식간에 사람들이 흩어졌다.

여자아이가 고개를 들고 감사함을 담은 그윽한 눈빛으로 그를 바라보았다. 그와 눈을 마주친 시간이 길어지자 부끄러웠는지 아이의 얼굴이 온통 빨개졌다. 고개를 숙인 채 감히 말도 붙이지 못하는 모습에 고정엽은 호감이 생겼다. 여자아이는 사실 엄청난 미인은 아니었다. 미모만 따진다면 계모가 그에게 새로이 붙여준 두 계집종보다 훨씬 떨어졌다. 하

---

1) 극 중 젊은 여성 역을 지칭.

지만 그 수줍어하는 자태는 강가에 늘어진 버들처럼 풋풋하고 신선하게 느껴졌다.

극 애호가는 아니었으나 그 가사는 그의 가슴에 깊이 새겨졌다. 그는 몇 년 후에야 깨달았다. 사실 만랑은 애초에 자신이 어떤 사람인지 정확히 밝혔다는 것을. 그녀는 향포처럼 겉으로는 여려 보여도, 실은 어떠한 좌절에도 꺾이지 않는 강인한 여인이었다.

“그 사람은 모든 면에서 뛰어났지만 마음이 올바르지 않았다. 뭔가를 하고자 할 때 망설임이라곤 없었지. 나는 해야 할 말은 다 했고, 줄 수 있는 건 다 줬다.”

고정엽이 침울한 표정으로 말했다.

“다만 창이는…….”

조용히 듣고 있던 명란은 순간 찔리는 마음에 이렇게 물었다.

“창이를 데려오지 않으신 건…… 저 때문인가요?”

“아니다. 네가 떠안으려고 하지 말거라. 만랑이 원하지 않은 것이다.”

고정엽이 그녀를 꽉 껴안으며 가벼운 위로를 건넸다.

“만랑이 시집가기 싫다며 제게 의지할 사람을 남겨달라고 했지.”

역시 고정엽은 모질지 못한 남자다.

이것은 정말 전형적인 선택의 문제였다.

부유한 시댁에서 가난한 신데렐라 엄마에게 조건을 내걸며 넌 원치 않으니 아이만 넘기라 한다. 엄마가 아이를 포기하면 아이는 부귀영화를 누리며 눈부신 인생을 살 수 있다. 하지만 아이를 곁에 두면 엄마와 가난하게 살 수밖에 없다. 막장 드라마들은 형제자매가 판이하게 다른 길을 걷게 하여 눈물 짜게 만들고, 몇 년 후에 그들을 둘러싼 온 세상이 함께 울게 만드는 걸 좋아한다.

"이미 결정했으니 번복하지 않을 것이다."

고정엽의 말투는 담담했지만 단호했다.

"나도 관계를 끊지 않을 것이야. 그 아이를 잘 보살피고 교육도 해줄 생각이다. 하지만 족보에 넣을 수는 없다. 고씨 집안에 그런 아이가 없는 것처럼 취급할 것이야."

명란은 고개를 쏙 빼 들고 그의 얼굴을 살폈다. 안타깝게도 방 안이 너무 어두워 고정엽의 표정을 알 수 없었다. 명란은 어쩔 수 없이 다시 머리를 뉘었다.

역시 그는 비장의 한 수를 썼다.

이 세상에는 스승 없이 스스로 이치를 깨닫는 천재가 몇 있다. 하지만 세상을 놀래킨 모차르트와 같은 천재도 대부분 음악가 집안에서 자랐다. 특별한 교육을 받지 않았을지언정 귀동냥이라도 한 것이다. 모차르트가 백정 집안에서 태어나 매일 피 튀기고 고기 자르는 모습만 봤다면 성인이 된 후에도 오선지보다 도마를 더 친근하게 느꼈을 것이다. 고정엽 자신도 돌아가신 고 대인의 영향을 많이 받았다. 그의 주먹과 발길질, 검술과 창술은 모두 고 대인이 덥든 춥든 계절을 가리지 않고 매일 가르쳐서 완성된 것이 아닌가.

창이는 시골에 살고 있다. 주변은 모두 농부나 소상인의 아이다. 기초를 잡아 주는 유능한 사부나 지적하고 일깨워 주는 뛰어난 스승을 제공하지 않고 그저 일상적인 경제 지식만 가르친다면 행복하고 부유한 소지주로 성장할 가능성이 높다.

물론, 그의 엄마가 매일 복수하라고 주입하지만 않는다면 말이다.

이곳은 계급이 명확한 사회이고, 최고의 교육 자원은 특정층, 특정 지역에 고정되어 있다. 성씨 집안은 명문세가가 아닌데, 대체 성굉이 얼마나 대단한 노력을 기울였길래 장 선생을 성부로 초빙할 수 있었는지 궁금해질 정도다. 만약 장 선생에게 시골에 가서 경극 배우의 사생아를 가르치겠냐고 물어본다면, 설령 고정엽이 직접 나서고 창이가 놀라운 문학적 재능을 지녔다고 해도 선비를 욕보이는 것이라며 대노하고 소맷자락을 휘날리며 떠날 수도 있다.

명란은 마침내 고정엽이 한숨을 쉰 이유를 깨달았다. 고정엽은 죄책감을 느낀 것이다. 적자의 후환을 없애기 위해 한발 앞서 위험 요소를 제거하느라 서장자庶長子 자리부터 창이의 성장 가능성까지 모조리 없앴으니 말이다.

커다란 손이 아랫배를 덮었다. 뜨거운 체온이 옷감을 타고 피부로 스며들었다. 명란은 갑자기 배 속에 있는 아이가 행운아라는 생각을 했다. 이 머나먼 세상에 오기도 전에 아버지가 이미 '그' 대신에 모든 계획을 세워 두었으니까.

"예전에 그런 생각을 했었다. 창이와 네가 낳은 아이가 다툰다면 반드시 네가 낳은 아이를 보호할 것이고, 그 누구도 그 아이를 업신여기지 못하게 할 거라고. 지금 와서 생각하니 내 아버지도……."

고요한 어둠 속에서 고정엽의 목소리가 가늘게 떨렸다.

어릴 적에 어멈들이 수다 떨 때, 그는 '후부 나리께서 편애가 심하시다.'라는 말과 아버지가 형님을 어떻게 편애하는지 들은 적이 있다. 그런데 상황이 이렇게 되니 자신도 아버지와 똑같이 행동하고 있었다! 곰곰이 생각해 보면 그는 아버지보다 못한 인간이었다. 적어도 아버지는 직접 그를 가르치지 않았는가.

"사람의 마음은 한쪽으로 기울게 되는구나……."

하나 마나 한 소리. 사람의 마음은 한쪽으로 기우는 게 당연하다! 심장이 정중앙에 있는 사람이 어디 있겠어!

명란의 가슴이 미친 듯이 뛰었다. 그녀는 예리한 감각으로 고정엽의 말투에 담긴 죄책감을 알아차렸다. 지금은 본처와 적자에 대한 애정이 각별하지만 장래는 알 수 없는 법. 어떤 일은 확실하게 짚어 두지 않으면 후환의 씨앗이 되기도 한다. 생각이 여기에 미치자 그녀가 바로 물었다.

"나리, 나리 어릴 때와 창이가 좀 비슷한가요?"

고정엽은 멈칫하더니 놀란 듯이 말했다.

"어떻게 같을 수 있겠느냐?"

그는 합법적인 적자였고, 창이는 명분을 따지면 서자라고 하기도 힘들었다.

명란이 바로 되물었다. 따뜻하고 부드러운 말투에는 짓궂은 장난기가 배어 있었다.

"그럼…… 나리, 만랑과 나리 친어머니의 처지가 비슷하다고 생각하세요?"

고정엽의 펄쩍 뛰며 바로 반응했다.

"만랑과 어머니를 어찌 함께 논할 수 있느냐?"

백 씨는 본디 부잣집 출신으로 풍족하게 자랐고, 고씨 집안을 구제할 은자를 가지고 시집왔다. 시댁에 막대한 공헌을 했음에도 불평등한 대우를 받은 축에 속했다. 반면에 만랑은…… 다른 문제는 논외로 하더라도 수차례 아버지를 화가 나 쓰러지게 만들고 온 집안의 평화를 깨뜨렸다.

생각이 여기에 미치자 고정엽은 명란을 세게 꼬집고는 반쯤 웃으며 훈계했다.

"무슨 허튼소리냐! 나중에 아이를 낳고 나면 내 너를 가만두지 않을 것이다!"

목소리가 밝아진 것이 좀 전의 실의는 사라진 듯했다.

명란이 노린 것이 바로 이것이었다. 그녀는 귀엽게 웃으며 진심을 담아 사과하고는 다시는 그러지 않겠노라 약속했다. 한참을 도란도란 이야기를 나누고 나서야 두 사람은 마음 편히 잠들었다.

잠들기 직전 명란은 갑자기 쓴웃음이 올라왔다. 개과천선한 고모 씨가 감정을 솔직하게 털어놓은 것은 실로 감동적이었다. 다만, 제 아이를 위해 더 나은 성장 환경을 조성할 생각만 하는 자신 같은 세속적인 소시민을 만난 게 못내 안타까울 따름이었다.

날이 밝기도 전에 녕원후부 사람들은 어젯밤 태의가 다녀간 사실을 전부 알게 되었다.

"회임을 해?"

고 태부인이 이제 막 일어나 나한상에서 아침을 뜰 때였다. 뜻밖의 소식에 그녀는 젓가락을 내려놓고는 손수건을 들고 우아하게 입가를 닦았다.

"그거 참 신기하구나. 어제 고모가 몇 마디 했다고 바로 임신하다니. 설마 고모에게 맞서고 싶어 그러는 건 아니겠지? 괜히 욱해서 엉뚱한 소리하지 말고 태의에게 제대로 진맥을 받아보라고 해야겠구나."

같이 식사를 하던 소 씨가 조심스럽게 미소를 지었다.

"회임이 확실하다고 합니다. 벌써 두 달이라더군요."

고 태부인은 그릇 안에 있는 제비집을 살살 불면서 부드러운 목소리로 말했다.

"그럼 사실이겠지. 얘기하고 보니 참으로 속상하구나. 진작 알았으면서 무서울 게 뭐 있다고 사람들을 속인 겐지. 어제 말했더라면 고모도 축하해주지 않았겠느냐."

소 씨가 웃으며 말했다.

"어젯밤에 알았다고 합니다."

고 태부인은 코웃음을 치더니 더는 아무 말도 하지 않았다.

아래 원탁에 앉아 식사를 하던 주 씨가 미소를 지으며 말했다.

"어머님께서 식사를 마치시면 다 같이 둘째 형님을 보러 가는 게 어떨지요. 아까 얘기를 들어보니 관사와 어멈들은 축하 인사를 하러 갔답니다."

그녀 옆에 있던 고정찬이 불퉁한 얼굴로 음식을 쏙 집으며 말했다.

"흥, 축하 행렬 한번 대단하네요. 어머니와 올케들이나 가세요. 전 안 가겠어요."

"이 철없는 것 같으니!"

고 태부인이 꾸짖었다.

"네 큰올케는 외출이 어렵고 셋째 올케는 배가 많이 불러서 네 혼사를 챙겨 줄 사람이라곤 이제 둘째 올케밖에 없는데 핑계를 대면서 피해?"

고정찬은 어머니에게 애교를 부렸다.

"어머니, 나무라지 마세요. 지금 둘째 올케가 절 위해 나설 수 있겠어요?"

• • •

"당연히 못 하지요."

구들 침상에 누워 있던 명란은 웃는 얼굴로 천천히 일어나 단정하게 앉았다.

고 태부인은 속이 부글부글 끓었다. 임산부에게 혼사를 맡기는 것이 옳지 않다는 건 알지만, 이렇게 유유히 빠져나가는 명란의 모습에 기분이 상한 것이다.

"네 시누이도 곤란하단다. 어렵사리 좋은 혼처를 찾았는데 도와줄 사람이 없잖느냐. 휴, 며느리가 셋이나 있는데 막상 필요할 때 도움되는 사람이 하나도 없구나."

소 씨는 고개를 숙인 채 아무 말도 하지 않았다. 주 씨가 오지 않아 그녀가 애꿎은 희생양이 된 셈이다.

"도와주는 사람이 없다니요. 성급하게 결론 내리지 마세요."

명란은 짐짓 놀란 척하며 미소를 지었다.

"저도 다 생각해 봤습니다. 저희 집안에 다른 형님들도 계시지 않습니까. 다른 분은 몰라도 넷째 숙부댁 큰형님은 열심히 해주실 겁니다. 어머님께서 분부하시는데 넷째 숙부님과 다섯째 숙부님 댁에서 안 나설 사람이 어디 있겠어요. 서로 하겠다 나설까봐 걱정이지요."

"허나…… 분가한 식구가 아니냐."

고 태부인이 머뭇거렸다.

"분가했어도 한 가족인걸요."

명란은 미리 준비해 둔 말을 풀었다.

"어머님도 아시다시피 넷째 숙부댁 큰형님은 일 처리가 꼼꼼합니다. 큰형님께서 앞장서서 혼례를 준비하면 저와 다른 형님들이 뒤에서 손님들을 모시고 대화하면 되는 것을요. 게다가 어머님께서 그 자리에 계시는데 불가능할 게 뭐 있겠습니까. 밖에서 보면 저희 세 집안이 여전히 화목하다 할 것이고, 경삿날 북적임까지 더해지니 더 좋지 않을까요?"

곰곰이 생각해보니 일리 있는 말이었다. 고 태부인은 총명한 사람이라 자기에게 유리하기만 하면 결코 감정싸움을 하지 않았다. 그녀는 그 자리에서 웃으며 동의했다. 방 안에 다시 화기애애한 분위기가 흘렀다. 소 씨는 고개를 숙인 채 속으로 한숨을 내쉬었다. 우둔한 그녀는 고 태부인의 속내는 물론이고, 명란의 깊이도 헤아릴 수 없었다.

고정욱이 세상을 떠난 후 지금까지 고 태부인은 집과 재산을 관리하는 일에 대해 한마디도 하지 않았다. 아랫사람인 고정엽 부부가 먼저 꺼내기도 쉽지 않은 이야기였다. 이제 곧 고정찬이 시집가는 마당에도 아직……. 고정엽 부부는 전혀 조급해 보이지 않았다.

회임 소식을 알리러 간 사람이 돌아오면서 가장 먼저 축하를 전해 온 곳은 명란의 친정이었다. 명란은 친정에서 선물을 보내거나 기껏해야 왕 씨가 와서 '태아를 잘 돌보거라'는 둥 몇 마디 하고 가는 것으로 끝날 줄 알았다. 그것만으로도 적모로서 도리는 다하는 셈이니까. 그런데 그날 오후…….

"할머니?!"

명란은 눈앞에 나타난 단정하고 엄숙한 노부인을 보고 화들짝 놀라 구들 침상에서 부랴부랴 내려왔다.

"어떻게 오셨어요! 연세도 많으신 분이."

"가만, 가만!"

명란이 재빨리 손을 뻗어오자 성 노대부인이 급하게 소리쳤다. 노대부인은 머리에 식은땀이 날 것만 같았다.

"가만히 누워 있거라. 너무 급하게 움직이면 안 돼!"

단귤이 잽싸게 나서서 명란을 막았고, 소도가 민첩하게 팔걸이의자를 침상 근처로 끌고 왔다. 방씨 어멈이 노대부인을 부축해 명란 옆에 앉히면서 왕 씨는 서러워도 어쩔 수 없이 뒷자리에 앉아야 했다.

"이 철부지 같으니라고. 이제 할미 얼굴을 못 볼 줄 알았더냐? 염라대왕이 날 데려가려면 아직 멀었다."

노대부인이 앉자마자 명란을 꾸짖었다.

"처음 석 달이 얼마나 중요한데 움직이긴 왜 움직여! 맞아야 정신을 차리지!"

명란이 싱글벙글 웃었다. 그녀는 새끼 원숭이처럼 몸을 비비 꼬면서 노대부인에게 붙어 애교 섞인 목소리로 말했다.

"절 보신 지 하도 오래돼서 제가 많이 그리우셨나봐요. 적당한 구실이 생기자마자 찾아오시다니."

노대부인은 손녀를 껴안은 채 어깨를 때리며 꾸짖었다.

"이제 어미가 된다는 녀석이 여전히 체통이 없구나! 몸을 꼿꼿이 세우고 똑바로 앉아라. 꼴이 그게 뭐냐! 너 같은 장난꾸러기가 없으니까 마음이 편해서 몇 년은 더 살겠더구나!"

명란은 타임슬립할 때 쇠가죽을 쓰고 왔는지 노대부인이 단 한 번도 무섭게 느껴지지 않았다. 그렇지 않아도 노대부인이 많이 그리웠는데 어렵사리 만나게 되니 더 달라붙고 싶어 안달이 났다. 명란은 애교를 부리며 '할머니, 수척해지시고 주름 늘어난 거 보세요. 제가 많이 보고 싶으셨나 봐요', '마음이 간절하면 하루가 삼 년 같다더니 절 그리는 마음에 늙으셨네요' 등등 말도 안 되는 소리를 지껄였다. 노대부인은 기가 막히기도 하고 우습기도 해서 끌고 가 때려 줘야 하나, 어렸을 때처럼 뽀뽀를 해줘야 하나 헛갈릴 지경이었다.

할머니와 손녀는 자기들끼리 웃고 떠들었다. 소외된 채 한쪽에 덩그러니 앉아 있던 왕 씨의 얼굴이 퍼렇게 변해 갈 때쯤에야 노대부인이 본론을 꺼냈다.

"무엇을 조심해야 하는지는 네가 우리보다 잘 알겠지. 아무튼 이제 먹는 것, 입는 것, 심지어 향로, 석탄, 정원의 화초들까지 주의해라. 특히 사람을 조심해야 해. 이 시기에 무슨 일이 생기면 누명을 씌워 벌을 줄지언정 절대 그냥 넘어가서는 안 된다. 불화를 일으킬 것 같으면 일단 장원으로 보내고, 나중에 제대로 조사한 뒤에 처분해도 늦지 않아……."

"네, 알겠어요."

몇 번이고 이렇게 말했는지 모르겠다. 노대부인은 끊임없이 당부했고, 명란은 그녀를 안심시키기 위해 이 말을 계속 반복할 수밖에 없었다.

노대부인은 간곡히 당부하더니 고개를 돌려 최씨 어멈에게 말했다.

"자네가 탕약 달이는 일을 오래 했지. 다른 사람은 보내지 않을 것이야. 이 아이는 자네에게 맡기겠네."

최씨 어멈이 급히 예를 갖추며 말했다.

"노대부인의 말씀 명심하겠습니다. 마님은 어릴 적부터 제가 섬기던 분입니다. 제 목숨을 걸고 하늘이 무너지더라도 마님과 애기씨를 지키겠습니다."

노대부인은 흡족스러운 듯 고개를 끄덕였다.

명란은 감동했지만 한참 이어진 잔소리에 귀가 얼얼할 지경이라 급히 화제를 돌렸다.

"어머, 전이는 안 왔네요? 아직 이 고모를 기억할까요?"

드디어 말할 기회를 포착한 왕 씨가 잽싸게 말했다.

"근래 들어 장난기가 심해졌단다. 시끄럽게 굴까봐 안 데려왔다."

"혜아는요? 잘 지내지요?"

손녀 이야기가 나오자 왕 씨의 얼굴에도 웃음꽃이 피었다.

"그 계집애는 제 오라비보다 열 배는 더 낫단다. 울지도 않고, 소란도 안 부리고, 착하고, 차분하고, 사람을 봐도 잘 웃지. 네 아버지와 할머니가 얼마나 좋아하는지 모른다."

"그럼 화란 언니와 여란 언니에 비하면요?"

명란이 일부러 농을 던졌다.

왕 씨는 그녀를 흘겨보더니 큰 소리로 말했다.

"걔들이랑 비교하면 백 배는 더 낫지."

명란은 환하게 웃더니 왕 씨를 가리키며 짓궂게 말했다.

"할머니, 방금 들으셨죠? 어머니 마음이 변했어요. 손녀가 생겼다고 친딸들을 잊으셨다니까요. 나중에 화란 언니와 여란 언니한테 이르러 갈 때 할머니께서 증인을 서주세요. 어머니 마음이 변해서 이제 언니들을 안 예뻐한다고 말할 거예요!"

방 안에 있던 사람들이 일제히 웃음을 터뜨렸다. 계집종들과 어멈들은 고개를 돌려 몰래 웃었고 노대부인은 명란을 힘껏 껴안더니 '요 장난꾸러기' 하며 웃었다. 너무 많이 웃어서 얼굴이 빨개진 왕 씨는 손수건으로 눈가를 훔쳤다. 아까 느낀 불쾌한 감정이 싹 가신 듯했다.

"다른 일은 없고 장풍의 혼사가 봄으로 결정 났다. 넌 올 수 없을 것 같구나."

노대부인이 다정한 눈길로 명란을 바라보았다.

"고 서방에게 와서 축하주나 마시고 가라고 하려무나."

명란은 웃으며 고개를 끄덕였고, 왕 씨는 무언가가 떠오른 듯 말했다.

"네 큰언니도 원래 오려고 했는데 갑자기 일이 생겨서 못 왔다. 나중에 한가해지면 직접 보러 온다더구나."

"바쁘면 오지 말라고 전해주세요. 자매끼리 예의 차릴 필요 있나요."

명란은 화란이 외출하기 어려울까봐 걱정됐다. 그 대단한 시어머니와 말 섞는 일은 줄여주고 싶었다.

"괜찮다. 올 수 있다고 했어."

왕 씨가 웃으며 말했다.

"자기가 경험자라고 얼른 와서 너에게 이것저것 가르쳐 주려는 거겠지. 자기 능력을 뽐내려는 거 아니겠느냐."

모든 사람이 다시 한바탕 웃었다. 묵란에 대해 언급하는 이는 아무도 없었다.

• • •

임산부의 생활은 대충 이렇다. 처음 석 달은 태아가 자리 잡는 시기로 산책 같은 간단한 운동도 삼가고, 그저 돼지처럼 먹고 자면 된다. 사고는 필요 없고 본능에만 충실하면 되기 때문에 지금 명란은 돼지나 다름없었다. 먹으면 졸고, 졸다 일어나면 배고프고, 사람을 만나면 몽롱한 상태로 몇 마디 하는 게 고작이었다.

게다가 단 음식이 당겼다가 짠 음식이 당겼다가, 매운 게 당겼다가 담백한 게 당겼다가 하면서 먹고 싶은 것이 시시각각 바뀌었다. 때로는 맑은 물에서조차 냄새를 느꼈고, 밥 냄새도 맡지 못했다.

이때 호강스럽게 자란 귀족 자제로서 고정엽의 능력이 드러났다. 그녀가 떠올리지 못한 음식이 있을지언정 그가 못 구하는 음식은 없었다. 곳곳에 숨어 있는 노점상이나 요릿집의 요리는 물론이고 사천, 강서, 안휘, 절강 등 여러 지역, 여러 계통의 요리까지 그가 알려 준 대로 찾아가면 반드시 구할 수 있었다.

고정엽은 맞은편에 앉아 열심히 먹고 마시는 명란을 힐끗 보더니 아직은 평평한 그녀의 배를 다시 쳐다봤다. 황홀한 기분이 들면서 아름다운 환상이 끝없이 펼쳐졌다. 품에 꿀단지를 품고 있는 것 같았다.

이런 식으로 사나흘을 지내도 명란은 여전히 행복했다. 그런데 주변에서 문제가 터졌다.

몹시 흥분한 소도가 소식을 전하러 달려왔다.

"고모님께서 오셨어요!"

침상에 엎드려 축 처져 있던 명란이 퉁명하게 말했다.

"뭐 대단한 일이라고 그리 호들갑을 떨어? 몸이 불편해서 인사하러 못 간다고 하면 되지."

"그게 아니에요, 마님."

소도의 얼굴이 시뻘겠다. 한겨울인데도 이마에 땀이 송골송골 맺혀 있었다.

"고모님께서 아무도 안 부르시고는 문을 걸어 잠그고 큰마님하고만 대화를 나누시는데, 큰마님께 화를 내시는 것 같았어요!"

• • •

"대체 정찬이 혼수를 얼마나 준비하신 겁니까!"

고모는 발에 풍화륜[2]이라도 단 듯 날아 와서는 체통이라고는 잊고 구들을 쾅쾅 치며 물었다.

고 태부인은 기분이 상했지만 그래도 미소를 지었다.

---

2) 서유기나 봉신연의 등에 등장하는 바퀴 모양의 이동수단으로, 양발에 달아서 사용하는데 중심에서 항상 불을 뿜고, 움직일 때마다 벼락과 거센 바람 소리가 남.

"어머, 고모, 조카의 혼수를 물어보러 오신 건가요? 안심하세요. 틀림없이 공주와 부마께서 만족하시고 고모 체면도 서실 겁니다. 혼수 행렬이 십 리를 이룰 정도는 아니겠지만 경성에서 그 누구에게도 뒤쳐지지 않을 거예요."

"그게 무슨 말도 안 되는 소리예요!"

고모가 이마에 맺힌 식은땀을 닦았다.

"이 집에 시집온 지 몇십 년은 됐으니 고씨 집안에서 시집보낼 때 관례를 아실 겁니다. 그런데 정찬이 혼수는 그것을 훌쩍 뛰어넘지 않습니까!"

고 태부인은 눈을 내리깔고 천천히 손을 뻗어 찻잔을 들어 올릴 뿐, 아무 말도 하지 않았다.

고모가 노발대발하며 말했다.

"올케를 원망하러 온 것도 아니고, 따지려고 온 것도 아니에요! 정찬이 혼수로 얼마를 보내든 그건 올케 마음이지만 어째서 정엽이 부부에게 가산을 넘겨주지 않은 겁니까!"

고 태부인은 한쪽 입꼬리를 올리며 비꼬듯 말했다.

"왜요? 결국 그 아이들이 못 참고 밖에 떠들었나 보군요. 어찌나 우쭐대던지 가산은 거들떠보지도 않는 줄 알았는데 말입니다."

고모는 고 태부인의 표정을 보더니 심호흡하며 화를 가라앉혔다.

"지금 농담하는 게 아닙니다. 이 일을 제대로 처리하지 않으면 정찬이 혼사가 물 건너갈지도 모른다고요!"

"뭐라고요? 느닷없이 그게 무슨 소립니까!"

순간 다급해진 고 태부인이 탁자를 짚고 일어섰다.

"오늘 아침 부마부駙馬府에 사주단자를 받으러 갔을 때 나온 소리입니다!"

고 태부인은 바들바들 떨며 자리에 앉았다. 영문을 모르겠다는 표정이었다.

고모가 호흡을 가다듬고 천천히 말했다.

"며칠 전, 부마부에서 사람을 보내 사주단자 얘기를 하길래 정찬이 위신 좀 세워 주려고 며칠 미뤘다가 오늘에야 황 부인과 함께 부마부에 갔지요. 그 댁 셋째 공자 사주단자부터 받고, 정찬이 것을 줄 생각이었어요. 그런데…… 그것참, 아주 재수 없는 일이 있었지 뭡니까!"

"왜요? 한씨 집안의 마음이 바뀌었나요?"

너무 놀란 고 태부인의 목소리가 떨렸다.

"아니요."

고모는 오늘 아침 공주 앞에서 당한 굴욕을 생각하자 이가 갈렸다.

"경창공주께서 화가 많이 나셨더군요……. 어제 궁에서 연회가 있어서 황실 가족들이 전부 모였대요. 연회가 시작하기 전에 다들 모여서 차를 마시며 담소를 나누는데, 누가 한씨 집안과 고씨 집안 사이에 혼담이 오간다는 얘기를 꺼낸 거예요. 다들 한마디씩 축하를 건네면서 정찬이 재능을 칭찬했던 터라 경창공주도 별 내색하지 않았지만 내심 기뻤다고 해요. 거기까지는 좋았는데, 그런데……!"

"그런데요!"

고 태부인은 속에서 불이 났다.

고모가 화를 내며 말했다.

"임향대장공주께서 느닷없이 혼수 얘기를 꺼낸 거예요! 고 도독이 작위를 세습한 지 반년이 넘었는데 고씨 집안의 재산은 만져 보지도 못했다면서, 집안 관리도 고 태부인이 하고, 공신전功臣田[3]이나 복록전福祿田[4]까지 전부 고 태부인 손에 있다며, 고 도독 부부는 무늬뿐인 작위를 받았다고 말씀하셨답니다! 올케도 알다시피 임향공주와 경창공주는 평소에 사이가 안 좋았잖아요."

같은 서출이긴 했지만 경녕대장공주는 어쨌거나 정안황후의 손에 자랐기 때문에 지위와 부를 누릴 명분이 있었다. 하지만 임향공주는 생모가 보림寶林[5]임에도 불구하고 궁녀 소생인 경창공주보다 못 누리고 살았다. 이러한 이유로 이 두 자매는 어릴 적부터 경쟁이 심했다.

고 태부인은 찻잔을 세게 움켜쥐었다. 찻잔이 손바닥에 박힐 것만 같았다. 고모가 이어서 말했다.

"그래도 올케가 인복이 있더군요. 언니 편을 들어주는 사람도 있었어요. 두 부부가 아직 젊어서 안심이 안 되니 올케가 제대로 설명해주고 맡기려고 했다고요. 그런데 그 자리에서 비꼬는 사람이 나올 줄 누가 알았겠습니까? 친모라면 아들과 며느리가 마음이 안 놓인다며 그리 해도 이해해 줄 수 있지만, 계모가 가산을 쥐고 놓지 않는다니 그게 말이 되냐고, 남들이 의심하지 않겠냐고요."

숨이 가빠진 고모가 차를 한 모금 마시며 목을 축였다.

"이때까지만 해도 경창공주는 괜찮으셨대요. 고 태부인이 곧 가산을 넘겨주지 않겠냐며 남이 이래라저래라 할 일이 아니라고 하셨답니다. 그런데 거기서 임향공주가 또 이렇게 비꼬더랍니다. '여식을 시집보낸

---

3) 공신에게 세습되는 전답.
4) 작위와 관직에 따라 하사하는 전답.
5) 후궁의 품계.

다음에 넘기려는 걸까요? 정말 훌륭하군요. 이렇게까지 세심한 사돈댁을 만나다니 언니는 정말 복도 많으십니다!'라고요. 그 말뜻을 누가 모르겠어요. 그때 경창공주께서 너무 화가 난 나머지 찻잔을 던지고 싶으셨답니다!"

고 태부인은 화가 나서 온몸을 부들부들 떨었다. 입술이 심하게 떨리는 바람에 소리도 내지 못했다.

"그건 그렇다 쳐요. 임향공주의 입이야 워낙 유명하잖아요. 지독한 말을 아무렇지 않게 내뱉으니 귀담아 듣는 사람도 몇 없으니까요. 그런데 문제는 연회가 시작되고 경녕공주가 두 분 태후와 황후를 모시고 온 다음입니다."

고모는 힘겹게 침을 삼켰다.

"황후께서 지나가는 말로 물으셨죠. '무슨 대화를 했길래 이렇게 떠들썩한 겐가?' 그랬더니 임향공주가 그 일을 말한 거예요. 행여 분위기가 흐려질까 봐 그 자리에 계시던 공주며, 왕비며, 군주며 다들 웃으면서 상황을 수습하려 했답니다. 태후들께서도 농을 던지시고 그렇게 넘어갈 것 같았는데, 경녕대장공주가 농담처럼 이렇게 말씀하셨대요. '끼리끼리 만난다고들 하지. 그래서 동생과 진남후 부인이 동서지간인가 보이.' 경창공주께서 정신력으로 버티신 덕분에 졸도하지 않으신 게죠."

고 태부인은 온몸이 차가워졌다. 더는 아무 말도 할 수 없었다.

진남후 나리의 방만한 경영으로 진남후부의 주머니가 텅 비게 되자, 악랄하고 수완 좋은 진남후 부인은 혼수로 한몫 챙기겠노라 다짐했다. 이에 연이어 들인 며느리 셋은 전부 거액의 혼수를 들고 시집을 왔고, 가문의 체면은 자연히 깎이게 되었다. 늘 큰형님의 상스러운 행동을 경멸하던 경창공주는 자신과 큰형님 사이의 경계를 명확히 그을 수 없음에 한탄했는데, 이름이 같이 거론되니 당연히 대로할 수밖에 없었다.

모든 이야기가 끝난 후, 올케와 시누이는 한동안 아무 말도 하지 않았다. 꽤 오랜 시간이 지난 후에야 고 태부인이 원망하듯 말했다.

"딸을 시집보낼 때 혼수를 풍성하게 챙겨주는 건 당연한 이치인데 이, 이렇게 달려들어 물어뜯다니요!"

고모는 화가 이미 피크를 찍은 상태라 되레 침착해져 있었다.

"올케, 속일 생각 마세요. 고씨 집안 관례에 따른 혼수에 올케가 가져온 혼수만 더해도 이미 어마어마합니다. 올케가 시집올 때 가져온 혼수가 얼마나 되는지 저도 잘 알아요. 딸 혼수를 두둑이 챙겨주고 싶으면 올케 주머니에서 내줘야지 고씨 집안 재산에 손대면 안 되지요!"

"우리 정찬이는 돌아가신 나리의 유일한 적녀예요. 혼수를 두둑이 챙겨 준 게 뭐가 어때서요! 가산을 건드린 게 뭐가 어때서요! 몇 년 전 선문후께서 딸을 시집보내셨을 때 가산의 근 절반을 보냈어요! 평녕군주께서 시집갈 때도 양양후께서 얼마나 많이 챙겨 보내셨는데요!"

고 태부인이 고집을 부렸다.

발끈한 고모가 큰소리로 말했다.

"난 아버지의 유일한 적녀가 아니에요. 하지만 조상 대대로 물려받은 재산을 혼수로 보낼지 말지는 가주가 정한다는 건 압니다! 올케가 고씨 집안 가주입니까? 가주는 정엽입니다! 정엽이 동의 없이 마음대로 집안 재산을 혼수로 보내다니 이게 무슨 경우랍니까! 나중에 계모가 가산을 꼭 쥐고 있다가 그 절반을 자기 딸 혼수에 보탰다고 소문이라도 나 봐요. 앞으로 올케 체면은 물론이고, 올케 딸의 명성도 바닥으로 떨어질 거라고요!"

"그래요! 가주가 정하지요!"

고 태부인은 궁지에 몰린 짐승처럼 굴복하지 않았다.

"돌아가신 후부 나리가 미리 언질하셨는지 안 하셨는지 다른 사람이 어찌 안답니까?"

고모가 냉소를 지었다.

"우리 오라버니가 그런 말을 했는지는 모르지만 정욱이가 임종 전에 가족들을 모아 놓고 내보인 문서 두 개는 압니다. 우리 집안사람뿐만 아니라 외부 사람 중에서도 적잖은 사람이 알고 있지요. 곧 떠날 그 아이가 대체 뭐가 그리 마음에 걸렸길래 그런 성가신 일을 했을까요. 다른 사람들은 뭐 생각이 없는 줄 아십니까?"

무슨 이유가 있을까. 동생이 구체적인 재산 상황을 모른다는 이유로 계모가 중간에서 꿀꺽할까 봐 걱정됐던 것이다.

두 사람은 한참 실랑이를 벌이다 지쳐서 한동안 아무 말도 하지 않았다.

고모가 긴 한숨을 내쉬며 말했다.

"저도 딸 가진 사람인데 혼수를 많이 챙겨주고 싶은 마음을 왜 모르겠습니까. 하지만 좋은 집안일수록 평판이 중요합니다. 공주께서 그렇게 하실 수 있는 건 공주의 도량이 넓다는 뜻이고, 한 부마 집안이 좋은 혼처라는 뜻도 되지요. 하지만 올케가 계속 고집을 부린다면 이번 혼담은 더 진행할 수 없습니다. 현명하게 생각하세요."

고 태부인의 마음은 복잡했다. 너무 피곤해서 의자에 주저앉는데 눈물이 왈칵 쏟아졌다.

"우리 불쌍한 딸. 의지할 아버지나 오라버니가 없어서 혼수라도 많이 챙겨주려고 했는데 남의 농간에 휘둘려 그것도 힘들게 됐구나."

고모는 피곤한 듯 손을 저었다.

"잘 생각해보세요. 아무튼 사주단자는 당분간 못 가져올 겁니다. 그래도 서둘러야겠죠. 설이 지나면 정찬이 나이가……. 뭐가 더 중요한지 잘 생각해보세요."

나이도 지긋한데 오전에는 힐난을 듣고, 오후에는 실랑이를 벌였더니 고모도 지칠 대로 지쳐 있었다. 더는 말하기도 귀찮아 차를 반쯤 마시고는 자리에서 일어나 친정 저택의 익숙한 문과 길을 지나 빠르게 밖으로 나갔다.

생각하면 생각할수록 골치 아픈 문제였다. 걷는 내내 아무 말도 하기 싫었다. 고모는 자작나무로 만든 낮은 계단을 밟고, 어멈의 팔을 잡은 채 서둘러 마차에 올랐다. 마차의 입구 쪽에 앉았다가 안쪽으로 늙은 몸을 옮기려던 순간, 단정하게 앉아 있는 어둑한 사람 그림자 하나를 발견했다.

그녀는 너무 놀라 하마터면 뒤로 넘어갈 뻔했다. 그녀는 자세히 들여다본 후 깜짝 놀라 말했다.

"어찌 네가 여기 있느냐?!"

제162화

바람이 거세지는 밤,
포로 교환을 거부하다

밖에서 마부가 채찍질하며 '이랴' 하는 소리가 들리고, 곧 마차 바퀴가 덜컹거리며 움직였다. 어두어둑한 마차 안, 흔들리는 비단 휘장 사이로 빛줄기가 들어와 마차 안을 밝혔다. 거기에 앉은 사람이 고정엽이 아니면 누구겠는가.

마차 안에 기이한 침묵이 흘렀다. 그가 몸을 약간 기울이며 천천히 말했다.

"고모님, 오랜만입니다."

그가 이곳에 나타날 줄은 꿈에도 생각하지 못한 고모는 너무 놀라 그 자리에서 얼어붙었다. 그녀는 잠시 멈칫했다가 날카로운 목소리로 물었다.

"뭐 하는 게냐!"

고정엽은 질문에 대답하지 않고 느긋한 말투로 딴소리를 했다.

"선문후께서 따님을 시집보낼 때 경성이 떠들썩했고, 평녕군주께서 시집가실 때도 양양후께서 혼수를 많이 보내셨으니 내 계모가 부러워하는 것도 어쩔 수 없죠."

고모의 눈꺼풀이 파르르 떨렸다. 그녀의 눈이 고정엽을 뚫어져라 응시했다. 고 태부인 거처에서 나와 차 한 모금 넘길 시간도 지나지 않았건만 어찌 알았을까! 그녀가 낮은 목소리로 말했다.

"소식이 빠르구나. 확실히 예전과는 달라."

고정엽은 전혀 개의치 않는다는 듯 미소를 지으며 말했다.

"십여 년 전 선문후께서 황명을 받아 서북 동주 일대를 지킬 당시, 느닷없이 서융[1]의 습격을 받았습니다. 지원군이 당도하려면 시일이 걸리는데 성안에는 고작 몇천 명의 병사밖에 남지 않았지요. 성이 함락돼 가는 모습을 보며 선문후 부자 넷은 목숨을 걸고 싸우기로 했습니다. 그때 주변 성에 있던 예씨 가문도 그 소식을 들었지요. 사직 후 집에 있던 강직한 예 독군督軍[2]은 소식을 듣자마자 가문의 젊은이와 병사를 보냈고, 지원군이 올 때까지 버텨주었습니다. 그 덕에 선문후 일가는 목숨을 건졌지만, 불쌍한 예 노상서의 후손 중에서는 서출인 어린 아들 하나만 남았지요."

여기까지 말한 후 그는 말을 멈추고 고모를 뚫어지라 쳐다봤다. 눈에는 가벼운 조롱기가 담겨 있었다. 고모는 분노가 치밀어 올랐으나 화를 낼 수 없었다. 그 당시 일을 그녀가 어찌 모르겠는가. 그래서 아까 고 태부인에게 화를 낸 것이다.

고정엽은 그 표정에 흡족한 듯 천천히 말을 이었다.

---

1) 서역의 소수민족.

2) 고대 지방의 군사행정을 담당하는 고급 관리.

"나중에 선문후께서 경성에 돌아오셨을 때, 적출의 어린 여자아이를 예씨 집안 어린 도련님에게 시집보냈습니다. 가산의 절반 이상을 혼수로 보냈고요……. 고씨 집안도 한 부마 집안에 이런 큰 은혜를 입었나봅니다?"

고모의 낯빛이 어두워졌다. 희미하게 이 가는 소리를 내면서도 그녀는 아무 대꾸도 하지 않은 채 비폭력저항 운동에 나섰다.

"평녕군주의 경우는……."

고정엽이 웃었다.

"그때는 제가 아직 어릴 때라서요. 그 혼사는 양씨 가문 어르신께서 친히 중매를 서신 걸로 기억합니다. 고모님께서도 사촌 형님들을 데리고 혼례에 참석하셨는데 설마 그 속사정을 모르십니까?"

고모는 여전히 침묵으로 저항하며 대화를 거부했다. 고정엽은 서서히 미소를 거두더니 숙연하고 냉담한 목소리로 말했다.

"고모님, 성격이 바뀌셨군요. 이렇게 얌전히 계시다니, 내 계모께서 '공'을 많이 들이셨나 봅니다."

본래 성질이 사나운 고모는 더 이상 참지 못하겠는지 고성을 질렀다.

"일부러 자극할 것 없다. 이제 증손자를 볼 나이인 내가 네게 말려들 줄 아느냐? 어쩔 셈인지 그것만 말해라!"

"뭘 어쩌려는 생각은 없습니다. 그저 고모님이 한 말씀만 해주시면 됩니다."

고정엽은 조용히 위엄을 드러내며 보이지 않는 손으로 상대를 압박하듯 담담하게 말했다. 고모는 참고 또 참으며 몇 번 심호흡한 후 말했다.

"……그래. 이 일은 올케가 잘못한 일이다. 나도 이미 말했어. 올케가 잘못을 바로잡지 않으면 나도 이 혼사에서 손 뗄 거다. 어때, 이제 만족하느냐?"

고모는 화를 내며 속사포를 쏘듯 빠르게 말했다. 고정엽 입가에 옅은 미소가 걸렸다.

분노를 억누를 수 없었던 고모는 주름진 눈에 빛을 번득이며 그를 힐끗 보았다.

"이번 일은 올케 잘못이다만 너무 나무랄 순 없다. 정찬이가 의지할 곳이 없잖느냐. 능력 있는 오라버니가 있어도 뭘 기대할 수 없는데 그 어미가 애타지 않겠어? 한평생 인자하고 관대하게 살아온 사람이다. 딸 혼사를 앞두고 잘못 하나 한 걸 가지고 이런 식으로 나올 거냐!"

고정엽의 얼굴에 경멸이 떠올랐다. 그가 코웃음을 쳤다.

"고씨 집안에서 백 년 동안 건드리지 않은 공신전을 혼수로 보내는 사람입니다. 이런 식으로 인자하고 관대한 사람은 없느니만 못하지요!"

한마디 한마디에 날이 서 있었다.

고모는 조금도 굽히지 않고 비꼬는 말투로 말했다.

"그래, 하마터면 잊어버릴 뻔했구나. 네 어미 덕분에 고씨 집안 가산을 지킬 수 있었지. 네가 일깨워주지 않아도 우리 집안 어른이고 아이고 그 은혜는 절대 안 잊는다!"

"이게 고씨 집안의 보답 방식입니까?!"

고정엽의 눈빛이 얼음보다 시렸다.

"웃기는구나! 네 비열하고 바락바락 대드는 성격도 고씨 집안 잘못이냐? 네가 허구한 날 밖에서 헛짓거리를 하고 다닐 때 네 아비가 꾸짖은 적이 없더냐, 가르친 적이 없더냐? 똥 묻은 개가 겨 묻은 개 나무라는 꼴이구나!"

이 말을 예전에 했다면 고정엽은 필시 대로했으리라. 하지만 강호에서 산전수전을 다 겪으면서 거친 성격이 많이 다듬어진 그다. 그는 전혀 개의치 않고 그저 차디찬 눈빛으로 비웃었다.

"전 이제까지 제가 한 일을 발뺌한 적 없습니다! 한데 고씨 집안에서 저만 그랬나요? 아버지야 후부에서 눈과 귀가 가려져 모르셨다고 치지요. 하지만 출가하신 고모님도 모르십니까?"

비슷한 성격의 두 사람은 계속 맞받아치고 날카롭게 맞서며 아무도 물러서지 않았다. 하지만 마지막 말에 고모는 말문이 막혔다. 번화한 경성에는 다양한 유희 방식이 있었고, 권문세가 자제들은 정도의 차이는 있었지만 나쁜 유희 습관이 있었다. 다만 장성하여 혼인한 후에는 좀 더 나아지거나, 혹은 자신의 지저분한 면을 감추고 수습하는 방법을 터득하게 될 뿐이었다.

고정병은 큰 부를 바라며 재물을 탐했다. 호색한인 고정양은 젊은 부인이며 기생이며 가리지 않고 덮쳤다. 두 사람이 밖에서 사고 치지 않은 적이 있었던가. 살인 사건에까지 말려들었지만 전부 고 태부인이 감추어 준 것뿐이다. 이러한 이유로 넷째 숙부와 다섯째 숙부 집안은 그녀에게 고마워했다. 반면 고정엽에게는…….

"소금 장수와 사돈을 맺어서 고모님이 양씨 집안에서 창피라도 당했나요?"

고정엽은 어깨 힘을 빼더니 마치 벽에 비스듬히 기댔다. 그러고는 반쯤 조소를 지으며 느리지도 빠르지도 않게 물었다.

고모는 순간 아무 말도 할 수 없었다. 문득 옛일이 떠올랐다.

당시 그녀는 연달아 딸을 낳은 상태였다. 서출인 장자가 하루가 다르게 성장하면서, 시어머니의 무시무시한 등쌀에, 철없는 동서들에 맏며느리로서 어려운 점이 많았다. 게다가 친정 오라버니가 격에 맞지 않은 부인까지 들이면서 시댁에서는 은근히 혹은 대놓고 비웃고 숙덕거렸다. 음식이 조금이라도 싱거우면 "큰형님, 절약이 심한 거 아닌가요. 친정 올케한테 소금 좀 얻어 오지 그래요?"라고 놀리며 잔혹하게 비웃었다. 자존심이 센 그녀는 아무 변명도 하지 않고 그저 미소만 짓곤 했다.

오라버니가 얼마나 곤란한지는 알고 있었다. 올케인 대진 씨가 불쌍했지만, 친정 부모도 어쩔 수 없었다. 갈 곳 없는 분노가 백 씨에게, 더 나아가 정엽에게 쏟아졌다.

뜨거운 응어리가 몇 번이고 목구멍까지 치밀어 올랐다. 하고 싶은 말이 없는 건 아니었지만 입 밖으로 낼 수 없었다. 그녀는 고개를 들었다. 마차 안에 들어오던 푸르스름한 빛이 황혼녘의 붉은 석양빛으로 바뀌어 있었다. 맞은편에 단정하게 앉는 고정엽의 넓은 이마와 오뚝한 코는 늙고 쇠약해 죽어 가던 기억 속 그 사람과 놀라울 정도로 닮아 있었다.

"오라버니는…… 네 아버지는 죽기 전까지 항상 널 걱정했다."

그녀가 갑자기 입을 열었다. 눈빛이 이상하리만큼 어두웠다. 그녀는 순식간에 폭삭 늙기라도 한 것처럼 쉰 목소리로 말을 이었다.

"나중에 사람을 못 알아보게 됐을 때도 끊임없이 사람을 불러 널 데려오라고 했지. 밖에서 고생하며 살게 두지 말라고 했어. 행여 네가 고생할까 봐 그런 거지. 애석하게도……."

다 알고 있는 일이건만, 다시 그 이야기를 듣자 고정엽은 심장이 조여오면서 숨이 멎을 듯 답답해졌다.

"기왕 여기까지 말이 나왔으니 차라리 솔직하게 이야기하마. 나는 처음부터 네 어미를 고씨 집안 큰며느리로 인정하지 않았다. 나중에 네가 저지른 일들을 보면서 너도 작위에 어울리지 않는다고 생각했지. 그래서 다른 사람들이 저지른 짓을 알면서도 말하지 않았다. 한데 사람의 계획은 하늘의 계획만 못한 듯하구나. 지금…….”

고모는 솔직한 마음을 천천히 전했다. 긴장된 눈빛 속에 참담함이 엿보였다. 오라버니가 세상을 떠난 후, 그녀는 죄책감에 녕원후부에 발길을 하지 않았다.

생각이 여기에 미치자 그녀는 돌연 오기가 생겼다. 그녀는 냉소를 지으며 고개를 들었다.

“우리 고씨는 자신이 한 일을 후회하지 않는다. 난 넷째나 다섯째처럼 어리석거나 줏대가 없지 않아! 난 네가 어려움에 빠졌을 때 널 도와주지 않았다. 지금 네가 벼락출세를 했지만 네 덕을 볼 생각도 없어! 네 혼례에도 가지 않았으니 이 고모는 없는 셈 치거라. 나중에 양씨 집안에 큰 화가 닥쳐도 절대로 널 찾지 않을 테니!”

단언하듯이 내뱉은 그녀는 그새 녹초가 된 듯 잠긴 목소리로 말했다.

“하지만 정찬이는…… 정찬이는 고생을 모르고 살아온 아이야. 너와 이렇다 할 남매의 정도 없고, 외가인 동창후부는 힘을 잃은 지 오래지. 그래서 그 아이의 혼사를 두고 볼 수만은 없었다. 이제 괜찮은 혼처도 찾았으니 나중에 오라버니한테 면목은 서겠지.”

그녀가 말을 이었다.

“네 여동생 혼사만 정해지면 다시는 고씨 집안에 발을 들이지 않을 거다. 걱정하지 마라. 네 처에게도 안심하라고 일러두고. 다시는 와서 고모 행세를 하지 않을 테니.”

고모는 이를 악물고 이 말을 하더니 잠시 멈칫한 후 다시 낮은 목소리로 말했다.

“……한씨 집안과의 혼사가 무산된다면 다른 집안을 찾아봐야 한다. 정찬이는 철이 없으니 너도 도와줄 수 있다면 도와다오. 그래도 친남매 아니냐."

그녀는 고정엽의 성장 과정을 지켜봤다. 교만한 그가 원수에게 은덕 베풀기를 바라는 것은 순전히 꿈일 뿐이었다. 당한 만큼 갚지나 않으면 다행이지, 좋은 결과를 바랄 수 없는데 어른이랍시고 위세를 부리면 뭐 할까. 그녀는 이 모든 것을 잘 알고 있었다.

그날 고정찬의 혼담 얘기를 하려고 갔을 때 온갖 트집을 잡은 것은 일종의 습관적인 행동이었다. 젊고 파릇파릇한 부부를 보니 화가 치밀어 올랐다. 호되게 당하고 돌아간 후에는 화를 가라앉히지 못한 것을 후회했다. 왜 스스로 굴욕을 자초했을까. 하지만 아무리 마음을 다잡아도 이 얄미운 조카를 보자마자 주체할 수 없는 분노가 치밀어 오르는 것을 어쩌겠는가.

가만히 듣던 고정엽이 갑자기 미소를 지었다.

"그건 걱정 마십시오. 한씨 집안과의 혼사는 이루어질 겁니다."

"어…… 어찌 아느냐?"

고모가 의아하다는 듯이 물었다.

"한바탕 소란이 있었으니 한씨 집안에서 혼담에 응해야 두 집안 체면이 모두 사니까요."

고정엽이 살짝 비웃듯 말했다.

"정찬이 나이가 이것저것을 잴 때가 아닙니다. 내 계모는 눈이 높아서 이 혼처를 포기하고 싶지도 않을 거고요."

그는 휘장을 살짝 걷고 하늘빛을 살피며 말했다.

"분명 최선의 해결책이 뭔지 알 테지요."

"설마……."

고모는 심장이 내려앉았다.

"네가 꾸민 일이냐?"

고정엽이 고모를 힐끗 쳐다봤다. 고모는 그 눈빛에 오한이 들고 손가락이 떨렸다. 그때 그의 목소리가 들려왔다.

"고모님이 보시기에 내 계모가 억울한 일을 당한 것 같습니까?"

고모는 침묵했다. 모두 사실인 것을 억울할 게 뭐 있겠는가.

"오늘 확실히 얘기해두는 게 좋겠군요."

고정엽은 휘장을 내려놓은 후 한쪽 손을 작은 탁자에 걸쳤다.

"한 집안사람끼리 원수질 게 뭐 있겠습니까. 의견 충돌은 있겠지만 못 넘어갈 정도는 아니지요. 나중에 정찬이 시집갈 때나 고모님을 초대하겠습니다."

고모는 그 말을 곱씹어 보더니 속뜻을 알아듣고 고개를 끄덕였다.

"네가 이 집안 가주라 나도 걱정을 더는구나."

그녀는 오늘 받은 스트레스 때문에 수명이 십 년은 줄어든 것 같았다. 고정엽이 오늘 온 이유를 그녀는 확실하게 알았다. 사실 자신은 이미 출가했으니 외부인이나 마찬가지였고, 고정엽에게는 신경 쓸 것도 없는 존재였다. 시끄럽게 말썽을 일으킬 고모는 없는 편이 나았지만, 그렇다고 작위를 세습하자마자 가까운 친척 어른들을 차례대로 밀어낸다는 소문이 돌면 좋지 않으니 조용히 찾아온 것이다.

어차피 할 말은 다 했다. 앞으로 윗사람 행세하러 오지만 않으면 고정엽도 묵은 원한을 잊고 그저 옛일로 넘겨줄 것이다. 그렇다고 고개를 숙이고 들어가 친해지자 할 수도 없었다. 됐다, 됐어. 원수 하나가 줄었으니 다행인 거다.

"시간이 많이 늦었으니 이만 돌아가겠습니다."

고정엽이 공수하며 작별을 고했다.

마차를 멈추라고 하고 휘장을 올리자 마차 밖으로 눈물을 떨구는 계집종 두 명과 쭈뼛쭈뼛하는 어멈이 보였다. 아까 그녀가 마차에 오를 때 부축했던 사람이었다. 겁에 질린 마부도 보였다. 그 뒤로 건장하고 사나워 보이는 기마대가 뒤따르고 있었다.

"마님, 저, 저희는……."

마부와 어멈이 서둘러 변명하려 했다.

고모는 성가시다는 듯이 손을 저었다.

"돌아가서 이야기하자."

이미 날은 어둑해졌고, 인적 없는 골목은 고요했다. 선두에 있던 호위가 말에서 내리더니 잘생기고 튼튼한 말을 끌고 와서 고정엽에게 공손히 고삐를 넘겼다. 이때 갑자기 고모가 말했다.

"잠깐 기다려라."

고정엽은 살짝 놀라 고개를 돌렸다가 다시 마차 쪽으로 몇 걸음 다가갔다. 고모가 서둘러 말했다.

"네가 그 사람을 미워하는 건 안다. 그 사람은 나쁜 마음을 품고 네게 지나친 행동을 했지. 허나 지난 세월 동안 그 사람은 어른, 아이 할 것 없이 이 집안사람을 전부 보살폈다. 공은 없지만 고생은 했으니, 너도 네 아비를 봐서 용서해다오."

고정엽이 실소를 터뜨렸다.

"그건 마음 놓으십시오. 앞으로 잔꾀만 부리지 않으면 저도 더는 따지지 않을 겁니다. 한데 그 사람이 계속 단념하지 않는다면……."

그는 마른 웃음을 지었다.

고모는 의기소침해졌다. 그녀 자신도 여러 해 며느리로 고생하다 시어머니가 되었고, 안채에서 일어나는 갖가지 계략에 대해서는 훤히 꿰고 있었다. 소진 씨는 총명한 사람이었다. 그다지 중요하지 않은 친척들과도 원만하게 지내는 사람이었다. 하지만 그녀의 길을 막는 사람에게는 가차 없었다. 그래도 여러 해 동안 쌓은 올케와 시누이 간의 정이 있기에 그녀를 두둔하는 말을 던진 것이다.

고모가 나지막이 말했다.

"네가 그리 생각한다니 다행이다."

"고모님, 안심하세요. 그런 사소한 원한에 신경 쓸 가치가 어디 있겠습니까?"

고정엽은 걱정에 휩싸인 고모의 얼굴을 보고 냉소를 짓더니 뒤돌아가서 말에 훌쩍 올라탔다.

"사내대장부가 어찌 조상에게만 기댈 수 있겠습니까? 자신의 능력으로 공을 세우고 대업을 이뤄야지요! 솔직히 말해서 셋째에게 능력이 있었다면 내 계모도 고씨 집안에서 굳건한 지위를 가지고 있었을 겁니다!"

말이 끝나자마자 채찍질 소리가 울렸다. 청석판에 부딪히는 다가닥다가닥 말발굽 소리와 함께 건장한 사내들의 모습이 순식간에 골목 깊숙이 사라졌다. 고모는 홀로 마차에 앉아 그들의 떠나는 모습을 지켜봤다. 마음속에 여러 감정이 북받쳐 올랐다.

• • •

해당화가 정교하게 조각된 작은 원탁에는 그릇과 수저 두 벌이 놓여 있다. 명란은 평상에 기대 『금옥노, 몽둥이로 매정한 낭군을 때리다[3]』라는 이야기 서책을 흥미진진하게 읽고 있었다. 밖에서 단귤이 들어오더니 조용히 말했다.

"마님, 음식을 내올까요?"

명란은 손을 내저었다.

"아니. 나리께서 아직 안 돌아오셨잖느냐."

단귤이 명란을 설득했다.

"나리께서 언제 돌아오실지 모르잖아요. 마님께서는 홑몸도 아니신데 먼저 드시는 게 어떠세요?"

명란은 서책을 든 채 고개도 들지 않고 농을 던졌다.

"이봐요, 아가씨. 오늘 하루 이 마님은 벌써 다섯 끼나 먹었답니다. 돼지를 먹일 때도 숨은 돌리게 해주는 법이지요."

소도는 한 손에 손잡이를 면으로 두른 적동 집게를 들고, 한 손에는 테두리에 석류꽃 무늬가 박힌 화로 덮개를 든 채 연기를 막으며 숯을 가볍게 뒤적이다가 이 말을 듣고는 풉 하고 웃음을 터뜨렸다. 단귤이 소도를 한번 째려보더니 명란의 손에서 작은 백옥 손화로를 가져가서는, 소도 곁으로 가서 새 숯을 집어넣었다. 작은 숯 두 개를 집었을 때 입구의 발이 살짝 들리더니 최씨 어멈이 다반을 들고 들어왔다.

최씨 어멈은 명란 곁으로 다가가 이렇게 말했다.

---

3) 부유한 왕초의 딸인 금옥노가 자신의 신분이 천하다 하여 부임길에 자신을 강에 밀어버린 남편 막계를 다시 만나 복수하는 이야기. 금옥노는 강에 빠진 자신을 구해준 허덕후의 수양딸이 되어 막계와 재혼을 하였고 아무것도 모른 채 신방에 들어온 막계는 여러 하인에게 둘러싸여 몽둥이질을 당한 후에야 그녀의 정체를 알게 되며, 이후 허덕후가 달래고 타일러 둘이 다시 부부의 연을 맺으며 끝남.

"나리를 기다리시는 건 좋지만 일단 이거라도 좀 드시지요. 요기만 하는 거라 이따 식사하시는 데는 무리가 없을 겁니다."

다반 위에는 김이 모락모락 나는 잔이 놓여 있었다. 뚜껑을 열자 진한 우유 향과 과일 향이 코끝을 스치며 명란을 유혹했다. 이 우유 계란찜은 신선한 소와 양의 젖에 계란 노른자를 풀어 넣고, 으깬 사과를 살짝 넣은 다음 빻은 호두알로 장식하고 푹 찐 것이었다.

"이건 오늘 장원에서 새로 보내온 젖입니다. 짜자마자 두 시진 만에 보내온 것이라 아주 신선하지요. 뜨거울 때 얼른 드십시오."

최씨 어멈은 다짜고짜 명란 손에 들린 책을 뺏더니 손에 숟가락을 쥐여 줬다. 주름진 얼굴에 냉기가 돌았다. 우유 계란찜은 맛있었다. 게다가 최씨 어멈이 마징가 제트처럼 옆에 서서 노려보고 있으니, 배가 고프지 않아도 먹을 수밖에 없었다.

명란이 맛있게 먹자 최씨 어멈의 얼굴에도 옅은 웃음기가 감돌았다. 그리고 곧 잔소리가 시작됐다.

"입덧 시작 전에 많이 드십시오. 예전에 노대부인께서 회임하셨을 때는 뭘 보든 전부 토……."

그녀가 갑자기 말을 멈췄다. 성 노대부인의 요절한 애기씨 일은 아무도 감히 입에 올리지 못하는, 금기시된 이야기였다.

최씨 어멈은 원래 사람 보살피고 시중드는 일의 도사였다. 애초에 조그만 새끼 고양이 같았던 명란을 튼튼하고 토실토실하게 키운 게 최씨 어멈 아닌가. 당연히 수완이 뛰어날 수밖에. 우유 계란찜은 손바닥만 한 크기였기 때문에 명란은 금방 다 먹을 수 있었다.

최씨 어멈이 단귤과 소도를 보며 말했다.

"양이 많길래 너희 몫도 남겨 뒀다. 부뚜막에 올려놨으니 가져와서 먹어라."

진작부터 배가 꼬르륵거렸던 소도는 그 말에 기뻐하며 빈 잔을 들고 신나게 나갔다.

영리한 단귤은 최씨 어멈이 명란에게 따로 할 말이 있다는 것을 깨달았다. 그녀는 백옥 손화로를 명란의 손에 다시 쥐여주고는 두꺼운 휘장을 치고 문을 닫고 나와 바깥방을 지켰다. 먼저 나와 있던 소도는 조금 민망했던지 단귤의 귓가에 대고 속삭였다.

"언니 것도 가져올게요."

"요 계집애, 양심은 있구나."

단귤이 웃으며 소도의 이마를 손가락으로 쿡 찔렀다.

방 안.

"마님……."

말주변이 좋지 않은 최씨 어멈은 일단 부르긴 했으나 어떻게 말을 꺼내야 할지 몰라 망설였다.

그녀의 목소리에서 이상함을 감지한 명란은 미소를 지으며 다음 말을 기다렸다.

"어멈, 말해보게."

최씨 어멈이 한숨을 내쉬며 말했다.

"마님, 셋째 마님께서 또 계집종을 단장시켜 셋째 나리께 보냈다고 합니다."

명란이 조금 놀라 말했다.

"동서가 막 회임했을 무렵에도 계집종을 하나 붙인 걸로 아는데."

하물며 고정위는 첩실이나 통방이 있기 때문에 아내가 회임했다고 동침할 여자가 없는 것도 아니었다.

최씨 어멈은 좋지 않은 표정으로 말을 이었다.

"그 아이가 몸이 안 좋아 시중을 잘 못 든다며 새로운 아이를 보냈답니다."

"몸이 안 좋아?"

명란이 의아하다는 듯이 물었다. 주 씨가 질투에 눈이 멀어 손을 쓴 걸까?

최씨 어멈은 망설이듯 아랫입술을 깨물더니 목소리를 낮춰 말했다.

"회임했다더군요."

명란은 멍하게 있다가 "아……." 하고는 입을 다물었다. 두 사람은 한동안 아무 말이 없었다. 방 안에 한참의 정적이 흐르고 난 뒤 명란이 나지막이 말했다.

"무슨 뜻인지 알겠네."

최씨 어멈도 답답했다. 자신의 손으로 기른 아이가 서럽게 사는 걸 어찌 볼 수 있겠는가. 하지만 마땅한 방도가 없었다. 그녀는 명란의 손을 잡고 어렵게 말을 꺼냈다.

"마님, 지금 몸이 불편하시잖습니까. 나중에 근본도 모르는 아이가 오느니 믿을 수 있는 아이를 보내 나리 시중을 들게 하세요."

명란은 속으로 쓴웃음을 지었다. 언젠가 그런 날이 오리라는 건 알고 있다.

명란이 가만히 있자 최씨 어멈은 명란이 내켜 하지 않는다고 생각했다.

"마님, 마음이 불편하시겠지만 방도가 없습니다."

성 노대부인도 예전에 첩을 들이는 일로 성 노대인과 몇 번이나 실랑이를 벌였다. 이러한 실랑이는 결국 부부간의 불화로 이어졌기에 걱정

되는 마음에 이렇게 말했다.

"그동안 제가 지켜봤는데 아이들이 괜찮더군요. 소도는 솔직하고, 단귤은 충성심이 강하고, 녹지는 입은 거칠지만 성실한 아이죠. 괜찮으시면……."

명란이 천천히 고개를 저으며 한숨을 쉬었다.

"어멈은 성씨 집안에 오래 있던 사람이니 장동의 생모인 향 이랑을 기억할 걸세."

최씨 어멈은 명란의 갑작스러운 언급에 순간 당황했다. 명란이 덧붙였다.

"향 이랑은 원래 어머니의 측근 계집종이었지. 어릴 적부터 함께한 아이라 자매처럼 사이가 좋았다더군. 그런데 나중에 향 이랑이 아버지를 모시면서부터 어머니는 향 이랑을 시기하기 시작했고, 두 사람 사이는 소원해졌네. 몇 년이 지나 향 이랑이 장동을 낳았을 때는 그나마의 정도 다 사라진 후였지."

"누가 아니랍니까?"

최씨 어멈이 탄식하며 말했다.

"향 이랑의 인내심이 대단했지요. 먹는 거며 입는 거며 쓰는 거며 갖은 냉대를 받았지만, 불평 한마디 않고 사람들 앞에서 마님을 칭찬했습니다. 장동 도련님도 도련님 행세를 하지 않으니까 그제야 마님께서 그들 모자를 받아들이셨지요."

명란은 고개를 끄덕였다. 향 이랑은 첩의 본보기라 할 수 있을 만큼, 자신의 본분을 지키며 어긋난 마음을 조금도 먹지 않았다. 관사 어멈이나 주인의 신임을 얻은 어멈이 향 이랑보다 더 땅땅거리며 살 정도였다. 명란이 반문했다.

"그걸 보고 어머니 마음이 좁다고 할 수 있을까? 여자는 자기 자식이 생기면 어떻게 될지 모른다네……."

최씨 어멈은 말문이 막혔다. 맞는 말이었다. 딸을 낳으면 그래도 괜찮았다. 서녀가 무슨 풍파를 일으키겠는가. 첩도 본분을 지키며 산다. 그런데 아들을 낳는다면……. 자기 아들이 더 밝은 미래를 보장받고 가산을 더 많이 물려받길 바라지 않는 어미가 어디 있으랴?

본처와 첩의 사이가 좋고 이복형제가 다 같이 화기애애하게 사는 집안은 극소수다.

명란은 천천히 말했다.

"필요할 때는 첩이 되라고 하고, 쓸모없어졌을 때는 경계하고 질투하고. 그 아이들이 원하는 거라면 몰라도 그런 식으로 물건 취급하는 거, 난 못 하네. 아마 내 마음이 좁아서 그런 거겠지. 첩과 자매처럼 지낼 자신은 없으니 말이야."

고대 교육은 요의의에게 있어 쓸모없는 껍데기에 불과했다.

"마님, 무슨 말씀이십니까. 이 세상에 첩을 자매처럼 대할 수 있는 사람이 몇이나 되겠어요? 허면…… 이제 어떡하실 참입니까?"

말주변 없는 최씨 어멈이 할 수 있는 말은 이미 다 떨어진 상태였다.

"방법이 있겠지."

명란은 미소를 지을 뿐 더는 말하지 않았다. 이 시대의 남자들은 바람을 피우기가 너무 쉬웠다. 오히려 여인의 유혹을 거절하는 데 대단한 근성이 필요했다. 명란이 먼저 나서서 괴로움을 자처할 필요는 없다. 순리대로 따르는 게 제일이다.

이때 밖에 있던 단귤이 큰 소리로 외쳤다.

"나리께서 오셨습니다."

명란이 정신을 차리자 밖에서 성큼성큼 걸어 들어오는 고정엽이 보였다. 빠르게 상황을 파악한 최씨 어멈은 공손히 일어나 고정엽에게 인사를 하고 물러났다. 명란이 옷시중을 들려고 일어서는데 그가 갑자기 그녀를 번쩍 안아 올리고는 평상 머리맡에 반쯤 걸터앉았다.

명란의 몸에서 과일 향이 어우러진 우유 향이 나자 고정엽이 명란의 얼굴과 목덜미를 오가며 킁킁 냄새를 맡았다.

"무슨 냄새지?"

명란은 그의 짧은 턱수염이 간지러운지 까르르 웃으며 말했다.

"방금 간식을 먹었거든요. 나리도 드셔보시겠어요?"

고정엽은 고개를 저었다. 사실 그는 단 음식을 좋아하지 않았다. 하지만 명란의 몸에서 나는 냄새는 젖먹이 새끼 동물에게서 나는 향처럼 아주 좋았다.

"고모님과 얘기는 잘하셨어요?"

명란은 자신의 목덜미에 키스를 퍼붓는 머리를 있는 힘껏 밀쳐내며 물었다.

고정엽이 모호하게 '흠'이라는 소리를 내자 명란은 그 뜻을 이해하지 못하고 다시 물었다.

"설마 누굴 사주해서 고모님 쪽 사촌형제들을 기생집으로 데려가 놀라고 한 건 아니시죠?"

고정엽의 커다란 손이 그녀의 아랫배를 만졌다. 잠시후, 그가 마지못해 말했다.

"요 토끼 새끼를 위해 덕을 쌓고 왔다."

명란은 이렇게 되받아치고 싶었다.

'당신 자식이 토끼 새끼면 당신은 토끼거든요.'

어찌 됐건 고모는 앞으로 찾아오지 않을 것이다. 아무튼 잘된 일이니 싱글벙글하며 말대꾸를 하지 않았다.

"한데."

고정엽이 머뭇거리며 말했다.

"이제 회임도 했는데 저쪽이 집안 관리에서 손을 떼면 이렇게 큰 집안을 네가 어떻게 하려는 것이냐……. 아니면 시기를 좀 늦추자꾸나."

명란이 잠시 생각하더니 그의 얼굴을 보며 진지하게 말했다.

"나리의 눈엔 제가 집안을 위해 온몸이 부서지라 일할 사람처럼 보이시나요?"

제갈량이 건륭제처럼 여든 너머까지 살았다면 천하는 유 씨의 것이 됐을 것이다. 사마의가 그 몸으로 어찌 그를 이길 수 있었으랴.[4] 건강해야 혁명도 계속할 수 있다.

고정엽도 진지하게 생각해보더니 말했다.

"절대 아니지."

너무 칼 같은 대답에 조금 기분이 상했다.

명란은 사실 크게 걱정하지 않았다. 지금처럼 회임한 상태에서 후부를 잘 관리하면 대단한 거고, 잘 관리하지 못해도 당연한 거다. 불평이 터져 나오면 바로 밖에 나가 고 태부인이 그녀를 괴롭히려고 일부러 회임하자마자 집안 경영권을 줬다며 눈물로 호소하면 그만이다. 얼마나 좋은 핑계인가.

---

4) 제갈량은 오장원에서 위나라의 사마의와 장기간 대치하다 과로와 병으로 사망.

마을에서 보내온 젖이 너무 많아 오래 두면 신선도가 떨어지기에 갈씨 어멈은 소락[5]과 우유 계란 전병을 만들었다. 명란은 여기저기에 보내 맛보게 하고, 구향원에도 일부를 나누어줬다.

"음, 계란 전병이 정말 맛있네요. 뜨거운 걸 보니 방금 만든 것 같아요. 언니, 좀 먹어봐요."

추랑은 한입 베어 먹더니 맛있다며 칭찬했다.

"정말 맛있네요. 신선한 젖을 얼마나 넣었으려나."

공홍초는 소매에 수놓인 녹색 꽃봉오리와 살굿빛 납매[6]를 만지작거렸다.

"이건 용이에게 주는 거겠죠. 우리에게 이런 복이 어디 있겠어요. 마님께 들키면 우리가 허구한 날 용이를 뜯어먹는 줄 알걸요."

추랑은 손을 멈췄다. 무안하고 머쓱한 기색이었다. 추랑 뒤에서 찬합을 정리하던 한 계집종이 참지 못하고 말했다.

"공 이랑, 괜히 추랑을 겁주지 마셔요. 아까 어멈에게 간식을 건네받을 때 저희가 똑똑히 들었어요. 작은 찬합은 아가씨한테 주는 거지만 이 찬합은 두 분한테 드리는 거라고요."

계집종은 이 말을 하고는 씩씩거리며 나갔다. 문을 나설 때는 있는 힘껏 문발을 팽개치기까지 했다.

"소련우 말이 맞아요. 마님은 이런 걸로 인색하게 굴지 않으실 거예요."

추랑은 소련우의 뒷모습을 보며 안도의 한숨을 내쉬었다.

---

5) 치즈.

6) 음력 섣달에 꽃이 피는 매화.

공홍초는 추랑을 힐끗 보더니 웃으면서 일어나 방문을 닫았다. 그러고는 몸을 돌리며 말했다.

"알았어요. 아까는 내가 잘못했어요. 예전에는 마님이 어려운 사람 같아서 걱정했어요. 언니는 나리와 정이 조금이라도 있지만 난 아무것도 없잖아요. 그래서 날 어떻게 괴롭힐지 모르겠더라구요. 하지만 쭉 지켜봤는데 마님께서는 우리에게 잘해주셨어요!"

추랑은 멍하니 촛불을 바라보더니 한숨을 내쉬었다.

"그래요. 마님은 마음이 고우시죠."

공홍초의 눈빛이 반짝였다. 그녀는 추랑의 곁에 앉으며 친근하게 말했다.

"전 바로 알아봤다니까요. 마님은 너그럽고 상냥한 분이에요. 우리가 잠깐 실수한 일도 마음에 담아 두지 않으시고요."

추랑의 얼굴이 붉어졌다. 그녀가 무슨 일을 말하는지 알기에 어색하게 고개를 숙였다.

"이제 마님께서 회임하셨으니 언니가 마님의 걱정을 덜어드리세요."

추랑이 멍하니 말했다.

"무슨 걱정이요?"

"무슨 바보 같은 질문이에요. 당연히 나리 얘기죠."

공홍초는 귀밑머리에 꽂은 진주 비녀가 흔들릴 정도로 깔깔 웃었다.

"언니, 잘 생각해봐요. 우리 나리는 까다로우셔서 웬만한 사람은 모시기 힘들어요. 하지만 지금 이런 상황에서 마님이 계속 고생하게 할 순 없잖아요."

안채에서 지금까지 버텨 왔다는 것은 아무리 착실하기만 한 계집종이라도 본능적인 감을 가지고 있다는 뜻이다. 제아무리 우둔한 추랑이라 해도 홍초의 말이 호의에서 비롯된 게 아니란 것쯤은 알 수 있었다. 그러나 가끔은 가장 얕은 꾀가 가장 유용할 때도 있다.

고정엽 곁에 살뜰히 보살피고 시중들 사람이 없다는 생각에 추랑은 걱정되기 시작했다. 그러자 오랫동안 잠들어 있던 상념이 다시 올라왔다. 분수도 모르고 계략이나 쓰는 계집종이 이 틈에 이득을 보게 하는 것보다는 내가 나서는 게 낫지 않을까? 마님께서도 이해하시리라.

공홍초는 냉정한 눈빛으로 추랑의 표정을 살폈다. 추랑의 욕심이 다시 살아난 것이 눈에 보였다. 그녀는 여러 말 하지 않고 유유히 자기 방으로 돌아갔다.

추랑은 아직 마음을 정하지 못한 채 방으로 돌아왔다. 화장대 거울 앞에 앉아 여전히 아리따운 자신의 외모를 보니 저도 모르게 가슴이 두근거렸다. 그때, 소련우가 뜨거운 물이 담긴 대야를 들고 들어왔고, 그 뒤로 수건과 내의를 든 계집종이 따라 들어왔다.

"너……."

추랑이 입술을 잘근잘근 깨물며 말했다.

"내일 아침 일찍 나와 함께 마님께 문안드리러 가자꾸나. 마님 처소의 아이들 중 사이좋은 아이 있지? 네가 나 대신에 그 아이들에게 몇 가지를 물어……."

"아가씨!"

소련우가 씩씩거리며 말을 잘랐다.

"제가 아가씨만큼 좋은 팔자를 타고나진 않았지만 어쨌든 열 살 때부터 아가씨를 따르며 충성스럽게 모신 세월이 있습니다. 죽으려면 혼자 죽으세요! 절 방패막이로 삼지 마시고요!"

"이 계집애가 뭐라는 거야!"

대놓고 면박을 당한 추랑은 화장대를 치며 욕을 했다.

소련우는 구리 대야를 선반에 '쾅' 하고 내려놓더니 손을 허리에 짚고 말했다.

"마님이 인자하신 분이라고 양심 없는 짓을 할 생각일랑 마세요! 오아가 어떻게 됐나요? 서재로 가서 꼬리 치려다가 관사한테 호되게 맞아 다리가 부러지고 장원에서 요양 중이잖아요. 다 나아도 평생 불구로 살아야 할지도 몰라요. 어제 들었는데 장원에 있는 어멈이 벌써 다른 사람에게 짝을 지어줬답니다! 건넛방이 아무 짓 않고 잠잠하니까 이제 아가씨가 날뛰시려는 거예요?"

추랑의 얼굴이 붉으락푸르락했다. 그녀는 손가락으로 옷깃을 꽉 쥐더니 부끄러운 나머지 화를 냈다.

"난 아무 말도 안 했어……. 오히려 네가 난리구나! 누가 주인인지 모르겠어!"

"이제 그만하세요!"

다른 계집종이 급히 중재에 나섰다. 그녀는 문을 닫더니 추랑의 손을 잡아당기며 부드러운 목소리로 말했다.

"아가씨, 마음에 담아두지 마세요. 소련우 언니 성격을 아시잖아요. 입은 험해도 그동안 아가씨와 함께한 세월이 있으니까 아가씨를 위해 저러는 거예요!"

추랑의 마음이 조금 진정됐다. 이 계집종은 나이는 어렸지만 사람을 어르는 재주가 있었다.

"나리께서 이미 명확히 말씀하셨어요. 용이를 아가씨한테 보내주신 것만으로도 은혜를 베푸신 거나 다름없어요! 나중에 의지할 데가 생긴 셈이니 용이를 잘 보살펴주세요. 나리께서 아가씨를 먼저 찾아오시면 모를까, 아가씨가 꾀를 써서 나리 곁에 있으려고 한다면 나리께서 진저리치시며 아가씨가 분별력 없다고 생각하실 것은 물론이고, 후부 사람들까지도 아가씨가 염치없다고 비웃을 거예요."

말이 여기까지 나오자 소련우도 낮은 목소리로 말했다.

"아가씨, 전부 제 잘못이에요. 이 입이 방정이에요! 아가씨가 건넛방 여우한테 이용당할까봐 그런 것뿐이에요. 용이가 아가씨를 믿고 좋아해요. 저희끼리 잘 지내고 편안하게 사는 것도 좋잖아요. 지난번에 마님께서도 용이가 열 살이 되는 해에 아가씨를 이랑으로 올려주시고 적당한 자리가 있으면 아가씨 아버지와 오라버니한테도 일을 맡기신다고 하셨잖아요."

두 계집종이 하나는 강경하게, 하나는 부드럽게 이리저리 설득하자 추랑도 내키지 않았지만 곧 생각을 접었다.

추랑의 취침 시중을 든 후, 두 계집종은 문 밖으로 나와 십여 걸음을 걸은 후에 입을 열었다.

"후우……. 언니, 오늘 언니가 말을 했기에 망정이지 하마터면 아가씨가 또 어리석은 일을 저지를 뻔했어."

계집종이 가슴을 쳤다.

소련우가 한숨을 지었다.

"하아, 아가씨는 사실 총명한 분이야. 심성도 나쁘지 않지. 단지 나리를 포기하지 못하고 하늘이 도와줄 날만 기다리는 게 안타까울 뿐이야. 하지만 아가씨도 머리가 있다면 생각을 해야지. 이 년만 지나면 서른인데 어떻게 환심을 살 수 있겠어. 웃음거리만 되겠지! 마님께서 나리의 밤 시중들 계집을 찾는다 해도 곁에 믿을 만한 사람이 그렇게 많은데 굳이 아가씨를 찾을까? 아가씨를 따른 세월이 있지. 아가씨가 웃음거리가 되는 꼴은 못 봐."

계집종이 소련우를 치켜세우며 말했다.

"언니는 역시 똑똑해. 언니처럼 곁에서 쓴소리해주는 사람이 있다니 아가씨는 복 받은 거야. 마님 처소에서 일하는 언니한테 들었는데 마님께서도 언니를 높이 평가하신대. 언니한테 좋은 혼처를 찾아주라고 언니 가족한테도 당부하셨다던걸."

소련우가 얼굴을 붉히며 호되게 꾸짖었다.

"요 꼬맹이가 뭐래니! 우리 나이가 몇인데 하루 종일 그런 생각만 하는 거야!"

그러더니 한숨을 내쉬었다.

"여기 바보는 없어. 네 양어머니가 우리더러 추 아가씨를 돌보라고 한 것도 다 추 아가씨를 위해서잖아."

계집종이 연신 고개를 끄덕였다.

"맞아, 맞아."

소련우가 냉소를 지었다.

"사실 마님도 차라리 추 아가씨가 사고치는 걸 보고 싶을걸. 단번에 결론을 낼 수 있으니까. 다만 아가씨가 고생한 걸 아니까 마음을 독하게 못 먹는 거지. 그러고 보면 훤서당에 계신 그분이 그런 면에선 최고야."

넝원후부 정당의 정중앙에 위치한 훤서당.

밤이 찾아든 시간, 고 태부인은 기분이 좋지 않았다. 화가 가슴에서 울컥울컥 치밀어 올라 잘 가꾼 손으로 하마터면 찻잔을 부숴버릴 뻔했다. 오후에 고모에게 실컷 당하고 그 일의 대책을 세우기도 전에 또 이런 일이 생기다니.

옆에 있던 주 씨가 힘겹게 배를 받치고는 미소 지으며 말했다.

"어머님, 기분 푸세요. 행여 몸이라도 상하시면 제가 죄송해져요. 서방님께 자식이 많아지면 좋잖아요. 제가 어멈과 계집종들을 보내 흔아를 돌보라고 했어요. 생각해 보면 별 문제 아니에요."

고 태부인은 손바닥을 세게 내려치고는 무릎을 꿇은 고정위에게 욕을 퍼부었다.

"이 못난 놈! 학식도 안 돼, 무예도 안 돼, 한다는 짓이 고작 이런 쓸모없는 짓이라니! 이렇게 어진 아내한테 어떻게 상처를 입힐 수 있느냐? 나더러 어떻게 사돈 어르신을 뵈라는 게야!"

고정위는 무릎이 아팠지만 아무 말도 하지 못했다. 그러자 주 씨가 옆에서 그를 감쌌다.

"어머님, 서방님을 너무 나무라지 마세요. 흔아는 영리하고 착한 아이라 제 마음에도 듭니다. 나중에 아기를 낳으면 그 아이는 현이의 오른팔이 되지 않겠습니까?"

"착하긴 무슨!"

고 태부인이 욕했다.

"그 어린 여우의 꾀가 어찌나 대단한지 내가 탕약 어멈에게 확실하게 말해 두었는데 몰래 약을 쏟았다더구나. 자손이 더 많아지는 걸 원한다고 해도 그런 천박한 계집의 자식은 필요 없다! 얼른 사람을 불러서 그 천박한 것을 묶어 장원으로 데려가서 약을 먹이라고 해라! 후부를 더럽히지 말고!"

"어머니!"

고정위도 더는 참지 못했다.

"흔아는 여린 여인입니다. 그렇게 괴롭히면 아이뿐만 아니라 흔아 목숨도…….”

“닥쳐라! 감히 날 거역하는 것이냐?!”

고 태부인이 호되게 질책하자 효자인 고정위는 그저 참을 수밖에 없었다.

고 태부인이 고개를 돌려 주 씨의 손을 잡고는 자애롭게 말했다.

“우리 착한 며느리. 염려하지 마라. 내가 있는 한 아무도 널 힘들게 하지 못할 테니.”

주 씨는 부끄러운 한편, 감동스럽기도 했다.

“어머니, 이래도 될까요?”

“내게 다 생각이 있으니 이 일은 나한테 맡기려무나.”

고 태부인이 단호하게 말했다.

“네 몸이 중요하니 어서 가서 쉬렴. 난 이 못된 녀석을 좀 더 혼내야겠다!”

주 씨는 대답하고 계집종의 부축을 받으며 천천히 나갔다.

주 씨가 방을 나가고 문 앞의 두꺼운 발이 천천히 내려오자 고정위가 나지막이 물었다.

“어머니, 정말로 흔아를 벌하실 겁니까? 어머니께서 상으로 주신 아이잖습니까.”

고 태부인은 천천히 찻잔을 들어 한 모금 마셨다.

“일어나거라. 이 못난 놈! 그 어리석은 계집애는 일을 성사시키기도 전에 일을 망쳤다. 겉으로 순종하는 척하면서 내 말도 거역했어. 내가 좀 귀애하였더니 감히 이런 일을 벌여? 나중에는 주인 머리를 밟고 올라서겠더구나! 죽여도 시원찮다.”

고정위는 머리가 아찔해졌다. 그가 천천히 바닥에서 일어서며 말했다.

"하지만…… 흔아는……."

"다시는 그 이름 입에 담지 마라!"

고 태부인은 대로했지만 자신의 하나밖에 없는 아들을 보자 다시 마음이 약해졌다. 그녀는 좀 누그러진 말투로 말했다.

"이 어미의 고충을 모르겠느냐? 지금이 어떤 때냐. 승평백부를 의지해야 할 때야. 네 장인어른에겐 하나밖에 없는 딸인데 네가……, 네가……. 됐다. 다른 얘기를 하자꾸나. 네가 예전에 하던 일은 다시 맡기 곤란해졌다. 내가……."

고정위는 고개를 푹 숙인 채 맥을 못 추고 있다가 그 말을 듣더니 다시 고개를 들었다.

"어머니, 그 일은 걱정하지 않으셔도 됩니다. 둘째 형님께서 새로운 일을 찾아주셨습니다. 최근에 오성병마사[7]에 마침 자리가 났다고 합니다."

고 태부인이 어리둥절해하자 고정위가 서둘러 말했다.

"병마사는 영위[8], 금위[9]보다 훨씬 좋은 자리입니다."

한참 지나서야 고 태부인이 느릿느릿 말했다.

"네 둘째 형이 능력은 있구나."

"둘째 형수님의 큰형부인 충근백부 원문소 대인은 지금 성을 통솔하는 관직에 있습니다. 성격이 시원시원하고 호탕한 분이라더군요. 저도 교분을 쌓고 싶습니다."

---

7) 동, 서, 남, 북, 중앙의 다섯 개 성의 병마를 지휘하는 기관.

8) 군영의 호위.

9) 경성과 궁의 호위.

"네 둘째 형수도 능력이 있어."

고 태부인은 팔걸이를 움켜쥐고 있던 손을 놓았다. 그녀의 얼굴은 관리를 잘한 덕분에 마흔 살 안팎으로 보였지만, 촘촘한 거미줄처럼 미세하게 얽힌 눈가의 주름은 그대로 드러나 있었다.

그녀가 의미심장한 미소를 지었다.

"후부가 그 아이 손에 있으면 모든 게 다 잘되겠어."

• • •

거센 밤바람에 창문 격자가 흔들리며 두툼한 고급 종이천이 파르르 떨렸다. 마치 자유로운 나방이 얇은 날개를 파닥이며, 어둠의 속박에서 벗어나기 위해 자신의 약한 몸은 아랑곳하지 않고 힘껏 날갯짓하는 것 같았다.

명란은 반쯤 젖은 머리를 풀어헤치고 따뜻한 난로 앞에 앉아, 한 손을 탁자에 올린 채 이 기이하고 아름다운 소리에 귀를 기울이고 있었다.

"마님, 나리께서 사람을 보내셨는데 공손 선생과 논의가 길어질 듯하니 먼저 주무시라고 하셨답니다."

단귤이 조용히 들어와 부드러운 마른 수건을 손에 들고 명란의 머리를 천천히 말렸다.

명란이 고개만 끄덕이고 아무 말이 없자 단귤이 의아하다는 듯이 물었다.

"마님, 무슨 생각 하고 계세요?"

"바깥의 바람 소리를 들으니 곧 비가 올 것 같구나."

단귤이 웃으며 말했다.

"그러게요. 비가 한바탕 내리고 나면 날이 추워지겠어요."

"뱀, 벌레, 쥐, 개미가 곧 밖으로 나오겠어."

명란은 난로 주위의 이지러진 빛을 바라보며 희미하게 미소 지었다. 두려워하는 일이 꼭 벌어지지 말라는 법은 없고, 그렇다고 무턱대고 평화 조약을 맺어도 안 되었다. 그쪽에서 포로 교환에 동의하지 않을 수도 있으니 말이다.

이레 후, 고 태부인은 선조의 유산과 땅문서 목록을 전부 고정엽에게 넘기고, 고씨 일가의 덕망 높은 노인의 참관하에 하나하나 확인하게 했다. 보름 후, 공주부公主府는 중매인을 통해 후부에 예물을 보냈다.

제163화

가을날 연꽃같이 차분하고 아름다운 이여, 시사곡부에 능하고, 금, 바둑, 서예, 그림, 그 어느 것 하나 못 하는 것이 없도다

폭죽이 타닥타닥 터지고, 매화나무 가지에 눈이 쌓인 경성은 온통 즐거운 분위기가 넘쳐흘렀다. 하지만 숭덕 3년 섣달 그믐밤, 녕원후부의 저녁 식사 분위기는 달랐다. 식탁 가득 차려진 음식을 보며 고 태부인은 속상한 듯 말했다.

"휴, 우리 집은 사람이 적어 휑하구나. 넷째 숙부와 다섯째 숙부 댁을 생각해보렴. 손자 손녀들이 다 모이면 식탁 두세 개가 꽉 차는데 말이다."

고정찬이 고개를 돌려 창밖을 바라봤다. 수려하고 길게 뻗은 목이 마치 호수에 떠 있는 하얀 백조 같았다. 그녀가 차가운 표정으로 말했다.

"그러게요. 예전에는 지금과 다르게 시끌벅적했는데. 이렇게 썰렁해서야 새해를 맞는 것 같지 않네요."

소 씨는 어두운 낯빛으로 고개를 숙인 채 아무 말 없이 옆에 있는 한이에게로 눈길을 돌렸다. 주 씨는 남산만큼 불러온 배를 만지며 미간을 살짝 찌푸렸고, 명란은 못 알아들은 척 아무것도 모르는 순진한 표정으로 이따금 손수건을 들어 입을 가렸다.

진짜로 아무것도 모르는 눈치 없는 고정위가 웃으며 말했다.

"제가 공연할 사람이라도 부르자고 말씀드렸는데, 어머니께서 허락하지 않으셨잖아요."

주 씨가 불안한 눈빛으로 급히 소 씨를 바라봤다. 고 태부인은 아들을 한번 째려보고는 꾸짖듯이 말했다.

"말도 안 되는 소리 말거라. 네 큰형이 죽은 지 아직 아홉 달도 채 되지 않았다."

고정위는 부끄러워하며 멋쩍은 듯 웃었다.

여느 때와 같은 표정의 고정엽이 느릿느릿 젓가락을 내려놓으며 말했다.

"그 말씀이 맞습니다. 확실히 썰렁하긴 하군요. 아버지께 자식이 많았다면 좋았을 텐데요."

고 태부인의 얼굴이 딱딱하게 굳었다.

농업 사회에서는 식솔이 많은 것을 복이라고 신봉했다. 설이나 명절을 쇨 때마다 자손들이 점점 늘어나 집 안이 북적거리면 가문이 흥성한다고 믿었다. 고씨 집안의 앞 세대에는 삼 형제가 있었는데 일찍이 가정을 꾸려 넷째 숙부와 다섯째 숙부의 큰 손주 몇 명은 현재 혼사를 논할 정도로 장성했다. 이것과 비교하면 종가의 상황은 다소 초라했다. 성년 남자라고는 고정엽과 고정위 두 형제가 전부고, 아직 성년이 안 된 남자도 유모의 도움을 받으며 두 누나와 함께 옆에 있는 작은 원탁에서 밥을 먹고 있는 현이뿐이었다.

이는 고 대인이 의무를 다하지 못한 탓이었다. 하필이면 메마른 알칼

리성 토지를 애지중지했기 때문이다. 아무리 거름과 물을 주어도 아무 효과 없이 근 십 년간 열매를 거두지 못했다. 고정욱이 태어났을 때, 고정훤과 고정양은 이미 심부름을 할 수 있을 정도였다. 이 년 후 고정엽이 태어났고, 그 후 오륙 년이 지나서야 고정위가 태어났다. 고정위가 모유를 끊었을 때 고정훤은 이미 혼사 얘기가 오가고 있었다.

종가가 출발선에서 지게 된 건 따지고 보면 그 메마른 땅 때문이었다. 그런데 공교롭게도 이 불모지는 바로 지금 저 앞에 단정하게 앉아 있는 고 태부인의 친자매였다.

고씨 집안 종가에서는 남자와 여자가 따로 앉는 게 관례지만, 가뜩이나 식구도 적은데 따로따로 앉으면 훨씬 휑해 보일 게 뻔했기 때문에 고 태부인의 제안하에 남녀가 한 식탁에 앉아 선달 그믐날 저녁을 함께 먹게 됐다. 원래 며느리 셋은 식탁 옆에서 시어머니께 음식을 집어드리는 등 시중을 들어야 하지만, 주 씨와 명란은 회임한 상태고, 소 씨는 가련한 과부 살이 중이라 아예 생략하기로 했다.

고정엽의 말에 고 태부인의 낯빛이 어두워지자 모두 고개를 푹 숙인 채 묵묵히 밥만 먹었다. 계집종들과 어멈들도 입을 다문 채 식탁 옆에서 조용히 시중을 들었다.

한 해의 마지막 날 식사 자리가 감옥에서 콩밥 먹는 분위기라니, 나름 독특하고 재밌는데? 이렇게 생각하는 명란이었다.

사실 요 며칠 계속 고 태부인의 안색이 좋지 않았다.

고 태부인이 고씨 집안 재산을 넘기던 날, 보러 갈 생각이 없었던 명란은 고정엽의 고집에 못 이겨 하는 수 없이 일가친척이 모인 곳으로 가 병풍 뒤에 앉아 있었다. 모두가 모인 자리에서 고 태부인의 분부를 받은 향씨 어멈은 어린도책[1]과 기타 문서, 장부를 하나하나 꺼내 놓았다. 고 태부인은 억울하고 서러운 표정을 짓긴 했으나, 불만 한마디 하지 않고 억지로 웃으며 친척들에게 조용히 인사했다. 지난 세월 간 어른을 공경하고 아이를 예뻐하며, 늘 선행을 베풀고 친척들을 후하게 대접했던 고 태부인의 모습이 떠오른 손위 어른 몇몇은 다소 겸연쩍어했다.

명란은 손수건을 꼬면서 생각했다. 사실 진짜 연기파는 굳이 콧구멍을 벌름거리며 대성통곡하지 않아도 울면서 말하는 것 못지않은 효과를 낼 수 있다. 명란은 앞에 있는 고정엽이 너무 딱했다. 다른 사람들 눈에 그는 지금 사악하고 잔인한 악당이었다.

이런 상황을 눈치채지 못한 악당은 철저히 처리하겠다는 생각인지 뒤따라온 문서 담당자 두 명을 불러들인 뒤 아무렇지도 않게 일가친척이 다 보는 앞에서 재산을 일일이 세어보게 했다. 그러자 손위 어른 몇몇의 낯빛이 점점 어두워졌다. 병풍 뒤에 있던 명란에게도 민망한 분위기가 다 느껴질 정도였다. 이렇게나 민망하고 어색한 분위기 속에서 고정엽은 여유롭게 차 한 잔을 더 따르며 말했다.

"오늘 일가친척이 다 모인 이 자리에서 모든 걸 다 분명하게 밝히면 앞으로 서로 화목하게 지낼 수 있을 겁니다."

고 태부인의 안색이 창백해지며 곧 쓰러질 것처럼 휘청거렸다. 다행히 문서 담당자 두 사람의 손이 빨라 고 태부인이 쓰러지기 전에 확인을 끝냈다. 확인에 확인을 거듭한 후에 고정엽이 손을 젓자 두 사람은 곧 질문을 쏟아 냈다.

---

1) 소작료 징수를 위한 자료로 만든 토지 대장.

"이 점포 세 채는 원래 영명가永明街[2]에 있던 게 아닙니까? 어째서 이런 한적한 골목으로 옮기신 겁니까?"

"여기 삼백 무는 원래 논으로 옆에는 우물과 산이 있었는데, 어째서 지금은 모래 섞인 전답이 된 겁니까?"

"안성금루安城金縷의 지분과 남쪽 교외에 있는 장원은 왜 양도하시려는 겁니까?"

고 태부인은 한동안 얼굴을 들 수 없었다. 화를 내고 싶었지만, 그러기에는 문서 담당자 두 사람이 너무 공손한 자세를 취했다. 게다가 고정엽이 한쪽에 냉담하게 앉아 있지 않은가. 자신이 아무 말도 안 하면 분명 누군가 이 일을 문제 삼을 것이다. 그렇다면 지금은 연약하고 억울한 척할 틈이 없었다. 고 태부인은 그 일이 있던 당시 연줄을 대려면 꽤 많은 은자가 필요해서 가산을 좀 팔았는데, 고정욱의 몸이 약해 말할 수 없었다고 설명했다.

고정엽이 말없이 웃었다. 주변에 있던 친족들의 시선이 움직였다. 다들 괴이하다는 표정이었다.

백 씨가 시집온 뒤부터 후부의 경제 상황이 나빴던 적은 없었다. 자라 보고 놀란 가슴 솥뚜껑 보고 놀란다고, 고 대인은 한번 호되게 고생한 뒤로는 줄곧 세심하게 가업을 꾸려왔다. 이는 많게든 적게든 모두가 다 아는 사실이었다.

후부가 수년 간 모은 재산의 칠팔 할과 선조의 유산 일부가 증발한 것에 대해 고 태부인은 고작 몇 마디로 건성건성 답했다. 사실 고 태부

---

2) 경성의 번화한 상업지구.

인이 연줄을 만들어 어떤 결과를 냈는지조차 알 수 없었다. 결국 녕원후부가 작위 박탈의 위기를 면한 것은 고정엽 덕이었기 때문이었다. 차라리 재산 몰수를 피하기 위해 가산을 옮겼다고 하는 편이 더 믿을 만했을 것이다.

그럼 어디로 옮겼다고 말하는 게 좋을까 하는 것은……. 어쨌든 그게 사실이든 아니든 이보다 더 좋은 변명이 어디 있겠는가? 모든 사람의 눈빛이 알게 모르게 고 태부인에게 쏠렸다.

고정엽은 한동안 웃더니 더는 추궁하지 않고 모든 친척들 앞에서 좋은 전답 백 무를 골라 제답[3]으로 내놓고 제사를 치르기 위한 족산族產으로 쓰겠다고 했다. 그러자 방 안의 분위기가 다시 변했다. 소위 족산이란 일족이 공동으로 사용하는 것으로, 현재 남아 있는 제답을 전부 합치면 일 년에 대략 삼사백 냥 어치의 쌀이 나온다. 제답에서 생산된 것은 가묘의 조상님을 모시는 데에 쓰고, 남은 것은 친척들 중 노인과 아이, 과부, 빈곤한 사람에게 보조해준다. 아는 놈은 먹을 수 있는 것이다.

일가친척들의 눈빛이 흔들리고 안색이 변했다. 계모와 의붓아들의 마음이 안 맞는 건 흔한 일이지만, 지금 보니 저 계모도 새하얀 종이처럼 깨끗한 인물은 아니었다.

처소로 돌아온 뒤 고정엽은 명란에게 당부했다.

"저 사람에 대해선 절대 방심하면 안 된다."

그간의 일을 생각하여 이를 통역하면, 저 말은 '저 늙은이는 황천길을 눈앞에 두고도 포기할 여인이 아니다. 쉽게 패배를 인정하지 않을 뿐더

3) 제사를 지내는 데 사용하는 논.

러 인정한다고 해도 그러는 척하는 것뿐이다.'라는 뜻이었다.

그날 밤 고 태부인은 침상에 누워 끙끙 앓는 척하며 명란에게 집안일을 몽땅 넘기려고 했다. 한데 명란이 자기보다 더 앓는 소리를 할 줄 누가 알았으랴. 명란은 '몸이 불편하니 정월이 지날 때까지 봐달라'고 간청했다. 고 태부인은 명란에게 꿍꿍이가 있다는 사실을 알고 있음에도 화를 내지 못하고 그저 조용히 이를 악물 수밖에 없었다.

명란은 크게 감사했다. 장부상 해야 할 일들은 이미 다른 사람들이 잘 해 놓아서 서둘러 점검할 필요가 없으니 말이다. 회임하고 석 달까지가 가장 중요한 시기라서 모든 일은 제쳐 놓고 일단 심신의 안정을 취하는 것이 좋았다.

이런 이유로 섣달그믐날 저녁 식사를 하러 모인 자리에서 명란은 유달리 통통하게 살이 올라 있었다. 과부살이를 하는 소 씨는 말할 것도 없고, 출산이 임박한 주 씨도 비교할 수 없을 정도였다. 게다가 혼사가 다가오는 정찬보다도 더 윤이 흐르고 생기가 넘쳐 명란은 허약한 척하고 싶어도 할 수 없었다.

고정엽이 옆에 있는 형제에게 말했다.

"병부의 주부主簿[4]에게 연통해놨다. 정월이 지나면 부임하게 될 거야."

온종일 집에 처박혀 있는 것에 이골이 나 있던 고정위가 크게 기뻐하며 말했다.

"감사합니다, 형님!"

고정엽이 말했다.

---

4) 고대 관직명. 소속 부처의 문건 관리를 담당하는 보좌관.

“맡은 소임에 최선을 다하거라. 오성병마사는 영위만큼 한가하지 않아. 번거로운 일이 적지 않을 테니 신경을 쓰도록 해라.”

고정위가 웃으며 대답했다.

“걱정 마십시오.”

고정엽이 살짝 고개를 끄덕였다.

밤에 처소로 돌아오니 단귤이 노란색 비단으로 덮은, 붉은 칠을 한 단목 상자를 들고 들어와 중앙에 있는 원탁에 올려놓고 물러났다. 명란이 웃으며 고정엽에게 말했다.

“오늘 황궁에서 하사한 것입니다. 다른 것은 제가 정리했지만 이것들은 너무나 정교하고 귀중한 것이어서 따로 빼놓았으니 나리께서 한번 보시고 어찌 처리해야 할지 알려주세요.”

고정엽은 명란의 상비죽 평상에 누워 두 눈을 살짝 감은 채 말했다.

“네 마음대로 해라.”

고정엽은 새해가 되고 조정의 일도 많아져서 눈코 뜰 새 없이 바빴다. 요 며칠 제대로 앉아 식사한 게 손에 꼽을 지경이었다. 그는 잠시 후에 또 수세守歲[5]를 해야 해서 잠시 쉬는 중이었다.

명란은 남몰래 동정을 표했다. 일하는 만큼 대가가 따라오는 법. 요즘 그녀는 특권 계층이 어떤 것인지 더 깊게 이해하게 되었다.

궁에서는 명절 때마다 하사품을 내린다. 명절이 아닌 때에도 총애의

---

5) 섣달 그믐날 밤에 집 안 구석구석에 등불을 밝히고 밤을 새우는 일.

표시로 상을 내리는데 오색찬란한 무늬 비단, 호단[6], 왜단[7], 촉금[8], 갖가지 교초[9], 연연라[10], 선익사[11]에, 각종 보석이 세트로 들어 있는 금은보화 상자까지 어마어마하다. 이걸 들고 옷을 맞추러 가면 줄 설 걱정할 필요도 없다. 점포 주인이 버선발로 뛰어나와 방문 서비스를 해주겠다고 할 테니까.

설은 큰 명절이기 때문에 하사품도 더 많다. 명란은 하사품을 상자에서 하나하나 꺼냈다. 순백색의 깨끗한 백옥 그릇 한 벌, 투각 기법으로 조각된 비취에 순금 테두리를 두른 젓가락 두 벌, 황색과 흰색이 섞인 옥에 금을 박아 넣은 옥여의, 그리고 선홍빛 물건 하나가 나왔다. 명란이 손 위에 올려 살펴보니 홍옥으로 만든 동심쇄[12]였다. 자물쇠 고리 하나와 자물쇠 몸통 하나가 있었는데, 두 개를 함께 채우면 길상을 상징하는 여의 매듭 모양이 되었고, 따로따로 떼어 놔도 각각의 모양이 있었다. 정교하게 다듬어져 있을 뿐만 아니라 옥 빛깔도 아주 영롱했다. 시집온 후로 좋은 물건을 적잖게 봤지만, 이런 최상급 홍옥은 실로 처음이었다. 촉촉한 윤기가 나는 선명한 붉은 빛이 새하얀 손바닥에 올려져 있으니 마치 선홍색 피 같았다.

고정엽은 언제 눈을 뜬 것인지 동심쇄를 같이 보고 있었다. 저녁 내내

---

6) 현 절강성에서 만든 비단.
7) 일본산 고급 비단.
8) 사천성에서 나는 채색 비단.
9) 전설 속의 인어가 생사로 짰다는 비단.
10) 그물처럼 짜여진 얇디얇은 비단.
11) 매미 날개처럼 얇고 가벼운 비단.
12) 월하노인이 가지고 있다는, 남녀를 영원히 묶어 주는 자물쇠.

서늘했던 눈동자도 홍옥쇄의 따뜻한 빛에 물든 듯했다. 그는 한 손으로 명란을 자기 곁에 앉히더니 다른 한 손으로는 홍옥을 건네받아 손끝으로 어루만졌다. 잠시 후 그가 낮은 목소리로 말했다.

"낙자絡子[13]를 만들 줄 아느냐?"

명란이 고개를 끄덕였다. 물론이다, 그건 필수 습득 기술이니까.

"네가 그걸 만들면 둘이 반씩 나누어 차고 다니자꾸나."

그가 더 낮은 목소리로 말했다.

마음이 따뜻해진 명란은 천천히 그의 가슴에 기대어 속삭였다.

"늘 차고 있을게요."

"그래. 튼튼하게 짜야 한다."

• • •

정월 초하루, 고정엽과 고 태부인은 이른 아침 입궁해 감사 인사를 올리고 세배를 했다. 명란이 회임 중이라는 소식을 심청평에게 일찍 흘린 덕분에 황후는 명란의 입궁을 면해주고 아기의 비단옷과 보약까지 하사했다. 명란보다 일찍 시집갔으나 아직 아기 소식이 없는 심청평은 명란을 부러워했다. 다행히도 아주버니인 정준 장군에게 적출이든 서출이든 자식이 많았다. 장군부의 후사는 특별히 걱정할 게 없었기 때문에 심청평은 압박을 덜 수 있었다.

"이 일은 조급해한다고 될 게 아니에요."

---

13) 끈을 여러 가지 방식으로 교차하여 주머니 모양으로 만든 고대 수공예품.

명란이 그녀를 위로했다.

"제 친정에 정말 훌륭하신 당고모가 있는데, 시집가서 거의 사 년 만에 제 육촌 오라버니를 낳았지요. 아마 아이를 보내 주는 관음보살님께서 부인을 위해 아이를 물색하고 계실 거예요. '어디 보자, 장군감을 보낼까, 장원감을 보낼까. 아니다, 둘을 같이 보내야겠구나!' 하면서요."

근심이 사라진 심청평이 웃음을 터뜨렸다.

"역시 부인은 사람을 잘 달래십니다!"

명란은 따뜻하고 재밌는 성격이라 함께하는 게 즐거웠다. 시간이 흐를수록 심청평은 더 자주 명란에게 와서 하소연하고는 했다.

명란이 그녀의 손을 잡고 나지막이 말했다.

"부인이 뭘 걱정하는지 알아요. 하지만 부인은 혼인한 지 얼마 안 됐고 심각한 정도는 아니잖아요. 마음 편히 먹어요. 마음의 짐을 덜면 조만간 생길 거예요."

이 시대에 불임클리닉이 있는 것도 아니고, 그게 최선이었다.

심청평도 고민을 마음에 담아 두고 사는 사람이 아니었다. 그녀는 명란에게 감사 인사를 하더니 다시 밝은 표정을 지었다.

고정엽이 궁에서 돌아온 후 명란은 동전 몇 광주리를 가져오라고 어멈에게 지시했다.

세배할 때가 되자 징원의 모든 관사와 어멈, 계집종이 각자 세뱃돈을 준비했다. 붉은 끈으로 꿴 동전 묶음은 아이들에게 주려고 마련한 것이었다. 후부와 징원 사이를 가로막던 담벼락은 이미 말끔하게 허물어진 후였다. 설이 지난 뒤에 공사를 재개하여 벽돌을 깔고 흙을 메우고 조경을 할 예정이었다. 이제 후부의 윗사람, 아랫사람 할 것 없이 조만간 후부의 권력이 후부 나리와 후부 부인에게 돌아간다는 것을 알게 되었다. 각 처의 관사들은 아첨을 떨고 싶어 난리였다. 하지만 징원은 철제 난간에 둘러싸인 듯 모든 사람이 성실하고 책임을 다하고 게으름을 부리지 않아서 도저히 뚫고 들어갈 수가 없었다. 새로운 녕원후부 부인은 겉으로는 온화해 보였지만 실제 성정은 종잡을 수 없는 탓에 많은 관사가 벌벌 떨었다.

모처럼 짬을 낸 고정엽은 싱글벙글 웃는 얼굴로 명란이 동전과 간식을 일일이 나눠 주는 모습을 구경했다. 눈으로 새하얗게 덮인 정원에서 여자아이들과 남자아이들이 뛰어다니며 눈 뭉치를 서로 던지면서 까르르 웃어 댔다.

용이가 새 겨울 오자를 입고 걸어왔다. 목에 맨 금목걸이가 눈에 반사된 빛을 받아 반짝였다. 용이는 요즘 기분이 안 좋았다. 후부에 들어온 지 얼마 되지 않았을 때 용이는 거의 매일같이 생모와 남동생을 그리워하며 밤중에 울다가 깨기를 반복했다. 하지만 언제부터였을까. 그리움은 점점 옅어졌고, 올해 설에 적모가 회임하고 나서야 오랫동안 보지 못한 남동생이 겨우 떠올랐다. 하지만 이제 생모와 남동생의 얼굴이 더는 떠오르지 않았다. 적모는 남동생을 낳을까, 아니면 여동생을 낳을까?

용이는 적모가 자기에게 잘해 준다는 사실을 알았다. 규수 학당에 서출인 아이들도 있는데 그 아이들은 한결같이 용이가 복 받았다고 했다. 예쁜 옷을 입고 좋은 물건을 쓰고 때로는 적모가 데리러 와 주기도 하니까. 하지만 나중에는 어떨까? 적모에게 자기 아이가 생긴다면 다른 사람들의 말처럼 서출인 나를 눈엣가시처럼 여길까? 순간 깜짝 놀란 용이는 스승님의 가르침을 떠올렸다.

'문제가 생기면 마음을 바로하고 왜곡해서 생각하지 마라. 마음을 바

로하면 도량이 넓어지고 눈이 밝아지며 마음이 맑아질 테니.'

어떻게 스승님의 말씀을 잊어버릴 수가 있지! 용이는 내심 부끄러워졌다. 그녀는 일찍이 이렇게 다짐했다. 앞으로 열심히 공부해서 설 스승님처럼 남자에게 뒤지지 않는, 정직하고 밝고 떳떳한 사람이 되겠노라고. 절대…… 생모같이 되지 않겠노라고.

용이는 위를 올려다보았다. 아버지가 적모를 대신해 손화로를 든 채 적모를 향해 부드러운 미소를 짓고 있었다. 용이는 울적해졌다. 사실 동생이 있거나 없거나 지금과 크게 달라지지 않으리라. 적모가 자신에게 진심으로 잘해준 것이든, 평판을 생각해 그런 것이든, 동정심에서 그런 것이든, 아버지 앞에서 잘 보이려고 그런 것이든, 스승님이 말씀하셨듯이 좋은 게 좋은 거다. 좋은 것을 받으면 감사할 줄 알고, 정성을 다해 자신에게 온 복을 소중히 여기며 겸손하게 행동하고 선량한 마음으로 선을 행해야 한다. 이렇게 해야 오래오래 복을 누리고, 하늘의 도움도 받을 수 있을 테니까.

"용이 왔구나."

적모가 자신을 불렀다. 용이는 얼른 고개를 들었다. 화려한 옷차림을 한 젊고 아름다운 귀부인 모습에 눈이 동그래졌다. 적모가 얼굴에 부드러운 광채를 발하며 말했다.

"자, 네 세뱃돈이다."

단귤이 쟁반에 담긴 세뱃돈을 전달했다. 용이는 어리둥절한 얼굴로 세뱃돈을 받았다.

"스승님들께서 네가 열심히 배우고 노력해서 성장이 빠르다고 하더구나."

적모는 자애로운 눈길로 조용히 말했다.

"네 아버지와 그 얘기를 듣고 어찌나 기쁘던지. 새해에도 그래야 한다."

용이는 고개를 숙였다. 자랑스러운 마음도 들고 감동도 받았지만 무슨 말을 해야 할지 몰랐다. 용이는 이제까지 적모에게 애교를 부린 적이 없다. 특히 아버지가 있는 자리에선 더더욱.

고정엽이 용이를 보며 말했다.

"이제 누나나 언니가 되겠구나."

용이가 깜짝 놀라 고개를 들자 아버지의 근엄한 목소리가 들렸다.

"동생들이 널 보며 배울 테니 좋은 모범이 되어야 한다."

갑작스러운 홍수에 수문이 열린 것처럼 용이의 마음이 탁 트이며 맑아졌다. 용이는 공손하게 고개를 숙이며 침착하게 절했다. 그 몸가짐이 단정하고 우아했다. 용이가 고개를 들어 상석을 똑바로 바라보더니 낭랑한 목소리로 말했다.

"아버지의 가르침과 어머니의 배려에 감사드려요. 가슴 깊이 새기겠습니다."

명란은 내심 흐뭇했다. 수업료를 낼 가치가 있었군. 나중에 개학하면 새해 선물을 두둑이 준비해야지.

곁에 있던 고정엽은 그녀를 뚫어지게 쳐다보았다.

작년 정월에 여기저기 돌아다니며 집안 어른들과 오라버니, 올케언니들에게 새해 인사를 드렸을 때 명란에게 세배하러 온 사람은 아무도 없었다. 하지만 올해는 상황이 바뀌었다. 그녀는 방에 처박혀 몸조리에만 신경 썼다. 친정에 인사드리는 일도 성 노대부인이 면해 준 덕분에 고정엽만 가서 술을 마시고 돌아왔다. 다른 곳은 그녀가 갈 필요가 없었다. 대신 고정엽의 위상이 높아진 터라 그녀에게 새해 인사를 하러 오는 사람이 인산인해를 이루었다.

고정엽은 먼 친척은 무시했다. 콩고물 얻어먹으려는 사람들까지 챙길 필요는 없으니까. 하지만 넷째 숙부와 다섯째 숙부는 한 핏줄이었다. 고정엽은 찍소리 않고 적당한 새해 선물을 준비해 인사하러 갔다. 그런데 그 원수 같은 숙부들에게 무슨 말을 하고 왔는지 고정엽의 기분이 몹시 좋아 보였다.

호기심이 생긴 명란은 물어볼 사람을 찾았다. 넷째, 다섯째 숙부 식구가 이사 간 지 얼마 되지 않은 터라 하인들끼리는 서로 잘 아는 사이였고, 고정엽이 새해 인사를 하러 들어간 사이 고정엽을 따라간 하인들은 두 숙부의 집안 사정을 많이 물어봤을 터였다.

넷째 숙부댁에 따라간 고순이 말했다.

"예전에 정병 나리께서 지은 빚 때문에 사람들이 몰려와서 빚을 안 갚으면 때려죽이겠다고 소란을 피웠나봐요. 화병에 쓰러지신 넷째 어르신께서 집안일을 정훤 나리께 맡기려고 했는데, 유 이랑과 정병 나리의 부인께서 결사반대한다며 울고불고 난리를 피웠다 합니다. 저희가 그 댁에 도착했을 때가 한창 시끄러울 때였어요. 그래서 한참 후에나 차를 마실 수 있었죠."

다섯째 숙부댁에 따라간 고전은 소도에게서 간식을 한가득 받더니, 덧니가 보이게 웃으면서 재빨리 고해 바쳤다.

"지금 거기는 정적 나리의 부인께서 집안을 관리하고 계세요. 다섯째 어르신께서 꼼꼼하고 공평하게 일을 처리하라고 엄명하셨대요. 정적 나리의 부인은 현명한 분이라 정양 나리가 함부로 은자를 가져가지 못하게 했나 봐요. 그랬더니 그 댁 큰마님께서 언짢아하시면서 정적 나리 부인께 부덕한 며느리라며 불만을 터트리셨대요. 정적 나리 부인께서 억울하다며 계속 우니까 정적 나리와 큰마님이 말싸움을 몇 번 하셨나 보더라고요. 아, 며칠 전에는 기루에서 외상값을 받으러 왔었는데, 정적 나리 부인이 사기꾼이라며 못 들어오게 했대요. 그 사람이 문 앞에서 행패를 부리며 버티는데 마침 밖에서 시를 읊고 돌아오시던 다섯째 어르신과 마주쳐서 숨길 수가 없었다나요? 진노한 다섯째 어르신이 그 자리에서 정양 나리를 묶고 호되게 때리셨대요. 저희가 갔을 때 정양 나리는 일어나지도 못하는 상태셨어요……."

명란은 조용히 방으로 돌아와 책상에 앉아 있는 고정엽을 보았다. 단정하게 앉은 자세와 의젓한 눈빛, 여름밤 초승달같이 살짝 올라간 입꼬리까지. 그녀는 배를 어루만지며 생각했다. 남의 불행을 즐거워하는 모습은 닮지 마렴.

다음 날, 넷째 숙부 식구와 다섯째 숙부 식구가 함께 새해 인사를 하러 왔다.

겨우 기운을 차린 고 태부인은 아랫것들을 시켜 바깥에 남자들 상을 하나 차리고, 안에 여자들 상을 두 개 차린 후 가희를 불러 흥을 돋우게 했다. 고 태부인은 두 동서와 함께 웃으며 대화했다. 주 씨와 고정형이 옆에서 몇 마디를 거들면서 점점 더 떠들썩한 분위기가 되었다. 고정찬은 몇 술 뜨지 않고 고정령을 데리고 자기 처소로 돌아갔고, 아이들은 어멈을 따라 놀러 나갔다.

고정양의 부인은 초췌해 보였다. 이제 겨우 서른 남짓이건만 귀밑머리에 흰 머리가 듬성듬성 보였다. 매 맞아 다친 난폭한 성격의 남편을 밤낮으로 간호하느라 정신없는데 시어머니는 네가 덕이 없어 네 남편이 저 꼴이 된 거라며 걸핏하면 욕을 해 댔으니 그럴 만도 했다.

명란은 측은한 마음이 들었다.

"형님, 고생이 많으시네요. 아이들 나이도 아직 어린데 몸을 잘 돌보셔야지요."

고정양의 부인은 저편에서 웃고 있는 제 시어머니를 조심히 살피더니 입을 다문 채 명란에게 고맙다는 눈짓을 했다.

고정적의 부인은 좋은 집안 출신으로 원래 자기 집안 큰형님을 경시했다. 하지만 명란의 말을 듣더니 한숨을 내쉬며 이렇게 말했다.

"형님은 나중에 복 많이 받으실 겁니다. 사순이 밤낮으로 글공부에 매진하니까요. 이번에 선생이 과거에 응시해 보라고 해서 아주버님이 정말 좋아하셨잖아요. 형님, 염려 놓으세요. 사순이 조만간 좋은 소식을 안겨줄 겁니다."

아들 이야기가 나오자 지친 고정양 부인의 얼굴에 어둠을 가르며 떠오르는 아침 해처럼 기쁘고 자랑스러운 기색이 떠올랐다. 그녀는 겸손하게 말했다.

"선생도 그냥 한번 해보라는 뜻이었을 것이네. 아직 어린아이가 무슨 능력이 얼마나 있겠는가."

"그 선생은 아버지와 같은 해에 급제한 분이십니다. 일찍이 학정學正[14]까지 지내신 분인데 어찌 거짓말을 하시겠습니까. 하아, 저희 집안 아이들 중에서는 사순에게만 희망이 있을지도요."

나쁜 대나무에서 좋은 죽순이 나온다더니. 고정적의 부인은 저도 모르게 한숨을 내쉬었다. 불쌍한 내 남편은 이 나이가 되도록 아버지의 압

---

14) 국자감 소속 학관.

박 때문에 어쩔 수 없이 과거를 보건만. 날로 성장해가는 조카 고사순을 보면서 고정적의 부인도 형님을 얕보던 마음이 사라졌다. 남편을 내조하고 자식을 가르치는 여인의 본분 중 형님은 적어도 하나는 성공했으니 말이다.

고정양의 부인은 동서를 향해 부드러운 미소를 지으며 늘 그래 왔듯 그녀의 비위를 맞췄다. 고정적의 부인은 기분 좋은 웃음을 지으며 그녀의 손을 다정하게 토닥였고 직접 그녀에게 술을 따라 주었다.

분가 후, 다섯째 숙부네 동서간은 서로 이해하고 사이가 좋아지는 경향을 보였지만 넷째 숙부네의 동서들은 날이 갈수록 사이가 나빠졌다. 고정훤의 부인은 작정한 듯 명란하고만 이야기하면서 곁에 있는 동서를 완전히 무시했다. 고정병의 부인이 연신 냉소를 짓더니 이렇게 말했다.

"요즘 형님이 아주 거만해지셨습니다. 모든 집안사람을 손에 쥐고 있다고 사람이 달라지셨다고요!"

고정훤의 부인이 분통을 터뜨리며 고개를 돌렸다.

"그렇게 집안을 관리하고 싶으면 자네가 하지 그러나! 내가 몹시 바라서 쥔 것처럼 말하는군. 이리저리 애쓰며 마음고생 한다고 따뜻한 말 한마디 못 건넬망정 어찌 사람을 끌어내리려고 하나!"

"어머, 금산, 은산 전부 움켜쥐고 마음대로 옮기시면서 따뜻한 말까지 바라는 겁니까!"

고정병의 부인이 얄궂은 말투로 말하자 고정훤의 부인은 화가 치솟아서 오히려 아무 말도 하지 못했다. 그녀의 소매가 부들부들 떨렸다.

고정병의 부인은 손수건으로 눈가를 찍더니 상림수[15]의 얼굴을 하고 코를 훌쩍이며 눈물로 하소연했다.

"흑, 어쨌든 지금 우리는 미움을 받고 있습니다. 남편은 생사를 모르고, 과부, 고아 신세나 다름없는 우리 모자는 괴롭힘을 당하고……. 형님, 조카들을 가엾이 여겨 재산을 조금만 남겨주세요! 저희는……."

탁! 명란이 젓가락으로 있는 힘껏 탁자를 내리쳤다. 그녀의 표정은 서리가 내린 듯 차가웠다. 고정병의 부인은 입을 다물었고, 모두가 놀란 얼굴로 명란을 쳐다봤다. 상석에 앉아 노래를 듣고 있던 세 노부인의 시선도 명란에게 쏠렸다.

"울고 싶으면 돌아가서 우십시오. 설에 복 달아나게 이런 경우가 어디 있습니까!"

명란의 목소리는 크지 않았지만 말투는 매서웠다.

고정병의 부인은 잠시 멈칫하더니 곧 울먹였다.

"그게 아니라……."

"아주버님의 일을 모두가 알고, 모두가 걱정하고 있습니다. 그래도 때와 장소를 가려야지, 울고 싶다고 울다니요."

명란은 코웃음을 치면서 끼어들 틈을 보고 있는 고 태부인을 힐끗 보며 말했다.

"나중에 정찬 아가씨가 혼인할 때도 와서 형님 내키는 대로 말씀하시고 울 건가요? 집안의 경사를 망치면 제가 정찬 아가씨의 올케로서 제일 먼저 그 입을 찢어버릴 겁니다!"

---

15) 루쉰의 소설 『축복』 속 등장인물로, 두 번의 결혼에 실패하고 아들 역시 짐승에게 물려 죽은 후 희망을 잃고 자살함.

고 태부인은 곧게 세우고 있던 어깨를 축 늘어뜨렸다. 그녀는 눈을 빛낼 뿐 아무 말도 하지 않았다.

고정병의 부인은 감히 울지도 못하고 두 눈을 크게 뜬 채 멍하니 쳐다보기만 했다. 명란이 그녀를 보며 말했다.

"정병 아주버님이 옥에 갇혔을 때 정훤 아주버님이 바람이 부나 비가 오나 정병 아주버님을 위해 사람들을 만나러 다녔습니다. 하루에 몇 시진씩이나 뛰어다니고, 관아 밖에서 반나절이나 기다리면서 사람들에게 웃는 낯으로 좋은 말을 하고, 따뜻한 끼니도 제대로 챙기지 못하셨죠. 저희 모두가 보지 않았습니까. 형님도 마음이 아프지만 아주버님을 말리지 않았어요. 저는 나이도 어리고 이 집에 들어온 지 얼마 되지 않았지만 정말 감동하였습니다. 형제간의 우애가 깊고 가족들이 화목한 좋은 집안에 시집왔다고 생각했지요. 그런데 저도 아는 걸 둘째 형님은 어찌 모르십니까? 아무리 친형제라고 고맙다는 말은 하고 살아야 하는 법입니다."

고정훤의 부인은 그 말을 듣더니 눈시울이 붉어졌다. 고정형이 그 모습을 보고는 급히 다가와 위로하듯 큰올케의 팔을 잡았다. 올케와 시누이는 서로 머리를 맞대고 기대었다.

말문이 막힌 고정병의 부인은 얼굴이 붉으락푸르락했다. 넷째 숙모는 이 상황에 흡족해했지만 옆에 있던 다섯째 숙모는 불만스러운 눈길로 명란을 쳐다봤다.

"네 말이 맞다만 그래도 너보다 나이가 많은 형님인데 그리 엄히 질책하다니 위아래가 없구나! 윗사람에 대한 존중이 보이지……."

말이 끝나기도 전에 넷째 숙모가 그녀의 말을 끊었다.

"동서의 말은 틀렸네. 내가 볼 때 조카며느리의 말이 맞아. 설날이라 다들 기분 좋게 모였네. 정찬이에게도 좋은 인연이 생겼고 고씨 집안에 새 아이도 생겼는데 이런 좋은 날에 우리 둘째 며느리가 철없게 굴었어! 아무리 슬퍼도 집에 돌아가서 울어야지 윗사람과 아랫사람 앞에서는 울면 쓰겠나. 후, 조카며느리가 우리를 가족이라 여기니까 이리 말하는 게야."

다섯째 숙모는 다소 경악하면서, 이제까지 한 번도 그녀에게 반박한 적 없는 넷째 숙모를 떨떠름하게 바라봤다.

명란은 웃으며 고개를 돌려 고정병의 부인에게 말했다.

"방금은 제가 잘못했습니다. 표현이 너무 거칠었어요. 너무 나무라지 말아 주세요. 가족이라고 생각해서 제 생각을 말씀드린 거니까요."

고정병의 부인은 긍정도 부정도 아닌 보기 흉한 미소를 지었다. 고정훤의 부인은 상황을 살피다 이 정도면 됐다 싶었는지 한숨을 내쉬며 아랫동서의 손을 토닥였다.

"마음 편히 먹게. 자네 아주버님이 우역郵驛[16]에 말해두어서 서방님도 두세 달마다 서신으로 안부를 전하잖나. 시중을 드는 사람도 있으니 별일 없을 걸세. 이 년 정도 지나면 온 가족이 다시 모이지 않겠나?"

고정병의 부인은 코를 훌쩍이며 고개를 떨구고는 더 이상 소란을 피우지 않았다. 고정훤의 부인은 고개를 들고 동서의 머리 너머로 명란을 지그시 바라보았다. 명란은 미소를 보이고는 고개를 돌려 노래로 주의를 돌렸다.

이 광경을 전부 지켜본 고정적의 부인은 문득 고정훤의 장남이 나이

16) 공문서를 전달하던 역참.

는 어리지만 괜찮은 자리를 꿰찼다고 들었던 기억이 났다. 그러면서 속으로 탄식했다. 평소에 스스로 똑똑하다고 자부했건만, 시끄럽게 떠들기 좋아하는 고정훤 부인의 기민함은 못 쫓아갈 듯했다. 저렇게 깔끔하게 방향을 바꾸다니. 알고 보면 진즉에 제 동서의 머리 꼭대기에 앉아 있었구나 싶었다. 아, 사람은 겉만 봐선 정말 모르는 것이다.

이번 새해에 명란은 출혈이 아주 심했다. 시집가지 않은 사촌 몇 명과 방을 절반이나 채운 조카와 조카딸들에게 전부 세뱃돈을 줬다. 내년에 명란이 아이를 낳으면 세뱃돈의 일부는 되돌려 받을 수 있겠지만 그래도 역부족이었다. 명란이 제아무리 열심히 힘껏 낳아도 자식이 여럿 나올 때쯤이면 지금 그녀에게 세뱃돈을 달라고 손을 내미는 아이들 또한 자기 아이를 낳을 것이다. 그러면 그녀(혹은 그녀의 자식)도 조카 손주들에게 세뱃돈을 계속 줘야 한다(만약 계속 왕래를 한다면 그렇다). 제길, 이 원한은 끊임없이 계속 되풀이되고, 이 은자는 영원히 정산받을 수 없을 터이니 어찌하면 좋단 말인가. 이건 애초에 손해 보는 장사다. 그리고 아주 오랫동안 손익분기점을 넘기기 힘들 것이다.

밤에 처소로 돌아온 명란은 피가 뚝뚝 떨어지는 제 작은 심장을 부여잡고 수심 가득한 얼굴로 이 비극적인 미래를 남편에게 전했다. 이 비극적인 고대 사회에서는 출산이 최고의 생산력인가요? 고정엽은 그녀의 이야기를 듣더니 침상 위로 뒤집어져 껄껄 웃어댔다. 덕분에 술이 반쯤 깬 그는 가만히 명란의 아랫배를 바라보았다. 외서방으로 돌아가 문서를 보는데 두 개째 봤을 즈음 누군가가 그의 귀에 대고 '아름다운 여인은 영웅의 무덤이다.'라고 속삭였던 것이 문득 떠올랐다. 그는 머슴아이를 시켜 공손 선생을 이불 속에서 끌어내 데려오게 했다.

예닐곱 날이 지나자 고정엽의 측근과 지인들이 찾아왔다.

고정엽은 공손 선생이 일찍이 충고한 대로 집에 사람이 떠들썩하게 몰려들어 이목을 집중시키는 상황을 피하고자 노력했다. 언관에게서 괜한 소리가 나올 수 있기 때문이다. 그래도 새해 선물을 들고 찾아온 이는 여전히 많았다. 고정엽은 외원에서 손님을 맞았다. 문간방에는 교분을 맺을 만하거나 잘 아는 사람만 들여보내도록 지시했다. 명란은 내원에서 온화한 미소를 지으며 잘 모르는 여인들을 향해 '괜한 예를 다 차리십니다'라고 말하거나 아이들을 향해 '바닥이 차가우니 어서 일어나렴'이라고 말한 다음 '참 잘생겼구나'나 '정말 귀엽구나' 같은 칭찬을 덧붙이며 쉼 없이 입을 놀려야 했다.

이 전투를 미리 준비해 놔서 다행이었다. 명란은 '길상吉祥'이란 글자와 여의 구름무늬가 새겨진 금·은덩이, 그리고 원숭이해를 맞아 엄지손가락만 한 크기의 원숭이 모양 금덩이 수십 개를 점포에 미리 주문해 두었다. 무게는 얼마 나가지 않았지만 실제와 흡사하고 재미있는 모양이라 아이들에게 세뱃돈으로 주기에 그만이었다.

말주변이 좋은 사람이든 과묵하고 성실한 사람이든 명란은 온후하고 정중하게 대하면서 편애하지 않았다. 성 노대부인이 어릴 적부터 엄격하게 훈련한 것이 진가를 발휘한 것이다. 명란이 미소를 띤 채 단정하게 앉아 있는 모습은 가슴이 설렐 정도로 우아했다. 명란의 말수는 적었지만 친절하고 재미있었다. 며칠 지나지 않아 명란의 성격이 좋고, 온화하고 너그럽다는 소문이 돌았다.

명란은 의기양양해졌다. 역시 사람들이 보는 눈이 있어.

이런 번거로운 접대만 제외하면 선물 받는 일은 몹시 즐거웠다. 관료사회에 몸담고 있는 사람들 대부분은 영리해서 진짜 믿을 만한 심복이 아닌 이상 은자로 가득 채운 상자를 들고 와서 관계를 다지려고 하거나 도장이 찍힌 은표로 존경을 표하는 일은 없었다.

민남[17]에서는 큰 진주가 왔는데, 하얗고 동그란 진주가 작은 상자에 가득 채워져 있었다. 반 자 높이의 비취 적수관음은 만지면 온기가 느껴졌다. 마노석과 금은 가지로 만든 선도仙桃 분재는 거의 진짜처럼 보였다. 북방에서 보낸 검은 여우, 검은 양, 스라소니, 담비 모피는 신기할 정도로 부드럽고 푹신푹신했다. 그리고 진귀한 웅담과 호랑이 뼈, 설삼도 있었다.

"정말…… 괜찮겠습니까?"

명란은 시골뜨기처럼 놀랍기도 하고 무섭기도 한 마음에 이렇게 물었다. 이건 합법적인 걸까?

공손 선생은 의외로 태연했다.

"오히려 안 받으면 곤란해지지요."

명란이 심 국구댁에 가 봤다면 아마 이렇게 흥분하지 않았을 것이다. 일 년 내내 외지나 변경에 있는 관료들은 천자의 소리를 듣지 못하고, 조정 형세도 알지 못했다. 이때 전력을 다하지 않으면 언제 하겠는가? 게다가 이들은 이미 여러 번 걸러진 사람들로 대부분 방문할 핑계거리들도 있었다.

이런 상황은 초열흘이 지나서야 나아졌다.

징원의 열기는 대단했다. 문간방의 머슴들도 얼굴에 혈색이 돌 정도로 짭짭하게 벌었다. 그에 반해 후부는 한산했다. 두 곳이 너무 비교되자

---

17) 복건성 남부, 광동성 동부의 통칭.

후부의 관사부터 잡역부까지 대우 개선을 꿈꾸며 명란이 하루빨리 집안 관리를 맡길 희망했다.

명란이 바쁘다고 용이가 공부를 소홀히 할까봐 명란은 소 씨에게 한이가 서책을 읽고 바느질이나 자수하는 것을 봐줄 때 용이도 같이 봐달라고 부탁했다. 이상한 일이지만 명란이 하루가 멀게 소 씨에게 이런저런 부탁을 해도 소 씨는 불편해하지 않았다. 고 태부인, 주 씨와 더 오랜 시간을 함께했는데도 명란을 좋아하는 눈치였다.

여자아이 둘이 정원에서 눈사람을 만들고 뛰어다녔다. 한 무리의 계집종들이 둘을 따라다니며 덩달아 웃고 떠들었다. 다들 얼굴이 새빨개질 정도로 노는 모습에 소 씨의 슬픔도 많이 옅어지는 것 같았다.

"가서, 아이들을 데려와라. 벌써 두 시진이나 뛰어놀았구나."

소 씨가 옆에 있는 계집종에게 분부했다.

눈썰미 좋은 한 계집종이 멀리서 눈에 익은 비단 가마를 발견하더니 웃으면서 말했다.

"둘째 마님께서 온 듯하옵니다."

가마가 입구에 멈추고, 단귤이 가마에서 내려오는 명란을 조심스럽게 부축했다. 소 씨는 방 안 난로를 더 세게 때라고 시키고는 명란을 앉히며 말했다.

"날도 추운데 몸도 불편한 사람이 왜 나왔나? 날 부르면 될 것을."

명란이 창의[18]를 벗으며 말했다.

---

18) 도포와 두루마기 중간 형태의 외출복.

"답답해서요. 게다가 가마를 타면 제가 움직일 필요도 없고요."

명란은 고개를 돌려 물건을 들이라고 손짓했다.

"어제 자수가 놓인 비단 두 필을 얻었어요. 빛깔도 곱고 옷감도 괜찮더군요. 형님께 드리려고 가져왔으니, 한이에게 옷이나 두어 벌 만들어주세요."

소 씨가 옷감을 보니 무늬가 고아하고 광택이 나 아름다우면서도 색이 수수해서 부친상을 지내는 아이가 입기에 딱 맞았다. 그녀는 내심 기뻤지만 사양하듯이 말했다.

"아직 어리고 한창 자라는 나이인데 왜 이런 데 돈을 쓰나."

명란이 웃으면서 말했다.

"저희 용이 것도 만들 거예요. 둘 다 착하고 공부도 열심히 하고 어른을 공경하는 아이들이잖아요. 특히 한이는 기특한 아이니 상을 줘야죠."

마음이 한결 편해진 소 씨가 비단을 받았다. 잠시 대화를 나눈 후 명란이 오늘 찾아온 이유를 말했다.

"정찬 아가씨가 이제 곧 혼인합니다. 올케로서 함께 축하해 줘야 할 것 같은데 고씨 집안에 어떤 규칙이 있는지 모르겠어요. 제가 실수하지 않도록 형님께서 조언해주세요."

정찬을 떠올린 소 씨는 잠깐 주저하다 대답했다.

"내가 왔을 땐 정연 아가씨가 시집간 이후였네. 두 숙부댁의 아가씨가 출가하는 걸 봤을 때는 별다른 규칙이 없는 것 같았지. 다만……."

그녀가 명란의 눈치를 살피며 말했다.

"정찬 아가씨가 워낙 고결해서 웬만한 물건 가지고는 성에 안 찰 듯하네."

올케가 시누이의 혼인을 축하할 때는 보통 혼수를 보태 준다. 돈이 있는 사람은 장원이나 점포를 주고, 섬세한 사람은 침상과 의복, 장신구를 장만해주지만, 어쨌거나 올케와 시누이 사이다. 대부분은 성의를 표하는 차원에서 비녀 한 쌍이나 팔찌 한 쌍, 화장함 한 개로도 괜찮았다.

명란은 일찌감치 예상했던 바라 이렇게 말했다.

"공주부에서 혼삿날을 의논하러 왔다는 말을 들었어요. 혼사를 서두르는 듯한데 아가씨한테 가서 뭘 좋아하는지, 뭘 싫어하는지 물어보는 게 어떨까요. 그래야 저도 일찍 준비할 수 있으니까요."

소 씨는 어느 쪽으로도 미움 살 일이 아니라는 생각에 속으로 안도의 한숨을 쉬었다. 그녀가 얼굴에 미소를 띠며 찬성했다.

"좋네. 아가씨 처소는 여기서 가까우니 같이 가세."

고정찬의 처소만 봐도 그녀가 어릴 적부터 얼마나 사랑을 많이 받았는지 알 수 있었다. 그녀의 처소는 후부 전체에서 채광도, 방향도 가장 좋았고, 들어가는 길목부터 이미 진귀한 초목으로 뒤덮여 있었다. 후부에 위기가 닥쳤을 때도 이곳의 계집종들만큼은 여전히 반들반들하고 단정했다.

"어머, 두 올케가 같이 왔네요."

고정찬은 금琴 앞에 차분히 앉아 심드렁한 목소리로 두 사람을 맞았다.

고정찬은 아름다웠다. 다만 오만하고 우울한 표정 때문에 사이에 얇은 벽이 있는 듯한 묘한 거리감이 느껴졌다. 고대의 여인들은 온화하고 부드럽고 단정하고 얌전할 것을 요구받는데 고정찬은 그런 일반적인 규수들의 행동 규칙에 부합하지 않았다. 그런데 하필 돌아가신 고 대인은 그녀의 이런 점을 제일 좋아했다.

처소 안은 예상대로 청아하고 특별했다. 금을 깔거나 은을 뿌리지는 않았지만 그렇다고 너무 수수하지도 않아 그녀의 훌륭한 품위와 출신을 잘 드러내고 있었다. 벽에 정갈하게 걸린 족자 속 그림은 아름다웠고, 족자 위아래의 가름대는 청옥과 순금으로 은은하게 빛났다. 책 한 권이 아무렇지 않게 놓여 있는데 슬쩍 보니 유일본이라 할 수 있는 희귀한 서책이었다. 탁자 위에는 막 꺾어 온 듯한 아름다운 붉은 매화가 있었는데 천금을 주고도 사기 힘든 전 왕조의 여요[19] 백자 화병에 꽂혀 있었다.

훌륭하게 장식된 그녀의 방에 비하면 화란의 방은 지나치게 화려했고, 묵란의 방은 재기 발휘면에서 한참 떨어졌다.

명란은 소 씨를 따라 방을 한 바퀴 돌고는 자리에 앉아 고개를 숙이고 웃었다. 이 방에서 가장 재미있는 부분은 벽에 걸린 서화와 구석에 놓인 서첩이 모두 정찬의 작품이라는 것이다. 탁자 위에 놓인 시집 몇 권조차 모두 정찬이 어릴 적부터 지은 시를 부드러운 명주와 가는 실로 엮어 만든 책자였다.

큰올케인 소 씨가 먼저 입을 열어 찾아온 이유에 대해 설명했다. 그녀가 웃으면서 말했다.

"아가씨가 말씀해주시면 저희가 준비할 수 있을지 볼게요."

정찬은 습관적으로 고개를 치켜들며 입으로만 웃었다.

"좋네요. 그럼 말하죠. 예전에 온 가족이 화목하게 지내던 때로 돌아가고 싶어요. 둘째 올케가 해줄 수 있을까요?"

그녀의 눈이 명란을 향했다. 소 씨는 순간 난처해졌다.

이런 철없는 계집애에게 명란은 쓸데없는 말을 하기 싫어했다. 그녀

---

19) 하남성 여주에서 생산되던 자기.

가 담담히 말했다.

"예전으로 돌아가고 싶다니 아가씨는 여기서 평생 지내실 건가요? 우리 여인에게는 시댁이 남은 인생의 보금자리입니다. 설마 아가씨는 온 가족을 데리고 공주부에 가실 생각이신가요?"

날카로운 언변을 놓고 본다면, 문호를 닫고 사는 나라의 문학소녀가 어떻게 허구한 날 싸움만 보고 사는 법원 서기를 따라갈 수 있겠는가. 정찬은 입을 다문 채 화가 나서 고개를 돌렸다. 명란이 이어 말했다.

"원하는 게 바로 생각나지 않으시면 싫어하는 거라도 말씀해주세요. 기껏 선물했는데 마음에 안 들면 곤란하잖아요."

정찬은 하마터면 '올케가 주는 건 다 싫어요!'라고 말할 뻔했지만 어머니의 당부를 떠올리면서 꾹 참았다. 그녀는 눈알을 굴리다가 말했다.

"화장용 분이나 꽃은 별로 좋아하지 않아요. 장신구는 다 있고요. 전답이나 점포는 감히 달라고 할 수 없잖아요. 옷이나 옷감, 가구들도 전부 있어요. 시 사, 서화는 제가 직접 골라야 해서요. 이것들 빼고 올케가 알아서 해주세요."

그녀는 말을 마친 후 도도하게 앉아 명란을 여유롭게 바라보았다. 네가 뭘 보낼 수 있나 보자.

"무슨 말씀인지 잘 알았습니다. 이렇게 하죠. 아가씨 서책 읽는 시간을 방해하지 않도록 저흰 돌아가서 생각해볼게요."

명란이 미소를 띤 채 소 씨를 끌어당기며 천천히 걸어 나왔다. 이 여인과 오래 있어 봐야 아이 태교에 좋을 게 없으니까.

정찬은 손에 든 서책을 우아하게 흔들었다.

"올케들, 살펴 가세요. 배웅은 안 합니다."

명란은 밖으로 나가면서 생각을 정리해보았다.

용이와 한이가 친해지면서 같이 외출했다가 돌아오는 날이 일상이 되고, 징원과 소 씨 처소의 계집종, 어멈들도 서로 친해졌다. 고정욱 곁에 있던 사람은 대부분 고정욱의 생모, 대진 씨가 남긴 사람들이라 후부의 과거지사를 자세히 알고 있었다. 그들은 한결같이 정찬과 대진 씨가 닮았다고 말한다.

백 씨와 달리 대진 씨는 후부에서 금기가 아니었다. 심지어 고 태부인 자신도 고 대인 앞에서 자기 언니인 대진 씨의 장점을 자주 언급했다고 한다. 술과 음식, 차와 간식을 마련해놓고 사람 마음 떠보는 데 도사인 소도가 나서고 몇몇 어멈과 계집종들이 합세하여 그들로부터 과거의 일을 적잖이 알아낼 수 있었다.

모든 일의 발단이었던 대진 씨는 어떤 사람이었을까? 명란은 오랫동안 궁금했다.

소도가 운을 띄우자 벽사가 물었다.

"아름다우셨나요?"

약미가 이어서 물었다.

"재능과 학식은 어떠셨어요?"

하인들은 진씨 집안 큰아가씨가 가을날 연꽃같이 아름답고 차분한 분이었다고 했다. 뿐만 아니라 시사곡부에 능하고 금琴, 바둑, 서예, 그림 중 어느 것 하나 못 하는 게 없었다고 했다.

동창후부가 아직 잘 나가던 시절, 그녀는 동창후가 애지중지 키운 적장녀였다. 하지만 이렇게 아름다운 여인이 열여덟 살이 되도록 시집을 가지 못했다. 그 이유는 너무 간단했다. 그녀가 중병에 걸려 몸이 약하다는 사실을 온 경성 사람이 다 알았기 때문이다.

부모는 신분이 낮은 집에 딸을 시집보낼 수 없었다. 그렇다고 격이 비슷한 집안 중 어느 집안이 이런 병자를 데려가려 하겠는가? 현명한 아내를 얻으려고 하는 것은 단순히 멋 부리기 위해서가 아니라 자신을 내조하고 자식을 가르치며 집안을 잘 다스릴 사람이 필요해서다. 하지만 대진 씨는 이런 것들을 할 수 없었다.

이때, 녕원후부가 적장자를 위해 혼담을 넣어왔다. 하늘에서 내려준 좋은 인연이었다. 진 씨의 부모는 뛸 듯이 기뻐했다.

하인들의 말에 따르면, 확실치 않지만 고 대인이 혼인하기 전에 대진 씨를 본 적이 있다고 한다. 언제 어디서였는지 모르지만 우연히 봤을 뿐인데 그녀를 몰래 연모하게 됐다는 것이다. 정말로 기이한 인연이었다. 일 년 내내 전장에서 칼을 휘두르는 무장이 지극히 연약한 여인에게 끌리다니. 명란은 이해할 수 없었다.

아무튼 고 대인은 부모에게 혼담을 넣어 달라 간청했다. 하지만 언제까지 살지도 모르고 대를 이을 아들을 낳을 수 있는지 없는지조차 모르는데 부모가 어찌 허락할 수 있겠는가. 고 대인은 간청해도 소용없자 아예 북방 군영으로 달려가 목숨을 내걸고 싸우기 시작했다.

당시는 서융이 궐기하고 전투가 격렬해지면서 언제라도 목숨을 잃을 수 있는 상황이었다. 고 대인의 부모는 한두 해를 두려움에 떨며 지내다가 결국 장남을 못 이기고 혼인에 동의했다. 그때 그들은 운명이라 체념하고, 대진 씨에게 후사가 생기지 않으면 서자를 낳아 키우라는 타협안을 내놓았다. 하지만 얼마 지나지 않아 이것이 너무 천진난만한 생각이었다는 게 드러났다.

결혼 후, 부부는 서로를 아끼며 한시도 떨어지지 않았다. 1년, 2년, 3년이 지나자 부모는 조급해졌다. 고 대인의 눈에는 암컷 모기조차 보이지 않았으니 첩실은 말도 안 되는 소리였다. 하지만 아버지가 집안의 법도와 효도를 내세워 압박하고, 어머니가 눈물로 호소하자 어쩔 수 없이 따라야 했다. 그는 아내를 위로했다. 그가 첩을 맞이하러 떠나는 날, 대진 씨는 눈물을 흘렸다. 시아버지와 시어머니 앞에서는 차마 반발하지 못했지만 상심이 너무 큰 나머지 고열로 쓰러졌다.

후부에 한바탕 소란이 일었다. 그녀는 간신히 목숨을 건졌지만, 눈을 떴을 때 금방이라도 숨이 넘어갈 것처럼 창자가 끊어질 듯 울었다. 고 대인은 첩과 통방을 하나도 남김없이 내쫓았고 이런 식으로 그녀를 아끼고 지켰다. 반년 후 그는 부모의 요구에 따라 다시 다른 여인을 가까이하게 되었다. 비록 몸은 약했지만 소식은 빨랐던 대진 씨는 두 사람이 옷을 채 벗기도 전에 졸도하여 인사불성이 되었다.

이런 일을 몇 번 겪고 나니 고 대인은 더는 이렇게 살 수 없다는 걸 깨달았다. 그는 부모 몰래 서남 변경으로 가겠다고 자원하더니 아내를 데리고 재빨리 도망쳤다. 부모가 발을 동동 구르며 호되게 꾸짖어도 소용없었다. 그 후 몇 년 동안, 고 대인의 부모는 몇 차례나 휴서를 쓰고 인연을 끊으려 했으나, 동창후 부부가 친히 발길을 하여 호소하니 차마 그럴 수도 없었다.

정안황후가 서거한 다음 해, 고정욱이 태어났다. 오랫동안 기다려온 적장손이건만 녕원후부는 기뻐할 겨를이 없었다. 큰 재난이 닥친 것이다. 사실 은자가 빈 건 고씨 집안이 헤프게 썼기 때문만은 아니었다. 사용 내역을 명확히 설명할 수 있는 부분도 많았다. 복건의 선박 운행, 서남의 번경 무역, 내무부의 물건 구입 등과 관련된 건은 모두 옛 친구를 믿고 처리한 것이었다. 그러나 무 황제가 느닷없이 포학해지고 아무 말도 듣지 않으면서, 빈 은자에 대해 명확하게 설명해 줄 수 있던 몇몇 높은 관리들이 궁중 분쟁에 휘말려 삼족이 멸문지화를 당하거나 유배 및 재산 몰수 형벌을 받았다. 제가 위험에 처했는데 누가 나서서 다른 사람을 구하려 하겠는가?

게다가 덕이 많던 고 대인의 아버지마저 중풍에 걸리면서 온 집안에 난리가 났다. 이때 절친한 벗이 찾아와 강남 고향 집에서 받은 서신을 통해 알게 됐다며, 해녕海寧에 사는 돈 많은 소금 장수가 묘령의 나이인 하나뿐인 여식을 위해 사윗감을 찾고 있다고 했다.

그 소식에 후부는 기쁘기도 했지만 곤란하기도 했다. 적자 세 명이 벌써 혼인을 했는데 어쩌면 좋단 말인가. 첩을 제안하면 거절할 것이다.

후부 사람들의 고민은 아랑곳하지 않고 그 마음씨 좋은 벗은 다리를 놓아 달라며 강남에 사람을 보냈다. 그런데 백 노대인이 어떤 인물인가. 존귀한 후부 집안이라 아무리 좋다고 해도 하나뿐인 딸의 혼사인데 중매인의 말만 믿을 순 없었다. 평생 빠른 행동력을 자랑하며 살아온 사람이었다. 백 노대인은 며칠 후 바로 경성으로 향해 한 찻집에서 잘난 척하며 장광설을 늘어놓는 다섯째 숙부를 만났고, 홍등가 입구에서 '우연히' 넷째 숙부를 만났다. 백 노대인이 가장 화난 부분은 눈에 차지 않는 이 녀석들에게 이미 아내가 있다는 사실이었다.

화가 잔뜩 난 그는 집으로 돌아온 후 없었던 일로 하자며 중매쟁이를 호되게 꾸짖고는 한 마디를 덧붙였다.

"이 눈깔 삔 놈아, 내 어찌 하나뿐인 딸을 첩으로 보낼 수 있겠느냐!"

백 씨가 후부에 시집올 때 데려온 사람들은 모조리 쫓겨났지만 예전 일을 많이 얘기하고 다녀서 나이든 하인들 몇몇은 아직도 그 일을 기억하고 있었다.

그 마음씨 좋고 오지랖 넓은 벗에게서 백 노대인의 말을 전해들은 고 대인의 아버지는 마차를 타고 부랴부랴 서남으로 향했다. 그는 장남의 손을 잡고 아무 말 없이 애원했다. 눈이 멀 정도로 눈물을 쏟는 노모, 두려움에 떨고 있는 동생들, 그리고 사랑하는 아내. 이런 것들을 생각하니 고 대인은 밤새 미쳐 버릴 것만 같았다.

소식이 빠른 대진 씨도 당연히 알게 되었다. 잠깐 화이[20]했다가 나중에 다시 그녀를 집안으로 들일 거라고, 그렇게 안 하면 기꺼이 천벌을 받겠다고 시어머니가 맹세했지만 그녀는 여전히 받아들일 수 없었다. 출산 후라 몸이 더 쇠약해져 있던 그녀는 몇 날 며칠을 고통 속에서 버티다가 죽기 전에 계집종을 남편의 첩으로 붙이더니 세상을 떠났다.

상심에 잠길 시간도 없이 고 대인의 아버지는 즉시 해녕으로 사람을 보내 혼담을 꺼냈다. 백 노대인은 원래 달갑지 않았다. 그러나 사랑하는 딸이 비천한 상인의 딸이라는 이름을 던지고 명실공히 녕원후 부인이 될 수 있었다. 그 유혹이 너무나도 컸다!

백 노대인은 이를 악물고 한번 얼굴이나 보자는 심정으로 서남으로 갔다. 이번에는 마음에 들었다.

예리한 안목을 지닌 백 노대인은 다양한 신분과 분야의 사람을 만나면서 사람을 잘못 본 적이 한 번도 없었다. 그는 고언개가 정직하고 선량하며 용맹하고 과감한 대장부라 단정 지으며 자신의 딸과 잘 어울린다고 생각했다. 사별한 전처가 있었지만 그것도 괜찮았다. 드문 일도 아니었고 자신도 사별한 아내가 둘이나 있지 않은가. 자연스러운 일이다. 본처를 들일 때는 본처를 들이고 첩을 들일 때는 첩을 들이면 되는 것이지. 사위와 전처의 사이가 각별했다고는 하나 괜찮았다. 사내의 마음은 변

---

20) 합의 이혼.

하는 법이다. 전처에게 잘해 줬다는 것은 좋은 남편감이라는 소리고, 자신의 아름다운 딸과 결혼하고 세월이 지나면 과거의 기억은 옅어질 것이다.

그 다음 일은 고정엽이 예전에 명란에게 말한 적이 있다.

혼례는 경성의 친척과 친구를 초대하지 않은 채 서남에서 열렸다. 백 씨는 얼마 살지도 못하고 스무 살도 되지 않아 돌볼 사람 없는 아이만 남겨 둔 채 세상을 떠났다. 백 노대인은 해녕에서 한걸음에 달려왔다. 딸의 관을 보고는 대로했지만 노쇠한 탓에 딸을 대신해 억울함을 풀지도 못하고 얼마 지나지 않아 세상을 떠났다.

몇 년 후, 고 대인은 다시 진씨 집안의 아가씨와 혼인했다. 고정위가 일고여덟 살이 됐을 때 고 대인은 성지를 받들어 소진 씨와 3남 2녀를 이끌고 경성에 있는 후부로 돌아왔다. 얼마 지나지 않아 고 대인의 부모가 잇달아 세상을 떠나고, 그가 작위를 이어받아 녕원후가 되었다. 의도적인 은폐로 두 진 씨 사이에 백 씨가 있었다는 사실을 아는 이는 별로 없었다. 무슨 심보였는지 모르지만 고 대인은 의식적으로든 무의식적으로든 고정엽 역시 진 씨 소생인 것처럼 얘기했다.

고정찬은 그의 마지막 자식이자 그가 가장 아낀 자식이었다. 사실 외모를 빼면 습관이나 기호, 심성 어느 하나 대진 씨를 닮지 않았지만, 부모의 무의식적인 기대 속에서 그녀는 자기도 모르게 죽은 그 사람을 따라 하게 되었다.

아이들은 본래 예민한 본능은 가졌고, 더 많은 관심을 받고 싶어 한다. 고정찬이 대진 씨를 따라할수록 아버지는 그녀를 더 많이 사랑했다. 그녀의 부탁이라면 뭐든 들어줬고, 어머니까지 그 혜택을 누리게 되었다. 고 태부인은 하고 싶은 일이 생길 때마다 딸에게 가서 아버지에게 부탁하라 했고, 결과는 거의 백발백중이었다.

명란이는 속으로 비웃었다. 진짜 속세를 초탈한 재녀라면 차갑고 도도해서 속세의 사소한 일에 연연하지 않을 것이고, 고부, 동서 간의 말다툼도 지나가는 구름처럼 여길 것이다. 하지만 고정찬은 어머니 편을 드느라 올케를 곤란하게 할 방법을 고안한 것이다. 흠흠, 애석하지만 어설프게 덤볐다가는 죽도 밥도 안 된다는 걸 보여 줄 수밖에.

소 씨가 뒤에서 잰걸음으로 쫓아왔다.

"대체 뭘 준비해야 좋단 말인가!"

고정찬은 거의 모든 물건을 말했다.

명란이 고개를 돌리며 웃었다.

"어려울 게 있나요, 은자를 드리면 되죠. 수고도 덜고, 힘도 덜고. 아가씨가 머리 나쁜 이 올케를 생각해주셨네요. 고민할 시간을 덜어주셨잖아요."

그녀가 바라는 대로 귀중품을 보낸다면 나중에 얘기를 꺼낼 때 애매하지만, 은자를 보내면 나중에 자랑할 때 금액만 말하면 된다. 가치는 비슷해도 충격은 훨씬 클 것이다.

소 씨가 깜짝 놀랐다.

"은자?"

정찬이 가장 싫어하는 것이 금과 은인데. 문득 수중에 은자가 얼마나 있는지 떠올랐다.

"그럼 얼마나 보내야 할지……."

그녀가 걱정하며 말했다.

명란은 소 씨의 팔짱을 끼며 그녀를 위로했다.

"제가 은자를 보낼 테니까 형님께서 절 아끼신다면 저와 다른 걸 보내주세요."

"그럼 뭘 보내야 하나?"

소 씨는 골치가 아파 죽을 지경이었다.

"형님의 충직한 하인 몇을 골라 아가씨 시집갈 때 보내면 되지 않겠습니까?"

제164화

옛 여자친구와 합법적인 아내, 주인마님의 일

설 연휴 열흘간 모든 관리가 업무를 중단하면서 고정엽도 모처럼 며칠 쉴 수 있었다. 새해 인사 등 필요한 외출을 할 때 말고는 집에서 웃고 떠들며 연휴를 보냈다. 이야기를 나누지 않더라도 아직 평평한 명란의 배를 보다 보면 반나절은 금방 흘러갔다. 다만 처리해야 할 문서가 산더미처럼 쌓여서 완전히 손을 뗄 수는 없었다. 서재는 춥고 쓸쓸한데 어째서 그녀가 있는 방은 따뜻하고 포근한 것인지. 고정엽은 문서를 아예 방으로 옮겼다. 따뜻한 난로가 있는 방 안은 웃음꽃이 활짝 피었다. 정말 왜 이리 공무가 바쁜가 싶었다. 곧 그는 일하는 것도 잊고 말았다.

공손백석은 또다시 감탄하지 않을 수 없었다. 남자의 기개도 남녀 간의 정을 이길 수 없구나. 지금 이 순간 소매를 걷고 붓을 휘둘러 시 한 수를 짓고 싶도다. 하지만 밖이 물방울이 얼 정도로 춥구나. 됐다. 소매 걷는 일은 포기하자. 괜히 풍에 걸릴라.

고정엽은 책상에 앉아 정신을 집중하여 문서를 읽었고, 명란은 부드럽고 도톰한 털 담요로 몸을 돌돌 감은 채 긴 평상에 비스듬히 기대 서책을 읽었다. 어쩌다 고개를 든 고정엽의 눈에 미간을 살짝 찌푸린 채 가볍게 한숨을 내쉬는 명란이 보였다. 그는 그녀 옆으로 가서 앉아 나지막이 물었다.

"설이 적적하냐?"

명란이 친정에 있을 때는 부모, 형제자매가 한자리에 모여 떠들썩했을 터였다.

명란이 고개를 끄덕였다.

"예전 이맘때쯤에 우리 자매들은 할머니를 모시고 패놀이를 했어요."

그 엄숙하고 점잖은 성 노대부인이 패놀이를 하다니 상상이 되지 않았다. 고정엽은 재밌다고 생각하며 명란에게 물었다.

"너는 잘했느냐?"

명란은 주저 없이 대답했다.

"방씨 어멈 말고는 적수가 없었지요."

묵란이 시치미를 떼지 않고 여란이 억지를 부리지 않는다면 말이다.

고정엽이 실소를 터뜨렸다.

"엽자패[1]는 잘 치느냐?"

명란이 고개를 저었다.

"그럭저럭요. 주특기는 아니에요."

"그럼 뭘 제일 잘하지? 쌍륙[2]? 바둑알 옮기기?"

"패구[3]요."

---

1) 그림이 그려진 종이패로 내기를 걸고 노는 놀이, 마작과 규칙이 비슷함.

2) 주사위를 던져 말을 이동하는 놀이.

3) 골패로 하는 놀이.

명란이 자랑스러운 듯이 말했다. 패구라면 여란의 바지까지도 따올 수 있었다.

고정엽이 그녀를 이상한 눈빛으로 물끄러미 바라봤다. 그 눈빛에 주눅이 든 명란이 작은 소리로 말했다.

"물론 할머니께서는 바느질이나 자수 같은 걸 연습하라고 자주 타이르셨어요. 사실 저도 도박은 잘 못 해요."

그녀가 도박 업계에 줄곧 마음이 있었다는 사실을 하늘은 알리라.

고정엽은 일어나 책상으로 가더니 문서함 아래쪽 작은 서랍에서 뭔가를 꺼냈다. 그러고는 찻잔에 남은 차를 붓 씻는 그릇에 쏟더니 빈 찻잔을 가지고 명란의 앞으로 와 앉았다. 명란은 그가 뭘 하는지 알 수 없었다. 그가 왼손에 그 평평한 찻잔을 든 채 오른손으로 뭔가를 가볍게 날렸다. 곧 챙 하고 뭔가가 자기에 부딪치는 소리가 났다. 찻잔 안에는 커다란 주사위 세 개가 또르르 구르고 있었다. 주사위가 멈추고, 붉은 점 여섯 개가 찍힌 면 세 개가 나란히 위를 향했다. 이것은 백전백승을 약속하는 완벽한 조합!

"어떠냐?"

고정엽이 우아하게 팔을 걷어붙이더니 소맷부리를 가볍게 쓸었다.

명란의 입이 쩍 벌어졌다. 잠깐 어안이 벙벙해진 그녀가 천천히 시선을 남자 쪽으로 돌렸다. 그 눈에는 숭배와 존경의 눈빛이 가득했다. 역시 왕년에 경성을 제패한 사람다웠다. 명불허전이야! 큰 소리로 외치고 싶었다. 둘째 아저씨, 앞으로도 계속 당신을 따라다니면서 살겠어요!

"어, 어떻게 한 거예요?"

명란은 말을 더듬으며 흥분을 주체하지 못해 주사위를 낚아챘다. 손바닥에 살짝 올려놓자 가슴이 미친 듯이 뛰어댔다.

고정엽의 얼굴이 살짝 다가왔다. 그는 주사위 세 개를 천천히 집어 들며 작은 소리로 물었다.

"배울 마음이 있느냐?"

명란은 고개를 힘껏 끄덕였다. 할 줄 아는 기술이 많아서 나쁠 게 없지 않은가. 그런데 고정엽이 정색하더니 목소리로 쫙 깔며 말했다.

"안 된다."

그는 일어나 책상으로 돌아갔다.

"아이가 나쁜 걸 배우려면 어쩌려고."

명란은 그가 주사위를 다시 서랍에 넣는 것을 빤히 보면서 달갑지 않다는 듯 항변했다.

"그럼 왜 주사위를 곁에 두는 건데요!"

설마 틈나는 대로 꺼내서 연습하려는 건 아니겠지. 고정엽이 명란을 힐끗 보더니 주사위 한 개를 다시 꺼내 책상 위에 놓았다. 점 하나가 있는 면이 명란 쪽을 향했다.

"잘 봐라. 원래 너에게 주려던 것이다."

그 주사위는 일반 주사위보다 조금 더 컸다. 백옥에 금테를 두르고 붉은 점을 찍어 놓았는데 그 모양이 정교하고 아름다웠다. 도박 도구가 아니라 감상용 진귀한 보물 같았다. 더구나 붉은 점은 녹두만 한 크기의 홍옥을 박아 넣어 만든 것이었다. 검붉게 빛나는 그 점을 멍하니 바라보자니 문득 뭔가가 떠올랐다. 마음이 벌꿀처럼 달콤해지고 부드러워진 명란은 잠시 후 고개를 숙인 채 중얼거렸다.

"……저도 그래요."

너무 쑥스러운 나머지 귀가 달아올랐지만 말의 끝은 맺었다.

"나리가 출타할 때마다 저도 그렇게 생각해요.[4]"

책상에 있던 남자는 붓을 잡은 채 잠시 멈칫하더니, 고개를 기울여 명란을 바라보았다. 살짝 느슨해져 반쯤 기울어진 올림머리, 옆얼굴에 반쯤 걸린 아름다운 머리카락, 그리고 아름다운 곡선을 그리는 초승달 눈을 보니 마음이 따뜻해졌다. 그는 자기도 모르게 부드러운 미소를 지었다. 붓끝에 뭉친 먹물이 백옥전白玉箋[5]에 스며들어 큰 원을 그리며 번져나가고 있는 것도 몰랐다. 화조 무늬가 있는 종이에 옅은 먹색의 하트가 그려지고 있었다.

정월 대보름이 지나고, 황제가 하던 일에 속도를 내기 시작하면서 조정의 언쟁이 격렬해졌다. 하늘을 가득 덮을 정도로 탄핵과 상소가 쏟아졌고, 강을 이룰 정도로 침 튀기는 논쟁이 이어졌다. 고정엽은 이리저리 바쁘게 움직이느라 며칠간 명란과 식사도 한 끼 먹지 못했다. 연일 잠을 자지 못한 공손 선생은 너무 고생한 나머지 핼쑥해지고 머리카락도 많이 빠졌다. 금방이라도 대머리가 될 것 같은 노인을 불쌍히 여긴 명란은 먹어도 끝이 없는 자신의 보양식을 전부 고아서 외서방에 보냈다. 지식인을 사랑하는 약미 여사가 심부름하러 다녀오겠다고 적극적으로 나섰다.

"회임에 좋은 보양식과 머리에 좋은 보양식이 같을까?"

신중한 단귤이 속삭이듯 말했다.

---

4) 중국 고대문학에서는 붉은 콩이 그리움을 상징함.

5) 백옥을 섞어 만든 종이.

"인형도 꿰매 쓸 수 있는데 노옹을 못 고쳐 쓰겠어?"

소도가 '노옹'이라는 어휘를 구사하다니, 명란은 감격했다.

공주부에서 사람이 와서 고 태부인과 상의해 혼삿날을 정했다. 양쪽 모두 나이가 적지 않아 이를수록 좋았다. 두 집안은 삼월 초에 혼례를 올리기로 했다. 며칠 후 정월이 지나고 고 태부인이 집안 살림을 명란에게 넘기려고 했다. 고 태부인은 미소를 지으며 부드럽게 말했다.

"회임한 너에게 부담을 지우면 안 되지만 태의가 몇 차례 왔을 때 네가 건강하다고 했잖느냐. 이제 네 시누이 혼인 준비 때문에 나는 바쁠 듯하구나……."

눈부실 정도로 자상한 미소에 명란의 눈꺼풀에 경련이 일었다. 명란이 날짜를 따져 보니 회임한 지 석 달이 지났다. 입덧은 완전히 끝났고 아랫배는 살짝 나왔으며 음식도 잘 먹고 잠도 잘 잤다. 몸이 건강한데다가 얼굴이 붉고 윤기가 돌아 명란을 진맥하러 온 태의마다 상태가 좋고 태아의 맥에 힘이 있다고 했다. 명란은 이제 괜찮은 듯싶어서 웃으며 그녀의 제안을 받아들였다. 단귤이 대패와 구리 열쇠를 건네받고, 소도가 최근 삼 년간의 장부가 든 작은 상자를 받아 들었다.

명란은 서둘러 겉치레 말을 몇 마디 건넸는데 대략적인 뜻은 이러했다.

'지난 몇십 년간 수고하셨어요. 우리 집안이 이렇게 질서정연하게 돌아가는 건 어머님 덕분입니다. 이제 편히 노후를 즐기세요.'

명란은 한바탕 이야기를 늘어놓은 후 마지막에 질문을 던졌다.

"……음, 부의 모든 노비 문서가 여기에 있나요?"

그녀가 탁자 위에 있는 검고 큰 나무 상자를 가리켰다.

사실 명란의 말을 들으면서 조금 졸고 있었던 고 태부인은 이 말에 갑자기 경계심이 일었지만, 미소를 유지한 채 말했다.

"지난 몇 년간 크게 신경 쓰지 않았다."

그녀가 소 씨를 향해 고개를 돌렸다.

"너는 봤느냐?"

순간 뻣뻣하게 굳은 소 씨가 얼른 대답했다.

"저도 잘 모르겠습니다. 다만 아버님께서 돌아가셨을 적에 어머님과 저, 동서가 시집올 때 데려온 몸종들 말고 다른 하인들의 노비 문서는 전부 여기에 들어 있었어요."

그녀는 잠시 머뭇거리다가 자신을 향해 미소 짓는 명란을 보고는 용기를 내 한마디 덧붙였다.

"제가 데려온 몸종 중에서도 공무에 쓰였던 노비의 문서는 거기에 두었어요."

고 태부인이 곁눈질로 그녀를 쳐다보았다.

명란이 웃으며 아래에 서 있는 한 어멈에게 물었다.

"자네가 팽수댁인가?"

그러자 어멈이 재빨리 대답했다.

"네, 그렇습니다."

마흔 살 정도에 깔끔하게 생기고 웃는 모습이 복스러운 어멈이었다. 명란은 소리를 높여 물었다.

"막 총관 왔는가?"

방 밖에서 공손한 중년 남자의 목소리가 들렸다.

"마님, 말씀하십시오."

명란은 고개를 끄덕이고는 노곤한 몸을 살짝 폈다.

"오늘은 이렇게 하지. 두 사람은 일하러 가게. 나중에 일이 생기면 두 사람을 부를 테니."

밖에 있던 막 총관은 그리하겠노라고 대답하더니 바로 물러갔다. 하지만 팽수댁은 발끝을 살짝 떼다가 멈췄다. 그러고는 고 태부인이 있는 쪽을 흘끗 보는 것 같더니 만면에 미소를 띠고 말했다.

"그게…… 마님, 얼마 전에 설이 지나서 많이 한가해졌습니다. 이제 뭘 해야 할지 지시를 내려주십시오."

"어멈이 관리하는 사람이니 어멈이 알아서 하게."

명란이 나른한 표정으로 대수롭지 않게 말했다.

이 말에 고 태부인과 소 씨만 아연실색한 게 아니라 방 안에 있던 어멈과 계집종들도 전부 경악했다. 팽수댁은 잠시 어리둥절해하더니 겸연쩍게 말했다.

"그게…… 소인이 어찌 정하겠습니까?"

"이제 막 설이 지났으니 집안에 큰일은 없지 않은가?"

명란이 나른한 목소리로 말했다.

팽수댁이 말을 더듬었다.

"어, 없습니다. 전부 사소한 일입니다. 다만 잘못할까봐…… 아니, 마님의 마음에 안 들까봐 걱정됩니다. 지금 귀하신 몸인데 혹여 저 때문에 마음이라도 어지러워지시면 큰 잘못이 아닙니까? 소인은 마님을 모신 적이 없어서…… 제 마음대로 처리하기가 어렵습니다."

역시 오랫동안 집안을 관리한 사람이다. 뒤로 갈수록 말이 유창해졌다.

"우리 같은 집안엔 오래된 집안 규율이 있거늘 언제부터 후부의 일을 누구의 성미에 맞춰 처리했는가? 설마 집안 규율이나 관례가 없다는 말인가?"

명란이 반문하며 고 태부인을 흘끗 쳐다보았다. 곁에 있던 단귤은 속으로 손뼉을 쳤다. 명란이 흘끗 보는 동작은 말보다 훨씬 효과적이었다.

고 태부인 역시 가만히 앉아 있지 못하고 불만스러운 표정을 지었다. 그러자 팽수댁이 재빨리 수습했다.

"그럴 리가요. 그런 적 없습니다. 제가 말주변이 없어 실수를 했습니다. 다만, 마님 지시 없이 일을 했다가 행여 잘못되기라도 하면……."

그녀는 머뭇거리듯 말끝을 흐렸다. 명란은 회피하지 않고 깔끔하게 말을 받았다.

"잘하면 상을 내리고, 잘못하면 당연히 벌을 내릴 것이네."

팽수댁의 안색이 바로 변했다. 그녀가 다시 입을 열었지만 명란은 그녀의 말머리를 자르며 웃는 낯으로 말했다.

"팽수댁, 자넨 안채의 어멈일세. 매월 받는 돈도, 권한도, 대우도 다른 사람보다 낫지. 외부인 앞에서는 주인만큼 면도 서고 말일세. 내 젊어서 오만한 말을 좀 하겠네. 기왕 그렇다면 억울한 일이 있더라도 참고, 골머리 앓는 일이 있더라도 안고 가고, 비난이 있더라도 감수해야 하네. 그렇지 않으면……."

명란이 옆에 있는 소도를 가리키며 웃었다.

"이 바보 같은 아이는 나와 꽤 긴 세월을 함께했다네. 그런데 아직까지 고작 실 두 개와 주전자 하나만 관리하지. 물론 이 아이처럼 일한다면 즐겁고 걱정거리가 없긴 할 것이야. 어떤가, 이런 이치 아니겠는가?"

팽수댁 이마에 순간 땀이 맺혔다. 원래 규모도 크고 재산도 많은 집안에서는 주인마님도 일일이 간섭하지 않고 그저 사람을 보낼 뿐이다. 팽수댁은 새로운 주인을 시험해보려다가 도리어 살 떨리는 꾸지람만 듣고 말았다.

피곤이 몰려오자 명란은 또 졸렸다. 그녀는 힘 빠진 목소리로 가볍게 말했다.

"자네가 일한 지 오래되었다고 들었네. 내가 어리다고 속일 거라 생각하지 않네. 예전에도 주인을 만족시켰으니 앞으로도 날 만족시킬 수 있을 걸세."

명란의 표정은 온화했지만 팽수댁의 마음에는 먹구름이 끼었다. 그녀는 입을 열었지만 아무 말도 못 했다. 일이 귀찮아졌다. 앞으로 일을 잘 처리하면 당연한 거고, 잘못 처리하면 일부러 새 주인을 기만하는 꼴이 될 것이다. 일을 제대로 하는 것은 물론, 새 주인을 '만족'시켜야 하니, 일이 끝이 없을 것이다. 보아하니 이 마님은 만만한 상대가 아니었다. 진작 알았다면 그런 말을 하지 않는 건데 괜히 화를 자초하고 말았다.

감히 무슨 말을 더 하겠는가. 그녀는 고개를 숙인 채 몸을 굽혀 물러났다. 고 태부인은 끼어들지 않고 그저 미소만 짓고 있었다. 대화를 몇 마디 더 나눈 뒤 명란과 소 씨는 인사를 하고 나란히 나갔다. 문밖에서 들려오는 목소리가 점점 작아졌다.

"형님, 요즘 온종일 처소에 틀어박혀 있었더니 뼈까지 게을러진 것 같아요."

"조금 돌아다녀야겠네. 한데 아직 눈도 안 녹았고 날도 추우니 동상에 걸릴까 걱정이군."

언제부터일까. 소 씨는 나이 어린 동서의 애교에 익숙해진 듯 자연스럽게 대답했다. 병약한 남편에게 시집와서 사람 돌보는 것이 이미 습관이 된 그녀였다. 딸은 독립적이고 조숙한 터라 걱정할 일이 거의 없었다. 그런데 명란은 강아지과였다. 성 노대부인 곁에서 애교를 부리며 오래 살았더니 보모 유형의 사람을 보면 자연스럽게 애교가 나왔다. 한 사람이 애교를 부리면 한 사람이 받아주니 두 사람의 호흡이 잘 맞았다.

"그래도 좀 돌아다니고 싶어요……. 너무 답답해서 뼈가 빠근할 지경이에요."

"그렇다면 같이 회랑을 좀 걷지."

고 태부인은 어두운 얼굴로 나한상에 가만히 앉아 아무 말도 하지 않았다. 향씨 어멈이 곁에 있는 계집종 둘에게 눈짓하자 두 계집종은 두꺼운 비단 문발을 치고 서둘러 나갔다.

"팽수댁, 그 못난 여편네, 고작 몇 마디 말에 놀라서 도망가는군요!"

향씨 어멈이 나지막이 말했다. 고 태부인은 여전히 아무 말도 하지 않았다.

"정말로…… 장부를 다 넘기셨습니까?"

향씨 어멈이 다시 떠보듯 말했다.

"둘째 마님은 전혀 안 급해 보이던데요."

고 태부인은 침상 탁자를 힘껏 내리치더니 가라앉은 목소리로 말했다.

"당연히 안 급하겠지. 새해가 되기 전에 정엽이가 후부에서 돈 되는 일을 전부 가져갔네. 지금은 살림용 은자도 모두 손에 쥐고 있지. 흥, 난 안 넘길 결세. 내가 안 넘기면 올해 지나고 장부에 있는 은자가 바닥날 것이야. 그럼 그쪽이 돈을 내겠지 설마 나더러 내라 하겠는가?!"

향씨 어멈은 묵묵히 있다가 한참이 지나서야 말했다.

"큰마님, 둘째 마님께서 옛날 장부를 조사할까요?"

고 태부인은 그제야 의미심장한 미소를 지었다.

"나는 그 애가 조사해서 뭔가를 발견하면 좋겠네. 우리 같은 집안에 비밀이 없겠느냐? 넷째 서방님와 다섯째 서방님네가 있을 때는 더 말할 것도 없지. 장부의 은자는 이제까지 투명한 적이 없었네."

향씨 어멈이 상기시키듯 말했다.

"한데 제가 아까 보니 둘째 마님은 장부는 신경도 쓰지 않고 노비 문서에만 매달리는 것 같았습니다. 요 며칠도 부에 있는 사람만 계속 조사하더군요."

"성명란 그 아이는 교활하고 침착해. 이제까지 몇 번 일이 났었지만 그 아이가 손해 본 적 있던가? 화도 거의 내지 않고, 자기만 생각하며 즐겁게 살고 있지."

고 태부인은 천천히 베개에 기댔다.

"그 아이의 속셈은 모르겠지만, 그리 쉽지는 않을 게야. 그나저나 우리 쪽 사람들은 전부 처리했는가?"

"안심하십시오. 진즉에 말끔히 처리했습니다."

혼삿날이 정해진 후로 총괄을 맡은 고정휜의 부인도 바빠졌고, 고 태부인은 고정찬의 혼수를 준비하느라 정신없었다. 원래 준비가 끝났었지만, 어떤 자애로운 어머니가 급격히 혼수를 늘렸다가 대폭 삭감하는 바람에 다시 준비할 수밖에 없었다. 고정휜의 부인은 하루가 멀다 하고 후부에 와서 연회용 탁자, 의자, 그릇, 접시 등을 준비했고, 손님을 맞이하며 일을 관리했다. 지난번 고정욱의 장례를 치르고 난 후 고 태부인도 그녀의 능력을 인정했다. 이번에는 귀여운 딸의 혼례다. 어느 하인이 감히 핑계를 대며 지시를 듣지 않겠는가. 그건 살기 싫다는 소리나 다름없었다. 고 태부인이 위에서 제압해주니 고정휜의 부인은 일을 수월하게 처리할 수 있었다. 또한 실세가 누군지 잘 알고 있는 그녀는 매번 권력을 행사하고 나면 명란과 다과 시간을 가졌고, 때로는 소 씨를 끌고 와 함께 담소를 나누었다.

집안의 권력을 넘겨받은 후, 명란도 심심풀이 서책을 보기보다는 엄숙하고 진지하게 일을 처리했다. 고 태부인이 가져온 장부는 징원의 두 장방 선생에게 검토를 맡기고, 자신은 상자에 가득한 노비 문서를 열심히 뒤졌다. 그리고 매일 식사를 마친 후 등급에 따라 하인들을 불러들였다. 명란는 몇 가지 질문을 했고, 자애롭게 웃는 그녀의 모습에 잔뜩 겁에 움츠렸던 하인들은 경계심을 풀었다. 그리고 늘 그랬듯이 녹지와 약미에게 개인 문서를 기록하라고 했다.

삼 대에 걸쳐 일한 사람들을 모두 조사하면서 충돌이 없었던 것은 아니다. 처음 불만을 표한 사람은 부에서 막씨 어머니라고 불리는 막 총관의 노모였다. 젊었을 적에 고정엽 조모의 거처에서 시중을 들었고 체면도 있고 해서 나이가 든 후 머슴아이를 붙여주었다. 뛰어난 말솜씨 덕분에 대인 관계가 좋아 어린 아들에게 일거리를 구해주기도 했다. 막 총관은 열심히 배우고 부지런히 일해 천천히 관사까지 승진했다. 고 대인이 변경에서 경성으로 돌아오고 몇 년 후 옛 총관이 물러나자 고 대인은 세심하고 진중한 막 관사에게 그 일을 맡겼다.

“내 이 나이가 되도록 평생 고씨 집안을 위해 목숨 바쳐 일했다. 노마님을 모실 때도 이렇게 모욕을 당한 적이 없는데 어린 계집년들이 지금 상전을 믿고 감히 날 심문해?!”

막씨 어머니의 뺨이 붉은 게 술을 두어 잔 마신 것 같았다. 그녀는 점점 무례하게 굴더니 가희거 정원에서 고래고래 소리를 질렀다. 하하 등 계집종 몇 명도 그녀를 말릴 수 없었다.

“마님 소리는 하지 마라. 큰마님과 첫째 마님, 그리고 넷째 어르신댁 마님과 다섯째 어르신댁 마님까지 내가 노마님을 모신 걸 생각해 전부 내게 예의를 차리셨다. 그런데 지금 비웃음을 당하고 있다니…….”

방 안에서 시중을 들던 단귤은 온몸이 부들부들 떨릴 정도로 화가 났다. 그녀가 속삭이듯이 말했다.

"마님, 제가 나가서 조용히 시키고 오겠습니다!"

이를 악물고 있던 녹지는 결국 참지 못하고 나가려고 했다. 명란은 탁자 앞에 단정하게 앉아 얼굴색 하나 변하지 않고 차분하게 큼지막한 해서체를 쓰며 말했다.

"녹지야, 사람 불러서 저 사람의 입을 막고, 손발을 묶어 옆 상방[6]으로 보내라고 해라."

흥분한 녹지가 알겠다며 나갔다. 밖에는 벌써 건장한 어멈 몇 명이 대기하고 있었다. 막씨 어머니의 욕설이 절정에 달했을 무렵, 사람들이 한꺼번에 몰려오더니 면포를 꼬아 만든 부드러운 밧줄로 그녀의 손발을 묶고 입에 악취 나는 뭔가를 쑤셔 넣었다. 그러고는 그녀를 끌어다 방에 집어넣었다. 지룡에 불을 때고 있었기 때문에 동상에 걸릴 리는 없었지만, 사방에 벽 외에는 아무것도 없었다.

회랑에는 구경하러 온 어멈들이 서 있었다. 막씨 어머니는 평소에도 횡포를 부렸지만 막 총관의 체면을 생각해 감히 건드리는 이가 없었다. 심지어 주인도 어느 정도 예의를 갖췄으니까. 지금 누구의 꼬드김에 넘어갔는지 모르겠지만 그녀는 새로운 주인마님의 체면을 깎아내리려 했다. 저런 어리석은 사람과는 조금만 말다툼을 해도 웃음거리가 되기 마련이다. 모든 사람이 한데 모여 속삭였다. 명란이 어떻게 대처할지 알 수 없었다.

---

6) 곁채.

그런데 명란이 표정 하나 변하지 않고, 가차 없이 사람을 포박할 줄 누가 알았겠는가. 순식간에 가희거는 평화로워졌다. 징원의 계집종들도 그리 당황하지 않은 듯했다. 눈 위에 이리저리 찍힌 발자국만 제외하면 아무 일도 없었던 것 같았다. 사람들이 상황을 제대로 인식하기도 전에 다홍색 비단 겹저고리를 입은 동그란 얼굴의 계집종이 나와 처마 밑에 서더니 만면에 웃음을 머금고 낭랑한 목소리로 말했다.

"어멈과 언니들, 추우면 차수방[7]에 가서 따뜻한 차를 마시고 몸을 녹이세요. 이따 질문이 끝나면 돌아갈 수 있을 거예요."

모두가 경악하며 얼굴을 마주 보았다. 이 사태를 어떻게 해석해야 할지 알 수 없었다.

방 안에서는 난로 불길이 활활 타오르며 따뜻한 온기를 만들고 있었다. 명란은 태연한 얼굴로 침착하게 글자를 쓰면서 중얼거렸다.

"고령의 어멈을 구해서 소란을 피우게 했구나. 때릴 수도, 욕할 수도, 벌할 수도 없게 말이야. 적지 않게 고심했겠어……."

그녀는 괜찮았지만 곁에 있던 단귤은 화가 나 씩씩거렸다.

주인이 아무리 소란을 피워도 이런 식으로 하인이 주인을 업신여기는 일은 성씨 집안에서는 있을 수 없는 일이었다. 우선 성 노대부인이 집안을 엄격하게 다스렸던 터라 기어오르는 하인이 없었다. 왕 씨가 들어온 후에는 성 노대부인이 권력을 모조리 내려놓았고, 왕 씨가 안팎의 사람을 물갈이했다. 임 이랑이 나타난 후 정실과 첩이 옥신각신하고 갈등이

---

7) 차를 준비하는 방.

격렬해지면서 짜증이 난 성굉이 하인들에게 화풀이를 해서 수많은 관사와 어멈이 희생양이 되었지만, 남은 자들 대부분은 통찰력이 있던지라 주제넘게 나서지 않았다. 해 씨가 시집오고 난 후에는 더더욱 질서가 잡혔다.

"이런 간사한 것들 같으니라고! 방씨 어멈이 봤더라면 필시……."

사람 좋은 단귤은 한참을 생각했지만 더 심한 욕을 떠올리지 못했다. 명란은 웃으면서 붓을 내려놓았다. 그다지 화가 나지 않았다. 사람들을 굴복시키는 취미도 없을 뿐더러 굴복하지 않는 사람을 그녀가 어쩔 수 있겠는가. 그저…… 음, 천천히 가르치는 수밖에.

반 시진이 지난 후, 소식을 들은 막 총관이 곧장 달려와 가희거 앞에 무릎을 꿇고 연신 머리를 조아리며 사죄했다. 그는 다른 건 두렵지 않았다. 본디 천자가 바뀌면 신하도 바뀌는 법이고, 이 일은 그만두게 될지라도 자신의 체면을 생각해 달라고 빌면 적어도 집안을 풍비박산내진 않을 테니까. 다만 그는 명란이 고정엽에게 이를까봐 두려웠다. 그 성질을 누구보다 잘 알고 있었다. 상대가 천자라고 해도 자기를 건드린다면 무슨 일이라도 벌일 위인이었다. 명란의 부드럽고 차분한 목소리가 문발을 사이에 두고 들려왔다.

"막 총관은 자책할 필요 없네. 자고로 어미가 아들을 단속하는 것이지, 어디 아들이 어미를 단속한단 말인가. 이 일은 알아서 할 테니 일어나게."

막 총관은 가볍지도 무겁지도 않은 이 말의 의미를 종잡을 수 없었다. 그리고 어멈의 재촉에 떠밀려 자리를 떴다. 그는 마님이 자신의 어머니를 혼내더라도 밥을 굶기고 하루 가두는 정도로 끝낼 거라고 생각했다.

누가 연좌되진 않았으니 그래도 가벼운 벌인 셈이었다.

다음 날 아침 일찍, 그는 가희거에 가서 지시를 기다렸다. 그런데 안에서는 예쁘게 치장한 계집종만 나왔다. 그녀는 차가운 얼굴로 가희거에 모인 사람들을 보며 우아하게 말했다.

"어제 막씨 어머니는 참으로 대단했습니다. 하인으로서 본분을 잊고 입만 열었다 하면 체면을 지켜줘야 한다며 터무니없는 말을 서슴지 않고 내뱉었지요. 마님 배 속의 애기씨가 놀랄 건 조금도 걱정을 안 하고 말입니다!"

초조해진 막 총관이 반박하려는 순간, 그 계집종이 조금 누그러진 표정으로 말했다.

"막씨 어머니가 술을 두어 잔 마셔서 조심성 없이 말을 내뱉었다는 것도 압니다. 그런데 주인 앞에 간다는 걸 알면서 어찌 술을 마실 수 있습니까! 집안에는 집안의 규율이 있으니, 잘못이 있으면 벌을 받아야 하는 것입니다."

막 총관의 마음이 덜컥 내려앉았다. 그 계집종이 계속 말했다.

"한데 마님께서는 인자한 분이십니다. 막씨 어머니가 노마님을 모시기도 했고 나이도 있으시니 처벌하기 어렵다 하셨지요. 감정이 상할 것 같아 걱정되신다면서요……."

하인들의 웅성거림이 점점 커졌다. 새 주인마님도 말썽이 생기는 걸 꺼린다는 생각에 두려움이 조금 사라졌다. 약미가 무표정으로 바로 판결을 선고했다.

"한데 막씨 어머니의 성정은 화를 일으킬 수 있습니다. 주인에게 이런 식으로 말대꾸하는 하인이 어디 있나요. 아들인 막 총관도 감당할 수 없으니 마님께서 더더욱 나서셔야죠. 어제 막씨 어머니를 낙송암[8]으로 보냈습니다. 돌아가신 노마님을 위해 마님 대신 염불을 외면서 복을 빌라고요."

그 말이 끝나자마자 막 총관도, 다른 하인들도 멍해졌다. 이건 대체 무슨 처벌법이란 말인가. 때리지도 않고, 욕하지도 않았다. 하여 막 총관도 사정할 수 없었다. 하인이 주인 앞에서 '효'를 논할 수도 없는 노릇이다. 어쨌든 막씨 어머니는 허구한 날 노마님이 어쩌고저쩌고 얘기하지 않았던가? 그녀에게 노마님을 위해 복을 빌라고 하는데 어찌 안 된다고 할 수 있겠는가?

낙송암은 동저암처럼 권세가 있는 집안에서 잘못을 저지른 부녀자들을 수용하는 곳이었다. 다만, 시설이 좀 열악하고 관리가 더 엄격했다. 거기서 하는 수행은 정말 출가한 사람의 수행 같았다. 변변찮은 음식을 먹고 청소를 하고 장작을 팼다. 시간이 있으면 죽과 밥을 베푸는 일을 도와야 했다. 커다란 생선과 고기반찬, 머슴아이의 시중, 사람을 때리고 욕하는 떵떵거리는 삶에 익숙해진 막씨 어머니가 그런 소박한 삶을 어찌 견딘단 말인가.

암자의 비구니도 예순이 넘은 노파를 홀대한 적은 없지만, 그녀가 다른 사람과 얘기하는 것을 금했다. 그녀가 소란을 일으키면 화를 식히도록 가두고 굶겼다. 막씨 어머니는 손톱을 바짝 세운 백 개의 손이 속을 긁는 것처럼 괴로웠다. 입은 궁하고 마음은 외롭고 화는 풀 수 없고, 결국 그녀는 사나흘 만에 후회하며 명란 앞에 가서 무릎을 꿇고 빌고 싶어

8) 암자명.

졌다.

칠팔일 후, 막 총관이 어머니를 모시고 집으로 돌아왔다. 막 총관 처소 주변에 사는 사람들은 다른 사람처럼 변한 막씨 어머니의 모습에 깜짝 놀랐다. 바짝 야위었고 얼굴에 좔좔 흐르던 윤기가 사라졌다. 정신은 멀쩡했지만, 말과 행동이 무척 얌전해졌다. 그녀는 부에 들어와 명란의 방 앞 복도에 무릎을 꿇고 바닥에 머리를 세게 찧으며 여러 번 조아렸다. 말을 더듬었고 성질도 부리지 않았다.

명란은 문발을 사이에 두고 냉담하게 말했다.

"지나치게 예를 차리는군요. 후부의 어른이 이러면 내가 어찌 감당하겠어요? 최근에 그런 생각이 들었어요. 깨끗하고 조용한 사원이나 비구니 암자에 가서 조부모님과 부모님을 위해 등을 켜고 향을 올려야겠다고요. 늘 지켜볼 사람이 있으면 좋은데, 아무래도 나이 든 분이 해주시는 게 마음이 놓이니……."

막씨 어머니는 혼비백산했다. 다시는 인간미 하나 없는 그곳으로 돌아가고 싶지 않았다. 그녀는 더 격하게 머리를 땅에 조아렸다.

"이 늙은 것이 어리석어 다른 사람 꼬드김에 넘어가 마님께 대들었습니다. 제가 죽어 마땅합니다. 다시는 그러지 않겠습니다. 이번만 용서해 주십시오!"

안에 있는 마님은 웃는 듯하더니 온화한 목소리로 말했다.

"막씨 어머니는 똑똑한 사람이죠. 한데 부 안팎에는 똑똑한 사람이 더 많답니다. 본인보다 아들과 손자를 생각해서 처신해야 하지 않을까요?"

막 총관은 여러 번 감사 인사를 했고, 어머니를 모시고 돌아가면서 연신 충고했다. 막씨 어머니는 혼이 나간 듯한 얼굴로 말했다.

"아들아, 마님께서 원한을 기억하고 우리를 괴롭히시진 않겠지?"

막 총관이 대답했다.

"이번에 마님께서는 어머니만 벌하셨어요. 안에서 일하는 둘째하고 막내, 그리고 큰애와 전 하나도 건드리지 않으셨죠. 저희 체면은 세워 주신 거예요. 어머니, 이제 더는 다른 사람 꼬임에 넘어가지 마세요. 이번에 호되게 당하셨으니까요!"

막씨 어머니가 한탄하며 말했다.

"돌아가면 그 추악한 여편네와 결판을 내야지!"

얼마 지나지 않아, 막씨 어머니가 이웃집에 쳐들어가 평소에 함께 술을 즐기며 친하게 지내던 어멈들과 대판 싸웠다는 소식이 들려왔다. 몸이 튼실한 막씨 어머니는 싸움을 잘했다. 순식간에 부엌살림을 망가뜨리고 여러 사람 얼굴에서 피가 나게 만들었다.

그 이야기를 들은 명란은 웃기만 할 뿐, 더는 그 얘기를 꺼내지 않았다. 세상살이는 어렵다. 이런 식의 뒷공작이라니. 이번에 그녀가 봐줬다면 복종시키지도 못할 뿐더러 앞으로 사람들이 그녀의 말을 잘 들으려 하지 않았을 것이다. 그렇다고 심한 처벌을 내리기에는 막씨 어머니의 나이와 경험이 걸렸다. 때리든, 욕을 하든, 무릎을 꿇게 하든, 막씨 집안 사람의 일을 빼앗든, 정의감 넘치는 사람들이 뛰쳐나와 수군거렸을 것이다. '조모 곁에 있었다면 그게 개나 고양이라 해도 체면을 세워주는 법인데 말이야', '집안 관리한 지 얼마나 됐다고 집안 어른을 섬기던 노인을 무시하네', '막씨 집안이 지금껏 얼마나 충성스럽게 주인을 모셨는데, 이러면 충복들 섭하지' 등등 하면서 말이다. 그럼 정말 한도 끝도 없다. 처벌 강도는 별로 높지 않으면서 혐오감이 드는 일이어야 했다. 소문이 퍼지면 훨씬 효과적인 그런 것으로 말이다.

명란은 그동안 고정엽의 삶이 녹록지 않았음을 진심으로 깨달았다. 이런 뒷공작은 도무지 막을 수가 없으니까.

'아무래도 나이 든 분이 해주시는 게 마음이 놓이니…….'라는 명란의 말이 효과가 있었던 걸까. 이후 조사 작업은 한결 순조로웠다. 몇 대에 걸쳐 시중을 들었던 노복들도 모두 고분고분하게 명령을 따랐다. 행여 새 주인마님의 눈에 들었을까봐 사람을 보내 상황을 살피는 자도 있었다. 후부는 지금까지 여러 대에 걸쳐 세습되어 내려왔다. 그와 함께 대를 걸쳐 내려온 하인들은 내부인끼리 혼인하면서 관계가 복잡하게 얽혀 있었다. 외부인과 혼인하는 경우도 있었다. 이래저래 작업량이 너무 많다 보니 보름 가까이 바쁘게 보내고 나서야 대충 정리가 되었다.

하지만 명란은 조급해하지 않고 매일 여유롭게 산책을 했다. 날씨가 좋으면 회랑을 걷고, 날씨가 좋지 않으면 정당에 있는 방 몇 개를 돌았다. 그녀는 지난 잘못을 따지지 않았고, 모든 인사를 평소대로 처리했다. 시간이 흘러도 새 주인마님은 으름장을 놓거나 괜한 일을 벌이지 않았다. 게다가 성격도 온화해서 새로운 장부를 꼼꼼하게 조사하는 것 말고는 다른 일에 까다롭게 굴지 않았다. 이에 후부의 하인들도 서서히 마음을 놓았다. 규제와 단속에 관해서는 고 태부인이 있었다. 고 태부인은 고정찬이 시집가기 전까지 야밤에 음주와 도박을 한다거나 가풍 해치는 일을 용인할 리가 없었다. 위에 악당이 버티고 있으니 명란은 몰래 게으름을 즐길 수 있었다.

"마님, 그 장부들……."

하면 안 되는 말도 있다는 걸 알기에 단귤은 혀를 꽉 물었다.

"그냥 넘어가실 건가요?"

요 며칠 바쁘게 지내면서 단귤도 옛날 장부에 문제가 있다는 것을 알게 되었다. 이런 일이 성가에서 벌어졌다면 성 노대부인을 속일 수 없음은 물론이고, 방씨 어멈이 무슨 수를 써서라도 처벌했을 것이다. 왕 씨 혼자서도 그 좀벌레들의 살을 발라버렸으리라!

"그럴 리가 있겠어?"

명란이 그녀를 흘겨봤다. 횡령을 한 건 확실하고, 그 금액이 문제일 뿐이었다. 하지만…… 진짜 문제는 그게 아니었다.

"조금 더 생각해봐야지. 일단 움직이려면 미리 치밀하게 계획을 세워야 해. 제일 좋은 건 한 방에 바로 멈추게 하는 거야. 그렇지 않으면……. 흐음, 그래도 한 집안인데 하루가 멀다 하고 소란이 일어나면 보기에 안 좋잖아."

"한데 왜 이렇게 일찍 일을 떠맡으셨나요? 차라리 좀 더 쉬시지요."

단귤이 걱정스레 말했다.

"내가 거동이 불편해졌을 때 무슨 일이라도 생기면, 정말 큰일이니까."

명란이 탄식했다.

"차라리 힘이 좀 있을 때 하는 게 나아. 나리도 지금 힘드신데 폐를 끼칠 수 없고……."

더 자세히 알아보면서 후부의 상황을 명확히 알게 되었고, 명란의 마음에도 대략적인 윤곽이 잡혔다. 일을 깔끔하게 처리하기 위해 고정엽에게 바깥 정보를 알아다 줄 사람을 몇 명 달라고 부탁했다.

도가 형제는 강호 사람답게 정보를 캐내는 솜씨가 일류였다. 그들 덕분에 명란은 손쉽게 일을 해결할 수 있었다. 그녀는 그런 사람을 호위로 쓰다니 실로 인재 낭비라고 외치고 싶었다. 무려 한 달에 걸친 자료 정리가 대략 끝나자 그녀의 배는 작은 키箕만큼 부풀어 있었다. 그녀는 두뇌와 체력을 동시에 단련하기 위해 늘 배를 어루만지며 집 안을 천천히 돌아다녔다. 생각이 떠오르면 바로 자리에 앉아 다른 사람이 보기에 서투른 글씨로 대략적인 계획을 썼다.

'녕원후부에는 노비가 모두 백삼십육 명이 있어. 그중 남녀 막론하고 가생자[9]가 일흔여덟 명. 삼대 이상 내려온 노비는 다섯 가구, 나머지는 모두 일대, 이대 내려온 노비이지. 외부에서 사 온 노비 중에서 열두 명은 이미 가족과 연락이 끊겼고 이제…….'

'밖에 재산을 가진 자는…… 친척 명의로 재산을 넣어 둔 자는…… 그 중에서 전답을 가진 자는 각각……. 여기 몇 군데는 점포가…… 여기 몇 군데는 주인을 위해 구입했을 수도 있어…….'

'친족 중에서…… 이 몇 사람은 하급 관리고, 이 몇 사람은 장사를 하고, 또…… 이 친족은 다른 집에 노비로 있어.'

한참을 쓰다가 명란은 붓대를 입에 물고 생각에 잠겼다. 일을 할 때는 목표가 명확해야 한다. 그녀가 원하는 결과는 뭘까? 주인의 재산을 탐낸 놈들을 모조리 쫓아내는 것? 아니면 슬쩍 겁주면서 기를 꺾는 것? 아니면 대대적으로 물갈이를 해서 내 사람으로 채우는 것? 여기에 계략이 숨어 있는 건 아닐까? 괜히 낚이는 거 아니야?

명란은 머리를 잡아뜯었다. 머리가 지끈지끈 아팠다. 그녀는 원래 집안 세력다툼에 적합한 인재가 아니었다. 요의의로 살 때 최대의 직업적 목표도 부정부패 척결을 위해 골몰하는 게 아니라 경당목[10]으로 위풍당당하게 탁자를 치는 것이었다.

9) 가내 노비의 자식.

10) 옛날, 법정에서 법관이 탁상을 쳐서 죄인을 경고하던 막대기.

단귤이 옆에서 작은 목소리로 말했다.

"마님, 그만 쉬세요, 힘들게 그러지 마시고요."

명란이 웃음을 터뜨렸다.

"난 그렇게 약하지 않단다."

지금까지 그녀는 상태가 좋았다. 가끔 종아리에 쥐가 나는 것 외에는 회임했을 때 나타나는 변화가 거의 없었다. 고정엽은 일찍 철이 든, 효심이 지극한 아이라며 뿌듯해했다. 후부의 노인들 이야기에 따르면 백 씨가 이 세상을 어지럽히는 마왕을 회임했을 때도 순탄했고 건강했다고 한다. 다만, 태어난 후에 어찌나 속을 썩이는지 아버지가 사흘에 한 번 발을 동동 구르고 닷새에 한 번 집안의 법도로 다스려야 했던 게 안타까울 뿐이었다.

고정엽은 이 말을 듣고 한참 생각에 잠기더니 갑자기 물었다.

"나중에 아이들이 말을 듣지 않는다면 넌……."

"당연히 때려야죠."

명란은 고민도 않고 대답했다. 장난꾸러기는 매를 맞아야 정신을 차린다. 요의의 남매도 이런 식으로 컸다. 손바닥과 엉덩이를 맞으며 자랐지만, 마음의 병도 생기지 않았고 공부나 취업도 순조로웠다. 너무 호되게 때리지 않고 공부하는 즐거움을 가르쳐주며 정도를 지킨다면 문제될 일이 없었다. 그녀가 한마디를 덧붙였다.

"귀한 자식 매로 키우라고 하잖아요?"

그러자 고정엽이 정색했다.

"때리긴 왜 때리느냐? 네가 어릴 적에 얼마나 장난꾸러기였느냐. 강에서 물고기 잡고 나무에 올라가 새를 잡았을 때 노대부인께서 널 때리셨느냐? 아이가 말을 안 들으면 천천히 가르치면 될 것을 무작정 때리겠다니, 어찌 부모가 그리할 수 있느냐!"

그는 말을 마치더니 식후 차도 마시지 않고 소매를 털며 나갔다. 찻잔을 들고 있던 명란은 놀라서 얼이 빠져버렸다.

주 씨의 몸이 점점 무거워졌다. 삼 월 초하루에 진통을 시작하더니 다음 날에 딸을 낳았다. 고 태부인은 약간 실망했지만, 한쪽에서는 어멈이 연신 축하한다 말하고, 다른 한쪽에서는 '아들 하나에 딸 하나면 얼마나 좋습니까.'라고 하자 뭐 어떠냐 싶었다. 그녀는 빙글빙글 웃으며 손녀를 어르다가 이름을 정靜이라고 지었다. 어째서일까. 아이는 건강하지 않고, 병약해 보였다. 작디작은 팔과 다리가 물에 불은 종이 같아서 명란은 겁에 질려 차마 만지지도 못했다. 그녀는 사람들을 따라 덕담을 해주고는 처소로 돌아가 냉큼 몸에 좋은 약재를 챙겨 보냈다. 주 씨는 매우 감격했다.

아마 요즈음은 딸을 낳는 때인가보다. 며칠 지나지 않아 성씨 집안에서 여란이 딸을 낳았다는 소식을 전해 왔다. 명란은 잠깐 멈칫했다가 웃으며 물었다.

"여란 언니는 무탈하지요?"

소식을 전하러 온 사람은 유곤댁이었다. 그녀가 인사를 하며 말했다.

"네, 모녀 모두 건강합니다."

유곤댁은 명란이 고씨 집안에 시집왔을 무렵에 비해 훨씬 건강해 보였다. 그녀는 여란의 딸이 하얗고 토실토실하며 집안 천장이 흔들릴 정도로 울음소리가 요란하다고 웃으면서 말했다.

"건강하다니 다행이에요. 조그만 금은 그릇과 부드러운 비단을 준비해 봤는데 여란 언니에게 전해줘요. 그런데…… 언니는 울지 않았죠?"

명란이 옆에 있는 걸상을 가리키며, 유곤댁에게 앉으라고 했다. 소도가 찻잔을 들고 오더니 따뜻하게 데운 담요를 그녀의 무릎에 덮어주었다.

꽃샘추위가 심했다. 이런 날 외출하면 고생이 이만저만이 아니다. 하지만 이런 극진한 대접을 받으니 유곤댁의 마음이 편해졌다. 명란과 여란이 어릴 때부터 서로 놀리고 장난치며 지낸 것을 알기에 그녀는 편하게 웃으면서 말했다.

"네, 노마님께서 '꽃이 먼저 피어야 나중에 열매를 맺는다'고 하셨습니다. 저희 마님이나 큰아씨도 처음에 아가씨를 낳고 나중에 도련님을 낳으셨고요. 그게 뭐라고요, 건강이 제일 중요하지요."

이 말은 여란과 왕 씨가 확실히 조금 실망했다는 뜻이다.

명란이 속으로 웃으며 말했다.

"할머니 말씀이 일리 있네요. 어쨌든 오느라 수고했어요."

명란이 몸을 녹이라며 손에 든 난로를 건네주면서 따뜻하게 말했다.

"내가 외출이 불편해서 만월과 백 일에는 갈 수 없을 것 같아요. 내 대신 어머니께 죄송하다고 전해줘요."

유곤댁이 손화로를 들고 웃으면서 말했다.

"무슨 내외를 하십니까. 식구끼리 죄송하긴요. 나중에 아가씨께서 도련님을 낳으신 후에 온 집안 식구가 다 모이면 얼마나 좋겠습니까. 장풍 도련님의 혼례에 오실 수 없으니 그게 안타까울 따름이지요."

"아, 장풍 오라버니 혼삿날이 잡혔나요?"

"네."

유곤댁이 조심스럽게 차를 마시더니 천천히 말했다.

"예비 마님은 류씨 집안 적녀십니다. 어릴 적부터 조부모 슬하에서 자라 평소에 류 노대인과 노대부인의 사랑을 듬뿍 받으셨다지요. 두 어르신께서 손녀 시집가는 걸 꼭 봐야 한다고 고향에서 올라오신답니다. 질질 끌 수 없으니 이번 달 중순으로 정하셨습니다. 장풍 도련님이 복이 많으신 거죠. 우리 큰도련님께서는 어찌 지내시는지 모르겠습니다. 서신으로는 잘 지낸다고만 하시니 마님께서 걱정이 많으시지요."

장풍은 본디 잘생겼다. 게다가 성굉이 사전에 주의를 주고 교육한 덕에 류씨 집안에서 행동을 조심했다. 그는 류씨 집안 여자 권속들을 보자마자 얼굴을 반쯤 붉혔고, 잘생긴 얼굴로 수줍은 듯 대답했다. 성실하고 부드러운 답변에 류씨 집안사람들은 전부 그를 마음에 들어했다. 류 부인은 시간이 지나면 지날수록 사위를 더 좋아했다. 류씨 집안에서 혼수를 마련하는 기세가 대단했다. 예물부터 새해 선물까지도 모두 범상치 않았다. 추정컨대 신부의 개인 재산이 적지 않으리라. 왕 씨는 그걸 보면서 가슴이 쓰렸고, 신랑보다 더 활짝 웃는 성굉을 보자 화가 치밀어 올랐다.

명란은 유곤댁의 말 속에 담긴 뜻을 눈치채고 미소를 지었다.

"나리께서 일찍이 관보官報를 받았는데, 큰오라버니가 지방에서 백성을 아끼며 정무를 성실하게 돌보고 있다고 해요. 다리를 놓고, 도로를 수리하고, 농업과 양잠업을 격려하면서요. 백성의 사랑은 물론이고, 윗분께 포상도 자주 받는다는군요. 장래가 밝을 테니 어머님께 걱정하지 말라고 전해주세요."

장백의 앞날이 장풍보다 밝다는 것을 유곤댁이 어찌 모르겠는가. 단지 왕 씨의 속이 좁아서 마음을 편히 못 갖는 것이지. 다시 잡담을 하다가 명란이 구아의 혼인 이야기를 꺼냈다. 몇 년간 정이 있으니 어쨌든 혼수를 보태야 할 터, 명란은 단귤에게 붉은 비단으로 감싼 순금 팔찌를 내오게 했다.

그 금팔찌는 무게가 서너 냥은 족히 되어 보이는 데다 위에 커다란 진주까지 박혀 있었다. 유곤댁이 기뻐하며 말했다.

"아가씨께서 저희 애를 아직까지 기억하고 계실 줄 몰랐습니다. 아가씨 덕에 마님께서 은혜를 베풀어주셨지요. 작년에 노비에서 풀어주시고 소작인 집안에 혼담을 넣어주셨습니다."

소도의 캐묻는 능력도 보통은 아니었다. 소도는 새해 선물을 전하러 성부에 갔다가 선물값으로 쓴 돈에 육박하는 재밌는 소식들을 물어 와서 명란의 태교 생활에 크나큰 즐거움을 더해주었다. 한데 성씨 집안 큰마님 곁의 관사가 고른 사위가 어찌 일반 소작인 집안이란 말인가? 그래도 그동안 안채의 여러 일을 관리해 온 유곤댁이었다. 각 처소의 생활 물품을 분배하고, 계집종들을 관리하면서 너그럽고 공평하게 처리했고, 말썽을 일으키지도 않았다. 그녀의 좋은 점을 기억하는 명란은 즐거운 마음으로 그녀를 축하했다.

초봄 삼 월, 격렬한 논쟁 끝에 황제는 마침내 순염어사巡鹽禦史[11]를 누구로 할지 정했다.

그사이에 제형의 부친인 제 대인은 신씨 집안사람들의 알선으로 몇 차례 입궁하여 황제와 중신들에게 염무 규정에 대해 상세히 보고했다. 뿐만 아니라 문제의 근본적인 원인을 있는 그대로 털어놓았다. 황제는 흡족해하며 크게 칭송했다. 평녕군주는 몇 년 만에 황실의 부름을 받아 며느리 신 씨와 함께 입궁해 양궁태후와 황후를 알현했다.

---

11) 소금 유통을 관리하는 관직.

고정엽이 한숨을 내뱉으며 말했다.

"그 여우는 사돈도 잘 찾았더구나. 아마 돌에서도 물을 짜낼 수 있을 게다."

그는 잠시 말을 멈추더니 고개를 돌려 명란을 보며 말했다.

"군주께서 며느리를 구슬리는 솜씨도 좋더구나. 앞으로 제형의 벼슬길도 탄탄대로겠지."

명란은 담담하게 말했다.

"아내 복이 그에 미치지 못하는 게 안타까울 뿐이죠."

전처가 안겨 준 엄청난 불명예를 견디고 있지 않은가. 그나저나 명란은 눈앞에 있는 이 남자가 정말 밉살스러웠다. 매번 제형을 언급할 때마다 이상한 분위기를 풍긴다. 전부 알고 있으면서 이제 와서 웬 신경질인가 싶었다.

고정엽의 입꼬리가 휘었다.

"궁에서는 신 씨 보고 현숙하고 사리에 밝은 데다 남편을 성공하게 하고 자식을 흥하게 할 현모양처라고 칭송하더구나."

명란이 씁쓸하게 말했다.

"한 번 다녀갔을 뿐인데 그렇게 많은 걸 알아차리다니, 역시 궁 사람들은 예리한 안목을 지녔군요."

고정엽은 일부러 심술을 부렸다.

"궁 사람치고 담금질한 안목을 지니지 않은 사람이 어디 있더냐. 당연히 알 수 있지."

명란은 뻔뻔스럽게 말했다.

"그렇긴 하더군요. 저도 궁에는 고작 두 번 갔지만 너그럽고 선량하다고 칭송한다지 않습니까?"

이것은 심청평의 말이었다.

"그래? 내가 쓴 은자가 소용이 있었나보구나."

고정엽이 덤덤하게 말했다. 그는 요즘 기분이 안 좋았다. 처리해야 할 조정의 일은 많고, 표정을 읽을 수 없는 직업 관료들을 상대하느라 불같은 성질을 누르고 점잖게 말해야 하기 때문이다.

"그럼 왜 저하고 혼인하셨어요!"

명란도 화를 냈다. 그녀도 요즘 기분이 좋지 않았다. 매일 장부와 명부를 훑고, 또 후부 내의 얽히고설킨 인간관계 탐구에 몰두하다보니, 거울을 볼 때면 자기 얼굴이 음험하게 변한 것 같았기 때문이다.

명란의 길고 아름다운 쌍꺼풀이 치켜 올라가고, 화난 눈이 동그래지고, 두 볼이 붉게 달아올랐다. 그녀가 진짜 화나서 씩씩거리는 모습이 아름다웠다. 고정엽은 끝내 참지 못하고 그녀를 힘껏 안았다. 방에 사람이 있든 말든 그녀의 얼굴에 길게 입을 맞추고 큰 소리로 웃었다. 며칠간의 답답함이 싹 풀리는 듯했다.

명란은 이렇게 다른 사람의 괴로움에서 행복을 찾는 행위를 경멸했다. 얼마 지나지 않아 그녀는 그 유명한 '현모양처'를 만났다.

삼월 초아흐렛날, 고정찬의 혼례식이 열렸다.

고정훤의 부인은 요 며칠 아예 후부에서 지내며 이리저리 바쁘게 뛰어다녔다. 혼수를 보내고, 일손을 배치하고, 손님을 맞이하는 동시에 이것저것 지시를 내렸다. 고개를 돌려 발걸음을 옮기면 지시를 기다리는 어멈과 머슴아이가 다가왔다. 하지만 일 처리 결과는 좋았다. 사람들이 오고 가는 동선이 전혀 흐트러지지 않았고, 떠들썩한 경사를 치르는 데도 오히려 질서정연했다. 고 태부인도 만족했고, 명란도 자기 형님이 유능하고 열성적이라며 앞뒤에서 칭찬을 아끼지 않았다. 고정훤 식구에게는 이번 정월 대보름 선물도 풍성하게 보냈다.

고정훤의 부인은 매우 바빴지만 활력이 넘쳤다.

고정찬은 이른 아침 일어나 바쁘게 움직였다. 아무리 고결한 아가씨라지만 이날만큼은 하얀 찐빵처럼 덕지덕지 화장해야 했다. 방도 온통 붉은색으로 장식됐다. 명란은 소 씨를 따라 이제 곧 시집가는 시누이에게 정중하게 덕담을 했다. 피곤해서 쓰러질 것 같던 고정찬 여사는 명란의 목소리가 들리자마자 신기하게도 정신이 번쩍 들었다. 그녀가 명란을 흘겨봤지만 명란은 못 본 척했다. 명란은 어제 새로 주조해 번쩍번쩍 빛나는 백은 한 상자를 혼수로 보냈다. 평생 오래오래 행복하게 살라는 의미에서 1999.99냥에 큰 동전 아홉 개를 더 주었다.

담긴 의미도 좋고 은자도 넉넉했지만, 고 재녀께서는 이놈의 물건을 보고 숨이 넘어갈 뻔했고, 고 태부인도 그다지 기뻐하지 않았다. 은표로 바꿔 가져올 순 없었니? 이렇게 동네방네 소문을 내야겠어? 강인한 고 태부인도 여식이 시집가는 날이 되자 눈물범벅이 되어 사람의 부축을 받으며 자리로 돌아갔다.

딸이 시집가는 것이 기쁜 고 태부인은 여러 친척과 친구들을 초대했다. 여자 손님을 위한 탁자만 열여덟 개라 내당에 다 넣지 못할 뻔했고, 경성에서 인기가 많은 경희반慶喜班[12)]까지 초청했다. 혼례가 시작되기 전, 여인들은 내당에 모여 대화를 나눴다.

주 씨는 출산 후 아직 한 달이 지나지 않아 자리하지 못했다. 명란은

---

12) 극단의 이름.

처음부터 끝까지 손수건을 움켜쥔 채 연약한 척했다. 고정훤의 부인은 너무 바빠서 그림자도 볼 수 없었다. 웃긴 이야기지만, 소 씨는 고씨 집안에 시집온 지 오래되었으면서도 중추적인 역할을 맡은 건 이번이 처음이었다. 그녀는 고 태부인을 모시고 명란 옆에 앉아 손님에게 공손히 인사하며, 가끔 동서의 몸이 괜찮은지 살폈다.

고정적의 부인이 주위를 둘러보더니 다가와 웃으면서 말했다.

"오늘은 정말 떠들썩하군. 동서도 너무 무리하지 말고 몸 잘 챙기게."

의자에 기대고 있던 명란은 감격에 겨운 연약한 표정으로 답했다.

"형님, 감사합니다. 전 괜찮아요. 넷째 숙부댁 큰형님께서 애써 주셔서 저는 수월했어요."

옆에서 다른 사람과 담소를 나누던 고 태부인이 말소리가 들리는 쪽을 흘끗 쳐다보았다. 내심 명란이 연약한 척하는 게 마음에 안 들었다. 오늘 만나는 사람마다 명란이 연약하고 온화해서 남과 다툴 사람으로 안 보인다고 했다. 그때 어떤 귀부인이 고 태부인의 시선을 따라 명란을 보더니 이렇게 말했다.

"둘째 며느리가 온순하고 착하고 말도 아낄 줄 아는군요. 수줍어하는 게 참 어여뻐 보여요. 다만 아랫것들을 누르지 못할까 걱정입니다."

고 태부인은 속으로 이를 악물었다. 험담을 하려면 사람이 적고 외진 곳에서 해야 한다. 암실이면 더 좋다. 하지만 지금은 사람이 너무 많고 왁자지껄하다. 지금 명란이 돼지 분장을 한 호랑이라는 것을, 아기토끼처럼 보이지만 사실은 늑대라는 것을 어떻게 설명할 것인가?

옆에 있던 또 다른 부인도 잠깐 명란을 보더니 작은 목소리로 말했다.

"다른 사람 며느리 걱정하실 필요 없습니다."

그러고는 고 태부인 쪽으로 고개를 돌려 말했다.

"그 댁 둘째 아드님이 이제 성질을 죽이고 일을 잘해서 황상께서 높이 사고 계시다지요. 아내도 많이 아낀다고 들었습니다. 우리 형님이 지금 어찌나 후회하는지. 이렇게 빨리 개과천선할 줄 알았다면 우리 조카와의 혼인을 허락했을 거예요. 지금처럼 하루가 멀다 하고 친정에 와서 남편 때문에 힘들다고 하소연하는 것보다 나았을 텐데……."

속으로 욕하기도 귀찮았던 고 태부인은 가짜 웃음을 지으며 말했다.

"이런 말을 하면 안 되지만 저도 그 댁 조카가 마음에 들었습니다. 집안의 격도 비슷하고요. 한데 하필…… 흠, 각자 인연이 있는 거겠지요."

두 부인은 '집안의 격이 비슷하다'는 말을 듣고 서로를 쳐다봤다. 뒤에 있던 부인이 웃으면서 말했다.

"서출이라지만, 제가 보니 온몸에서 풍기는 기품은 나쁘지 않습니다. 다만…… 조금 소심하고 위세가 없어 보이는 게 하인을 통제할 수 있을지 모르겠어요."

앞에 있던 부인은 살짝 눈살을 찌푸리며 속으로 생각했다.

'당신 조카딸은 위세가 너무 대단해서 문제죠. 잘사는 친정을 믿고 매일 시댁에서 제멋대로 고집이나 부리잖습니까. 서로 다 아는 사이에 조카가 단정하고 현숙하다고 아직까지 거짓말을 하다니.'

그녀는 다시 고개를 돌려 부드럽게 웃으며 대화하고 있는 명란을 보았다. 연약하지만 착하고 순수해 보였다. 그녀는 고 태부인과 오래 알고 지낸 사이라 그 자리에서는 별말 하지 않고, 몸을 돌려 넷째 부인, 다섯째 부인과 대화하러 갔다.

이곳에는 사람이 많았다. 소 씨는 평녕군주와 얘기를 하다가 어느새 명란의 얘기로 흘러갔다. 소 씨가 명란을 칭찬하니 평녕군주는 마음이 씁쓸했다. 처음엔 눈에 차지 않던 서녀가 하룻밤 사이에 부귀한 존재가 됐으니까. 다섯째 숙모네는 요즘 집안이 엉망진창이었다. 다섯째 숙부가 하루 종일 고정양을 욕하면서 어미가 자식을 망쳤다고 책망하니 다섯째 숙모는 명란을 욕할 기운조차 없었다. 넷째 숙모네 상황은 괜찮았다. 딸인 정형의 혼례도 가닥이 잡힌 상태였다.

다섯째 숙모를 따라온 고정병의 부인은 이번에는 아주 온순하게 있었다. 동서에게 시비를 걸지도, 말을 하지도 않았다. 그저 내당 곁채에 얌전히 있으면서 명란 옆에 앉아 조용히 차만 마셨다. 고개를 들자 젊고 아름다운 부인이 유유히 걸어오는 모습이 보였다. 아까 인사한 평녕군주의 며느리였다.

친절한 미소를 띤 그녀는 명란을 보더니 먼저 인사했다.

"두 숙모님께 인사드립니다."

고개를 돌린 고정병의 부인은 명란의 낯빛이 이상하게 변하는 것을 발견했다. 목소리도 어색했다.

"편히 하세요. 연배도 비슷한데 격식을 차릴 필요가 어디 있나요."

고정병의 부인은 이상한 기운을 감지했다. 설마 몸이 불편한가?

신 씨는 아름답지는 않았지만 반듯한 이목구비에 우아함과 고상함을 갖추고 있었다. 강남의 안개비처럼 단아한 사람이었다. 그녀가 미소를 지으며 예의 바르게 말했다.

"예의는 지켜야지요. 안 그러면 나중에 어머님과 상공께서 한 소리 하실 겁니다."

명란은 등에 식은땀이 났다.

"두 집안이 친척이라 해도 먼 친척이지요. 굳이……."

고정병의 부인은 한 소리 들은 후 조금 철이 들었다. 명란이 곤란해하자 그녀가 말을 거들었다.

"나도 됐네. 한데 나이로 따지면 자네가 우리 동서보다 한두 살 많지 않나. 그럼……."

신 씨가 웃으면서 고정병의 부인에게 말했다.

"손아랫사람으로서 어찌 그런 버릇없는 짓을 하겠습니까? 참, 아까 어떤 계집종이 부인을 찾는 것 같았습니다."

고정병의 부인이 뭐라 말하기도 전에 청회색 오자를 입은 계집종이 다급한 얼굴로 나타났다. 그녀의 코끝에는 땀이 송골송골 맺혀 있었다. 그녀가 조심스럽게 다가와 낮은 목소리로 말했다.

"마님, 정훤 나리의 부인께서 자리를 뜰 수 없다며 와서 도와달라고 하십니다."

고정병의 부인은 내키지 않았지만 이제 형님에게 의지해 살아야겠다고 생각했기에 억지로 웃으며 자리를 떴다.

곁채에는 두 사람만 남았다. 명란은 무슨 말을 해야 좋을지 몰라 이렇게 말했다.

"서 있지 말고 앉아요."

명란의 말에 신 씨가 옆에 앉더니 봄바람 같은 미소와 함께 말했다.

"감사합니다. 어머님께서 말씀하시길 숙모께서 그리 다정할 수 없다 하셨는데 오늘 보니 그 말씀이 사실이었네요."

명란은 그녀가 혹여나 과거 얘기를 할까봐 조마조마해하며 억지웃음을 지었다.

"군주께서 과찬을 하셨네요."

옆에서 시중드는 계집종은 눈치가 빨라 재빨리 신 씨에게 차를 올렸다. 명란은 화제를 찾아야겠다고 생각했다.

"군주마마의 얼굴빛이 예전보다 훨씬 좋아지셨더군요. 며느리가 잘 모셔서 그런가봐요."

신 씨가 우아하게 소매로 입을 가리며 웃었다.

"별말씀을요. 전 우둔해서 전부 어머님께서 세심하게 가르쳐주고 계시는걸요."

두 사람은 이렇게 서로 칭찬을 주고받았다. 분위기는 화기애애했지만 대화가 한참 겉돌았다. 평소라면 이런 영양가 없는 수다를 제일 싫어했을 명란이지만, 오늘은 상대가 진짜 주제를 꺼내지 않게 막아야만 했다.

하지만 신 씨는 명란의 뜻과 달리 빙긋 웃으며 화제를 돌렸다.

"그러고 보니 숙모의 일에 대해 많이 들었습니다."

명란은 목이 메었지만 내색하지 않고 반쯤 농담하듯이 말했다,

"어릴 적에 형제자매들과 함께 글공부를 했는데, 그때 제형도 있었어요. 장 스승님은 동량지재[13]를 빨리 가르치시려고 우리 못난 세 자매를 내쫓으셨지요."

신 씨의 눈썹 색깔은 옅었다. 길고 곡선이 진 명란의 눈썹처럼 짙지 않았다. 신 씨는 눈썹먹으로 평평하고 곧은 눈썹을 그렸는데 웃을 때 옅어 보였다.

"동량지재란 말은 숙모의 오라버님께 어울리지요."

그녀의 말은 느렸지만 기품이 있었다.

"숙모께서 어릴 때부터 농을 즐기셨다고 들었습니다. 그 농을 들으면 봄바람을 맞은 것처럼 즐거운 미소가 절로 지어진다지요."

대체 어디서 들었다는 거야? 마지막 말에 명란은 마음에 쇳덩이가 떨

---

13) 한 집안이나 한 나라를 떠받치는 중대한 일을 맡을 만한 인재.

어진 것 같은 느낌이 들었다. 명란은 억지웃음을 짓는 수밖에 없었다.

"저도 부인이 제국공부에 시집간 후로 어른을 공경하고 집안의 화목을 이끌고 있다 들었어요. 사람들의 칭찬이 자자하더군요."

신 씨가 눈살을 찌푸리며 근심 어린 목소리로 말했다.

"전 부족한 사람입니다. 상공께서 늘 울적해하시는데 제가 우둔하고 어떻게 풀어드려야 할지 몰라 늘 어머니께 근심을 끼쳐드리니 불효나 다름없어요."

목이 마른 느낌에 명란은 침을 삼키려고 애썼다. 그럴 리가. 제형이 아무리 바보 같아도 그렇게 멍청하게 과거 연애사를 털어놨을 리 없어. 명란이 몸을 살짝 기울였다. 그녀의 시선이 저편에서 웃고 있는 평녕군주를 향했다. 설마 시어머니라는 사람이 아무것도 모르는 며느리에게 과거를 발설한 건가? 명란의 마음이 복잡해졌다. 모질게 남자를 차버린 전 여자친구가 우연히 그 남자의 정식 아내와 마주친 난감한 상황 같달까. 이상하게도 자신이 도덕적으로 최악인 사람이 된 것 같았다.

이건 아니지. 명란은 이를 악물고 웃음을 거뒀다. 그리고 손윗사람으로서의 자세를 취하며 경험자 같은 말투로 말했다.

"대장부는 그 뜻을 천하에 두지요. 제형은 지금 나라를 위해 힘쓸 시기예요. 난 비록 여인의 몸이지만 요즘 조정이 바쁘다는 건 알아요. 제형이 나랏일을 걱정하는 것은 큰 뜻을 가지고 있기 때문이겠지요. 매일 서로 장난치고 눈썹을 그려줘야 화목한 부부라고 생각하나요? 부부가 서로 공경하고 온 집안이 화목한 것이 가장 좋은 일이에요."

난 아무 잘못도 없는데 왜 내가 이유 없이 죄책감을 느껴야 하냐고!

이런 설교가 쏟아질 줄 몰랐던 신 씨는 살짝 놀랐지만 재빨리 정신을 차렸다. 그녀는 입을 가리며 가볍게 웃었다.

"숙모 말씀이 맞아요. 제가 속이 좁았습니다."

명란은 경계심이 일었다. 눈앞의 사람은 보통내기가 아니었다.

"이번 설에 영창후부에서 큰 옥돌 병풍을 보내왔는데, 그 위에 어머님께서 가장 좋아하는 부귀모란이 조각돼 있더군요."

신 씨가 가볍게 찻잔을 흔들며 화제를 돌렸다.

"나중에 그 병풍이 숙모의 넷째 언니의 생각이란 걸 알았지요. 병풍의 재료와 빛깔, 조각 솜씨 어느 것 하나 어머님 마음에 들지 않은 것이 없었어요."

가볍지도 무겁지도 않게, 느리지도 급하지도 않게 내뱉은 이 말은 당최 앞뒤가 연결되지 않아 명란을 어리둥절하게 만들었다.

명란은 신 씨를 똑바로 쳐다봤다. 신 씨도 아무 움직임 없이 담담한 눈길로 명란을 바라보았다. 명란은 잠깐의 고민 후에 목소리를 낮추며 천천히 말했다.

"다 알고 있는 사람 앞에서 감출 필요 없겠죠. 저희 집 일은 군주마마께서 대략 다 말씀하셨을 겁니다. 오늘 반나절 동안 일고여덟 명의 부인께서 제게 복 받았다고 하시더군요. 제가 꿀통에 떨어진 거나 다름없다고 대놓고 말씀하셨어요. 하지만 제 후원을 보면, 앞에는 전 부인이 혼수로 데려왔다가 첩이 된 여인과 어릴 적부터 나리를 모신 통방이 있고, 뒤에는 누군가가 보낸 재색을 겸비한 아가씨가 있어요. 또 집 안에는 일고여덟 살이 된 딸이 있고, 집 밖에는 나중에 어찌 될지 모르는 서장자와 그 아이의 생모가 있지요. 내가 이런 것들을 내려놓고 살지 않는다면 근심 때문에 죽을 겁니다."

신 씨의 안색이 약간 변했다. 그녀가 몸을 약간 숙이며 나지막이 말했다.

"……어머님께서도 말씀하셨어요. 숙모께서도 녹록지 않다고."

명란이 자조하듯이 웃었다.

"어릴 때부터 난 여자로 산다는 게 정말 힘든 일이라고 생각했어요. 그 괴로움은 여자만이, 나만이 알죠."

신 씨의 얼굴이 어두워지더니 작은 목소리로 말했다.

"……맞는 말씀입니다."

"그렇다면 자신을 못살게 굴지 말아야지요."

명란이 시원시원하게 말했다.

"하늘을 만들 때 아홉 번을 보수했는데도 한 곳이 뚫렸다고 해요. 이 세상에 완벽한 일이 어디 있겠어요. 너무 마음에 두지 않고 살아야 잘 살 수 있어요."

신 씨의 운명은 이미 이 세상의 수많은 여자보다 좋았다. 명문가의 적녀로 태어나 어릴 적부터 사랑받으며 자랐고, 규방에서 암투를 벌일 필요도 없었다. 장성한 후에는 격이 맞는 집안 사람과 혼인했다. 젊고 준수한 남편은 재능이 있어 출세할 터였고 바람기도 없었다. 무엇보다도 고부 관계가 화목했다. 신 씨가 아직까지 회임하지 못했지만 군주는 조금도 질책하지 않았다(전 며느리를 겪은 덕에 새 며느리에 대한 요구치가 낮아진 것이다!). 재산은 넉넉했고, 나중에 제국공이 세상을 떠나서 분가하면 동서 간 갈등 문제도 사라질 터였다.

이렇게 순풍에 돛 단 듯 잘 지내면서도, 백 퍼센트의 사랑을 얻지 못해 마흔다섯 번을 슬퍼하는 것은 그야말로 한가한 짓이었다. 그럼 성 노대부인과 대대부인, 왕 씨, 화란 등등 이 세상 여자의 구십 퍼센트는 어찌 참고 살겠는가.

신 씨는 똑똑한 사람이었다. 이 말이 무슨 뜻인지 어찌 못 알아듣겠는

가. 그녀가 멋쩍게 웃었다.

"숙모 말씀이 맞습니다."

그녀는 과거의 일은 전혀 모르고, 남편의 마음속에 여인이 있다는 것만 알고 있었다. 제형은 그녀에게 잘해줬지만, 그녀는 늘 뭔가가 둘 사이에 있는 것처럼 느껴졌다. 결국 그녀는 호기심을 억누르지 못했다. 남편이 어릴 적부터 함께한 여자를 둘러봤는데 아무리 봐도 명란의 외모가 가장 출중했다. 그래서……. 그녀는 쓴웃음을 지었다. 한 번은 평녕군주가 흘리듯 말했다.

"너무 단정하고 차분하구나. 얌전하게만 있지 말고 게으름도 부리고 밝게 지내는 건 어떻겠니?"

그녀는 생각했다. '그 사람'이 그랬던 걸까?

그녀는 멍하게 있는 명란을 보았다. 잘 웃고 잘 화내는 얼굴이었다. 규방에 묶여 사는 여인 중에 저렇게 생기 있는 눈동자를 가진 사람은 처음 봤다. 넓은 바다와 하늘을 품은 듯, 마음이 훤히 들여다보이는 때 묻지 않은 눈동자였다. 그녀는 약간 서글퍼졌다. 제형과 수십 년을 함께할 사람은 자신인데 먼지 수북이 쌓인 과거의 일이 무슨 의미가 있을까?

이때 고 태부인이 큰 소리로 웃으며 혼례의 시작을 알렸다. 명란은 점점 바뀌는 신 씨의 표정을 보며 겨우 안도의 한숨을 내쉬었다. 그녀는 얼른 신 씨를 자리로 안내하고 친절한 웃어른의 얼굴로 웃었다. 위험했다. 위험했어. 하마터면 실패할 뻔했네.

하지만 도대체 무엇이 마음에 걸리는 걸까? 그날의 결심은 한 번도 후회한 적 없는데.

내당을 나와서 본 바깥의 봄 햇살이 아름다웠다. 낮은 담벼락 위로 뻗은 복숭아꽃 가지 끝에는 마침 봄꽃이 피어 있었다. 벌써 반쯤 핀 마음

급한 꽃봉오리도 보였다. 고 태부인이 좋은 징조를 얻어야겠다며 만개한 복숭아꽃을 정원에 옮겨 온 덕에 정원은 온통 분홍빛이었다.

명란은 문득 어느 해 봄날이 떠올랐다. 푸른 무지 비단 도포를 입은 소년이 그녀에게 각종 요리법이 적힌 책을 주었다. 처소로 돌아와 펼쳐 보니, 책장 사이에서 눌려서 책갈피가 된 복숭아 꽃잎이 떨어졌다. 옅은 분홍빛 꽃잎은 엄지손가락만 했고, 그 위에는 자그마한 해서체로 이렇게 적혀 있었다.

'봄바람을 맞은 것처럼 즐거운 미소가 절로 떠오르는구나.'

명란은 향기로운 차를 든 채 미인등美人燈[14]을 넋 놓고 쳐다봤다. 가장 아름다운 것이 가장 약하다. 이 자연의 법칙은 그 누구도 피할 수 없다.

고정엽은 씻은 후 젖은 머리 채로 정방에서 나왔다. 그는 아내의 표정을 보고는 그녀를 끌어안더니 부드러운 어투로 물었다.

"몸이 안 좋으냐?"

명란이 고개를 가로저었다. 정엽은 그녀의 머리를 쓰다듬으며 또 물었다.

"오늘 손님이 많아 힘들었느냐?"

명란이 또 고개를 저었다.

"집안에 안 좋은 일이라도 있느냐?"

고정엽이 눈살을 찌푸리더니 가라앉은 목소리로 물었다.

"아니에요."

---

14) 규방 아가씨가 사용한 등롱으로, 바람만 살짝 불어도 쓰러질 듯 약한 것을 비유할 때 사용.

명란은 계속 고개를 저었다. 그녀는 여전히 우울해 보였다.

"도대체 왜 그러느냐?"

고정엽이 그녀의 얼굴을 들어 추궁했다. 명란은 그의 손을 얼굴에서 자신의 배로 옮겼다. 고정엽은 의심스러운 눈길로 쳐다봤다. 그때 손바닥에 진동이 느껴졌다. 명란의 배가 움직였다. 드디어 좀처럼 보이지 않던 태동이 일어난 것이다.

"아이가 저를 차고 있어요."

명란이 수심에 찬 얼굴로 말했다.

"저녁 식사 후부터 간헐적으로 계속 차고 있어요."

요놈! 이 어미는 열 달 동안 널 품고 있어야 하는데 얼마나 힘들겠니! 옛날에 잠시 쫓아다니던 사람 생각 좀 했다고 네 아비 대신 화낼 필요는 없잖아!

제165화

고난을 이겨낸 여인이
던진 시사점

손바닥에 작지만 힘 있는 움직임이 명확히 느껴졌다. 고정엽이 화들짝 놀라며 어쩔 줄 몰라하자 명란은 아주 정상적인 태동이라고 일러주었다. 잠시 멈칫하던 사내는 자리에서 벌떡 일어나 바깥으로 나가더니 무슨 영문인지 앉은뱅이 의자 두 개를 들고 들어왔다.

늦은 밤중에 진맥 요청으로 불려온 늙은 태의는 녕원후 부인에게 큰 일이 났다고 생각했다. 하지만 짚어 본 결과 명란의 맥은 건강하고 평안했으며 모자 모두 안정적이었다. 늙은 태의는 그제야 상황이 파악된 데다 옆에서 고정엽이 추궁하듯 캐묻자 당황스러워 어찌할 바를 몰랐다.

"어째서 발길질을 하는 것이오, 문제라도 생긴 거 아니오?"

"배 속의 아이도 사람이지요. 사람이면 움직임이 있지 않겠습니까. 허리도 구부리고, 몸도 펴고, 손과 발도 움직이겠지요."

"혹시 심기가 불편한 것은 아니오?"

늙은 태의는 울상을 지었다. 복중 태아에게 '심기 불편한 일'이 뭐가 있겠는가? 그는 어쩔 수 없이 얼버무리며 말했다.

"아주 활기찹니다. 잘 먹고, 잘 자고 있으며 활발히 움직이는 것을 좋아할 뿐입니다."

다행히 고정엽은 이성적인 사람이었기에 질문 몇 개를 던지고 나자 진정되어 읍하며 감사를 전했다. 늙은 태의가 모첨을 좋아하는 것을 알고 있던 명란은 두둑한 사례 외에 새로 딴 고급 모첨을 두 근 얹어 주며 감사의 마음을 전했다. 살면서 이런저런 꼴을 다 본 늙은 태의는 고정엽이 자손을 바라는 마음이 크다는 것을 알고 있기에 억지웃음을 지으며 조용히 떠났다. 고 태부인은 이 소식을 듣고는 크게 화를 냈다. 본인 딸이 출가하는 날에 큰일이 난 것도 아닌데 어찌 태의를 청한단 말인가!

이 시대에는 산모 검사가 있을 리 만무했기 때문에, 태의가 자주 진맥하러 온다 해도 항상 조마조마할 수밖에 없었다. 명란은 그저 매일 배를 어루만지며 부처님의 가호를 바랄 뿐이었다. 그날부터 배 속의 꼬맹이는 손발을 더욱 활발히 움직이기 시작했다. 명란은 늙은 태의가 말한 대로 매일 태동 빈도를 기록했다. 아이가 상당히 규칙적이고도 활발히 움직이고 있다는 것을 알게 된 후로는 점점 마음을 놓을 수 있었다. 태동을 기록하기 시작한 지 사흘째 되던 날, 고정찬이 삼조회문[1]을 왔다. 고 태부인은 자기 딸을 생각해 진작부터 집 안을 깨끗이 단장하고 기다리고 있었다.

"아이고, 우리 딸, 어서 이리 와라. 얼굴 좀 보자!"

고 태부인은 눈시울을 붉히며 딸을 안고 이리 저리로 살펴보았지만, 그걸로는 만족하지 못하는 듯했다. 그때 옆에 있던 남자가 앞으로 걸어

---

1) 결혼 후 사흘째 되는 날에 친정을 방문하는 것.

오더니 고 태부인과 소 씨, 명란에게 인사를 올렸다.

사위의 성은 한韓 씨였고, 이름은 외자인 성誠이었다. 제형처럼 준수하거나 성장풍처럼 학문이 깊어 보이진 않았지만, 품위가 있는 공자라서 청초하고 아리따운 고정찬 옆에 서 있으니 꽤 어울렸다. 공주부에서 보낸 삼조회문 선물 역시 체면을 살려줄 만큼 풍성하였기에 고 태부인은 웃느라 눈이 붙을 지경이었다. 소 씨는 한성을 보더니 불쌍한 과부라는 자기 처지가 새삼 떠올랐는지 웃으면서도 침울한 기분을 감추지 못했다.

고정찬 역시 무언가 불쾌해 보였다. 사실 그녀는 잔뜩 위세를 부리며 친정을 방문해 자신이 얼마나 시집을 잘 갔는지 자랑하고 싶었다. 명란이 시기와 질투가 담긴 얼굴이었다면 더욱 좋을 뻔했다. 하지만 배알도 없는 새언니는 속도 모르고 그 누구보다 환하게 웃으며 자신을 맞이했다. 게다가 배를 받치고 서서는 웃어른처럼 '앞으로 두 부부가 화목하게 살며 좋은 열매를 맺으셔야죠.' 같은 말을 하고 있었다.

고정찬은 자신의 야심만만한 출격이 허무한 결과를 맞게 되자 괜히 부끄럽기도 하고 화도 났다.

한성은 별다른 말없이 점잖게 미소를 지을 뿐이었다. 귀한 사위인지라 고 태부인도 훈계를 할 수 없었는데, 이런 상황에서 명란의 처세는 아주 적절했다. 한성은 고개를 숙인 채 명란의 말 몇 마디를 듣더니 공손히 대답했다.

"둘째 아주머님께서 학자 집안 출신이라 들었습니다. 스승님께서 항상 저에게 장백 형님의 칭찬을 아끼지 않으셨지요."

명란은 황급히 정신을 차리고 잠시 생각한 후 물었다.

"서방님께서는 혹시 왕참 선생의 문하에 계십니까?"

그 늙은이는 냉큼 선생질을 그만두고 전국의 명산을 둘러보러 다니겠다고 얘기하곤 했었다.

"그렇습니다."

한성은 공수를 하며 대답했다.

"해로 태부太傅[2]의 문하 대부분이 이곳저곳 흩어져 관직에 오르셨는데, 오직 왕 스승님만이 제자를 받으셨지요."

명란은 여러 생각이 들었지만 미소를 유지한 채 말했다.

"그분의 학문이 깊고 훌륭하나 아쉽게도 몸이 좋지 않아 벼슬길에 욕심이 없으시지요. 허나 학문은 점점 깊어지지 않았습니까. 서방님께서 유복하니 급제할 날이 기대됩니다."

그 늙은이는 성미가 괴팍한데, 성장백이 그의 눈에 들 수 있었던 것은 처가인 해씨 집안 덕이었다. 물론, 장풍에게는 그 기회가 돌아가지 않았다.

한성은 사정을 잘 아는 듯한 명란의 이야기를 듣고 명란이 동류라는 생각이 들어 심히 반가웠으나, 오히려 더 정중한 말투로 대답했다.

"덕담 감사드립니다."

그리고 잠시 멈칫하다가 말을 이었다.

"아주머님의 둘째 오라버니인 장풍 형님의 명성이 경성 밖까지 자자하다고 들었습니다. 하루빨리 장풍 형님과 같은 경성의 학자들과 교류해 제 단점을 보완할 수 있기를 기대하고 있습니다."

그는 상당히 겸손해 보였지만 그 속에는 젊은이의 치기가 담겨 있었

---

2) 황제의 고문.

다. 하지만 잘 생각해보면 황실의 자제 중 그와 같이 어린 나이에 이렇게 열심히 하는 자도 드물었다. 명란은 이상할 정도로 '자상하게' 웃었고, 고정찬은 그 모습이 더 눈에 거슬렸다.

"너무 겸손하시네요. 그리 내외하실 것 없습니다."

명란은 웃으며 말했다.

"모레가 저희 장풍 오라버니의 혼례입니다. 오라버니의 벗들도 참석하여 함께 축배를 들 터인데, 어쩌면 그 자리에서 바로 서방님과 호형호제할 수 있지 않겠습니까."

이따가 공주부에도 청첩장을 보내라고 성부에 서신을 써야겠다. 음, 아무래도 바로 성굉에게 요청하는 것이 좋을 것이다. 왕 씨는 분명 지체 높은 축하객이 적게 오기를 바랄 테니까.

한성은 어린 시절부터 책 읽기를 좋아했기에 문인, 풍류객과 교류하는 것을 즐겼으나 친척이나 부모님 지인의 자제들은 부잣집 한량들이었다. 그런 차에 명란의 말을 들은 그는 크게 기뻤다. 옆에서 그들이 주거니 받거니 이야기 나누는 것을 본 소 씨 역시 흥이 나서 미소를 지었고, 고 태부인도 의외로 안심한 듯 기쁜 표정을 내비쳤다. 오직 고정찬만이 살짝 몸을 옆으로 돌린 채 창밖만 응시하며 아무 말도 하지 않았다.

명란은 모녀 둘을 슬쩍 쳐다보며 속으로 생각했다.

'고 태부인은 분명 '이토록 출세에 적극적이라니, 역시 좋은 사윗감일세.'라고 생각하고 있을 테고, 고정찬은 '서방님은 꼭 시정아치처럼 입만 열었다 하면 벼슬길 얘기라니. 전혀 고상하지 않아.'라고 생각하겠지. 아쉽게도 인연이 아닌 것이야. 고 태부인이 십 년만 젊었어도 한성에게 시집가서 환상의 금슬을 자랑하는 바퀴벌레 한 쌍이 됐을 터인데.'

이틀 후면 장풍의 혼삿날이다. 그런데 참석하기로 약속한 하객이 유난히 적었다. 장풍의 혼례를 성대하게 치러주기 싫은 왕 씨가 일부러 하객 초대를 소홀히 한 것이 아니라 실제로 그럴 만한 상황이었기 때문이었다. 최근에 공손 선생의 머리가 점점 심하게 벗어지고 있고, 고정엽의 안색도 하루가 다르게 어두워지는 걸 보면 조정의 일이 순조롭지 못한 것이 분명했다. 혹시라도 남편이 시간을 내지 못할까 걱정된 명란은 미리 물어볼 수밖에 없었다.

"장풍 오라버니의 혼삿날에 축하주 마시러 갈 수 있으세요?"

고정엽은 미간을 찌푸리며 문서를 든 채 조용히 말했다.

"아픈 곳을 건드리는구나. 최근에 정세가 동요하기 시작했다."

"나리께서 도저히 시간이 나지 않아 못 가시면 제가 친정에 잘 말씀드릴게요."

"문제가 심각해졌군. 하루아침에 이렇게 되었을 리 없어."

"심려 마셔요. 저희 부모님은 경우에 밝으신 분들입니다."

만약 그가 가지 않으면 왕 씨는 분명 기뻐할 테고, 성굉은 이해해줄 것이다.

"속도전으로 가기는 쉽지 않을 것 같구나……."

동문서답이 한참 계속되자 명란은 고정엽의 팔을 흔들었고, 고정엽은 망연자실한 표정으로 고개를 들었다. 명란은 어쩔 수 없이 같은 말을 한 번 더 반복했고, 그제야 고정엽은 실소를 터뜨리며 제대로 답했다.

"나는 일을 하는 것이지 몸을 판 것이 아니다. 처갓집에 축하주 마시러 갈 정도는 된다."

명란은 감동했지만 입에서는 농담이 튀어나왔다.

"나리를 보고 있자니 몸을 판 정도가 아니라 마음, 귀, 눈까지 모두 팔아 버리신 것 같아요. 밤에 주무실 땐 코도 골고, 이도 갈더군요."

고정엽은 멈칫하더니 명란의 얼굴을 만지며 걱정스럽게 말했다.

"소란스러웠겠구나. 내가 서재로 가서 자도록 하마."

명란은 배를 받친 채 힘겹게 그의 무릎에 앉았다.

"괜찮아요. 그렇게 시끄럽지도 않은 데다 한 번 툭 밀면 한동안 잠잠해지고, 발로 뻥 차면 아침까지 조용해지던걸요."

명란은 남자의 목을 감싸며 아주 능숙하게 애교를 부렸다.

"서재로 가지 마세요. 나리가 제 곁에 계셔야 안심하고 잘 수 있어요."

명란은 막 계란우유죽을 먹은 후였기에 숨결에서 좋은 향기가 났다. 거기에 애교 섞인 말이 더해지자 효과가 꽤 좋았다. 고정엽의 마음은 사탕처럼 달콤해졌지만, 괜히 명란의 엉덩이를 세지도 약하지도 않게 토닥이며 진지한 표정으로 말했다.

"또 달콤한 말로 날 기분 좋게 하려고 하는구나. 네가 두려울 것이 무에 있다고."

작년 여름, 요 개구쟁이는 더위를 많이 타는 바람에 잠을 잘 때 그의 팔을 뿌리친 적이 여러 번 있었다.

명란은 눈을 휘둥그레 떴다. 긴 속눈썹이 춤을 추는 듯했고, 발그레한 얼굴은 순진무구해 보였다. 명란은 작은 손을 가슴팍에 올리며 말했다.

"날이 어두워지면 얼마나 무서운데요. 혹시라도 요괴가 나타나 저를 잡아먹으면 어찌합니까."

고정엽은 세상 경험도 많았고, 명란의 말이 어불성설이라는 것도 알았다. 그런데도 그 말에 순간 현혹되고 말했다.

명란이 자리를 뜬 후에도 혼란한 상태가 계속되어 꾸깃꾸깃해진 문서를 한참 들여다보아도 눈에 아무것도 들어오지 않았다. 그는 어릴 적부터 한량으로 살았고, 세상 물정에도 밝았다. 장성해서는 사내들밖에 없는 군영에서 굴렀기 때문에 음담패설이라면 지겨울 정도로 들었다. 그런데 이런 말에 넘어가다니. 그는 당최 문서에 집중하지 못하고 열심히 손가락을 꼽으며 뭔가를 계산하기 시작했다. 이번 달쯤이면 괜찮겠지?

명란은 베개를 끌어안고 잠을 청하고 있었다. 그런데 누군가 슬그머니 다가오더니 옷 속으로 손을 쓱 집어넣는 것이 아닌가. 축축이 젖은 거친 머리카락에서 익숙한 비누 향기가 풍겼다. 어두운 등불 속에서 명란이 우물거리듯 물었다.

"오늘은 어찌 이리 일찍 오셨나요?"

"요괴를 물리쳐주러 왔느니라."

• • •

방 안에서 괴상한 소리가 울려 퍼지자 바깥에서 지키고 있던 눈치 빠른 단귤은 바로 상황을 알아차리고 순식간에 얼굴을 붉혔다. 부끄럽기도 하고 놀랍기도 했다. 이…… 이래도 되는 것일까? 단귤은 소도를 바라보며 무슨 말을 해야 할지 몰라 우물쭈물했다. 턱을 괸 채 달만 쳐다보던 소도는 고개를 돌리고 천진하게 웃었다.

"언니, 오늘 갈씨 어멈이 어떤 야식을 만들어주실까? 나는 월병이 먹고 싶은데."

단귤은 어안이 벙벙해 한참 동안 아무 말도 하지 못했다. 됐다, 밀고자나 되자.

다음 날 아침, 두 내외는 얼굴을 붙인 채 잠에서 깨어났다. 둘은 마치 나무 덩굴 아래서 몰래 사랑을 나눈 청춘 남녀처럼 얼굴이 새빨개졌다. 명란은 너무 부끄러워 고개를 들지 못했으나 몸과 마음은 편안했다. 고정엽 역시 상당히 만족스러운 듯 명란을 꼭 끌어안은 채 명란의 잔뜩 부풀어 오른 배마저도 귀엽다고 생각했다. 둘은 애정을 가득 담은 눈빛으로 한참 동안 서로를 보듬으며 달콤한 기분을 만끽했다.

고정엽은 옷을 다 입은 후 명란의 빰에 힘주어 입을 맞추고는 상쾌한 발걸음으로 문을 나섰다. 며칠 동안의 어두웠던 표정이 단번에 사라진 주인의 모습에 어린 머슴아이들은 크게 놀랐다. 그들은 안도하면서 매일 이런 모습이기를 기도했다.

최씨 어멈은 이미 소식을 듣고는 재빨리 달려와 명란의 세수 시중을 들었다. 최씨 어멈은 마음이 복잡했다. 본인의 전문지식에 따르면 회임 기간에 합방이 안 되는 것은 아니지만, 그렇다고 하더라도 안전을 위하여 최대한 피하는 것이 좋다고 알고 있었다. 하지만 부인이 회임한 기간에 남편이 첩실의 방에 한 발짝도 들어가지 않는 것은 상당히 드문 일이었다. 게다가 한참 피 끓는 나이인 후부 나리가 반년 가까이 독수공방했는데 적어도 살 길은 내줘야 하지 않나 생각도 들었다. 정말이지 여러모로 난감했다.

그렇다고 명란을 훈계하고 싶지도 않았다. 어차피 이긴 적은 단 한 번도 없다. 그냥 아침 식사 후 태의를 불러 진맥하게 하는 수밖에 없다고 생각하는 최씨 어멈이었다.

명란은 건강한 체질이고 태아의 상태도 안정적이었다. 또한 먹고 입고 운동하는 것 역시 도에 지나치지 않게 해왔으니 의사가 좋아하는 임산부의 모습을 갖춘 셈이었다. 태의는 증상을 묻고 진맥을 본 후 상태가 양호하다고 했다. 최씨 어멈은 얼굴을 붉히지 않으려 애쓰며 어젯밤 일을 태의에게 전했다. 살면서 이런저런 꼴 다 봐 온 늙은 태의는 잠시 멈칫했지만, 곧 아무 문제없다고 안심시켰다. 그러다 최씨 어멈의 주름 가득한 얼굴을 보더니 어차피 거리낄 것도 없었기에 회임 기간의 동침에 관한 주의 사항을 일러주었다. 그제야 최씨 어멈의 표정이 좋아졌다.

장풍의 혼삿날이 왔다. 소 씨는 과부가 된 몸이었고, 명란은 회임한 상태였으며, 주 씨는 갓 출산한 산모라서 고부의 세 여인은 모두 참석할 수 없었다. 녕원후부의 평판을 지키기 위해 어쩔 수 없이 고 태부인이 직접 가는 수밖에 없었다. 시끌벅적한 것을 좋아하는 고정위는 신이 나서 따라나섰다. 직접 갈 수 없게 된 명란은 소도에게 선물과 축하 인사를 전하라고 시켰고, 그 김에 성부 사람들과 친목을 다지고 오라고 했다. 소도는 정이 많고 착해서 성씨 집안이 정신없이 바쁜 모습을 보고 자진하여 도와주겠다고 나섰다. 집에 돌아올 때 이런저런 이야깃거리와 음식 세 보따리를 챙겨 왔는데, 음식은 처소의 언니, 동생들과 나누었고 이야깃거리는 무료한 일상에 지친 임산부 명란 여사에게 바쳤다.

혼례는 즐겁고 시끌벅적하게 치러졌다. 다행히 하객이 구름처럼 몰려들었는데, 성씨 집안뿐 아니라 류씨 집안을 보기 위해서 온 사람도 많았다. 성씨 집안 사위들도 모두 참석하여 상당히 체면을 살려주었다. 연회자리에서 왕 씨의 말투는 상당히 떨떠름했다. 아쉽게도 기교가 부족했기에 왕 씨가 얼굴 표정만큼 기쁘지 않다는 것을 모든 사람이 알아챌 정도였다. 반면 노대부인은 진심으로 기뻐하며 '자손이 번성하고 집안이 화목하길 바란다'고 축복해주었다.

묵란은 유독 기분이 고조되어 앞에 서 있는 위풍당당한 신랑이 바로 자신의 친오라버니이고, 류가의 적녀가 바로 자신의 올케라는 것을 알리고 싶어 안달했다. 묵란의 언행은 예의에 어긋나고 경망스러웠다. 왕 씨는 분개하여 호통이라도 치고 싶었지만, 사람들 앞이라 참을 수밖에 없었다. 결국 고수 화란이 나서 치명타를 날렸다.

"음? 댁에 따님이 두 분 더 있는 것으로 아는데, 사위들만 오고 정작 그 두 사람은 보이지 않는군요?"

참견하기 좋아하는 부인 한 명이 물었다.

화란은 온화하고 대범하게 웃으며 대답했다.

"여란이는 얼마 전에 건강한 딸을 낳고 아직 몸조리 중입니다. 명란이 역시 회임을 하여 거동이 불편하고요."

화란은 고개를 돌려 묵란을 바라보며 맏언니답게 관심 어린 목소리로 말했다.

"묵란아, 너도 매제에게 너무 공무에만 매달리지 말라고 말해보렴. 누가 뭐래도 일단 자식이 있어야 하지 않겠니."

묵란은 얼굴이 하얗게 질려 이가 부러질 정도로 입을 앙다물었다. 하지만 곧 평정을 되찾았다.

유유상종이라더니 신기하게도 고 태부인과 강 부인은 말을 트는 순간부터 마음이 통해 서로가 더 일찍 만나지 못한 것을 아쉬워했다. 명란은 그 둘이 자신을 헐뜯는 것으로 공감대를 형성했을 거라고 짐작했다. 바깥에 있는 사내들 자리에서 고정위는 금방 량함과 친분을 쌓았고, 대화를 나눌수록 서로 통한다는 걸 깨달았다. 둘은 손을 잡고 마구간에 말을 보러 갔고, 다음번에 새를 감상하러 가자고 약조했다. 한성 역시 원하던 대로 풍류가들과 친해졌다. 술 몇 잔을 마셨을 뿐인데 다음에 만나 시 대결을 하기로 했다.

모두 자신이 원하는 바를 이루는 화기애애한 연회였다. 성장풍만 빼고. 신랑은 양가 어르신들에게 절을 올린 후 신방에 들어가 신부의 가리개를 걷어 낸 후 다시 나와 손님들을 접대해야 했다. 신방에 들어가지 못한 소도가 가까운 곳에서 목격한 바로는 장풍이 신방에서 나올 때 비틀거렸으며 안색도 상당히 어두웠다고 한다. 임 이랑이 성부에서 쫓겨났을 때보다도 더 어두운 표정이었다나?

명란은 그 소식에 양심 없이 반나절을 즐거워했다. 장부를 넘기는 동작조차 한결 가벼웠다. 아래에 서 있던 어멈들은 이상하다고 여기며 제 주인을 훔쳐봤다. 명란은 개의치 않고 그들을 훑어봤다.

"어멈들과 관사들의 말인즉, 몇 년 동안 지출이 그리도 컸던 것이 모두 넷째, 다섯째 숙부 식구들 때문이란 말이냐?"

팽수댁은 만면에 미소를 띠고 말했다.

"사실 말씀드리기 곤란한 이야기입니다. 그리 말하면 저희가 두 어르신을 싫어한다고 오해하실 수 있기 때문이지요. 허나……."

어멈의 얼굴에 국화꽃 주름을 닮은 미소가 떠올랐다.

"돌아가신 후부 나리께서 어질고 마음이 넓은 분이시라 저희도 방도가 없었습니다."

명란은 고개를 끄덕이고는 붓을 들고 표시하며 쾌활한 목소리로 말했다.

"그렇다면 설 전부터 이 지출은 없애도 되겠구나……. 그리고 큰아주버님의 장례 비용을 넣고, 정찬 아가씨의 혼수 비용을 추가하고…… 더하고 빼니 이렇구나. 이번에 동서를 위해 새로 유모와 어멈을 들였고, 용이와 한이도 많이 자라서 처소에 영리하고 세심한 계집들이 더 필요하니 이것도 하나……."

명란이 하나하나 이야기할 때마다 아래 서 있는 어멈들은 그렇다고 대답했다.

팽수댁은 한참을 듣더니 조심스럽게 물었다.

"마님, 넷째, 다섯째 나리 댁이 나가셨으니 일손은 저희로 충분합니다. 그리고 벽을 허물고 다시 쌓는 일에 은자를 많이 쓸 필요도 없습니다. 일을 나눠 집안 일손에 맡기셔도 되니까요. 그리하면 은자를 아낄 수도 있고, 또 집 안에서 아무 일 없이 있는 자들에게 일거리를 마련해줄 수도 있지 않겠습니까."

일이 있어야 수입이 생기는 법. 아무 일도 하지 않으면 몸은 여유롭지만 굶을 수밖에 없는 법이다.

명란은 눈썹을 꿈틀거리며 물었다.

"집 안에 미장일을 할 줄 아는 자가 있는가?"

팽수댁은 난감해했다.

"그, 그게…… 없습니다만, 미장일이 많이 어려운 것도 아니잖습니까. 고작해야……."

"말도 안 되는 소리!"

명란은 호통을 쳤다.

"공사는 작은 일이 아닐세. 아예 안 하면 안 했지 일단 시작하면 심혈을 기울여야 하거늘! 게다가 벽은 필히 견고하게 쌓아야 하네. 지금 일하는 미장이들이 경성에서 내로라하는 자들인데도 나리께서 불안해하신단 말이네. 어멈은 일도 오래한 사람이 어찌 그리 말도 안 되는 소릴 한단 말인가!"

팽수댁은 얼굴이 흙빛이 되도록 훈계를 들으며 연신 사죄했고, 다시 말을 꺼낼 엄두도 내지 못했다.

옆에 있던 각진 얼굴의 어멈은 비웃음이 섞인 눈빛으로 팽수댁을 흘끗 보더니 앞으로 한 발자국 걸어 나왔다.

"마님, 제게 방도가 있습니다. 봄이 된 후부터 미장이들이 세 조로 나뉘어 일을 하는데, 하루 세끼 식사에 간식과 차까지 하면 양이 결코 적지 않아 징원의 어멈들이 눈코 뜰 새 없이 바쁩니다. 차라리……."

명란은 아무 말 없이 눈썹만 꿈틀거리며 그렇게 해도 좋은지 가늠해 보았다.

그 어멈은 슬쩍 명란의 안색을 살피며 급히 말을 이었다.

"저희 몇은 원래 주방에서 일했습니다. 예전에는 상전이 많아서 주방에도 사람이 많았지요. 그런데 넷째, 다섯째 나리 댁이 나가셨고, 나가실 때 주방에 있던 자들을 몇 데리고 가셨지만 여전히 놀고 있는 일손이 많습니다. 저희는 매달 돈을 거저 받는 것 같아 마음이 영 불편합니다."

명란은 알 듯 모를 듯 고개를 끄덕였다. 사실 징원에 일손이 부족한 것은 사실이었다. 상전을 모시기에는 딱 맞을 정도였으니 다른 일이라도 생기면 바로 사람이 부족해져서 골치 아픈 참이었다.

"허나 이미 그 일을 맡은 사람이 있네……."

식자재 구입은 다들 탐내는 보직이었다.

그 어멈은 분위기가 풀리는 것을 보자 그 기회를 틈타 바로 나섰다.

"마님께서는 신경 쓰지 않으셔도 됩니다. 저희 몇이 보조로 일하면 될 일이지요. 다른 것은 절대 참견하지 않겠습니다."

명란은 잠시 생각하더니 어멈을 쳐다봤다.

"그리하면 자네들이 너무 힘들지 않겠나. 미장이들은 날이 밝기도 전에 식사를 해야 하는데, 그리 되면 자네들은 날이 밝기도 전에 새벽같이 나서야 하네. 혹시…… 다른 방도는 없을까?"

그 어멈은 명란의 말뜻을 알아채고는 기뻐하며 고개를 들었다.

"그게…… 만약 마님만 믿어주신다면 저희가 사흘에 한 번씩 은자를 받아서 빈 주방에서 음식을 준비하겠습니다. 그리고 징원의 어멈들과 마찬가지로 시간에 맞춰 음식을 갖고 가면 됩니다. 어차피 저희 중 몇몇은 현장에서 멀지 않은 곳에 살고 있고, 솥이며 그릇이며 모두 준비되어 있습니다. 마님 생각은 어떠신지……."

명란은 고개를 끄덕이며 손을 살짝 흔들었다.

"좋네, 그리하게."

그 어멈은 무릎을 꿇고 연신 '인자하고 현명하신 우리 마님'과 같은 칭찬을 쏟아내며 감사 인사를 올렸다. 옆에 있던 어멈들은 부러움과 질투의 눈으로 그 모습을 바라보았다.

"자네가 범안댁이지. 잠시 후에 료용댁을 찾아가 함께 은자를 받아 가게. 정오 경에 가면 될 걸세. 내일이면 공사가 시작되니 아직 시간이 있지. 좋아, 그리하세."

범안댁은 마늘을 빻듯이 연신 머리를 조아렸다. 명란이 웃으며 말했다.

"그래도 할 말은 하고 넘어가겠네. 자네가 내게서 일을 받은 이상 내 규칙에 따라야 하네. 만약 식사가 좋지 못하거나 시간을 어긴다면 내 쉬이 용서하지 않을 것이야."

범안댁은 고개를 들고 큰 소리로 얘기했다.

"만일 제가 실수를 한다면 저를 안주로 드셔도 좋습니다!"

명란은 참지 못하고 푸훕 하고 웃음을 터트렸고, 방 안에 있던 계집종들도 모두 웃기 시작했다.

두 숙부는 이사 나갈 때 주방에서 일하는 어멈 몇몇과 밖에서 잡일 하는 계집종들은 남겨두고 떠났다. 고 태부인과 주 씨는 그들을 원하지 않았기에 굳이 할 일을 찾아주지 않았다. 나중에 자르면 그만이니까. 그들은 예전에 중용된 적도 없고, 앞으로도 딱히 두각을 드러낼 기회가 없는 자들이었다. 일단은 일을 시켜보기로 하자. 나중에 그들에 대한 자료를 뒤져 보면 될 일이다.

"마님……."

장방에서 일하는 또 다른 어멈이 말을 꺼냈다.

"그러면 장부는 어찌 할까요?"

"아직 공사가 끝나지 않았으니 기존대로 양쪽이 각자 관리하는 것이 좋겠네. 자네 쪽 장방에서는 어머님과 형님, 그리고 동서의 장부를 관리하면 될 것이야. 그 외의 사람을 부릴 때 드는 비용은 나에게 별도로 보고하게. 장부 대조를 위해서 자네는 매달 학 관사에게 은자를 받은 후에 장부 책자를 만들어 기입해야 하네……. 이것까지 가르쳐줄 필요는 없겠지. 예전은 예전이고 지금은 지금이네. 조상 대대로 내려오는 사용 전례가 있으니 주인이 어떻게 변했고 하인이 어떻게 변했든 우리는 그대로 따르면 되네."

그 어멈은 명란의 말에 내심 놀랐다. 명란이 은자 들어올 길을 막아 버릴 거라 예상했기 때문이다. 앞으로 이쪽 장방은 그저 거치는 곳일 뿐, 명란이 채우라고 하면 채우고 비우라면 비워야 하는 신세인 줄로만 알았다.

"마님…… 급한 일이 생겼는데 저희 장부의 은자가 부족하면 어찌 해야 할까요?"

명란은 크게 웃었다.

"참으로 우스운 이야기군. 있는 은자가 그것밖에 안 되는데 낼 수 없으면 못 내는 것이지, 누가 죽이기라도 할까. 만약 급히 은자가 필요하면 내 쪽 장방에서 은자를 내라고 하게! 자네 수중의 은자는 쓸 곳이 정해져 있는 돈이야. 떡을 사야 할 돈으로 분을 사지 않으면 되네!"

어멈은 얘기를 듣더니 명란이 보통이 아니라고 생각했다.

소 씨는 분별력이 있었고, 주 씨는 체면을 중시 여겼다. 고 태부인 모자는……. 이렇게 멀리 와서 은자를 받아야 하는데 오늘은 골동품 화병을 사고, 내일은 보석 머리 장식을 살 정도로 낯뜨거운 짓은 하지 않을 듯싶었다. 게다가 고 태부인과 주 씨의 주머니가 두둑할 터이니 다시 장부에 손을 벌려 말이나 새를 살 것 같진 않았다. 사실 그 모자가 멋대로 낭비한다면 명란도 대책이 있었다. 출납 장부에 은전에 대해 세세히 기록해 두었다가, 분가할 때 모든 물건을 나열한 후 공용 은자로 구매한 것은 사유 자산으로 쳐주지 않고 나눠야 할 재산 목록에 포함시키는 방법이었다.

"상전께서 화를 내시면 어쩌지요……?"

걱정된 어멈이 물었다.

명란은 재빨리 그녀의 말을 끊고 천천히 이야기했다.

"자네에게 장부를 관리하라 분부한 사람은 나이니, 나만 괜찮으면 되네."

정수리에 차가운 물이 들이부어진 느낌이었다. 어멈은 그제야 뭔가를 깨달았다. 우선, 새 마님은 온화한 성품이라 예전 장부 목록에 대해서는 추궁하지 않을 것이니 앞으로만 잘하면 된다는 것, 둘째로, 앞으로 자신의 상전은 새 마님이라는 것이었다. 만약 명란의 마음에 들지 못한다면 더 이상의 일거리는 없을 것이다.

명란은 흰목이버섯탕을 천천히 불며 아래에 있는 어멈들의 안색을 여유롭게 살폈다.

고 태부인은 고정엽이 돌아올 거라고는 생각지도 못했다. 그렇기 때문에 오랜 세월 줄곧 자기 아들의 뒤를 봐주며 최선을 다해 후부를 돌봐왔다. 사람들을 나누어 관리하는 것부터 지출 항목까지 모두 명확하고 합리적으로 처리했으며, 비리나 부패는 그다지 발생하지 않았다. 눈앞에 있는 어멈들 역시 교활하여 사람을 봐가면서 일하는 게 흠일 뿐, 꽤나 능력 있는 자들이었다.

"정찬 아가씨도 출가하셨고, 아주버님이 돌아가신 지 삼 년이 안 되었으니 큰 연회는 없을 것 같네. 기껏해야 명절 때 친척이나 지인을 초대해 식사하는 정도겠지."

명란은 잔을 내려놓더니 가느다란 손가락으로 깍지를 끼고 천천히 말했다.

"어머님께서도 예전에 돈을 너무 물 쓰듯 썼다고 하셨네. 요즘 집안 형편이 넉넉하지 않은 건 자네들도 다 아는 사실 아닌가. 다들 각별히 신경써서 일해야 할 것이야."

사실 명란의 예산에 따라 살림을 꾸린다면 절대로 지출이 수입을 초과할 리 없다. 오히려 앞으로 용이와 한이의 혼수를 위해 저축을 할 수도 있을 것이다. 아, 그리고 배 속에 있는 이 말썽꾸러기를 위해서도.

아래에 있던 잘 차려 입은 어멈이 웃으며 한 걸음 나오더니 아첨하듯 말했다.

"무슨 말씀이십니까, 마님. 지금 황상께서 나리를 중용하고 계신데 다른 곳은 몰라도 저희 부의 형편이 넉넉하지 않다니요? 저희 같은 아랫것들도 바깥에 나가 허리를 피고 다닐 정도입니다."

명란이 조용히 쳐다보자 어멈은 무안해하며 웃음기를 거뒀다.

"……작년에 황상께서 하사하신 장원을 정리했지. 장원에 관사가 하나 있었네. 고씨 집안의 노비로 올렸는데도 계속 선량한 소작농을 괴롭히다가 결국 사람이 죽어 나갔지. 나리께서는 바로 그 관사를 데려다 사지를 부러뜨려 관아에 처분을 받도록 보내버리셨네. 결국 그 관사는 참수형에 처해졌어. 나리는 노인과 아이들까지 포함하여 관사의 가족 일곱 식구를 모두 먼 변방으로 팔아버렸다네."

어멈들의 얼굴이 하얗게 질렸다. 실내에는 작은 숨소리조차 들리지 않았다.

"그리고 작년 팔월, 징원에 골칫덩어리가 있었는데 못된 짓을 획책하다 나리께 들통이 났어. 바로 그들 집안까지 서북쪽의 노역을 하는 곳으로 보내 버렸네."

팽수댁은 그 사건에 대해 어렴풋이나마 알고 있어서 가슴이 뜨끔했다. 그때는 고정욱이 사망한 지 얼마 되지 않은 시점이라 장례를 치르기 바빠서 뢰씨 어멈이 두 저택을 사이를 쉴 새 없이 드나들었다. 그 후 어찌 된 영문인지 뢰가의 아들이 사리사욕을 채웠다고 고발당해 귀양 가서 노역을 한다는 얘기를 들었다. 뢰씨 어멈을 포함한 여덟 식구는 소리소문 없이 사라졌다. 징원 사람들도 여럿이 사라졌는데 어디로 팔렸는지 알 수 없었다.

그 후부터 징원은 철제 난간이라도 쳐 있는 듯 더욱 삼엄해졌다.

"자네들은 고부의 오랜 식구로 나리가 커가는 모습도 보았네. 내가 이곳에서 산 날보다 더 오래 있었지."

어멈들을 겁줄 생각은 아닌지라 명란은 덤덤히 직선적으로 말했다.

"나리의 성정이야 나보다 자네들이 더 잘 알지 않은가?"

고정엽이 어떤 성정인가. 어멈들은 고개를 숙인 채 서로 흘끔거렸다.

열 살에 사나운 말을 타고 저잣거리를 휘젓고 다니는 바람에 백성 십여 명을 다치게 했다. 고정엽의 부친은 그들에게 은자를 물어주고 다녔다. 열두 살 때, 사촌 형인 고정양의 멱살을 잡고 똥통에 빠트려 죽일 뻔했다(건져 올렸을 때는 이미 똥독이 올라 기절한 상태였다). 열세 살 때, 사람들이 한밤중에 지붕 위에 묶여 있던 고정병을 구해냈는데 이미 반쯤 얼어 있는 상태였다. 열네 살 때, 령국공 세손을 말 뒤에 묶고 연무장을 세 바퀴 도는 바람에 하마터면 고정엽의 못된 짓이 황상의 귀에까지 들어갈 뻔했다. 열여섯 살이 되었을 때는 허구한 날 부친에게 큰 소리로 말대꾸하며 대들고, 눈치 없는 노비들에게 발길질을 하여 피까지 토하게 만들었다.

그토록 사납기로 유명한 고정엽을 떠올리며 어멈들은 몸을 움츠렸다.

명란은 원하던 반응이 나오자 차갑게 말했다.

"미리 한마디하겠네. 내가 젊고 단호하지 못하여 자네들을 처벌하기 어렵다 해도 나리를 생각하게. 어찌할 도리가 없다면 나도 나리께 청할 수밖에 없네."

그 위협은 상당히 효과적이라 어멈들은 조용히 물러났다.

부푼 배를 받치고 명란은 지붕을 쳐다봤다. 행여나 눈이 상할까 바느질이나 독서를 많이 할 수가 없었다. 밤에 즐길 거리가 있기는 했으나 여전히 무료했다. 이럴 때 가장 좋은 것이 바로 마작이었다. 몸에 무리도 안 가고 머리도 쓸 수 있으니까. 하지만 좋은 이미지를 유지하기 위해 명란은 죽을힘을 다해 참고 있었다.

가장 얄미운 것은 심청평이었다. 자식 점지를 빌미로 절 열 곳을 다니며 기도를 올려야겠다며 시어머니를 부추겼다. 마침 봄볕이 딱 좋을 때였다. 날도 갈수록 따뜻해지고 있었다. 정 노대부인은 집에서 요양한 지도 오래되었고 자신이 살날도 얼마 남지 않았다는 생각까지 들자 몸이 근질거리기 시작했다. 효심이 지극한 정 장군 내외는 항상 조용하고 별다른 요구가 없던 모친이 봄나들이를 가고 싶어하는 모습에 어떻게든 그 원을 풀어 주고 싶어 했다. 그렇게 심청평은 시어머니를 모신다는 명목하에 떳떳하게 유람을 떠날 수 있었다.

혼자 유람을 떠난 것은 그렇다 쳐도, 명란이 무료함에 좀이 쑤셔 죽을 지경임을 알면서도 고의로 서신을 보내 괴롭히기까지 했다. '산속 계곡 물이 너무 좋습니다. 돌아갈 때 새콤한 과일을 가져다드릴게요. 아삭하고 향기가 좋네요', '풍경이 너무 아름다워요. 산 정상에 서 있으면 구릉을 타고 날아가고 싶을 정도입니다' 등의 내용이었다. 평소 글을 가까이 하지 않아서 구름을 '구릉'이라고 쓰기까지 했다! 아휴!

명란은 갈수록 화가 나서 처음으로 이 반 문맹과 절교해야 하나 진지하게 고민했다.

뭐니 뭐니 해도 역시 명란을 가장 아껴 주는 사람은 친정 식구였다. 칠팔 일이 지나자 왕 씨는 새로 들어온 며느리 류 씨와 화란을 데리고 명란을 찾아왔다. 명란은 전과 다르게 아주 반갑게 친정 식구들을 맞이했다. 그런데 왕 씨의 안색이 의외로 어두웠다.

명란은 왕 씨를 상석으로 안내한 후 옆에 서 있는 젊은 올케를 바라봤다. 올케는 붉은 바탕에 나비가 수놓인 얇은 족제비 오자에, 검은 융으로 테두리를 두르고 연홍색 작약과 복福 자를 수놓은 주름치마를 입고 있었다. 칠흑같이 검은 머리카락은 흐트러짐 없이 쪽 지어 있고, 머리에는 해와 달, 봉황으로 장식된 커다란 금비녀가 꽂혀 있었다. 귓가에는 커다란 진주가 드리워져 있었다.

뭐라고 해야 할까? 머리끝부터 발끝까지 흠잡을 데 없이 아주 바람직한 차림을 한 점잖은 사람이었다. 서 있는 자세부터 시선을 내리는 각도까지 교과서에 나올 법하게 완벽했다. 하지만 외모는……. 명란은 예전에 이 여인을 본 적이 있었다. 지금 자세히 관찰해 보니 소도의 말이 맞았다. 단정하고 품격 있어 보이지만 외모를 굳이 평하자면…… 음, 참으로 안전하게 생겼다.

"이분이 새 올케겠지요. 제가 먼저 찾아 봬야 하는데 발걸음 하시느라 고생하셨어요."

명란은 왕 씨에게 인사한 후 재빨리 류 씨에게도 자리를 권했다. 화란은 이미 편안히 자리를 잡고 앉은 후였다.

"아가씨, 그런 말 마세요."

류 씨는 듣기 좋은 목소리로 온화하게 얘기했다.

"한 식구끼리 무슨 고생이라니요. 아가씬 지금 홑몸이 아니시니 제가 와야지요."

단귤은 명란이 배를 받치고 지나치게 많이 움직이자 재빨리 명란을 자리에 앉혔다. 명란은 왕 씨가 심상치 않다는 걸 눈치챘다. '안색이 좋아 보이세요.'라고 할 수도 없고, 겉도는 인사말을 할 수도 없었다. 명란은 한참을 생각하다 입을 뗐다.

"어머니, 조금 야위신 것 같은데 고생을 많이 하셨나봐요. 건강을 잘 살피셔야지요. 큰오라버니와 올케언니가 모두 먼 곳에 있으니 얼마나 걱정되시겠어요."

명란은 살짝 미간을 찌푸리면서 우려와 관심을 표했다.

화란은 내심 명란의 훌륭한 입담에 감탄했고, 류 씨는 저도 모르게 명란을 한 번 더 쳐다봤다. 그제야 왕 씨는 안색이 풀리며 편안해진 듯했다.

"역시 명란이 네가 눈치가 빠르구나, 요새……. 에휴, 말도 마라. 신경 쓸 일뿐이구나."

말을 마친 왕 씨는 차가운 눈으로 류 씨를 흘겨보았다.

류 씨는 석상처럼 꼼짝도 하지 않았다. 명란은 황급히 말을 받으며 왕 씨의 비위를 맞췄다. 화란도 어쩔 수 없다는 듯 몇 마디 거들었지만 류 씨는 끝까지 입을 열지 않았다. 애초에 분위기가 나쁘지 않았지만 왕 씨는 말끝마다 한탄을 늘어놓으며 대놓고 류 씨를 깎아내리고 비꼬았다.

"다른 집안의 며느리는 온순한 고양이 같다고 하는데, 운 없는 집안의 며느리는 마치 들고양이 같아 법도도 모르고 활기도 없지……."

화란은 왕 씨가 또 그러는구나 싶어 냉큼 말렸다.

"어머니, 그만하세요. 조카 보살피기도 바쁘지 않으신가요. 하루하루 커 가는데 다른 데 신경 쓰지 마시고, 동생이 조카를 어머니께 맡겼으니 글도 가르치고 시조도 읊게 하시고요. 할머니께서 데리고 있는 전이를 좀 보세요. 붓을 잡고 글씨 쓰는 태가 제법 나잖아요. 어머니도 좀 본받으세요!"

화란의 말을 들은 왕 씨는 더욱 분개하며 탁자를 내려쳤다.

"그래, 그래! 너희는 다 맞고 나만 억지를 부리고 있는 것이구나! 이제 가야겠다. 명란아, 몸 잘 돌보거라. 복 없는 여란이처럼 딸을 낳아 사람들에게 멸시당하지 말아야지! 너희 시어머니한테는 안 들르고 갈 테니 인사 전하거라. 우리는 간다."

명란은 다급하게 자리에서 일어나 만류했지만 왕 씨는 계속 가야겠다고 고집을 부렸다. 이를 보다 못한 화란이 입을 열었다.

"어머니와 올케는 먼저 가세요. 전 더 있다 갈게요."

왕 씨는 눈을 부라렸다.

"더 있다 가기는 뭘 더 있다 가. 명란이는 쉬어야 해."

화란은 탄식했다.

"어머니, 저는 원부로 돌아가야 하니 같은 길도 아니잖아요. 명란이와 오랜만에 만났는데 자매끼리 수다 좀 떠는 게 못마땅하세요? 잠시 후에 사돈어른도 찾아뵙고 인사 올릴게요. 그래야 예의 없다는 소리가 나오지 않을 테니까요."

아무리 얄미워도 화란은 친딸이었다. 왕 씨는 곱지 않은 말투였지만 끝내 허락하고는 곧장 쌩하고 자리를 떴다. 류 씨는 아무 말 없이 그 뒤를 따랐다. 명란은 어안이 벙벙했다. 저리 욱하다니 혹시 갱년기는 아니겠지.

두 사람이 떠나자 명란은 화란을 데리고 재빨리 안채로 들어가 편히 앉은 후 차와 간식을 내오게 했다.

화란은 명란의 배를 보며 웃었다.

"안색이 좋은 걸 보니 마음이 놓인다. 할머니께서는 네가 피골이 상접하도록 마르지 않았는지 항상 걱정하셔."

명란은 근심 어린 표정으로 배를 만지며 말했다.

"너무 살이 찌지나 않으면 다행이에요. 다시 못 빼면 어쩌죠."

화란은 웃으며 나무랐다.

"쓸데없이 외모에 신경 쓰기는. 지금이 어느 때인데 외모 생각을 하는 거니."

서로 몇 마디 안부를 나누고 난 후, 명란은 호기심을 참지 못하고 급히 물었다.

"대체 무슨 일이에요? 어머니께서 어째서 저렇게 화를 내시는 건가요?"

화란은 차를 한 모금 마시더니 한숨을 쉬었다.

"말도 마. 요새 답답한 일투성이야. 이번에 여란이 딸을 낳았잖니. 혹시나 시댁에서 무시당하지 않을까 날마다 걱정하고 계셔. 걸핏하면 사돈댁에 가서 기 싸움을 벌이셨지. 처음 몇 번은 좋게 넘어갔지만 결국 사돈어른이 계집아이가 뭐 그리 귀하냐며, 유모도 둘이나 붙여줬고 며느리한테 은자를 대라고 하는 것도 아닌데 쓸데없는 소리를 한다고 화를 냈지 뭐야!"

명란은 연신 고개를 끄덕이며 호응했고, 화란은 말을 이어 갔다.

"휴…… 그런데 여란이는 문가에서 살아야 하잖니. 몇 마디 했으면 됐지, 어머니도 참……."

화란은 힘들게 단어를 골라 말을 이어갔다.

"너무 자주 가셨어. 갈 때마다 사돈어른의 심기를 긁은 게지……."

명란은 미간을 찌푸렸다.

"그러면 좋지 않지요. 계속 그러시면 형부 성격이 아무리 좋다 한들 언짢을 수밖에요."

"누가 아니라니?"

화란은 고소한 냄새가 나는 따뜻한 좁쌀떡을 세게 한입 베어 물었다.

"할머니가 이대로는 안 되겠다 싶으셨는지 어머니를 훈계하셨는데 억울하셨나 봐. 에휴, 그러고 나서는 장풍이 혼인을 했잖아. 아버지는 어머니가 혼례에 건성이라고 생각하시고 관사 앞에서 어머니를 난처하게 하셨어."

명란이 황급히 말했다.

"아버지도 참, 어머니가 진짜 건성으로 하셨을 리 없잖아요!"

사실이 그렇다 하여도 왕 씨의 친딸 앞에서 그리 말할 수는 없는 법이다.

하지만 화란은 공정한 사람이다.

"사실 아버지도 아무 이유 없이 그러신 것은 아니었어. 어머니가 기분이 좋지 않아서 다른 일에 분풀이하신 거지."

명란이 아무 대꾸도 하지 않자 화란은 말을 이어갔다.

"그러고 나서 올케가 들어왔어. 사실 올케도 괜찮은 사람이야. 신혼 이튿날부터 어머니 말씀에 따라 며느리 도리를 다했거든. 그런데 어머니 성격이 그러셔서 때론 말을 밉게 하시잖아. 올케는 참으면서 한 번도 말대꾸하지 않았어. 이틀 연속으로 물 받은 대야를 들고 문 앞에서 시중을 들라 해도 일언반구 없이 했고 말이야. 정원에 바람이 찼지만 서 있으라 하면 서 있고, 무릎을 꿇으라면 꿇었지. 휴…… 어머니도 너무하셨어. 그걸 지켜본 사람들은 며느리는 현명하고 온순한 데다 효심이 깊은데, 어머니는 시어머니가 되어가지고 너무 각박하고 자비심 없다고 수군댔단다."

그다음 일은 생각할 필요도 없었다. 분명히 누가 나섰을 것이다.

"아버지예요? 아니면 할머니?"

"아버지지."

화란은 입을 삐죽거리며 말했다.

"아버지와 류 대인은 사이가 좋아서 절대로 며느리를 홀대하지 않겠다고 약조하셨거든. 그런데 어머니가 그렇게 괴롭히고 계시니 아버지 얼굴에 먹칠하는 거잖아! 아버지는 꽤 오래 참으셨어. 그런데 어머니가 요즘 꼭 우리 시어머니처럼 화를 가라앉히지 못하신단다. 결국에 두 분은 크게 다투셨고, 다른 일까지 다 끄집어내셨어. 어머니가 올케 처소 사람들의 먹고 입는 비용까지도 줄이셨거든. 휴…… 내가 아무리 설득해도 소용이 없더라."

명란은 한참을 침묵하더니 조용히 한숨을 내쉬었다.

"그 후에는요?"

"아버지와 할머니가 상의하신 후에 올케 처소에서 벌어지는 일은 올케가 관리하기로 했어. 먹고 입는 데 드는 비용은 어머니를 거치지 않고 바로 받아 가게 했고. 어머니 시중드는 일까지 면해주셨어. 그래도 올케가 하겠다고 나서서 매일 오전에 어머니 시중을 들고 있지만."

화란은 떨떠름한 말투였다. 친모를 동정하는 것인지 아니면 화가 가라앉지 않은 것인지 알 수 없었다.

"어머니는 요 며칠 계속 화난 상태라 오늘도 올케를 데리고 여기 오지 않으려 하셨어. 그래서 내가 나서서 오려고 했는데 할머니가 노하셨지 뭐야. 세상에 출가한 여식이 새로 들어온 며느리를 데리고 나가는 법이 어디 있냐고, 성가에 사람이 없는 것도 아니지 않냐며 반드시 어머니가 가야 한다고 명하셨지. 그래서 어머닌 또 할머니께 화가 났단다!"

이제 명란은 한숨도 쉬지 않았다. 왕 여사 인생 최대의 비극은 바로 아군과 적군이 모두 자신보다 단수가 높다는 것이다. 적군은 급이 너무 높아 쉽게 왕 씨를 이겼고, 아군은 수준이 너무 높아 항상 그녀를 우습게보며 의사소통을 꺼려했다.

"언니, 저한테 청심환이 조금 있어요……."

예상외로 화란은 손을 저었다.

"소용없어. 아버지가 어머니께 탕약을 권하지 않았을 리 없잖아. 어머니가 며칠 드시다가 또 며칠은 안 드시고……. 그래서인지 아직은 효과가 안 보여."

화란은 친딸이었지만 요새 왕 씨의 성질머리에 질린 듯했다.

"그러면 어쩌죠?"

명란은 노대부인이 화병이라도 날까 봐 걱정됐다.

화란은 반쯤 포기한 듯 한숨을 내쉬었다.

"무슨 방도가 있겠니. 의원에게 물어봤는데 이 때가 지나가기만을 기다려야 한다는구나. 약도 잘 먹고 좋은 이야기만 하면 좋아질 거래."

"좋은 일이 뭐가 있을까요."

명란은 근심 어린 말투로 말했다.

"뭐가 있겠니. 임 이랑이 장원에서 툭하면 난리를 치다가 몇 번 호되게 당했잖아. 이제는 지쳤는지 재계를 하며 염불을 외고 있는데, 사람이 폭삭 늙었더라. 그 일 아니면 묵란이 아직도 회임을 하지 못한 것 정도일 거야."

명란의 오지랖이 슬슬 발동하기 시작했다. 요새 명란은 사교계에서 한몫하고 있는데, 벌써 한참 동안 묵란의 소식을 듣지 못했다. 친모의 불같은 성격에 대한 이야기가 끝나자 화란도 기운을 차리고 다시 이야기를 시작했다.

"……고모님은 영창후 부인과 친하게 지내시고, 문영인 묵란이가 내 동생이니 자주 나에게 소식을 들려 줘."

지금까지 회임하지 못한 것은 이유가 있었기에 다 묵란의 탓이라 할 수는 없었다.

춘가의 수완은 보통이 아니었다. 그 해에 딸을 낳았으나 여전히 량함의 총애를 받아 몇 달 지나지 않아 또 회임했다. 묵란은 낡은 수법을 더 높은 강도로 실행했다. 현명하고 지혜로운 척하며 값지고 귀한 보양식 재료를 아낌없이 들여보낸 것이다. 춘가의 분만 날, 지나친 보양식으로 태아가 너무 커지는 바람에 춘가는 이틀 밤낮을 진통에 시달렸지만 결국 아이를 낳지 못했다. 태아가 나왔을 때는 이미 숨이 막혀 죽어 있었다. 량부의 큰며느리는 묵란의 짓이라고 의심하며 한바탕 난리를 피웠지만 아무 증거도 찾을 수 없었다. 보양식은 모두 최상급이었고, 태의조차도 음식에는 아무런 문제가 없다고 했다.

량부의 큰며느리는 어쩔 수 없이 증거 찾기를 포기했다. 하지만 이 일로 둘째 며느리에게 약점을 잡히고 말았다. 량부의 서장자와 적장자 사이의 싸움은 오래 지속되었다. 눈치 빠른 묵란은 바로 그 기회를 포착하여 량함에게 휴서를 요구했다. 자신이 좋은 마음으로 춘가를 대한 것을 하늘이 알고 땅이 아는데 의심을 받고 누명을 썼다며 살기 싫다고 했다. 시댁에 누를 끼치기 싫으니 휴서를 받고 죽어버리겠다고 하소연했다.

량함은 춘가에 대한 정도 깊었지만, 부부의 연을 맺은 묵란도 존중하고 아꼈다. 량함이 보기에 묵란은 시집온 후로 언행에 조금도 문제가 없었다. 자색도 우아하고 아리따우며 사람 마음을 헤아릴 줄 아는 여인이었다. 게다가 큰형수에게 불만도 있었고, 춘가가 제 사촌 언니에게 불만을 토로했을 거라 여기고 있던 차였다. 이 일에 결국 영창후까지 나섰다. 영창후는 큰며느리를 크게 훈계한 후 벌까지 내렸다. 또 묵란이 지혜롭고 현명한 데다 성가의 세력이 커지는 것을 고려하여 부인에게 특별히 묵란을 위로해주라고 일렀다.

이 전쟁에서 량부의 적자들은 대승을 거두었다. 둘째 며느리는 묵란을 친근하게 대하기 시작했고, 영창후 부인의 태도도 한결 살가워졌다. 영창후 부인은 상을 주는 셈치고 직접 량함에게 우선 적자를 낳는 것이 중요하니 그 전까지는 첩실과 동침할 때 회임 방지용 탕약을 먹도록 권했다.

"잘된 일 아닌가요?"

명란은 의아해하며 물었다. 묵란의 계략과 수완이면 못 지낼 리 없었다.

화란은 명란을 흘겨보더니 이야기를 이어 나갔다.

하지만 일은 그렇게 쉽게 끝나지 않았다. 묵란이 숨을 돌리기도 전에 춘가는 이미 마음을 다잡고 몸조리에 힘을 쏟았다. 몸치장에 신경을 쓰고, 어마어마한 기세로 총애 쟁탈전에 뛰어들었다. 다행히도 춘가가 아이를 낳을 때 크게 고생한 탓에 미모가 그전처럼 아리따운 상태가 아니었다. 어쩌면 다시는 회임을 하지 못할 수도 있었다. 안타까운 것은 춘가가 연약해 보이는 쪽으로 방향을 틀어 량함의 동정과 관심을 차지하게 됐다는 점이었다.

묵란은 속이 쓰렸지만 억지로 환하게 웃으며 늙은 기생 어미 같은 기세로 툭하면 남편에게 아리따운 여자들을 소개해주었다. 량함 역시 의지가 굳은 사람이 아니라서 첫사랑에 마음이 쏠려 있어도 아리따운 아가씨들에게 눈이 돌아갈 수밖에 없었다. 오늘은 소홍이, 내일은 소취, 그다음 날은 아황까지 그는 방탕한 생활을 즐겼다. 춘가는 마음이 부서지는 것 같았지만 한 발짝 물러나는 수밖에 없었다.

묵란의 수단은 대단했으나 적뿐만 아니라 자신도 다치는 고육책이었다. 춘가에 대한 총애가 약해지긴 했지만 다른 여자들을 잔뜩 끌어들이는 바람에 남편을 자신의 처소에 잡아 두는 데에 실패하여 지금까지 회임하지 못하고 있었다.

명란이 보기에 묵란의 전략은 옳았다. 남자에게 있어서 가장 위험한 것이 바로 진심이다. 진심만 아니라면 예법과 집안의 규율이 있으니 그 계집들과 동침을 할지언정 한낱 바람에 불과했다. 놀다가 지겨워지고 애정을 주다 마음이 식으면 바로 뒷전으로 밀릴 것이기 때문에 정실부인인 묵란에게는 위험할 게 없었다. 하지만 춘가는 량함이 진정 사랑하는 여자이고 출신도 나쁘지 않아서 상당한 골칫거리였다. 그렇기 때문에 춘가를 목표로 한 것은 옳은 선택이었다.

"량부에는 자손이 많으니 묵란 언니가 당분간 회임하지 않아도 큰일은 아닐 거예요."

화란은 입을 삐죽이며 한탄했다.

"그래 봤자 몇 년이겠지. 한없이 기다릴 수는 없는 노릇이잖아. 휴, 임

이랑이 애초에……. 됐다, 그래도 자매 사이인데 지금 량부에서 고생을 하는 걸 보니 기분이 영 그렇구나."

명란은 이야기를 들으며 고개를 끄덕였다. 그러다 잠시 후 다시 고개를 저으며 화란을 보고 미소 지었다. 명란이 아는 화란은 가끔 남의 불행을 즐기거나 거만하게 굴 때도 있으나 본질적으로는 정의로운 사람이었다. 예전에 그렇게 묵란을 증오하던 사람이 지금은 이렇게 연민과 동정이 담긴 마음으로 묵란을 대하다니, 확실히 정상은 아니었다!

화란은 명란의 시선이 부담스러워져 한마디했다.

"뭘 그리 쳐다보니!"

명란은 일부러 말꼬리를 늘이며 천천히 얘기했다.

"제가 요즘 너무 무료해서 마의상서麻衣相書[3] 두 권을 읽었어요. 오늘 언니 얼굴을 보자니 미간이 붉고 볼에서 광채가 나는 게 좋은 일이 있는 듯한데……. 말해보세요, 저도 같이 기뻐하게."

명란의 실없는 소리에 결국 입꼬리를 올린 화란은 풍만한 몸매와 아름다운 얼굴로 농염한 자태를 뽐내며 환히 웃었다.

"귀신같이 눈치는 참 빠르구나. 그래, 요새 좋은 일이 있지. 우선 장 이랑이 회임했어."

명란은 아연실색했다.

"형부가 또 첩을 들이셨나요?"

그게 무슨 기쁜 일이란 말인가.

"기억력하고는. 우리 시아버님의 첩실이잖아!"

---

3) 관상에 대한 책.

화란이 꽥 소리를 질렀다.

명란은 화란의 소리에 귀가 다 먹먹해졌으나 그 덕에 깨달았다.

"그러니까 그 아주머니, 아니, 언니의 시어머니, 그러니까……."

화란은 기쁨을 감추지 못해 입술을 깨물며 얘기했다.

"시어머니는 난리가 나셨지. 그렇지만 시어머니가 며느리를 괴롭힐 수는 있어도 회임한 첩실에게 함부로 할 수는 없는 법 아니겠니! 우선 시아버님이 그대로 두지 않으셨고, 이어서 백모님, 아버님의 숙모님 등등 친척 어른들께서 하루가 멀다고 찾아와 꾸짖고 훈계하고 설득도 하셨지. 요새 시어머님은 제 코가 석자라 온종일 형님과 대책을 세우느라 바쁘셔……."

원가의 가산이 많지 않기에 종가의 재산을 나눠야 한다면 첫째 내외가 가만히 있을 수 없을 것이다.

명란은 못된 마음으로 한참을 즐거워하다가 다시 의아해했다.

"그 일 때문에 언니가 이리도 기뻐하는 거예요?"

"그뿐만이 아니야."

화란은 얼굴에 분홍빛을 띠며 우쭐거렸다.

"네 형부 말이야."

화란은 잠시 머뭇거리다 흥분을 가라앉히며 얘기했다.

"경성 외곽에 장원을 하나 봐 뒀는데, 장소도 좋고 기후나 풍토도 적당해서 사려고 했거든."

명란은 손뼉을 쳤다.

"땅을 사는 것은 좋은 일이지요."

"좋은 일이긴 한데, 은자가 부족하지 뭐니."

화란은 은자가 부족하다고 얘기했지만 표정은 오히려 좋아 보였다.

화란은 소곤소곤 말했다.

“연초에 네 형부가 경성 밖으로 일을 하러 갔다가 준마 한 마리를 데려왔는데, 어찌나 아끼던지 다른 사람은 만지지도 못하게 했어. 그런데 마음을 굳게 먹고 그 말을 팔아 버린 후 집으로 돌아와 은자를 더 모아서 장원을 사 버렸지 뭐니. 갑자기 엉뚱한 행동을 하니 내 얼마나 속이 답답하던지. 그런데 그 땅문서를 나에게 쥐여주더라. 자신이 한 약조라며, 내가 해 온 혼수를 하나씩 되찾아 주겠다고 하더라니까! 알고 보니 이미 오래전부터 몰래 적당한 땅을 찾고 있었나봐!”

반짝이는 눈과 떨리는 손을 보아하니 화란은 흥분과 기쁨을 감추지 못하는 듯했다.

명란은 가볍게 ‘아’ 하고 감탄하며 큰 소리로 형부를 칭찬했다.

“남아일언중천금이시네요!”

화란은 행복에 취해 눈시울을 적셨다.

“네 형부가 이제야 알 것 같다고 했어. 부모는 형제자매의 것이고, 형제는 제 처와 자식의 것이니, 부인과 아이들만이 진정한 자신의 식구라는 것을. 나와 한마음이 되지 않으면 누구와 한마음이 될 수 있겠니. 앞으로 절대로 나를 힘들게 하지 않겠다고도 했어. 앞으로 편안하게 해주겠다고 약조했지.”

명란은 어안이 벙벙해졌다. 이게 진정 말이 서투르고 올곧은 큰형부 원문소의 입에서 나온 소리란 말인가. 그가 이토록 감동적인 말을 하다니 명란까지 마음이 뭉클했다.

“정말 너무 잘됐어요. 십 년 동안 언니가 헛고생한 게 아니네요.”

화란은 손수건을 꺼내 눈꼬리를 찍으며 울먹였다.

“나는 진심이 통하기만을 바랐을 뿐이야. 난 진심을 다하면서 서방님이 내 마음을 저버리지 않길 바랐어. 이제야 드디어…….”

화란은 조용히 눈물을 흘렸다.

명란은 눈앞의 여인을 존경하는 눈으로 다시 보게 됐다. 원문소같이 올곧고 고리타분한 효자에게 사상 교육을 하여 결국 효도의 구렁텅이에서 구해 냈으니, 이 얼마나 대단한 일인가! 길고 긴 전쟁에서 화란 여사는 불굴의 의지로 시종일관 자신의 뜻을 밀고 나갔다. 결국 사악한 시어머니를 이긴 것이었기에 충분히 기뻐할 만했다.

“……내가 여란이에게 가서 이렇게 설득했어. 나쁜 마음을 먹지 말고, 남편한테 잘하고, 어른들께 효를 다하고, 동서와 시동생들도 잘 대해주라고. 사람의 마음 다 약하고, 제부 역시 총명한 사람이니 분명히 여란이를 아껴줄 것이라고 말이야.”

화란은 눈물을 닦으며 계속 말을 이어 갔다. 여란이 제일 싫어하는 게 다른 사람의 훈계다. 특히 화란의 호통식 훈계를 가장 싫어했다. 그것을 아는 명란은 속으로 실소했다. 아마 이 때문에 여란은 속이 꽤나 답답할 것이다.

손수건을 내려놓은 화란은 행복에 가득 차 단호한 목소리로 말했다.

“이제 나는 별로 바라는 게 없단다. 네 형부가 몇 년 후에 지방관으로 갈 수 있다고 하더라. 그때가 되면 아이들을 데리고 다른 지방에 가서 편안하고 행복하게 살 수 있겠지. 그 전까지 시어머니가 아무리 나를 괴롭히고, 형님이 아무리 계략을 꾸며도 참을 수 있어.”

소문이나 들으며 시간을 때우려던 명란은 생각지도 못한 교훈을 얻고 깊이 반성했다. 자신이 고정엽에게 진심을 다하지 않은 것은 아닌지 되돌아보았다. 대부분의 경우 일이 생겼을 때 제일 먼저 자신의 이해득실을 따져 본 후에야 고정엽을 떠올렸기 때문이다. 하지만 아무리 생각해도 남자의 사랑은 스스로를 사랑하는 것만큼 믿음이 가지 않았다. 만약 믿음직한 남자가 아니라면? 완벽히 지는 게임이었다.

너무 이기적인 생각인가?

어쩌면 자신을 사랑하는 것과 이기적인 것은 다를 수도 있을 것이다. 그렇다면 남녀관계에서 이 경계선은 어떻게 지켜야 할까.

명란은 깊은 사색에 잠겼다. 이건 앞날이 걸린 아주 중요한 문제였다.

제166화

생각은 끝났다,
새로운 전쟁의 서막이 열린다

잠시 대화를 나누다 명란은 화란을 데리고 훤지원에 있는 고 태부인에게 인사하러 갔다. 고 태부인은 화란과 친분을 쌓으려고 깍듯이 예를 차리며 친근하게 말을 붙였다. 일부러 성품이 온화하다느니 사람이 점잖다느니 하며 강 부인을 추켜세웠다. 이에 화란은 되레 심드렁해 하며 별 말을 하지 않았다.

화란은 친동생 여란이 바로 그 못된 강 부인 때문에 자포자기하듯 가난한 서생과 혼인했다고 생각했다. 양방진사면 뭐하나. 그래 봤자 성가에 의지해야 한다. 한림원 편수[1]면 뭐 대수인가. 외가인 왕가의 사촌 동생은 수재밖에 안 되지만 조상의 공적과 재물로 벌써 관직에 올랐다. 문씨 집안에 시집간 후에 버텨 낼 수 있을지는 둘째 치더라도, 언제까지 버텨야 할지도 알 수 없었다. 막대한 재산에 인맥까지 화려한 왕씨 집안과

1) 국사 편찬 등을 담당하는 관직명.

는 비교할 수도 없었다. 왕씨 집안에는 장사를 하든 관직에 나가든 도와줄 인맥들이 가득했다.

잇속 차릴 건 다 차리면서 배은망덕하게 구는 강가는 성가에 찰싹 달라붙은 찰거머리 같았다. 원문소가 간신히 북방의 목장과 말 매매를 성사시킨 걸 입 싼 왕 씨가 흘리는 바람에, 강 부인이 한몫 챙기려 끼어들었다. 화란은 머리끝까지 화가 치솟았다. 이제 친모에게도 모든 이야기를 털어놓을 수 없게 되어버린 것이다.

고 태부인은 화란의 태도가 미적지근하자 몇 마디 더 하다가 자리를 파했다.

명란은 화란을 배웅한 후 좋은 날씨를 즐기려 가마에서 내렸다. 여유롭게 처소로 걸어가는데 옆에서 녹지가 한마디 했다.

"마님, 몸도 무거운데 이리 오래 걸으시면 어떡해요?"

그러자 하하가 녹지를 안심시켰다.

"언니, 내가 다 세고 있으니 걱정하지 말아요. 마님은 삼백 보 정도밖에 걷지 않으셨으니 괜찮아요."

명란은 둘의 말에 웃음이 터졌다. 임신 육 개월이면 안정적인 시기라 걷는 건 물론이고 만원 버스에 타도 문제가 되지 않는다.

걷다 보니 가희거가 눈앞이었다. 명란은 인기척을 하지 않고 평소처럼 조용히 걸었다. 그런데 멀리 처소 대문이 보일 즈음 안에서 다투는 소리가 들렸다. 명란은 살짝 놀라서 양옆의 몸종을 힐끔 쳐다봤다. 하하와 녹지도 놀라기는 마찬가지였다. 가희거는 언제나 화기애애했고, 명란의 회임으로 큰소리 나는 일이 거의 없었다.

안쪽에서 채환의 간드러진 목소리가 들렸다.

"하옥이는 아직 어리잖아요. 실수로 잡동사니 몇 개 깬 거 가지고 죽이네 마네 하는 건 좀 그렇네요. 마님께 말씀드리면 이번 달 삯이 깎이는 것은 물론이고 매를 맞을 수도 있는데 야박하게."

그 소리에 명란은 저도 모르게 입이 일그러졌다. 저게 요새 말재간이 제법 늘었네.

단귤이 화를 억누르며 말했다.

"하옥이는 평소에 사용하는 그릇을 관리하고 있어. 어제는 여요 접시를 깼고, 조금 전에는 옥으로 된 호리병을 깼지. 평범한 접시도 아니고 그렇게 귀한 걸 깨놓고 벌을 안 받겠다고?"

채환은 카랑카랑하게 웃었다.

"아휴, 물건의 귀함은 상대적인 거죠. 여염집이라면 깨면 손 떨리는 물건이겠지만 여기가 어딘가요? 이 정도는 잡동사니에 불과해요. 누군가 일부러 들추지 않으면 마님께서는 신경도 안 쓰실걸요?"

그러자 하옥이 맞장구를 치며 조용히 말했다.

"단귤 언니, 제가 덤벙대는 성격이라 그릇 관리에는 맞지 않는다고 말했잖아요. 그래도 기어코 시키시는 바람에……."

단귤은 가까스로 화를 참았다.

"입만 살았구나! 청소를 시키려 하니 상 유모가 처음으로 데려온 사람이라며 허드렛일은 싫다고 했지. 당직을 서라고 하니 계속 서 있거나 앉아 있는 건 못 하겠다 했고. 대체 뭘 하겠다는 거야?"

"흥, 몰라서 물어요? 방에서 나리와 마님을 가까이 모시고 싶다는 소리잖아요!"

영리한 취수의 목소리였다.

"웃기네, 네 주제에?!"

사방에서 웃음소리가 터져 나왔다.

하옥은 다급히 변명을 늘어놓았다.

"아니, 아니에요. 전 옷이나 이부자리 따위를 정리하는 일을 했어요. 그 일을 주신다면 잘해낼 자신 있어요."

채환은 여전히 제자리에서 느긋하게 말했다.

"그러게 처음에 일을 나눌 때 생각을 잘했어야지!"

그 소리에 문밖에서 있던 명란의 표정이 어두워졌다. 명란은 측근이 아닌 사람이 자신의 피부에 닿는 옷을 만지는 것을 꺼렸다. 게다가 혼인한 후에는 부부끼리 정을 나누는 일도 다반사라 이부자리는 구설에 오르기 딱 좋았다. 하하는 신중하고 하죽은 성실한 데다 밖에서 사 온 아이들이라 집안에 아무 연고도 없었다. 이 둘과 단귤, 소도 등 몇몇 계집종 외에 명란은 옷과 이부자리에 손대는 것을 허락하지 않았다.

명란 옆에 서 있던 녹지는 화가 치밀어 올라 당장이라도 달려가 퍼부을 기세였다. 명란이 곁에 있는 하하를 힐끔 봤다. 영리한 하하는 곧바로 앞으로 나서며 큰소리로 외쳤다.

"웬 소란이에요! 마님께서 오신 거 안 보여요!"

뜰은 순식간에 조용해졌다. 명란은 천천히 사람들 앞을 지나치며 한 마디도 하지 않았다. 계집종들은 몸을 숙인 채 감히 입을 열지 못했다. 명란이 방에 들어가고 나서 잠시 후 녹지가 나오더니 단귤과 채환이 불려 들어갔다.

단귤은 죄스러운 얼굴로 명란을 보더니 우물쭈물하며 말을 꺼냈다.

"마님, 다 제 불찰입니다, 제가 관리를 잘못해서……."

명란은 속히 단귤의 말을 끊었다.

"내 진작부터 사람이 너그러워야 하지만 무조건 받아 주기만 해서는 안 된다고 이르지 않았어. 들어보니 하옥이 처음으로 실수한 것이 아닌 듯하구나. 집안에 손발이 야무진 계집종이 그리도 없느냐? 꼭 하옥이 아니면 안 되겠어?"

단귤의 눈에 눈물이 고였다. 사실 단귤은 진즉에 벌을 주고 싶었으나 그럴 때마다 채환이 나서서 방해했다.

자격과 경력으로 따지면 채환이 단귤이나 소도보다 먼저 안채에 들어왔다. 지위로 따져도 채환은 왕 씨를 가장 곁에서 모신 계집종이었다. 처음 성부에 들어왔을 때 명란의 계집종들은 왕 씨의 계집종들을 보면 비위를 맞춰야 했을 정도였다. 그러나 고부에 오면서부터 단귤에게 지위가 밀리자 채환은 심기가 불편했다.

"채환아."

명란이 갑작스럽게 이름을 부르자 채환이 냉큼 답했다.

명란은 온화한 표정으로 웃으며 말했다.

"요새 공 이랑과 자주 이야기를 나눈다지?"

채환은 흠칫 놀랐다. 방금 일에 대해 뭐라고 둘러댈지 다 생각해 뒀는데 갑자기 예상치 못한 질문이 나온 것이다.

"그, 그, 그럴 리가요……."

명란은 화도 내지 않고 덤덤히 말했다.

"어제 둘이 연꽃 연못에서 잠시 이야기를 나눴지. 사흘 전엔 공 이랑 처소에 가서 일각가량 차를 마셨고, 엿새 전에는 용이에게 새로운 천을 가져다주러 갔다가 또 그곳에 가서 반 시진 동안 함께 있었잖느냐."

당황한 채환은 속옷이 다 젖도록 식은땀을 흘렸다. 무슨 영문인지 채환은 다리가 풀려 바닥에 털썩 무릎을 꿇었다.

"마님, 제가 뭘 모르고, 제가……."

사실 물건을 망가트린 것은 큰일이 아니다. 계집종들끼리 말다툼을 벌이는 것도 대단한 일은 아니다. 그러나 문제는 채환이 일부러 말썽을 일으켜 단합을 깨려고 했다는 것이다. 명란은 더욱 온화하게 웃으며 녹지에게 채환을 부축해 일으키라고 명했다.

"뭘 그리 놀라느냐? 그게 뭐 대수라고. 공 이랑은 적적하잖니. 둘이 잘 통하면 자주 가서 말벗이 되어줘도 괜찮지."

채환은 가슴이 철렁했다. 말재간이 좋은 채환은 별일이 아니란 걸 알면서도 겁이 났다.

"이곳의 일은 다른 아이들에게 맡기고 짬나는 대로 공 이랑의 말벗이 되어 주거라."

명란의 말투는 온화했지만, 눈에는 웃음기가 전혀 없었다. 채환은 하얗게 질린 얼굴로 제대로 말도 못 하고 그저 다시는 그러지 않겠다는 소리만 되풀이했다.

명란은 고개를 돌려 단귤에게 눈짓했다. 명란의 뜻을 알아챈 단귤은 가슴을 활짝 펴고 방 밖으로 나가 하옥에게 호통을 치기 시작했다. 그리고 관례에 따라 삯을 깎고 매를 쳤다. 하옥은 벌로 청소를 맡게 됐다.

"……빗자루까지 부러뜨리지는 않겠지."

단귤이 매섭게 말했다.

바깥에서 울먹거리며 용서를 비는 소리가 들리자 채환은 입술을 힘껏 깨물었다. 채환은 하옥과 전부터 사이가 좋았다. 이런 상황에서 아무 말도 할 수 없었지만, 속에서는 화가 치밀어 올랐다.

왕 씨가 자신을 명란의 혼수로 딸려 보낸 이유를 명란이 모를 것이라고 생각하지는 않았다. 사실 채환도 고부에 오길 원치 않았다. 부모도 성부에서 잘 지내고 있었고, 자신도 정실부인인 왕 씨를 모시고 있었으니 다른 곳에 갈 이유가 없었다. 하지만 후부에 들어온 후 살펴보니, 엄청난

부와 권세를 누리는 집안에, 새로운 나리는 건장하고 무예에 출중했다. 또 부인을 끔찍이 위하니 저도 모르게 춘심이 동했다.

명란이 깨 볶는 신혼을 보낼 때는 딴마음을 먹지 못했다. 그러나 명란이 회임을 하자 조금 더 노력하면 한동안 나리를 잡아 둘 수 있지 않을까 생각했다. 제대로 치장한다면 계집종 중에서 자신이 가장 출중할 거라는 자신도 있었다.

하지만 하루하루 시간이 흘러도 명란의 방에서는 아무런 기척이 없었다. 전에 성가에 있을 때 다들 여섯째 아가씨는 성품이 좋다고 칭찬했다. 하지만 이는 다 속임수였고, 명란은 질투가 심했다. 곁에서 일 년이 넘도록 시중을 들었지만, 명란은 자신이 단독으로 방에 들어가는 것을 허락하지 않았다. 평소에 방에 차를 들이거나 청소를 하는 것도 못 하게 했다.

게다가 고정엽은 성품이 반듯해서 평소에 계집종들에게 눈길 한번 제대로 주지 않았다. 아무리 요염하게 단장해도 고정엽이 자신을 소 닭 보듯 하니 어찌 화가 나지 않을 수 있겠는가.

공손한 자세로 방에서 나가는 채환의 뒷모습을 보며 명란은 턱을 괴고 생각에 잠겼다.

채환은 천천히 자기 방으로 돌아갔다. 문을 닫고 몇 발걸음 들어가니 약미가 침상 앞에 앉아 쌀쌀맞은 눈으로 자신을 쳐다보고 있었다.

"예전에 네 언니 채채가 큰 마님 앞에서 내 칭찬을 해준 적이 있어. 그래서 나도 오늘 충고 한마디해줄게."

채환이 입을 열기도 전에 약미가 차갑게 말했다.

"네가 무슨 생각하고 있는지 알아. 큰아가씨가 데리고 간 채잠 언니처럼 되고 싶겠지. 아마 큰마님께서도 그리 하라 언질 주셨을 테고."

채환은 속마음을 간파당하자 얼굴을 붉히며 시치미를 뗐다.

"무슨 헛소리니?"

"정신 차리는 게 좋을 거야!"

약미는 가소롭다는 듯이 쳐다봤다.

"당시에 큰아가씨는 삼 년 동안 회임을 못 하셨어. 시어머니는 상대하기 고약했고. 그래서 채잠을 첩으로 들이라고 권하신 거야. 너는 아무 이유가 없잖아. 성가의 큰마님께서 이런 일까지 관여하실 것 같아?"

채환은 수치스러워서 고개를 돌린 채 입을 다물었다. 약미는 한번 말을 내뱉으면 끝장을 보는 강단 있는 성격이었다. 약미는 채환의 앞으로 걸어와 단호하게 말했다.

"우리 마님께서 성부 큰마님 눈치 보느라 널 어쩌지 못하실 거라 생각하지 마. 우씨 어멈과 연초 일 모르니?"

채환이 어리둥절한 눈으로 쳐다보자 약미가 말했다.

"마님은 돈과 술을 밝히는 우씨 어멈을 일찌감치 처벌하고 싶어하셨어. 하지만 정당한 명분이 없어서 일 년을 꼬박 참으셨지. 결국 잘못이 쌓여 큰 허점이 생기자 단숨에 처분을 내리셨잖아! 연초도 마찬가지야. 마님께서는 언짢은 마음에도 그간의 정을 봐서 연초를 후하게 대해주신 것뿐이지. 그렇게 마음씨가 비뚤어지고 충성심도 의리도 없는 것을 마님이 원하실까? 웃기는 소리! 네가 시중만 똑바로 든다면 마님께서 분명히 좋은 혼처를 알아봐주실 거야."

채환의 안색은 몇 번이나 바뀌었다. 속으로는 명란이 후하게 대해준 적도 없는 데다, 부끄러운 줄도 모르고 배가 불러서까지 사내를 처소에 붙잡아 두며 수시로 애정 행각까지 벌인다고 욕했다. 사실 몇몇 어멈들도 명란을 어려워했다. 최씨 어멈이 몇 번 말린 것 외에 다들 명란의 위세에 밀려 입을 열지 못했다. 채환은 사실 이곳의 일을 왕 씨에게 알리려고 했다. 왕 씨가 나서서 명란에게 현명하고 너그럽게 처신하라고 타일러 주길 바랐다. 그런데 유곤댁이 명란의 덕을 보더니 사사건건 훼방을 놓아 일이 틀어졌다. 분통이 터질 노릇이었다!

채환은 언짢은 마음에 비아냥거렸다.

"네가 수재에게 시집가고 싶다고 다른 사람들도 그런 줄 아니? 밖으로 시집가서 본처가 된들 그게 뭐 대수야? 계속 괄시 받겠지. 여기만큼 편히 지낼 수 있을 것 같아?"

얼굴이 빨개진 약미는 차갑게 웃으며 '좋을 대로 해'를 연발한 후 문을 열고 나가버렸다.

• • •

숭덕 4년 초봄, 사방을 비추는 봄 햇살도 경성 하늘의 암운을 걷어내지 못했다. 황제가 혁신을 결심하고 세력을 새롭게 배치하려 하였으나 이는 상당히 지난한 일이었다. 황제가 임명한 순염어사는 양회[2]의 경계도 밟기 전에 두 번이나 습격당했다.

먼저 기冀 지역[3]에서 '산적'을 만났다. 그 소식에 고정엽은 눈에서 살기를 뿜으며 원통해 했다.

"그때 황상께서 나를 급히 북으로 보내지만 않으셨다면, 두 달 안에 산

---

2) 회하 주변 지역.

3) 현 하북성.

적 놈들을 소탕했을 텐데!"

당시에 그는 군대를 이끌고 두 왕의 난을 평정하러 갔다. 그는 남쪽에서 북상하며 피바다가 되고 적의 수급이 굴러다니도록 적을 처치하여 며칠 만에 반란을 평정했다. 명란은 언제나처럼 감탄하며 별 뜻 없이 물었다.

"기冀 지역은 평원 지대라 깊은 산이 드물잖아요. 대체 어떻게 그런 대담한 산적이 나왔을까요?"

명란은 중학교 때 지리 성적이 좋은 편이었다.

고정엽의 눈빛은 어둡고 흐릿했다.

"……그래, 산도 없는데 '산적'은 무슨!"

뭔가 다른 뜻이 담겨 있는 듯한 비웃는 말투에서 은근한 살기가 느껴졌다.

며칠 후 다시 한번 관보가 내려왔다. 노동魯東[4] 웅현 지역에 파견된 일행이 또다시 도적을 만났다는 소식이었다. 앞장섰던 경개충 등이 필사적으로 보호한 덕에 어사 연정성은 무사했다. 그러나 수행한 병사들이 많이 죽거나 다쳤다. 얼마 후 경개충은 경성으로 실려 와 의원의 진찰을 받아보기도 전에 황명을 받고 입궁했다.

늦은 밤, 고정엽은 부로 돌아와 무거운 목소리로 말했다.

"일이 간단하지 않구나."

낮에 두 눈이 붉게 충혈된 경 부인이 약을 구하러 왔기에 명란은 대략 짐작되는 바가 있었다. 명란은 한숨만 내쉬었다.

---

4) 산동성 지역.

"고작 염무 조사를 방해하기 위해 이토록 대담한 짓을 벌인 건가요?"

고정엽은 엄지손가락에 끼워진 흑옥 가락지를 어루만지며 비웃었다.

"은자만 있다면 귀신도 부리는 법이다. 매년 염세가 몇백만 냥이야. 놈들이 얼마나 오래 해 먹었는지도 알 수가 없다."

명란은 눈앞에 날아다니는 은자에 한참 넋을 놓고 있다가 말했다.

"아, 오늘 오전에 경 장군 부인께서 다녀가셨어요. 제가 고방에 남아 있던 호랑이 뼈 두 량을 모두 내어드렸지요."

"잘했다."

고정엽은 칭찬하다가 한숨을 내쉬었다.

"경 장군 집안은 기반이 약하고 경성에 인맥도 없으니 우리가 도와야지."

그는 탁자 맞은편에 앉은 명란이 미간을 찌푸리자 물었다.

"어찌 그러느냐?"

명란은 입술을 깨물며 망설이다가 우물쭈물 대답했다.

"사실…… 경 장군 부인이 국구부에 먼저 가셨다고 했어요."

명란은 더는 말을 잇지 못했다. 고정엽의 표정이 굳었다.

"뭐라고?"

소름 돋는 말투였다. 명란은 탄식했다.

"귀한 약재라면 당연히 국구부에 가장 많지요. 하지만 아쉽게도 오늘 장씨 부인이 친정에 가는 바람에 추 이랑이 나왔대요. 경 장군 부인은 빈손으로 돌아왔고요."

고정엽은 탁자를 세차게 내리치며 분노했다.

"천박한 여인 같으니라고, 종흥 그 친구도 참……!"

그는 뒷말을 꾹꾹 눌러 참으며 한숨을 길게 내쉬었다.

"됐다, 그만하자꾸나!"

남의 집안 속사정을 다 알기란 어려운 법이다. 이건 외부인이 왈가왈부할 문제가 아니었다. 그는 바로 화제를 돌렸다.

"다행히 황상께서 영명하시어 곧장 성영에게 군사를 이끌고 가라고 명하셨다. 이제 큰일은 발생하지 않겠지."

순염어사가 성과를 내기도 전에 죽는다면 조사는 기약 없이 미뤄질 것이다.

남편의 언짢아하는 얼굴에 명란은 재빨리 그의 팔을 어루만지며 부드럽게 달랬다.

"조급하게 생각하지 마세요. 오래 쌓인 적폐인데, 한꺼번에 완벽하게 뿌리 뽑고 바꾸기가 쉬울 리 없지요."

명란은 자조했다.

"조정 대사는 고사하고, 전 집안의 몇 줌 안 되는 땅도 아직 어쩌지 못하고 있는걸요."

손을 내밀어 명란의 배를 어루만지자 고정엽의 표정이 한결 부드러워졌다.

"절대로 무리하면 안 된다. 무슨 일이 있으면 반드시 내게 말하거라. 내가 대신 나서겠다."

명란은 크게 감동했다. 그러나 사내는 그윽한 눈으로 자신의 배를 쳐다보고 있었다. 명란은 서 있고 고정엽은 앉아 있었다. 고정엽의 그 말이 자신을 향한 것인지 아니면 배 속의 아이를 향한 것인지 확신이 서지 않았다.

배 속의 말썽꾸러기는 착하게도 평소에 낮잠을 잘 때나 저녁을 먹고 차를 마신 후, 자시 전후에 발길질을 했다. 명란은 태동 시간대를 알아차렸다. 고정엽은 이때를 맞춰 아이와 교감을 나누곤 했다. 가끔은 공손 선생과 한창 이야기를 나누다가도 핑계를 대고 명란의 처소로 돌아오기도 했다. 고정엽은 자신의 얼굴을 명란의 배에 붙이고 힘 있는 태동을 세세히 느끼는 것을 가장 좋아했다. 명란은 침상에 반쯤 기대어 고정엽의 거친 머리카락을 천천히 쓰다듬었다. 등불에 비치는 그의 등판을 보니 마음이 평온하고 따뜻해지는 것 같았다.

외부 정세가 좋지 않아 사람이 필요한 때였다. 성정이 불같은 고정엽은 원래대로라면 진즉에 나서서 목숨을 걸고 싸웠을 것이다. 하지만 그는 자신 때문에 차마 경성을 떠나지 못하고 있었다.

"만약…… 황상께서 나리를 필요로 하신다면…… 제 걱정은 마세요. 큰일을 먼저 하셔야지요."

명란은 천근만근 떨어지지 않는 입을 움직여 더듬거리며 간신히 말을 마쳤다. 기분이 씁쓸했다. 사실 명란은 그가 떠나지 않길 바랐다.

고정엽이 고개를 들었다. 그의 표정은 먼 곳에서부터 천천히 대기를 녹이는 봄 햇살처럼 믿을 수 없을 만큼 따뜻했다. 그는 명란의 배를 어루만지며 미소 지었다.

"네가 내겐 가장 큰일이다."

진심 어린 말이었다.

그는 명란을 뚫어져라 바라봤다. 명란의 눈동자가 흔들렸다. 부드러운 피부는 마치 월하미인처럼 반짝거렸다. 명란의 눈빛에는 어디로 갈지 몰라 방황하는 길 잃은 아이의 불안함과 고뇌가 담겨 있었다. 한참을 바라보다 넋이 나갈 때쯤 그의 머릿속에 한 노인의 모습이 떠올랐다. 사람들은 모두 그들 부자의 외모와 성격이 빼다 박은 듯하다고 했다. 고정엽은 불길한 마음이 들어 곧바로 그 생각을 떨쳐버렸다.

바깥에는 비바람과 폭풍우가 몰아쳤다. 그는 명란을 자신의 가슴에 품고 따스하며 안전한 둥지를 만들어주고 싶었다. 비바람에 놀라지 않게 지켜 주고, 평생 기쁘고 행복하게 해주고 싶은 마음뿐이었다.

사월 중순이 되자 조정의 다툼은 날로 격해졌다. 몇몇 언관은 연합 상소를 올려 위북후 심종홍이 권력을 이용하여 사리사욕을 채우고 있다고 고발했다. 상소에는 백성의 전답을 뺏고, 교묘한 수단으로 남의 것을 갈취하고, 반역을 꾀했다는 등 총 열한 개의 죄목이 나열되어 있었다. 허위 고발이라면 그렇다 쳐도, 어느 편에도 치우치지 않고 올곧았던 좌도어사 유소앙까지 이번 상소에 이름을 올렸다. 황제는 유정걸에게 철저한 조사를 명했다. 아니 땐 굴뚝에서 연기가 날 리 없었다. 심종홍의 장자가 권력을 믿고 백성들을 괴롭힌 사실과 사돈인 추씨 집안이 고리대금으로 사람 목숨을 앗아간 것이 밝혀졌다.

삽시간에 상소가 빗발쳤고, 그 일을 빌미 삼아 공격이 끊이지 않았다.

"올곧은 사람이라면 일을 문제 삼겠지만, 간사한 소인배라면 일을 그르치게 하려고 사람을 문제 삼는 법입니다."

공손백석은 듬성듬성한 수염을 쓰다듬었다.

"그러니까 사실 그 일당은 황상의 조치에 불만을 품고 있었군요. 허나 군신이라는 명분과 대의라는 도리에 막혀 입을 열지 못하고 있다가 칼날을 황상의 최측근에게 겨눈 것입니다."

간단히 말해, 정책을 막긴 힘드니 시행할 사람을 해쳐 정해진 노선을 뒤틀겠다는 뜻이었다. 부푼 배를 받친 명란은 근심이 가득했다. 황제가 이번에는 정말 노했는지 심씨 가문을 질책했다. 결국 심청평이 한 번 찾아와서 울며 공손백석에게 조언을 구했다.

공손백석은 미소를 지으며 고개를 끄덕였다. 새로 태어날 어린 주군도 이렇게 총명하길 바라는 마음을 담아 명란의 부푼 배를 넌지시 쳐다보았다.

"뭐 그리 대단한 일이라고요."

명란은 고개를 절레절레 저었다. 심가의 장자는 올해 겨우 열두셋이었다. 심청평이 툭하면 조카가 어른스럽고 점잖다고 칭찬을 늘어놓았으니 별일은 없을 거라 생각했다.

"사실 이익을 나누기 위해서일 뿐이지요."

공손백석의 입에서 비웃음이 새어 나왔다.

"염무, 변경 무역, 해선, 시박사[5], 그리고 육부구경六部九卿[6]의 모든 요도에 있는 수입이 좋은 관직에서 그들을 치워 버리고 자신의 사람을 심으시려는 것이지요. 국고를 채우고 앞으로 일을 수월하게 처리하기 위함입니다. 그들은 그게 싫은 것뿐이지요."

"그 사람들도 참, 그리 두둑이 챙겼으면서 좀 뱉어내는 게 뭐 그리 힘들다고 저러는지 모르겠습니다!"

명란은 대화를 통해 해결하는 평화로운 사회를 바랐다.

공손백석은 씁쓸히 웃었다.

"잠국공을 예로 들어보겠습니다. 그의 아들이 성덕태후의 공주와 혼인을 올렸지요. 그는 몇몇 집안과 십오 년 가까이 해선 무역을 쥐고 있습니다. 매년 적어도 이삼백만 냥의 수입이 들어왔겠지요. 또 얼마나 바쳤겠습니까? 허허, 그런 그들이 뱉어내려고 할까요? 뱉어낸다 하여도 천자가 바뀌면 신하도 바뀌는 법. 황상 역시 자신의 친지와 측근을 등용하

---

5) 송·원·명 시대에 광주廣州·천주泉州 등에 설치됐던, 지금의 세관과 비슷한 역할을 한 관아.

6) 고대 중앙정부의 행정기관으로, 황제의 국가 정무를 보조하는 기관.

려 하시겠지요."

명란의 눈앞에 은자가 눈꽃처럼 휘날리는 것 같았다. 명란은 간신히 마음을 가라앉히고 말했다.

"그렇게 오래 해 먹었으면 손을 떼도 상관없지 않습니까!"

"사람 욕심은 끝이 없다 하지 않습니까."

공손백석의 정리는 깔끔했다. 재물 욕심에 끝이 있을 리 없었다.

명란은 무기력하게 고개를 끄덕였다. 확실히 탐관오리들이 제 모습을 스스로 깨닫는 경우는 매우 드물었다. 공손백석이 이번 일의 본질을 꿰뚫어본 것처럼 다른 이들도 충분히 간파할 수 있으리라. 심 국구가 감정을 억누르고, 처가인 영국공부가 전력으로 돕는다면 별 탈은 없을 것이다.

하지만 틈난 돌은 터지고 금간 독은 깨지기 마련이다. 심 국구가 감시의 눈을 붙이긴 했지만 집안 단속이 엄하지 않았다. 몇몇 적수들이 억지를 쓰며 일을 부풀리긴 했지만, 일부 사건들은 사실이었다. 공손백석은 말이 나온 김에 얼마 전 추가 사람이 군량미 매매에 손을 대려고 했다는 사실을 알려 주었다. 간이 배 밖으로 나온 것이다. 공손백석은 심가를 한바탕 비난한 후, 명란이 집안일과 아랫사람 단속에 똑 부러진다고 칭찬을 아끼지 않았다. 또 고정엽은 친지도 안중에 없는 매정한 사람이라는 악명이 자자하니, 고씨 집안에서 꼬투리 잡을 일을 찾아낼 순 없을 것이라고도 했다.

공손백석은 워낙 칭찬에 인색하고 눈이 높아서 좋은 말을 해주는 일이 거의 없었다. 그런 그에게 칭찬을 받자 명란은 날아갈 듯했다. 갑자기 공손백석의 쭈글쭈글한 얼굴이 한결 덜 거슬렸다. 명란은 따뜻한 말을 한바탕 쏟아낸 후 어제 심청평이 보낸 신선한 호두까지 절반 나눠 주었다. 고방에서 영지 한 꾸러미도 꺼내 왔다. 갈수록 성글어지는 그의 머리숱을 조금이라도 채워 주고 싶은 마음이었다.

명란은 기분 좋게 하하 호호하며 걸어서 처소로 돌아갔다. 봄볕 아래 드리워진 등나무 줄기가 싱그러운 향을 풍기고 있었다. 명란이 손을 내밀어 꽃봉오리를 따려고 하자 눈치 빠른 소도가 재빨리 한 아름 따 주었다. 둘은 마주 보며 웃었다. 바로 그때 녹지가 멀리서 다급하게 달려왔다. 이마에는 땀이 흥건했지만 기쁜 표정이었다. 녹지는 재빨리 명란의 귓가에 대고 속삭였다.

"마님, 고것의 실수를 잡아냈습니다."

명란은 눈썹을 꿈틀거렸다.

"무슨 실수?"

녹지는 옆에 소도뿐이라 작은 소리로 고했다.

"화로에 마님의 제비집 배숙을 끓이는 도중에 자리를 비웠지 뭐예요."

명란은 눈을 질끈 감고 안도의 한숨을 내쉬었다.

"옳거니, 가자."

녹지는 흥분을 가라앉히지 못하면서도 망설였다.

"그럼…… 큰마님 쪽은……?"

왕 씨를 말하는 것이었다.

명란이 입을 열기도 전에 소도가 낮은 소리로 말했다.

"우리도 타이를 만큼 타일렀고, 마님께서도 경고하실 만큼 하셨잖아요. 그런데도 고치질 않으니 방도가 없지요. 큰마님께서 노여워하신다고 해도 어쩔 수 없어요. 게다가 우리가 지금 성부에 붙어 사는 것도 아니잖아요."

녹지는 두 눈을 반짝거리며 힘차게 고개를 끄덕였다. 채환이 못마땅한 게 하루 이틀이 아니었지만 명란에게 야박하다는 핀잔을 들을까봐 일부러 물어본 말이었다. 이들은 어려서부터 함께 커서 그런지 나중에 들어온 계집종들은 식구로 여기기 힘들었다. 더군다나 채환처럼 요망한 것은 더 말할 것도 없었다. 채환은 방씨 어멈의 교육에 등장한 가증스러운 여인의 표본이었다. 이들은 반사적으로 채환을 꺼렸다.

명란은 한숨을 내쉬며 부푼 자신의 배를 조심스레 쓰다듬었다. 자신만 생각하면 넘어갈 수도 있는 일이었다. 그러나 배 속의 아이를 위해서라면 곁에 다른 마음을 품은 사람을 둘 수 없는 법이다. 그건 너무도 위험한 일이다.

천천히 처소로 돌아와서 명란은 소도의 시중을 받으며 편안한 실내화로 갈아 신고 구들 위에 비스듬히 누웠다. 그때 단귤이 둘을 데리고 들어왔다. 이번에 단귤은 조금도 머뭇거리지 않고 고개를 치켜세운 채 앞장섰다. 잔뜩 움츠러든 채환과 하옥이 뒤를 따랐다.

채환은 명란을 보자 바닥에 털썩 무릎을 꿇었다.

"마님, 죽을죄를 지었습니다. 용서해주세요."

채환은 연신 머리를 조아리며 쉴 새 없이 변명했다.

"화로를 잘 지켜보고 있었는데 갑자기 누가 할 말이 있다고 찾아오는 바람에……. 하필 그때 하옥이 뒷간에 가서…… 아주 잠깐 자리를 비웠을 뿐입니다. 마님, 용서해주세요……."

하옥도 화들짝 놀라 덩달아 머리를 조아렸다.

명란은 조용히 구들 위에 앉아서 부처님 손 모양의 쌍어 연꽃무늬 청자병을 쳐다봤다. 그러다 은실 무늬가 들어간 흑단목 탁자로 천천히 시선을 옮기더니 곧 채환을 바라봤다. 연민이 들긴 했지만 이번에는 확실한 목표가 있었다. 계집종 하나 처리하는 건 어려운 일도 아니다. 상전이 마음만 먹으면 꼬투리를 잡아 곧바로 처리하면 그만이다.

채환은 원한을 품고 있고, 처소 밖 사람들과의 왕래에 선을 지키지 못했다. 다른 마음을 먹은 자들에게 쉽게 이용당할 수 있었다. 게다가 지금은 명란이 회임한 상태이니 돌다리도 두드려 봐야 했다. 충성심도 없고 주제넘은 생각으로 가득 찬 채환을 곁에 둘 수 없는 노릇이다.

"할 말이 있다고 찾아온 사람이 누구더냐?"

명란의 목소리는 허공을 떠도는 것 같았다.

채환은 볼을 문지르며 우물쭈물 대답하지 못했다. 단귤이 차갑게 웃으며 대신 답했다.

"향씨 어멈이 데리고 있는 영롱이라는 계집종입니다."

명란은 가볍게 웃었다. 채환은 머리를 세차게 박으며 연신 애걸했다.

"마님, 제가, 제가 죽을죄를 지었습니다……."

"너희끼리 수다 떨 때마다 내가 널 곁에 두지 않고 차갑게 대한다며 날 원망했다고 들었다."

명란이 천천히 말하자 채환은 놀란 눈으로 녹지와 단귤을 노려보았다. 소도는 그 모습을 보고 냉큼 말했다.

"내가 마님께 말씀드렸어요."

채환은 분노의 눈빛으로 소도를 노려보았다.

"마님, 제가 벌 받아 마땅한 생각을 한 것은 사실입니다."

채환은 애걸복걸하며 또 변명을 늘어놓기 시작했다.

"전 성부 큰마님의 시중을 들었던 사람이라 마님께 더욱 마음을 다해 모시려고 했지요. 그런데……."

채환은 눈물을 닦았다.

"마님께서 저를 마님의 사람으로 여기지 않으셔서 그렇게 입을 놀렸습니다…….”

명란은 천천히 허리를 폈다가 다시 굽히며 채환을 똑바로 쳐다보고 또박또박 말했다.

“너는 총명한 아이고 고부에 들어온 지도 일 년이 지났다. 집안 상황이 어떤지 진정 모르는 게냐?”

채환은 황급히 울음을 그치고 어리둥절한 얼굴로 명란을 바라봤다. 명란은 말했다.

“너는 입만 열면 성부의 큰마님을 대신하여 나를 모신다고 했어. 그런데 내가 진정 두려워하고 꺼리는 것이 무엇인지 이리 오랜 시간이 지나도록 모른단 말이냐?”

채환의 얼굴에 점점 핏기가 사라졌다. 관리자급 계집종들 외에 명란 처소의 하인들은 모두 신중하게 행동하며 외부 사람과 친밀한 왕래는 최대한 삼갔다. 매번 고 태부인 쪽 사람들이 와서 친하게 지내 보려 해도 모두 몸을 피했다.

“나는 바깥사람들이 우리 집안일에 대해 아는 것이 싫구나. 허나 최근에 네가 바깥에 흘린 이야기가 얼마나 되는지 스스로 잘 알겠지.”

명란은 천천히 말했다.

“그게 얼마나 심각한 일인지 모르지 않을 거야. 하지만 다른 마음을 품고 있으니 그리 행동했겠지.”

채환은 사실 명란을 자신의 상전으로 인정하지 않아서 자신이 첩이 되게 도와줄 사람을 사방으로 찾아다녔다.

채환은 입술을 덜덜 떨 뿐 아무 말도 하지 못했다. 그제야 약미가 했던 경고가 떠올랐다. 만약…… 마님이 자신을 처벌한다면?! 채환은 그제야 겁이 나서 황급히 명란의 치맛자락을 잡고 큰 소리로 애원했다.

"마님, 제가 죽을죄를 지었습니다. 마님께서 미리 이렇게 일러주셨다면 감히 그런 짓 못 했을 거예요!"

명란은 고개를 저었다.

"순서가 틀렸어. 내 믿음이 먼저가 아니야. 네가 먼저 모두를 믿게 만들어야 널 내 사람으로 삼는 것이다."

당황한 채환의 얼굴에서 눈물과 분이 섞여 흘러내렸다.

"그, 그렇지만……."

"허나 그 시간을 기다리지 못한 게지."

명란은 채환을 대신하여 말을 이었다.

"단귤보다도 한 살 반이 많으니 네 나이도 어리지 않구나."

채환은 자신이 이랑이 되기도 전에 명란이 자신을 시집보내버릴까 두려웠다.

"이번 일은 어쩔 수 없는구나."

명란은 천천히 말을 마무리 지었다. 화가 난 것이 아니었다. 그저 무기력하고 암울했다. 사실 채환도 보름이 되도록 책잡히지 않게 조심스럽게 행동했었다. 고요한 방에는 채환과 하옥의 훌쩍거리는 소리만 들렸다. 명란은 마음을 가라앉히고 고개를 돌렸다.

"최씨 어멈과 사람들을 들라 해라."

최씨 어멈과 건장한 어멈 둘이 들어왔다. 두 어멈의 소매가 불룩 솟아 있는 것을 보니 밧줄과 입을 막을 천을 가져온 듯했다. 채환과 하옥은 그 모습에 혼비백산하여 제정신이 아니었다.

명란은 엄숙한 표정으로 분명히 말했다.

"왜 벌을 받는지 이유는 알아야겠지. 어멈, 말해주게."

일찍부터 칼을 갈고 있던 최씨 어멈은 미간을 잔뜩 찡그린 채 말했다.

"마님은 고귀하신 몸이니 음식과 약을 준비할 때 반드시 정성을 다해야 한다."

명란이 먹는 세 끼 식사와 간식은 갈씨 어멈이 직접 요리했다. 요리가 끝나면 다른 사람의 손을 거치지 않고 마님께 곧장 올라갈 수 있도록 단귤과 큰 계집종들이 직접 가져왔다. 보약 등은 뜰에 있는 작은 화로에서 옆에서 지켜보는 사람이 있는 가운데 달였다. 보통은 둘이 한 조를 이룬다. 그래야 한 사람이 자리를 비워도 나머지 한 사람이 지켜볼 수 있기 때문이다. 절대로 화로에서 눈을 떼서는 안 된다.

"오늘은 너희 둘이 화로를 살펴보는 날이었지. 하옥이 먼저 뒷간에 갔다가 도중에 방으로 새서 간식을 집어먹고 또 다른 계집들과 수다를 떠느라 시간을 많이 지체했다. 채환은 제멋대로 자리를 비웠으니 잘못이 더 중하구나."

최씨 어멈은 조리 있게 일러주었다.

"너희를 벌하지 않으면 앞으로 다른 사람들을 관리할 수 없다. 너희 둘은 이제 이곳에 머물 수 없어……."

최씨 어멈의 말이 끝나기도 전에 하옥은 대성통곡하기 시작했다. 채환은 오히려 침착하게 허리를 곧게 펴며 목소리를 높였다.

"어멈 말이 옳아요. 하지만 난 성부에서 마님을 보필하라고 보낸 사람이에요. 저를 이렇게 쫓아내고 나서 나중에 성부의 큰마님이 저를 찾으시면 뭐라 말씀드릴 건가요?"

최씨 어멈이 벌컥 화를 내며 꾸짖으려 하는데 문밖에서 낮고 위엄 있는 사내의 목소리가 들렸다.

"무슨 일이냐?!"

모두 고개를 돌리자 고정엽의 주홍색 관복이 눈에 들어왔다. 그는 한 손에 날개가 달린 검은색 관모를 들고 무거운 얼굴로 서 있었다. 명란은 화들짝 놀랐다. 아직 한참 이른 시각이었다. 고정엽이 보게 되면 괜히 신경 쓸까 봐 일부러 이 시간을 골라 일을 처리하려고 했던 것인데…….

"나리, 오셨군요."

명란은 재빨리 구들에서 내려와 신발을 신고 다가가려 했다.

고정엽은 성큼 걸어 들어와 명란을 앉히며 다정하게 말했다.

"일어날 것 없다. 앉아 있거라."

옆에 있던 눈치 빠른 소도는 두 손으로 관모를 받아서 밖으로 내뺐다. 관모를 제자리에 두고는 다시 돌아오지 않고 문가에 서서 몰래 현장을 훔쳐봤다.

고정엽은 명란의 옆에 앉아 한 손을 탁자에 올리더니 놀란 기색 없이 분부했다.

"어멈, 계속 말해보게. 어찌 벌을 줄 것인지."

최씨 어멈은 난처한 표정으로 명란을 쳐다보았다. 채환은 성가에서 혼수로 함께 보낸 계집종이다. 고정엽 앞에서 이렇게 벌을 주는 것은 성가의 체면을 깎아 먹는 일이었다. 명란 역시 어찌할 바를 몰라 입을 열지 못하고 있었다.

고정엽의 위압적인 눈빛에 최씨 어멈은 사실대로 고할 수밖에 없었다.

"채환은 서쪽 구석에서 빈 처소를 돌보고, 하옥은 중문으로 가서……."

목소리가 점점 기어들어갔다. 최씨 어멈이 애원하는 눈빛을 보내자 명란이 황급히 말을 받았다.

"큰 잘못은 아니지만 벌을 주지 않는다면 다른 사람들을 관리하기 힘들겠지. 됐으니 다들 물러가거라."

채환에게 깊은 원한이 있는 것도 아니었다. 사실 명란은 채환을 사지로 몰아붙일 만한 박력도 용기도 없었다. 나중에 아이를 낳고 나서 짬이 생기면 채환에게 혼처를 찾아 주면 될 터였다.

"나리!"

채환은 꽃처럼 어여쁘게 울었다. 신기하게도 채환은 두 어멈의 손을 뿌리치고 단숨에 고정엽의 옆까지 달려와 엎드리며 애원했다.

"나리, 제발 은혜를 베풀어 주십시오. 마님이 저를 내쫓지 못하게 해주세요. 앞으로 성심껏 모시겠습니다. 저는 성가의 큰마님이 보낸 사람입니다. 이렇게 쫓겨나게 된다면 제 부모가 어찌 얼굴을 들고 다니겠어요!"

채환은 고정엽의 옷자락을 힘껏 붙잡았다.

최씨 어멈이 급히 다가와 채환의 팔을 잡고 떼어내려 했다. 화가 난 녹지도 다가와 채환의 다른 쪽 팔을 잡아끌었다.

"잠깐."

고정엽은 의아한 눈으로 채환을 쳐다봤다.

"너로구나?"

언제 한번 황혼 무렵에 눈앞의 계집종이 자신에게 차를 올리다가 소도가 급히 불러 나갔던 기억이 났다. 채환은 순간 희망에 가득 차 미간을 찌푸리며 묘한 표정을 지었다. 채환이 고개를 들어 뭐라 말하려던 찰나 고정엽이 눈썹을 찌푸리며 꾸짖었다.

"또 너란 말이냐?! 그때 마님이 회임하여 분 냄새를 맡으면 안 되니 가희거에서는 누구도 분칠을 하지 말라고 명하였다! 그런데 왜 또 이 꼴인 게야!"

그 말에 최씨 어멈과 녹지는 긴장을 풀었다. 방금 전까지 초조했던 단귤도 안도의 한숨을 내쉬었다. 명란은 고개를 들어 천창을 바라봤다. '너도 참 준비가 턱없이 부족하구나. 남자를 유혹하려면 최소한 상대가 어떤 사람인지 파악해야지!'라고 호통치고 싶었다.

명란의 경우, 성공적인 임무 완수를 위해 자기 남편이자 상사인 고정엽의 취향과 습관을 알아내고자 얼마나 많은 공을 들였던가. 후부의 오래된 하인들에게 사방으로 정보를 캤었다. 다정한 계모 덕분에 고정엽은 열네 살부터 이런저런 스타일의 여자들을 다 겪어 봤다. 또 열아홉이 된 해에는 경성의 유명한 유흥가에서 보름을 꼬박 보냈다는 사실도 알아냈다. 그러니 강호에 있던 기간 동안 얼마나 많은 여자를 거쳤을지는 말할 필요도 없었다.

고정엽은 연약한 척, 억울한 척하는 고단수의 여자들을 많이 봐왔을 터였다. 그러니 안채에 있는 한낱 계집종의 연기는 터무니없이 부족했을 것이다. 명란은 채환의 그런 얕은수를 전혀 염려하지 않았다. 명란은 채환이 여러 번 물먹은 후에 앙심을 품고 직접 자신을 해코지하거나 다른 사람에게 이용당할 것이 두려웠을 뿐이었다.

"나리……."

넋이 나간 채환은 입을 벌리고 분이 다 번진 얼굴로 멍하니 서 있었다.

고정엽은 언짢아하며 차가운 얼굴로 최씨 어멈에게 호통쳤다.

"저렇게 말을 안 듣는 것을 집 안에 두어 무엇 한단 말인가! 당장 장원으로 보내 버리게. 그래도 말을 듣지 않는다면 팔아버려도 좋네. 장모님께는 내가 말씀드리지!"

최씨 어멈은 마치 천사의 소리를 듣기라도 한듯 몹시 기뻐했다. 두 어멈은 다시 힘을 내 양쪽에서 밧줄로 채환을 꽁꽁 묶고 입에는 천을 쑤셔 넣었다. 그렇게 채환은 밖으로 끌려 나갔다. 하옥은 말을 꺼낼 엄두도 내지 못하고 황급히 제 발로 나갔다.

녹지는 신이 나서 둘의 '행장'을 챙겨주러 따라나섰다. 단귤은 상황 파악이 되지 않아 멍하니 있었다. 눈치 빠른 소도는 히히거리며 문 뒤에서 나와 "나리께 오늘 새로 들어온 육안과편[7]이라도 한잔 올려야겠네."라고 중얼거리고는 살금살금 다가가 재빨리 단귤을 데리고 나왔다.

모두 자리를 비우자 명란은 좌우를 살핀 후 천천히 고정엽의 옆으로 다가와 조용히 물었다.

"나리, 오늘 왜 그러셨어요?"

고정엽은 안채에서 벌어지는 자질구레한 일에 그다지 신경 쓰는 사람이 아니었다. 명란이 집안을 단속할 때면 뒷방으로 피해 글을 읽었다. 오늘 상황을 보니 분명 화가 단단히 난 듯했다.

"아니다. 마음이 좀 복잡할 뿐이야."

그는 손으로 옷깃을 풀더니 피곤한 듯 명란의 품에 안겨 눈을 감고 휴식을 취했다. 심 국구가 자택에서 근신하는 중이라 고정엽이 그의 일을 대신 처리하고 있었다. 잡다한 일이 많아서 고정엽의 안색은 상을 당한 사람처럼 어두웠다. 가까이 다가가 말 붙일 엄두도 내지 못할 정도였다.

명란은 천천히 그의 상투를 푼 후 손가락을 머리카락 사이에 넣어 부드럽게 두피를 자극했다. 고정엽은 서서히 인상을 풀며 편안한 듯 콧김을 내뿜었다. 명란이 다정하게 물었다.

"어찌 그러시나요? 무슨 일 있으세요?"

고정엽이 두 눈을 떴다. 눈에서 노기가 엿보였다.

"성영에게 일이 생겼다."

"또 산적에게 당했나요?"

---

7) 현 안휘성 육안시 일대에서 생산되는 녹차.

명란은 화들짝 놀랐다. 범죄 발생률이 너무 높은 거 아냐? 아니, 아니지. 어사가 이미 양회에 당도했다면서?

"아니."

고정엽은 분노에 가득 차 불끈 쥔 주먹으로 아랫목을 내리쳤다.

"놈들에게 당했어."

명란은 무슨 말인지 알아듣지 못했다. 고정엽은 천천히 몸을 일으키며 탄식했다.

"관보에 성영이 초대를 받고 술집에 갔다가 만취했다고 쓰여 있더구나. 잠에서 깨어 보니 여자가 누워 있었고."

"네?!"

고대의 미인계? 명란은 자신도 모르게 실소했다.

"혹시 어린 단 장군의 수려한 외모를 보고 사위로 들이려는 수작 아닐까요?"

"그럼 차라리 다행이지."

고정엽은 차가운 살기를 뿜으며 말했다.

"그 여자는 자칭 양갓집 부인이라며 남편과 아이가 있다고 하더구나. 성영이 자신의 정조를 빼앗았다며 죽어버리겠다고 했다는 게야."

명란은 아연실색했다.

"혼인한 여인이라고요? 큰일이군요."

신체검사조차 힘들 것이다.

"잠깐, 단 장군은 술집에서 술을 마셨잖아요. 여염집 여인이 어째서 그런 곳에 드나들죠?"

"그 여자가 그랬다더구나. 술집에 대준 수산물 값을 받으러 왔다가 술에 취한 성영이 자신을 보고 반해 별실로 끌어들였다고."

명란은 말문이 막혔다.

"소설 같네요. 아무도 단 장군을 말리지 않았다니, 술집에는 사람이 다 죽고 없었답니까? 게다가 그 여인은 어째서 단 장군이 술에서 깨어날 때까지 옆에서 자고 있었을까요……?"

이게 그렇게 큰일인가.

"의심이 가는 점은 많지."

고정엽이 말을 이었다.

"성영도 이해할 수 없어서 추궁하려 했는데 그 여자가 머리를 박고 죽어버렸다는구나. 그러자 남편이라는 자가 억울하다며 성영이 양갓집 부인을 욕보이고 죽음으로 몰고 갔다며 고발했다."

명란은 기나긴 한숨을 내쉬었다. 사람 목숨까지 내놓은 마당이니 그쪽에서는 필시 만반의 준비를 해놓았을 것이다. 단성영은 제대로 걸린 셈이다. 부부는 한참 동안 아무 말도 하지 않았다. 그러다 명란이 먼저 입을 뗐다.

"이제 어찌하나요? 순염어사가 염무에 관해 조사하려면 강력한 군사적 지원이 필요하잖아요."

명란을 쳐다보는 고정엽의 눈빛에 망설임이 서려 있었다. 명란은 그 눈빛을 보고 깨달았다.

"가고 싶으세요?"

"황상께서 아직 부르시진 않으셨다."

고정엽은 조그맣게 말했다.

"이토록 주도면밀한 것을 보니 관아뿐만 아니라 위소[8] 역시 깨끗하지 않겠지. 누군가 가서 손봐야 해. 이번 일은 보통 사람이 해결할 수 없다. 몇 대를 멸해야 할 것이야!"

심 국구가 갈 수 없으니 같은 급인 사람은 자신뿐이었다.

"난 단 형님께 은혜를 입었다."

고정엽은 결심을 내리지 못하고 망설이고 있었다.

명란은 덤덤히 물었다.

"얼마나 걸릴까요?"

"빠르면 한 달, 길면 두 달."

고정엽은 명란의 손을 어루만졌다.

"이곳의 일이 많아 오래 갈 수도 없다. 그사이 성영을 구하고, 후에 종대유에게 주둔하게 해야지……. 그때가 되면 경 장군의 몸이 회복될 수도 있다."

명란은 안도의 한숨을 내쉬며 빙그레 웃었다.

"저는 또 일 년은 넘게 걸리는 줄 알았어요."

염무 조사는 단시일에 끝날 일이 아니었다.

"한두 달이면 상관없어요. 아이 낳기 전에만 오실 수 있다면 저는 괜찮아요."

관복이 주름지는 것도 신경 쓰지 않은 채 고정엽은 명란을 품에 껴안았다. 사실 명란에게서 한 발걸음도 떨어지고 싶지 않았다. 그는 미안해했다.

---

8) 군대의 편제 단위.

"회임한 너를 두고 가면 안 되는 것인데."

명란은 용기를 내어 고정엽을 밀어내고는 정색했다.

"나리는 제게 가장 중한 사람이에요. 또한 나리의 일은 곧 제 일이기도 하지요."

명란은 진작부터 마음의 준비를 하고 있었다. 눈앞의 사내는 야생 표범처럼 혈기왕성하고 활력이 넘쳐 언제까지나 잡아둘 수는 없었다. 그저 너무 멀리 가지만 않으면 된다.

"하지만……."

고정엽은 죽어도 그 일을 떠올리고 싶지 않았으나 생각을 멈출 수 없었다. 그는 일이 생겼을 때도 언제나 과감하게 결단을 내렸다. 그런데 이번에는 마음이 약해졌다.

"내가 곁에 없을 때 무슨 일이라도 생기면 어쩌려고 그러느냐?"

"나리."

그가 뭘 염려하는지 알고 있었다. 명란은 그의 떡 벌어진 어깨를 밀어내며 진지하게 말했다.

"저는 고 태부인이 아니에요."

고정엽이 여전히 망설이자 명란은 힘주어 말했다.

"몇 사람만 남겨주시면 돼요. 누가 괴롭히는데 말로 해서 안 되면 때려서 내쫓아 버릴게요. 그래도 여의치 않으면 도망치면 되겠지요."

고정엽은 참지 못하고 웃음을 터트렸다.

명란은 그의 품에 안겨 눈을 크게 뜨고 고운 목소리로 말했다.

"나리께서 사직하지 않는 한 분명 할 일이 많을 거예요. 계속 저만 지키고 계실 순 없잖아요? 앞으로도 아이는 더 낳을 거고……."

명란은 얼굴을 붉히며 말을 잇지 못했다.

고정엽은 마음이 훈훈해졌다.

"그래. 앞으로 아이를 많이 낳아야지."

명란은 그 소리에 부끄러워 고정엽의 목으로 다가가 강아지처럼 여기저기를 깨물었다. 고정엽은 크게 웃으며 마찬가지로 명란을 깨물다가 목덜미 구석구석에 입을 맞췄다.

한참 후 두 사람은 장난을 멈췄다. 고정엽은 명란의 다리를 베고 누워 있다가 뜬금없는 말을 꺼냈다.

"확실히 너는 내 계모와 다르다."

그가 갑자기 몸을 뒤척이더니 명란과 마주 보고 앉았다.

"내가 어쩔 수 없이 다른 여인을 맞으면 넌 어찌하겠느냐?"

예전부터 묻고 싶었던 질문이었다.

명란은 멈칫하더니 하하 웃으며 물었다.

"그럴 리가요?"

"너는 재가하겠지."

고정엽은 명란을 찬찬히 바라보며 침착하게 말했다.

"……그럴…… 리가요?"

명란은 아닌 척했지만 속으로는 그럴 가능성이 크다고 생각했다.

그림자처럼 따라다니는 아버지 일 때문에 고정엽은 자신도 모르게 비교하고 있었다. 그렇게 비교하자 꽤나 슬퍼졌다. '재가'라는 두 글자를 생각하고 싶지 않았다. 하지만 몇 달 동안 명란을 지켜보니 도무지 어찌할 수 없는 일로 이별하게 된다면, 이 나쁜 계집은 며칠 하늘을 원망하다가 십중팔구 두 번째 남편을 찾아 재가할 것이라는 확신이 들었다.

"게다가 아마 잘 지낼 거야."

그는 몰래 이를 악물었다.

"……그럴…… 리가요?"

화제가 이상하게 바뀌었다는 생각에 명란은 겸연쩍게 웃었다.

고정엽의 우울한 눈빛을 보니 소름이 돋았다. 명란은 뭔가 심상치 않다는 느낌에 재빨리 물었다.

"그렇다면 나리는요? 정말 저를 버리실 거예요?"

최고의 방어는 공격이다.

"……."

고정엽은 진지하게 고민했다.

"나는 두 가지 방법 중 하나를 택할 것이다. 너를 데리고 아무도 모르는 곳에서 존재를 감추고 살거나, 상황이 호전되면 너를 다시 내 부인으로 맞이할 것이야."

겸사겸사 얄미운 둘째 남편도 처치해야지.

명란은 자신도 모르게 '두 번째 방법이 좋겠어요.'라고 말할 뻔했다. 모두가 평화로운 방법이니까.

오랫동안 잠잠하던 명란의 육감이 폭발했다. 명란은 고정엽의 품에 안겼다. 부풀어 오른 배를 사이에 두고 힘겹게 그의 허리를 끌어안으며 속삭였다.

"절 업고 가세요. 어디라도 따라가서 평범한 부부로 살겠어요."

명란의 달콤한 목소리는 거의 들리지 않을 정도로 작았다. 고정엽은 순간 마음이 녹는 듯했다. 그는 명란을 꼭 끌어안고 귀밑과 볼에 입을 맞췄다.

"지옥에 떨어진다 해도 절대 헤어지지 않을 것이다."

제167화

전쟁이 시작되고
폭풍우가 몰려온다

4월 말, 황제는 급히 고정엽을 양회의 군을 총괄하는 양회 진수사로 임명하고, 당장 떠나라고 명하였다.

행장은 일찌감치 다 꾸려 놨다. 명란은 우울해하며 고정엽이 지니고 다니는 두루주머니에 설진단과 삼용환을 잔뜩 집어넣었다. 고정엽은 곁눈질로 그 모습을 지켜봤다. 하나는 화기를 내리는 약이고, 하나는 화기를 올리는 약이었다. 그는 우습지만 감동하여 명란의 손을 잡고 다정히 말했다.

"답답하면 친정에 가 있거라. 다른 사람이 뭐라고 말하든 신경 쓰지 말고."

얼마 전 고정엽은 특별히 성부에 다녀왔다. 대체 어떻게 구워삶았는지. 왕 씨가 바로 유곤댁을 보내 막돼먹은 계집종 채환을 마음대로 처분하고, 언제든 몸조리하러 오라는 말을 전해왔다. 노대부인은 다른 말없이 서신 한 장만 보냈다. 그 안에는 이 한마디가 간결하게 적혀 있었다.

'언제나 조심하고 무리하지 말거라.'

명란은 손을 뒤집어 고정엽의 손을 잡으려 했지만 거칠고 두꺼운 손가락 세 개만 잡혔다. 명란은 애써 그를 다독였다.

"제 걱정은 마세요. 도가의 둘째 공자와 사람들이 지켜줄 거예요. 이 정도면 부유한 마을 하나를 싹 털고도 남겠어요."

문득 명란은 지난번 어사가 남하할 때 위험했던 상황을 떠올리며 걱정했다.

"나리, 항상 조심하셔야 해요. 호위도 충분히 데려가시고, 절대로 영웅이 되려 하지 마세요. 사앙에게 항상 나리를 지척에서 지키라고 당부해놨어요."

고정엽은 명란의 걱정을 헤아리고 미소 지었다.

"내 이래 봬도 효기영[1]을 이끌고 있는 몸이다."

양회에서 동원할 수 있는 병사가 많은 것은 말할 필요도 없었다.

"집 떠나면 항상 조심하셔야죠. 물도 가려 마셔야 하고 음식을 날로 드셔도 안 돼요. 아무리 더워도 맨몸으로 바람 맞지 마시고, 날씨가 추워지면 사슴 털 겹저고리를 안에 껴입으세요. 손가락을 수없이 찔려가며 지은 것이니, 장식품으로 여기지 마시고요……."

명란은 뽀얀 열 손가락을 펴 보이며 말했다. 명란은 헛헛한 마음에 계속 잔소리를 늘어놨다. 이제야 혼인의 재미를 만끽하고 있는데, 과부가 되고 싶은 생각은 추호도 없었다.

고정엽은 그윽한 눈빛으로 말없이 명란을 안을 뿐이었다.

이튿날 아침, 고정엽은 단단한 갑옷과 군용 장화, 붉은 창의를 갖춰 입

---

1) 장군이 통솔하는 군영 중 하나.

었다. 문을 나서기 전 그는 명란의 배를 만지며 농을 건넸다.

"꼬맹아, 아비는 나가봐야 하니 어머니 말씀을 잘 들어야 한다."

명란은 시름이 가득했으나 그 말에 웃음을 터트렸다. 명란이 입을 떼기도 전에 배 속의 말썽꾸러기가 엉덩이를 들썩인 것인지 발을 구른 것인지 몸을 꿈틀거렸다. 아비의 말에 대답이라도 하는 듯했다. 고정엽은 신이 나서 명란에게 입을 맞추고, 허리를 굽혀 배에도 입을 맞춘 다음 호탕하게 웃었다.

"무사히 돌아오마!"

명란은 가희거 문에 기대 애써 눈물을 참으며 손수건을 흔들었다.

"늘 조심하시고 빨리 돌아오세요!"

흐르는 저 강물 삼천리나 되는데, 집에서 온 편지는 겨우 열다섯 줄이네, 줄마다 별다른 말없이, 고향으로 어서 돌아오란 말뿐이네…….[2] 적막하게 며칠 보내고 나니 밥도 맛이 없고, 물도 달지 않았다. 명란은 침상에 누워 조각이 새겨진 난간과 그림이 그려진 침상 위를 바라보며 그가 어디쯤 당도했을지 헤아려 보았다. 나루터는 지났을 터인데 말과 사람들은 다 괜찮을까? 이리 무더운 날씨에 돌림병이 돌면 안 되는데. '산적'이 또 나타나진 않았을까? 며칠 후 우울함이 가시자 이놈이 혹시 바깥에서 몹쓸 짓을 하지는 않을까 하는 망상이 들기 시작했다.

다시 며칠이 지나자 명란은 다시 게으름을 부리며 눈이 떠질 때까지 늦잠을 자는 생활로 돌아왔다. 메일도 전화도 휴대폰도, 심지어 전보도 없는 시대에 남편이 먼 곳으로 떠난 후 홀로 된 부인의 심리 변화 과정을

---

2) 원나라 문인 원개의 시 「고향에서 온 편지」.

완벽하게 체험한 셈이다.

단 부인이 찾아와 울며 사과했을 때 명란은 덤덤하게 위로하며 웃을 수 있었다.

"내가 정말 미안하네."

단 부인의 눈은 붉게 충혈되어 있었고 얼굴은 창백했다.

"나리는 지금 묘강[3]에 계시는데 연통이 닿지 않네. 집에 상의할 사람도 없는데 성영 도련님에게는 이런 일이 생겼어. 고 도독에게 폐를 끼쳤네."

명란은 속으로 욕이 나오는 걸 참았다. 명란 역시 고정엽과 연통이 닿지 않는다. 이번 임무는 예측하기 어려웠다. 의도를 숨기며 허를 찌르는 작전을 펼쳐야 한다. 양회 지역은 땅이 넓어 위소 군영 약 열 곳과 크고 작은 관아가 오십 곳가량이다. 고정엽은 어디서부터 일을 착수할지 스스로 결정할 것이다. 어느 길로 가는지조차도 다른 사람들을 헷갈리게 만들어야 한다. 적을 불시에 습격하여 속수무책으로 만드는 것이 가장 상책이다.

이런 상황이 되니 명란은 우울할 수밖에 없었다. 그러나 애써 웃는 낯을 보이며 듣기 좋은 말로 위로했다.

"그게 무슨 말씀이세요. 그분이 경치 구경 가시다 그런 것도 아니고 황상의 명을 수행하러 가시다가 소인배들의 계략에 걸리신 건데요. 저희 나리도 단순히 의리를 지키려고 가신 건 아니에요. 조정 대사이기 때문에 명을 받고 가신 게지요."

---

3) 중국 호남성 일대의 상서 지방을 중심으로 한 묘족 거주지.

단 부인은 눈가에 맺힌 눈물을 훔치며 감격스러워했다.

"날 위로하려 하지 말게. 내가 여인네라고 해도 고 도독이 얼마나 마음 써 준 건지 안다네. 이 일을 다른 사람에게 맡겨도 원만히 해냈겠지. 허나 우리 성영 도련님의 앞날과 명성은 끝장날 수도 있었네. 오래된 형제들이나 되니 그간의 정을 봐서 도와주는 거 아닌가."

상황을 이렇게 정확히 보다니 단 부인은 역시 명문가 출신다웠다. 명란은 속으로 감탄하며 더욱 친근하게 웃었다. 처량한 단 부인을 배웅하자 단귤이 굳은 얼굴로 붉은 교초 문발을 걷고 들어왔다.

"마님, 이모님이 오셨습니다. 큰마님께 가 보셔야 할 것 같아요."

명란은 화들짝 놀랐다.

고 태부인은 뱃속이 시커먼 사람이라 밖에서 마음 맞는 말벗을 찾기 힘들었다. 고정엽을 헐뜯는다면 속이 너무 뻔히 보일 것이다. 명란의 험담을 하자니 이 가증스러운 것은 밖에서 여린 척 연기했다. 사람들이 농이라도 건네면 명란은 얼굴을 붉히며 이제 막 규방에서 나온 처녀처럼 수줍어했다. 이런 연기력에 나이 지긋한 귀부인들은 명란을 어여삐 여겼다. 명란이 교활하고 약삭빠르다고 하면 그 말을 믿어 줄 사람은 몇 안 되었다. 그마저도 모두 고 태부인과 절친한 사이거나 친척들일 것이다.

그래서인지 강 부인과는 갈수록 죽이 잘 맞았다. 둘은 오래된 벗처럼 깊은 우정을 나누었다. 둘의 험담 대상이 자신이라는 게 좀 불쾌하긴 했다. 그러나 명란은 속사정을 모르는 외부인들보다 두 사람이 자신을 더 정확하게 보고 있다고 생각했다.

"마님, 몸이 무거우시니 제가 가서 말씀드릴게요."

단귤은 목소리를 낮췄다. 성부에 있을 때 강 부인이 명란을 꾸짖는 걸 한두 번 본 게 아니었다. 명란은 고개를 저었다.

"이모님께서 처음으로 오셨으니 가봐야지."

명란은 잠시 생각하다 단귤에게 분부했다.

"예전에 하던 대로 하는 거야."

단귤이 결국 웃음을 보였다.

"알겠습니다. 찻잔 뚜껑을 탁자에 엎어 놓으시면 바로 나설게요."

명란은 흡족해하며 웃었다.

반년 만에 만난 강 부인은 은사로 덩굴무늬를 수놓은 반질반질한 감청색 배자를 입고 있었다. 동그랗게 올린 머리에는 금사 취옥 편방 한 쌍을 꽂고, 손목에는 주홍색 향나무 염주를 찼다. 일부러 과하게 치장한 것 같았지만 여전히 퍽 늙어 보였다. 강 부인은 명란을 보자 억지로 웃는 듯한 어색한 표정을 보이며 고 태부인을 바라봤다.

"다들 제 조카가 복이 많다고 부러워하는데, 이렇게 좋은 시어머니를 만난 걸 보니 정말 그렇군요. 얼굴에서 아주 광이 납니다."

고 태부인은 몹시 흐뭇해서 눈가의 주름살이 부챗살처럼 자글자글해질 정도로 활짝 웃었다. 명란은 웃으며 거동이 힘든 척 배를 받쳐 들고 두 사람을 향해 인사를 올린 후 바로 자리에 앉았다. 고 태부인이 입을 열기도 전에 강 부인은 표정을 구기며 또 발광했다.

"웃어른의 허락도 없이 앉다니 이게 무슨 버릇이냐?"

명란은 태사의에서 자리를 고쳐 앉더니 놀란 척 "절 세워둘 생각이셨어요?"라고 대꾸하며 배를 쓰다듬었다.

강 부인은 눈을 부릅뜨고 호통쳤다.

"몸이 불편해도 웃어른이 말씀하셔야 앉는 것이다."

강 부인은 업신여기는 눈빛으로 명란을 쳐다봤다.

"버르장머리 없는 것 같으니라고! 네 조모께서 이렇게 가르치셨느냐?

시집온 지 얼마나 되었다고 내 동생의 가르침을 잊었단 말이냐?!"

이제 명란은 이 성질머리 고약한 여편네를 참아 줄 필요가 없다고 생각하며 굳은 얼굴로 맞받아쳤다.

"이모님, 말씀을 가려 하시지요. 전 손아랫사람이니 이모님께 꾸지람을 들을 수도 있습니다. 하지만 제 할머님께서는 어머님의 시어머니세요. 따지면 이모님의 웃어른이시죠. 저와 친지 앞에서 웃어른을 그리 말씀하시는 건 무슨 버르장머리란 말입니까?!"

강 부인은 경악했다. 명란이 이토록 날카롭게 되받아친 것은 처음이었다. 그 고분고분했던 서녀가 이렇게 건방지게 굴다니? 강 부인은 곧바로 차갑게 웃었다.

"많이 변했구나. 시집 좀 잘 갔다고 말투도 바뀌고, 이제 어른에게 말대꾸까지 하다니."

명란은 미간을 찌푸리며 당당히 말했다.

"시집을 잘 가든 못 가든 제가 살아 있는 한 누구도 할머님을 헐뜯는 건 못 넘깁니다. 기분 상하셨다면 어머님께 가서 한번 따져보시죠."

명란은 왕 씨가 누구의 편을 들지 궁금했다.

강 부인은 손가락이 하얗게 질릴 정도로 손수건을 움켜쥐었다. 기가 막혔는지 얼굴이 벌겠다. 명란은 태연하게 찻잔 속의 찻잎을 건져냈다. 고 태부인은 낌새가 좋지 않자 재빨리 나서서 수습했다.

"자, 둘 다 그만하세요. 며늘아, 너도 그렇지. 네 이모님이 말씀은 그렇게 하셔도 마음이 여린 분이시잖니. 다 알면서 왜 그리 화를 내느냐?"

명란은 고 태부인을 보며 유유히 대답했다.

"그런 분이신지 전 몰랐습니다."

"명란이, 너!"

강 부인이 자리를 박차고 일어나려고 했다. 고 태부인은 황급히 만류하며 명란을 타일렀다.

"그만하거라. 그래도 손윗사람이 아니더냐."

명란은 편안히 자리에 앉아 가식적으로 웃었다.

"손윗사람이어도 가깝고 먼 것은 따져야지요. 전 어릴 적부터 할머님 밑에서 컸습니다. 누가 할머님을 깎아내리는데 가만히 있는 건 사람 된 도리가 아니라 생각합니다."

이번에는 고 태부인까지 경악했다. 지난 일 년 동안 무슨 꿍꿍이인지 알 순 없어도 겉보기에 명란은 얌전하고 온화했다. 오늘처럼 날카롭게 구는 경우는 보기 드물었다.

이번 모임을 좋게 끝내기는 힘들 듯했다. 명란은 말도 하고 싶지 않았다. 그저 차갑게 웃으며 해당화 나무 탁자 위에 찻잔 뚜껑을 뒤집어 놓았다. 단귤은 바로 알아차리고 옆에 있던 어린 계집종에게 눈짓했다. 어린 계집종이 조용히 밖으로 나가자, 밖에 있던 소도가 바로 들어와 고했다.

"상 유모가 마님을 뵈러 왔습니다."

명란은 화들짝 놀라 고개를 돌려 단귤을 쳐다봤다.

'이렇게 입을 맞춘 게 아니었는데 대체 언제 바뀌었지?'

단귤은 명란보다 더 놀란 듯했다. 상황을 파악하기도 전에 저쪽에 앉아 있던 고 태부인은 친절하게 강 부인에게 설명해주었다.

"상 유모는 바로 내 형님이었던 백 씨의 유모이지요."

강 부인은 그 말을 듣고 콧방귀를 꼈다.

"겨우 유모 주제에 위세가 대단하군요. 부인, 부인은 마음이 넓어서 탈이에요. 웃어른과 있는데 자신을 보러 오라 가라 하다니 이렇게 건방진 경우가 어디 있습니까?"

고 태부인은 난처한 웃음을 띠며 아무 말도 하지 않았다. 효과가 끝내줬다.

명란은 차분한 표정으로 덤덤히 말했다.

"이모님이 뭘 모르시는군요. 상 유모도 좋은 집안 출신이고, 부친 역시 수재세요. 가세가 기울어 백가의 유모가 됐지만, 노비로 이름을 올리지 않으셨는데 아랫사람이라니요. 저희 나리께서 말씀하셨지요. 이제 백가와 왕래가 없으니 상 유모를 백가의 웃어른으로 여기고 모시겠다고요. 그 말씀에 따를 수밖에요."

명란은 진심으로 고정엽의 선견지명에 감사했다. 일찌감치 상 유모의 지위를 올려놓은 덕분에 많은 일이 수월해졌다.

"저희 나리께서 항상 말씀하셨어요. 힘든 시기에 상 유모가 많이 도와주시고 보살펴주셨다고요. 지금 생각해 보면 가족보다도 더 가족 같다고 하셨지요. 겉 다르고 속 다르게 콩고물이나 바라는 친척들보다 훨씬 존경스러운 분입니다. 나리께서는 상 유모를 각별히 모시라고 분부하셨죠."

말할수록 입에 착착 붙었다. 명란은 두 사람의 안색을 살폈다.

고 태부인은 가까스로 웃고 있었고, 강 부인의 얼굴은 붉으락푸르락했다.

"그러면 저는 먼저 물러가겠습니다."

명란은 우아하게 일어나 배를 잡고 단귤에게 기댔다. 그러고는 속으로 쾌재를 부르며 자리를 떴다. 밖으로 나가서 물어보니 소도가 마음대로 암호를 바꾼 게 아니라 상 유모가 정말로 찾아왔다 했다. 명란은 웃음을 터트렸다. 최근에 상 유모는 자주 명란을 찾아와 저잣거리와 시골의 재미난 이야기를 하며 말벗이 되어주었다. 그렇게 시간을 보내면 별로 답답하지도 무료하지도 않았다.

"내년 이맘때면 도련님께서 사방을 기어 다니시겠죠."

상 유모는 미소 지으며 명란의 배를 바라봤다.

"유모는 어째서 아들이라고 생각하시죠?"

명란은 허리를 문질렀다. 고정엽이 떠나고 난 후부터 배가 급속도로 불렀다. 그동안에는 헐렁한 옷을 입으면 티가 나지 않았는데 이제는 딱 임산부였다.

"마님은 아들 낳을 관상이십니다. 보세요, 배가 이렇게 뾰족하고 골반은 둥글둥글하잖아요. 십중팔구 아들입니다."

명란은 웃음을 터트리며 물었다.

"관상 볼 줄 아세요?"

상 유모는 바구니에 들어 있는 실과 바늘을 꺼내며 의기양양하게 말했다.

"제가 수십 년 사람을 봐 왔잖습니까. 눈이 아주 예리하지요."

상 유모는 고개를 살짝 돌리더니 옛일이 떠올랐는지 자부심과 안타까움이 섞인 말투로 말했다.

"그때 가세가 기울어 끼니 때우는 것도 힘들었지요. 도저히 버틸 수가 없어서 산파 노릇까지 했습니다. 그 후에 백부에 들어가 큰아가씨 젖을 물리기 시작했지요. 노대인께서 후하게 대해주셔서 그제야 형편이 좀 폈습니다. 그러고 보니 제 아들놈이 글을 읽을 수 있었던 것도 모두 노대인 덕택이네요. 휴, 하지만 이제 두 사람 다……."

상 유모는 조금 서글퍼 보였다.

명란은 상 유모의 손을 잡으며 다정하게 말했다.

"괜한 것을 물었네요. 참 우여곡절이 많으셨어요. 하늘에서 다 굽어 보셨을 테니 앞으로 복을 많이 누리실 거예요."

으스대기 좋아하는 상 유모는 그 소리에 곧바로 기분이 좋아졌다.

"연세도 있는데 이리 자주 와 주시다니 고생 많으세요."

상 유모는 손을 저었다.

"무슨 말씀입니까? 나리께서 떠나기 전에 당부하지 않으셨다고 해도 자주 왔을 겁니다. 게다가 연이도 시집갔고, 년이도 역시 글공부 다니느라 바빠서 집에 있으면 아주 한가합니다. 여기 오면 밥도 한 끼 얻어먹고 좋지요."

"년이는 글공부 잘하고 있나요?"

"그럼요. 잘하고 있지요."

상 유모는 환하게 웃었다.

"박학다식한 스승에, 글동무들도 좋습니다. 특히 마님 친정의 장동 도련님께서 어찌나 잘 대해주시는지 몰라요. 그렇게 귀하신 분이 거드름 피우시는 것도 없습니다. 한번은 저희 집에서 식사도 하셨지요."

명란은 웃으며 답했다.

"두 오라버니 다 장가가서 장동이가 적적할 거예요. 년이처럼 연배가 맞는 벗이 있어서 함께 공부하고 노력하니 얼마나 좋아요."

이야기를 나누며 둘은 웃음꽃을 피웠다.

상 유모는 수십 년간 온갖 고생을 다 겪으며 세상 물정에 훤했다. 남에게 아첨도 들어 보고 무시도 당해 봐서 현명하면서 화끈한 면도 있었다. 그런 상 유모와의 대화는 언제나 속이 후련했다. 요새는 평온한 나날이 지속되어 계속 유한 모습만 봐서 명란은 하마터면 상 유모의 화려한 전적을 잊을 뻔했다. 그러나 얼마 지나지 않아 상 유모의 본 모습을 볼 기회가 찾아왔다.

강 부인이 빈번하게 찾아와 고 태부인과 가깝게 지낸다는 사실이 상 유모의 귀에도 들어갔다. 게다가 하하가 '그 강 부인이 얼마나 얄미운지 몰라요. 툭하면 우리 마님을 부르시거든요. 마님이 몇 번 거절하시자 큰 마님 쪽에서 바로 안 좋은 말이 나오네요.'라고 슬쩍 흘렸다. 상 유모는 그 이야기를 마음에 담아두었다가 그날 강 부인이 찾아오자 부리나케 달려왔다.

명란은 향씨 어멈을 겨우 돌려보냈다. 향씨 어멈은 가희거에서 약 반 시진가량 안 가면 안 된다는 식으로 위협하며 잔소리를 늘어놨다. 명란은 신경 쓰지 않았다. 어질고 착하다는 평판보다는 자기 건강이 훨씬 더 중요했기 때문이었다.

상 유모는 그 소식을 듣더니 두말없이 곧장 훤지원으로 향했다.

강 부인은 상 유모를 보자 대놓고 쌀쌀맞게 말했다. 상 유모는 아랑곳하지 않고 공손히 말했다.

"늙은이가 주제넘게 마님을 대신해서 사과드리겠습니다. 마님께서 몸이 무거워 자주 움직일 수 없습니다. 두 분이 그래도 웃어른이시니 그 정도는 마음 써주시리라 생각합니다."

강 부인은 연신 냉소를 지었다.

"세상에 애는 저만 낳는 줄 아나. 애 가졌다고 유세하며 웃어른 공경할 줄도 모르니 원……."

강 부인의 말이 끝나기도 전에 상 유모는 그 자리에서 탁자 위의 과일 접시를 바닥에 내동댕이쳤다. 그리고 눈썹을 치켜세우며 온 집안이 쩌렁쩌렁 울릴 만한 소리로 강 부인에게 호통쳤다.

"하! 웃어른은 무슨! 마님의 친정 쪽 사람이라 공손히 대해주니 본인이 뭐라도 되는 줄 아시오? 눈 제대로 뜨고 살펴보시오. 여기는 고가야!

마님 친정은 성가이시고! 그쪽은 성가와 동서지간이니 우리 고가와는 더욱 먼 친척이 아니오! 왜 애먼 곳에 찾아와서 웃어른 행세요?"

고 태부인은 어안이 벙벙해져 말리려고 했다. 그러나 상 유모가 말을 쉴 새 없이 쏟아붓는 바람에 끼어들 수가 없었다.

상 유모가 갑자기 소란을 피우자 옆에 있던 계집종과 어멈들은 그 자리에 굳어버렸다. 상 유모는 청당 문가에서 허리에 손을 올리고 큰소리로 욕을 퍼부었다.

"불효에 세 가지가 있는데 그중 으뜸은 자손을 남기지 못하는 거라고 했소. 지금 우리 마님께서 회임하신 걸 모르는 사람이 어디 있소? 친정의 노대부인과 부인께서도 우리 마님의 몸조리를 방해하지 않고 있소. 그런데 어디서 심보 고약한 이모라는 자가 허구한 날 찾아와 상전 노릇을 하는 것이오! 퉤, 만일 나리의 혈육에 문제라도 생긴다면 당신 따위가 감당할 수 있을 것 같소?"

강 부인은 머리털 나고 이런 굴욕은 처음이라 온몸을 부들부들 떨며 의자에 굳어버렸다. 그때 고 태부인이 겨우 정신을 차리고 호통쳤다.

"대체 무슨 헛소리를 하는 것이냐! 너희는 뭘 하고 있는 게야. 어서 저 여편네를 끌어내지 않고!"

상 유모는 한바탕 쏟아내더니 사람들이 끌어내기 전에 제 발로 나가 외원에서도 과거 고기 점포에서 호객하던 시절의 목청을 뽐냈다.

"……고얀 여편네 같으니라고! 자기 집안사람이 상을 당해도 이리 부지런하진 않겠네. 대갓집 부인다운 모양새도 없구나. 가까운 친척도 아니면서 걸핏하면 오다니. 뭐 얻어먹을 거 없나 찾아오는 것이겠지!"

상 유모는 성큼성큼 밖으로 나갔다. 양쪽에 서 있던 하인들은 고 태부인의 분부도 없고 고정엽이 두렵기도 해서 상 유모를 감히 끌어내지 못했다. 그저 상 유모가 정곡을 찌르는 욕설을 퍼부으며 가는 걸 두고 볼 수밖에 없었다.

"지나가는 사람을 붙잡고 물어보시오. 멀쩡한 집안에서 회임한 지 칠팔 개월 되는 며느리를 훈계한다며 오라 가라 하는 법이 어디 있는지! 그래도 대놓고 못살게 구는 사람은 나은 편이지. 누구는 일부러 모르는 척 뒷짐만 지고 있으니. 무슨 속셈이겠나?! 녕원후 나리께 후사가 없으면 누가 득을 볼지는 뻔한 이치지!"

훤지원 밖에 모여 있던 구경꾼들은 자기들끼리 수군거리며 비웃었다. 상 유모는 사람이 많은 걸 보고 발을 구르며 훤지원 방향을 향해 더욱 심한 독설을 날렸다.

"……속 시커먼 여편네야. 똑똑히 듣거라! 우리 나리는 당신들 뜻대로 안 돼. 큰 고비를 넘기셨으니 이제 복을 오래오래 누리실 게다!"

상 유모는 경우가 분명한 사람이다. 명란이 징원 안팎을 철저히 관리하자 더 나서지도 않았다. 다만, 이번에 고정엽이 집을 비우며 뭘 걱정하는지 잘 알고 있었기에 명란이 나설 수 없을 때 눈 딱 감고 나이를 내세워 한바탕 뒤집어준 것뿐이다.

상 유모의 목소리는 멀리까지 퍼졌다. 주 씨는 방 안에서 딸을 재우고 있었다. 안에 있는 계집종들과 어멈들은 입도 뻥긋하지 못했다. 소 씨는 초조해서 처소를 왔다 갔다 했다. 그때 한이가 들어와 계집종에게 문을 닫으라고 분부했다.

"어머니, 우리 장기 한 판 두어요."

한이는 소 씨와 자리에 앉으며 조용히 말했다.

"바깥일은 우리와 아무 상관없어요."

강 부인은 몸을 제대로 가눌 수 없을 정도로 화가 나서 사람들의 부축을 받으며 나갔다. 밖에서 이렇게 체면을 구기긴 난생처음이었다. 이번에 제대로 봉변을 당한 것이다.

상 유모는 노익장을 과시하며 괴력으로 훤지원에서 징원까지 고함을 치며 갔다. 그 바람에 구경꾼들이 몰려들었다. 저택을 수리하던 일꾼들까지 몰려올 뻔했다.

명란은 진작부터 알고 있었지만, 상 유모가 보여준 전투력에 할 말을 잃었다.

명란은 놀란 마음을 진정시키며 침을 삼켰다. 그날 밤 명란은 배를 두둑이 채우고 느긋하게 고 태부인에게 사죄하러 갔다. 연신 '상 유모가 성격이 드세어 그런 것이니 용서하세요. 나리가 돌아오시면 반드시 처벌하겠습니다(지금은 처벌하지 않겠다는 뜻이다).'라고 읊으며 진솔한 표정으로 '상 유모가 나이가 들어 제정신이 아닌 것 같습니다. 어머님은 집안에서 가장 인자하고 마음 넓은 분이시잖아요. 상 유모의 헛소리를 마음에 담아두지 마세요.'와 같은 말도 곁들였다.

한나절이 지나기도 전에 후부 안팎으로 소문이 파다하게 퍼졌다. 이런 일은 밖으로 새나가지 않으면 상관없지만, 일단 알려지면 얼굴 들고 다니기 힘들다. 고 태부인은 화가 나서 죽을 지경이었다. 강 부인과 명란이 다투는 걸 즐길 셈이었는데, 생각지도 못한 상 유모가 들이닥친 것이다. 게다가 공연히 욕까지 얻어먹었으니 평생 이토록 우울한 건 처음이었다!

엎친 데 덮친 격으로 며칠 지나지 않아 고정찬이 훌쩍거리며 친정으로 돌아왔다. 고정찬은 고 태부인의 품에 안겨 울먹거리며 남편의 험담을 늘어놓았다.

"……처음에는 점잖은 척했어요. 저도 원래 있던 것들은 못 본 척하며 넘어갔어요. 그런데 갈수록 가관이더니 제 계집종들까지 건드리지 뭐예요. 한 번은 제게 걸리자 그 계집종에게 글과 그림을 가르치는 중이었다고 둘러대더라고요!"

울며불며 발까지 구르는 고정찬은 예전의 도도했던 모습과 완전히 딴판이었다.

"제가 몇 마디 했더니 '명사는 풍류를 즐기는 법'이라며 절 달래려 하더군요. 체, 명사는 무슨. 글공부도 제대로 하지 않아 시도 나보다 못 짓는 주제에! 내 앞에 내놓을 수준이 안 되니까 어린 계집들을 가르친다며 거들먹대는 꼴이라니. 흥! 설령 관직에 올라도 분명 자신보다 잘난 사람을 질시할 게 뻔해요!"

고 태부인은 가슴이 터질 듯 답답해하며 큰소리로 고정찬을 꾸짖었다.

"이것아, 너까지 골치 아프게 하지 말거라! 시집가서 네 시니 뭐니 학식 자랑하지 말라 하지 않았더냐! 남편이 원하면 흥을 돋우고 부부간의 즐거움을 더할 정도만 할 것이지, 잘난 척이나 하다니! 사내란 모름지기 체면을 중시하는 법인데 체면을 깎아내려? 내, 내…… 내 너를 어찌한단 말이냐? 아직도 네 고집대로 할 수 있는 처녀인 줄 아느냐? 사내가 계집 좀 건드린 게 무슨 큰일이라고 소란을 피워!"

"부부 싸움은 둘만의 일인데, 시어머니가 어찌 아셨는지 계집 둘을 보내셨어요. 그래서, 지금……."

고정찬은 더욱 서럽게 울며 고 태부인의 소매를 잡고 세차게 흔들었다.

"난 못 참겠어요! 어머니, 제발 방도를 생각해주세요. 어머니가 가서 대신 말이라도 해주시란 말이에요!"

얻는 게 있으면 잃는 것도 있는 법. 딸이 공주부로 시집간 후 더 이상 고정엽 눈치를 볼 필요가 없어졌다. 하지만 그 대가로 딸을 위해 나서줄 수 없게 되었다. 고 태부인은 기나긴 한숨을 뱉었다.

"네 시어머니는 공주란 말이다. 황실 사람이라고! 누가 공주에게 싫은 소리를 할 수 있겠느냐!"

딸이 서럽게 울자 고 태부인은 머리가 어지러워 저도 모르게 이렇게 말했다.

"내 진작 말하지 않았니. 남자는 어르고 달래야 한다고. 네 둘째 올케를 봐라. 야생마 같던 네 둘째 오라비를 마음대로 주무르고 있지. 네가 남편을 꽉 잡고 둘이 화목하게 지낸다면 공주도 어쩌지 못할 게야."

고 태부인은 꾸짖기도 하고 타이르기도 하면서 여러 방도를 일러주었다. 딸이 어깨를 축 늘어뜨리고 불쌍하게 문을 나서는 모습에 고 태부인은 멍하니 나한상에 앉아 한동안 말이 없었다. 한참 후 향씨 어멈이 뜨거운 차를 들고 들어와 부드럽게 위로했다.

"마님, 너무 염려 마십시오. 어린 부부는 다 다투는 법이지요. 허나 부부싸움은 칼로 물 베기라 하지 않습니까. 곧 화해할 겁니다."

어두컴컴한 방 안에서 고 태부인은 콩알만 한 등불을 바라보며 잔뜩 굳은 얼굴로 차갑게 말했다.

"이대로 가다간 내 아들딸이 다른 사람 눈치나 보며 살게 되겠군. 이 지경이 되었으니 안 나설 수 없겠어."

향씨 어멈은 조용히 한숨을 내쉬었다.

"마님, 잘 생각 하셔야 합니다. 성공하면 다행이나, 그렇지 않으면 마님의 명성과 체면은 전부 끝장이에요."

고 태부인은 쓴웃음을 지으며 말했다.

"명성이고 체면이고 다 헛된 것이야. 게다가 지금은 내세울 명성도 체면도 없고. 지금 아무것도 하지 않으면 앞날은 뻔하네. 빌붙어 밥이나 얻어먹으며 저 성명란의 눈치를 보며 살게 되겠지. 이렇게는 못 참네. 반평생 고생한 걸 헛수고로 만들 순 없지."

제168화

동풍이 불고 전고가 울리다 (1)
철부지 아이처럼 삶의 어려움을 모르고
인생의 기회를 낭비하는구나

6월에 들어서자 명란은 평상에 누우면 책을 받치고 읽을 수 있을 만큼 배가 나왔다. 배 속의 꼬맹이는 한동안 잠잠히 있다가 또 갑자기 심하게 꿈틀거리기도 하며 더 이상 규칙적으로 움직이지 않았다. 태의는 여러 번 맥을 짚어 본 후 웃으며 정상이라고 말했다. 그러나 명란은 전생에 산부인과를 전공하지 않은 것이 후회스러울 뿐이었다.

산달이 가까워지자 최씨 어멈은 두 눈을 부릅뜨고 처소의 모든 사람이 적인 양 신경을 곤두세웠다. 명란의 입속으로 들어가는 국 한 술, 밥 한 술, 차 한 잔에 혹시 문제가 생기지 않을까 세세히 살피느라 눈 밑이 퀭했다. 소도가 명란에게 이유를 귀띔해주었다. 최씨 어멈은 어릴 적 처첩의 쟁투가 치열한 대갓집에서 일을 하다가 영원히 잊지 못할 큰 충격을 받았다고 했다.

소도는 명란에게 귓속말을 하다가 최씨 어멈에게 걸렸다. 최씨 어멈은 소도의 귀를 잡고 끌고 나가 벌로 바닥을 쓸게 했다. 그러다 자신이 지나치다고 생각한 최씨 어멈이 한숨을 쉬며 말했다.

"노마님께서는 항상 사람마다 명이 다르다고 하셨지요. 그해 노마님께서 포동포동한 아들을 무탈하게 낳으셨는데, 그런 사소한 일로 요절할 줄 누가 알았겠습니까……."

명란은 고개를 숙이고 배를 어루만졌다. 할 수 있는 건 다 했으니 앞으로 일은 자신의 인품에 달려 있었다.

한 달 넘는 시간 동안 후부는 평온했다. 그동안 고정찬이 두 번 울며불며 찾아왔다. 한 번은 공주가 한 서방에게 첩을 들였기 때문이었다. 고 태부인은 딸을 조용히 타일러 돌려보냈다. 또 한 번은 한 서방이 닷새 내내 첩실의 침상에만 붙어 있다는 이유 때문이었다. 결국 고 태부인은 마음을 독하게 먹고 딸을 쫓아 버렸다. 고정찬이 떠난 후 고 태부인은 세 며느리 앞에서 한바탕 눈물을 흘리며 "아이를 제대로 교육 시키지 못한 게 한스럽구나. 너무 오냐오냐 키워서 애가 하늘 높은 줄 몰라!" 하고 한탄하더니 계속 명란의 손을 잡고 같은 말을 되풀이했다.

"가엾게 생각하고 네가 많이 돌봐주면 좋겠구나. 그래야……."

명란은 처소로 돌아와 한동안 생각에 잠겼다. 명란의 마음을 잘 아는 단귤이 아무도 없을 때 조심스레 물었다.

"마님, 무슨 생각을 그리 하세요? 정찬 아가씨가 저리된 것은 자업자득이지요."

단귤은 어릴 적부터 아가씨들의 시중을 든 덕에 대갓집 규수의 교양이 몸에 배어 있었다. 명란은 말할 것도 없고 고고하기는 묵란 같고 제멋대로 굴기는 여란 버금갔다. 이들은 모두 여인네의 본분을 지켰다. 바느질이나 자수, 장부 보기, 아랫사람 관리하기, 부엌 가서 트집 잡기 등 웬만한 것은 할 줄 알았다. 그런데 고정찬은 허구한 날 시집을 들고 다니며 글재주만 부리느라 본업에 충실하지 않았다. 말투도 여성스럽지 않고 도도하게 굴며 사람들이 떠받들어 주기만 바랐다.

"시댁에서 아가씨처럼 굴다니, 사서 고생하는 꼴이죠. 큰마님께서 눈물 흘리실 만해요."

명란은 고개를 저으며 손목에 차고 있던 양지옥 팔찌를 조심스레 만지작거렸다.

"뭔가 찜찜하구나. 울 일이긴 하지만 내 앞에서 울 건 아닌데 말이야."

단귤이 웃었다.

"마님께서 정찬 아가씨 대신 나서주기를 바라서 그러셨겠지요."

"그 사람이 울며 몇 마디 한다고 내가 돕겠어?"

단귤은 순간 말문이 막혔다.

명란은 어두운 얼굴로 무언가 생각하는 듯 오색 유리구슬을 꿴 문발을 바라봤다.

"총명한 사람이야. 내가 어떤 성격인지 잘 알고 있으니 쓸데없는 행동을 할 리 없어. 그럼 오히려 약점이나 잡히는 꼴이지"

만약 고정찬이 밖에서 고부의 명성에 먹칠(예를 들어 휴서를 받는다든가)을 한다면, 고 태부인이 굳이 부탁하지 않아도 못마땅한 시누이를 위해 나서야만 한다. 그러나 시댁에서 억울한 일 좀 당한 것뿐이라면 수련이라고 생각하고 참아야 한다. 부탁할 일이 아님을 알면서도 고 태부인이 어째서 그런 모습을 보였을까?

"고작 동정심이나 사겠다고?"

명란은 골똘히 생각했다.

의심스러운 건 그뿐만이 아니었다. 상 유모에게 된통 당한 후에 강 부인은 한동안 모습을 보이지 않았다. 그 잘난 왕씨 가문 큰아가씨 성격에 이번 생에는 고부에 발도 들이지 않을 것이라 생각했다.

그런데 고 태부인이 뭐라고 구슬렸는지 보름 후 강 부인은 다시 모습을 드러냈다. 이번엔 훨씬 너그럽게 굴며 무리한 요구도 하지 않고 거드름을 피우지도 않았다. 게다가 체면 때문인지 서출 딸을 가희거에 보내 명란에게 사과했다.

"어머님께서 언니에게 사과드리라 하셨어요. 나이가 들어서 그런지 실수했다 하시며 마음 풀어 달라고요."

강조아는 겁에 질려 서 있었다. 여린 얼굴에 당황한 기색이 역력했지만 아름다운 자태를 감추지는 못했다.

"아직도 화가 안 풀리셨으면 저를 때려서라도 분을 푸세요."

조아가 모기만 한 목소리로 말했다. 겁에 질려 금방이라도 눈물을 흘릴 것 같은 표정으로 꽃무늬가 가득한 다홍색 비단 배자를 잡아당기고 있었다. 조아는 적출 언니인 원아와는 두 살 터울이었다. 어릴 적부터 원아가 입던 헌 옷만 입어서 그런지 새 옷이 부자연스러워 보였다.

그런 조아를 보니 명란은 자신도 모르게 한숨이 나왔다. 시집오기 전 조아를 몇 번 본 적이 있었다. 조아의 생모는 강 부인이 시집올 때 혼수로 데려온 계집종이었다. 조아는 어려서부터 원아의 뒤꽁무니에서 강 부인의 눈치를 보며 자랐다.

"화내고 말고 할 게 뭐 있겠니. 상 유모 성격이 드세서 이모님께 무례하게 굴었으니 오히려 내 잘못이지."

명란은 미소 지으며 말했다. 그러고는 단귤에게 새로 들어온 포도 모양 마노석을 내오라 하여 선물로 보내고 그 사건을 조용히 덮었다.

이튿날, 고 태부인과 강 부인, 조아가 계집종들과 어멈들을 데리고 당당하게 가희거를 찾아와 배가 잔뜩 부푼 명란에게 다정하게 안부를 물었다. 강 부인은 봄날의 햇볕보다 더 따스하게 웃으며 살갑게 굴었다. 과하게 친절한 말투에 명란은 식은땀을 흘렸다. 평소와 다르면 뭔가 속셈이 있는 법이다. 명란은 경계심이 들어 화기애애한 분위기에 거리를 두고 평소처럼 덤덤히 행동했다.

강 부인은 한참을 노력해도 명란이 계속 덤덤하게 굴자 애써 웃는 낯으로 자리에서 물러났다. 이날 이후 강 부인은 조아를 데리고 자주 고가를 찾았다. 본인이 가희거에 오지 않더라도 조아를 보내 명란에게 안부를 전했다.

그 이후의 나날은 평소와 다름없었다. 강 부인은 고 태부인과 마음이 잘 맞는지 자주 들락거렸으나 불필요하거나 부적절한 행동은 하지 않았다. 그럴수록 명란은 점점 초조해졌다. 강 부인은 일 없이 공연히 찾아오는 부류가 아니었다. 뭔가 목적이 있는 게 분명한데 먼저 입을 열지 않았다. 바라는 것도 없는데 왜 꼭 명란과 화해하려는 것일까?

칼을 버리고 부처가 되려는 건 아닐 텐데.

산달이 다가오자 명란은 대놓고 게으름을 피웠다. 매일 베개를 베고 졸기 일쑤였다. 출산할 때까지는 그저 먹고 자는 것에만 충실하고 싶었다. 그러나 여전히 누군가가 자신을 해치지 않을까 하는 걱정은 멈출 수 없었다.

다투는 어멈이나 계집종도 없었고, 말썽을 일으키는 관사나 머슴아이도 없었다. 고 태부인은 매일 고정찬의 혼인 생활만 걱정했다. 소 씨는 딸을 가르치느라 여념 없었고, 주 씨는 남편 내조와 자식 교육에 바빴다. 집안은 평화로웠고 아무 조짐도 보이지 않았다. 정말 괜찮은 게 아닐까? 내가 너무 예민하게 구는 걸까? 아무 낌새도 없는데 공연히 사서 고민하는 거 아닐까?

부드러운 바람이 불자 탁자에 놓여 있던 반쯤 읽은 화본[1]이 의자에 떨어졌다. 명란은 연거푸 하품을 하며 배를 붙잡고 의자로 다가갔다. 명란은 화본을 보다가 낮잠을 자야겠다 생각했다. 책을 집어 들고 무심코 보는데 첫머리에 이런 글귀가 쓰여 있었다.

'폭풍이 몰아치기 전에는 늘 고요하다.'

멍하니 그 글귀를 바라보는데 저도 모르게 등에서 식은땀이 배어났다.

"외원으로 가서 도가의 둘째 공자를 모셔오너라."

명란의 목소리는 피곤한 기색 없이 이상할 정도로 또렷했다.

도호는 사나워 보이는 외모를 타고난 데다 왼쪽 이마부터 콧등을 지나 아래턱까지 이르는 흉터까지 있었다. 도호는 '천하가 뒤집힐 만큼 인상이 변한 얼굴'이라 사람들은 그를 두려워하거나 꺼렸다. 그러나 도가의 형제들은 정보 수집과 함정 설치에 도가 터서 정탐이나 암살에는 제격이었다.

"뭐든 분부만 내려주십시오."

도호는 요새 너무 무료한 나머지 온몸에 곰팡이가 슬 지경이었다. 형님이 떠나며 부인의 안위를 지키라고 신신당부한 탓에 솜씨를 발휘할 기회가 오기만을 목 빼고 기다리고 있었다.

병풍 너머에 있던 명란이 천천히 찻잔을 내려놓으며 말했다.

"공자님, 이번 일은 다소 어려울 수도 있습니다."

도호는 정신이 번쩍 들어 주먹을 불끈 쥐었다.

"나리와 저희 형제는 목숨을 나눈 사이입니다. 저희는 나리께 목숨을

---

1) 중국 고대의 통속 소설.

빚졌습니다. 뭐든 말씀만 하십시오."

어려운 일이 아니면 솜씨를 뽐낼 수 없다.

게다가 녕원후 부인은 늘 자신을 후하게 대접했다. 매달 정해진 보수 외에도 사계절 옷가지에 명절이 되면 은자도 챙겨주었다. 또 질 좋은 호랑이 뼈, 표범 힘줄, 황제가 하사한 연고 등도 계속 나누어 주었다. 연초에는 기상천외하게 중매를 서려고도 했다. 피바람 부는 강호 생활에 지친 도가 형제들은 녕원후에 의탁해서 사는 현재에 꽤나 만족하고 있었다. 그러니 당연히 최선을 다하려고 했다.

명란은 한참을 생각하다 머뭇거리며 말을 꺼냈다.

"저도 무슨 부탁을 해야 할지 모르겠습니다. 다만……."

명란은 뭐라고 해야 할지 감이 잡히지 않아 입을 떼기 어려웠다. 바깥에 서 있는 도호는 목을 빼고 한참을 기다렸다. 명란은 어쩔 수 없이 눈을 딱 감고 요새 찜찜하게 여겨졌던 것들을 털어놓았다.

"저도 뭐가 이상한지 말을 못 하겠어요. 하지만 분명 무언가가 석연치 않습니다."

명란은 가라앉은 목소리로 의자 손잡이를 천천히 두드리며 또박또박 말했다.

"글공부할 때 스승님께서 하신 말씀이 있어요. 예상외의 일은 소홀함 때문에 일어나고, 소홀함은 게으름 때문에 생긴다고 하셨지요. 세심하게 최선을 다한다면 분명 사소한 낌새도 찾아낼 수 있을 것입니다."

도호는 정신을 바짝 차리며 조용히 듣고 있었다. 명란은 잠시 멈추더니 말을 이어갔다.

"제 이모님과 고 태부인, 그리고 그들과 관련이 있는 모든 것을 조사해주세요. 강가, 진가, 주가, 성가, 이들 집안에 관련된 모든 것들, 심지어

이들이 향을 올리는 절이나 암자, 자주 왕래하는 스님, 비구니 등 모든 것에 대해 찾는 대로 저에게 알려주세요. 큰일부터 사소한 일까지 전부 다 알고 싶습니다."

도호는 병풍 너머를 힐끗 보며 생각했다.

'규방에 사는 부인이 어찌 저리 뭔가 아는 사람처럼 말하는 것일까?'

그는 전문가라 이 세상에서 가장 조사하기 어려운 일이 무엇인지 잘 알고 있었다. 깊숙한 곳에 자리 잡은 대저택도 아니고, 삼엄한 황궁도 아니다. 사실 정말 어려운 것은 아무 문제없는 것을 조사하는 일이었다. 그는 공수로 예를 올리며 답했다.

"무슨 말씀인지 알겠습니다. 기다려주십시오."

도호에게 부탁하고 나니 마음이 좀 놓였다. 최씨 어멈은 명란의 음식을 관리하고, 도호는 바깥을 지켰다. 사오일에 한 번씩 단귤이나 소도가 도호에게서 소식을 받아 왔다. 상 유모는 제멋대로 구는 것들을 손봤다. 공홍초는 에둘러 세 번 혼쭐이 났고, 추랑 역시 큰 충격을 받아 모든 것을 체념한 상태가 되어 머리를 깎고 출가할 일만 남았다. 영정각에서 홀로 자기 연민에 빠져 있던 봉선은 문밖으로 나갈 엄두도 내지 않았다. 소변이 자주 마려워 성가신 것 외에 모두 정상이었다. 안심해도 괜찮겠지.

또 한 달이 지나고, 더위가 갈수록 기승을 부렸다. 분만을 앞둔 명란은 모든 일들을 일찌감치 준비해 놓았다. 아이 낳을 때 사용할 가위와 천, 구리 대야, 이불 등도 최씨 어멈에게 반복해서 점검하게 했다. 물 끓일 때 사용할 장작도 쪼개어 자세히 살펴볼 정도였다. 명란은 점점 차분해졌다. 잘 먹고 잘 잤으며 아이를 낳을 때 조금이라도 수월하길 바라며 산보도 거르지 않았다.

"월말이 될 듯합니다. 조금 더 이를 수도 있고, 늦어지면 다음 달이 될 수도 있고요."

늙은 태의는 맥을 짚으며 한참을 계산하더니 의파[2]에게 배를 만져 보게 했다.

"부인, 염려 마십시오. 태동도 안정적이고 태아의 크기도 적당합니다. 다만……."

그는 자신의 안전을 위해 한마디 덧붙였다.

"위험한 일인 만큼 부인께서도 조심하셔야 합니다."

명란은 참지 못하고 태의들을 노려보았다. 할 말, 못할 말 가리지 않는구나.

언제 아이가 나올지 모르나 모든 것은 평소와 같았다. 그날 명란은 상 유모와 대화를 하던 중이었다. 용이는 학당이 마침 방학이라 옆에 있는 작은 걸상에 앉아 장미향 해바라기씨가 담긴 접시를 들고 이야기를 듣고 있었다. 그때 상년이 찾아왔다.

"학당에서 돌아오는 길이냐? 오늘은 많이 배웠고? 스승님 말씀은 다 알아들었느냐?"

상 유모는 손자에게 모든 정성을 다 쏟았다. 본인은 글을 몰랐지만, 상년의 글공부에는 대단히 엄했다. 상년은 상 유모의 질문에 일일이 답했다. 해가의 가숙에 들어간 지 얼마 되지 않아 상년은 스승에게 전도유망한 학생으로 인정받았다. 모든 것이 순조로웠다.

---

2) 중국 고대에 궁에서 일하던 여의사.

"년이 키가 많이 컸구나."

명란은 웃으며 상년을 바라봤다.

어릴 때부터 저잣거리와 들판을 뛰어다니며 별도 쐬고 비도 맞아가며 자란지라 관료 집안의 자제들에 비해 건장하고 튼튼해 보였다. 열두 살밖에 되지 않은 어린아이가 장동보다 반 뼘은 컸다. 자신이 남자라는 자각이 생긴 상년은 감히 명란을 쳐다보지 못하고 예의 바르게 몸을 굽혔다. 검게 그을린 얼굴에 홍조가 드리워졌다.

"괜히 키만 커서 할머니와 어머니가 옷을 지어주시느라 밤낮으로 고생하시지요."

사춘기 변성기가 온 소년의 목소리에 명란은 웃음이 나왔다. 상년은 대범한 성격이었으나 최근 들어 말을 아꼈다. 말을 하더라도 낮은 소리로 웅얼거렸다. 아마 변성기 때문일 것이다. 상 유모는 다정하게 손자를 바라봤다. 상년은 조금 낡은 듯한 석청색 유포[3]를 입고 있었다. 어린 나이에도 불구하고 공자의 기운이 물씬 풍겼다. 상 유모는 그런 손자를 보며 자부심을 느꼈다.

"용이도 있었구나. 오랜만이야."

용이를 발견한 상년이 웃으며 말했다. 용이는 고개를 숙이고 바른 자세로 가슴에 손을 모아 인사했다.

"오라버니, 안녕하세요."

상 유모는 그 모습에 피식 웃으며 고개를 저었다.

"마님, 제가 용이에게 주려고 전육림 선생님이 쓰신 『장수기長水記』를

---

3) 선비들이 입는 도포.

가져왔습니다. 혹시…….”

상년은 허리를 굽히고 공수했다. 명란이 입을 떼기도 전에 용이는 눈빛을 반짝거리며 반쯤 자리에서 일어났다.

명란은 미소를 지으며 손을 저었다.

“네 조모와 더 나눌 말이 있으니, 너희 둘은 초간으로 가거라.”

둘의 나이가 아직 열 살, 열두 살이니 지나치게 내외할 필요는 없었다. 어쨌든 건넛방에 어른들까지 있지 않은가.

용이가 신이 난 어린 토끼처럼 상년의 뒤를 쫓아 방을 나서자 상 유모의 눈빛이 이상하리만큼 복잡해졌다. 명란은 그 눈빛을 보고 상 유모의 마음을 읽을 수 있었다. 상 유모는 용이의 생모가 밉지만, 또 그 신세를 가엾게 여기고 있었다.

상 유모가 고개를 돌리며 조용히 말했다.

“후, 저 아이…… 시간이 얼마나 지났다고 벌써 저렇게 컸군요. 글도 알고 이치에도 밝고 행동도 딱 부러지네요. 좋은 어미를 만나지는 못했지만 마님을 만났으니 복이 있는 것이겠지요.”

명란은 입술을 움찔거렸지만 아무 말도 하지 않았다. 웬만해서는 만랑에 대해 먼저 묻는 법이 없었다.

신중한 성격의 상 유모는 고정엽의 과거에 대해 좀처럼 입을 열지 않았다. 그런데 그 순간 말문이 터진 것인지 불안한 눈빛으로 작게 중얼거렸다.

“그 여인이 나리의 행방을 찾으려 날마다 저를 찾아와 매달렸답니다. 그리고 용이를 버리고 갔지요. 그러다가 나리의 행방을 알게 되고는 아들을 데리고 남쪽으로 갈 결심을 했지요. 제가 아무리 모질어도 나리의 혈육인데 용이를 해칠 리 있겠습니까. 허나 그 여인은 어떻게든 딸을 데려가려고 했어요. 그래서 용이도 같이 데리고 가려나보다 생각했는데 갑자기 용이를 후부에 놓고 떠났지 뭡니까. 그때 용이가 얼마나 어렸는데, 그 어린 것을 호랑이 굴에 버리고 간 꼴이지요. 어미 마음이 어찌 그리 독할 수 있는지!"

그때 건넛방에서 환호성이 들렸다. 계집아이와 사내아이가 천진난만하게 웃고 있었다. 청아한 계집아이 목소리에 변성기로 걸걸해진 사내아이 목소리가 섞여 들리는데 그것이 상당히 조화롭게 느껴졌다. 상 유모는 자연스레 미소를 짓다가 일부러 헛기침을 했다. 순간 목이라도 막힌 듯 건넛방에서 들리던 웃음소리가 뚝 끊겼다. 갑자기 사방이 조용해졌다.

목을 움츠리며 입을 막는 아이들의 모습이 눈앞에 훤히 보이는 것 같았다. 명란은 참을 수 없어서 손수건으로 입을 막고 조용히 웃었다.

상 유모가 손자를 데리고 집으로 돌아갈 때, 명란은 거동이 둔해진 몸으로 문밖까지 배웅했다.

"며칠 전 학 관사가 이미 완공 검사를 마쳤다고 하더군요. 벽의 기반도 견고하고, 상단도 훌륭하니 공사를 끝내도 된다 했어요. 조만간 술자리를 마련할 터이니 그때 꼭 오셔야 합니다."

대저택에서 땅을 건드리는 공사는 대사였다. 착공할 때나 완공 후 연회를 열 때는 모두 황력[4]을 따져 날을 정한다. 그런 술자리는 절대 거절할 수 없었다.

"그런 좋은 일에 빠질 수 없지요."

---

4) 중국의 옛 달력, 음력 절기 및 길흉일 등이 기록되어 있음.

상 유모는 웃으며 고개를 돌렸다.

이튿날 명란은 얼굴이 발그레해질 때까지 숙면을 취하고 일어나 여유롭게 단귤이 불러 주는 연회 참석자 명단을 듣고 있었다. 바깥주인이 부재중이라 연회를 크게 열 수 없어 친척들 몇몇만 초대했다. 그다음, 료용댁이 연회에 올릴 음식과 과일 종류를 읊었다. 또 참석하는 손님 수에 따라 미리 사야 할 식자재와 술, 예비로 남겨둘 좌석 수 등을 고했다. 날씨가 무더워서 토굴에서 얼음을 꺼내고, 담당 인원을 정해 내일 아침에 술과 과일을 우물에 넣어 차갑게 식힐 예정이었다. 그리고 공사 일꾼들의 숫자를 세어 그들을 위한 연회석을 어찌 준비할까도 생각했다. 이번 공사는 대들보나 지붕을 올리는 것처럼 큰 규모가 아니라 담장과 뜰 일부를 손본 정도여서 제물이나 사탕, 국수 등은 생략해도 상관없었다. 이미 징원에서 몇 차례 연회를 연 적도 있고, 관사와 어멈들도 경험이 풍부한 사람들이었다. 이번엔 참고할 전례도 있고 하여 허둥지둥하지 않았다.

연회 준비를 하는데 바깥에서 사람이 들어와 성부에서 손님이 왔다고 고했다. 명란은 녹지를 보내 맞이했다.

"방씨 어멈, 어쩐 일이세요? 어서 앉으세요!"

명란이 놀랍고 기쁜 마음에 손잡이를 잡고 일어나려고 하자 방씨 어멈은 황급히 다가와 명란을 부축했다.

"아이고! 아가씨, 어서 앉으세요."

"잘 지내셨어요? 할머님은 무탈하신가요? 전이는 글공부 잘하고 있나요? 혜아는 말문이 트였고요?"

방씨 어멈이 자리에 앉기도 전에 명란이 질문을 쏟아냈다.

방씨 어멈은 단귤이 들고 온 찻잔을 받아 들고 명란을 어루만지며 웃었다.

"다 무탈합니다. 혜아 아가씨는 어찌나 총명한지 벌써부터 재롱을 부리신답니다. 전이 도련님은 어린 망아지처럼 사방을 뛰어다니며 사고를 치시고요. 다들 붙잡지도 못해요. 노마님께서는 요새 흑단 지팡이도 잘 안 짚으십니다. 하루에도 몇 번씩 호통을 치실 만큼 정정하시지요. 얼마 전에 태의가 맥을 짚으러 들렀는데, 전이 도련님이 장가갈 때까지는 거뜬하실 것이라 했습니다!"

할머니가 평안하다는 이야기를 듣자 명란은 기쁘기 그지없었다. 사실 어린 명란은 '진짜 어린아이'가 아니었기 때문에 아무리 흉내를 내려 해도 지나치게 얌전한 편이었다. 진짜 어린아이는 전이처럼 자신을 총애하는 증조모 앞에서 어리광도 부리고 장난도 치며, 사방에서 사고를 치고 다녀 어른들을 힘들게 만들기 마련이다.

"노마님께서 어제 광제사에 가서 아가씨 부적을 받아 오셨습니다. 이것을 지니고 계시면 모자가 평안하고 모든 일이 순탄할 거랍니다!"

방씨 어멈은 두루주머니를 꺼내 공손하게 명란에게 건넸다.

명란은 감동하며 두루주머니를 받아 품에 안았다. 괜스레 눈시울이 시큰해지며 가슴이 따뜻해졌다. 명란은 고개를 돌려 촉촉해진 눈시울을 수습한 후 고개를 바로 하고 웃었다.

"아버지와 어머니는 평안하신가요?"

연초에 성굉은 도찰원에서 병부로 자리를 옮겨 우시랑으로 임명되어 서북로의 조세를 걷는 임무를 맡게 되었다. 방씨 어멈은 웃으며 말했다.

"마님께서는 평안하십니다. 나리께서는 훨씬 유쾌해지셨습니다. 장풍 도련님의 글공부를 봐주실 짬도 생겼지요. 또 시간을 내어 노마님과 말씀도 나누십니다."

방씨 어멈은 웃으며 한숨을 뱉었다.

"사실 나리는 아주 다정한 분이시죠. 관직에 십여 년 몸담으시며 누구에게도 원한을 사신 적이 없어요. 다들 나리가 후덕한 분이라 칭찬하잖습니까. 그런 분이 송사訟事 임무를 맡으셔서 고생 많으셨지요. 지금은 아주 좋아졌어요, 나무아미타불!"

명란은 배를 붙잡고 입술을 깨물며 웃음을 참았다. 자식 된 도리로 부모 이야기에 웃음을 보일 수 없었다. 하지만 성굉에게 어사라는 직위는 정말 어울리지 않았다. 성굉은 타고난 타협가이자 중재자였다. 눈에 불을 켜고 남의 잘못을 캐거나 뒤에서 움직이는 것이야 그렇다 쳐도 고발하고 벌을 내리는 일은 정신적으로 고통스러웠을 것이다.

"그러면…… 장풍 오라버니와 올케는 어떤가요?"

명란은 눈을 깜빡이며 기대에 가득 차 물었다.

"한 쌍의 원앙 같습니다. 서로 어찌나 아끼는지 몰라요."

방씨 어멈은 진지하게 대답했다.

"정말이요?!"

명란은 화들짝 놀랐다.

이 부부는 신혼 때부터 서로를 마음에 들어 하지 않았다. 장풍은 류 씨의 고리타분하고 엄숙한 성격을 싫어했다. 류 씨는 남편이 가볍고 점잖지 못한 사람이라 대놓고 이야기했다. 혼례를 올린 지 닷새째 되는 날, 장풍은 통방의 처소로 갔고, 류 씨는 전혀 신경 쓰지 않았다.

장풍 내외의 사이가 틀어지자 왕 씨는 기쁨을 억누를 수 없었다. 그러나 장풍이 아무리 어리석어도 자신의 생모와 이십여 년을 다퉈온 왕 씨를 가깝게 여길 리는 없었다. 그가 기댈 만한 사람은 성굉과 노대부인뿐이었는데, 두 사람은 류 씨의 주장은 모두 옳고, 류 씨의 행동 역시 모두 깊은 뜻이 있을 것이라며 한사코 류 씨 편을 들었다. 류 씨는 장풍이 사용하는 은자까지 틀어쥐게 됐다.

No woman, no money야말로 tragedy다.

성굉은 장풍의 교육에 박차를 가해 밥 먹듯이 아들을 훈계했다. 노대부인은 내외의 불화를 모두 장풍의 잘못이라 생각하며, 성굉이 했던 '성가의 장자는 적출이어야 한다'는 말을 내세워 단숨에 장풍의 통방 넷을 장원으로 보내 격리시켰다. 장풍은 몹시 괴로웠다. 어릴 적부터 마음이 약하고 온순했던 그는 그 상황에 처하자 눈물로 나날을 보냈다. 가여운 장풍은 이 세상천지에 자신을 알아주는 자가 없다 생각하여 삶의 의미를 잃었다.

바로 그때, 류 여사가 사면초가의 장풍에게 따뜻한 우정의 손길을 내밀었다.

"그날 장풍 도련님은 나리께 크게 꾸중을 듣고 마음이 상해 저녁 식사도 하지 않으려 하셨지요. 그때 아씨가 야식을 들고 서재에 계신 장풍 도련님을 찾아가셨어요."

방씨 어멈은 목소리를 낮췄다.

"아씨가 무슨 말을 했는지는 알 수 없지만, 계집종들 말로는 장풍 도련님이 어린아이처럼 아씨 품에 안겨 대성통곡을 하셨다지 뭡니까. 이튿날, 아씨는 표정도 밝아졌고 말씀도 더 이상 사납지 않고 다정하게 하시더라고요. 두 분 사이는 꿀처럼 달콤해졌지요. 그 후에 아씨가 장원으로 보냈던 통방을 데려오셨습니다. 도련님은 감동하여 두 분의 사이는 더 좋아졌어요. 게다가 도련님께서 자발적으로 통방 둘을 없앴고, 분수를 지킬 줄 아는 착실한 두 아이만 남겨두셨지요. 요새 아씨는 매일 도련님께 열심히 글공부하시라 재촉하며 지내십니다."

놀라운 반전이 있는 이야기였다.

명란은 자기도 모르게 류 씨의 위력에 감탄했다. 성굉과 노대부인은 역시 매의 눈을 지닌 사람들이다. 며느리를 제대로 들인 듯했다!

"올케와 아버지, 할머니께서 그리 하기로 행동을 맞추신 건가요?"

명란은 다가가 귓속말로 물었다.

방씨 어멈의 표정은 가늠할 수 없었다.

"총명한 사람들끼리는 행동을 맞출 필요가 없지요."

명란은 손뼉을 치며 박장대소를 하다가 방씨 어멈에게 귤을 까서 건넸다. 재미있는 이야기를 들려준 답례였다. 이 보 전진을 위한 일 보 후퇴. 더 큰 이익을 위해 우선 양보하는 것은 아주 좋은 방도였다. 누가 삶에 지혜가 필요하지 않다 했던가!

류 씨는 악역도 했다가 구슬려도 봤다가 온갖 방법으로 남편을 휘어잡으며 전세를 뒤집었다. 류 씨의 노력에 비하면 고가의 아가씨는 철부지 아이처럼 삶의 어려움도 모르고 제멋대로 인생의 기회를 낭비한 셈이다.

방씨 어멈은 성부의 또 다른 재미있는 이야기를 명란에게 들려주었다. 최씨 어멈도 곁에서 즐거워하며 들었고, 단귤과 계집종들도 흥을 돋웠다. 즐거운 시간을 보내고 있는데 하죽이 잔뜩 놀란 얼굴로 들어왔다.

"마님, 년이에게 변이 생겼습니다."

명란은 아연실색하며 물었다.

"무슨 일이냐?"

"아침에 년이가 학당 가는 길에 갑자기 야생마 두 마리가 달려와 타고 있던 마차를 박았답니다. 년이가 다쳐서 지금까지 깨어나지 못하고 있대요. 상 유모께서 사람을 보내 마님께 알리라고 하셨어요."

명란은 굳은 표정으로 자리에서 일어나 낮은 소리로 명했다.

"내 명첩을 들고 가서 임 태의를 모셔오거라."

혹시라도 상년에게 무슨 일이 생긴다면 상 유모는 어쩌면 좋단 말인가. 명란은 마음이 타들어갔다.

제169화

동풍이 불고 전고가 울리다 (2)
강씨 집안 여자는 집안에 들일 수 없다

임 태의는 조상 대대로 의술을 하는 집안의 후손으로, 외상, 건조증, 지혈, 응급조치, 근골 치료가 전문이다. 그런 까닭에 무장들이 가장 자주 찾는 태의였다. 단균은 외원의 관사들과 함께 임 태의를 상 유모의 집으로 모시기 위해 나섰다. 황혼 무렵이 되어서야 단균이 돌아왔다.

"마님, 염려 놓으세요. 년이가 많이 다치긴 했지만 목숨에 지장은 없다 합니다."

글공부하는 다른 소년들처럼 몸이 허약하거나 운동신경이 둔하지 않은 상년은 마차가 뒤집히려는 순간 재빨리 마차 벽을 짚고 튀어나왔다. 그 덕분에 타박상 정도만 입었을 뿐 머리, 가슴, 복부 등 급소에 심각한 상처는 입지 않았다.

명란은 불현듯 생각나 급히 물었다.

"그러면 손은? 다리는?"

고대 관리사회에는 장애인 우대 조항이 없었다. 만약 겉모습에 문제가 생긴다면 평생 관직에 오르기 힘들었다. 단균은 씁쓸하게 웃었다.

“다리는 괜찮은 듯하나, 팔이……. 임 태의에게 들은 바로는 오른팔의 상박골에 금이 가고, 왼손의 손목도 부러졌다 합니다.”

명란은 급히 물었다.

“그렇다면 치료할 수 있다더냐?”

단귤은 한발 가까이 다가왔다.

“임 태의께서 년이의 뼈를 고정하고 약을 바른 후에 부목도 대어 주셨어요. 년의 나이가 아직 어려 체격도 자라는 중이고, 골격도 굳지 않은 상태니까 몸조리를 잘한다면 얼마 지나지 않아 완쾌될 것이라고 하셨습니다.”

명란은 그제야 안도했다. 바로 그 자리에서 외원 관사를 통해 은자 이백 냥을 임 태의 집으로 보내며 감사와 간곡한 당부를 아끼지 않았다. 상 유모는 녕원후부 외가에 남은 유일한 어르신이라며 특별히 신경을 써 달라 언급한 것이다. 임 태의는 한참을 거절하다 결국엔 은자를 받으며 진맥을 보러 자주 들르기로 약조했다. 명란은 앞으로 약재를 사거나 진맥을 받을 때 보태라고 장방에서 은자 오백 냥을 꺼내 상 유모에게 보냈다.

“유모에게 초조해하지 마시고 필요한 것이 있으면 언제든 찾아오시라 전하거라. 혹시라도 은자가 부족하면 다 한 가족이니 어려워 말고 사람을 보내 알리시라 말씀드리고.”

명란은 사람을 보내며 당부했다.

“내 걱정은 하지 마시고, 년이를 잘 돌보시라 전하는 것도 잊지 말거라.”

사람이 나간 후 명란은 비단 평상에 앉아 멍하니 있었다. 그러다 문뜩 정신을 차려보니 아랫입술이 얼얼하게 아팠다. 자기도 모르게 입술을 너무 세게 깨물었던 것이다. 명란은 치를 떨며 이번 사고와 자신이 아무

관계가 없길 바랐다. 혹여 관계가 있다면 반드시 주모자를 밝히고 말 것이다! 그리고 그들에게 '미성년자 보호법'이 무엇인지 톡톡히 맛보여 줄 참이었다.

이튿날 아침, 명란은 사람을 시켜 닭을 잡고 술을 준비한 후 폭죽까지 터트렸다. 고정엽이 없으니 고정위가 대신해서 제사를 올렸다.

약식으로 제를 올린 후, 상을 차려 술을 마실 차례가 됐다. 남자들을 위해서는 외청에 두 상이 차려졌고, 여자들의 상은 화청[1]에 차려졌다. 어린아이들을 위한 상도 따로 두 개 차려졌다. 분가를 한 후에 고부의 남자들은 저마다의 고민을 안고 오래간만에 재회했다.

다섯째 숙부는 미간을 잔뜩 찌푸렸다. 잔에 든 좋은 술이 쓰디쓴 탕약 같았다. 반평생 형님의 그늘 아래 살다가 그 그늘이 사라지자 세상살이의 어려움을 몸소 겪는 중이었다. 그는 장자인 고정양이 평범하지만 착실하고 군자의 풍모를 지닌 아들이라 생각했다. 그러나 상상을 초월할 정도로 여색에 빠진 놈이었다. 고정양 처소의 여자들은 며느리고, 계집종이고 하나같이 사치스러워 은자를 물처럼 써댔다. 고정양은 온 경성의 기루를 돌아다니며 은자를 펑펑 뿌려 댔다. 정말이지 고상함이라고는 찾아볼 수 없는 색골이었다. 그전에는 형님이 돌봐주고, 형수가 숨겨주고, 부인이 감싸 준 탓에 알지 못했다. 그런데 지금은……. 그가 눈을 번뜩거리며 노려보자 고정양은 무서워서 손을 떨다 젓가락으로 집고 있던 오소리감투 초무침을 상에 떨어뜨렸다. 옆에 있던 고정적은 그런 낌새를 전혀 모른 채 여유롭게 고정위와 잔을 부딪치고 있었다.

---

1) 화원 등에 설치되어 전망이 좋은, 밝고 아름답게 장식된 응접실.

둘째를 떠올리자 다섯째 숙부는 또 한 번 암담해졌다. 총명하고 능력이 좋아 집안의 대들보가 될 거라는 기대와 달리, 아들은 철저히 자기 잇속만 챙겼다. 자기와 관계없는 일에는 신경도 쓰지 않았으나 일단 자기 이익과 관련된 일이라면 하나하나 따지고 들었다. 형이 기루에 드나들며 돈을 헤프게 쓰자 이를 문제 삼는 것은 차치하더라도, 늙은 부친의 고상한 취미에 대해서도 엄격하게 굴었다.

둘째 아들 내외는 장부를 하나하나 분석했다. 들어온 은자가 얼마이고 은자가 나갈 할 곳이 어디인지, 또 앞으로 들어올 은자가 얼마이니 수입에 맞춰 써야 한다 등등……. 듣기만 해도 머리에 쥐가 날 것 같았다. 그러나 실제 상황이 그러하니 이를 악물고 문객 중 반을 돌려보냈다. 고서, 좋은 벼루, 귀한 먹 등을 새로 들이는 것도 망설이다 줄일 수밖에 없었다.

다섯째 숙부는 한숨을 쉬며 잔을 들어 넷째 숙부에게 술을 권했다. 근심이 많은데 술이 들어가자 넷째 숙부 역시 함께 한숨을 쉬었다.

사실 장자는 말할 것도 없었다. 성실하고 부인 말을 잘 들었다. 작은아들과 다르게 부친의 점잖지 못한 취미에 휘말리지도 않았다. 그가 표희[2]를 하려 해도 아들은 불만 가득한 얼굴을 내비쳤다. 하지만 장자 말고 기댈 곳이 어디 있나? 작은아들은 자신과 죽이 잘 맞았지만 아쉽게도 집안을 말아먹을 놈이었다. 경솔하게 장사를 하려다 빚만 가득 지는 바람에 결국 자신이 메워줘야 하지 않았던가! 지난해부터 금년까지 빚을 갚고 있지만 앞으로 얼마나 더 갚아야 할지 알 수 없을 지경이었다.

---

2) 극 도중에 무대에 올라가 연기자가 마실 차를 따라 주는 등 간접적으로 극에 참여하는 일.

술자리 분위기는 씁쓸했다. 고정위만 신이 나고 다들 아무 감흥이 없었다.

그에 비해 부녀자들의 자리는 화기애애했다. 명란은 자리에 앉자마자 어안이 벙벙했다. 분명 집안 연회였는데 고 태부인이 다정하게 강 부인을 데리고 온 것이다. 함께 데려온 조아는 고가의 처자들이 앉는 상으로 보냈다.

고 태부인은 태연자약하게 손아래 동서들에게 강 부인을 소개했다.

"이쪽은 명란이의 이모님이시네. 오늘 마침 시간이 있다 하시길래 내가 초청했네. 원래 이런 자리는 사람이 많아야 흥이 나는 것 아니겠나."

강 부인은 우아하고 고상한 미소를 지었다.

"제가 너무 당돌한 것은 아닐지요."

넷째 숙모는 아무 말 없는 명란을 슬쩍 쳐다본 후에 다섯째 숙모와 함께 강 부인을 환영했다.

고가는 이미 분가해서 넷째 숙부댁과 다섯째 숙부댁은 객이었다. 관례대로라면 주 씨와 소 씨가 음식 수발을 들어야 하는데 고 태부인이 그럴 필요 없다 했다. 여자들은 나이와 서열에 맞춰 상을 나눴다. 고 태부인은 동서 둘, 강 부인과 한 상에 앉았다. 명란 등 며느리들이 한 상에 앉았고, 시집 안 간 처자들이 또 한 상을 차지했다. 구석 멀리에 얼음이 담긴 대야가 놓여 있었고, 계집종들이 서서 부들부채로 시원한 바람을 일으키고 있었다. 화청 앞에서 노래를 부르는 눈먼 가희에, 맛 좋은 음식까지 차려져 있는 훌륭한 연회였다.

술잔이 세 순배 돌고 노래도 모두 끝이 나자 아가씨들은 손을 잡고 놀러 나갔다. 강조아만 고 태부인에게 불려와 상에 앉아 이야기를 나누게 되었다. 여자들은 한데 모여 이런저런 이야기들을 주고받았다.

"오늘 제가 형님께 한 잔 올리겠습니다!"

고정적의 부인이 고정양의 부인을 잡아끌고 함께 잔을 올렸다.

"큰조카가 그렇게 일을 잘해서 복 노장군께 칭찬을 들었다면서요."

고정적의 부인은 단숨에 술잔을 비웠고, 고정양의 부인은 소매로 가린 채 술잔을 비웠다.

고정적의 부인은 자리에 앉은 후에 또 웃으며 말했다.

"큰조카에게 희소식이 있으면 숨기지 마시고 다 알려 주세요!"

고정훤의 부인은 아무 말도 하지 않았지만 웃음에 의기양양해 하는 모습이 그대로 드러났다. 그 모습을 본 소 씨는 의아하게 생각했다. 고정적의 부인이 남편을 도와 바깥일을 관리하며 뭔가 소문을 들은 게 분명했다. 소 씨는 웃으며 물었다.

"혹시 그 말이 참인가요? 큰조카의 혼사가 정해졌다던데."

고정훤의 부인은 웃을 뿐 답을 하지 않았다. 고정적의 부인은 입 안에 앵두와 안심살 요리를 넣으며 웃었다.

"제가 쓸데없는 말을 했군요, 더 말하면 안 되겠어요, 안 되겠어……."

소 씨가 여전히 상황 파악을 못 하자 주 씨가 웃으며 영리하게 돌려 물었다.

"혹시 복 노장군가의 여식인가요?"

고정훤의 부인은 눈썹을 꿈틀대며 기쁜 표정을 숨기지 못했다. 옆에 있던 고정병의 부인은 질투가 났지만 형님의 비위를 맞추기 위해 급히 말했다.

"그리 말하지 마세요, 아직 확정된 일도 아닌걸요. 그 집 아가씨 이름에 누가 되면 안 되잖아요!"

고정훤의 부인은 통쾌하게 웃으며 명란을 슬쩍 쳐다봤다.

"동서 말이 맞네. 자, 다들 식사하게!"

상에 둘러앉은 동서들의 표정은 가지각색이었다. 명란은 고개를 숙이고 웃었다. 다른 사람은 몰라도 명란은 이미 그 소식을 알고 있었다.

건너 상에 앉은 고 태부인은 그 이야기를 듣고 강 부인을 향해 눈짓했다. 강 부인 역시 눈빛으로 답했다. 둘은 뜻이 통했다. 고 태부인은 갑작스레 넷째 숙모와 다섯째 숙모를 향해 탄식하며 말했다.

"자네들은 복이 많군. 자손이 번성하고 증손자를 볼 날도 머지않았으니 말일세. 우리 집만 이리도 활기가 없이 쓸쓸하네."

넷째 숙모는 속으로 움찔하며 미소를 지을 뿐 아무 말도 하지 않았다. 그때 다섯째 숙모가 영문도 모르고 웃으며 말을 받았다.

"조금 더 기다려보시지요. 정엽이와 정위가 젊으니 손주들을 잔뜩 낳아주지 않겠습니까."

고정적의 부인은 급히 소 씨를 쳐다봤다. 고개를 숙인 채 어두운 얼굴을 하고 있는 소 씨를 확인하고는, 제 시어머니가 말을 참 거슬리게 한다고 생각했다.

고 태부인은 눈을 내리깔며 우울하게 말했다.

"다른 사람은 몰라도 정엽이는 우리 고가의 대들보인데, 어찌 그리 자손이 늘지 않는지 원. 그 생각만 하면 나리를 볼 낯이 없네."

그 말이 나오기가 무섭게 분위기가 싸해졌다. 눈치 빠른 사람들은 물론 다섯째 숙모조차 분위기가 심상치 않음을 느끼고 사람들의 눈치를 살피며 말을 아꼈다.

강 부인만이 아무렇지 않은 듯했다. 오히려 고 태부인의 팔을 잡아당기며 웃는 낯으로 말했다.

"부인의 벗으로서 그 고민을 해결해주고 싶군요."

고 태부인도 강 부인의 팔을 잡으며 친근하게 말했다.

"진정 제 고민을 이해하신다면, 부탁 하나만 들어주시지요."

"하나가 뭡니까? 백 가지, 천 가지 부탁이라도 들어드려야지요."

고 태부인은 고개를 돌려 강조아를 쳐다보더니 제멋대로 말했다.

"따님이 아주 마음에 드는군요. 우리 고씨 집안에 보내주시면 안 될까요? 정엽이의 이방二房[3]이 되어 자손 번창에 힘을 써준다면 정말 아껴줄 터인데!"

강 부인은 일부러 명란을 쳐다보며 웃었다.

"그거 좋지요. 부인 마음에 들었다니 그게 다 조아의 복이 아니겠습니까?"

곁에 있던 강조아는 부끄러워서 빨간색 천처럼 붉어진 얼굴을 숙였다.

사람들은 만담을 하듯 한마디씩 주고받는 둘의 모습에 서로를 쳐다보면서 어리둥절했다. 마지막으로 사람들의 시선은 자연히 명란에게 돌아갔다. 명란은 아무 내색 없이 천천히 새콤한 배추 볶음을 집어 먹었다.

강 부인은 명란을 보며 목소리를 높였다.

"저야 대찬성이지만, 조카가 언짢아할지 모르겠군요!"

고 태부인은 돌아보지도 않고 웃었다.

"그럴 리가요? 우리 며느리가 얼마나 착한데요. 질투할 리 없지요."

"그건 그렇지."

강 부인은 바로 말을 받았다.

"백석담의 하가를 아시나요? 그 댁 노대부인이 우리 명란이를 참 예

---

3) 둘째 부인 격, 정실과 첩실 사이의 지위를 가짐.

빼하셔서 며느리로 들이고 싶어 하셨지요. 명란의 혼사가 정해지기 전에는 하루가 멀다 하고 동생 집을 찾으셨어요."

강 부인은 위협적인 눈빛으로 명란을 사납게 쳐다봤다.

정오를 지나 해가 기울며 하늘에 구름이 드리워졌다. 사방이 순간 서늘해지며 창밖에서 스산한 바람 소리가 들렸다. 사람들은 모두 침묵했고 고정훤의 부인과 소 씨만이 우려하는 눈빛으로 명란을 바라보고 있었다.

드디어 배추 볶음을 다 먹은 명란이 길고 가녀린 손가락으로 젓가락을 내려놓더니 느긋하게 수건으로 입가를 닦았다. 강 부인은 참지 못하고 명란에게 물었다.

"명란아, 좋은지 싫은지 말을 좀 해 보아라."

명란은 입을 닦은 수건을 천천히 상에 펼치며 웃는 얼굴로 입을 뗐다.

"사실 오늘 하고 싶은 이야기가 있습니다. 원래 사적인 자리에서 말씀드리려 했으나 다들 한 가족이고, 어머님과 이모님의 이렇게 친하시니 따로 말씀드릴 필요 없겠네요."

고 태부인은 날카롭게 눈을 번뜩이다가 급히 눈빛을 거뒀다.

명란은 여유롭게 입을 뗐다.

"연초쯤 금향후 마씨 집안에서 찾아왔었지요. 죄를 지은 집안이라 만나고 싶지 않아 관사에게 적당히 돌려보내라고 했습니다. 그런데 그쪽에서 집안의 친분을 봐서 은자를 빌려달라 하지 뭡니까? 그러면서 죄를 받기 전에 마가의 도련님들이 어머님을 자주 찾아뵀다 하며, 특히 아들 마옥이 정찬 아가씨와 놀면서 컸다고 했습니다. 어머님이 마음에 무척 들어 사위로 삼고 싶어하셨다던데……."

마가가 찾아왔었다는 말은 순 거짓말이었다. 그 지경이 된 집안에서 무슨 용기가 있어 찾아왔겠는가? 다 도호가 알아온 정보였다.

여기까지 들은 사람들은 명란이 무슨 말을 하려는지 곧 눈치챘다. 고 태부인은 창백해진 얼굴로 탁자에 덮인 천을 움켜쥐었다. 명란은 고 태부인의 안색을 살피며 빙그레 웃었다.

"요즘 이런 방도로 은자를 융통하려는 자들이 널리고 널렸으니, 누가 그 말을 믿겠습니까? 저는 사람을 보내 말을 전하라 하였지요. 친분이 있는 집안의 자녀들이 자주 왕래하는 것은 당연지사인데 아무 증거 없이 그런 말을 하면 누군가가 누명을 쓸 수도 있다고요. 그 당시 정찬 아가씨가 공주부와 혼담을 주고받을 때라서 일을 키우지 않는 것이 좋다 생각하여 은자를 조금 들려서 보냈지요."

고 태부인은 가까스로 웃으며 힘겹게 말을 뱉었다.

"잘했구나."

마가에서 찾아올 리 없다는 것을 알고 있으나 명란이 이 일을 알게 되었으니 약점을 잡힌 셈이다. 결국 고 태부인은 "어른들끼리 사이가 좋으면 아이들은 당연히 함께 어울리는 법이다. 그렇다고 함부로 혼사를 논할 수는 없지. 그러다 괜한 소문만 퍼지니 말이다."라고 말하며 복잡한 눈빛으로 강 부인을 봤다.

강 부인은 상황을 파악하고 웃으며 명란에게 말했다.

"그러게나 말입니다. 혼사와 같은 대사는 신중을 기해야지요. 이 이모가 방금 경솔했구나. 네 동생 조아가 자리를 탐하는 건 아니지만, 첩실이 되어 너와 고 서방의 시중을 든다면 좋을 거라 생각했다."

명란은 고개를 저으며 모든 사람이 들을 수 있도록 큰 소리로 말했다.

"아니요. 이방도 안 되고, 첩실도 안 됩니다."

강 부인은 성질을 못 이기고 자리에서 벌떡 일어나 소리쳤다.

"내 동생 밑에서 어찌 너같이 투기심 강한 게 나왔는지 모르겠구나!"

명란은 태연히 웃으며 또박또박 말했다.

"이모님, 아직 모르시는군요. 고가에서 첩을 들이지 못하게 하는 것으로 투기가 심한 여인을 논한다면, 그 영광은 제 차지가 아닙니다."

명란은 웃으며 고 태부인을 바라봤다.

"막 고부에 들어왔을 때 저도 희한하다 여겼습니다. 저희 시아버님이 장자시고 일찍이 처를 얻으셨는데 어째서 자식들 나이가 제일 어린 것일까요?"

"감히 시아버지를 욕보이다니!"

고 태부인이 무거운 목소리로 말했다.

"그럴 리가요!"

명란은 화들짝 놀라는 척하며 가슴에 손을 얹었다.

"저는 아버님을 칭찬하는 겁니다. 온 경성을 뒤져보세요. 아버님처럼 부부지간의 정을 중히 여기셔서 십 년 가까이 기다린 끝에 큰아들을 보신 분이 있는지요?"

안면몰수하자면 명란도 두려울 것 없었다. 평소에 양보 좀 해줬더니 이제 머리 꼭대기까지 올라가려 하는 것이 아닌가!

고 태부인은 이상하리만치 성을 냈다. 얼굴은 잿빛이 되어 있었다. 명란은 고개를 돌려 웃으며 물었다.

"다섯째 숙모님, 숙모님께서 제일 잘 아시겠군요. 그 당시 제 시아버님께서 어찌 첩을 들이지 않으셨습니까?"

다섯째 숙모는 난감해졌다. 속사정을 훤히 알고 있을 뿐 아니라, 그 일을 빌미로 다섯째 숙부가 첩이나 통방을 들이지 못하게 했기 때문이다. 그러나 이제 우물쭈물하며 대답할 수밖에 없었다.

"본인이 원치 않으셨다."

명란은 바로 뒤를 돌아 고 태부인을 똑바로 쳐다보며 물었다.

"혹시 아버님께서 어머님께 첩실을 들이고 싶다 말씀하셨습니까?"

고 태부인은 버럭 욕설을 뱉을 뻔했으나 원래의 목적을 생각하며 힘겹게 화를 참았다.

"네가 불안하긴 한 모양이구나! 멀쩡한 사내라면 글을 읽거나 일을 하느라 바쁠 터인데, 첩실을 들이고 싶다 말할 시간이 어디 있겠느냐. 시중들 사람이야 현명한 안주인이 결정할 일이지. 네 고민을 잘 알고 있다. 다른 사람이 들어오면 안심할 수 없겠지. 허나 조아는 네 사촌동생이 아니냐? 걱정할 것이 뭐 있느냐. 시어미 말 듣고, 네 명성을 위해서라도 들이도록 하려무나."

화가 안 났다고 하면 거짓일 것이다. 명란은 가슴이 답답하고 괴로웠다. 하지만 이런 때일수록 냉정해져야 한다. 명란은 고개를 저으며 단호하게 거절했다.

"이모님의 딸이기 때문에 더욱 안 됩니다."

이미 명란은 첩실을 들일 마음의 준비가 끝난 상태였다. 자신이 직접 첩실을 골라 줄 수도 있었다. 남자의 마음이 변하면 잡으려 해도 잡을 수 없기 때문이었다. 그러나 자신이 통제할 수 없거나 다루기 힘든 자를 첩실로 들일 수는 없었다. 강씨 집안은 제 친척이고, 또 왕 씨의 친정 식구라서 절대로 받아들일 수 없었다.

"무슨 뜻이냐?"

강 부인이 날카로운 소리로 물었다. 고 태부인 역시 놀라며 부들부들 떨었다.

"네, 네 이모님이 아니냐!"

"이모님은 어머님이 모신 손님이지, 제가 초대하지 않았습니다."

명란은 계속 고개를 저었다.

"어머님이 아니면 저는 절대로 이모님을 집에 들이지 않았을 겁니다. 적게 볼수록 좋지요."

한판 붙자면 붙어야지!

"너, 너……."

강 부인은 화가 치밀어 명란을 가리킨 채 말을 잇지 못했다. 이번에는 넷째 숙부댁과 다섯째 숙부댁의 식구들도 명란이 지나치다고 생각했다.

명란은 고개를 들어 질책하는 눈빛으로 자신을 보는 사람들에게 조리 있게 설명했다.

"제가 왜 이모님을 만나고 싶어 하지 않는지 이상하다 여기시겠지요? 게다가 제가 이모님께 버르장머리 없게 군다고 생각하시지요? 사실 다 이유가 있습니다. 어머님께서 수소문해보시면 금방 알게 될 것입니다. 이모님은 저희 친정에 들르실 때 할머님께 좀처럼 인사를 올리지 않으셨어요. 특히 숭덕 2년부터 이모님은 한 번도 저희 할머님을 뵙지 않으셨지요."

사람들은 이상하다 여기며 강 부인에게로 시선을 돌렸다.

"저희 할머님께서 이모님을 못 오게 하셨기 때문입니다. 이모님이 오셔도 할머님께서는 보지 않으셨습니다."

명란이 이유를 설명했다.

화청에 있던 사람들은 수군거리며 놀란 표정을 지었다. 고 태부인과 강 부인은 어안이 벙벙한 상태가 되었다. 특히 강 부인은 믿을 수 없다는 표정으로 명란을 바라보았다. 그토록 온순하고 참을성 많던 어린 서녀가 어떻게 이렇게 변한 거지?!

"집안 흉을 보는 것은 누워서 침 뱉기라는 말이 있지요. 그러나 어머님께서 이렇게 몰아붙이시니 저도 어찌할 수 없군요. 숙모님들, 그리고 형님 동서들. 옳고 그름을 좀 가려주세요."

명란은 소매 속에서 손수건을 꺼내 조용히 눈가를 닦았다.

"저희 할머님이 엄격한 분이긴 합니다. 그러나 친척에게 이토록 싫은 소리를 하실 분은 아니시죠. 정말이지…… 후."

명란은 난감해하며 말을 이었다.

"할머님께서 이모님의 성격이 독하고 무자비하며 남을 해치려는 생각만 하니 정인군자正人君子[4]가 아니라 하셨지요. 이모님 손으로 보낸 목숨이 얼마나 많은지 다 말할 수 없을 정도입니다. 할머님께서 확실히 아시는 것만으로도 네 명이에요. 오 년 전에 독살로 한 명, 이 년 전에 트집을 잡아 때려죽인 것이 또 한 명. 그리고 연초에 강부의 첩실 하나가 회임한 상태로 시신이 되어 실려 나갔지요."

분위기가 순식간에 싸늘해졌다. 사람들의 얼굴에는 경악한 기색이 역력했다. 다섯째 숙모는 특히 입을 멍하니 벌린 채 놀란 표정을 감추지 못했다. 막무가내인 자신도 이렇게 못 할 짓을 한 적은 없었다.

"그런 말로 사람을 중상모략하다니!"

강 부인은 무섭도록 날카롭게 소리쳤다.

명란은 차분했다.

"이모님은 사건을 숨기고 싶거나 위급할 때마다 저희 어머니께 도움

---

4) 마음씨가 올바르며 학식과 덕행이 높고 어진 사람.

을 청하셨죠. 할머님이 자세히 묻지는 않으셨지만 다 알고 계셨습니다. 정말 시비를 가리고자 한다면 할 수 있을 겁니다."

이것 역시 도호가 알아온 단서로 꾸며 낸 이야기였다.

강 부인은 칼이라도 튀어나올 듯한 매서운 눈빛으로 명란을 노려봤다. 그러나 명란의 말 한마디 한마디가 모두 정곡을 찌르는지라 반박할 수 없었다.

명란은 강 부인을 보지 않고 반쯤 울먹이면서 계속 연기했다.

"할머님께서 저희 어머니와 이모님은 친자매라서 끊어낼 수 없는 사이라고 하였습니다. 어찌할 도리가 없으니 도우셨겠지요. 하지만 저는 한 다리 건넌 사이입니다. 고가에서 이런 집안을 받아주어야 하나요?"

결론이 나오자 다섯째 숙모를 필두로 한 여자들이 모두 멸시하는 눈빛으로 고 태부인을 바라봤다. 사람들은 모두 속으로 '이런 악독한 여인을 절친한 벗으로 삼다니, 유유상종이라고 당신도 크게 다를 것이 없겠군.'이라고 생각했다. 사실 친혈육의 시어머니라 해도 며느리 처소의 일에 직접적으로 개입할 수 없다. 그런데 계모인 주제에 갖가지 방법을 동원해서 챙겨주는 척하는 것을 보면, 절대 호의에서 우러난 행동은 아니다.

특히 머리가 빨리 돌아가는 고정훤 부인과 고정적 부인은 서로를 쳐다보며 속으로 외쳤다.

'여태까지 인자한 척 잘 꾸며오다가 체면 불고하고 고집을 피운다 했다. 분명 큰일이 나겠군.'

고 태부인과 강 부인의 얼굴은 붉으락푸르락했다. 둘은 여러 가지 상황에 대한 계산을 끝내둔 상태였다. 그런데 명란이 '누워서 침 뱉기' 전략으로 강 부인의 명성에 먹칠을 할 거라고는 상상조차 못 했다. 둘은 순식간에 속수무책이 되었다.

다섯째 숙모는 "첩을 들이는 것은 너희 집안의 일이니 더는 묻지 않겠다."라고 말하며 작별을 고했다. 고 태부인은 상황이 불리하게 돌아가자 재빨리 강 부인에게 눈빛을 보냈다.

강 부인은 이를 악물었다. 어차피 더 이상 차릴 체면도 없었으니 마지막 방법을 쓰기로 했다. 기껏 해봐야 서녀 하나 잃는 것이었다. 강 부인은 다섯째 숙모가 떠나기 전 재빨리 자리에서 일어나며 큰소리로 외쳤다.

"청산유수구나. 너와 이제 말다툼할 엄두도 못 내겠어."

그리고 고 태부인을 보며 일부러 화를 냈다.

"전에 저를 뭐라고 설득했습니까. 우리 집안에서는 다들 조아가 녕원후의 첩이 된다고 알고 있는데, 내 무슨 낯으로 저 아이를 도로 데려간단 말입니까? 죽이든 살리든 고가에서 알아서 하십시오!"

강 부인은 조아를 고부에 남겨둔 채 소매를 휘날리며 밖으로 성큼성큼 나갔다. 아무도 막을 수 없었다.

다섯째 숙모는 반쯤 굳은 상태로 명란을 보다가 다시 조아를 바라봤다.

조아는 손으로 얼굴을 가린 채 구석에서 울고 있었다. 고 태부인은 울음을 삼키며 말했다.

"이제 어찌하면 좋을꼬? 다 내 죄다. 이건 멀쩡한 처자를 막다른 길로 모는 게 아니냐!"

고정훤의 부인은 명란을 보았다가 주 씨를 보더니 무슨 말이라도 하려는 듯 입술을 달싹거렸다. 그때 고 태부인이 말을 이었다.

"강씨 집안 역시 명문가라 집안 아가씨를 함부로 첩실로 보내지 않는다. 우리 정엽이 정도는 돼야지!"

고정훤의 부인은 한숨을 쉬더니 입을 다물어버렸다.

"멀쩡한 연회가 엉망이 돼 버렸군요."

명란은 허리를 받치고 일어나 덤덤히 말했다.

"손님은 어머님이 초대하셨으니 어머님이 알아서 수습하시지요. 전 피곤하니 가보겠습니다."

• • •

가희거에 돌아온 명란은 더 이상 분노를 참지 못하고 잔을 힘껏 집어 던졌다. 그러고는 방망이질 치는 가슴을 어루만지며 천천히 평상에 누웠다. 화청에서 명란의 시중을 들던 단귤 역시 분노했다. 단귤은 천천히 명란의 식은땀을 닦아주며 쉴 수 있도록 시중을 들었다.

너무 힘을 많이 쏟았는지 명란은 그렇게 잠들었다. 얼마나 지났을까. 녹지가 들어오며 작은 소리로 속삭였다.

"강가의 그 계집이 바깥에 무릎을 꿇고 앉아 있어요!"

그 말에 성격 좋은 단귤조차 머리카락이 곤두서는 듯했다.

"그 사람들 정말 너무하는구나!"

둘이 몰래 나가려고 할 때 갑자기 명란이 깨어나 몸을 일으키며 차갑게 말했다.

"부축해줘. 나가봐야겠다."

"마님, 나가지 마세요. 그냥 저렇게 두세요! 고육책을 쓸 모양인데, 누가 믿겠어요!"

녹지가 씩씩거리며 말했다.

"흥, 집안사람이면 죽어도 상관없어. 하지만 조아에게 혹시 무슨 일이 생기면, 강가가 그것을 빌미로 날 물고 늘어질 게야."

명란은 얼음처럼 차가운 표정으로 단귤의 부축을 받으며 천천히 문밖으로 향했다.

문 앞에는 최씨 어멈이 뜰에 꿇어앉아 있는 조아를 노려보고 있었다.

오후의 뜨거운 열기에 비구름까지 더해져 숨쉬기도 힘든 날씨였다. 강조아는 가엾게 홀로 뜰에 무릎을 꿇고 앉아 있다가 명란이 나오자 눈물을 흘렸다.

"언니, 절 불쌍히 여기시고 제발 살려주세요!"

명란은 냉소를 지었다. 좋군, 좋아. 이렇게 사람 목숨을 가지고 날 압박하다니.

명란은 고 태부인이 첩을 보내는 건 무섭지 않았다. 고정엽과 고 태부인의 관계를 고려해 봤을 때, 고정엽은 아마 첩을 보내는 족족 소리소문 없이 내칠 것이다. 그러나 하필 눈앞에 있는 강가의 계집은 장모인 왕 씨의 친척이라 고정엽이 손을 쓰기도 마땅치 않았다. 아주 고약한 계략이야!

고 태부인이 그저 자신을 괴롭히려고 첩을 보내려는 것일까? 고정엽이 여색에 빠지게 만들어 부부의 마음을 떼어놓으려는 속셈일까? 정말 그게 다란 말인가?!

명란은 갑자기 무슨 생각이 들었는지 곁눈질로 최씨 어멈을 보며 명했다.

"사람을 불러 몸을 뒤지게!"

강조아는 울고 있었다. 갑작스러운 명란의 명령에 건장한 어멈 둘과 계집종 몇이 달려들어 강조아를 붙잡고 몸을 뒤졌다. 소매에서 가위 하나가 나왔다.

“마님, 여기 있습니다.”

녹지는 가위를 든 채 매서운 눈초리로 쏘아봤다.

“네 감히 마님을 해칠 생각은 하지도 말거라!”

명란은 하마터면 웃음을 터트릴 뻔했다. 이 아이가 만담을 많이 들었구나.

깜짝 놀란 강조아가 바들바들 떨며 연신 용서를 빌었다.

“아닙니다, 아니에요. 전 그럴 만한 배짱이 없어요!”

“샅샅이 뒤졌으면 데리고 들어오거라.”

명란은 웃으며 몸을 돌렸다.

계집종 둘이 다리가 풀려 버린 강조아를 데리고 방으로 들어왔다. 그런 다음, 명란에게서 다섯 발자국 정도 떨어진 곳에 강조아를 내동댕이친 후 양쪽에 서서 눈에 불을 켜고 노려봤다. 최씨 어멈과 단귤 등도 혹시나 강조아가 위험한 행동을 하면 발로 차 죽여버릴 심산으로 지켜보고 있었다.

명란은 단정히 앉아 천천히 치마를 매만졌다.

“최씨 어멈은 조심성이 많은 사람이라 외부인이 처소 안으로 들어오는 걸 싫어한단다. 혹시라도 안 좋은 게 딸려 들어올까 걱정이 돼서 그러겠지. 네가 처음 왔을 때도 몸을 뒤지고 싶어했어. 어멈, 오늘 드디어 소원을 이뤘군. 축하하네.”

이런 상황에서도 농담을 건네자 신경이 끊어질 정도로 긴장한 최씨 어멈은 저도 모르게 눈을 부릅뜨고 명란을 노려봤다.

“자, 이제 제대로 이야기해보자꾸나.”

명란은 농담 섞인 말투를 거두며 차갑게 말했다.

제170화

동풍이 불고 전고가 울리다 (3)
처첩, 고부, 자매, 모자, 발본색원

단귤은 조심스레 남쪽으로 나 있는 창 두 개를 닫고, 동서 방향의 통풍창만 남겨둔 채 커다란 부채를 들고 명란의 뒤에 서서 부채질을 해주었다. 소도는 찻물 온도가 적당한지 살폈다. 명란은 한 모금 마시고 찻잔을 내려놓은 후 덜덜 떨며 서 있는 강조아를 봤다.

"네 생모는 주 씨고 바깥에서 사 왔다지. 열네다섯부터 이모님 곁에서 시중을 들었고, 몇 년 후 이모님이 이랑으로 올려준 후 너를 낳았고. 내 말이 맞니?"

강조아는 천천히 고개를 들었다. 놀라서인지 두려워서인지 얼굴이 땀인지 눈물인지 모를 액체로 뒤범벅이었다.

명란은 미소를 지었다.

"이모부께서는 첩실이 많았지만, 소 씨 성의 이랑만 끝까지 체면을 유지하며 지냈지. 아들 하나, 딸 하나. 아마 네 열다섯째 여동생과 열한 번째 남동생일 거야."

강 부인의 남편은 힘이 좋아서 온 집안에 첩실과 자손이 가득했다. 도호가 알려준 정보가 너무 많았다. 수많은 자손들의 이름까지 하나하나 묻기가 귀찮아 명란은 아예 숫자를 매겼다.

강조아는 저도 모르게 "……어떻게 아셨죠?"라고 물었다가 실례를 했다는 생각에 고개를 숙였다.

"너는 자매가 많은데 그중 혼기가 찬 아이는 세 명. 하나는 너, 또 하나는 열넷째 동생인데 그 아이의 생모는 강씨 집안에서 정식으로 데려온 첩이지. 나머지 하나는 그 소 이랑의 딸이고."

성가에 있을 때 명란은 강 부인의 열다섯째 딸을 만난 적이 있었다. 눈이 번쩍 뜨일 정도의 미인으로 요염한 자태에, 이목구비 역시 또렷하여 남자를 홀릴 수 있는 타고난 재목이었다.

"그렇다면 이모님이 어째서 너를 고가의 첩으로 보내려 하신 걸까?"

명란은 나른하게 웃었다.

강조아는 수치스럽고 화가 난 얼굴로 피가 날 만큼 세게 아랫입술을 깨물었다.

"이모부께는 서출 딸이 많아. 얼굴이 반반한 몇 명을 제외하면 태반은 제 앞날이 이모님 손에 달려 있지. 네 친모는 친정도 없고, 집안에 기댈 곳도 없는 데다 이모부의 총애도 받지 못하셨어. 그러니 엄청난 구박을 받고 계실 게야. 내 말이 맞기도 하고 틀리기도 하겠지."

강조아는 건조한 눈을 들었다. 눈물은 이미 말라 버린 상태였다.

"언니가 하신 말씀이 모두 맞아요."

"네가 나를 해치려고 이 가위를 숨긴 건 아니라고 믿어. 그럼 대체 뭘 하려던 거지?"

명란은 찻잔을 집어 들고 목을 축였다.

"말해봐. 대체 이모님이 뭘 하라고 시키셨니?"

강조아는 난처한 기색이 역력했다. 아무리 참으려 해도 갈등하는 모습을 감출 수 없었다. 이제 겨우 열여섯 살이고 항상 안채에 갇혀 사느라 이런 상황은 처음일 테니 그럴 만도 했다. 생모는 나약하고 아는 것도 없어서 딸을 제대로 가르치지 못했을 것이다. 강조하는 복잡한 마음에 손가락으로 옷자락이 해지도록 비틀었다.

명란은 덤덤히 웃었다.

"네가 말하지 않아도 다 알아낼 수 있어. 차라리 이 기회에 나에게 호의를 베풀지 그러니?"

강조아는 입을 벌렸다가 다물었다가 한참을 망설였다. 어디서부터 말을 꺼내야 할지 몰라 여전히 당혹스러운 얼굴이었다.

명란은 조급해하지 않고 천천히 답을 유도했다.

"이모님이 나에 대해 뭐라고 말씀하셨지? 좋은 소리는 안 하셨을 것 같은데."

강조아는 더듬거렸다.

"……어머니께서는 언니가…… 착한 척하며 평판을 중히 여기기 때문에, 시…… 심하게 질투하는 모습을 보이지 못할 거라 하셨어요……."

강조아는 혹시라도 명란이 화를 낼까 눈치를 봤다.

그러나 명란은 조금도 화난 기색 없이 여전히 웃으며 다정하게 물었다.

"그리고? 이 가위는 어찌된 거지? 네가 가져온 것이니 아니면 이모님의 뜻이니?"

강조아는 작은 소리로 말했다.

"……어머니가 명하셨어요……. 만약 언니가 저를 받아주시면 기회를 봐서 자해하라고요. 그러면 어머니가 오셔서 언니에게 본때를 보여주겠다고 말씀하셨어요. 그렇게 언니가 된통 당하면 앞으로 제가 여기서 편하게 살 수 있을 거라고도 하셨고요."

명란은 저도 모르게 고개를 끄덕이며 웃었다.

"하지만 난 죽어도 널 받아주지 않을 생각인데?"

강조아는 입술을 꾹 깨물고 핏기 없이 창백해진 얼굴로 말했다.

"……어머니께서 만약 언니가 죽어도 저를 받아주지 않으면…… 무릎을 꿇고 일어나지 말라 하셨어요. 그러면 언니는 명성에 금이 갈까 두려워 저를 받아주거나 가둘 것이라고요. 그때 기회를 봐서 자해하면 어머니께서 찾아와 해결해주신다고요. 언니가 그렇게 몰아붙였다고 말하라 분부하셨지요. 그럼 절 첩으로 들이지 않을 수 없을 거라고요."

방에 있던 사람들은 그 얘기에 분통을 터트렸다. 늘 신중했던 최씨 어멈은 분노로 온몸을 부들부들 떨었다. 명란은 자리에서 일어나 최씨 어멈의 곁으로 다가가 다독여주었다. 그러고는 방을 두 바퀴 돌더니 갑자기 뒤를 돌아 조아에게 다정히 물었다.

"어릴 적부터 이모님의 행태를 익히 봐왔을 테지. 정말 그렇게 하면 이곳에서 편히 살 수 있을 거라 믿었니?"

강조아는 고개를 숙이더니 갑자기 몸을 격렬하게 떨기 시작했다. 자신의 생모가 비굴하게 비위를 맞추는 얼굴이 떠올랐다. 강조아는 그렁그렁한 눈으로 명란을 바라보며 힘겹게 말을 이어갔다.

"믿기지 않아도 믿어야 했어요. 어머니가 그곳에 계시니……."

강 부인은 동생인 왕 씨보다 더 포악했다. 게다가 저지할 손윗사람도 없어서 가끔은 체면도, 법도도 아랑곳하지 않았다. 총애를 받지 못하는 첩실이나 서녀는 관사나 어멈들에게조차 무시를 당하는 처지였다.

명란은 씁쓸히 웃으며 고개를 저었다. 채찍과 당근을 함께 주며 유혹하다니, 머리 많이 쥐어짰구나.

조아는 조심스럽게 명란의 표정을 살폈다. 어릴 적부터 길러온 습관이었다. 생각 외로 명란의 얼굴은 온화하고 침착해서 표정이 읽히지 않았다. 그 모습에 강조아는 오히려 겁이 나서 무릎을 꿇고 울며 애원했다.

"언니, 저를 불쌍히 여겨주세요!"

녹지는 속에서 천불이 올라와 당장이라도 눈앞에 있는 강조아의 따귀를 올려붙이고 싶었다. 그러나 명란은 규율에 엄격한 사람이다. 명란의 지시가 없으면 외부인 앞에서 말 한마디도 함부로 할 수 없었다. 녹지는 꾹 참았다.

명란은 한 손을 의자 손잡이에 걸치고 식지와 중지로 천천히 두드렸다. 명란은 생각에 잠긴 듯 심각한 표정으로 한참을 있더니 갑자기 안쓰러워하는 얼굴로 조아를 바라봤다.

"너도 알다시피 나 역시 지금의 어머니가 생모가 아니시란다. 생모는 어릴 때 여의었지. 할머니께서 거둬주시지 않았다면 떠도는 부평초처럼 지냈을지도 몰라……."

명란의 목소리는 다정하고 구슬펐다. 듣고 있던 강조아는 한바탕 눈물을 흘리며 고개를 숙인 채 흐느꼈다.

"너와 난 모두 서출이야. 이런 네 모습을 보니 나도 마음이 편치 않구나. 이렇게 하자, 내가 두 가지 길을 일러줄게."

명란은 부드러운 눈빛으로 안쓰러워하며 말했다.

"네가 우리 부에 들어와 나와 함께 나리를 모시자. 그러면 네 친모도 편히 살 수 있겠지."

방 안에 있던 사람들은 놀라서 믿을 수 없다는 눈으로 명란을 쳐다봤다. 강조아 역시 너무 놀라서 울음을 그쳤다.

"그게 싫다면 또 한 가지 길이 있어."

명란은 고운 얼굴을 살짝 찌푸리며 따스하게 말했다.

"성가는 유양에서 제법 알아주는 편이니, 할머니께 부탁드려 너를 유양으로 보내줄 수 있어. 큰당숙모님과 당고모님이 네 혼처를 찾아주실 게야. 나와 네 형부가 있으니 유양에서 널 괴롭힐 사람은 없을 테고. 하지만 아주 좋은 집안을 찾기는 힘들 것 같구나."

방 안에 있던 사람들은 조금 전보다 더 놀라 어안이 벙벙한 눈으로 명란을 쳐다봤다. 강조아는 눈물이 마른 눈을 휘둥그레 떴다.

"그러면…… 제 어머니는요?"

강조아는 반 박자 늦게 반응했다.

명란은 웃으며 설득했다.

"이모님은 내가 너를 강제로 보냈다고 생각하실 테니 네 친모를 괴롭히지 않을 거야. 게다가 장오 오라버니와 올케언니가 이모부께 상황을 설명해서 혼사를 결정 지으면 되지. 이 상황이 이모부 귀에까지 들어가면 네 친모는 무사하실 거야."

강조아는 당황하다 망설이다가 어쩔 줄 몰라하며 시시각각 안색이 변했다.

"어떠니? 말 좀 해보거라."

명란은 다정히 웃으며 의미심장하게 말했다.

"여자는 살면서 선택할 수 있는 게 많지 않아. 잘 생각해보려무나."

방 안에는 짧아졌다가 길어졌다가 다시 가빠졌다가 안정을 찾아가는 강조아의 불규칙한 숨소리만 들렸다. 명란은 인내심을 가지고 기다렸다.

"……싫, 싫어요!"

한참이 지난 후 방 안에 날카로운 외침이 울렸다. 고개를 들고 눈을 커다랗게 뜬 강조아의 얼굴은 하얗다 못해 투명해 보였다.

“첩이 되고 싶지 않아요!”

강조아는 기다시피 명란 앞까지 다가와 날카롭게 소리쳤다.

“어머니께서 말씀하셨어요. 형편이 변변치 않더라도 절대 첩은 되지 말라고요! 날 때부터 천한 사람이 어디 있나요? 전 제대로 시집가서 정실이 되고 싶어요!”

강조아는 명란의 옷자락을 잡고 평생 쌓인 한이 터져 나온 듯 대성통곡했다. 그러면서도 첩이 되기 싫다는 말을 계속 되뇌었다.

옆에 있던 소도는 눈을 깜빡이며 이 아가씨가 강 부인에게 호되게 당하며 살아왔구나 하고 생각했다. 만약 왕년의 임 이랑이 누리던 삶을 봤다면, 첩실도 아주 그럴듯하고 해볼 만하다고 여겼을 것이다.

그 말을 듣고 명란은 차가운 표정으로 엄숙하게 자리에서 일어나 강조아를 쳐다봤다.

“정말이니?”

강조아는 몹시 흥분해서 제정신이 아닌 상태로 대답했다.

“예…….”

명란은 조아를 천천히 밀어낸 후 배를 받친 채 방 안에서 몇 걸음 걷다가 강조아의 곁에 멈춰 섰다. 명란은 식은땀 범벅인 강조아의 이마에 손을 짚고 덤덤히 말했다.

“그래. 내가 조금 고생하면 되겠지. 네 혼수를 두둑이 챙겨줄게. 앞으로 잘 살거라. 네 친모가 복이 있다면 모녀가 함께 살날이 올지도 모르지.”

명란은 말을 마치고 녹지에게 계집종 둘과 함께 멍하니 있는 조아를 데리고 나가게 했다.

사람들이 나가자 최씨 어멈이 기다렸다는 듯 물었다.

“마님, 어째서…….”

명란은 조용히 손을 저으며 최씨 어멈의 말을 가로막고 씁쓸하게 웃었다.

"그들과의 싸움이 두려운 것은 아니네. 방도도 있고. 강조아의 목숨을 신경 쓰지 않으면 훨씬 수월할 테지. 그렇지만…… 목숨은 중히 여겨야 하니 선택할 기회를 준 걸세."

최씨 어멈은 이해할 수 있다는 듯 고개를 끄덕였다.

"조아 아가씨를 시험해보셨군요."

"저 아이가 녕원후부에 들어와 부귀영화를 누릴 심산이었다면 가차 없이 장오 오라버니에게 보냈을 걸세. '아황여영[1]의 예도 있으니 오라버니의 첩이 되어 자매가 한 부군을 모시도록 해. 이 얼마나 아름다운 이야기니.'라고 하면서 말이야. 그 후에 죽든 살든 나와는 무관한 일이고."

명란은 느긋하게 앉아 느릿느릿 몸을 움직였다. 얼굴에는 피곤이 가득했다.

"그리되면 오히려 신경 쓸 일 없겠지. 하지만 천성이 착한 아이지 않나. 강가로 돌려보내어 또다시 이모님의 구박을 받게 할 수 없었네."

마음이 여린 최씨 어멈도 함께 한숨을 내쉬었다.

"후, 불쌍한 아가씨죠. 다 그 집안의 잘못 아니겠습니까."

"할머니께서 항상 말씀하셨지. 작은 은혜로도 목숨을 살릴 수 있고, 작은 행동으로도 덕을 쌓을 수 있다고. 태어날 아이를 위해 덕을 쌓았다고 생각해야지."

부푼 배를 천천히 만지는 명란의 표정은 한없이 인자했다. 강조아의

---

1) 고대 황제 순에게 시집간 두 자매 아황과 여영을 의미.

혼수는 자신의 쌈짓돈에서 낼 생각이었다. 근검절약하여 모아 놓은 첫 목돈이다. 명란은 자신을 사랑하고 아낄 줄 아는 조아가 새로운 인생을 시작하는 데 의미 있게 쓰고 싶었다.

한참을 멍하니 있던 명란은 정신을 차리고 엄숙한 표정으로 최씨 어멈과 단귤에게 말했다.

"가서 일러라. 조아의 일은 입도 뻥긋해선 안 될 것이야. 오늘 밤 그 아이를 계집종 차림으로 꾸며 집에서 내보내고, 내보낸 후에는 여기에 있는 것처럼 행동해야 한다. 세세한 건 앞으로 다시 상의해보고, 일단은 처소 사람들 입단속을 철저히 하는 게 급선무야."

단귤과 최씨 어멈은 바로 대답했다.

가희거 밖에는 계집 몇 명이 수풀과 돌에 몸을 숨기고 안을 염탐 중이었다. 날이 어두워지자 한 계집이 재빨리 훤지원으로 뛰어가서 향씨 어멈의 귓가에 대고 한참을 속닥거렸다. 향씨 어멈은 그 계집을 데리고 안으로 들어가 고했다.

"어찌 되었느냐?"

고 태부인은 침상에서 몸을 일으켜 세우며 날카로운 눈빛으로 물었다.

계집종이 조그맣게 대답했다.

"경비가 삼엄하여 저녁께나 돼서야 대략적인 소식을 알아냈습니다. 강조아 아가씨는 심하게 소란을 피웠지만 가위를 지닌 게 발각돼서 빼앗겼고. 지금은 갇혀 있다고 합니다."

고 태부인은 잔인하게 웃었다.

"가위로 안 되면 벽에 머리를 박으면 되지 뭐가 어려울까."

향씨 어멈이 계집종을 내보낸 후 돌아왔다. 고 태부인은 나한상에 누워 혼잣말을 중얼거리며 웃고 있었다.

"상 유모에게 감사해야겠어. 그때 한바탕 소란을 일으켜 강 부인의 화를 돋워서 다행이군. 그렇지 않았다면 강 대인의 체면을 봐서 강 부인이 그리 독하게 마음먹지 않았을지도 모르지."

"마님도 요새 고단하셨을 텐데 오늘은 마음 푹 놓고 쉬셔도 될 듯합니다."

향씨 어멈은 웃으며 고 태부인의 방석을 바로 놓아주었다.

고 태부인은 옷섶을 풀다 갑작스레 물었다.

"강조아가 그리 소란을 피우는데 명란이가 아무 조치도 취하지 않았단 말인가?"

향씨 어멈은 잠시 생각하다 고했다.

"별다른 것은 없었고 방금 전에 문간방에서 마차 한 대가 성부로 향했습니다."

고 태부인은 갑자기 웃음을 터트렸다.

"명란이라도 별수 없구나. 그래, 친정으로 도움을 청하러 가야겠지!"

• • •

쨍그랑!

찻잔 하나가 땅바닥에 떨어져 사방으로 파편이 튀었다. 찻잔 안의 끈적끈적한 호박색 액체가 적갈색의 융단을 적셨다. 청당에 있던 계집종들과 어멈들은 모두 고개를 숙인 채 숨을 죽이고 있었다.

"말해보거라, 이 일을 알고 있었느냐!"

노대부인은 어두운 안색으로 흑단 구름무늬 지팡이를 짚은 채 꼿꼿이 섰다.

왕 씨는 어찌할 바 몰라 하며 연신 변명을 늘어놓았다.

"제가…… 알 리가요……. 전혀 몰랐습니다."

왕 씨는 두아[2]보다 억울했다.

"다 네 잘난 언니 짓이다! 심보가 고약하고, 모범적인 마님의 모습이라고는 찾아볼 수가 없구나. 남편 마음도 못 잡고 자식들 관리도 못 하면서 시간만 나면 첩실이나 서자들에게 화풀이나 해대지! 친정 오라비나 동생에게 빌붙는 것 말고 또 뭐 할 줄 아는 게 있더냐. 말도 험하고 인정머리 없이 독하기만 하니 조상님 사당으로 보내 가법으로 다스려야 할 여인이야!"

노대부인은 당장 강 부인을 잡아먹기라도 할 것처럼 한바탕 꾸짖었다.

왕 씨는 노대부인의 말에 심기가 불편해져서 결국엔 언니를 두둔했다.

"사돈이 조아를 마음에 들어 한다고 하지 않습니까? 제 언니가 고의로 그런 것도 아닌데……."

왕 씨는 점점 말끝을 흐리다가 노대부인의 서슬 퍼런 눈빛에 입을 다물었다.

"무슨 소릴 하는 게야! 너도 한 집안의 주인마님이 아니냐. 남의 집 여식이 좌판의 돼지고기도 아니고 마음에 든다고 멋대로 첩실로 들일 수 있단 말이냐! 네 언니가 강가의 위신을 다 깎아내렸다! 아무리 서녀가 마음에 들지 않아도 그리 할 수는 없는 법이다! 친자식들의 혼사를 마쳤으니 이제 멋대로 굴겠다는 속셈이 아니고 무엇이냐!"

노대부인은 쾅 하고 탁자를 내리쳤다.

---

2) 원대 잡극 〈두아원〉의 주인공, 불행한 젊은 과부 두아는 불한당 장려아의 뜻을 따르는 걸 거부하다가 그의 간계로 장려아 아버지의 살해 혐의를 뒤집어쓰고 사형당함.

왕 씨는 무안할 정도로 욕을 먹었으나 반박하거나 말대꾸할 엄두도 내지 못했다. 왕 씨는 노대부인이 칼끝을 돌려 의심하는 눈초리로 자신을 노려보며 호통치는 것을 듣고만 있었다.

"진정 몰랐단 말이냐? 둘이 한통속이 되어 벌인 짓은 아니겠지?"

왕 씨는 황급히 손을 저으며 부인했다.

"어머님, 저는 진정 모르는 일입니다! 저는 명란이와 여란이를 지금까지 똑같이 대했습니다!"

노대부인은 다소 화를 누그러트리며 왕 씨를 가리킨 채 말했다.

"당장 속이 시커먼 네 언니를 찾아가서 똑바로 얘기하거라. 무슨 꿍꿍이인지는 모르겠으나 우리 집안이 상당히 불쾌하니, 만약 성가와 안면몰수하고 싶지 않다면 그 생각 접으라고!"

화들짝 놀란 왕 씨는 내키지 않은 듯 말했다.

"그, 그건…… 온당치 않습니다. 첩을 들이는 것이야 흔한 일이고, 언니가 잘못을 했다 한들, 이 상황까지 왔는데 그냥 진행하는 것이……."

흑단 구름무늬 지팡이가 바닥에 쿵 하고 꽂히며 매끈한 벽돌에서 귀에 거슬리는 소리가 울렸다. 노대부인이 큰소리로 호통쳤다.

"방금 전까지 명란을 친딸처럼 대했다고 하더니, 이게 화란이나 여란이 일이라면 이리 하였겠느냐!"

왕 씨는 입을 다물지 못했다. 노대부인은 눈을 가늘게 뜨고 위엄 있게 왕 씨를 노려보았다.

"사돈이 몇 번이나 문 서방에게 첩을 들이려고 할 때 가서 뭐라고 했느냐? 화란이와 원 서방의 사이가 좋아지자 곧바로 화란에게 첩들을 손보라고 부추긴 건 또 뭐고. 나를 노망난 늙은이로 보는 것이냐! 네가 안 가겠다면 내가 직접 가서 여태까지 네 언니가 저지른 일들을 다 끄집어내겠다. 누가 이기나 해보자꾸나!"

"어머님, 아, 아닙니다. 제, 제가 가겠습니다!"

왕 씨는 아무 반박도 하지 못하고 노대부인의 말에 따를 수밖에 없었다.

"당장 가지 않고 무엇 하느냐?"

왕 씨는 깜짝 놀랐다.

"지금이요? 이미 날이 저물었습니다."

노대부인은 날카롭게 노려보며 호통쳤다.

"네 언니는 일이 생기면 이 시간이 아니라 한밤중에도 성가의 문을 두드렸다. 어째서 그 여편네는 이 시간에 와도 되고 넌 안 된다는 것이냐!"

왕 씨는 말썽을 일으킨 언니 탓에 애꿎게 욕을 먹었다고 원망하며 곧장 단장을 하고 강부로 향하는 마차에 올랐다.

강부는 황성 동단에 있다. 위치나 배치, 규모 그 어느 것을 놓고 보아도 성부를 한참 넘어섰다. 높은 상인방, 넓은 비첨, 여러 모양의 부조 장식, 문 입구에서부터 안까지 이어진 청색 벽돌 바닥에는 총 998마리의 박쥐가 새겨져 있었다. 이 모든 것이 강가의 휘황찬란했던 과거를 보여주고 있었다. 아쉽게도 이제 하인들은 기강이 빠져 있고 찾아오는 손님도 극히 적어 예전 모습은 찾아볼 수 없었다.

어멈의 안내를 받고 주실에 당도하자 막 저녁을 먹으려는 강 부인이 보였다. 양옆에는 계집종과 어멈들이 서 있었고, 화려하게 치장한 부인이 강 부인에게 찬을 덜어 주고 있었다.

강 부인은 왕 씨가 조만간 오리라 생각했지만 예상보다 너무 빨랐다. 명란이 어찌할 바를 몰라 허둥지둥하고 있다는 생각이 들자 말할 수 없이 통쾌했다. 성격 급한 왕 씨는 강 부인이 주변을 물리자 한바탕 원성을 쏟아냈다. 그러나 강 부인은 찻잔을 들고 입김을 불어 느긋하게 차를 식혔다.

"난 또 무슨 급한 일이라고. 그 일 때문이었구나."

왕 씨는 목소리를 잔뜩 억누르며 다급하게 말했다.

"대체 무슨 생각이에요? 지금 날 얼마나 곤란하게 만들고 있는지 알기는 해요?"

강 부인은 유유히 미소를 지었다.

"곤란하게 만들다니, 난 네가 부귀영화를 누리게 도와주고 있는 것이야!"

"그, 그게 무슨 말이에요?"

왕 씨는 이해할 수가 없었다.

"네 사위는 날이 갈수록 명성이 높아지고 있어. 곧 부귀영화를 끝없이 누리게 될 게야. 그러면 너희 가문까지 함께 그 영광을 누려야 하지 않겠니. 그런데 녕원후의 고귀하신 마나님도 그렇게 생각할지 모르겠구나."

왕 씨는 망설이며 말했다.

"어릴 적부터 내가 키웠고, 내 그 아이를 박대하지도 않았으니 당연히 그리 생각하겠지요."

강 부인은 냉소를 지으며 비아냥거렸다.

"그 아이가 그렇게 생각하고 있다면, 너를 공경하고 존경해야지. 예전 일이야 그렇다 쳐도 어찌 네가 준 계집종을 쫓아낸단 말이냐!"

"……채환이는 고 서방이 직접 쫓아냈어요……."

왕 씨의 목소리가 훨씬 작아졌다.

"계속 네 자신을 속이며 살거라. 만약 명란이 부추기지 않았다면 과연 네 사위가 그런 생각을 했을까?!"

강 부인은 차를 한 모금 마시더니 계속해서 요망한 세 치 혀를 놀렸다.

"명란이 고가에 들어간 지 얼마나 되었어? 앞으로 그곳에서 자리를 잡는다면 너를 거들떠나 보겠느냐? 네 시어머니만 챙기겠지. 그럼 앞으로 성가에서 제대로 허리도 못 펴고 살게 될 것이야!"

"설마요……."

왕 씨의 목소리는 점점 기어들어 갔다. 그러다 갑자기 무슨 사건이 떠올랐는지 황급히 입을 뗐다.

"그럼 조아는 언니 뜻대로 움직인답니까? 언니 배 속에서 난 아이가 아니잖아요."

"상관없어."

강 부인은 의기양양하게 웃었다.

"그 아이의 생모가 내 손에 있으니 내가 시키는 대로 할 수밖에 없단다!"

왕 씨는 갑자기 눈이 번쩍 뜨이며 마음이 동요하기 시작했다. 강 부인은 그 모습을 놓치지 않고 부추기기 시작했다.

"첩이 낳은 계집들은 제대로 훈계해야 한다. 그렇지 않으면 시집 좀 잘 갔다고 자기가 봉황이라도 된 줄 알고 날뛴다니까? 조아가 잘되든 못 되든 이 일로 명란이 고것이 조금 얌전해질 것이야. 네 말도 더 잘 먹힐 테고."

"그럼 돌아가서 어머님께 뭐라 답을 드리란 말입니까! 어머님은 보통 어려운 분이 아니라고요."

왕 씨는 노대부인을 생각하자 머리에 쥐가 나는 것 같았다.

"그게 뭐 대수란 말이냐. 가서 울며불며 내가 아무리 말려도 듣지 않는다 하면 될 것을. 일이 나 봤자 너희 집에 못 가는 정도겠지. 그럼 네가 몰래 여기로 오면 될 것 아니냐."

강 부인은 전혀 신경 쓰지 않았다.

"뭐든지 다 내 탓으로 돌려. 그런다고 설마 휴서를 내리겠어?"

"그러면…… 우리 나리는?"

왕 씨는 또 한 번 머리에 쥐가 났다.

강 부인의 얼굴에 깊은 증오심이 나타났다.

"사내들은 다 똑같아! '부부간의 의리' 같은 말 따위를 믿는 건 아니겠지?"

왕 씨는 이 의견만큼은 동의할 수 없어 속으로 생각했다.

'언니와 형부는 관계가 틀어져 서로를 못 잡아먹어 안달이지만, 나와 내 남편은 그래도 살갑게 정을 나누는 사이라고요.'

하지만 이 순간 성굉은 조금도 살갑지 않았다. 그는 집에 돌아가자마자 급하게 수안당으로 불려가 노대부인에게 사건의 경과를 상세히 들었다. 성굉은 퍼렇게 질려서 가라앉은 목소리로 얘기했다.

"어리석기 그지없는 여인 같으니라고!"

자기 부인을 말하는 것인지, 아니면 처형을 말하는 것인지는 알 수 없었다.

"이제 다 알았으니 앞으로 어찌할 작정이냐?"

노대부인은 노기를 거두고 냉정하게 자리에 앉아 있었다.

성굉은 잠시 생각하더니 공손히 물었다.

"어머님 생각은 어떻습니까?"

"너는 강가의 계집이 고부에 들어가길 바라느냐?"

"물론 원치 않습니다!"

성굉은 분노하며 자리에서 벌떡 일어났다. 말도 안 되는 소리다. 하나는 자기 친딸이고, 하나는 남의 집안 여식이다. 귀한 가문에 권력을 지닌 사위가 어디 흔한가, 앞으로 아들의 벼슬길과 가문의 번성 등을 위해 얼마나 더 도움이 필요할지 알 수 없었다. 이제 막 고깃국 맛을 본 셈인데, 살코기가 두툼한 빼다귀를 빼앗으려 하니 화가 나지 않을 수 없었다!

버럭 화를 낸 성굉은 자신이 지나치게 흥분했다는 생각에 헛기침을 했다.

"사돈댁 사정은 저도 압니다. 고 서방이 계모와 사이가 안 좋다는 건 다 아는 이야기지요. 그런데도 처형이 고 태부인과 가깝게 지내는 것은 고 서방 체면을 깎는 일이 아니겠습니까!"

만약 강가가 사고를 쳐서 강가가 감당하는 거라면 상관없었다. 허나 강 부인은 하필 성가의 이름을 내걸고 갔다. 앞으로 사위를 볼 면목이 없었다. 더구나 성굉은 강가 동서와 사이가 뜨뜻미지근하다. 만약 강조아가 총애를 받게 된다면 강가만 덕을 보는 셈이다.

"그렇다면 우리도 가만히 앉아서 지켜볼 수는 없다."

노대부인은 만면에 미소를 띠었다. 상황을 제대로 판단하고 있는 성굉과 대화를 하니 답답함이 풀렸다. 그에 비에 왕 씨와 이야기를 하고 있자면 진흙 속을 걷는 듯 앞으로 나아갈 수도 움직일 수도 없는 답답한 기분이었다.

"어머니 말씀대로 하겠습니다. 혹시 방책이 있으신지요?"

성굉의 최대 장점은 바로 겸손한 태도와 다른 사람 말에 귀를 기울이는 자세였다. 이 장점으로 여태까지 버티며 관료 사회에서 인자하고 겸손한 군자라는 평가를 받을 수 있었다.

노대부인은 만족스러워하며 낮은 소리로 말했다.

"애미가 나간 후 이미 강가의 계집아이를 유양으로 보냈다. 일단 근본적으로 문제를 해결하고, 각자 행동하도록 하자꾸나. 강 부인은 내 사돈 대신 혼쭐을 내놓았지. 너는……."

노대부인은 미소를 짓더니 성굉을 보며 또박또박 말했다.

"최근에 강 대인이 너에게 뭔가를 부탁하지 않았느냐?"

성굉은 화들짝 고개를 들었다. 이미 노대부인과 상의했던 일이고 그 당시 노대부인은 가타부타 의견이 없었다. 그걸 지금 번복하려는 것이다. 마음이 여리고 선량한 성굉은 망설였다.

"그건…… 그리해도 될지 모르겠습니다……."

노대부인은 냉소를 지었다.

"그간 우리가 강가를 대신하여 얼마나 많은 일을 수습해주었느냐. 굳이 그 일들을 들먹이지 않아도 이미 우리를 볼 낯이 없을 게다. 이제 강가 사람들에게 성가가 만만한 집안이 아니라는 것을 보여줘야 한다!"

성굉은 몇 차례 골똘히 생각해 보았다. 동서는 현재 무능하고 나약한 존재였고, 강가의 조카 역시 평범하기 그지없었다. 강가의 그 외 몇몇 사람이 관직에 오르기는 했으나 높은 자리도 아닐뿐더러, 형제들이 화목하게 지내는 편도 아니었다. 그는 이를 악물었다.

"어머님 말씀에 따르겠습니다."

성굉이 떠난 후, 방씨 어멈이 노대부인을 부축해 안쪽 방으로 들어가며 조용히 고했다.

"염려 마십시오. 두 쪽 모두 출발했습니다."

노대부인이 천천히 평상에 앉자 방씨 어멈이 신발과 버선을 벗겼다. 노대부인은 진절머리 난다는 표정으로 중얼거렸다.

"강가의 계집은 천천히 가도 괜찮지만, 성유에게 가는 서신은 속히 당도해야 할 터인데. 빠른 말과 배편이면 길어도 엿새나 이레면 되겠지. 흠, 그 악독하고 천한 것에게 본때를 보여 줘야겠구나! 우리 명란이를 사람 취급도 하지 않았으니, 그 여인의 딸도 된통 당하게 해 줘야지!"

방씨 어멈은 뜨거운 물을 한 대야 받아와 평소처럼 노대부인의 발을 씻겨주려 하였다. 그때 노대부인은 갑자기 무슨 생각이 떠올랐는지 다급한 기색으로 말했다.

"늙으니 중요한 일도 잊는구나. 반나절을 바삐 보내다 보니 명란이에게 서신 보내는 것을 잊었어!"

"그건…… 날이 너무 늦었습니다."

방씨 어멈은 망설이며 말했다.

노대부인은 앉은뱅이 걸상에 올려놓은 발을 다급하게 굴렀다.

"회임 중인 데다가 고 서방도 곁에 없으니 얼마나 초조하겠나. 하루도 편히 잠들지 못했겠지. 속히 다녀오게!"

방씨 어멈은 웃으며 답했다.

"예, 분부대로 하겠습니다. 지금 가서 사람을 불러올 테니 제가 뭐라 전할지 말씀해주십시오."

노대부인은 한참을 생각한 끝에 자애롭게 말했다.

"'할미가 있으니 무서워 말아라.'라고 전하게."

세 살 어린아이를 달래는 듯한 말투에 방씨 어멈은 자신도 모르게 푸흡 하고 웃어버렸다. 노대부인은 방씨 어멈을 흘기며 말을 이어갔다.

"몸조리 잘하고, 포동포동한 아들을 낳는 것이 가장 중하다고도 전하고."

방씨 어멈은 힘들게 웃음을 참으며 계집종을 불러 노대부인의 발을 씻기게 하고 명을 전하러 나갔다. 문을 나서기 전 노대부인은 갑자기 방씨 어멈을 불러 세웠다. 방씨 어멈은 고개를 돌리고 조용히 다음 말을 기다렸다.

"애미가 강부에서 돌아오거든 내가 곤하여 이미 잠자리에 들었으니 내일 오라고 하게."

제171화

동풍이 불고 전고가 울리다 (4)
내 이곳에 다시 발을 들이는 날에는
주실을 통째로 손봐줄 것이야

다음 날, 왕 씨는 아침이 밝자마자 두려우면서도 흥분된 마음으로 수안당을 찾았다. 왕 씨가 입을 떼려는 순간 노대부인이 선수를 쳐서 냉랭하게 말했다.

"아무 소득 없이 돌아온 게냐?"

난처해진 왕 씨는 최대한 분통이 터지는 척하며 말했다.

"제가 요리조리 설득해보았으나 언니가 뭐에 홀렸는지 도무지 듣질 않지 뭡니까……."

"됐다."

노대부인은 왕 씨의 변명은 듣기 싫다는 듯 딱 잘라 말했다.

"나도 애미 네가 이 일을 중하게 생각할 거라곤 기대도 안 했다. 알았다. 너는 이 일에 관여하지 말거라."

"어……."

왕 씨는 적잖이 놀랐다. 강 부인이 일러준 핑계를 다 대기도 전에 일이 이렇게 쉽게 끝날 줄은 상상도 못 했다. 왕 씨는 속으로 역시 언니의 예상이 귀신같이 맞아떨어졌다고 쾌재를 불렀다. 역시 시어머니는 자신을 어쩌지 못했다.

"허나……."

노대부인이 갑자기 운을 떼자 왕씨 부인은 가슴이 철렁 내려앉았다.

"너도 생각을 좀 하거라. 명란이가 네 배로 난 자식은 아니니 그 아이 일을 대수롭지 않게 생각해도 뭐라 강요할 수는 없다. 하지만 너는 엄연히 성가 사람이거늘 팔이 밖으로 굽어서야 쓰겠느냐!"

왕 씨는 점점 엄해지는 노대부인의 말을 들으며 가까스로 웃음을 보였다.

"그게 무슨 말씀이세요……?"

"꿇어앉거라!"

노대부인의 호통에 왕 씨는 반사적으로 다리에 힘이 풀려 수안당 청당 바닥에 털썩 꿇어앉았다. 다행히 한여름인 데다 얇은 융단이 바닥에 깔려 있어 무릎이 시리지는 않았다.

"다른 말은 않겠다."

어차피 말해 봤자 어리석은 며느리 귀에 들어갈 리도 없었다. 노대부인은 지긋지긋하고 화가 나서 말하기도 피곤했다.

"강 부인을 다시 집에 들이지 말라고 내 예전부터 당부했거늘, 넌 나 몰래 불러들였다. 이렇게 시어미의 말을 무시하고 거역하는 것은 명백한 불효이니 벌을 내리겠다. 할 말 있느냐?"

왕 씨 부인은 소스라치게 놀라 당최 무슨 말을 꺼내야 좋을지 몰랐다.

"오늘은 한 시진 동안 무릎을 꿇고 있거라. 이모라는 작자가 또 찾아온다면 다음에는 바깥에 무릎을 꿇릴 것이야."

노대부인은 천천히 자리에서 일어나 방씨 어멈의 부축을 받으며 안으로 들어갔다. 안에서 목소리가 들려왔다.

"억울하면 아범에게 말하거라. 그래도 억울하면 친정으로 가든지. 내 사돈어른과 이치를 따져 봐야겠어……."

왕 씨는 분노와 수치심에 몸을 부들부들 떨면서도 감히 몸을 일으키지 못했다. 하필 청당의 문이란 문은 전부 활짝 열려 있어서 오가던 어멈과 계집종들 모두 그 모습을 보게 되었다. 비록 수군대지는 못했지만, 슬쩍 엿보는 눈빛만으로도 왕 씨는 치욕스러워 죽고 싶었다. 그저 속으로 지독한 저주를 퍼부으며 시어머니의 명줄이 긴 것을 원망할 수밖에 없었다.

유곤댁은 상황이 심각해지자 재빨리 사람을 시켜 화란을 불렀다. 원부는 거리가 멀어서 사시巳時가 조금 넘어서야 겨우 도착할 수 있었다.

"큰아씨, 어서 가서 마님을 좀 달래주십시오. 이번에 제대로 망신을 당하셨지 뭡니까!"

유곤댁이 나직이 귀띔하자 화란은 찌푸린 얼굴로 황급히 주실로 향했다. 문에 들어서기도 전에 안에서 격분한 목소리가 들렸다.

"물러가거라! 다들 내가 일찍 죽길 바라고들 있겠지. 썩 꺼져버려!"

바로 왕 씨의 목소리였다.

계집종 네다섯이 깨진 사기그릇과 잔을 들고 나왔고 어멈 하나가 그 뒤를 따랐다. 어멈은 유곤댁을 보자 소곤소곤 말했다.

"마님께서 화가 단단히 나셨습니다. 아침도 거르시고요."

"어머니!"

화란은 단향목 구슬로 꿴 발을 젖히고 안으로 들어갔다.

왕씨 부인은 대나무 평상에 반쯤 누워 손수건으로 눈물을 닦고 있었다. 다리에는 붉은색 여름용 비단 담요가 덮여 있었다. 왕 씨는 큰딸을 보자마자 눈물을 왈칵 쏟으며 나무랐다.

"못된 계집애 같으니라고! 네 어미는 다 죽어가게 생겼는데 왜 이제야 오는 게냐! 더 늦었으면 이 어미 송장 치웠을 것이야!"

화란은 재빨리 왕 씨 곁에 앉아 손수건을 받아 들더니 얼른 눈물을 닦아주었다.

"어머니, 이렇게 한걸음에 달려왔잖아요. 그만 눈물을 거두셔요. 바깥 사람들이 보면 비웃어요! 이 얼마나 체면 떨어지는 일입니까."

"체면?!"

딸의 그 한마디에 왕 씨는 더더욱 분통을 터트리며 울부짖었다.

"더 깎일 체면이 어디 있느냐! 내가 성가에 시집온 지 수십 년이다. 힘들게 버티며 여기까지 왔고 너희 세 남매도 얻었지. 그런데 아침 댓바람부터 윽박지르며 무릎을 꿇리다니. 네 아버지는 신경 쓰기는커녕 일찍부터 찾아와 내 불효를 나무랐다! 나는…… 나는 더 이상 살고 싶지 않구나……."

그저 아프고 죽는 게 무서워 칼로 목을 긋거나 목을 매거나 금을 삼키는 등 뭐라도 시도하지 않았던 자신이 원망스러울 뿐이었다. 시도했다면 사람들을 놀라게라도 만들었을 텐데.

화란은 어머니가 세상 물정 모르는 어린애 같다는 생각에 살짝 한숨을 뱉은 후 왕 씨를 끌어안아 다독여주었다. 그 뒤로도 왕 씨가 전후 사정을 구구절절 되풀이하는 것을 참을성 있게 들어주었다.

"너도 내 잘못이라고 생각하느냐? 네 이모를 어찌 말린단 말이냐!"

왕 씨는 눈물 콧물을 다 쏟으며 말했다.

"네 할머니가 다짜고짜 내게 벌을 내리셨다. 이제 사람들 앞에서 어찌 얼굴을 들고 다닌단 말이야?!"

모든 상황은 오는 도중 유곤댁에게 충분히 들었다. 화란은 속으로 미련한 어머니를 원망하면서 강 부인의 교활함에 분노했다. 화란은 탄식했다.

"어머니, 할머니께서는 이모님을 단속하지 못한 것을 탓하시는 게 아니에요. 할머니께서 화가 나신 이유는 어머니가 가까이할 사람과 멀리할 사람을 구분하지 못하셨기 때문이에요."

왕씨 부인은 여전히 모르겠다는 듯이 화장이 다 지워질 정도로 눈물범벅이 된 눈을 동그랗게 떴다. 화란은 나긋한 목소리로 타일렀다.

"어머니 잘 생각해 보세요. 이모부는 관직에서 물러난 지 한참이에요. 사촌 오라버니만 겨우 주박主簿[1]으로 일하고 있죠. 경성에 강씨 집안 체면을 생각해주는 집안이 얼마나 되겠어요? 고 서방은 황제의 총애를 받고 있고 가문도 쟁쟁한 데다 명란이도 일품 고명 부인이 됐어요. 그런데 이모님은 대체 무슨 자격으로 그러시는 거죠? 예전에 명란이를 욕하고 깎아내린 것을 생각하면 그 아이가 이모님을 존경하고 챙겨야 할 이유가 어디 있나요? 어머니조차도 녕원후부에 가지 않는데 이모는 걸핏하면 목에 힘주고 그 집에 찾아가 위엄을 과시하며 듣기 싫은 말만 골라서 하셨잖아요. 호가호위란 딱 이모를 두고 하는 말이에요. 우리 성가를 앞세워 본인 체면을 차리신 거라고요!"

명란은 왕 씨와 피 한 방울 섞이지 않은 사이지만 자기 자식들과는 혈연관계다. 그런데 어찌 강조아를 명란이보다 더 가까운 사이라 할 수 있

---

1) 소속 부처의 문건 관리를 담당하는 보좌관.

겠는가? 에휴, 그저 명란이가 적대감을 가지지 않길 바랄 뿐이다. 화란은 나중에 직접 찾아가 설명해야겠다고 생각했다. 화란은 목이 탔다. 친어머니만 아니었다면 당연한 이치를 이렇게까지 열심히 설명하진 않았을 것이다.

“네 이모도 잘못은 있지. 후, 그런데 넌 모를 게다. 우리 자매는 동병상련을 느끼는 사이야.”

화란의 말에 설득이 됐는지 왕 씨는 점차 울음을 그쳤다.

“네 남동생은 지방으로 가고 너와 여란이는 제집 돌보기 바쁘지 않느냐. 네 할머니와 아버지와는 여태껏 말이 통했던 적이 없고. 게다가 잘난 류씨 며느리까지 들어왔지. 나…… 나는 이제 속 터놓고 얘기할 사람이 없단 말이다!”

왕 씨가 부쩍 거칠어졌다는 것은 화란도 알고 있었다. 딸의 충고도 들으려 하지 않고 걸핏하면 사람을 때리거나 욕했다. 오로지 이모하고만 마음이 맞아 자매끼리 뒷담화를 나누며 속을 풀었다. 화란은 안타까워하며 말했다.

“어머니, 마음이 답답하시면 이제 이모를 부르지 마시고 저를 부르세요.”

원부도 전보다 여유로워져 마음껏 외출할 수 있었다.

화란의 말에 왕 씨는 또다시 펄쩍 뛰며 눈을 부라렸다.

“이런 양심도 없는 계집애 같으니라고. 며칠 전에 어디에 갔었느냐! 사람을 시켜 너를 데려오라 했더니 원가 사람들이 죄다 집에 없다고만 하고 어디에 있는지 정확하게 말을 못 하더구나!”

순간 뜨끔한 화란은 애써 웃음을 지었다.

“그때는…… 장원을 사들였잖아요. 원 서방과 같이 좀 보러 갔었지요…….”

“저번에도 그곳에서 며칠 묵고 오지 않았느냐. 그런데 또 갈 일이 뭐 있어?”

왕 씨는 언짢았다.

“……경성은 무더위가 심하여…… 실이가 힘들어하길래 아이들을 데리고 장원에 피서를 다녀왔어요.”

화란은 힘들게 해명하느라 얼굴까지 붉어졌다.

왕 씨는 순간 의구심이 들어 날카롭게 소리쳤다.

“피서를 다녀왔으면 다녀온 것이지 얼굴은 왜 붉히느냐!”

화란이 우물쭈물 애매하게 말하자 왕 씨는 딸이 자기와 서먹서먹해졌다는 생각에 거칠게 화를 냈다. 화란은 어쩔 수 없이 기어들어 가는 목소리로 말했다.

“원 서방이…… 얼마 전에 망아지 한 필을 얻었어요……. 자주 몸을 움직여야 건강에 좋다며 딸아이에게 말 타는 법을 가르치기 시작했답니다…….”

단 몇 마디일 뿐이었는데 화란은 기분이 좋아서 몸이 배배 꼬일 것만 같았다. 하지만 눈앞에서 어머니가 불같이 화를 내니 딸로서 티를 내기가 어려웠다. 고생 끝에 낙이 온다고 요즘 화란 부부의 애정도 갈수록 깊어져 늘 사이좋게 붙어 다녔다. 오히려 신혼 때보다 더 깨소금 볶는 나날을 보내고 있었다.

굳이 직접 보지 않아도 장님이 아닌 이상 화란의 생기 가득한 눈빛과 윤기 도는 피부, 몇 살은 더 어려 보이는 얼굴을 보고 능히 짐작할 수 있었다. 요즘 딸 내외가 서로 다정하게 꼭 붙어 다니고 좋은 시간을 보낸다는 것을 말이다.

왕 씨는 딸의 행복한 모습에 기쁜 마음이 들었지만, 한편으로 부아가 치밀어 오르기도 했다. 자신은 이렇게 처량하고 답답한 세월을 보내는데 다른 사람들은 모두 순탄하게 지내고 있다니. 게다가 자신의 마음을 알아주는 집안사람 하나 없다는 생각에 험한 말이 쏟아져 나왔다.

"딸 키우는 건 손해 보는 장사라더니 이제야 그 말이 무슨 뜻일 줄 알겠다! 살 만해지니 이 어미의 생사는 안중에도 없구나!"

화란은 공연히 욕을 먹었지만 제 친어머니인 만큼 성질을 죽이고 그저 달래고 또 달랠 수밖에 없었다.

"말해 보거라! 서방이 먼저냐, 이 어미가 먼저냐?"

"당연히 어머니가 먼저지요. 낳아 주시고 길러주신 은혜가 하늘같은데."

"좋다! 그럼 며칠 여기서 이 어미와 함께 지내자꾸나. 그렇게 하겠느냐?"

"……."

"딸자식들이 얼마나 배은망덕한지 내 제대로 알았다!"

왕씨 부인은 통곡했다.

"나는 의지할 곳 하나 없는 불쌍한 사람이구나……."

"알겠어요, 어머니. 집에 돌아가서 여쭤볼게요……. 자, 우선 다리부터 보여주세요. 에구머니나, 살이 다 빨개졌네요. 아프진 않으세요? 어휴, 약 발라 드릴게요. 병이 나면 안 되는데……."

어떻게 이 문제에서 은근슬쩍 벗어날 수 있을까? 화란은 특단의 훈련이 필요하다고 생각했다.

곤욕을 치르며 특훈의 필요성을 느끼고 있는 건 명란도 마찬가지였다. 훈련 과목은 바로 '위장술'이다. 명란은 방씨 어멈에게 자초지종을 들은 뒤, 강조아가 고부에 없다는 사실을 오래 숨길수록 유리하다고 생각했다. 다행히 가희거 안팎으로 관리가 삼엄하여 속사정을 아는 사람은 대여섯 명뿐이었다. 소도는 자진해서 뒷방에 갇혀 있는 '조아 아가씨' 시중을 들면서 시시때때로 안부를 물으며 강조아를 살뜰히 챙겼다. 또 음식을 가지고 들어가 안에서 배불리 먹고 접시들을 일부러 깨뜨리기도 했다. 이때 소리를 들은 녹지가 쪼르르 달려 나와 쌀쌀맞게 혼을 냈다. 모두 힘을 합치니 연기가 제법 그럴싸했다.

맘 편히 쉬고 속임수가 들통 나지 않으려면 언짢은 티를 팍팍 내야 했다. 고 태부인이 가식을 떨며 타이르러 오면, 명란은 몸이 좋지 않다는 핑계로 한사코 만나기를 거부했다. 오직 주 씨와 소 씨 앞에서만 아무 말 없이 우울한 척했다. 그러자 녕원후부의 모든 사람들이 명란이 정말로 화가 났다고 확신하게 됐다.

강 부인은 날짜를 세다가 며칠 뒤 찾아가 조아를 만나야겠다며 야단법석을 떨었다. 명란은 미친개처럼 날뛰는 강 부인과 말도 섞기 귀찮아 만나지 않겠다고 단박에 거절했다. 그러자 고 태부인이 사람을 이끌고 왔고, 명란도 징원과 녕원후부 사이에 있는 내의문 입구에서 강 부인을 막으라고 분부했다. 강 부인이 험한 말을 내뱉으며 더욱 소란을 피우자 료용댁은 '마음대로 하십시오.'라며 응수했다. 명란은 차갑게 웃었다. 명문세가인 강씨 집안 종부가 경성 사람들이 모두 보는 가운데 고부의 문 앞에서 어떻게 소란을 피울지 눈으로 확인하고 싶었다.

계획이 잘 안 풀리자 강 부인은 길을 막고 딸을 못 만나게 하다니 무슨 사달이라도 난 것이 아니냐며 닦달했다. 료용댁은 경멸 어린 시선으로 차갑게 말했다.

"예, 저희 마님께서 조아 아가씨의 시체를 흔적도 없이 처리하라고 하셨습니다. 얼른 순천부에 고하시지 그러십니까. 그걸로 부족하면 큰 종을 쳐서 황제 폐하께 고하시든지요! 길을 모르시면 제가 문간방에 마차를 대령하라 일러두겠습니다."

말을 마친 료용댁은 몸을 홱 돌려 자리를 떴다. 건장한 어멈들은 남아서 계속 길을 막았다.

강 부인이 화가 치밀어 올라 비틀거리자 고 태부인은 강 부인이 진정하도록 다독였다.

"생각해보세요. 저 아이도 지독하게 화가 나서 저러는 겁니다. 궁지에 몰렸다는 이야기지요."

강 부인은 곰곰이 생각해 보더니 집으로 돌아갔다.

다시 며칠이 지났는데도 가희거에서는 아무런 소식이 없었다. 고 태부인 역시 뭔가 이상한 낌새를 눈치챘다. 사실 억지로 첩을 들이는 것은 그다지 대단한 수가 아니었다. 그런데 똑똑하고 뭐든지 달관한 명란이 이토록 오랫동안 화를 내며 아무 대책도 내놓지 않다니 이게 무슨 일인가?

고 태부인은 가슴이 철렁 내려앉아 다급하게 강부로 서신을 보냈다. 강 부인도 일이 잘못 돌아가고 있다는 것을 느꼈는지 다시 녕원후부로 찾아왔다.

"날도 꽤 지났으니 우리 조아가 무사한지 만나봐야겠다!"

강 부인은 화를 누르며 상냥하게 말했다. 그런데 앞에 있는 어멈들이 한껏 비웃는 게 아닌가.

얇은 진회색 비단 비갑을 입은 어멈이 특히 비아냥거렸다. 어멈은 강 부인을 흘겨보며 말했다.

"이렇게 자애로운 어머니가 왜 이제야 오셨답니까? 자기 배로 낳은 아이가 아니니 박대하는 게지요!"

바로 옆에 있던 어멈도 비웃었다.

“글쎄 누가 아니랍니까. 어린 처녀를 독하게 버려두고 가놓고선. 그때는 왜 딸의 생사를 나 몰라라 했나 모르겠네요!”

뒤에 있던 어멈은 한술 더 떴다.

“딸을 이용해 권세를 꾀하는 저런 사람이 한 집안의 안주인이라고? 우리 시골에 있는 대머리 어멈이 더 염치 있겠구먼!”

목소리가 크진 않았지만, 심히 거슬리는 말이었다. 강 부인이 소맷자락을 털며 안으로 들어가려는 순간 향씨 어멈이 막아섰다.

뒤편에서 고 태부인이 천천히 다가왔다. 웃는 얼굴이었지만 눈에는 위세가 실려 있었다.

“그 아가씨는 강씨 집안의 규수가 아니냐? 설사 팔려온 계집종이라도 부모가 찾아오면 만나게 해줘야 하거늘 이게 뭐 하는 짓이냐?”

고 태부인이 앞에 있으니 아랫것들이 찍소리도 못했다. 하지만 료용댁은 공손하지만 단호하게 말했다.

“마님은 이모님께서 딸을 많이 보고 싶어 하시면 조아 아가씨를 데리고 나오겠다고 하셨습니다. 허나 언짢으시겠지만 한 말씀 드려야겠군요. 여기는 오고 싶으면 오고 가고 싶다면 갈 수 있는 차방茶房이나 술집이 아닙니다. 마님과 그리 가까운 친척도 아니시니 아가씨를 계속 머물게 할 이유도 없고요. 이때 조아 아가씨가 나오시면 함께 돌아가십시오! 지금 후부 나리께서도 아직 돌아오시기 전이고 집 안에 장성한 사내라고는 셋째 나리뿐이니 아가씨 명성에 누가 되는 일은 없을 것입니다.”

강 부인은 잠시 망설이다 고 태부인을 바라보았다. 고 태부인 역시 결정을 내리지 못했다. 강조아가 고부에 있지 않다는 것을 확신하지만 만에 하나 이게 함정이라면? 성명란이 일부러 거짓 소문을 퍼뜨린 건 아닐까?

잠시 후 강조아가 멀쩡히 나오면 순순히 데리고 가야 할까? 만약 데려가지 않으면 스스로 모순된 행동을 한 셈이 된다. 데려가면 첩을 들이라고 밀어붙인 계략이 흐지부지되어 웃음거리가 될 것이다.

공성계[2] 앞에서 사마의가 무슨 꼼수가 있지 않을까 하여 꼼짝 못 했던 것처럼 고 태부인도 머뭇거렸다.

"괜찮으시다면 문간방에서 기다리시는 게 어떻습니까? 저희가 조아 아가씨를 모시고 나와서 부인께 무사한지 확인시켜드리죠. 그런 다음 함께 마차를 타고 댁으로 돌아가시면 됩니다."

료용댁은 공손하게 웃으며 말했다.

고 태부인은 이를 악물었다. 그건 안 되지! 설사 강조아가 고부에 있다고 해도, 성명란의 화만 돋울 수 있다면 그걸로 충분했다.

강 부인은 다시 기가 꺾여서 집으로 돌아갔다.

이틀 뒤 명란은 성부에서 온 짧은 쪽지 하나를 받았다.

명란은 쪽지를 보고 활짝 웃으며 그간의 울분이 싹 가신 듯한 밝은 목소리로 말했다.

"자, 준비하거라. 훤지원으로 가자꾸나."

고 태부인은 안채에서 현이와 놀고 있었다. 마음 한편에 어떤 꿍꿍이를 숨기고 사는지 전혀 알아챌 수 없을 정도로 자애로운 얼굴이었다. 고 태부인은 명란이 웃으며 들어오는 것을 보고 잠시 놀라는 듯하다 웃는 얼굴로 맞았다.

"몸은 좀 괜찮으냐? 어서 앉거라."

---

2) 성이 빈 것처럼 보이게 하여 적군을 혼란스럽게 만들었던 제갈량의 허세 전략.

옆에 있던 주 씨는 심히 불안했지만, 잽싸게 다가와 명란을 부축했다. 명란은 만삭의 배를 어루만지며 조심스레 자리에 앉았다. 그리고 나한상에 있는 귀엽고 잘생긴 꼬마를 바라보며 칭찬을 몇 마디 던진 다음 본론으로 들어갔다.

"좋은 소식이 있어 알려드리러 왔습니다."

"좋은…… 소식이라니?"

고 태부인은 마음이 불안해졌다.

명란은 고 태부인의 표정을 자세히 살피며 차근차근 말했다.

"조아에게 좋은 혼처가 생겼습니다."

"그게 무슨 말이냐?"

고 태부인이 정색하며 말했다.

"처녀의 앞날이 걸린 일이니 헛소리 말거라."

명란은 쌀쌀맞게 웃었다.

"이모님 댁에서 사람을 보내 조아를 데려갔으니 앞으로 마음 쓰지 않으셔도 됩니다. 믿지 못하시겠다면 이모님께 여쭤보십시오. 허나……."

그녀는 비꼬듯 말했다.

"바빠서 어머님을 뵐 겨를이 없으실지도 모릅니다."

고 태부인은 깜짝 놀라 자리를 박차며 일어났다. 어리둥절한 얼굴이었다.

"그리고 한 말씀 더 올리겠습니다."

명란은 천천히 일어서서 단귤의 부축을 받으며 밖으로 걸어 나갔다.

"앞으로 이모님이 녕원후부를 찾는 일은 없을 겁니다. 저도 몸이 무거우니 이모, 외숙부, 사촌 그 누가 찾아와도 절 부르지 마세요."

"너……."

고 태부인은 화를 누르며 입구 쪽을 매섭게 노려보았다.

명란도 차갑게 고 태부인을 바라보았다. 일이 이렇게까지 된 이상 더 연기할 필요가 없었다. 안면몰수하고 붙어보자면 붙어봐야지. 누가 겁낼까봐?

명란은 기죽지 않고 밖으로 나갔다. 그리고 몇 발자국 걸음을 옮기다 갑자기 고개를 돌려 건물 위에 걸린 커다란 편액을 바라보았다. 윤기가 반지르르한 백 년 산 홍목에 길조를 상징하는 기린麒麟[3] 세 마리가 정교하게 조각돼 있고, 중앙에는 '훤지萱芷'라는 두 글자가 기품 있고 정갈한 해서체로 쓰여 있었다. 흥, 아름답고 고결하다니, 저런 독사 같은 여편네에게 저 두 글자는 어울리지 않아!

명란은 코웃음을 치며 이곳에 다시 발을 들이는 날에는 주실을 통째로 손보겠다고 별렀다.

---

3) 실제 기린이 아닌 중국의 전설 속 동물.

제172화

동풍이 불고 전고가 울리다 (5)
이미 판을 벌였으니 끝까지 가야지

남색 빗금무늬 여름 비단에 자수로 한껏 장식한 옷을 입은 중년 남자가 바쁜 걸음으로 안채를 향해 들어갔다. 뜰에 있던 계집종과 어멈은 모두 놀란 표정을 감추지 못했다. 요 몇 년간 강 대인이 부인의 요청 없이 주실 문턱을 밟는 일이 없었기 때문이다.

강 부인은 마침 청당에 앉아 아들 강진과 이야기를 나누고 있었다. 강 부인은 상냥한 얼굴로 말했다.

"일 잘 마치고 돌아오너라. 이번 임기가 끝나면 지방관 자리를 알아봐 달라고 네 외숙부께 말해 두었다."

강진은 서른에 가까운 나이에도 얼굴이 말쑥하고 후덕한 인상이었다. 그는 강 부인의 말에 나지막이 말렸다.

"어머니, 이제 외숙부께 그만 부탁하십시오. 얼마 전 원아도 서신을 보내어 외숙모께서 탐탁지 않게 생각하신다고 하지 않았습니까. 어머니께서 자꾸 이러시면 또 외숙부만 난처해지십니다."

"너는 신경 쓰지 말거라. 네 외조모가 살아계시는 한, 네 외숙모 마음대론 안 될 게다."

강 부인은 몇 마디 더 덧붙이려다 남편이 문 앞에 서 있는 것을 보고 순간 어안이 벙벙해졌다. 강진은 황급히 읍하며 공손하게 인사를 올렸다.

"아버지 오셨습니까?"

강 대인은 큰아들을 힐끗 보고는 쌀쌀맞게 말했다.

"너는 우선 나가 있거라. 네 어미와 할 말이 있다."

늘 아버지를 어려워했던 강진은 그 자리에서 말도 몇 마디 못 붙이고 밖으로 나갔다.

"아주 귀한 손님이 오셨네요. 무슨 바람이 불어 이렇게 행차하셨습니까?"

강 부인은 낯선 사람 같은 남편을 차갑게 바라봤다. 이미 쉰 살을 앞둔 나이지만, 남편의 얼굴은 서른 살 청년처럼 기품 있고 수려했다. 반면 자신은 자나 깨나 집안 걱정하느라 진작부터 백발이 성성하고 폭삭 늙어버렸다는 생각이 들자 울화가 치밀었다.

강 대인은 몇 걸음 더 들어와 손짓으로 주변에 있던 몸종들을 물렸다. 그 뒤 곧바로 어두운 표정을 지으며 말했다.

"안 오면 부인이 내 자식들을 모조리 팔아버려도 모를까봐 왔소!"

강 부인은 가슴이 철렁했지만, 애써 태연하게 대꾸했다.

"가정 형편이 어려운 집안에서는 자식을 파는 일도 더러 있지요."

돈 얘기가 나오자 강 대인은 낯부끄러워하며 호통쳤다.

"조아를 어디로 보낸 것이오?"

"그 아이가 몸이 허약하지 않습니까. 요 며칠 병치레를 하길래 날이 더워 돌림병에 걸렸나 싶었지요. 행여나 집안사람에게 옮길까봐 장원으로 요양을 보냈습니다."

미리 생각해 둔 말이라 강 부인은 얼굴색 하나 바뀌지 않았다.

"허튼소리 집어치우시오!"

강 대인은 거칠게 대꾸했다.

"아직도 거짓말을 하는군. 강씨 집안의 어엿한 여식을 계집종으로 여기는 것이오? 팔고 싶으면 팔고 첩으로 보내버리고 싶으면 첩으로 보내다니! 난 안중에도 없소?"

강 부인은 일이 탄로 났다는 것을 깨닫고 마음을 차분히 가라앉더니 잘못을 인정하기는커녕 비아냥대기 시작했다.

"나리, 딸을 챙기시다니 이제야 좀 아비 같으십니다. 그런데 십 년이 넘도록 조아를 몇 번이나 들여다보셨나요? 서로 마주쳐도 나리는 조아 얼굴도 못 알아보실 겝니다!"

"어물쩍 넘어가려 하지 마시오!"

강 대인의 표정이 험악해졌다.

"조아가 어디 있는지만 대시오!"

"보아하니 다 알고 오신 것 같은데 굳이 뭘 또 물어보십니까! 조아에게 좋은 혼처를 찾아주었어요."

"당신……."

강 대인은 부인에게 삿대질했다. 턱에 드리워진 덥수룩하게 자란 수염이 부들부들 떨릴 정도로 머리끝까지 화가 나 있었다.

"정녕 조아를 첩으로 보낸 것이오! 당신이 우리 강씨 집안 망신을 제대로 시켰군!"

"망신이요?"

강 부인은 차갑게 콧방귀를 뀌며 목소리를 높였다.

"집안 망신시킨 사람은 제가 아니지요! 재작년 나리의 그 잘나신 둘째 동생이 서출 딸 하나를 첩으로 보냈을 때, 왜 가서 큰형님 노릇하며 집안 망신시킨다 나무라지 않으셨답니까?"

형님을 존경하지 않는 동생들을 생각하자 강 대인은 다시 화가 치밀었다.

"더군다나……."

강 부인은 한층 부드러워진 말투로 말했다.

"모두 강씨 집안을 위해서 한 일입니다. 얼마 전 나리께서 다시 관직에 오르실 궁리를 하지 않으셨습니까? 녕원후 집안이 힘을 실어주면 일이 훨씬 수월해지지요!"

강 부인은 진흙탕에 뛰어들기로 결심한 때부터 둘러댈 말을 모두 준비해두었다.

"예전만 해도 고씨 집안과는 먼 친척뻘에 불과해서 그쪽에 줄을 대려면 동생과 제부의 눈치를 봐야 했지요. 나리께서는 늘 제부를 깔보지 않았습니까. 능구렁이 같은 성격으로 권력에 빌붙어 이익을 취하며 선비의 품격을 떨어뜨린다고요. 이제 고씨 집안에서 조아를 받아주기만 하면 명성에는 조금 금이 가겠지만 득이 더 큽니다. 명란이는 친인척 체면을 봐서 조아를 박대하지 않을 겁니다. 조아가 자식만 잘 낳아준다면, 우리도 고씨 집안과 바로 왕래할 수 있습니다. 두루두루 좋은 일 아닙니까?"

이것은 사실 절반의 이유에 불과했다. 나머지 절반은 명란을 괴롭히기 위해서였다. 별 볼 일 없던 서녀가 우쭐대는 본새가 눈꼴 사나워 내친 김에 골탕을 먹이려는 속셈이었다.

강 대인은 부인의 말을 처음부터 끝까지 듣는 동안 안색이 하얗게 질렸다가 다시 붉어졌다. 약간 설득을 당한 것 같기도 했지만, 또 극도로 화가 난 것처럼 수염을 줄곧 부들부들 떨었다.

"아주 잘했구려!"

그는 한참을 참았다가 겨우 이 말을 뱉으며 강 부인 면전에 종이 한 장을 내던졌다.

"부인 눈으로 직접 보시오!"

강 부인은 몹시 의아해하며 천천히 종이를 주워 읽어 내려갔다. 몇 줄 채 읽기도 전에 강 부인의 안색이 돌변했다.

"오히려 일을 완전히 망쳐 먹었소!"

강 대인은 안절부절 방 안을 왔다 갔다 하며 야단쳤다.

"사실 동서에게 도찰원에 힘 좀 써달라고 부탁했소. 지난번처럼 탄핵을 당해 일을 망치고 싶지 않았지! 모든 것이 순조로웠는데 며칠 전 누군가 내 행실이 나쁘다며 탄핵했소. 그 일로 어제 이부에서는 내 진술서를 돌려보냈다오."

강 부인은 혼란스러운 마음에 허둥대며 말했다.

"제부는 지금 병부의 군량미 수송로로 전근 간 게 아닙니까? 아마 도찰원의 반발을 누르기 힘들었을 수도 있지요."

강 부인은 난생처음으로 성가를 두둔했다.

"전근이라니, 그건 승진이오!"

강 대인은 질투심과 증오심에 열불이 났다.

"관례대로라면 좌우시랑은 삼품이 되어야 재임할 수 있소. 그런데 성굉은 사품에 오른 지 겨우 일 년밖에 안 되었단 말이오! 거기다 군량미 수송책까지 맡게 됐으니 그야말로 요직에 중용된 게지. 그게 무슨 의미인 줄 아시오?"

강 대인은 울화통이 터져 깊은 한숨을 내쉬었다.

"그건 위에서 성 대인을 중용하겠다는 뜻이오! 황상께서 성굉을 자신의 사람으로 여기신다는 말이오! 그러니 요직을 맡긴 게 아니겠소!"

강 부인은 황제가 왜 성굉을 자신의 사람으로 여기는지 그 이유는 묻지 않았다.

"관료들 죄다 그를 시샘하고 있소. 지금 성굉의 위세가 높은 데다 이제 막 도찰원에서 물러났는데…… 당신 제부의 체면을 안 세워줄 사람이 어디 있겠소? 그러니 그가 막아줄 마음이 있었다면 어찌 사달이 난단 말이오?!"

강 대인은 말할수록 화가 치밀어 올라 강 부인 앞으로 다가와 원망을 쏟아냈다.

"고가와 사돈이 되어 성가는 지금 승승장구하고 있는데 콩고물을 다른 사람에게 나눠주고 싶겠소? 이런 상황에 딸을 이랑으로 보내 총애를 다투겠다고? 그건 잘 나가고 있는데 훼방을 놓겠다는 심보 아니요! 일이 성사되기는커녕 손해만 봤소!"

놀람과 두려움에 종이를 든 강 부인의 손이 부들부들 떨렸다. 변명의 여지가 없는 상황에서 이 말밖에 할 수 없었다.

"왜 이제야 말씀하시는 겁니까? 가까운 사람에게 부탁한다고만 했지 제부에게 부탁한다는 말은 안 하셨잖습니까!"

일찍 알았더라면 이런 시기에 화를 자초하지는 않았을 것이다.

강 대인은 가슴이 답답했다. 그는 출신으로 보나 과거 성적으로 보나 자신보다 아래였던 성굉이 먼저 출세하는 게 늘 눈꼴 사나웠다. 거기다 부인이 우쭐댈 꼬락서니까지 생각하니 성굉에게 부탁했다는 말은 도저히 할 수가 없었다.

강 부인은 무거운 한숨을 잇달아 내쉬며 곧 눈물을 터뜨릴 것 같은 표정으로 이를 악물고 말했다.

"이미 엎질러진 물입니다. 이왕 제부에게 미움 산 거 끝장을 봐야지요. 이 일을 반드시 성사시킬 겁니다!"

강 부인은 문득 고 태부인과 한 약조가 생각났다. 고 태부인은 조아가 고부에 들어오기만 하면 아이를 낳을 수 있도록 전심전력으로 돕겠다고 했다. 그 약조가 떠오르자 강 부인은 지푸라기라도 잡은 것처럼 쉴 새 없이 중얼거리며 자신을 설득했다.

"괜찮아, 겁먹지 말자. 당장은 어려울지 몰라도 몇 년만 지나면 다 좋아질 것이야."

어쨌든 남편과는 한마음이 아니다. 남편이 출세하고 부를 얻어 봤자 그 불여우들 기세만 더 높아질 것이다. 차라리 후사를 도모하는 게 나았다. 조아가 자리를 잡고 나면 자신의 친자식들도 득을 볼 수 있다. 찰싹! 세찬 따귀가 날아들자 하얀 뺨에 금세 손자국이 나며 부풀어 올랐다.

강 부인은 얼굴을 감싸며 믿을 수 없다는 표정으로 강 대인을 바라보았다. 목소리도 제대로 나오지 않았다.

"나, 나리, 지금 저를 때리셨습니까?!"

"어리석은 여편네 같으니라고!"

강 대인은 무서우리만큼 침통한 얼굴로 손을 내려놓았다.

"내가 이 일을 어찌 안 줄 아시오?! 당신네 그 잘난 사위가 찾아와서 처제를 절대 첩으로 들일 수 없다고 하더군. 우리 두 사람만 괜찮다면 조아의 혼사는 자기 내외에게 맡겨 달라고 했소! 정말 쥐구멍에라도 숨고 싶은 심정이었소."

강 대인은 성굉이 도와주지 않았던 이유를 그제야 알게 됐다. 힘들게 계획한 벼슬길이 또다시 물거품으로 돌아갔으니 얼마나 분이 솟구쳤겠는가!

"당신이 삼 년간 시부모의 효기[1]를 치르지 않았다면, 내 당장 휴서를 썼을 것이오!"

강 대인은 이를 바득바득 갈았다.

"웃기는 소리 집어치우십시오!"

강 부인은 자리에서 일어나 날카롭게 외쳤다.

"배짱 있으면 지금 바로 휴서를 쓰시지요! 우리 왕씨 집안의 지원이 아쉬운 건 아니겠지요? 저는 뭐 이렇게 살고 싶은 줄 아십니까?! 허구한 날 첩을 들이시는 바람에 이 넓은 집도 부족할 판입니다. 이참에 우리 모자를 다 쫓아내고 그 불여시들과 잘 사십시오!"

강 대인은 불같이 화를 냈다.

"사내가 첩 몇 명 거느리는 건 흔한 일이오. 질투에 눈이 멀어 아무 말이나 지껄이지 마시오! 아내가 현명하면 남편의 화가 준다고 했거늘. 내 어쩌다 당신 같은 화근을 들여 반평생 뜻 한번 제대로 못 펴보게 됐소! 부모님 명만 아니었다면, 어찌 당신 같은 여인을 부인으로 삼았겠소!"

"강해풍! 네 첩이 어디 한둘이더냐!"

강 부인은 미치광이처럼 강 대인의 소맷부리를 잡아챘다.

"너 같은 호색한의 검은 속을 내가 모를 줄 알고! 만약 네가 능력을 쌓고 기반을 잘 닦아 아들딸 앞길이나 돈 걱정 없이 맘 편히 살 수 있게 해줬다면, 첩을 수백 명 거느려도 군소리 안 했을 게다! 능력도 없는 게 번지르르한 얼굴 내세워 오늘은 내 오라버니에게, 내일은 제부에게 아쉬

---

1) 부모가 돌아가셨을 때 탈상할 때까지 사교와 오락을 끊고 애도를 표하는 기간.

운 소리나 하면서 내 혼수까지 동원해서 빚을 메우고 있는 주제에!"

강 부인은 온 힘으로 남편을 때리며 울부짖었다.

"못난 놈 같으니라고. 우리 모자가 잘 풀리면 그래도 다행이겠지! 그래도 어디 한쪽에 빌붙을 곳은 있으니! 거드름 피우며 날마다 내 혼수 빼먹을 생각하는 네놈 때문에 내 이번 생은 망했다고!"

"정말 말이 안 통하는구나!"

강 대인은 진절머리를 치며 울며불며 들러붙는 부인을 밀치더니 뒤도 돌아보지 않고 밖으로 나가 버렸다.

강 부인은 바닥에 널브러져 얼굴을 감싸고 오열했다. 누구를 원망해야 할지 막막했다.

자애로웠던 아버지는 강씨 집안과의 혼사에 연연하지 않았다. 어머니도 오만방자한 강씨 집안 아들을 늘 못마땅해 했다. 자신이 병풍 뒤에서 그를 보고 반한 것이다. 예전에 콧방귀 뀌며 깔봤던 성굉은 나날이 출세하고, 아둔하고 수완 없던 동생은 나날이 신수가 훤해졌다. 여동생을 끔찍이 아꼈던 오라버니도 처자식이 생기자 자기 부탁을 다 들어주지 못하게 되었다.

강 부인은 하늘도 참 무심하다고 생각했다. 미모와 수완 모두 빼어난데 팔자가 이렇게 박복하다니. 홀로 한참을 울다가 강 부인은 문득 급한 일이 떠올라 황급히 눈물을 닦았다. 그리고 쓰린 마음을 진정시키며 화장을 고친 후 마차를 대령하라 분부했다.

마차는 북쪽으로 약 반 시진 정도를 달리다 깔끔한 저택 앞에 멈춰 섰다. 아기자기한 삼진원三進院[2] 형태의 집은 정갈하게 꾸며져 있고 뜰에 심은 버드나무와 꽃들은 한여름의 절경을 이루고 있었다.

"마님이 안 오시면 찾아가려 했습니다."

어멈 하나가 강 부인을 데리고 안으로 들어갔다.

"큰일 났습니다. 아씨께서 식음을 전폐하고 온종일 울고만 계십니다."

강 부인은 애가 타서 두말하지 않고 곧장 안으로 들어갔다. 안에는 강윤아가 퉁퉁 부은 눈으로 맥없이 앉아 있었다. 강 부인은 순간 가슴이 아파 딸을 품에 안고 달랬다.

"어젯밤 유양에서 온 서한을 받은 뒤 성 서방은 저와 말도 섞지 않다가 날이 밝자마자 나갔어요. 저도 서한을 보고서야 무슨 일인지 알게 됐어요."

강윤아는 눈물을 펑펑 쏟으며 숨이 막히도록 울었다.

"어머니, 왜 그러셨어요!"

강 부인은 분노했다.

"뭣이 중한지 모르는 어리석은 놈 같으니라고! 한 이불을 덮고 자는 사이에 아이까지 낳아 줬건만 고작 육촌동생의 일로 네게 역정을 낸 게야?! 따끔하게 혼쭐을 내줘야겠구나!"

윤아는 천성이 유순하여 어머니 잘못인 줄 알면서도 질책하지 못하고 그저 눈물로 호소할 뿐이었다.

"전부터 말씀드렸잖아요. 시아버님과 당숙부는 다른 집안의 적친 형제보다도 가까운 사이라고요. 게다가 당숙부의 어머니인 노대부인은

---

2) 문을 세 번 통과하는 목目자 형태의 사합원.

저희 시아버님의 은인이시기도 해요. 오늘 아침 서한을 전한 하인에게 물어보니 제 시아버님이 노대부인의 서한을 받고 대로하셨답니다. 성운 고모님까지도 저를 야단을 치셨어요! 성 서방은 효심이 깊은 사람이니 어찌 부모님의 뜻을 거스르겠어요!"

강 부인은 딸의 말이 하나도 틀리지 않다는 것을 알면서도 욕을 퍼부었다.

"장사치 주제에! 그때 네 나이만 어렸어도 그런 집안엔 눈길도 안 줬을 게다! 겁먹을 필요 없다. 성가에서 누가 감히 네게 화풀이를 하는지 두고 보자꾸나!"

"어머니!"

윤아는 구슬프게 부르짖고는 한참을 훌쩍거리다 말했다.

"서한에서 시어머님이 저더러 유양으로 돌아오라고 하셨어요!"

강 부인은 순간 아무 반응도 못 하고 멍하니 있다가 겨우 물었다.

"뭣 하러 너를 유양으로 불러들인단 말이냐? 그럼 성 서방은 누가 챙겨? 경성 관료 집안사람들과의 왕래에는 누가 나서고?"

윤아는 울면서 말했다.

"본가에서 시중들 쓸 만한 몸종을 보내겠다고 하셨어요. 저한테는 아이들과 함께 내려오라고 하셨고요. 첫째는 시부모님을 모시기 위함이고, 둘째는 시부모님께 손주들 얼굴을 보여드리기 위함이며, 셋째는 아버님께서 허락하시면 조아의 혼사를 알아보기 위함이라 하셨습니다. 시부모님은 아무래도 한 다리 건넌 사이니 친언니인 제가 와서 동생의 혼처를 알아보는 게 좋겠다고 하셨어요……."

"네가 큰며느리도 아닌데 왜 시부모를 모신단 말이냐!"

강 부인조차도 자신의 말이 순 억지라고 생각했다.

닭똥 같은 눈물을 쉴 새 없이 흘리던 윤아의 얼굴은 이미 눈물범벅이었다.

"어머니, 저는 시집온 뒤로 바로 분가하여 살았잖아요. 원래 시어머님께서는 본가에 몇 년간 살면서 시부모를 모시길 바라셨지요. 게다가 지방관들 중 며느리는 본가에서 시부모를 모시고 첩을 데리고 부임하는 경우가 꽤 있잖아요. 성 노대부인께서 잘 말씀해주신 덕분에 이렇게 편하고 자유롭게 지내며 아들딸 낳고 지낼 수 있었죠. 그런데 이제 시어머님께서 직접 분부하셨으니 제가 어찌 거역할 수 있겠어요? 그리고 여태 시댁에서 시부모님을 모신 적이 없기도 하고요!"

강 부인은 순간 눈앞이 아찔해지며 현기증을 느끼다가 차츰 정신을 차렸다.

"성 서방은 아무 말도 없느냐?"

"딱 한마디 했습니다."

윤아는 연신 눈물을 훔치며 속상한 듯 말했다.

"시할머님께서 세상을 떠나시기 전 정신이 멀쩡하셨을 때 시부모님과 고모님 손을 붙잡고 말씀하셨답니다. 노대부인께 효를 다하라고, 그렇지 않으면 편히 눈감지 못하실 거라고요!"

사실 성장오에게 이 선택은 어렵지 않은 문제였다. 한쪽은 어이없는 일을 벌이는 처가이고, 다른 한쪽은 친지이자 은인인 성 노대부인이다. 두 식구는 서로 우애가 돈독해 가깝게 왕래하며 살고 있고(관료와 상인이 상부상조하면서), 거기다 권력을 잡은 재종동서까지 있다. 그런데 첩으로 들어가 사랑받을지도 알 수 없고, 얼굴도 모르는 서출 처제를 위해 어릴 때부터 아끼던 육촌동생이자 녕원후의 정실부인에게 미움 사는 일은 밑져도 한참 밑지는 일이었다.

자신의 감정은 물론 현실을 따져본 성장오는 조금의 망설임도 없이 서한에 적힌 부모의 명을 따르기로 했다. 부부 두 사람의 애정은 아직도 깊다. 그러나 이성적인 성가의 자손인 그는 관료 사회에서 불효라는 죄목이 얼마나 심각한 것임을 느끼고 있었다. 강 부인은 순간 딸에게 미안한 마음이 들어 한참 동안 우물쭈물 대며 아무 말도 못 했다. 윤아는 그런 어머니의 모습을 지켜보기가 괴로워 위로의 말을 건넸다. 하지만 강 부인은 악귀에 씐 것처럼 두 눈에 불을 켜고 고함을 질렀다.

"내 절대 그것들을 가만두지 않을 것이야! 어디 두고 보자……."

그녀가 저주를 퍼부은 사람은 바로 성 노대부인과 명란이었다.

윤아는 그 말을 듣고 순간 언성을 높였다.

"어머니! 제발 어리석은 짓은 그만두세요! 지금은 시부모님께서 화가 많이 나셨지만, 제가 성심껏 모시고 본분을 다하면 성 서방이 다시 부탁을 드릴 테고 이 난관도 잘 넘길 수 있을 거예요. ……허나 어머니께서 또…… 일을 벌이시면 저는 영원히 성 서방과 함께 살지 못할 수도 있어요!"

사실 성유 집안은 가풍이 훌륭했다. 큰며느리인 문 씨가 몇 년 동안 회임하지 못해도 시부모는 첩을 들이지 않았다. 별거가 잠깐은 괜찮더라도 십 년, 이십 년 계속된다면? 심지어 사돈어른이 모두 세상을 떠나야 부부가 함께 살 수 있게 된다면? 어떻게 될지는 아무도 모를 일이다.

강 부인은 이 말에 고개를 치켜든 채 혼절했다. 방 안에 있던 사람들은 난리가 났다. 윤아는 강 부인의 인중을 누르고 찻물을 끼얹었다.

한참이 지난 뒤 강 부인이 서서히 정신을 차리더니 이를 악물고 한마디 내뱉었다.

"이것들이 감히 널 이용해서 날 협박하다니!"

• • •

윤아가 본가로 돌아간다는 소식을 듣고 명란은 죄책감이 밀려와 나지막이 말했다.

“할머니께서는 늘 윤아 언니를 좋아하셨는데 나 때문에 그 마음도 외면하시는구나.”

최씨 어멈은 통쾌해하며 명란을 위로했다.

“딱히 손찌검하거나 욕한 것도 아니지 않습니까. 본가로 돌아가 시어머님을 모시라 하신 것뿐인걸요. 시부모님을 안 모시는 며느리가 어디 있습니까. 게다가 제 어미가 진 빚을 딸이 갚는 것은 지극히 당연한 일입니다. 탓하려면 딸자식을 위해 덕을 쌓지 않은 어미를 탓해야지요!”

최씨 어멈은 독한 말을 하는 경우가 드문데 이번에는 명란이 말릴 정도였다.

단귤에게 물건을 챙겨 윤아에게 보내라고 한 뒤에도 명란은 여전히 마음이 불편했다. 마음속에 아직도 풀리지 않는 답답함이 남아 있었다.

고 태부인은 대체 뭘 하려는 걸까?

고 태부인은 교활하고 음흉해서 수가 얕은 강 부인과는 절대 비교할 수 없다. 강조아가 들어온다고 해도 확실히 총애를 받을 수 있을지는 미지수였다. 게다가 이번 일은 처음부터 끝까지 허점이 많았다. 명란의 일격이면 십중팔구 무너질 계략이었다. 그 여인은 늘 거짓으로 인자한 척하며 환심을 사는 사람이다. 그런데 그 위선을 벗고 대놓고 한판 벌인 판국에 고작 이렇게 찝찝하게 괴롭히는 게 다라고?

명란은 점점 더 미궁에 빠지는 기분이었다.

이때 명란을 미궁에 빠트린 장본인은 소식을 듣고도 침착했다.

"그렇다면 강씨 집안 서녀를 들이려던 일은 틀어진 것인가?"

어둑어둑한 방 안. 고 태부인은 능숙하게 향에 불을 붙인 후 천천히 향로에 꽂았다. 그리고 향안香案 위에 놓인 거무튀튀한 단목 미륵불에 기도를 올렸다.

"강 부인이 쓰러졌답니다. 시중 들던 왕씨 어멈이 말해주었습니다."

향씨 어멈은 고개를 떨구고 말했다.

"큰일이구나. 우리가 강적을 만났어."

고 태부인은 조금도 화난 사람 같지 않게 차분히 말했다.

"문제의 싹을 자르는 좋은 수였어. 설령 내가 알아차렸다고 해도 그 아이를 이미 보내 버렸으니 어쨌겠나. 한동안은 제2의 강조아를 데려와 소란을 피울 수 없게 됐구나. 흥, 내 그렇게 입이 아프도록 일렀건만 쓸모없는 여편네!"

"둘째 마님은 어리게만 봤는데 이렇게 말끔하게 손을 쓸지는 몰랐습니다. 전혀 티도 내지 않고 감쪽같았지 뭡니까."

향씨 어멈은 탄식했다. 그러고는 주인의 눈치를 살핀 후 망설이듯 덧붙였다.

"이쯤에서 그만두시지요."

고 태부인은 고개를 내저었다.

"늦었네. 이미 판을 벌였으니 끝까지 가야지."

"마님……."

고 태부인은 손을 들어 향씨 어멈의 말을 자르고 미륵불을 향해 몸을 돌렸다.

그녀의 눈빛이 아련해졌다.

"이 미륵불은 나리께서 남해의 고승에게 청하여 모신 것이네. 늘 웃으면 모든 일에 미련을 남기지 않을 수 있다고 하시며 말이야. 자네는 나리께서 이곳에서 온종일 절하며 무슨 소원을 비셨는지 아는가?"

향씨 어멈은 멍하니 있다가 쓴웃음을 지었다.

"어찌 그걸 모르겠습니까."

"내가 알려주지."

고 태부인은 얼음장 같은 목소리로 말했다.

"미륵불은 미래불이라고도 하지. 나리께서는 이번 생에 못다 한 언니와의 인연을 다음 생에서 이어가게 해달라고 비셨네."

방 안에 숨 막힐 듯한 정적이 흘렀다. 향씨 어멈은 고개를 들어 제가 직접 젖 먹여 키운 고 태부인을 바라보았다. 주름진 눈가가 붉게 물들었다. 고 태부인은 반 척도 안 되는 미륵불을 뚫어져라 쳐다보며 담담하게 말했다.

"사실 나리는 언니가 좋은 배필이 아니라는 것을 잘 알고 계셨네. 아이를 낳기도 어렵고, 살림을 잘하거나 명이 길지도 않았지. 하지만 나리는 언니를 은애하셨네. 다른 사람이 제아무리 착하고 지혜로워도 아무 소용없었어."

고 태부인은 이 말을 마치고 피식 웃으며 심상치 않게 눈을 번득였다.

"지난 일 년 동안 화기애애한 정엽이 집을 보면서 그 아이가 나리와 쏙 빼닮았다는 것을 알았네. 정엽이는 누구도 말릴 수 없는 고집불통이지."

향씨 어멈은 마음이 아팠지만 웃으며 말했다.

"너무 한쪽으로만 생각하지 마십시오. 나리께서 마님께 얼마나 잘해주셨습니까. 마님을 아껴서 그러신 게지요."

고 태부인은 뜻밖에 조소하듯 흥하고 콧방귀를 뀌었다.

"아꼈다고? 어멈은 모르는가. 나리는 기세등등한 백 씨도 아꼈고, 정연이 생모도 아꼈네. 하지만 그건 달라. 그건…….”

사랑이 아니었다.

“나리는 판단력을 잃을 정도로 언니를 은애했지. 전생의 빚이었던 게야. 그 뒤로는 언니에게처럼 정을 준 적이 단 한 번도 없었네.”

고 태부인이 넋이 나간 듯 말했다. 이상하리만큼 씁쓸한 말투였다.

갑자기 고 태부인의 눈이 섬뜩하게 빛났다.

“왜 요즘 하는 일마다 난관에 부딪히는 줄 아는가? 흥, 두 사람이 다 총명해서가 아니라 부부가 서로 합심하고 신뢰해서 그런 것이네. 그러니 바깥사람들이 아무리 애를 써도 둘 사이가 깨지지 않는 게야. 이게 바로 핵심이지! 그래서, 이번에는 성명란의 목숨만 노릴 것이네!”

고 태부인은 불상을 올려다보며 갑자기 격앙된 목소리로 말했다.

“정엽이가 그 광대 계집을 싫어한 적이 있었는가? 추랑을 싫어한 적은 있었고? 흥, 사내는 아끼는 여인을 위해서라면 물불 안 가리는 법이지! 설사 훗날 정엽이가 새 부인을 들인다 해도 지금만큼 정을 주지는 않을 게야. 흥, 부부 사이에 금이 가면 모든 일이 순조로워질 테지!”

이간질하고 꼬드기면 명란의 아이가 살아남는다고 해도 미래의 계모와 꽤 볼 만한 구경거리를 만들어줄 터였다.

향씨 어멈은 안타까운 마음에 흐느꼈다.

“하지만 그러면 마님도 온전하긴 힘듭니다. 때를 기다리다 보면 저쪽에서 스스로 문제가 터질지도 모릅니다.”

“그래 봤자 길은 둘뿐이네. 정엽이 때문에 내가 서서히 말라 죽거나 내가 속 시원하게 선수를 치거나.”

고 태부인은 얼렁뚱땅 말했다.

“약점만 안 잡히면 기껏해야 나를 쫓아내기밖에 더하겠는가. 기다리라고? 흥, 그 집에 자식들 북적이고 그 아이들이 다 자랄 때까지 기다리란 말인가? 그때면 부부에게 문제가 생겨도 우리 정위에게 아무것도 돌아오지 않을 것이야. 더구나 나중에 이렇게 좋은 기회가 또 올 것 같은가?"

고 태부인은 자신의 계책을 떠올리자 슬며시 마음이 들떴다.

"남쪽에는 정엽이 목숨을 노리는 사람이 많네. 그 아이는 자신이 매우 은밀하게 움직인다 생각하겠지. 하지만 곁에 있는 사람이 흔적을 남긴다면 누군가의 손에는 목숨을 잃을 것이야! 설령 밖에서 죽지 않는다고 해도 돌아오면 성명란의 시신만이 기다리고 있겠지."

고정엽은 은혜와 원한을 확실히 갚는 사람이다. 고정위가 내막을 몰랐다는 사실만 안다면 절대 독수를 뻗치진 않을 것이다! 다사다난한 시기, 전장의 칼과 창은 적과 아군을 가리지 않는다. 고정엽이 자식 하나 남기지 못하고 죽을지 누가 알겠는가!

고정위만 무사하면 된다. 만약 이번에 손을 쓰지 않는다면 나중에 일이 더 힘들어질지도 모른다! 고정엽이 다친 마음을 추스르고 후처를 얻는다면 성명란보다는 대적하기 쉬울 것이다. 거기다 다시 적자를 낳기까지 얼마나 걸릴지 모른다. 사별한 부인을 그리워하는 남편, 화목하기 힘든 가정이 만들어졌을 때 다시 슬그머니 부추기면(그런 일이라면 일가견이 있다.) 지금보다 손쓰기 훨씬 수월할 것이다. 게다가 본인은 나이가 들 대로 들었지만, 정엽이 부부는 한창이다. 이렇게 멈춘다면 죽어서도 한스러울 것 같았다.

고 태부인은 기분을 가라앉히고 천천히 자리에 앉았다.

"요 며칠 둘째 며느님 안색은 어떤가?"

향씨 어멈은 정신을 차리고 분명하게 말했다.

"강씨 집안 일은 잘 넘겼지만, 여전히 걱정이 많은 것 같습니다. 자세히 들여다보니 꾸며 낸 표정은 아닌 듯합니다."

"그래서 그 아이가 똑똑하다는 게야. 일이 그리 쉽게 끝나지 않는다는 걸 아는 게지."

고 태부인은 웃음을 터뜨렸다.

"고민이 많을수록 좋다. 더 많이 생각하고 더 많이 걱정하거라! 안타깝지만 기다려 줄 수가 없구나. 계속 그렇게 고민에 빠져 있어야 해……. 참, 그쪽은 어찌 되었는가?"

"걱정하지 마십시오. 모두 순조롭게 진행되고 있습니다. 그 부모에 그 자식이라고 하지 않습니까. 둘 다 아둔한 작자들이지요. 화살받이로 세우기 딱입니다!"

제173화

동풍이 불고 전고가 울리다 (6)

전처의 사인死因

명란은 밤새 잠을 설쳤다.

오른쪽으로 누우니 배 속의 말썽꾸러기가 발길질했다. 그래, 알았어. 명란은 아기의 마음을 알아차리고 좌측 평상에 자고 있던 단귤을 깨워 몸을 돌려달라고 부탁했다. 그러나 왼쪽으로 돌아누워도 아이는 여전히 발길질을 해댔다. 명란은 한숨을 쉬며 체념했다. 그래, 지금은 네가 상전이지. 명란은 힘들게 몸을 움직여 위험을 무릅쓰고 바로 누웠다가 만삭의 배에 눌려 질식할 뻔했다. 배 속의 녀석도 그 자세가 마음에 들지 않았는지 더 격렬하게 발길질했다.

명란은 괴로워하며 침상을 짚고 일어나 앉으려다 한 손으로 배를 감싸며 아야 하고 소리를 질렀다. 이 녀석아, 적당히 해라. 알고 있는 수면 자세를 다 취해봤는데도 아직 못마땅하니? 설마 엎드려 자라는 건 아니지? 그럼 눌려 죽을 수도 있어!

깊은 밤 훈훈한 방 안에서 명란은 허리를 받치고 배를 문지르며 작은 원탁 주위를 계속 돌았다. 예전에는 철없는 어린아이가 상전인 줄 알았는데, 이제야 태아가 가장 상대하기 성가시다는 걸 깨달았다. 때리거나 혼내지도 못하고 속이거나 달랠 수도 없고 겁을 주지도 못한다. 인간이 지닌 온갖 수단도 태아에게는 무용지물이다. 아기는 불편하면 엄마를 더 불편하게 한다. 설령 편하다 해도 엄마를 불편하게 만들고 싶으면 엄마는 계속 불편할 수밖에 없다.

상대가 너무 강하니 명란은 하는 수 없이 성질을 죽이고 배 속의 아이에게 말을 붙였다.

"……엄마가 미안해. 요새 너를 제대로 보살피지 못했네. 밥도 잘 먹고 잠도 잘 자야 하는데 늘……. 휴…… 나쁜 생각이나 하고 말이지. 그래, 다 끝내지 못한 이야기를 들려줄게. 지난번에 어디까지 했더라? 아, 아기 돼지 세 마리가 집을 지은 것까지 했구나. 그러니까 그중 한 마리는 초가집을 지었어……."

명란은 예전의 자유롭고 게으르던 시절이 그리웠다. 가슴 졸일 일도 없고 신경을 곤두세우며 뭐든 의심하는 일도 없었는데. 휴, 생각할수록 더 우울해졌다.

다음 날 아침, 명란은 지친 모양새로 일어났다. 최씨 어멈은 마음이 짠하여 명란의 배를 걱정하며 말했다.

"배가 아래로 더 묵직하게 내려왔습니다. 아무래도 곧 소식이 있을 것 같아요."

명란은 웃음을 터뜨렸다.

"이렌가 여드레 전에도 그리 말하지 않았는가."

최씨 어멈은 피곤에 절은 명란의 얼굴을 쓰다듬으며 나지막이 중얼거렸다.

"그때는 산달을 다 채우지 못하고 나올까봐 걱정한 것이고, 지금은 산달을 다 채우고도 소식이 없을까봐 걱정입니다. ……휴, 아이는 전생에 남기고 온 빚이라, 현생에 빚 받으러 아비 어미를 찾아온다고 하지 않습니까. 그래도 아이가 장성하면 부모님의 은혜를 깨닫고 마님께 효도할 겝니다."

명란은 한숨을 쉬며 조심스레 탁자 옆에 앉았다. 젓가락으로 두툼한 연잎 좁쌀떡을 집어 들고 한입 베어 물었다. 사실 명란이 대단한 걸 바라지는 않았다. 출세보다는 아이가 자신에게 눈덩이 같은 이자만 달라고 하지 않아도 다행이라고 생각했다. 이렇게 고생해서 방탕한 자식놈을 낳게 되면 정말 피눈물이 날 것 같았다. 명란은 도덕책 같은 서책을 읽으며 태교를 해야 하나 생각하며 계속 아침 식사를 했다. 동글동글한 좁쌀떡을 베어 물어 초생달 모양으로 만든 순간, 단귤이 의아한 표정을 지으며 들어왔다.

"마님…… 여씨 집안 사람이 찾아왔습니다."

명란은 어리둥절하여 눈을 깜박거리며 말했다.

"여씨 집안이라니?"

단귤은 말을 고르는 듯했다.

"언연 아가씨댁 말이에요. 그러니까…… 전 마님의 친정이요."

순간 명란은 젓가락질을 멈추고 본능적으로 경계태세를 갖췄다.

"어머님은?"

그 망할 여편네가 또 무슨 짓을 꾸미는 거야! 역시 예상했던 대답이 들려왔다.

"손님을 맞고 계세요."

명란은 젓가락에 사이에 있던 초승달 모양 좁쌀떡을 탁자에 내팽개치더니 눈을 부라렸다.

"몸이 무거워 거동이 불편하니 손님 맞기가 어렵겠다고 전해라!"

명란은 대놓고 무시할 작정이었다. 뭐 어쩔 거야?! 단귤의 안색이 심상치 않았다.

"어멈이 전하기론 큰마님께서 마님 몸이 무거운 것을 배려해 손님을 화청으로 모셨다고 합니다. 그리고……."

단귤은 몹시 난처해하며 말했다.

"여가 넷째 부인도 계시고요."

이번엔 명란이 되레 난처해졌다.

• • •

웅린산 대인이 정원을 지을 때, 아름다운 풍경으로 둘러싸인 화청을 안채 여인들의 연회, 접객 용도로 만들었다. 그래서 주실인 가희거와도 가까웠다. 지금 만날 사람은 고정엽 전처의 친정 식구로 숙모님도 계셨다. 후처인 명란은 갑자기 주눅이 들어 지원군을 모았다. 복장도 격식 있게 갖춰 입고 사람들을 앞뒤로 세워 화청으로 향했다.

화청에 들어서자마자 고개를 들어 살펴보니 고 태부인이 곱게 치장한 중년 부인 둘과 함께 담소를 나누고 있는 모습이 보였다. 양옆에는 계집종과 어멈이 기러기 날개처럼 양쪽으로 늘어서서 시중을 들고 있었다. 자리에 있던 사람들은 명란이 당도했다고 고하는 소리에 일제히 고개를 돌렸다. 고 태부인의 오른쪽에 앉아 있던, 연꽃색의 여름용 대금 배자를 입은 부인이 명란에게 다가와 손을 꼭 잡고 반갑게 말했다.

"이게 누구야, 명란이 아니냐! 어디 좀 보자꾸나. 어머나, 벌써 이렇게 자라 어여쁜 여인이 됐구나."

명란도 반가운 마음에 웃으며 인사를 올렸다.

"넷째 숙모님, 오랜만에 뵙습니다. 숙부님은 악보를 다 쓰셨나요? 동생들은 어떻게 지내고요? 언용이가 곧 계례를 치르지요?"

넷째 부인은 며칠 동안 눈물을 흘린 듯 붉어진 눈시울로 웃으며 말했다.

"그래, 모두 잘 지낸단다. 넷째 숙부는 늘 쓸데없이 바쁜 사람 아니냐. 대체 언제쯤 가만히 있을지 모르겠구나. 고맙게 언용이도 기억하고. 그 아이도 늘 너와 언연이를 보고 싶어한단다."

"얼마 전 언연 언니와 서한을 주고받았어요. 언니는 또 회임을 했다지요. 시댁 식구들이 차방에도 못 가게 하고 집에서 몸조리만 시킨다며 투덜대지 뭐예요."

명란은 넷째 부인의 손을 잡고 걸으며 말했다.

"누가 아니라니. 언연이는 복이 많아 아들딸 모두 두었지. 그 집에 다녀왔던 어멈 말로는 단가에서도 언연이를 끔찍이 챙긴다고 하더구나!"

넷째 부인도 마음이 놓이는지 하얗고 고운 얼굴에 웃음이 가득했다.

"언연이도 참, 제 숙부가 돌아다니는 걸 얼마나 좋아하는지 뻔히 알면서 대리大理[1]가 좋다고 어찌나 칭찬하는지 모른다. 뭐라더라, 동백꽃이 천지를 뒤덮고 노을 구름이 하늘을 물들여 곳곳이 절경이라나. 사람들도 수더분하니 인심도 좋다더구나. 숙부는 벌써 마음이 동하여 가보고 싶다고 노래를 부르고 있지 뭐냐."

집안에서 태어난 순서로 따지자면 넷째 숙부는 사실 여섯째였다. 하지만 명란은 언연을 따라 그냥 넷째 숙부라고 불렀다. 세월이 이렇게 흘

---

1) 현 운남성, 언연의 현 거주지.

렸는데도 여전히 한결같은 숙부 때문에 명란은 웃음이 터져 나왔다.

넷째 부인은 선비 집안 출신으로 열 살 때 이미 수백 개가 넘는 기보를 익혔고, 피리와 쟁 연주, 민화에도 능했다. 나중에 마음이 잘 맞는 숙부와 혼인하여 금실 좋고 화목한 가정을 이루었다. 명란은 꽤 오랫동안 숙모를 고대 재녀의 표본이라 여겼다. 숙모는 재능이 뛰어나고 박식하나 오만하지 않았고, 등주 본가의 살림을 잘 꾸렸다. 거기다 시부모를 봉양하고 조카인 언연까지 키웠으니 완벽에 가까웠다. 숙모는 명문가 출신이지만 친절하고 서글서글했고 아랫사람들을 홀대한 적도 없었다.

가끔 여력이 있을 땐 명란의 비뚤배뚤한 글씨를 봐주기도 했다. 남편을 따라 낙향했을 때 재미난 장난감을 보면 명란의 것까지 챙겨주기도 했다. 명란이 고대로 넘어와 처음으로 갖게 된 흙 인형, 바람개비, 여치집, 귀여운 털북숭이 토끼도 모두 숙모가 선물한 것이다.

유년 시절의 여씨 집안은 명란이 마음속 낙원이라고 여기는 곳이었다. 여 각로는 위엄 있고 사리가 분명한 분이었고, 여 노대부인은 자애롭고 상냥한 분이었다. 언연은 친자매나 다름없었다. 가끔 여부의 화원에서 놀고 있으면 저 멀리 호숫가 정자에서 숙부 내외가 대국하거나, 퉁소와 금을 합주하는 모습이 보였다. 명란은 웃음꽃 가득한 여씨 집안 분위기가 부러웠다.

여씨 일가 사람들이 하도 오랜만이라 안부를 몇 마디 더 주고받는데 자리에 있던 고 태부인이 큰 소리로 웃었다.

"며늘아, 어서 와서 앉질 않고 무엇 하느냐. 몸도 무겁고 손님을 그리 오래 세워 두면 안 되지."

명란은 대꾸 없이 숙모의 손을 잡고 함께 자리로 걸어갔다.

"이분은 여씨 집안 큰마님이시다. 어서 인사 올리거라."

고 태부인은 다정한 척하며 여 부인을 잡아끌었다. 명란이 웃으며 절을 올리자 옆에 있던 단귤이 명란을 부축해주었다. 고개를 들어 여 부인을 슬쩍 훑어보는 순간 깜짝 놀랐다. 여 부인은 관리를 잘했는지 뜻밖에 동안이었다. 날렵하게 올라간 눈매와 쭉 뻗은 눈썹, 살짝 높은 광대뼈, 뽀얗고 매끈한 피부, 화끈하고 대찬 성숙한 여인의 매력을 지니고 있었다. 자세히 봐도 이십 대 후반이나 삼십 대 초반 정도로 보이는 미인상이었다.

여 부인 역시 명란을 자세히 훑어보았다. 명란은 번쩍이는 오봉조양 순금홍보채를 머리에 꽂고, 영락[2]과 호로[3] 장식이 달린 순금 구절 목걸이를 차고 있었다. 목걸이 아랫부분에는 반들반들한 옥이 장식돼 있었다. 여 부인은 만삭이 된 명란의 배를 본 순간 눈빛이 험해지더니 털썩 자리에 앉아 명란이의 인사를 받았다.

여 부인은 명란은 아랑곳하지 않고 옆에 있던 넷째 부인에게만 말을 건넸다.

"방금 언연이가 복이 많다 했는가? 시아버님이 알아봐주신 혼처이니 그럴 수밖에 없겠지?!"

넷째 부인은 자신이 큰형님의 신경을 거슬리게 했다는 것을 깨닫고 말없이 웃으며 자리에 앉았다.

"집안 여인들이 하나같이 복이 많은데 우리 언홍이만 빨리 갔네. 휴, 그 아이가 세상을 떠나고 지금까지 향 하나 올려 준 사람이나 있을지 모

---

2) 구슬을 꿴 것.

3) 호리병박.

르겠군. 외롭게 구천을 떠도는 그 아이의 넋이 가련하기만 하네…….”

여 부인은 엄청난 기세로 쉬지 않고 말했다.

“언홍 언니는 고씨 집안 가묘에 묻혔잖습니까.”

명란은 참다못해 끼어들었다.

“그런데 외롭게 구천을 떠돌고 있다니요?”

여 부인은 말을 끊자 언짢았는지 명란이를 날카롭게 노려보며 천천히 말했다.

“……제 피붙이 하나 남기지 못했으니 외롭게 구천을 떠도는 것과 마찬가지 아니겠느냐.”

마음이 무거워진 명란은 말을 받지 않고 단귤이 건넨 그릇에 담긴 탕을 후후 불어 식혔다.

여 각로는 강인하고 유능해서 밖으로는 조정 내각을 책임지고 안으로는 가정을 평온하게 유지했다. 부인은 선량하고 자식들도 온순한 편이었다. 며느리 몇 명은 본인이 직접 골라서 그런지 집안 분위기도 소박하고 간소했다. 큰아들의 후처로 들인 여 부인만 성질머리가 보통이 아니었다. 여씨 집안을 통틀어 거의 유일한 별종이었다. 그런데 하필이면 큰아들이 며느리 말이라면 벌벌 떠니 여 각로는 답답할 수밖에 없었다.

고 태부인은 싸늘해진 분위기 속에서도 느긋하게 웃었다.

“사돈, 어찌 그런 말씀을 하십니까. 언홍이가 저희 집안에서 지낸 세월은 길지 않았지만, 저는 그 아이를 몹시 아꼈어요. 말과 행동이 시원시원한 아이였지요. 휴, 빈말처럼 들리겠지만 제 딸보다 언홍이를 더 좋아했습니다. 사돈께서 어여삐 길러주신 딸인데, 우리 고씨 집안이 잘못한 게 많지요…….”

고 태부인은 목이 메 말을 잇지 못했다.

명란은 쌀쌀맞게 바라보며 속으로 '저런 연기력을 썩히다니 아깝네, 아까워.'라고 비웃었다.

잠자코 듣고 있던 여 부인은 가슴이 아팠는지 함께 훌쩍였다.

"그 아이가 고씨 집안과 인연이 아니었다는 걸 진작 알았다면 시집보내지 않았을 텐데. 괜히 귀한 목숨만 잃었습니다. 그때가 겨우 몇 살이었습니까……."

고 태부인은 간만에 다 이해한다는 태도로 말끝마다 사돈, 사돈거리며 자책했다. 여언홍을 제대로 보살피지 못한 것이 다 고씨 집안 잘못인 듯 말했다. 고 태부인은 손수건으로 눈가를 훔치며 흐느꼈다.

"사돈께서 얼마나 괴로우셨겠습니까. 저 역시 언홍이를 떠올리면 마음이 얼마나 답답한지 몰라요. 정엽이가 너무했지요. 혼인한 지 얼마 되지도 않아서 밖으로 나돌며 언홍이를 홀로 덩그러니 외롭게 두었지요. 그러니 병이 나자마자 그렇게……."

웃기네! 저 늙은 여우! 아예 고정엽이 언홍을 죽였다고 하시지! '혼인한 지 얼마 되지도 않았는데 밖으로 나돌았다'니 무슨 말도 안 되는 소리야? 장수가 한 번 나가면 몇 달이고 몇 년은 예사잖아. 그나마 돌아오면 다행이지 죽는 경우는 또 얼마나 많아! '홀로 덩그러니'는 또 무슨 얼토당토않은 소리야. 위로는 시부모, 아래로는 동서가 있는데……. 그런데도 남편이 집을 비운 지 두 달 만에 죽었지. 좋게 말하면 부부의 정이 깊어 그리움 때문에 그리된 것이고, 나쁘게 말하면 남자 없이는 못 산다는 거잖아!

고정엽의 첫 번째 혼인 생활이 얼마나 파란만장했는지를 보면 그리움 때문에 죽은 것은 결코 아니었다. 저 늙은 여우는 대체 여언홍을 두둔하는 거야, 욕하는 거야!

명란은 속으로 일일이 따지며 반박했지만 겉으로는 그저 잠자코 듣기만 했다.

"어쩔 수 없지요. 고 서방은 애초에 언연이를 달라고 했잖습니까. 그러니 언홍이로는 마음이 안 차 냉대했겠지요. 송구스런 말이지만 아버님은 왜 하필 훼방을 놓으셔서는……."

여 부인의 말이 도를 넘어서자 성격 좋은 넷째 부인까지도 얼굴을 찌푸렸다. 명란은 마침내 기회를 포착하고 말을 자르며 반 조롱 투로 말했다.

"훼방이라니 당치 않은 말씀이세요. 여 각로께서 오래전에 한 약조잖습니까. 수십 년 전에 한 '약조'가 여 대인께서 몇 달 전에 하신 '약조'보다는 먼저지요."

이 말에 넷째 부인은 웃음이 나오려는 것을 겨우 참았다.

여 부인은 대꾸 없이 반쯤 채워진 명란이의 찻잔만 노려보다가 고 태부인의 헛기침 소리에 정신을 차리고 딱딱하게 말했다.

"오늘은 긴히 부탁할 것이 있어서 왔다. 최근 아버님 병세가 악화되어 경성까지 의원을 알아보러 왔어. 휴…… 며칠 전부터 사경을 헤매고 계시단다……."

명란은 깜짝 놀라 "여 각로께서 편찮으시다고요?" 하고 물으며 넷째 부인을 바라보았다.

넷째 부인은 눈물을 머금고 고개를 끄덕였다.

"지난달부터 한 번씩 쓰러지시더니 이번엔 특히 위중하시다. 그날 약을 드시곤 정신이 약간 돌아오셨어. 그런데 아버님께서……."

넷째 부인은 난처한 얼굴로 명란을 바라보며 말을 잇지 못했다.

여 부인이 아니꼽게 말했다.

"자네가 말하기 힘들면 내가 악역을 맡지. 그날 아버님께서 잠깐 정신을 차리시고 평생 후회 없이 사셨다고 하셨다. 자식과 손주들을 많이 보셨으니 말이야. 하지만 유일하게 언홍이 그 아이만 요절하여 자식 하나 낳지 못했다고 안타까워하셨지. 나중에 청풍관의 현원 진인眞人[4]을 모셨더니 경사를 만들어 액막이를 하면 좋아질지도 모른다고 하더구나."

명란은 무거워진 마음으로 천천히 눈을 동그랗게 떴다.

"……해서 박복한 딸에게 양자라도 얻어 줘야겠다는 생각에 찾아왔다. 나중에 언홍이 묘에 제삿밥이라도 올려 주고 아버님께 위안을 드리고 싶기도 해서 말이다. 아버님께서 자리를 털고 일어나신다면 그게 다 네 공덕이 아니겠니. 만약……."

여 부인은 사전에 여러 번 연습한 것처럼 매끄럽게 말했다.

"아버님께서 마음 편히 가실 수 있다면 일거양득인 셈이지. 어떻게 생각하느냐?"

여 부인은 명란을 똑바로 바라보았다. 당장 답을 내놓으라는 듯한 눈빛이었다.

명란은 너무도 놀라 생각나는 대로 "그럼 누구를 양자로 삼으시려고요?" 하고 물은 후 곧바로 고 태부인을 바라보았다.

"현이는 아니다."

고 태부인은 흐느적흐느적 부채를 부치며 웃음을 머금고 말했다.

"작년에 정엽이가 내게 정위의 유일한 아들인 현이를 어찌 양자로 보내겠냐고 하더구나. 나도 일리가 있다는 생각에 처음에는 부탁을 거절

---

4) 도가에서 쓰는 도를 체득한 사람에 대한 호칭.

하려 했다. 그런데 마침 딱 맞는 아이가 있지 뭐냐. 여봐라. 안으로 들이거라."

줄줄이 들어오는 사람들을 보느라 명란은 눈이 바빠졌다. 고개를 돌리는 사이 향씨 어멈이 어른과 아이 하나씩을 데리고 들어왔다.

향씨 어멈을 뒤따라오던 젊은 여인은 방 안으로 들어오자마자 무릎을 꿇고 머리를 땅에 조아리며 또박또박 말했다.

"만랑이 마님께 인사드립니다."

만랑은 또 옆에 서 있던 예닐곱 된 사내아이를 잡아당겨 무릎을 꿇렸다. 겁먹은 아이는 기어들어 가는 목소리로 말했다.

"창이, 마님께 인사드립니다."

명란은 처음으로 제대로 놀랐다. 이들은 고정엽이 보낸 장원에서 어떻게 빠져나온 것일까?!

고 태부인은 웃는 얼굴로 자리에 있는 사람들을 바라봤다.

"정엽이가 그때는 뭘 몰랐지요. 어려서 철이 없던 터라 밖에 첩실을 두고 아들딸을 하나씩 봤습니다. 딸은 지금 명란이가 키우고 있고요."

여 부인은 흡족해했다.

"창이는 착하고 영민한 아이 같습니다. 밖에서 자라며 가문에 입적도 못 하는 것보다야 언홍이 밑으로 이름을 올리는 게 낫지요."

그 말엔 명란이 질투심 때문에 창이를 입적시키지 않는다는 비난이 담겨 있었다.

명란은 숨을 크게 들이켰다. 속에서 울화가 치밀어 몸이 불편한 것도 잊고 자리를 박차고 일어나 언성을 높였다.

"다들 철두철미하시네요!"

명란은 적나라한 경멸을 드러내며 고 태부인을 쏘아봤다.

"어머님, 참 대단하십니다. 모르는 게 하나도 없으시군요. 집안의 허물을 밖으로 퍼트리는 것은 누워서 침 뱉기거늘, 지금 나리가 어떤 신분입니까? 가족으로서 젊은 시절 잘못을 덮어 주지는 못할망정 온 경성에 떠들고 계시는군요."

고 태부인은 표정 관리를 못 하고 냉랭하게 말했다.

"난 모두를 위해서……."

"어머님이 누구를 위해서 무엇 때문에 그러시는지 집안사람은 다 알고 있습니다. 입 아프게 말씀하실 필요 없어요."

명란은 냉큼 말을 자른 후 분노한 고 태부인이 반박도 하기 전에 넷째 부인을 향해 부드럽게 말했다.

"제가 어떤 사람인지 숙모님께서는 잘 알고 계시죠. 이번은 사안이 사안인 만큼 무례하게 굴었어요. 용서해주세요."

넷째 부인은 자리에서 일어나 미안함과 난처함이 뒤섞인 표정으로 연거푸 말했다.

"네 맘 잘 안다."

넷째 부인은 불효자라는 오명이 두렵고, 넋이 나간 병약한 시어머니가 걱정되어 이번 일이 이치에 맞지 않다는 것을 알면서도 올 수밖에 없었다.

명란은 고개를 끄덕인 뒤 여 부인을 바라보며 따박따박 말했다.

"언홍 언니는 나리의 첫째 부인입니다. 이 부분은 굳이 말씀하시지 않아도 알고 있어요. 만약 언홍 언니에게 아들이 있었다면 작위 계승자 자리는 두말할 것 없이 그 아이의 것입니다! 하지만 언니는 자식을 보지 못했지요!"

여 부인의 표정이 싹 바뀌며 경계의 눈초리로 명란을 바라보았다.

명란이 말을 이었다.

"그런데 오늘 양자를 들이겠다고 하셨죠……."

그녀는 코웃음을 치더니 목청을 높였다.

"창이가 언홍 언니의 양자로 들어가게 되면 어찌 따져야 하나요? 서출인가요, 아니면 적자인가요!"

여 부인은 순간 말문이 막혔지만 곧장 응수했다.

"이러니저러니 해도 결국 창이에게 네 배 속 아이의 자리를 빼앗길까 봐 두려운 게지? 인정하기 싫은가 보구나. 후처는 그냥 후처일 뿐 본처가 아니다!"

여 부인은 말을 뱉는 순간 아차 싶었다. 화를 못 이겨 말을 가려서 하지 않은 것이다.

명란은 순간 웃음을 터트렸다가 이내 정색했다.

"잘 알겠습니다. 하지만 작위 승계는 가문의 근간이 되는 중요한 사안입니다. 며느리인 제가 왈가왈부할 일이 아니지요. 부인께 한마디 여쭙겠습니다. 언연 언니의 생모도 아들이 없었지요. 언연 언니 쪽에서 양자를 들여 여씨 집안의 적장손으로 삼겠다면 부인께서는 허락하실 건가요?"

여 부인은 대로했다.

"무례하구나!"

"대체 누가 무례한 겁니까?"

명란은 물러서지 않았다.

"오래전 철없고 제멋대로였던 나리는 만랑을 녕원후부로 들이고 싶어 하셨어요. 하지만, 아버님과 어머님께서 만랑이 광대 출신이라 기를 쓰고 반대하셨죠. 아버님이 돌아가시니까 이제 입장 바꿔 광대가 낳은 자식을 녕원후부의 후계자로 삼으라고요? 여씨 집안은 고씨 집안과 척을 지려는 겁니까?!"

이 말이 나오자마자 입구에서 무릎을 꿇고 있던 만랑이 고개를 들어 노려보았다. 마침 명란도 고개를 돌려 만랑을 보던 참이라 만랑과 시선이 마주쳤다. 막 자신을 봤을 때 당혹스러운 표정과 달리 눈빛에서 독기가 느껴졌다. 명란은 만랑이 자신을 알고 있음을 눈치챘다.

명란은 만랑을 무시했다. 이 순간 만랑은 적일 뿐, 동정할 여지는 없었다.

여 부인은 분노로 몸을 부들부들 떨며 한참 동안 대꾸하지 못했다. 그러다 갑자기 눈빛을 번득이며 이을 악물고 말했다.

"우리 딸은 열일곱이 되기도 전에 목숨을 잃었다. 고씨 집안에서 이를 해명해야 할 것이야!"

넷째 부인은 이 상황을 지켜보다가 다급하게 명란을 잡아당기며 말했다.

"우리 집안에서는 작위 승계자 자리 같은 건 바라지도 않는다!"

사실 여 각로는 그저 한마디 했을 뿐이다. 연로한 노인이 그득한 자식과 손주들을 보며 안타까워서 뱉은 말에 불과하다는 것을 넷째 부인은 잘 알고 있었다. 하지만 이제 큰아주버니가 시아버지 대신이고, 남편은 관료가 아니라 발언권이 약했다. 거기다 현원 진인인지 뭔지 하는 작자의 말 때문에 여 부인의 말에 따르지 않으면 불효자라는 오명을 쓰게 될 판이었다. 이는 너무 무시무시한 오명이다.

"우리는 그저 언홍이가 요절한 것이 너무도 안타까워 자식이라도 하나 남겨주고 싶은 마음뿐이다. 고씨 집안의 후계에 끼어들 생각은 결단코 없어."

넷째 부인이 진심을 담아 거듭 말했다.

"만약 못 믿겠으면 고 서방이 돌아온 뒤 집안사람을 모아놓고 분명히 논의한 다음 증거 문서를 남기자꾸나. 하지만……."

숙모는 울먹거렸다.

"그 전에 먼저 일을 처리하면 안 되겠니. 아버님, 아버님께서…… 오늘내일하신단다. 네가 반대하면 어머님께서도 내일 직접 부탁하겠다고 말씀하셨다. 성 노대부인께도 찾아가 무릎을 꿇겠다고 하셨고!"

넷째 부인은 더는 참을 수가 없어 얼굴을 파묻고 울기 시작했다. 여 노대부인은 온순하고 마음이 약한 사람이라 요즘 눈물로 나날을 보내고 있었다.

명란은 한숨을 깊게 내쉬었다. 이런 상황에서는 넷째 부인이 가장 무서운 사람이다.

명란은 누구에게라도 선전포고할 수 있었다. 이길 수 있으면 싸우고, 질 것 같으면 달아나면 그만이었다. 시치미 떼거나 억지를 부릴 수도 있지만, 넷째 부인에게만큼은 독하게 맞설 수 없었다. 자신의 머리를 쓰다듬으며 손녀처럼 아껴 준 여 노대부인에게는 더더욱 모질게 대할 수 없었다.

그때 전광석화처럼 잔꾀가 떠올랐다.

"아이고, 배야!"

명란은 갑자기 배를 잡고 소리쳤다. 고통스러운 얼굴로 허리도 펴지 못했다.

넷째 부인은 대경실색하여 황급히 명란을 부축해 조심스레 자리에 앉혔다. 옆에 있던 단귤은 기다렸다는 듯이 앞으로 나와 명란을 부축하며 사람을 불렀다. 밖에서 기다리고 있던 사람들이 일제히 방 안으로 몰려

들었다. 부축하는 사람, 들어 올리는 사람, 상태를 물어보는 사람이 뒤섞여 아수라장이 됐다. '에구머니나'를 연발하거나 수군대며 질책하는 사람도 있었다. 최씨 어멈은 고 태부인이 반응하기도 전에 사람을 이끌고 들어와 명란을 데려가버렸다.

옆에 있던 사람들이 허둥대고 있을 때 여 부인은 머리끝까지 화가 나서 문 앞까지 와서 소리쳤다.

"너희 마님이 몸을 푼 게 아니라면 내일도 또 올 것이다!"

넷째 부인이 황급히 형님을 말렸다.

"그만하시지요. 그러다 무슨 사달이라도 나면 어찌합니까! 저리 부푼 배를 보세요. 곧 낳을 게 확실하다고요!"

여 부인은 동서의 팔을 뿌리치며 콧방귀를 뀌었다.

"자네나 좋은 사람 노릇 하게. 아버님이 오늘내일하시는데 난 불효라는 죄를 감당할 수 없네!"

방 안에는 고 태부인만 자리에 앉아 꼼짝도 하지 않고 재미난 연극이라도 구경하듯 웃으며 차를 마시고 있었다.

• • •

명란은 다급한 표정으로 방 안을 왔다 갔다 했다. 걱정이 극에 달했다. 사실 진통은 전혀 없었고 현기증만 났을 뿐이었다. 도무지 방도가 없어 늘 얕잡아보던 수법인 '혼절 작전'을 쓰고 말았다.

이 수법은 자주 못 쓰는데, 설마 내일도 아픈 척해야 하나?

어쩌지? 어쩌지? 어쩌면 좋지……? 명란은 마음이 심란했다. 여 부인과 숙모의 부탁을 들어주기 싫었지만 거절하기도 어려웠다. 명란은 속으로 그 늙은 여우를 한껏 욕했다. 처음에는 강 부인을 데려오더니 이번에는 여씨 집안이라니. 강수가 안 통하니 이제 약수로 공격하며 끝도 없이 괴롭히는구나. 자리를 몇 바퀴 돌아도 좋은 수가 떠오르지 않았다. 아무래도 안 되겠으니 차라리…… 내빼자. 명란은 줄행랑이 상책이란 생각에 도호 무리의 호위를 받으며 친정으로 돌아가 출산할까 생각했다. 체면을 구기든 말든 상관없었다.

……그것도 안 돼. 명란은 곰곰이 생각하다 앓는 소리를 냈다. 아무래도 여 노대부인이 성부까지 끈질기게 쫓아와 할머님께 우는소리를 할 것 같았다. 본인 때문에 두 노인이 절교라도 한다면 정말 면목 없는 노릇이었다.

명란은 바보가 아니라서 한 번만 독하게 고생하면 평생 편안해질 일이라고 긍정적으로 생각했다.

호시탐탐 기회를 노리고 있는 고 태부인은 말할 것도 없고 음흉한 만랑만으로도 현기증이 났다. 정말로 창이를 여언홍의 양자로 올리게 되면 사전에 충분히 설명하든 증거 문서를 남기든 후환이 끊이지 않을 게 분명했다. 자신의 아들이 쓸 만하다면 모르겠지만 허약하고 성정이 유하다면 창이가 편을 만들어 혼란을 일으킬 경우 평화로운 날은 기약할 수 없다.

명란은 머리를 싸매고 탁자 앞에서 골몰했지만 계책이 떠오르지 않았다.

그렇게 머리에 쥐가 날 정도로 생각하다 갑자기 웃음이 터졌다. 여태껏 소란을 피운 원수들은 하나같이 '죽어서도 널 가만두지 않겠다'고 저주를 퍼붓지만, 이는 실현 불가능했다. 하지만 여언홍이 그 저주를 실현하고 있었다. 명란은 화도 나고 우습기도 했다. 어휴, 그나저나 그 여자가 어떻게 죽었는지 모르겠다.

참, 여언홍이 대체 어떻게 죽었지?

명란은 천천히 몸을 일으켜 세워 탁자에 팔을 괴고 깊은 생각에 빠졌다. 예전 기억들과 여러 사람의 얼굴이 주마등처럼 스쳐 지나가다가 고 태부인의 사악한 미소에서 정지 화면처럼 멈췄다.

'그래, 미심쩍은 게 한두 군데가 아니야.'

여 대인은 출세에 열을 올리고 있어서 부인과 사별한 후에 아버지 성에 차지 않았던 상관의 서녀를 후처로 맞았다. 여 부인은…… 흥, 오늘도 만났지 않았는가. 그렇게 권세에 빌붙기 좋아하고 손해보기 싫어하는 부부가 왜 이제야 녕원후부를 찾아온 것일까?!

여언홍은 고씨 집안으로 시집온 후 일 년도 못 돼 세상을 떠났다. 어찌 됐든 전부 고씨 집안의 잘못이라 치자. 그렇다며 고정엽이 출세 가도를 달릴 때 여씨 부부는 왜 여가의 다른 처자를 후처로 들이라고 요구하지 않았을까?

넷째 부인의 딸인 언용은 올해 계례를 치른다. 언연이 예전에 귀띔해 준 바로는 언홍에게는 언용보다 한 살 많은 서녀 출신 여동생이 있다고 했다. 그렇다면 그 아이는 작년에 계례를 치렀을 것이다. 친딸이 마음에 걸린다 해도 부와 권세가 눈앞인데 서녀를 아까워할 정도로 선량한 여 부인이 아니었다. 게다가 서녀 외에도 여가의 처자는 수두룩했다. 당시 팽씨 일가도 뻔뻔하게 고씨 집안에 혼담을 넣었다. 그런데 그보다 더 자격이 되는 여가에서 왜 말도 꺼내지 않은 것일까?

혼담은 고사하고 고씨와 여씨 두 집안은 잦았던 왕래까지 끊었다. 명란은 여씨 집안이 고정엽을 원망하여 왕래를 끊은 것이라 생각했다. 그런데 오늘 보니 그런 모양새가 전혀 아니었다.

그럼 고정엽은 여씨 집안에, 그리고 요절한 첫째 부인에게 어떤 태도를 보였나? 설령 원수 같은 사이였어도 배우자가 죽으면 죄책감이나 안쓰러운 마음을 갖게 마련이다. 명란은 힘겹게 기억을 더듬었다.

여전히 이상했다. 고정엽에게서는 죄책감이나 안쓰러운 마음이 느껴지지 않았다.

혼인 후 지금까지 마음이 잘 맞는 명란 내외는 조정의 일부터 집안 대소사까지 거의 모든 일을 상의했다. 고정엽은 만랑 이야기 같은 민감한 주제도 가끔 입에 올리며 제멋대로 날뛰던 자신의 어린 시절을 자조했다. 그러나 여언홍에 대해서는 단 한마디도 꺼낸 적이 없었다. 일부러 피하는 것 같기도 했다. 고정엽은 결코 차갑고 매정한 사람이 아닌데 대체 왜 그랬을까.

그렇다면 결론은 하나다.

명란은 생각이 점점 명확해졌다. 하지만 너무 위험한 추측이라 무턱대고 도박할 수는 없었다. 명란은 생각을 정리하고 단귤을 불러 조용히 명했다.

"상 유모를 찾아가. 이리 모셔오지 말고 뭐 하나만 여쭤보면 돼……. 나리의 전처인 언홍 언니가 어떻게 죽었냐고. 상 유모는 분명 알고 계실 거야."

단귤은 고개를 힘껏 끄덕이다가 의아해하며 물었다.

"상 유모께서도 모르시면요."

"상 유모도 모른다면……."

명란은 주먹을 꼭 쥔 채 천천히 말했다.

"그럼 언홍 언니가 죽고 나리의 심기가 어땠는지 물어봐. 그리고 상 유모가 생각하는 언홍 언니의 사인은 뭔지, 고씨 집안에서 잘못한 게 있는지도 물어보고.”

단귤은 명란의 말을 되뇌다가 명란의 뜻을 알아차리고 서둘러 밖으로 나갔다.

• • •

훤지당 안.

향씨 어멈이 뭐라고 귓속말을 건네자 고 태부인은 미간을 찌푸렸다.

“또 그 늙은이에게 달려갔단 말인가?”

“마님, 그 늙은이가 내막을 알고 있을까요……?”

향씨 어멈이 걱정스레 물었다.

고 태부인은 오랜 생각 끝에 천천히 고개를 내저었다.

“아마 모를 것이네. 안다면 계획을 바꿔야 해…….”

“그럼 홍초는……?”

향씨 어멈은 여전히 걱정을 내려놓지 못했다.

“그 아이가 입을 함부로 놀리면 어찌합니까?”

고 태부인은 웃음을 터뜨렸다.

“북진무사北鎭撫司[5]에서 고문하지 않는 한 입도 뻥긋하지 않을 것이네.”

---

5) 형사 사건을 조사하고 형을 집행한 기관.

제174화

동풍이 불고 전고가 울리다 (7)
아이의 탄생 (출산기)

전쟁 같은 아침을 보냈더니 명란은 산해진미를 입에 넣어도 고무를 씹는 것 같았다. 난생처음 겪는 일이었다. 결국 소화를 못 시킬 바에야 덜 먹는 게 낫겠다는 생각에 젓가락을 내려놓았다. 명란은 방 안을 왔다 갔다 했다. 남산만 한 배를 받치고 뒤뚱뒤뚱 안절부절못하는 모습이 꼭 발바닥에 못이 박힌 살찐 고양이 같았다.

최씨 어멈은 불편한 기색으로 바라보다 명란을 평상에 눌러 앉히더니 엄히 말했다.

"세상천지에 아이 낳는 일보다 중한 게 어디 있습니까? 마님, 마음을 차분히 내려놓으세요. 정 안 되겠거들랑 장원으로 숨어버리죠. 아무도 못 찾을 겝니다."

멍하니 생각해 보니 괜찮은 방책 같았다. 정 안 되면 산파와 사람들을 데리고 쥐도 새도 모르게 온천 산장으로 피하자. 늙은 여우와 여씨 집안 사람들이 산장을 찾을 때면 벌써 아이가 태어난 뒤겠지. 적당한 방도가 떠오르자 명란은 한결 마음이 가벼워져 최씨 어멈이 시키는 대로 잠을 청했다. 밤잠을 설친 명란에게 낮잠은 꿀 같았다. 눈을 떠보니 유리구슬 문발 사이로 상 유모가 최씨 어멈과 대청 탁자에 앉아 얘기를 나누는 모습이 보여 더욱 안심이 되었다.

"상 유모, 어쩐 일이세요. 년이는 어쩌고요?"

명란은 팔이 다 낫지 않은 상년이 생각나 미안해하면서 최씨 어멈에게 옷을 입혀 달라 손짓했다. 상 유모는 진지한 표정으로 농을 던졌다.

"마님, 무슨 말씀입니까. 제가 만병통치약도 아니고 년이가 저만 바라보고 있으면 아픈 게 낫는 답니까? 잠깐도 틈을 못 낼까봐서요."

최씨 어멈은 웃음이 터지려는 걸 꾹 참았다.

보송보송하고 깨끗한 여름옷으로 갈아입은 명란은 주위 사람들을 물렸다. 소도와 단귤에게는 문가를 살피게 하고 최씨 어멈에게는 중정을 지키도록 했다. 상 유모는 방 안에 혼자 남자 조용히 입을 열었다.

"마님의 뜻은 단귤에게 충분히 들었습니다."

명란은 다급한 마음을 누르며 솔직히 말했다.

"제가 공연히 남의 뒷일이나 캐려고 여쭤본 게 아니에요. 하지만 저쪽에서 저를 이렇게 몰아세우는군요. 하필 여씨 집안은 저와 교분이 깊고요. 빈대 잡으려다 초가삼간 태울까 걱정이 돼서 부득이하게 여쭌 겁니다……."

상 유모는 거칠고 주름진 손을 명란의 작은 손 위로 포개며 나지막이 말했다.

"마님이 어떤 분인지 이 늙은이가 모르겠습니까? 그동안 마님은 나리의 과거에 대해 한 번도 묻지 않으셨지요."

사실상 유모도 명란이 만랑의 일을 물어보면 어찌해야 하나 고민한 적이 있었다. 고정엽이 아무 말도 없었으니 함부로 말을 할 수도 없었고,

입을 다물자니 명란이 마음에 걸렸다. 다행히 명란이 한 번도 묻지 않아 속으로 안도하면서도 존경스러운 마음을 가졌다.

"전처인 여 씨의 일이라면……."

상 유모는 한참을 머뭇거렸다. 명란은 떨리는 가슴으로 주먹을 불끈 쥐었다.

"이 늙은이는 정말 아는 게 없습니다. 나리께서 여 씨가 어떻게 죽었는지 한 말씀도 안 하셨으니까요."

명란은 답답한 마음에 실망감을 감출 수 없었다.

"유모한테도 함구하셨단 말이에요?"

상 유모는 천천히 고개를 들고 무거운 표정으로 허공을 응시했다.

"……그때 나리는 부친과 한바탕 하신 후 분을 못 이겨 바로 집을 나가셨죠. 제가 타일러도 소용없었습니다. 그런데 한 달 정도밖에 안 되었는데 남쪽에서 급히 올라오시지 뭡니까. 어찌 된 일이냐고 여쭤봐도 입을 꾹 다무셨지요. 그리고 얼마 뒤 녕원후부에서 여 씨가 병으로 죽었다고 했습니다."

그렇게 빨리? 의구심이 생긴 명란은 차분히 물었다.

"그때 나리 상태는 어땠나요?"

상 유모는 고개를 살며시 저으며 말했다.

"나쁘게 말하면 좀 이상했습니다."

명란은 상 유모를 더욱 부추겼다.

"괜찮으니 편히 말씀해주세요."

상 유모는 고개를 끄덕이며 기억을 더듬었다.

"전 그때 나리께서 여 씨의 병세가 위중하다는 후부의 소식을 듣고 급히 돌아오셨다고 생각했습니다. 그런데 나중에 보니 그게 아닌 것 같더군요. 저는 나리께서 구박을 받을까 봐 걱정돼서 사람을 사서 후부 소식을 캐곤 했지요. 그런데 여 씨의 병세가 그렇게 심각한데도 후부에서는 단 한 번도 의원을 부른 적이 없었습니다. 그래서 이상하다 생각했지요."

명란은 감탄하며 상 유모의 손을 잡고 계속하라는 눈빛을 보냈다.

"이상한 점이 또 있었습니다."

상 유모의 말이 더욱 느려졌다.

"나리께서 돌아오신 다음 날 술에 잔뜩 취한 채 저희 집으로 오셨습니다. 잠자리를 살펴드렸는데 이를 악물고 한 말씀도 안 하셨어요. 이상한 생각이 들었지요. 부인이 사경을 헤매는데 술이나 퍼마시는 남편이 어디 있습니까. 우리 나리가 성정이 불같긴 하나 양심 없는 몹쓸 사람은 아닙니다. 여 씨가 아무리 별로라고 해도 부부인데, 나리께서 그러실 리 없는데……."

"죄책감에 술을 그리 드신 게 아닐까요?"

명란은 씁쓸한 마음으로 추측했다.

상 유모는 두 눈을 역삼각형 모양으로 뜨며 고개를 저었다.

"그런 것 같지 않았습니다. 나리의 성정이야 제가 잘 알지요. 나리는 말만 번지르르한 사람이 아닙니다. 누군가에게 미안할 일을 했다면 행동으로 갚았을 겁니다. 그런데 그때 나리는 억울하고 울화가 치미는데 말은 못 하고 화가 치밀어서 술로 달랜 듯한 모습이었어요."

상 유모의 말이 명란의 가슴에 내리꽂혔다. 고정엽은 현실적인 사람이라 은혜나 원수를 행동으로 갚았다. 단성잠에게 은혜를 입은 그는 만삭의 아내까지 제쳐 두고 그의 동생을 구하러 갔다.(망할 놈, 명란은 참지 못하고 속으로 욕을 퍼부었다.) 게다가 여언연이 머나먼 운남으로 시집간 게 자신의 탓이라 여겨 몰래 단씨 가문을 위해 삼 년 동안 다인茶引[1]을 받아주었으며, 명란이 그 일을 알게 되자 절대 발설하지 못하게 했다. 결국 언연에게 받은 서신을 내밀며 언니가 정말로 행복하게 살고 있다고 몇 차례나 이야기한 후에야 남서부 지역의 차 시장에 개입하지 않았다.

그러므로 평소의 행동을 비추어 봤을 때 고정엽이 정말로 여언홍에게 죄책감을 느꼈다면 밤낮으로 침상을 지키며 환자를 돌보는 게 맞다. 아니면 최고 명의를 모셔오거나 황궁의 천년 묵은 인삼, 만년 묵은 자라라도 잡아 오는 게 정상이다.

"여 씨가 죽자 나리는 발인도 하기 전에 다시 떠나셨습니다. 그렇게 나가서 몇 년을 돌아오지 않으셨죠."

상 유모는 지난 일을 회상하며 탄식했다.

"열흘이 조금 넘는 날 동안 벌어진 일입니다. 여 씨가 죽고 며칠 뒤 나리는 자신이 보는 눈이 없었다며 그동안 만랑을 잘못 알고 있었다고 몇 마디 자책하시더니 그 후로 아무 말씀도 없으셨습니다."

상식적으로 아내와의 사별은 아주 심각한 일이다. 게다가 신혼이고 그렇게 빨리 부인을 잃었는데 홀아비가 된 평범한 사람이라면 어디에 하소연이라도 하고 싶은 게 당연하다. 장백 오라버니 같은 사람도 오언시를 지으며 부부의 박한 인연을 한탄했을 것이다.

"그렇다면 유모 생각엔……."

이야기를 듣는 명란의 눈이 반짝였다.

---

1) 차 판매를 허가하던 증서.

상 유모는 고개를 숙이고 재차 생각했다.

그 당시에 상 유모도 의심이 들었던 터라 "병이 나도 그렇지 젊은 사람이 어찌 그리 쉽게 가버린단 말입니까."라고 살짝 떠보긴 했다. 하지만 고정엽은 늘 피하기만 했다. 내색하진 않았지만 고정엽의 행동에서 그가 불쾌하여 그 이야기를 피하는 것이 보였다. 그는 그 일이 아예 없었던 것처럼 입에 올리려 하지 않았다. 회피하는 성격이 아닌데도 말이다.

"여 씨의 죽음은 나리와 무관합니다."

상 유모는 진지한 얼굴로 또박또박 말을 토해 냈다.

"관련이 없을 뿐 아니라 여 씨가 큰 잘못을 저질렀을 게 분명합니다."

고씨 집안과 연관이 없는지는 쉽게 단언할 수 없었다.

명란은 숨을 깊게 내쉬었다. 마음이 조금 가벼워지는 것 같았다. 사실 사후약방문이긴 했다.

이제야 여씨 집안의 반응이 이해됐다. 켕기는 게 있으니까 여언홍의 죽음을 따져 묻지 못하고 고정엽에게 여씨 집안 처자를 후처로 들이라는 말도 할 수 없었던 것이다. 처가라는 걸 내세워 왕래할 수 없는 건 물론이고 말이다. 오늘 아침 전까지 고씨와 여씨 두 집안의 행동은 이 추론에 들어맞는다. 그런데 어떻게 여 부인이 다시 배짱 좋게 찾아와 도발할 수 있게 된 것일까?!

명란은 의혹을 떨칠 수가 없어 생각을 되풀이했다. 순간 머리가 번뜩였다. 오늘 아침 언쟁에서 여 부인은 고정엽을 언급할 때 부자연스러운 눈빛으로 시선을 피했다. 그 모습이 이상하게 뇌리에 남아 있었다.

"……혹시 여 씨가 사망하기 전후로 나리와 여씨 집안의 왕래가 있었나요?"

명란이 갑자기 물었다.

상 유모는 잠시 멍하니 있다가 급히 대답했다.

"아마 없을 겁니다. 나리는 마음이 복잡해 장례조차 참석하지 않고 떠나셨으니까요."

명란은 혼돈의 어둠을 걷어 낼 빛줄기가 스며든 것처럼 마음 가득했던 의혹들이 마침내 풀리는 기분이 들었다. 명란은 가슴을 짓누르던 답답한 기운을 토해 냈다. 그리고 천천히 일어나 허리를 받치고 몇 걸음 걷다가 갑자기 돌아보며 웃었다.

"언홍 언니가 어찌 죽었는지는 일단 접어 두죠. 분명 자업자득이라 여씨 집안에서는 가책을 느끼고 있을 거예요. 이 일은 분명 입 밖으로 내기 힘들고 아는 사람도 적을 겁니다. 고씨 집안에서는 아버님과 어머님, 나리 정도만 아실 테고, 여씨 집안에서는 여 대인과 여 부인 정도일 거고요. 다른 여가 사람들은 그때 등주에 있었기 때문에 몰랐을 거예요."

"그런데 여 부인이 어찌 감히……."

상 유모는 순간 혼란스러워졌다. 찔리는 게 있는 사람이 무슨 배짱으로 소란을 피우는 걸까.

"누군가 이 일을 이용하고 있기 때문이지요."

명란은 중앙에 서서 미소를 지었다.

"여가 쪽은 명분이 없으니까 마지못해 참으면서 밖으로 알리지도, 문제 삼지도 못했어요. 그런데 최근에 누군가 찾아와 여 부인에게 말한 겁니다. 나리가 그때 일을 모른다고요."

상 유모는 가느다란 눈을 동그랗게 뜨며 놀라워했다.

"나리는 내막을 알고 계세요. 저희도 그렇게 알고 있고, 어머님이야 나리가 내막을 안다는 사실을 더욱 잘 알고 계시죠. 하지만 여씨 집안은 정확히는 모릅니다. 일이 터졌을 때 두 집안 다 속수무책이었어요. 이후에 장례나 뒷수습은 어머님이 다 처리하셨을 게 분명해요."

명란은 조심스럽게 당시의 정황을 정리했다. 생각하면 생각할수록 아귀가 맞았다.

"일이 터졌을 때 여씨 집안은 수치스럽기도 하고 면목도 없었을 거예요. 그러니 소상히 묻지 못했겠죠."

상 유모는 점점 핵심을 파악하며 명란의 추리에 맞춰 다음 말을 이었다.

"그런데 최근 누군가 여씨 집안에 나리는 내막을 전혀 모르니 잘 숨기기만 한다면 얼렁뚱땅 넘어갈 수 있다고 말한 것이겠지요."

그 사람이 누군지 두 사람 모두 정확히 알고 있었다.

명란은 천천히 상 유모 앞에 앉아 가볍게 웃었다.

"그 사람은 또 솔깃한 제안을 했을 거예요. 여 대인은 벼슬길이 순조롭지 못하고 여 각로는 오늘내일하고 계세요. 만약 여씨 집안 밑으로 양자를 들인다면 그 아이는 여씨 집안을 외가로 생각하겠죠. 그러니 앞으로 덕을 볼 기회가 있을지도 모른다고 했겠지요."

게다가 여씨 집안의 나머지 사람들은 이 일에 대해 모를 것이다.

"……이건 기만이 아닙니까!"

상 유모는 한참 지나서야 정신을 차렸다.

"잠깐은 속일 수 있어도 평생 속일 수는 없어요. 나리께서 오시면 모두 들통 날 일이잖습니까?"

"여씨 집안은 장기 말에 불과해요."

명란의 미소가 싸늘해졌다.

"일단 제가 동의하면 그들은 고씨 집안이 승낙했다며 밖에다 시끌벅적하게 소문을 낼 거예요. 의례는 나중으로 미루고 우선 급히 여 각로를 위한 액막이 의식을 치르겠죠. 술상만 간소하게 차려서 창이에게 절을 올리도록 하면 이미 끝난 일이 되는 겁니다. 운이 나쁜 건 그저 여씨 일가와 나리뿐이지요."

그런 일이 벌어지면 고정엽이 난처해지는 건 불 보듯 뻔하다. 어린 시절 경거망동했던 행동이 다시 도마 위에 올라 치욕을 면치 못할 것이다.(자칫하면 언관까지 와서 구경할지도 모른다.) 그렇게 되면 작위 승계까지 어려워질지도 모른다. 독하게 아이를 내치지 않으면 후환은 끝도 없을 것이다.

여 부인은 강 부인과 같은 처지가 될 것이다. 철저히 이용해 먹은 후 그 사람이 여 부인에게 관심이나 갖겠는가?

상 유모는 경악하여 저도 모르게 말을 뱉었다.

"정말 악랄한 계책입니다!"

상 유모는 한참 멍하니 있다가 명란에게 어떻게 대처할지 물어보려 했다. 그러나 얼빠진 표정의 명란을 보고는 저도 모르게 말을 꺼냈다.

"이 일은 공 이랑도 대략 알고 있지 않겠습니까?"

명란은 고개를 들고 생각에 잠겼다.

당시 여씨 집안에서 혼수로 데려온 사람들은 다 팔거나 여씨 집안으로 돌려보냈다. 오직 공홍초만 남았다. 공홍초는 어려서부터 여언홍 곁에서 시중을 들었기 때문에 분명히 알고 있을 것이다. 명란은 그제야 고정엽이 그 아리따운 여인을 왜 그리 싫어했는지 깨달았다. 숨기고 싶은 비밀을 알고 있는 사람이 곁에 있으면 찜찜하기 마련이다.

"분명 이 일을 오랫동안 준비했을 거예요. 말만으로는 여 대인도 그리 쉽게 믿지 않았겠죠. 증인이 필요했을 거예요."

명란은 더 멀리 추리하며 중얼거렸다.

"넷째 숙부님과 다섯째 숙부님이 분가할 때 공 이랑은 계속 밖으로 나

돌았어요. 그때는 경황이 없어 별말 하지 않았는데 지금 생각해 보니 그 사람은 분명 그때를 틈타 공 이랑을 데리고 나갔을 거예요. 공 이랑에게 나리가 정말 아무것도 모른다고 증언하게 했겠죠. 그러니 여가에서 겁 없이 이리 경솔하게 나온 거예요!"

역시 그 늙은 여우가 그 시기를 골라 말썽을 일으켰군. 공홍초가 그때부터 말도 안 되게 얌전히 굴더라니. 명란은 공홍초가 자신의 위세에 눌려 고분고분해졌다고 여기고 있었다.

상 유모는 명란의 말을 듣고 치를 떨었다.

"천한 것들 같으니라고!"

상 유모는 고 태부인과 공홍초를 싸잡아 욕했다.

"마님, 다른 사람이야 어떻게 할 수 없으니 우선 홍초 그 못된 것부터 당장 잡아들이십시오!"

명란은 쓴웃음을 지었다.

"할 일 다 했는데 잡아들여 봤자 무슨 소용인가요. 뭐, 소는 잃었지만 외양간은 고쳐야겠지요."

명란은 곧바로 소리 높여 최씨 어멈을 부른 뒤 공홍초를 감시하라고 나지막이 분부했다. 최씨 어멈은 곧장 대답하고 밖으로 나갔다.

"마님, 이제 어찌해야 합니까?"

상 유모는 불안해하며 가만히 있지 못했다.

명란은 오히려 차분해졌다. 상황을 모르는 것처럼 무서운 일은 없다. 그러나 이제 실마리를 잡았으니 무섭지 않았다. 명란은 웃으며 말했다.

"뭘 어쩌겠어요? 눈에는 눈 이에는 이, 우리도 저들을 속여야지요."

상 유모는 명란의 의중을 파악하고 놀라서 물었다.

"만약 여씨 집안에서 미끼를 물지 않으면요? 우리 짐작이 틀렸다면 또 어찌하시려고요?"

명란은 고개 갸웃하며 잠깐 생각하다가 어깨를 으쓱했다.

"이미 호위대를 불러 놓았어요. 정 방도가 없으면 저는 귀중품을 챙기고, 유모는 년이를 데려와 온천 산장으로 몸을 피해야죠. 그곳은 요새 같은 곳이라 아무도 못 쳐들어올 거예요."

상 유모는 너무 놀라 입을 떡 벌렸다.

명란은 탄식했다. 정말로 피치 못할 상황이 아니라면, 집에서 아이를 낳는 것이 아무래도 안전했다. 몇 개월간 준비했으니 필요한 물품이나 사람들도 다 있었다. 산으로 가면 이것저것 부족한 것도 많고, 급하게 태의를 불러도 제시간에 못 올 것이 아닌가.

• • •

명란은 단잠을 잔 뒤 기지개를 켜고 침상에서 일어나 밥 두 공기를 먹어 치웠다. 입을 닦고 투지를 불태우며 아침 내내 기다렸으나 점심 식사가 끝날 때까지 아무도 시비를 걸러 오지 않았다. 하는 수 없이 낮잠을 청하고 눈을 떠 보니 예상대로 녹지가 이를 바득바득 갈며 고했다.

"여 부인께서 또 찾아오셨어요. 화청에 계세요!"

명란은 '전투에 굶주린 듯한 흥분'을 느끼며 거칠게 손짓했다.

"손님을 맞아야 하니 옷을 갈아입어야겠구나."

사실 명란은 '문을 걸어 닫고 개를 풀거라'라고 외치고 싶었다.

명란은 다시 만난 여 부인을 머리부터 발끝까지 찬찬히 살폈다. 대체 무슨 배짱과 낯짝으로 찾아와 이렇게 소란을 피울 수 있는 것인지(자신의 추측이 맞다는 전제하에) 보고 싶었다. 여 부인은 명란의 눈빛에 온

몸이 굳는 것 같았지만 여전히 기세등등하게 눈을 치켜뜨며 근엄하게 말했다.

"그래, 받아들이겠느냐?"

순 조폭이잖아! 명란은 좌우를 둘러보며 웃었다.

"오늘 여 노대부인을 뵐 줄 알았는데요."

넷째 부인의 얼굴에는 피곤한 기색이 가득했다.

"어머님께서도 같이 오시려 했지만 편찮으셔서 우리가 말렸단다."

"효부이신 숙모님께서 고생하셨네요."

명란은 온화하게 웃다가 고개를 돌리고 재미난 구경거리를 즐기고 있는 고 태부인과 쌈닭 같은 여 부인을 바라보았다.

"여 노대부인께서 여기 계셨다면 몸져누우셨을 테니까요."

여 부인의 얼굴이 싸늘해졌다.

"그게 무슨 뜻이냐?"

"별 뜻 없습니다. 그런데 제가 수락하지 않는다면 부인께서는 어떻게 하실 작정이십니까?"

명란이 느릿느릿 물었다.

여 부인은 부아가 치밀어 올라 격양된 목소리로 말했다.

"그 불쌍한 아이가 고씨 집안에 시집온 지 일 년도 안 돼서 목숨을 잃었는데 그럼 해명이라도 해야지! 나로 부족하면 어머님과 다른 어르신들을 모셔오겠다!"

넷째 부인은 분위기가 험악해지자 다급히 말했다.

"명란아, 언짢아하지 말거라. 이게 다 우리 아버님을 위한 일 아니니. 아버님이 기뻐하시게 대충 액막이 의식만 치르면 된다."

"아이고, 불쌍한 우리 딸. 고씨 집안에 시집와서 자식도 못 보고 요절했구나……."

감정이 한껏 오른 듯 여 부인은 통곡하기 시작했지만 애석하게도 눈물은 나오지 않았다.

"부인, 우선 눈물을 거두시고 제 말을 들어보세요."

명란은 서둘러 손짓하며 말했다.

"어제 부인께서 돌아가신 후 누군가 찾아왔습니다. 나리를 어린 시절부터 돌봐 주신 상 유모셨지요. 나리가 밖에서 지내시는 동안에도 돌봐 주셨던 분입니다."

명란은 눈웃음을 지으며 여 부인이 가짜 울음을 멈추는 것을 만족스럽게 지켜보았다. 여 부인이 의아해하며 듣자 명란은 말을 이었다.

"유모가 제 얼굴에 근심이 가득한 것을 보고 이유를 묻길래 양자에 관한 일을 털어놨습니다. 유모는 깜짝 놀라며 탁자를 내리치더니 세상에 이런 경우가 어디 있냐며 낯짝도 두껍다고 화를 내시지 뭡니까. 부인, 유모가 이렇게까지 말하는 연유를 아십니까?"

여 부인은 안색이 변하며 즉각 고 태부인을 바라봤다. 고 태부인이 미소를 지으며 눈짓하자 여 부인은 기세 좋게 명란을 노려봤다.

"내가 어찌 알겠느냐!"

망신을 당해야 포기할 모양이군! 명란은 속으로 냉소를 지으며 도박을 시작했다. 명란은 한층 더 온화한 미소로 말했다.

"상 유모의 말을 듣고 저도 믿을 수가 없었습니다. 언연 언니가 얼마나 온화하고 덕이 많은 사람인데 그 동생인 언홍 언니가 설마 그럴 리 있겠냐 하고요."

여 부인은 새파랗게 질린 얼굴로 입술을 깨물며 간신히 버텼다.

"그래서 공 이랑을 데려와 물어봤습니다. 공 이랑도 여씨 집안 사람이잖아요. 최근에 만나보신 적 있으신가요?”

명란은 가볍게 말을 던진 후, 여 부인의 표정을 자세히 살폈다. 숨이 턱 막힌 듯한 여 부인의 모습에 명란은 웃는 얼굴로 말을 이었다.

“공 이랑이 꽤 많은 얘기를 들려주었습니다. 그제야 나리께서 언홍 언니 얘기를 꺼내시지 않는 이유를 알게 됐지요.”

여 부인은 버티기 힘든지 몸을 비틀거렸다. 넷째 부인은 영문을 몰라 형님을 멍하니 바라볼 뿐이었다. 이때 저쪽에 앉아 있던 고 태부인이 갑자기 웃음을 터뜨리며 느긋이 말했다.

“홍초가 떠벌리기 좋아하는 아이는 아닐 텐데, 혹시 누군가가 윽박지르기라도 한 것이냐?”

명란은 고개도 돌리지 않고 여 부인에게 눈웃음을 지었다.

“공 이랑은 부인 밑에서 자랐잖습니까. 그 아이 성정은 부인께서 가장 잘 아실 겁니다. 공 이랑은 똑똑한 사람이에요. 여기서도 그렇고요. 앞으로 ‘살길’이 중요하다는 걸 알지요. 누군가 공 이랑을 받아들이고 제가 몇 배로 지원해주기로 했다면, 부인 생각에 공 이랑이 어찌했을 것 같습니까?”

여 부인의 호흡이 거칠어졌다. 그러고는 속수무책으로 고 태부인을 바라보았다. 이번에는 고 태부인도 안색이 변했다. 어젯밤부터 공홍초가 누군가와 내통하지 않도록 잘 감시했거늘 어떻게 이렇게 되어버렸는지 알 수가 없었다.

“공 이랑 어머니가 아직 살아계시지요. 두 모녀가 같이 살아도 된다고 제가 허락했습니다. 거기다 평생 쓰고도 남을 은자와 전답, 양적[2]까지 약속해주었고요. 나중에 데릴사위를 맞고, 아이까지 낳는다면 뭐가 더 부럽겠습니까? 부인께서는 어떻게 생각하시나요?"

명란은 온화하고 여유로운 표정으로 여 부인에게 다가가 일부러 목소리를 누그러뜨리며 낮게 말했다. 여 부인은 침을 꿀꺽 삼키며 명란이를 바라보았다. 당혹스러운 표정을 감추지 못했고, 목소리가 떨리는 데도 제 귀에는 들리지 않는 것 같았다.

"……그, 그러니까 네 말은 고 서방…… 고 서방이 진작……."

"사돈!"

고 태부인이 자리를 박차고 일어나 윽박지르며 말을 잘랐다.

여 부인은 망연자실한 표정으로 입을 꾹 다물었다.

명란은 흥하고 콧방귀를 뀌었다.

"지금까지 나리가 여씨 집안을 신경도 안 쓰는 게 적절치 않다고 생각했습니다. 하지만 사건의 내막을 안 이상 저도 한마디 하겠습니다……."

그녀가 갑자기 조롱을 담은 차가운 얼굴로 말했다.

"언홍 언니는 고가 묘지에 묻혔고 고가 자제들의 제삿밥까지 받고 있지요. 해야 할 도리도 다했고 두 집안의 체면도 다 지킨 셈입니다! 그런데도 못마땅해서 집까지 찾아와 모욕을 주시다니요. 고씨 집안이 만만하다 생각하시는 겁니까?!"

여 부인은 온몸이 창백해져서는 위태롭게 앉아 있었다. 이야기를 듣던 넷째 부인도 분위기를 보고는 아무래도 조카가 고씨 집안에서 큰 죄

---

2) 신분에 따라 호적은 황적(황족), 귀적(권문세가), 양적(양민), 상적(상인), 노적(노비)으로 나뉨.

를 범했거나 부정한 짓을 저질렀구나 하고 생각했다. 그럼에도 불구하고 자신들이 집으로 찾아와 소란을 피우고 있으니 고씨 집안에 죄를 짓는 일이란 생각이 들었다. 넷째 부인은 순간 식은땀을 흘리며 당황한 모습으로 명란을 바라보았다.

명란은 넷째 부인을 향해 몸을 돌렸다.

"숙모님도 내막을 모르셨지요."

넷째 부인은 고개를 끄덕이며 고통스럽게 말했다.

"아버님의 병환이 날로 심각해진단 소식에 나와 넷째 숙부는 두 달 전에서야 등주에서 올라왔단다. 어찌 알았겠니?"

명란은 살짝 곁눈질하며 일부러 콕 짚어 말했다.

"숙모님은 도리를 아시는 분이지요. 절대 부인처럼 어리석은 짓은 하지 마십시오. 사람을 무기로 하면 여씨 집안에 큰 화를 초래할 수 있습니다."

넷째 부인은 명란의 시선을 따라 고 태부인을 바라보았다. 그리고 다시 망연자실한 큰형님을 바라보며 생각에 잠겼다가 뭔가를 깨달았다. 이 사태를 절반 정도 눈치챈 것 같았다.

명란은 눈을 깔고 여 부인을 내려다보며 명확하게 말했다.

"양자에 관한 일은 아무래도 따르기 어려울 것 같습니다. 아직도 지난 일로 응어리가 남아 있다면 마음대로 하세요. 저는 지금 몸이 무거우니 나중에 나리께서 돌아오시면 여부로 찾아뵙지요. 여 대인과 다른 식구분들이 있는 자리에서 언홍 언니의 일을 제대로 얘기해 보면 답을 얻을 수 있을 겁니다!"

여 부인은 앓는 소리를 내더니 진짜인지 가짜인지 거의 혼절 상태까지 갔다.

넷째 부인은 한숨을 쉬며 이 일이 큰 웃음거리라는 것을 눈치채고 한시라도 빨리 마무리 짓는 것이 좋겠다고 생각했다. 그래서 자리에 있는 큰형님을 부축하며 말했다.

"명란아, 요 며칠 우리 일가가 저질렀던 무례를 용서하거라. 우리는 이만 가야겠구나. 만약 고 서방이 화를 내면……."

그녀 자신도 말을 꺼내기가 어려워 명란의 얼굴만 아련히 바라볼 수밖에 없었다.

"옛정을 생각하여 네가 좀 도와주려무나."

명란은 한숨을 내쉬며 상냥하게 말했다.

"넷째 숙모님, 저와 언연 언니 사이의 정뿐만 아니라 숙모님이 제게 주신 정도 있고, 여 노대부인과 저희 할머니 사이의 정도 있지 않습니까."

넷째 부인은 한시름 놓고 재빨리 몸종을 불러 여 부인을 부축하게 했다. 그리고 고 태부인에게는 별말 없이 고개 숙여 인사만 한 후 자리를 떠났다.

"어머님, 달리 하실 말씀 없으시면 저도 이만 물러가서 쉬도록 하겠습니다."

명란은 여씨 일가가 자리를 떠난 것을 보고 천천히 자리에서 일어났다.

"게 섰거라."

고 태부인은 모든 과정을 지켜보며 실로 강적을 만났다고 생각했다. 계획대로라면 며칠을 더 끌어야 했지만 모든 게 한순간에 끝나지 않았는가. 방비책을 마련해놓아 다행이었다.

명란은 천천히 몸을 돌려 눈썹을 추켜세웠다.

"어머님, 무슨 말씀을 더 하시려는 겁니까?"

고 태부인은 아무 말도 하지 않고 옆에 있는 몸종에게 손짓했다.

옆에서 세 마디짜리 자색 대나무발이 걷히더니 두 모자가 고개를 숙이며 들어왔다. 그리고 공손하게 중앙에 서서 명란과 고 태부인에게 절을 했다. 여인의 또랑또랑한 목소리는 마치 추임새를 넣는 북재비 같았다.

"만랑, 고 태부인과 마님께 인사 올립니다."

명란은 다시 천천히 자리에 앉아 침착하게 기다렸다. 옆에 있던 단귤과 녹지만 눈에 쌍심지를 켰다.

고 태부인은 당황하지 않고 웃었고 언제나처럼 느긋하게 말했다.

"양자에 관한 일은 여씨 집안에서 문제 삼지 않으니 나도 별말 하지 않으마. 허나……."

그녀는 창이를 가리키며 말했다.

"이 아이는 어찌 됐든 고씨 집안 혈육이다. 계속 밖에서 자라면 안 되지. 그러니……."

"그러니 네가 적모로서 창이를 잘 보살펴야 한다, 아이를 후부로 데려와 입적시켜야 한다 그 말씀이신가요?"

명란은 점점 버티기 힘들었다. 진통이 조금씩 느껴졌기 때문이다. 출산이 임박했다는 걸 확신하자 명란은 시어머니의 말을 끊고 대신 말을 마쳤다.

"하지만 나리께서 창이를 후부로 들이지 않은 것 아닙니까? 아, 순간의 어리석음으로 그리해 놓고 차마 무르지 못하고 있는 것이니 적모이자 현모양처로서 도리를 생각하여 나리를 설득해야겠군요. 그렇지요?"

명란의 계속된 빈정거림에 고 태부인은 얼굴에 살짝 경련이 일었다. 명란은 그 모습을 흥미롭게 바라보며 계속 쏘아붙였다.

"그리고 창이를 후부로 들인다면 만랑도 함께 와야지요. 어미는 쫓아내고 아들만 남기면 천륜을 거스르는 일이자, 야박한 처사 아니겠습니까. 어찌 서로를 목숨처럼 여기는 모자를 떼어놓을 수 있겠습니까? 하니 만랑도 후부로 들어와야지요. 아닙니까?"

향씨 어멈은 제 주인이 말할 기회를 잇달아 뺏기는 것을 보고 목소리를 깔며 나무랐다.

"말씀 가려 하십시오. 어른에 대한 예의도 모르십니까?"

명란은 웃으며 뻔뻔하게 말했다.

"예절을 생각해서 이러는 겁니다. 집안 어른이 힘드실까 봐 대신 몇 마디 해 드린 거지요."

향씨 어멈은 기가 찼다. 고 태부인은 어두운 얼굴로 이 나이 먹도록 새파랗게 어린 며느리에게 말로 못 이기고 있다는 게 자못 굴욕적이라 생각했다.

"한 가지, 정말로 이해할 수 없는 부분이 있습니다."

명란은 희희낙락 웃으며 말했다.

"아버님께서는 만랑이 후부로 들어오는 걸 한사코 반대하셨어요. 이제 아버님이 안 계시다 하여 그 뜻을 무시해도 되는 건지요."

고 태부인의 얼굴에 표정은 없었지만 화가 난 것 같았다.

"나리의 뜻은 본처를 들이기도 전에 만랑이 들어와선 안 된다는 거였다. 가문의 이름에 먹칠하는 일은 피해야 할 것 아니냐. 그리고 언홍이도 어리고 성정이 조급하여 만랑을 용납할 줄 몰랐다. 안 그랬으면 진즉에 만랑을 들이고도 남았지."

명란은 탄복하며 대놓고 말했다.

"어제 여씨 집안 어른들 앞에서는 언홍 언니를 꽃인 양 칭찬하지 않으셨습니까. 그런데 갑자기 '용납할 줄 모른다'고요? 어찌 그리 태도가 극과 극이십니까. 저도 좀 배워야겠습니다."

고 태부인은 대로하여 탁자를 내리치며 한마디 하려 했다. 하지만 명란이 웃는 얼굴로 손을 들어 그녀의 말을 가로막았다.

"아, 제가 실수했군요. 말을 가려 하지 않았으니 제 잘못이지요. 어머님은 성격 좋기로 유명한 분이니 저 같은 소인배와 똑같이 행동하진 않으실 거라 믿습니다!"

고 태부인은 숨을 몇 번 고르며 화를 눌렀다. 명란이 제가 할 말을 다 가로챘으니 이제 무슨 말을 해야 할지 답답해졌다.

명란은 고 태부인의 표정 변화를 유심히 살피며 웃었다.

"기왕 만랑 모자를 후부로 들이게 된 김에 저도 몇 가지 물어볼 수 있게 해주세요."

고 태부인은 화를 참으며 고개를 끄덕였다.

명란은 만랑을 내려다보다가 상대가 이미 자신을 보고 있다는 걸 알았다. 만랑은 적잖이 놀란 표정이었다. 방금 시어머니를 대하던 모습에 기가 눌린 것처럼 말이다. 만랑의 경멸 어린 시선을 보니 '어디서 저런 교양 없는 것이 굴러들어와 고정엽 곁에 있는 걸까.'라고 생각하는 것 같았다. 명란은 진심으로 스스로를 대변해주고 싶었다. 사실 평상시엔 몹시 온화하고, 검소하고, 배려심 많은 모범 청년이라고.

"마님."

만랑은 한껏 고개를 조아렸다. 그녀의 절절한 목소리가 방 안에 울렸다.

"저는 미천한 계집이라 이 집에 들어올 생각은 없습니다. 허나 불쌍한 저 어린 것은 아버지의 정이 절실합니다. 저희를 가엾게 여기시어 살길만 찾아 주세요!"

만랑은 무릎을 꿇고 땅에다 머리를 박으며 애원했다. 게다가 창이까지 끌고 와 무릎을 꿇렸다.

오랜 도피 생활로 만랑의 용모도 과거의 빛을 잃고 좋은 목청만 남아 있었다.

명란은 주위를 둘러보며 구경꾼이 너무 적다고 생각했다. 안타깝게도 만랑은 간판급 역할을 맡았음에도 오늘은 장님 앞에서 연기하는 것처럼 어색했다. 명란은 감동은커녕 배에서 전해지는 가벼운 진통만 느꼈다.

"일전에 등주에서 제가 마님을 몰라뵙고 달려들었지요. 부디 아량을 베풀어주십시오!"

그녀는 더 격하게 머리를 조아렸다.

"그때만 해도 여씨 집안 큰아가씨 대신 오신 줄로 알았지, 고씨 집안의 마님이 되실 줄 어찌 알았겠습니까……."

그 말속에는 명란의 행동이 불순하고 언행이 불일치한다는 비난이 담겨 있었다.

명란은 조금도 언짢아하지 않고 담담하게 말했다.

"나는 자네처럼 똑똑하지 못해서 혼인 대사는 그저 부모님의 뜻에 따랐네. 집안 어른이 시집가라고 하시니 온 것뿐인데 이것저것 따질 틈이 어디 있었겠나. 자네가 나를 과대평가한 것이야."

만랑은 말문이 막혀 순간 울음을 그쳤다.

"자네는 목소리가 참 좋군."

갑자기 명란이 뜬금없는 말을 뱉었다. 만랑도 예상치 못한 반응에 잠시 얼떨떨했지만 재빨리 훌쩍거렸다.

"박복한 팔자라 어려서부터 구걸하며 살았으니까요."

"노래 실력이 대단한데 여인의 몸이라 무대에 오르지 못한 것이 안타깝군."

명란은 만랑의 연기를 본체만체하고 웃으며 말했다.

"자네가 가장 좋아하는 노래가 〈류운교전〉이라고 했던가? 나리의 마음을 얻고 형편이 나아진 후에도 계속 이 노래를 불렀다지? 아무도 없을 때 한 소절 한 소절 잘 부르다가도 유독 '눈 내리는 밤 탐화랑이 가인을 쫓아오니, 유리 여인은 비통한 눈물 흘리며 속마음을 전하네.'라는 소절을 반복해서 불렀다고 들었네."

만랑은 완전히 할 말을 잃고 말았다. 그리고 마음 한구석이 쓸쓸해졌다. 마음속 깊이 숨겨둔 비밀이었기 때문이다.

"여자 대 여자로 솔직하게 말해주게."

명란은 만면에 미소를 띠며 친근한 말투로 말했다.

"자네는 유리 부인이 부러웠는가?"

만랑은 우물쭈물하며 어떻게 대답해야 할지 갈피를 잡지 못했다.

명란은 만랑 대신 고 태부인을 바라보며 말했다.

"내가 쓸데없는 질문을 했군. 당연히 부러웠겠지. 그러지 않고서야 뭣하러 천민에서 벗어난 뒤에도 밤마다 그 노래를 불렀겠는가. 자신이 뭘 했던 사람인지 사람들이 모를까봐 그랬겠나."

만랑은 얼굴이 하얗게 질린 채로 아랫입술을 잘근잘근 깨물었다.

모택동의 병법에서는 자기의 전쟁을 치르기 위해서는 끌려다녀선 안 된다고 했다. 적이 평지에서 전쟁을 치르려 하면 산으로 유인하여 싸우고, 적이 전면전을 펼치고 싶어 하면 유격전을 펼쳐야 한다. 그래서 만랑이 가련한 처지를 말하면 명란은 예술적 탐구를 논하고, 만랑이 아이를 이용해 뭔가를 논하려 하면 명란은 다른 화제로 돌렸다.

"고 대학사[3]가 스승과 부모의 기대를 저버리고, 사람들의 반대에도 불구하고 유리 부인을 아내로 맞았으니 저 같은 평범한 여인은 부러울 수밖에 없지요."

명란은 의미심장하게 만랑을 바라보았다.

"자네 행동을 보면 욕심 없는 태평한 삶을 바라는 사람 같진 않군. 아이를 데리고 몇천 리나 떨어져 있는 나리를 찾아왔으니 뜻이 큰 사람이겠지. 설마……."

그녀는 웃었다.

"혹시 유리 부인이 되고 싶어서 나리더러 세상의 편견에 맞서 자네를 정식 배우자로 받아들이라 할 생각인가?"

"아닙니다!"

만랑은 밤낮으로 떠올렸던 생각을 반사적으로 부정했다. 그녀는 '미천한 제가 어찌 그런 생각을 품겠습니까!'라고 말하고 싶었지만, 또다시 명란에게 가로막히며 빈정거림을 들었다.

"조심하게. 똑같은 말을 반복하면 부처님이 들으시곤 진심이라 여기실지도 모르니."

만랑은 입술을 깨물며 아무 말도 하지 못했다. 옆에서 대화를 듣고 있던 고 태부인은 눈을 부라리며 도움을 주려고 했지만 어디서부터 끼어들어야 할지 기회를 잡지 못하고 있었다.

"그게 뭐 그리 잘못이겠는가."

명란은 진통을 견뎌내며 반 조롱조로 말했다.

---

3) 본 소설 중 만랑이 좋아한다는 노래 〈류운교전〉 중 유리 부인과 사랑에 빠진 남자 주인공.

"사람이 야망을 품는 것이 나쁜 일도 아니잖나. 후부로 들어오지도 않고 태평한 삶도 마다하고 오직 나리만 원하다니, 자네가 사람을 볼 줄 아는 게지. 나리가 언젠가 두각을 드러낼 낭중지추인 걸 알아본 게야. 사람을 깔보는 소인배들보다 훨씬 낫다는 걸 말일세!"

명란은 말을 이어 가는 동시에 고 태부인을 바라보며 기세를 제압했다.

만랑은 더 이상 아무 말도 하지 않았다. 불쌍한 척도 하지 않았다. 그저 분노한 얼굴로 명란을 죽일 듯 노려보았다.

"그런데 어쩌면 좋은가. 자넨 제2의 유리 부인이 될 수 없는 것을."

명란은 만랑의 눈빛에도 아랑곳하지 않았다. 오히려 화를 돋울수록 더 좋다는 생각에 내키는 대로 말했다.

"자네가 온갖 궁리를 한들 명분이 없으니 후부로 들어오지 못하는 것은 물론이요, 아들도 입적시킬 수 없을걸세!"

"너, 너!"

만랑의 목소리에 노기와 억울함이 묻어났다.

"왜 그런지 이유를 아는가?"

명란이 선수 쳤다.

만랑은 분노가 일렁이는 눈빛으로 명란을 노려보았다. 마치 기회를 틈타 사냥감을 덮치려고 포복해 있는 사자 같았다.

"내가 알려주지."

명란은 더 이상 웃지 않고 진지하게 말했다.

"자네의 결정적인 잘못은 사랑하는 사람을 먼저 생각하지 않았다는 점이네."

명란이 잠시 숨을 고른 후 다시 말을 이었다.

"나리는 내심 부친을 존경했었네. 비록 말은 독하게 했지만 서로 화목해지길 원했어. 만약 유리 부인이 자네 입장이었다면 진즉에 나리 곁을 떠났을 것이야. 자기 때문에 부자 사이가 멀어지는 걸 절대 바라지 않았을 테니까. 나리는 현숙한 대갓집 규수를 아내로 삼으려 하셨어. 만약 유리 부인이었다면 뒤도 안 돌아보고 떠났을 거네. 나리의 앞길을 막고 싶지 않으니까. 자네처럼 등주로 가서 혼사를 방해하지도 않았을 테지. 그리고 나리는 딸자식이 평안하고 건강하게 자라길 바라셨네. 만약 유리 부인이었다면 아이를 자립심 강하고 굳건하게 키웠을 테지. 자네처럼 어린 딸은 내팽개치고 겨우 서너 살 된 아들만 데리고 이곳저곳을 떠돌지는 않았을 거란 말일세. 한번 묻겠네. 지금 창이는 글은 얼마나 알고 책은 얼마나 읽었는가?"

명란은 침착하게 한마디 한마디 비수를 꽂았다.

만랑은 씩씩거렸다. 반평생의 계책이 모두 수포가 되었는데 어찌 분노하지 않겠는가. 그러나 한마디도 반박할 수가 없었다. 만랑은 어려서부터 유리 부인을 동경했고 닮고자 애썼다. 물론 명란은 귀한 집 자식이라 쉽게 이야기하겠지만, 사실 유리 부인의 처지는 만랑보다 더 힘들었다.

"자네는 시종일관 자신만 생각했네. 나리가 원하든 원치 않든, 자네 자식들이 어떻든, 자네가 하고 싶은 대로 행동했어. 이런 자네를 유리 부인과 비교한다고?!"

명란은 멸시하는 눈빛으로 말했다.

"자네가 죽기 살기로 다른 사람 발목을 잡을 시간에 유리 부인은 불쌍한 사람을 수없이 구하고 혼자 힘으로 가업을 일으켰어!"

그녀는 신비로운 여인이었다. 여러 가지 재능을 일일이 언급하진 않겠다. 다만 유리 부인의 기록을 읽을 때면 『아라비안나이트』를 읽는 것 같았고, 후세 사람들의 시기심을 자극하고자 만든 신화가 아닐까 하는 의심이 들었다. 사실 유리 부인처럼 살았다면 정말로 고 대학사와 죽을 만큼 사랑했는지는 중요치 않다. 정치 수업 때 들었던 말을 인용하자면, 스스로 인생 가치를 깨닫고 즐겁게 생을 살았다는 게 중요하다.

만랑은 두 눈에 핏대를 세운 채 구멍이 나지 않을까 싶을 정도로 융단을 세게 움켜쥐고 있었다. 그녀는 깊은 원한이 담긴 눈빛으로 명란을 바라보았다.

"당연한 결과네."

명란은 마지막으로 덧붙였다. 다시금 온화해진 말투에서는 연민이 느껴질 정도였다.

"무엇보다 중요한 이유는 고 대학사가 유리 부인을 은애한 것만큼 나리가 자네를 은애하지 않았다는 거지. 그걸로 끝인 게야……."

이 말은 만랑의 마지막 동아줄을 끊어 놓았다. 순간 만랑은 자신이 무슨 짓을 하는지도 모를 만큼 자제력을 잃고 정신 나간 사람처럼 명란에게 달려들었다. 그러나 곧 단귤이 데려온 몸종들에게 제압당했다. 옆에 있던 사내아이는 겁을 먹고 벌벌 떨고 있었다. 만랑은 온갖 저주의 말을 퍼부었다.

"이 천한 계집이……."

명란은 고 태부인을 바라보며 냉랭하게 말했다.

"어머님, 이래도 저 여인을 집으로 들일 생각이십니까?"

놀란 눈으로 상황을 지켜보던 고 태부인은 입술을 달싹거리다 끝내 아무 말도 하지 않았다. 명란은 다시 고개를 돌려 만랑이 점차 본래 호흡을 되찾아가는 것을 보고 말했다.

"놓아주거라."

만랑이 아랑곳하지 않고 고개를 들었다. 얼굴은 눈물범벅이었다. 명란은 그게 만랑의 진짜 모습이라 생각했다.

명란은 여윈 사내아이를 바라보자 마음이 짠해져 온화하게 말했다.

"양심이 남아 있다면 저 아이 입장에서 잘 생각해보게. 아이 몸도 좋지 않다고 하던데 어미 따라 고생시키지 말란 말일세. 생각해보게. 사내는 자기를 내조하고 아이를 길러줄 아내를 원하지. 아이 하나 제대로 돌보지 못하는 자네를 어느 사내가 존중하고 사랑하겠는가."

만랑은 고개를 숙이고 숨을 거칠게 몰아쉬었다. 마치 포효하는 한 마리 야수 같았다.

세 번째 진통이 몰려왔다. 명란은 심상치 않음을 느끼고 부들부들 떨며 자리에서 일어났다. 얼굴에 진통의 고통이 고스란히 드러났다. 당황한 단귤이 자꾸 상태를 확인하자 명란이 귓속말로 전했다.

"이번은 심상치가 않구나. 아무래도 곧 나올 것 같아."

단귤은 침착함을 유지하며 큰 소리로 말했다.

"여봐라. 수레를 끌어 오너라."

옆에 있던 몸종이 곧바로 사람을 불렀고, 단귤은 명란을 부축하며 조심스레 걸음을 옮겼다. 명란은 숨을 한 번 꾹 참았다.

"괜찮다. 아직 걸을 만해."

명란은 체력이 꽤 좋았다. 절대 약골은 아니었다. 고대가 아니었다면 직접 운전해서 병원까지 갔을 터였다.

명란의 모습을 본 고 태부인은 살짝 의심이 들었다. 어제처럼 연기를 하는 것인지 아니면 정말로 출산이 임박한 것인지 알 수가 없었다. 그녀는 향씨 어멈과 눈빛을 교환하며 계속 의심의 끈을 놓지 않았다.

바닥에서 이를 갈고 있던 만랑은 갑자기 나쁜 생각이 들었다. 그녀는 옆에 있던 아들을 안고 명란의 옆에 있는 기둥으로 돌진할 것 같은 자세를 취했다. 꼭 머리를 박으려는 것 같았다. 그녀가 고함을 질렀다.

"우리 모자의 살길을 마련해주지 않는다면 둘 다 죽어버리겠다!"

방 안에 있던 모든 사람이 난리가 났다. 단귤과 녹지는 쌍으로 명란의 앞을 막아섰다. 재빠른 소도는 힘껏 몸을 날려 만랑을 덮치며 그대로 바닥으로 쓰러졌다.

"여봐라! 여기 이 앙큼한 여인을 잡아 가둬라!"

향씨 어멈이 선수 치듯 말했다.

명란이 향씨 어멈을 돌아보는 순간, 배에서 다시 통증이 느껴져 이것저것 따질 틈 없이 일단 처소로 돌아갈 수밖에 없었다. 그래도 오늘 전쟁에서 승리를 거두었다는 생각에 마음은 뿌듯했다. 만랑과 창이의 처분은 내 몫이 아닌 듯하니 고정엽에게 맡겨야지.

• • •

방으로 돌아가자 최씨 어멈이 모든 준비를 마친 상태였다. 어멈 두 사람도 덩달아 긴장한 모습으로 대기하고 있었다. 명란은 구름 위에 누워 있는 듯 몽롱한 상태에서 거세게 밀려오는 진통을 견뎠다. 솔직히 말해서 그 기분은 실로 기묘했다. 아프다기보다는 쑤신 기운이 몰려드는데 허리 아래가 너무 쑤셔서 눈물이 쏙 나올 정도였다. 제길, 어떻게 이렇게 쑤실 수 있지? 쑤시다 못해 아픈 지경이라니!

시간이 얼마나 흘렀는지 모르겠지만, 온몸이 땀으로 흥건해졌다. 속눈썹에도 땀이 찰 정도였다. 밖은 해가 떨어져 어슴푸레했고 귓가에 들리는 건 사력을 다해 제게 외치고 있는 목소리뿐이었다. 최씨 어멈을 필두로 어멈들이 응원단처럼 '숨을 들이쉬세요. 조금만 버티세요. 힘을 아끼게 소리는 지르지 마세요. 힘을 주셔요, 곧 끝납니다.' 같은 소리를 반복했다. 마치 고장 난 녹음기가 반복해서 돌아가는 것 같았다.

방 안을 밝힌 불빛이 밤하늘에 총총히 박힌 별처럼 눈앞에 아른거렸다. 진통이 최고조에 이르러 이러다 곧 죽겠구나 싶을 때, 밖에서 갑자기 누군가의 고함이 들렸다. 어? 응원단 목소리가 아닌 것 같은데…….

명란이 힘을 짜내어 게슴츠레 눈을 떠보니 밖이 기이한 붉은 빛으로 물들어 있었다.

"물을 길어라! 물을 길어라!"

밖에 있는 사람들이 어지럽게 소리치고 있었다.

명란은 갑자기 정신이 들었다. 이런 쳐 죽일 년, 고약한 년 등 온갖 저주가 쏟아져 나왔다. 그 늙은 여우의 남은 계책이 바로 이거였구나! 화병으로 죽으면 완벽했겠지만, 뜻대로 안 되니 불에 태워 죽이려 했던 거야! 고정찬, 강 부인, 여씨 집안, 만랑은 모두 연막작전에 불과하고 애초부터 초강수를 준비해놓고 있었구나! 하지만 이리저리 날아오는 공격을 막느라 이 부분을 놓치고 있었다.

그녀는 일개 법원 서기일 뿐, 집안싸움 전문가는 아니다. 그래도 지금까지 부지런하고 착실하게 열심히 배웠건만 이걸로도 부족하단 말인가? 휴, 이제 도호가 데려온 호위 부대에게 기댈 수밖에 없겠다.

너무 화가 나서인지 어디선가 힘이 솟아났다. 명란은 이를 악물고 마지막 힘을 쏟아부었다. 갑자기 이불보에 축축한 열기가 느껴지면서 죽을 듯한 진통도 출구를 찾은 것 같았다. 순식간에 날카로운 게 할퀴고 지나간 듯한 통증이 느껴졌다. 그러자 인간사 모든 기적이 한순간에 찾아와 한 생명의 탄생을 격렬하게 알렸다.

밖에서 들리던 하늘을 뒤흔들 듯한 북소리, 이리저리 뛰어다니는 소리, 고함치는 소리도 어멈들의 외침에 모두 묻혔다.

"나왔습니다. 나왔어! 사내아이입니다. 건강한 사내아이예요!"

하늘을 메운 붉은 노을, 사람이 만든 지독한 화재 현장 속에서 반년을 고생시킨 사내 녀석이 마침내 세상에 나왔다. 명란의 의식이 흐려지고 있었다. 손가락, 발가락 모두 열 개씩 붙어 있는지 확인해봐야 하는데…….

제175화

동풍은 잦아들고, 전고는 찢어졌다 : 방화, 진화, 만랑, 그리고 창이

입 안으로 스며드는 달착지근하고 씁쓸한 맛에 명란은 서서히 정신을 차렸다. 최씨 어멈의 근심 어린 얼굴이 가장 먼저 눈에 들어왔다. 최씨 어멈이 주둥이가 좁은 구리법랑 주전자를 들고 인삼탕을 먹여주며 물었다.

"마님, 괜찮으세요?"

명란은 손을 내저었다. 얼마 전까지만 해도 눈앞이 어지러울 만큼 이런저런 생각으로 골머리를 앓았다. 그러다 몇 시간 동안 늙은 소가 수레를 끄는 것처럼 힘이란 힘은 다 썼다. 며칠 내내 수학 올림피아드를 결승전까지 치른 뒤, 곧바로 마라톤 코스를 완주한 느낌이었다. 심신이 피로에 절어서 이렇게 심하게 혼절한 것이다. 명란은 애써 몸을 일으켰다. 온몸에 기운이 없고 목도 쉬어 있었다.

"아이를 보여주게."

옆에 있던 산파가 재빨리 야무지게 싼 강보를 건네며 활짝 웃는 얼굴로 연신 축하 인사를 올렸다.

"뽀얗고 잘생긴 사내아이예요! 마님, 축하드립니다!"

팔에 힘이 없어 최씨 어멈의 팔에 기대어 아이를 보자마자 헛웃음이 나왔다. 빨갛고 쪼글쪼글한 동그랑땡 같은 게 어딜 봐서 뽀얗고 잘생겼다는 거야? 정말 토실토실하긴 했다. 동글동글한 머리와 오동통한 뺨, 또렷한 콧대, 살짝 부은 눈꺼풀 아래로 활처럼 길게 휘어진 눈매가 보였다. 생김새가 어떤지 잘 모르겠지만 계속 새끼 동물처럼 끙끙대는 소리는 확실히 들렸다.

"방금 어찌나 우렁차게 울던지요. 목청이 하도 커서 지붕이 뒤집히는 줄 알았습니다. 아주 건강한 사내아이입니다!"

최씨 어멈 눈가에 기쁨의 눈물이 맺혔다.

"울다 지친 모양입니다."

명란은 힘없이 고개를 끄덕이며 최대한 침착하게 말했다.

"다들 애썼군! 모두에게 후한 상을 내리겠네!"

방 안의 어멈들과 몸종들은 잇따라 허리를 숙여 감사를 표했다.

명란은 숨을 거칠게 쉬며 등 뒤에 푹신한 베개를 받치고 힘겹게 아이를 안은 다음 옷섶을 풀어 젖을 물렸다. 옆에 있는 어멈들은 대갓집 부인이 직접 젖을 물리는 모습에 흠칫 놀랐다. 최씨 어멈은 곁에서 아이를 받쳐 주었다. 오랜 논쟁 끝에 유모를 쓰기로 했지만, 처음엔 제 젖을 물려 보기로 했다. 초유가 그렇게 몸에 좋다지 않은가. 아이가 튼튼하게 자라는 데도 좋고 면역력을 키우는 데도 좋다. 영아 사망률이 높고 예방 접종도 전무한 시대에 초유마저 포기할 수는 없었다. 시어머니 간섭도 없고 동서들 참견도 없는 지금이 아니면 또 언제 아이에게 직접 젖을 물릴 수 있을까?

아이의 살갗은 상상 이상으로 보드라웠다. 꼼지락거리는 입은 엄마의 피부에 닿자마자 반사적으로 오물오물 젖을 빨기 시작했다. 힘이 세진 않았지만 아이는 사력을 다하고 있었다. 양쪽 젖을 번갈아 가며 물기를 한참, 아기는 중간에 두 번 정도 쉬면서 젖이 안 나온다며 울음을 터트린 것을 제외하면 포기하지 않고 계속해서 젖을 빨았다. 이가 없는 말랑한 잇몸으로 세차게 젖줄을 깨물었다. 동그란 머리를 자신의 가슴팍에 찰싹 붙이고 절대로 떨어지지 않으려는 모습이 우습기도 하고 감격스럽기도 했다. 명란은 아이의 민둥민둥한 머리에 입을 맞추며 이게 바로 강인하고 끈질긴 생명이라고 생각했다.

최씨 어멈과 다른 두 어멈이 수차례 '이제 그만하세요.'라며 말린 다음에야 말썽꾸러기의 노력은 결실을 거뒀다. 귀한 초유가 나온 것이다. 조그마한 녀석이 눈을 감고 사력을 다해 젖을 빠는 모습을 보니 뜨거운 눈물이 왈칵 쏟아졌다. 명란은 문득 이 아이를 위해서라면 어떤 고생도 감내할 가치가 있다는 생각이 들었다. 최씨 어멈도 등을 돌리고 연신 눈물을 훔쳤다.

명란은 기진맥진했지만 아이를 살피고 또 살펴봤다. 투명하면서 분홍빛이 도는 손가락과 발바닥부터 쪼글쪼글 주름진 귀까지 하나하나 관찰했다. 갓 태어난 아이는 얼마 먹지도 못했다. 명란은 아이를 최씨 어멈에게 맡긴 후 다시 잠에 빠졌다. 하늘로 치솟았던 불기둥은 어느새 사그라들고 은은한 등불만이 고요히 빛을 내고 있었다. 명란은 이런 변화를 전혀 알아차리지 못했다. 알아차렸다고 해도 '도호 공자의 활약이 대단했구나. 큰 상을 내려야겠어.'라는 말만 했을 것이다.

명란은 천성이 무딘 사람이긴 하지만 이번에는 꽤 오랜 시간 깨지 않았다. 다시 잠에서 깨 보니 날은 이미 훤했고, 방 안을 메웠던 피비린내와 혼탁한 공기도 모두 빠진 뒤였다. 몸도 전보다 개운했다. 아마도 잠들어 있는 동안 최씨 어멈이 몸을 닦아준 것 같았다. 침상 옆에는 수염이 덥수룩한 거구의 사내가 앉아 베개 맡에 놓인 커다란 포대기를 뚫어져라 보고 있었다. 그는 포대기를 쓰다듬고 싶지만 어찌해야 할지 몰라 손을 내밀었다가 거두었다.

명란은 정신을 차리고 눈을 똑바로 떴다. 순간 욱 하고 화가 치밀어 올랐다. 지금껏 겪은 고초가 뇌리를 스치며 모든 게 저 무심한 남편 탓이란 생각이 들었다. 명란은 잠긴 목도 아랑곳하지 않고 흥분하여 소리를 질렀다.

"이 거짓말쟁이, 거기 눌러 계시지 왜 오셨어요? 떠날 때 뭐라고 하셨나요? 일이 다 수습되니 오셨네요! 당신, 당신……."

방 안에는 몸종과 어멈들이 몇 있었다. 최씨 어멈은 민망해하며 황급히 단귤에게 사람들을 데리고 밖으로 나가라 했다. 고정엽은 전혀 언짢아하지 않고 뻔뻔하게 웃으며 명란을 침상에 도로 눕혔다.

"힘들 테니 누워 있거라. 욕은 누워서도 할 수 있지 않느냐."

달려들어 매섭게 깨물어버리고 싶은데 고정엽은 다정한 얼굴로 포대기를 쳐다보고 있었다. 명란이 고개를 돌려보니 아기는 베개 맡에 누워 촉촉한 입술을 오물거리며 침거품을 물고 곤히 자고 있었다.

"인물이 훤하구나. 팔다리도 튼튼하고 머리도 영민한 듯해."

고정엽은 꿀이 떨어질 듯한 달콤한 눈으로 발그스레하고 오동통한 아기를 바라봤다. 그는 아이가 천하의 영재에 문무를 겸비하고 근골까지 건장할 것이라 확신하며 명란에게 살갑게 주의를 주기까지 했다.

"아이가 깰지도 모르니 목소리를 낮추자꾸나."

명란은 기가 막혀 피식 웃을 뻔했다.

고정엽은 넋을 잃고 아이를 바라보며 명란에게 말했다.

"이 아이 힘이 얼마나 좋은지 모를 거다. 우는 소리가 문밖까지 들리더구나. 나중에 분명 한가락 하는 인물이 될 게야."

명란은 곧바로 '울음소리가 우렁찬 것과 한가락 하는 인물과는 별 관계없어요. 가수면 또 몰라도.'라고 반박하려다가 순간 화들짝 놀라며 물었다.

"대체 언제 돌아오셨어요?"

고정엽은 그제야 고개를 들고 웃음기가 싹 가신 얼굴로 말했다.

"집 안에 불이 났을 때 당도했다."

명란은 넋 나간 듯 고정엽을 아래위로 살폈다. 반쯤 그을린 외포와 곳곳이 해진 승마화가 눈에 들어왔다. 그제야 상황이 떠올라 힘들게 입을 열었다.

"참, 밖에 불이 났었지요……. 그리고 어머님이…… 여씨 집안이……."

두서없이 몇 마디 뱉었지만, 명란은 어디서부터 어디까지 말해야 할지 혼란스러웠다.

고정엽은 안타까웠다. 명란이 일어나 앉을 수 있도록 잡아 주고 등 뒤에 두꺼운 방석도 받쳐주며 조용히 위로했다.

"안심하거라. 남은 일은 내가 알아서 처리할 테니. 그간 고생 많았겠구나. 다 내 잘못이다."

명란은 코끝이 시큰거리며 눈물이 차올라 고개를 숙이며 얼굴을 돌렸다. 두꺼운 베개가 축축해졌다. 그 모습에 고정엽도 마음이 미어지는 것 같았다. 그는 여인에게 자상한 말 한마디 못 하는 성격이라 몸을 기울여 명란을 끌어안고 등을 토닥토닥 두드려줄 뿐이었다.

서럽지 않다면 거짓말이다. 요의의는 두 절친이 임신했을 때를 똑똑히 기억하고 있다. 절친 하나의 남편은 형사인데, 친구가 오밤중에 달콤한 과일 통조림이 먹고 싶다고 하자 경찰복까지 챙겨 입고 동네 구멍가게로 가서 미친 듯이 문을 두드렸단다. 가게 문을 연 노부부는 너무 놀라 죽을 뻔했고 말이다. 다른 친구의 남편은 더 대단했다. 이 친구는 대낮에 뜬금없이 아침에만 파는 튀김 꽈배기를 먹고 싶어했었다. 세무서에서 일하는 남편은 근무 중에 튀어나가 으름장을 놓기도 하고 애걸도 하며 점심 메뉴를 팔고 있던 사장이 다시 꽈배기를 튀기게 만들었다. 그런데 명란은?

명란은 고정엽의 어깨에 얼굴을 파묻고 조용히 흐느꼈다. 남편은 코빼기도 보이지 않고 생사도 알 수 없는 상황에다 집에는 겉과 속이 다른 늙은 여우가 버티고 있었다. 매일 홀로 늙은 여우를 상대하느라 심신은 고단하고, 늘 두렵고 걱정스러웠다. 그나마 강심장이라서 버텼지 다른 사람이었다면 견디지 못했을 것이다!

최씨 어멈은 보다 못해 다가와 명란을 달랬다.

"마님, 막 아이를 낳은 몸으로 우시면 안 됩니다. 어서 눈물을 거두세요. 병이라도 나면 어쩌시려고요!"

고정엽도 다급해져서 명란의 얼굴을 닦아 주며 계속 울지 말라고 다독였다. 여인에게 따뜻한 말 한마디 못하는 그는 한참을 생각하다 에둘러 말했다.

"운다고 무슨 소용이 있겠느냐. 받은 대로 되돌려주어야지. 몸이 회복되거든 나를 분이 풀릴 때까지 때리거라. 꼼짝도 않고 맞으마!"

명란은 얼굴이 얼얼할 정도로 눈물을 닦아 주는 게 아프기도 하고 고정엽의 말이 웃기기도 해서 웃음을 터뜨렸다.

"밀가루 반죽하는 것도 아니고 그만하세요!"

바깥일의 고단함을 명란이 왜 모르겠나. 입신양명이란 쉬운 일이 아니다.

"남쪽 일은 마무리 지으셨나요?"

명란은 눈물을 그치고 최씨 어멈이 건네주는 따뜻한 물수건으로 얼굴을 닦았다. 일을 내팽개치고 돌아온 게 아니어야 할 텐데. 아이가 태어나자마자 남편이 황제에게 벌을 받는 꼴은 절대 보고 싶지 않았다.

고정엽은 몸을 숙여 단잠을 자는 아이의 얼굴에 입을 맞췄다. 아이는 푸푸 소리를 내며 눈을 감은 채 토실토실한 몸을 뒤척이더니 침거품을 물며 불만을 표시했다. 고정엽은 턱수염을 매만지며 능청맞게 웃었다. 그는 최씨 어멈에게 아이를 데리고 물러가라고 분부한 후 명란에게 말했다.

"물론 일은 제대로 마쳤다. 그래도 훤지원의 그 사람이 아니었다면 이렇게 빨리 오지 않았겠지."

명란은 마음이 살짝 놓였다. 묻고 싶은 게 산더미 같았다. 뭐부터 물어야 할지 갈피를 못 잡고 있다가 일단 기억나는 것부터 물었다.

"그게 무슨 말씀이세요? 아, 참, 단 장군 문제는 해결된 것이지요? 같이 돌아오셨나요?"

고정엽은 웃으며 말했다.

"성영이 사건은 별거 아니었다."

"매질로 자백을 받아낸 건 아니겠지요?"

명란이 농을 던졌다. 그래도 양갓집 부인이 목숨을 잃은 사건이라 고정엽이 눈이라도 한번 흘길 줄 알았는데 그는 길게 한숨을 내쉴 뿐이었다.

"미심쩍은 구석이 많고 다급한 상황이라 정말 매질을 할까 생각도 했다. 공손 선생을 데리고 가서 다행이었지."

고정엽은 좋은 집안 출신이지만 힘든 유년 시절을 겪은 덕에 보통 귀족 자제와 달리 주제 파악을 잘했다. 그는 군은 잘 이끌어도 송사를 심리할 능력은 부족한 편이라 공손 선생을 반드시 데리고 가야 했다. 공손백석은 송사를 스무 해 넘게 연구해왔다고 이름난 사람이다. 그가 보기에 이번 사건에는 확인해야 할 점이 두 가지 있었다.

하나는 억울하게 죽은 부인이 누군가에게 협박을 당했는지 여부고, 나머지 하나는 그 부인이 계속 술집에 수산물을 대왔는지 여부였다.

명란은 곱씹어보다가 그 두 가지가 실로 핵심 중의 핵심이라 무릎을 '탁' 치지 않을 수 없었다. 고정엽은 사건의 전 과정을 박진감 넘치게 들려 주었다. 명란은 고정엽의 이야기에 푹 빠져 우울해할 겨를도 없었다.

고정엽은 곧장 달려가 짐승처럼 갇혀 있는 단성영을 만나 내막을 정확히 물어본 후 사람을 시켜 조사에 착수했다. 공손 선생은 호위들의 보호를 받으며 음으로 양으로 조사했고, 고정엽은 현지의 무관과 병사들을 만나고 다녔다. 그럴 때 술자리를 피할 수 없으니 아예 고정엽의 거처에서 연회를 열었다. 그런데 무슨 이유 때문인지는 모르겠으나 병사부터 호위, 지휘관 그리고 유격장군[1]까지 죄다 술버릇이 이상할 정도로 좋았다. 모두 점잖게 과음하지도 않고 술시중을 드는 몸종들에게도 함부로 눈길을 주지 않았다.

"아마도 나리가 단 장군의 사건과 똑같이 그들에게 할까봐 겁먹었나 봅니다."

재미있게 듣던 명란이 입을 가리고 살짝 웃었다. 고정엽도 우스웠다.

"정말 소인배들이지."

---

1) 고대 중국의 군인 계급 중 하나.

고정엽은 그들이 조사를 방해하지 못하게 잡아 둘 속셈일 뿐이었다.

미복[2] 차림으로 몰래 조사를 벌이고 진술까지 살펴본 공손 백석은 단 며칠 만에 단서를 잡아 사건을 해결했다.

우선, 부인의 신분은 사실이었다. 그러나 그 술집은 줄곧 성안의 한 수산물 점포에서 물건을 받고 있다가 사건이 벌어진 즈음에 그 부인에게도 수산물을 대 달라고 했다. 또 그 부인의 집안에는 시아버지와 남편 등 분명 사내들이 버젓이 있었다. 그런데도 왜 그 여인을 술집 같은 곳에 돈을 받아 오라고 보냈을까.

이 두 가지 의문점을 바탕으로 진술의 허점을 파헤치니 그다음부터는 일사천리였다. 고대 사내들이 사건을 처리하는 과정에 협박과 회유는 빠질 수 없었다. 거기에 몽둥이질로 겁을 주니 진상이 수면 위로 드러났다.

놀랍게도 누군가가 자식들을 인질로 잡고 거기에 거금까지 주겠다고 약조하며 목숨을 걸고 이 사기극을 행하라고 그 부인을 협박했던 것이다. 일이 성사되자마자 아이들은 바로 풀려났고 은자도 받았다. 그 수산물 점포는 관료를 모함하는 게 죽을죄임을 알고 있기에 더욱 사실을 숨기고 딱 잡아뗐다고 한다.

"결국 수비守備[3] 하나가 죄를 뒤집어썼다."

고정엽은 비아냥거렸다.

"말로는 성영이 지방 위소 장수들에게 건방지게 굴어 골탕을 먹일 생

---

2) 지위가 높은 사람이 무엇을 몰래 살피러 다닐 때에 남의 눈을 피하려고 입는 남루한 옷차림.
3) 관직명.

각이었는데, 그 부인이 예상치 못하게 죽음을 택하면서 일이 커졌다더구나. 흥, 놈들이 그 여인을 죽음으로 내몰았다는 증거를 손에 넣지 못한 바람에 그놈을 파직시키는 것으로 일이 마무리됐다."

명란은 마음이 불편했다.

"그 수산물 점포도 참 딱하네요. 느닷없이 화를 당해 집안이 풍비박산 났잖아요."

고정엽도 고개를 내저으며 탄식했다.

"공손 선생이 그들에게 은자를 쥐여주며 살길을 찾으라고 외지로 보냈다."

그는 명란의 표정을 살핀 후 손을 뻗어 그녀를 안고 함께 침상 맡에 앉으며 부드럽게 물었다.

"나한테 섭섭하지 않으냐?"

그의 품에서 흙먼지와 땀 냄새가 물씬 풍겼다. 명란은 나지막이 말했다.

"나리도 힘드신 거 잘 알아요. 나리…… 다친 데는 없으시지요?"

명란은 몸을 일으켜 고정엽의 어깨와 가슴을 만져보았다.

"나리가 좀 일찍 돌아오시면 좋겠다고 생각했을 뿐이에요."

고정엽은 한참 동안 묵묵히 있다가 입을 열었다.

"거기에 가서야 알았다. 양회의 관료들은 이미 썩을 대로 썩었어."

이십 년가량 인종 황제의 태평성대를 누리면서 관리는 상인과 결탁하고 문관은 무관과 한통속이 됐다. 시정잡배 패거리부터 경성의 귀족들까지 모두 다 엮여 있었다! 어디를 파헤쳐도 연루된 자들이 뭉텅이로 나왔다. 흠차대신[4]은 황제가 엄선한 강골이었지만 힘겨워했다. 고정엽은 단성영만 구출하고 경성으로 돌아와 아내 곁을 지키고자 했다. 그러나 흠차대신의 간곡한 부탁으로 더 머무르며 일 처리를 도왔다.

"그렇게 나라와 백성을 사랑하시는 분께서 왜 돌아오셨나요?"

명란의 말에는 질투가 묻어났다. 고정엽은 당연하다는 듯 말했다.

"내 아들을 보러 왔느니라."

명란은 역정을 내며 두 팔로 힘껏 그를 밀어냈다.

"나리 아들은 옆방에 있으니 냉큼 가보시지요! 뭘 어물쩍거리시는 겁니까!"

고정엽은 너털웃음을 지으며 빠져나가지 못하게 명란을 꼭 끌어안고 뺨에 입을 맞추었다.

최씨 어멈은 아이를 토닥토닥 재우다가 옆방에서 들리는 웃음소리에 안도의 미소를 지으며 고개를 저었다. 새로 들어와 어리둥절해하는 유모를 제외한 다른 몸종과 어멈들은 대수롭지 않게 여겼다.

"양회는 아주 엉망이야. 제대로 정리해야 한다. 사실 좀 더 머무르겠다고 경성으로 기별을 넣으려 했다. 그런데……."

고정엽은 명란을 품에 안으며 천천히 말했다.

"훤지원의 그 사람 때문에 정신이 들었지."

대부분 모르는 일이지만, 고정엽은 군을 지휘하기 시작한 날부터 세작이 있는지 조사했다. 새 황제가 등극하고 황권이 불안정하자 안팎으로 딴마음을 품은 사람이 얼마나 되는지 짐작조차 할 수 없었다. 대놓고

---

4) 황제가 특정의 중요 사건을 처리하기 위하여 둔 관직.

날리는 창은 피하기 쉬워도 몰래 쏘는 화살은 피하기 어려운 법이다. 문제는 측근이 일으키는 경우가 다반사다. 이번에 양회로 가는 길에도 병사들 중 밖으로 정보를 흘리는 세작들을 여럿 잡아냈다. 이런저런 세력들이 세작을 심어 놓은 것은 전혀 이상한 일이 아니다. 그런데 최근에 색출한 세작이 놀랍게도 녕원후부의 사주를 받았다고 실토했다.

그런데 거듭된 심문에도 세작은 누구의 사주를 받았는지는 결코 털어놓지 않았다. 굳이 말하지 않아도 고정엽은 누구의 소행인지 잘 알고 있었다. 그 사람이 자기 신변까지 노리고 있다니, 그렇다면 명란은……. 순간 식은땀이 흘렀다. 생각이 거기까지 미치자 경성으로 돌아가야겠다고 마음먹었다. 어쨌든 황제가 맡긴 일은 마무리 지었다. 염무 조사 결과도 밀지로 아뢰었고, 여러 번 칭찬까지 받았다.

흠차대신도 경우가 밝은 사람이라 상황이 안정되자 고정엽을 억지로 붙잡지 않았다. 그는 '현지 상황을 모르는 자를 부르느니, 이미 곤욕을 치른 단 장군이 남는 게 낫겠다.'며 단성영만 남겨두었다. 단성영도 몹시 원했다. 어렵사리 파견 나와 공을 세우기는커녕 억울한 일을 당해서 어떻게 만회할까 생각하던 참이었기 때문이다.

고정엽은 어쩔 수 없이 단성영에게 단단히 당부를 해두고, 공손백석에게 천천히 올라오라 이른 후, 호위를 데리고 신속하게 길을 나섰다.

꽤 위험한 상황이었다. 연일 발길을 재촉하여 녕원후부에 도착하니 집에 검은 연기가 자욱하게 피어오르고 있었다. 거리를 가득 메운 사람들은 너도나도 '녕원후부에 불이 났다'라고 소리쳤다. 고정엽은 너무 다급한 나머지 무작정 징원으로 말을 몰았고, 그제야 명란이 분만 중이라는 걸 알았다. 다행히 도호와 호위들이 가희거 주변을 안전하게 지켜준 덕분에 불길은 번지지 않았다. 고정엽은 겨우 마음을 놓았다. 하지만 훤지원 쪽은 평온한데 징원만 난리가 난 것을 보고 순간 분노가 치밀어 홧김에…… 그도 불을 질렀다.

"불을 질렀다고요?!"

명란은 아연실색했다. 아내가 분만 중인데 남편은 불을 놓고 있었다니 이런 기상천외한 일이 있나. 보통 사람이라면 생각도 못 할 것이다. 고정엽은 웃으며 명란을 비단 이불에 밀어 넣고, 탁자에 놓인 자사호에서 따뜻한 물을 따라 명란에게 건넸다.

"목 좀 축이겠느냐?"

명란은 단숨에 절반을 마시고 넋 나간 표정으로 찻잔을 돌려주었다. 고정엽은 받은 잔을 마저 비웠다.

"요 며칠 동안 벌어진 일이라면 학 관사가 낱낱이 알려주었다."

고정엽은 찻잔을 내려놓고 옆에 앉아 명란의 등을 가볍게 쓰다듬어 주었다.

"그 사람은 작정하고 너를 괴롭힐 거다. 불을 내고 나서 잠잠히 있을까? 또 다른 계략이 있다면? 그래서 나도 그쪽을 난장판으로 만들어버린 것이다."

"가만히 있던가요? 불이 나도록 놔둘 리가 없잖아요?"

명란은 여전히 불안했다. 그녀는 남편이 다시 보였다. 고정엽은 웃음을 터뜨렸다.

"누가 그 사람 처소를 건드렸다고 했느냐. 나는 셋째 처소에 불을 질렀다."

밤이 깊지 않았을 때라 불길이 일자마자 집안사람들은 모두 안전하게 대피했다. 그러나 재산 피해가 적지 않았다. 친아들이 변을 당하자 고 태부인은 혼비백산하여 열 일 제쳐두고 급하게 불을 끄며 아들이 무탈한

지 확인하고 손자와 손녀를 진정시켰다.

명란은 안도의 한숨을 쉬었다. 공격이 가장 좋은 방어라는 건 잘 알고 있지만 자신은 그렇게까지 과감할 수 없었다. 악의적인 방화는 중범죄라고! 만약 인명 피해가 발생하면 최고 무기징역이나 사형이야!

"다들 무사하면 됐습니다."

명란은 조용히 말했다.

고정엽은 냉소를 지었다.

"그들을 걱정하는 것이냐?"

징원의 화재로 명란이 목숨을 걸고 아이를 낳고 있을 때 동생 내외는 한가롭게 아이들과 놀고 있었다! 그런 생각이 들자 고정엽은 당장이라도 칼로 베어버리고 싶을 정도로 마음이 뒤틀렸다. 명란은 고개를 숙이고 한숨만 쉴 뿐 아무 말도 할 수 없었다.

"한이 그 아이는 그래도 양심이 있더구나."

고정엽이 드디어 옅은 웃음을 보였다.

"나이도 어린 것이 제 어머니에게 따지지 뭐냐. 처음엔 분만 중인 너를 보러 가지 않는다고 질책하다가 불이 난 걸 보더니 처소 사람들을 보내 불길을 잡으라며 형수에게 대들더구나. 지금 용이도 그 아이 처소에 있단다."

그토록 음험하고 사악하여 악랄한 꿍꿍이만 가득한 원수 같은 큰형이 이렇게 올바르고 정의로운 딸을 낳다니 놀라운 일이었다.

명란은 세상이 그렇게 절망적이지만은 않구나 생각하며 마침내 마음을 놓았다. 명란은 기뻐하며 말했다.

"애초부터 형님께 아무 기대도 없었어요. 과부의 몸이니 걸리는 게 많으시겠죠. 예전부터 한이에게만 정이 간다고 말씀드렸잖아요."

고정엽은 웃으며 명란의 긴 머리를 쓰다듬었다. 이게 바로 초록은 동색이라는 건가.

한참 이야기를 나누다 보니 명란은 다시 피곤해졌다. 거기다 긴장이 풀리니 눈꺼풀이 점점 무거워졌다. 고정엽은 명란을 토닥여주다 완전히 잠이 든 것을 보고 자리에서 일어났다.

문밖에 누군가가 기다리고 있었다. 학 관사였다. 그가 웃으며 말했다.

"아뢥니다. 그분을 안전하게 모셨는데 만나러 가시겠습니까……."

고정엽이 차갑게 쳐다보자 학대성은 순간 땀을 뻘뻘 흘리더니 웃음을 거두고 고개를 숙였다.

"예, 나리 이쪽으로 오십시오."

꽃과 버드나무가 만발한 징원 뒷산에는 정갈하고 견고한 처소가 일렬로 늘어서 있다. 고씨 집안은 식구가 적어서 이곳은 쓰지 않고 가끔 잡동사니를 쌓아 두곤 했다. 학대성이 앞서서 길을 안내하고, 고정엽은 천천히 뒤를 따랐다. 차 한 잔 정도 마실 시간을 걷자 동쪽 귀퉁이에 붙은 방에 당도했다. 건장한 어멈 네다섯이 입구를 지키고 있다가 고정엽을 보더니 재빨리 허리를 숙여 인사했다.

학대성은 조용히 물었다.

"안에는 별일 없느냐?"

맨 앞에 서 있던 어멈이 대답했다.

"나리, 의원이 이미 다녀갔습니다. 별일 없습니다. 다만 만랑이 좀 다쳐서 도련님이 조금 놀라셨습니다."

학대성은 고정엽을 다시 힐끔 살펴보더니 어멈에게 물러가라 손짓하고 앞으로 나가 문을 열었다. 그런 다음 고정엽을 안으로 들여보내고, 자신은 입구에서 다섯 걸음 떨어진 곳에 섰다.

방에는 탁자와 의자 네 개, 침상, 경대, 세숫대야 받침대, 세면도구들이 갖춰져 있고 탁자 위에는 차와 간식이 차려져 있었다. 귀퉁이에는 얼음이 담긴 대야까지 놓여 있었다. 만랑은 아이를 안고 침상에 누워 있다가 문이 열리는 소리에 고개를 들고 쳐다봤다. 눈앞에 고정엽이 보이자 만랑은 몹시 기뻐서 머리를 매만지며 일어나 울먹거렸다.

"나리!"

고정엽은 그 자리에 서서 조용히 만랑을 바라보다가 의자를 끌어와 앉았다.

만랑은 재빨리 아이를 떠밀며 거듭 말했다.

"창아, 얼른 아버지라고 불러보렴."

사내아이는 겁을 먹고 눈앞의 사내를 훑어보며 쭈뼛거렸다. 만랑은 고정엽을 향해 웃으며 말했다.

"창이가 수줍음이 많아요. 집에서는 늘 아버지를 보고 싶어하더니 지금은 수줍어서 그런지 아버지 소리도 못 하네요."

고정엽은 아이를 응시하며 부드럽게 말했다.

"요즘에도 기침을 하느냐?"

창이는 불안한 표정으로 고개를 들고 아버지를 바라보았다가 다시 어머니를 바라보며 더듬더듬 말했다.

"……나왔다가 멎었다가…… 어머니께서 약을 주시는데…… 너무 써요……."

아이의 어눌한 대답에 고정엽은 저도 모르게 눈살을 찌푸렸다. 일고여덟 살이나 됐는데 말도 제대로 못 하다니. 그는 만랑을 바라보며 말했다.

"선생을 모시지 않았느냐? 요새 무슨 책을 공부하고 있지?"

만랑은 당황스러웠지만 순발력을 발휘해 바로 눈물을 떨구며 말했다.

"제가 재주가 없고 까막눈인데 어찌 잘 키울 수 있겠어요. 그래서 염치없지만 마님께 아이를 거둬 달라 부탁드리려고 찾아왔습니다."

"허튼소리!"

고정엽은 그 자리에서 언성을 높였다.

"일자무식이라도 수많은 어머니들이 글 읽는 자식을 길러냈다. 그럼 양방진사들은 죄다 글을 아는 어머니 밑에서 자랐단 말이냐?"

오랫동안 높은 벼슬을 지내고 군을 통솔하며 자연스럽게 위엄이 쌓인 고정엽이었다. 그런 그가 호통치자 창이는 질겁하며 만랑의 등 뒤로 숨었다. 창이가 잔뜩 웅크리고 두려워하는 모습을 보이자 고정엽은 더욱 눈살을 찌푸렸다.

"내 일부러 경치 좋고 기후가 온화한 장원을 골라줬거늘, 창이를 밖에서 뛰어놀게도 하지 않았느냐? 어째서 아이가 아직도 이리 사람을 무서워하는 거냐?"

만랑은 손수건으로 눈물을 훔치며 흐느꼈다.

"아비 없는 아이니 밖에 나가도 괄시만 받지 않습니까. 순한 아이인데 밖에 나가 눈에 띄는 짓을 할 리 없지요!"

고정엽은 아무 말도 하지 않고 만랑을 똑바로 쳐다봤다. 만랑은 새빨개진 눈으로 숨을 헐떡이며 하소연했다. 제아무리 예리한 눈을 지녔다고 해도 만랑의 말이 사실인지 거짓인지 구분하기 힘들 것이다. 하지만 고정엽은 거짓이라는 걸 진작 알고 있었다. 그 장원은 그가 세심하게 고른 장소다. 이웃 대부분은 전장에서 목숨을 바친 아비를 둔 고아와 과부였다. 그뿐만 아니라 장원은 창이 앞으로 물려준 재산인데 누가 감히 이들을 괴롭히고 무시하겠는가.

그러나 만랑은 연기가 특출나다. 조금만 방심하면 만랑의 눈물과 변명에 말려든다.

"여봐라."

그가 갑자기 목소리를 높였다. 학대성이 문을 열고 들어와 고개를 숙이고 분부를 기다렸다.

고정엽은 말했다.

"아이를 잠시 어멈에게 맡기거라."

학대성은 고정엽이 만랑과 독대하려 한다는 걸 알아차리고 냉큼 어멈을 불러 창이를 내보냈다. 창이는 나가지 않겠다고 떼를 쓰다가 만랑이 몇 마디 달래자 마지못해 밖으로 나갔다.

다시 문이 닫히고 방 안에는 두 사람만 남았다.

만랑이 겁에 질린 얼굴로 서 있자 고정엽은 의자를 가리키며 말했다.

"거기 앉거라."

만랑은 천천히 앉았다.

"그때……."

고정엽은 피곤한 얼굴로 말했다.

"내가 왜 기를 쓰고 널 곁에 두려 했는지 아느냐?"

만랑은 깜짝 놀라 벌떡 일어나다시피 하더니 잠시 후 눈시울을 붉히며 말했다.

"나리, 어째서 그런 말씀을 하시나요! 그때 나리께서 의지할 곳 하나 없는 절 거둬 주시지 않았다면 전 객사했을지도 모릅니다. 제가…… 제가 원해서 나리를 따른 거예요……."

"결국 웃음거리가 되고 말았지. 네 오라비는 널 버린 게 아니었어. 네가 네 오라비에게 은자를 주며 다른 곳에 가서 자리를 잡으라고 하지 않왔느냐."

고정엽은 씁쓸한 기분이 들었다. 당시 치기 어린 마음에 영웅이라도 된 마냥 불구덩이에 빠진 연약한 여인을 구해야 한다고 생각했었다.

"아니, 아니에요……."

만랑은 서둘러 변명했다.

"이건 모함입니다. 오라버니는 저 몰래 나리께서 주신 은자를 챙겨 도망갔어요. 그리고 몇 년이 지난 후에야 돌아왔어요, 나리……."

고정엽은 손을 들어 만랑의 말을 자르며 무덤덤하게 말했다.

"네 오라비와 단씨 어멈, 네 시중을 들던 계집이 모두 같은 소릴 했다. 네가 오라비 소식이 끊겼다고 했던 그때에도 너희 남매는 종종 필요한 걸 서로 보내주곤 했어."

만랑은 얼굴이 하얗게 질렸다. 고정엽이 그 일까지 알아냈을 줄은 생각도 못 했다.

고정엽은 그런 만랑의 모습에 이상하게도 마음이 덤덤했다.

"언홍이 죽었을 때 난 네게 이렇게 말했지. 나는 절대 거짓말로 애꿎은 사람에게 죄를 씌우는 사람이 아니라고. 하물며 상대가 너라면 더더욱."

자신이 사람을 잘못 봤다는 걸 인정하고 싶은 사람이 있을까? 그는 오랜 세월을 속고 살았고, 바보처럼 만랑의 손바닥 안에서 놀아났다는 것을 인정하고 싶지 않았다. 아버지가 만랑을 욕하고, 모든 사람이 만랑의 꿍꿍이속을 의심할 때마다 그는 일일이 변호하며 만랑을 전적으로 믿었다. 그런데 지나고 보니 모든 게 착각이었다. 이 얼마나 굴욕적인가!

"내가 너에게 뭐라도 약조한 적 있느냐?"

고정엽은 계속 추궁했다. 그의 날카로운 눈빛에 만랑은 자리에서 꼼짝도 하지 못했고, 거짓말도 진실 앞에 무너져 내렸다.

"내가 너를 아내로 맞겠다고 한 적 있느냐? 내가 너를 속였느냐?"

만랑이 흘린 땀에 조금 전 공들여 고친 화장이 다시 번졌다.

"처음부터 난 네게 어떤 지위도 줄 수 없다고 말했다. 너는 내 곁에 있을 수만 있다면 지위 따윈 필요 없다고 했고."

그때의 기억을 돌이켜 보니 모든 게 황당무계했다. 모두 진심이라 여겼던 자신이 우스웠다. 그때만 해도 진심으로 마음이 통하는 사람을 만났다고 생각했다.

"나중에 용이와 창이를 얻었을 때도 네가 그랬지. 널 위해서가 아니라 아이를 위해서 첩으로 들여달라고. 나는 너희가 무시당하고 살까 걱정돼 여씨 집안 아가씨가 어질다는 이야기를 듣고 아버지께 간청하여 혼담을 넣었다. 그런데 넌……."

고정엽은 자조 섞인 웃음을 지으며 만랑에게 말했다.

"넌 그것도 성에 안 차 했지."

"나리!"

만랑은 애절하게 외치며 고정엽에게 달려들어 그의 가랑이를 붙잡고 눈물을 흘렸다.

"여가에 찾아간 건 어리석은 마음에 저지른 실수예요. 그 아가씨가 절 받아주지 않을까봐 두려워 제정신이 아니었어요!"

"너는 한 번도 어리석었던 적이 없었다."

고정엽은 손가락조차 꿈쩍하지 않고 싸늘한 얼굴로 만랑을 내려다봤다.

"너는 모든 행동을 철저히 계산했어. 결국 네 뜻대로 아버지를 등지고 집을 나왔다. 너를 의심하지 않았다면, 그리고 언홍의 일이 없었다면, 네 계산대로 멀리 강호로 함께 떠났겠지. 그 후에 너를 아내로 맞았을 거야.

그렇지 않느냐?"

정곡을 찌르는 말에 만랑은 벙어리가 되고 말았다.

"……그게 나쁜가요?"

만랑은 야릇한 눈빛으로 고정엽의 무릎에 얼굴을 살포시 대며 노래하듯 유려한 목소리로 말했다.

"그때 녕원후부 사람들은 죄다 나리를 무시했어요. 나리께 진심인 건 저뿐이었죠. 후부의 부귀영화는 조금도 탐나지 않았어요. 전 나리만을 원했어요. 멀리 도망가서 우리만의 가정을 꾸리는 거죠. 나리는 재주가 많으니 우리 네 식구끼리 화목한 나날을 보내며 신선처럼 유유자적하게 살면 되잖아요. 그게 뭐 나쁜가요?"

"말 한번 잘했다."

고정엽은 손을 뻗어 자신의 무릎에 기댄 만랑의 고개를 천천히 들어 올렸다.

"네 계산은 참으로 절묘했어. 그런데 내게 그런 삶을 원하냐고 한 번이라도 물어본 적 있느냐?"

만랑은 갑자기 숨을 가쁘게 몰아쉬며 시선을 회피했다. 고정엽은 만랑의 고개를 돌리고 진지하게 눈을 맞추며 또박또박 말했다.

"오늘 분명히 알려주마. 난 단 한 번도 널 아내로 맞이할 생각은 하지 않았다."

두 사람이 가장 행복했던 시절에도 고정엽의 가장 큰 바람은 불쌍한 만랑이 다시는 무시당하지 않고 편안하고 넉넉하게 살도록 보살펴주는 것이었다.

만랑은 놀란 눈으로 입을 떡 벌리고 콧구멍을 벌름거리더니 별안간 날카롭게 소리쳤다.

"저를 아내로 삼고 싶은 생각이 없었다고요? 그럼 어떤 여인을 아내로 삼고 싶으셨는데요? 집안일밖에 모르고 고상 떠는, 그저 그런 평범한 여인을 원하셨나요?!"

고정엽을 그 말에 웃음을 터뜨렸다.

"네 말이 맞다. 나는 그런 평범한 아내를 얻고 싶었다. 지아비 내조하고 아이 키우며 집안 살림 야무지게 꾸리고 가족을 돌보는 그런 선하고 평범한 여인을 얻고 싶었어. 너처럼 대단한 여인을 원한 게 아니다!"

그의 비아냥거리는 말투에 만랑은 숨이 막혔다. 끓어오르는 증오심에 숨통을 끊어버리고 싶었지만, 어렵사리 숨을 고르며 바닥에 앉아 처량하게 말했다.

"제가 늙고 미색이 예전만 못해서 이러시는 게 아닙니까. 새로 맞은 부인이 어여뻐서 변심하신 거면서 말은 많으시네요. 믿을 사내 하나 없군요. 저만 불쌍한 꼴이 되었습니다. 나리께 온 마음을 다 내어드리고 결국 이런 처지가 되다니."

고정엽은 웃음이 터져 나왔다. 그는 만랑이 남자였다면 분명 애먹일 인물이었을 것이라 생각해왔다. 매번 딱 잘라 말하려고 할 때마다 만랑은 화제를 돌려 이야기를 계속할 수 없게 만들었으니까.

"마음? 하하하, 네게 들었던 마음은 늘 죄책감이었다. 네게 미안한 게 많아 신경 써주고 싶었지."

고정엽은 자리에서 일어나 뒷짐을 지고 창밖을 바라봤다.

"그런데 요 몇 년 동안 곰곰이 생각해봤다. 그때 내가 손을 내밀지 않았다면 네 처지가 어떠했을 것 같으냐?"

만랑은 손수건에 얼굴을 파묻었다. 두렵고 불안한 마음이 들었다. 그때 고정엽의 도움이 없었다면 그들 남매는 얼마나 비참한 처지였을까.

“너희 모자를 편히 살게 해주기 위해 난 갖은 궁리를 했다. 몇 번이나 집안 어른들을 거스르고 아버지 임종도 지키지 못했어.”

고정엽은 방 안을 천천히 거닐다가 만랑 앞에 멈춰 섰다.

“난 네게 떳떳하다. 언제나 네게 최선을 다했어.”

강호로 떠난 지 얼마 안 됐을 때 그는 아무리 쪼들려도 씀씀이를 아껴 가면서까지 만랑 모자가 쓸 은자를 경성으로 꼬박꼬박 보냈다. 그래서 지금 이렇게 당당하게 말할 수 있었다.

고정엽의 목소리는 점점 싸늘해졌다. 만랑은 상황이 심상치 않다고 느끼며 분위기를 바꾸기 위해 가련한 목소리로 애걸했다.

“그때 일은 제 잘못이에요. 아이를 봐서라도 용서해주세요. 창이를 불쌍하게 여겨주세요……. 아, 그리고 용이…… 그 아이도 오랫동안 창이를 보지 못했잖아요. 둘이 어려서부터 사이가 좋았는데 떼어놓을 수 없어요!”

“두 아이가 떨어져 지낸 세월이 얼만데 못 본다고 죽겠느냐.”

고정엽은 싸늘하게 말했다.

“그리고 용이에게 또 남동생이 생겼다.”

만랑이 갑자기 고개를 쳐들었다.

“마님께서…… 아들을 낳으셨군요.”

고정엽의 눈빛이 험악해졌다.

“네 바람과 달리 모자는 무사하다.”

만랑은 남은 힘을 쥐어짜내 몸을 일으키더니 고정엽의 두 다리를 죽자 살자 붙잡았다. 그녀는 소리쳤다.

“나리, 적자를 얻으셔서 이제 불쌍한 창이를 버리실 겁니까?! 잊으셨나요? 창이가 어렸을 때 나리께서는 그 아이를 안아주시고 입도 맞춰주셨어요!"

고정엽은 무표정한 얼굴로 단호하게 말했다.

"난 창이를 보내달라고 했다. 잊었느냐? 명란이를 처로 맞아들이기 전에 창이를 맡겠다고 네게 좋게 말했다. 명란이도 잘 돌봐 줄 것이고 나도 잘 가르치겠다고 했는데 네가 한사코 싫다고 한 걸 벌써 잊었느냐?"

"나리, 정말 매정하십니다. 아무리 새사람이 옛사람보다 좋다고 해도 저희 모자를 이리 생이별시키실 순 없습니다!"

만랑은 목청이 찢어져라 울었다.

"새로 오신 마님이 그리 너그러우시다면서 왜 저를 받아주시지 않는 건가요!"

"내가 널 못 믿는다."

고정엽이 매몰차게 말했다.

"한 번으로 모자라 또 나를 홀아비로 만들 셈이냐? 이번에 와서 무슨 짓을 했지? 창이를 안고 명란이를 들이받으려 했다. 내가 네 속셈을 모를 줄 아느냐!"

만랑은 말문이 막혀 울기만 했다.

"마님이 저를 불태워 죽이려 했어요!"

"너를 불태워 죽이려 한 사람은 고 태부인이다!"

고정엽이 호통쳤다. 그가 고정위 처소에 불을 질러 고 태부인의 혼을 빼놓지 않았다면 만랑 모자는 불타 죽었을 것이다.

"너는 향씨 어멈이 사람을 부려 장작을 가져다 놓는 걸 똑똑히 보지 않았느냐. 그런데 궁지에 몰렸다고 다른 사람에게 죄를 뒤집어씌우다니, 참으로 악독하구나!"

"나리! 나리!"

만랑은 고정엽의 도포를 잡고 애걸했다.

"제가 잘못했어요. 하지만 창이는 나리 핏줄입니다. 창이를 밖으로 떠돌게 하실 겁니까? 저는 안 받아주셔도 되지만 창이만은 입적시켜주세요. 저는 달에, 아니, 한 해에 한 번만 볼 수 있으면 됩니다. 아니, 아닙니다. 못 봐도 상관없어요!"

"안 된다."

고정엽은 등을 돌리며 단호하게 거절했다.

"네가 이렇게 소동을 벌였는데 명란이더러 어찌 창이를 돌보라 할 수 있겠느냐?"

고정엽도 창이를 믿을 수가 없었다. 일고여덟 살 난 사내아이라면 말썽을 부리기 딱 좋다. 자신도 일곱 살 때 고정위의 침상에 창이자蒼耳子[5]를 숨기곤 했다. 그 나이면 성격이 많이 굳어진다. 원한이 있으면 가슴에 묻었다가 자라서 복수할 수도 있다. 그렇다면 늘 우환이 곁에 도사리고 있는 거나 마찬가지다. 매정하게 말하면, 그는 자신의 적자를 위험에 빠뜨리고 싶지 않았다.

만랑은 울음을 그치고 눈물을 닦으며 차갑게 웃었다.

"입만 열면 명란이, 명란이! 지금이야 그 계집이 소중하겠죠. 하지만 이번에도 사람을 잘못 본 건지 어찌 압니까! 그 계집도 연기에 능할지 모르지요!"

고정엽은 웃으며 몸을 돌렸다.

"너는 아직도 내가 전처럼 어리석다고 생각하느냐? 네 뒷조사를 한

---

5) 약재의 일종, 표면에 가시가 돋아 있음.

것처럼 그 아이 뒤도 캐보았다. 난 명란을 믿는다. 그 아이 말이 아니라 행동을 보고 믿는 것이야. 총명한 걸로 따져도 네게 뒤지지 않아. 이번 일만 봐도 명란이에겐 그 고얀 것들을 처리할 방도가 얼마든지 있었다."

명란을 생각하자 마음이 누그러진 고정엽은 숨을 깊이 들이마셨다.

"그럴 방도가 없었던 게 아니라 그러고 싶지 않았던 게야. 너와 달리 해도 되는 일과 해선 안 되는 일을 명확히 아는 사람이니까! 너처럼 도리를 저버리는 사람이 아니다."

고정엽은 혼인하기 전 성부를 샅샅이 조사했다. 명란이 꾸미는 음모는 기껏해야 아버지 앞에서 우는 척하거나 언니가 무방비한 틈을 타서 언니 자리에 돼지기름을 문대는 정도였다. 조금 고리타분한 성격이긴 했지만 정직하고 존경스러워서 마음 놓고 믿을 수 있었다.

고정엽의 말에는 명란에 대한 애정이 듬뿍 묻어 있었다. 만랑은 질투와 분노가 치밀어 독한 말을 쏘아붙이려고 했다. 순간, 고정엽이 갑자기 몸을 숙이며 만랑에게 말했다.

"이미 네가 창이 대신 결정을 내렸어. 내가 뱉은 말을 번복하지 않는 사람인 걸 알지 않느냐? 이번 생에 창이는 고씨 집안 족보에 이름을 올릴 수 없다. 창이더러 홀로 서라고 하거라."

"저희 모자를 어떻게 하실 건가요?"

만랑이 넋 나간 상태로 물었다.

고정엽은 몸을 일으키고 잠시 생각해 보더니 답했다.

"너희 모자는 더 이상 경성에서 살 수 없다. 사람을 시켜 너희 둘을 고향인 면주綿州로 돌려보낼 생각이다. 거기에서 전답을 장만하여 새 삶을 살거라. 내가 그곳 관리에게 일러둘 테니 아무도 괴롭히지 못할 것이다. 창이는 아비가 없는 셈 치고 살아야겠지."

"그럼…… 저는요?"

만랑은 울먹였다.

"제 인생은 이걸로 끝인가요?"

고정엽은 비웃음 띤 얼굴로 말았다.

"예전부터 창이를 내게 맡기고 좋은 사람에게 시집가라 하지 않았느냐. 그런데 네 입으로 그 나이에 좋은 곳으로 시집가기 글렀다고 했다. 아들마저 없으면 의지할 곳도 없다고 하여 창이를 네게 남겨둔 게야. 그새 마음이 또 바뀐 것이냐?"

만랑은 고개를 들고 멍하니 고정엽을 바라봤다.

"나리, 이렇게 저를 버리시는 건가요? ……이제 제 꼴도 보기 싫으신 거군요."

"솔직히……."

고정엽은 만랑을 잠깐 바라보다가 침착하게 말했다.

"나는 네가 무섭다."

계략, 인내, 집착. 만랑은 상 유모가 들려준 이야기 속의 거미 요괴 같았다. 거미 요괴는 끈끈하고 촘촘한 거미줄을 치고 목표물을 정한 뒤 산 채로 낚아 절대로 벗어날 수 없게 만든다. 만랑이 계속 엉겨 붙는다면 차라리 죽이는 게 낫겠다는 생각까지 들었다. 만랑에게서 벗어나야지만 살 수 있을 것 같았다.

"마지막으로 한마디하마."

고정엽은 문 앞까지 가다 갑자기 고개를 돌려 바닥에 주저앉아 있는 만랑에게 말했다.

"만약 위급한 일이 생기면 사람을 보내 알리거라. 창이는 어쨌든 내 자식이니 절대 모른 체하지는 않을 것이다. 하지만 만일……."

그는 얼음처럼 차가운 얼굴로 매섭게 쏘아보며 천천히 말했다.

"다시 한번 경성에 발을 들이거나, 뭔가 구실을 대고 이곳에 온다면, 단 한 번일지라도 이유 불문하고 창이를 영영 볼 수 없게 될 것이야!"

마지막 말을 생략했지만 정엽을 잘 알고 있기에 충분히 짐작할 수 있었다. 정말 그런 상황이 되어 창이를 데려간다면, 그때가 곧 제 목숨이 달아날 때라는 걸.

마지막 말을 끝낸 고정엽은 문을 확 열어젖히고 밖으로 성큼 걸어 나갔다. 머리 위에는 태양이 눈부시게 빛나고 뒷산 숲에서는 시원한 바람이 불어와 머리를 식혀주었다.

그는 심호흡을 하더니 낮은 목소리로 말했다.

"내일 조회에 참석해야 하니 마차를 준비해놓거라."

학대성은 공손하게 대답했다.

"분부대로 하겠습니다."

고정엽은 살짝 고개를 돌려 훤지원 쪽을 바라보며 중얼거렸다. 이제 저들을 손봐줄 차례다.

제176화

동풍은 잦아들고 전고는 찢어졌다
: 진정한 사랑의 대가

[작가는 여전히 할 말이 있다]

만랑을 보냈다는 소식을 듣고 명란은 묵묵히 아이의 얼굴에 입을 맞추었다. 상 유모는 옆에서 기뻐하며 아이를 받아 들고 어르며 장난을 치기도 했다. 연일 계속됐던 근심이 단번에 날아가자 상 유모는 봄바람 같은 미소를 지었다. 하지만 옆에 있던 용이는 말도 없이 웃지도, 울지도 않고 멍하니 서서 미간을 찌푸리고 있었다. 며칠 동안 계속 이런 상태였다.

그날 만랑은 상황을 뒤집기 힘들어지자 죽어도 딸의 얼굴을 봐야겠다며 버텼다. 고정엽이 냉소를 지으며 허락하자 상 유모가 직접 용이를 데려왔다. 오랜 세월 떨어져 지냈던 탓인지 모녀 상봉 분위기는 괴상하다는 말밖에는 표현할 길이 없었다. 만랑은 온 힘을 다 짜내 눈물 콧물을 쏟으며 용이를 두고 떠날 수밖에 없었던 사정과 깊은 모정을 절절히 전하려 용을 썼다. 그러나 용이는 어리둥절해 하며 뻣뻣하게 서 있었다.

상 유모 예상대로 만랑은 한껏 연기를 펼치고 난 후에 눈물을 흘리며 딸에게 아버지를 설득해 달라고 간청했다. 창이까지 끌고 와서 서로 만나게 했다. 남매가 서로 부둥켜안은 채 눈물을 흘리고, 그 광경을 미어지는 가슴으로 바라보는 어미까지 더해지면 쉽사리 감동을 불러일으킬 수 있으니까.

하지만 용이가 녕원후부에 들어올 때의 나이가 고작 네다섯 살이었으니, 당시에 창이는 그보다 더 어렸다. 용이는 창이가 어색해 무슨 말을 해야 할지 몰랐고, 창이는 누나를 아예 알아보지도 못했다. 현장 분위기는 우스울 정도로 썰렁했고 만랑이 기대했던 감동적인 장면은 나오지 않았다.

"어서 동생 좀 보렴."

상 유모는 웃으며 아기를 용이에게 넘겨주었다. 용이가 목을 빼고 아기를 보자 아기는 '응애' 소리를 냈다. 동그란 눈망울은 맑고 선명했다. 용이는 웃음을 지었지만 얼굴에는 처연함이 묻어났다. 명란은 마음이 쓰여 따뜻하게 말했다.

"너도 피곤할 테니 돌아가서 좀 쉬거라. 한이도 다녀갔단다. 내일 스승님이 배운 걸 점검하신다고 하던데 너도 가서 책을 한 번 더 보는 게 좋겠구나."

용이는 기어들어가는 목소리로 대답하고 다소곳이 밖으로 나갔다. 몸을 돌리는데도 치맛자락이 미동조차 없고 허리에 맨 비취색 비단 여의매듭만 우아하게 흔들렸다. 용이는 더 이상 옛날처럼 고집스럽고 예의를 모르던 어린아이가 아니었다.

명란은 용이가 나가는 뒷모습을 보고 한숨을 쉬었다. 상 유모는 그런 명란을 위로했다.

"마님, 걱정하지 마세요. 그동안 용이가 허투루 공부하진 않았으니까요. 용이도 이제 시시비비를 가릴 줄 압니다."

모녀가 상봉했을 때 용이는 시종일관 고개를 숙이고 아무 말도 하지 않았다. 만랑은 처음에는 불쌍하게 울면서 하소연하다가 점점 화를 내더니 나중에는 딸을 잡고 흔들기까지 했다. 상 유모가 보기엔 옆에 아무도 없었다면 꼬집기라도 할 기세였다. 꿍꿍이가 통하지 않자 만랑은 절망하며 고정엽에게 세 사람을 떨어뜨려 놓을 작정이냐고 물었다.

이때 용이가 갑자기 입을 열더니, 어머니가 원한다면 녕원후부에서 나와 두 사람과 함께 시골로 내려가 살겠다고 말했다. 허를 찌르는 말에 말재간이 아무리 좋은 만랑도 멈칫하며 대답하지 못했다.

한참 뒤 만랑은 구차하게 변명했다. 그때는 모두 용이의 앞날을 생각해서 녕원후부에 남겨둔 것이니 자신과 남동생을 절대 모른 척해선 안 된다고 신신당부했다. 그 말에 용이는 무덤덤하게 물었다.

"그럼 동생의 앞날은요? 왜 처음부터 동생을 여기에 남겨두지 않으셨어요?"

만랑은 말문이 막혔다. 용이는 무표정한 얼굴로 말했다.

"마님의 속을 긁으려고 절 여기 남겨두신 건가요?"

그것이 용이가 생모를 만나서 나눈 유일한 대화였다.

만랑은 용이에게 달려들어 손찌검하려 했다. 상 유모가 용이를 품에 안고 피하자 옆에 있던 어멈들이 잽싸게 만랑을 제압하여 밖으로 끌어냈다. 만랑은 분한 마음에 '양심도 없는 계집', '배은망덕한 계집 같으니'라며 미친 듯이 망발을 해댔다.

명란은 믿기 어려웠다.

"만랑이 정말 그렇게 말했어요?"

상 유모는 아이를 우쭈쭈 달래고는 명란을 향해 웃으며 말했다.

"그 거머리 같은 것의 수완이 고작 그 정도지요! 제가 용이를 데리고 갈 때 일러두었습니다. 그 매정한 어미가 용이를 보려는 목적은 딱 두 가지뿐이라고요. 용이가 나리의 마음을 돌릴 수 있게 같이 애걸하거나 아니면…… 뭐라고 해야 하나…….”

상 유모는 인상을 찌푸리며 고심했다.

“아, 용이가 몸은 후부에 있어도 마음은 어미와 동생을 그리워해야 한다고 말할 셈이라고요.”

즉, 용이가 명란의 세심한 보살핌과 관심을 받더라도 기구한 생모를 영원히 기억하며, 고정엽에게 생모와 동생을 자주 언급하라는 의미다. 만약 명란에게 딴죽을 걸면 더할 나위 없이 좋고.

육아 경험이 풍부한 상 유모가 능숙하게 어르자 방금 전까지 기운 넘치던 아이가 세상모르게 잠에 빠졌다. 상 유모는 아이를 조심스레 최씨 어멈에게 넘기고 옆방에 건너가게 했다.

상 유모는 계집종과 어멈에게 밖으로 나가라는 눈짓을 보낸 뒤 명란에게 웃으며 말했다.

“마님께 축하 인사가 늦었습니다. 아이가 인물이 훤하네요. 눈썹도 짙고, 눈도 커다란 데다 튼튼하고 힘도 좋고요. 방금 젖을 먹는 모습을 보니 어찌나 쭉쭉 잘 삼키던지요! 잘 먹고 잘 자면 된 겁니다!”

명란은 쓴웃음을 지으며 고개를 저었다. 젖이 모자라 아이가 몇 번 빨면 마르니 다른 사람의 도움을 받아야 했다.

“마님.”

상 유모는 명란의 불안한 얼굴을 바라보며 조심스레 말했다.

“그 천한 여인은 더 이상 신경 쓰지 마십시오. 만랑의 고향 면주는 산간벽지입니다. 높은 산이라 물길도 닿기 어려운 곳에 있지요. 이번에 가면 다시는 돌아오지 못할 겁니다.”

명란은 살짝 멍해 있다 웃으며 말했다.

"유모, 잘못 짚으셨어요. 저는 그 일을 생각한 게 아니에요. 그저……."

명란은 살짝 한숨을 쉬며 말했다.

"나리는 어떻게 만랑과 만나게 된 건가요?"

명란은 일이 이렇게 된 마당에 물어보지 않는 게 오히려 위선이란 생각이 들었다.

만랑을 언급하자 상 유모는 개탄스러운 마음을 떨칠 수가 없었다. 일이 이렇게 된 마당에 이제 숨길 이유도 없었다. 상 유모는 머리를 매만지며 잠시 생각을 정리한 뒤 입을 열었다.

"그때는 제가 상경한 이듬해였습니다. 고씨 집안과 백씨 집안이 왜 혼사를 맺었는지 전후 사정을 알게 된 뒤, 나리와 고 대인의 불화가 더 심해졌지요."

만약 그 전의 고정엽이라면 자책과 체념으로 화를 삭였을 것이다. 하지만 진상을 알게 된 이후, 그의 슬픔과 분노는 말로 표현하기 힘들었을 것이다. 고씨 집안에서 애걸하여 치러진 혼사인데 사람들은 자신을 혐오했다. 백씨 집안이 고씨 일가를 위기에서 구해 준 게 분명한데도 콧대 높은 고씨 집안사람들은 죽은 생모를 깔보는 듯 입에 올렸다.

상 유모는 서글퍼하며 말했다.

"나리는 억울함을 하소연할 곳도 없어서 그저 난동을 부리고 말썽을 피우며 풀 수밖에 없었습니다. 그해 나리께서 어린 한량 하나와 경쟁이 붙었는데 곱상한 광대 하나가 휘말려 들었지요. 광대 남매가 난처한 상황에 처하게 되자 그냥 지나칠 수 없었던 나리께서 그들을 구하셨습니다."

명란이 가볍게 물었다.

"그 광대가 바로 만랑의 오라비인가요?"

상 유모는 씁쓸하게 고개를 끄덕였다.

"그때 저희 일가는 경성 밖 시골에서 살고 있었습니다. 나리께서 저를 찾으셨을 때는 이미 남매를 거두신 뒤였어요. 저는 나리께 광대는 천한 신분이니 엮여서 입방아에 오르기 전에 은자나 좀 쥐여주고 보내라고 했지요. 나리는 좀 충동적이긴 해도 어리석지는 않아서 곧장 그리하겠다고 하셨습니다. 그런데……."

상 유모는 혐오가 가득한 말투로 이를 악물며 말했다.

"그 광대가 여동생을 버리고 은자를 모두 챙겨서 달아났습니다!"

"정말요?"

명란은 경악했다. 세상에 그렇게 비정한 오라비가 있다니!

"속임수였죠!"

상 유모는 허공을 보며 눈을 깜박거리다 말했다.

"나중에 나리께서 조사해보니 모두 그 천한 것이 꾸민 연극이었습니다. 오라비에게 은자를 들고 나가 장사를 하라고 시키고 저는 남아서 나리께 엉겨 붙었지요."

명란은 입이 떡 벌어졌다. 보통내기가 아니구나.

"그렇게 홀로 남겨진 연고도 의지할 곳도 없는 여인을 어찌할 방도가 없었어요. 하는 수 없이 집을 마련해주었습니다. 나리는 제게 만랑을 수양딸로 삼으라고 하셨지만 거절했습니다. 왠지 처음부터 그 계집이 마음에 들지 않았거든요."

상 유모는 그때의 기억을 떠올리며 말했다.

"눈빛이 정직하지 못하고 욕심이 많아 보였지요."

상 유모는 가정 형편이 가장 어려울 때도 노비로 팔려가는 걸 거부했던 의지가 굳건한 사람이다. 상 유모는 양민의 지위를 굳건히 지키고 나서 높은 곳을 향해 나아가는 것이 이상적인 삶이라고 생각했다. 그런 사람이 광대의 여동생을 수양딸로 삼겠는가?

명란은 웃으며 말했다.

"역시 유모는 보는 눈이 있으시군요."

상 유모는 쓴웃음을 지으며 고개를 저였다.

"이렇게 될 줄 알았으면 차라리 수양딸로 삼아 나리의 고생을 덜어드릴 걸 그랬습니다."

상 유모는 진심으로 후회하며 말했다.

"그 천한 것은 수완이 좋아서 매번 일을 꾸몄습니다. 걸핏하면 아프다고 하거나 그 무뢰배가 또 찾아왔다고 했지요. 나리의 관심을 끌려고요. 어휴, 나리는 그때 겨우 열 몇 살이었습니다. 혈기 넘치는 때인 데다 천한 것이 작정하고 유혹하니 점차……."

상 유모는 난처한 얼굴로 명란을 한번 바라보고 어렵게 말을 이었다.

명란은 뜻밖에 이해한다는 얼굴로 상 유모를 안심시켰다.

"유모, 기탄없이 말씀하세요. 다 철없던 시절 일이니 속 좁게 굴진 않을 거예요."

별다를 게 뭐 있겠는가. 노래하는 광대 여인이 후부 가문의 공자를 꾀어내는 흔해 빠진 이야기인 것을. 억울함을 토로할 데 없어 마음이 괴로운 후부의 공자가 어여쁘고 자신의 마음을 알아주는 아가씨를 만나 술도 나누고, 비파도 튕기고, 노래도 부른다. 그러다 술기운이 돌아 분위기가 야릇해지면 발이 쳐지면서 불이 꺼지고……. 점잖지 않은 단어들은 생략하도록 하겠다. 어쨌든 그렇게 일이 났을 것이다.

상 유모의 얼굴이 간장 항아리라도 뒤집어쓴 것처럼 잔뜩 구겨졌다.

"그러시면 안 된다고 그렇게 나리를 타일렀지요. 아직 정실부인을 맞이하시지 않은 것은 둘째 치더라도, 만랑의 출신으로는 녕원후부에 발도 들이기 힘드니까요. 차라리 은자를 쥐여주고 다른 곳에 시집보내는 게 낫다고 말씀드렸습니다. 나리도 그 아이를 그렇게 마음에 둔 것은 아니었는지 달리 아쉬워하지도 않고 제 말에 따르겠다 하셨지요. 이번에는 저도 나리를 따라 만랑을 설득하러 갔습니다. 그런데 그 천한 것이 자진하겠다며 소동을 피우지 뭡니까! 우물에 몸을 던지려 들질 않나, 머리를 들이받으려 하질 않나, 마지막에는 비녀를 목구멍에 들이댄 채 바닥에 무릎을 꿇고 애걸했습니다. 그때 그 계집이 말하기를……."

유모는 나이 탓에 순간 기억이 나지 않아 말을 더듬었다.

명란은 친절하게 이어서 말했다.

"만랑은 분명 이렇게 말했을 거예요. 유모님, 절 뭐로 보신 겁니까! 전 돈에 넘어가는 사람이 아닙니다. 그렇게 죽네 사네 하다가 털어놨겠죠. 지위도 돈도 필요 없고 나리께서 불쌍하게 여기고 기억해주기만 바란다고요……."

명란은 생각하다 심술이 돋아 한마디 덧붙였다.

"강아지나 고양이쯤으로 봐달라는 거겠죠. 내버려두었다가 보고 싶을 때 말이나 한번 붙여주면 된다고요. 제 말이 맞죠?"

상 유모는 무안한 표정을 지으며 말했다.

"제대로 맞추셨네요."

구체적인 말은 기억나지 않지만 대략 뜻은 그랬다. 명란은 기가 찼다. 어쩜 대사까지 뻔하네.

"소동이 벌어진 뒤 저도 그 계집을 함부로 다그치지 못했습니다. 목숨을 버릴 수도 있으니까요. 아무리 생각해도 적당한 방법이 떠오르지 않아 하루하루 시간만 끌었습니다."

상 유모의 목소리는 점점 무거워졌다.

"또, 나리께서 밖에서 소동을 일으키는 것보다 그 아이에게 털어놓으며 응어리라도 푸는 게 낫다고 생각했어요. 그리고 나중에 나리께서 아량 넓은 정실부인을 얻으시면 그 아이를 받아줄 수도 있지 않을까 생각했지요. 이 늙은이가 단단히 착각한 게지요!"

상 유모는 하얗게 샌 머리를 아래로 떨궜다. 옛날 일을 꺼낼수록 명란을 볼 면목이 없었다. 세상에 어느 양갓집 아가씨가 이런 문제에서 '아량'을 발휘하려 하겠는가.

"하지만 제가 미처 깨닫기도 전에 엄청난 사건이 터지고 말았습니다. 그 천한 것이 회임을 하고 말았지요."

상 유모는 이를 갈며 한스러워했다.

"그제야 큰일 났다 싶었습니다! 그때 나리도 어렸으니 그런 일은 처음이라 한동안 어쩔 줄을 몰랐지요."

상 유모는 자신도 모르게 언성을 높였다.

"그 천한 것은 죽어도 아이를 지우지 않겠다고 고집을 부렸습니다. 저도 어쩔 도리가 없었지요. 그렇게 조마조마한 마음으로 몇 달을 보낸 후에 그 계집은 딸을 낳았습니다. 제가 얼마나 안심했다고요!"

용이가 그렇게 태어났구나. 명란은 한숨을 쉬었다.

"얼마 지나지 않아 이 일이 후부에 알려졌습니다. 외첩을 두고 아이까지 봤으니 순식간에 난리가 났지요. 거기에 후부의 그 속 시커먼 무리들이 불 난 집에 부채질을 해대니 노대인께서는 나리를 매달고 몽둥이질을 하셨습니다."

상 유모는 목이 멨다.

"나리의 성정은 마님도 잘 알고 계시지요. 끝까지 고집을 부리며 나리께 대들었습니다. 노대인이 만랑을 정리하라고 하실수록 더욱 고집을 부리며 오히려 그 천한 것을 더 살뜰히 보살폈습니다. 노대인께서 하마터면 나리를 종인부로 보내실 뻔하셨어요!"

세상에서 가장 다루기 힘든 사람이 갱년기에 들어선 중년과 사춘기 아이이다. 명란은 시아버지의 마음고생을 알 것 같아서 동정심까지 일었다.

상 유모는 눈가를 닦으며 힘없이 말했다.

"그때 나리는 기를 쓰고 오기를 부렸습니다. 누구의 설득도 듣지 않았어요. 그 천한 것은 또 어찌나 불쌍한 척을 해대는지. 그렇게 그 일은 아무 진척도 없었지요. 저는 나리께 오기를 부릴 수야 있지만 앞날도 생각해야 한다고 말씀드렸어요. 그나마 딸이라서 나중에 혼수나 좀 챙겨주면 그만이지만, 아들을 낳게 되면…… 정말로 그렇게 되면 좋은 혼처는 꿈도 못 꾸실 거라고요! 나리도 그건 아니라고 생각하셨어요. 하지만 아직 어리시니 그 천한 계집이 또 수작을 부리면 넘어갈 수도 있겠다 싶었지요……. 그래서 제가 직접 탕약을 짓는 어멈을 찾아갔습니다. 만일을 대비해서요."

그 일을 떠올리면서 상 유모는 이를 더욱 바득바득 갈았다.

"그런데 종인부 소동이 겨우 잠잠해지고 나리도 두세 번 정도 만랑을 만난 게 다였는데, 그 천한 것이 또 회임을 했지 뭡니까!"

이건 보통 일이 아니라 정말로 심각한 일이었다. 하지만 명란은 웃음이 터져 나올 것 같았다. 만랑은 수완도 대단하고 회임도 쉽게 했다.

"저는 황급히 찾아가 질책했습니다. 만랑이 자기는 약을 부지런히 챙겨 먹었다며 울기만 했지요. 탕약 어멈 역시 주문대로 탕약을 만들어 보냈고요."

엄청난 착오가 생기자 당시 상 유모는 눈앞이 아찔했다.

"조사를 해보니 탕약 어멈은 애주가였습니다. 모두들 거기서 사달이 났다고 생각할 수밖에 없었지요. 탕약 어멈이 술에 취해 약재를 잘못 샀거나 약을 달일 때 약재를 빼돌렸다고 생각했습니다."

상 유모가 계속 화를 내며 말했다.

"그 일은 또 흐지부지 끝났습니다. 하지만 전 의심을 떨칠 수가 없었어요. 탕약 어멈은 술을 좋아해도 일 하나는 똑 부러지게 잘했거든요."

하지만 그때는 고정엽이 만랑을 철석같이 믿고 있었고 상 유모도 증거가 없었다.

상 유모는 자리에서 일어나 측면 문을 모두 닫아버렸다. 창문도 바람이 통할 정도의 틈새만 남겨두었다. 그녀는 볼을 깨물었다.

"그때 나리께 무릎을 꿇고 늙은이 체면도 포기한 채 많이 울었지요. 그리고 만랑이 하도 건강해서 보통 탕약은 듣질 않으니 자중하시고 더 이상 아이를 낳아선 안 된다고 말씀 드렸습니다!"

명란은 '풋' 하고 웃음을 터트릴 뻔했다. 상 유모처럼 녹록지 않은 사람도 만랑에게 당하다니.

"큰아씨의 유일한 혈육인 나리께서 평생 입신양명하지 못하면 그 음흉한 작자들이 얼마나 비웃겠습니까?! 그러면 이 늙은이가 죽어서 나리 어머님을 뵐 면목이 없다, 그러니 나리께서 당장 약조하지 않으면 이 늙은이가 목숨을 끊겠다고 말했습니다!"

상 유모 스스로도 잘한 일이라 생각했는지 신이 나서 말했다.

"나리는 역시 제 말을 알아들으셨지요. 나리는 그 뒤로 몇 년 동안 만랑을 자주 찾아가셨지만 말만 몇 마디 나누고 아이들 얼굴만 보고는 거리를 두셨습니다. 그 천한 것은 착한 척하는 게 몸에 배어서 그런지 뭐라 반박도 하지 않고 그저 탕약 어멈의 실수라고만 했습니다. 그래서 제가 탕약 어멈의 잘못이 아니면 어찌하겠냐고 물었지요."

명란은 흥미진진했다. 그 작전은 정말 독했다. 만랑은 경우에 밝고 고정엽을 이해하고 지지하는 점을 매력으로 내세웠다. 그렇다면 이런 일로 고정엽을 난처하게 만들지 못할 게 아닌가?! 그 사이 정말로 고정엽이 만랑과 순수한 관계를 유지했는지는 모르겠지만 어쨌든 만남은 줄었고 결국 만랑도 셋째는 갖지 못했다.

상 유모의 작전은 성공한 셈이었다.

"사실 만랑이 그렇게 예쁜 얼굴도 아니지 않습니까? 그보다 반반한 계집이 나리 처소에 수두룩했었지요. 무슨 선녀라도 돼서 나리께서 그렇게 사족을 못 쓰셨겠습니까?! 그 아이의 용모나 미색으로는 어림도 없습니다! 세 치 혀로 나리가 속상할 때 비위를 맞추고 불쌍한 척을 하니 나리가 내치지 못하신 게지요!"

상 유모는 질색하며 만랑을 더욱 매몰차게 깎아내렸다.

명란은 상 유모가 고정엽의 과거를 이야기하면서 만랑과의 정분을 최대한 줄여 말하는 모습에 웃음이 나왔다. 하지만 명란은 사소한 일에 집착하는 사람이 아니었다. 명란이 예전에 조금수를 두고 하홍문과 끝까지 실랑이를 벌인 이유는 두 사람이 현재 진행형이자 장래에도 계속될 사이인 게 싫었기 때문이다.

하지만 만랑은? 예전에 고정엽과 사이가 어땠는지, 고정엽이 진정으로 사랑했는지가 무슨 상관인가? 만랑은 지나간 인연이다. 지금의 삶이 중요한데 뭐 하러 있었는지 없었는지도 모를 일을 마음에 담아두겠는가. 이것은 이번 생에서 배운 가장 중요한 교훈이다.

좀 더 현실적으로 말해보자. 흔히 말하는 진정한 사랑이 현실을 변화

시키지 못한다면 진짜 사랑인지 아닌지는 중요하지 않다. 가령 고정엽이 오늘 당장 가산의 절반을 만랑에게 준다거나, 창이에게 작위를 물려준다고 한다면 명란은 분명 불만스러울 것이다. 하지만 지금 고정엽은 모든 가산을 명란에게 맡겼고, 제가 낳은 아들에게 작위를 물려줄 생각이다. 또한 매일 밤 명란 옆에서 잠을 청하고 틈만 나면 들러붙는다. 현실이 이런데, 고정엽이 정말 그녀를 사랑했는지 따질 필요가 있을까?

더 현실적으로 얘기해 보자. 드라마처럼 어떤 피치 못할 연유로, 혹은 천하를 위해서나 권력에 대한 야심 때문에 고정엽이 자신을 버리고 다른 여인과 혼인한다고 치자. 이때 자신이 고정엽의 진정한 사랑이라고 한들 무슨 소용이 있겠는가?

맞다. 명란은 이기적인 현대인이다. 십 년간의 훈련 끝에 껍데기는 현모양처지만 고대 여인의 전통 미덕이라고는 눈곱만큼도 없다.

"유모의 말씀은 나리가 원해서 만랑과 아이를 둘씩이나 가진 것처럼 들립니다?"

명란은 반농담조로 말했다.

상 유모는 가슴이 철렁했다. 그녀가 탄식하며 말했다.

"마님도 참……. 휴, 무슨 말씀을 그리하십니까. 생각해 보세요. 나리는 바보가 아닙니다. 정신 제대로 박힌 명문가 자제가 혼인도 치르기도 전에 급하게 아이를 낳을 생각이나 하겠습니까!"

설득력 있는 논리라 명란은 고개를 끄덕였다.

"창이가 태어난 후 그럭저럭 이삼 년이란 세월이 흘렀습니다. 나리는 어렵게 여씨 집안과 혼사를 맺을 결심을 하셨지요. 그런데 도중에 사람이 바뀔 줄 어찌 알았겠습니까."

상 유모는 분노했다.

"고인에 대해 이러쿵저러쿵하긴 싫지만 언홍 마님은 정말……."

상 유모는 혀를 끌끌 차다가 찻잔을 들어 한 모금 마신 뒤 이야기를 계속했다.

"처로 들이지 않는 편이 나았습니다! 언홍 마님을 들이기 전에 나리는 어쨌든 원만하게 지내셨어요. 하지만 언홍 마님을 얻고 나서 평온한 날이 없었습니다. 매일 싸우고, 욕하며 하루라도 잠잠할 날이 없었지요. 얼마 지나지 않아 나리는 노대인과 한바탕 난리를 치르고 혼자 집을 나가 버리셨습니다."

여기까지 이야기를 마친 상 유모는 다시 눈물을 글썽이며 훌쩍였다.

"불쌍한 우리 나리, 어려서부터 좋은 옷만 입고 좋은 것만 드시고, 차 한 모금 마실 때도 시중드는 하인이 있었는데 그렇게 살던 분이 밖에서 집도 절도 없이 얼마나 고생을 하셨을까요!"

명란은 침상에서 일어나 손을 뻗어 상 유모를 다독이며 나긋나긋하게 달랬다.

"유모, 울지 마세요. 쇠도 두드려야 더 단단해지는 법이잖아요. 어쨌든 하늘도 보는 눈이 있으셨는지 나리께서 역경을 이겨 낼 수 있도록 도와주시지 않았습니까."

상 유모는 고개를 들고 두 손을 합장하여 몇 번 절을 올리고는 염불 외듯 말했다.

"큰아씨께서 하늘에서 지켜보시고 아들이 고생하지 않도록 도와주신 겁니다."

두 사람이 몇 마디 더 나누는데 갑자기 누군가가 큰 소리로 외쳤다.

"나리께서 돌아오셨습니다."

상 유모는 눈물을 훔치고 몸을 일으켰다. 측면의 문발이 걷히더니 고정엽이 강보를 안고 들어왔다. 뒤에 최씨 어멈이 울상을 하며 따라 들어왔다. 그는 웃으며 말했다.

“잠을 얼마나 달게 자는지 보기만 했는데 이렇게 깨버렸지 뭐냐.”

“거짓말 마세요. 분명 나리께서 소란을 피워서 깼을 거예요.”

명란은 웃으며 핀잔을 주었다.

고정엽은 여태 붉은색 조복을 입고 있었다. 퇴청하자마자 옷도 안 갈아입고 헐레벌떡 아들을 보러 간 것이다. 아들을 품에 안고 내려놓을 생각도 하지 않았다. 그는 최씨 어멈에게 자세 교정을 받고서야 아이를 제대로 안게 됐다. 그는 아기를 내려다보며 배시시 웃었다.

“며칠밖에 안 지났는데 인물이 나는구나. 막 태어났을 때는 피부도 붉고 쪼글쪼글했는데 말이야.”

명란은 눈살을 찌푸리며 말했다.

“언제는 잘생겼다고 그렇게 칭찬하시더니!”

고정엽도 웃으며 응수했다.

“붉고 쭈글쭈글해도 다른 아이들보다야 훨씬 잘생겼다는 소리였다!”

그의 말에 모두 웃음을 터뜨렸다. 상 유모가 고개를 빼 들고 바라보자 아기는 잠에서 깨고도 울거나 칭얼거리지 않았다. 눈, 코, 입의 윤곽도 더욱 또렷해졌다. 아기는 아직 졸린 듯 멍한 눈으로 주위를 보고 있었다.

“태어날 때 붉을수록 크면서 점점 뽀얘집니다! 이름은 지으셨나요?”

고정엽은 난처한 웃음을 지었다.

“근래 너무 바빠서 나중에 공손 선생이 돌아오거든 부탁하려던 참이네.”

그는 자기의 문화적 소양에 자신이 없었다. 더구나 아이가 너무 사랑스러워서 이름을 아무렇게나 지어주고 싶지 않았다.

상 유모가 말했다.

"이름은 천천히 지으시고 우선은 복을 부르는 아명으로 부르시지요."

고정엽은 일리가 있다는 생각에 명란을 보며 물었다.

"뭐가 좋겠느냐?"

명란은 장난스레 대답했다.

"소도에게 들어보니 그 아이 고향에서는 개똥이, 강생이, 똥강아지라는 이름이 가장 흔하다고 하네요."

고정엽은 웃음을 터뜨리며 명란을 흘겨보았다.

"어찌 죄다 엉망이냐! 개발이, 개새끼는 왜 빼놓아? 정말로 아들을 그렇게 부를 참이냐?"

상 유모는 웃음을 터뜨리며 말했다.

"나리 모르셨습니까? 아명이 천할수록 아이가 더 건강하다 하지요. 대갓집에서는 아이가 허약하면 그런 이름을 써서 모두가 부를 수 있게 사방에 붙여놓기도 했습니다."

"정말인가?"

고정엽의 표정에 의심이 가득했다.

명란은 고개를 들어 오동통한 아이를 바라보았다. 하얗고 살집이 있는 게 제법 귀여워 몽글몽글한 찹쌀 경단 같았다.

"단이라 부르는 게 좋겠어요."

고정엽은 그 말에 희색이 돌았다.

"'단란하게 모이다'할 때 그 단團[1] 말이냐? 참 괜찮은 이름이구나!"

1) 반죽을 동그랗게 빚은 경단도 같은 한자를 씀.

방 안에 있던 사람들도 모두 찬성했다. 길한 의미에 촌스럽지도 않고 입에 착 붙었다. 그렇게 아명이 정해졌다.

상 유모는 이야기를 몇 마디 더 나누다 인사를 고하고 자리를 떴다. 고정엽은 단이를 최씨 어멈에게 건넨 뒤 혼자 몸을 씻고 평상복으로 갈아입고는 방으로 돌아왔다. 그는 조정 일 때문에 많이 지쳤는지 침상 옆에 앉아 피곤한 모습으로 콧대를 주무르며 명란에게 말했다.

"눈을 좀 붙여야겠구나. 식사하기 전에 조금 쉬어야겠어."

상 유모와 오랜 시간 앉아 있느라 허리가 쑤셔 침상에 누워 쉬고 싶었던 명란은 볼멘소리를 냈다.

"방을 새로 하나 마련해드렸잖아요. 더구나 밖에 푹신한 평상도 있는데 왜 비좁게 이리로 들어오시는 거예요."

고정엽은 대꾸도 하지 않고 명란을 안아서 얇은 이불과 함께 침상 위에 가뿐히 놓았다. 그리고 그대로 명란 옆에 반듯이 누워 긴 한숨을 내쉬었다.

"양회의 일을 황상께 모두 아뢰었다. 황상께서 조급해하시더구나. 그런데 그토록 오래 쌓인 적폐가 어찌 하루아침에 고쳐지겠느냐. 천천히 두고봐야지."

피로에 절은 고정엽의 목소리를 듣자 명란은 손을 뻗어 관자놀이를 눌러주었다. 고정엽은 그 손을 잡아채 자신의 뺨에 갖다 대더니 고개를 돌려 명란을 응시했다.

"미안하구나. 일찍 돌아오지 못해서."

명란은 잠시 생각하다 능글맞게 말했다.

"최씨 어멈이 제법 순산했다고 했어요. 소동이나 화재가 없었다면 굳이 나리가 안 오셔도 됐어요."

고정엽은 옆으로 몸을 돌려 명란의 품에 얼굴을 파묻으며 나직이 말했다.

"앞으론 절대 그러지 않을 거다."

명란은 그의 거친 머리칼을 쓰다듬었다.

"상 유모도 그렇게 말했어요."

"둘이서 무슨 이야기를 그렇게 나누었느냐?"

고정엽은 눈을 감으며 고른 숨을 내쉬었다.

"만랑에 관한 이야기를 했어요."

명란은 차분히 고정엽의 반응을 기다렸다.

고정엽은 역시나 눈썹을 꿈틀거리며 서서히 눈을 뜨더니 침착하게 물었다.

"어디까지 얘기했느냐?"

"나리께서 홀로 녕원후부를 떠난 것까지요."

고정엽은 천천히 몸을 돌려 명란과 머리를 맞대고 나란히 누웠다.

"나머지는 내가 말해주마."

명란도 똑바로 누워 귀를 기울였다.

"사실 만랑이 여부로 찾아간 일 때문에 나는 기분이 언짢았다. 그런데 만랑의 말은 늘 앞뒤가 맞아 그 말을 믿었지."

고정엽은 깍지 낀 두 손을 배 위에 올려놓고 차분한 목소리로 말했다.

그때 녕원후부는 지옥 같았다. 아버지를 이해할 수 없었고, 착한 척하지만 속은 독사 같은 고 태부인이 버티고 있었다. 고 태부인은 백씨 집안 재산으로 호사를 누리면서도 고정엽의 외가 친척을 멸시했다. 처소에도 다른 마음을 품은, 겉만 화사한 몸종들밖에 없었다. 어딜 가도 뜻대로 안 됐고, 늘 갑갑했다. 따뜻한 말로 위로해주는 사람은 오직 만랑뿐이었다. 한때 그는 만랑을 깊이 신뢰했다.

사람은 관성의 동물이라 일단 누군가를 믿어버리면 그 사람의 모든 행동들이 옳다고 여기게 된다.

"네가 광제사에서 했던 말이 맞더구나."

말해봤자 아무도 믿지 않겠지만, 만랑 외에 제대로 이야기를 나눠 본 여인은 명란뿐이었다. 그 조그마한 소녀는 눈살을 찌푸리고 눈을 흘기며 불만 가득한 얼굴이었다. 그러나 근거 없는 소리로 함부로 훈계하는 일 없이 논리적으로 옳은 말만 했다. 집으로 돌아가 명란의 말을 곱씹으면 곱씹을수록 틀린 게 하나도 없었다.

만랑이 정말로 첩살이로 만족했다면 여부까지 찾아가 소란을 피울 이유가 없었다.

사람은 속았다고 생각하지 못해서 속는 것뿐이다. 정말로 조사를 시작하면 진상은 결국 드러나게 돼 있다.

"만랑을 오랫동안 돌봐준 몸종이 있다. 만랑이 혼수를 마련해주며 멀리 시집보냈지. 오랜 시간을 들여 그 아이를 찾아냈다. 겁을 주기도 하고 회유하기도 했더니 마침내 입을 열더구나."

보통 남편과 아이가 있는 여인은 끝까지 충심을 지키기가 어렵다.

"그 계집은 보통 사람이라면 상상도 할 수 없는 이야기를 털어놓았지. 우선 만랑의 오라비는 만랑을 버리고 도망간 게 아니라 설득당해 떠난 것이었다. 만랑이 아이 둘을 낳고서야 그 오라비는 후회하는 척하며 돌아왔지. 두 남매가 내 앞에서 거짓 연극을 벌이더니 만랑이 나더러 오라비를 용서해달라고 애걸하더구나. 난 그것도 모르고 만랑이 착해서 그렇다고만 생각했다."

명란은 아무 말 없이 멍하니 침상의 대들보를 바라보았다.

"그리고 아이 일은 상 유모의 추측이 맞았다. 만랑이 사람을 시켜 탕약 어멈을 꾀어내 술을 먹이고는 약재에 손을 썼던 거였어."

고정엽은 떨떠름하게 말했다. 마치 막장 드라마 줄거리를 읊는 것 같았다.

"나는 여전히 믿기지가 않아서 경성으로 돌아와 만랑 집에 있던 사람을 붙잡고 심문했다. 그런데 놀랍게도 또 다른 사건이 있더구나."

"만랑이 또 무슨 일을 꾸몄나요?"

명란은 슬슬 지겨워지기 시작했다.

고정엽은 명란의 손을 힘껏 잡고서 말을 이었다.

"만랑은 언홍의 몸종들이 자주 들르는 술집을 염탐해서 자신의 거처를 흘리고 유언비어를 퍼뜨렸다. 언홍이는 이야기를 전해 듣고 부리나케 그곳으로 찾아갔지. 만랑은 미리 모든 것을 준비해두고 내가 두 모자를 '제때에 구하러 와주기'만을 기다렸어. 난 그 일로 또 언홍이와 사이가 틀어졌고."

명란은 깊게 한숨을 쉬고 몸을 옆으로 틀어 고정엽의 어깨를 감싸며 뺨을 맞댔다.

"사실을 알고 나서 순간 멍해졌다."

고정엽도 몸을 돌려 명란을 껴안았다. 고정엽의 손은 싸늘했다.

"사실을 확인하려고 만랑을 찾아갔다. 아무 변명도 못 하고 사실을 털어놓더구나. 만랑은 시종일관 정실부인이 되려 한 것이지. 예전에 늘어놓은 말과 행동들은 다 날 구슬리기 위한 것이었고."

그날 두 아이가 지켜보는 앞에서 고정엽은 만랑의 머리채를 잡고 밖으로 끌어냈다. 그리고 독하게 추궁하고 욕했다. 만랑은 숨을 방도가 없자 솔직하게 실토했다. 고정엽은 화를 주체할 수 없어 만랑의 뺨을 여러 차례 후려갈겼다. 만랑은 얼굴이 퉁퉁 부어올랐지만 눈물을 보이며 웃고 있었다. 그때는 해가 저물어가는 황혼 무렵이었다. 만랑은 바닥에 널브러져 두 손으로 자신의 다리를 붙잡고는 가련하게 애원했다. 진심 어린 사랑으로 한 일이니 가엾게 여겨 마음을 알아달라는 말만 연극 대사처럼 되풀이했다.

하지만 고정엽의 마음은 차갑게 식어버렸다. 사람들은 죄다 자신을 속이고 우롱하려 들었다. 심지어 끝까지 믿었던 사람까지도. 이제 대체 누구를 믿어야 하는 걸까. 세상에 믿을 만한 사람이 있기는 한 걸까?

"그날 밤 집으로 돌아와 또다시 아버지와 한바탕 다퉜다. 나는 점점 말도 안 되는 소리를 지껄였지. 아버지는 화가 머리끝까지 나셔서 피를 토하면서까지 나를 꾸짖으셨다. '스스로 타락의 길로 빠진 구제 불능, 역시 천한 것의 천한 종자'라며 말이다. 나는 더 이상 녕원후부에서 살고 싶지 않아서 그날 밤 집을 나가버렸지. 쉴 새 없이 달려 남쪽 지방에 도착한 뒤에야 상 유모에게 기별을 했다."

명란은 안타까운 마음에 그의 가슴에 얼굴을 묻고 한숨을 내쉬었다.

"내가 떠난 후 아버지께서는 계속 나를 수소문하셨다. 어렵게 날 찾아내시고는 서한을 한 통 보내 어서 집으로 돌아오라고 하셨어. 언홍이 회임을 했다고."

고정엽은 말했다.

"예?!"

명란은 크게 놀랐다.

"그런 일을 어째서 아무도 이야기하지 않는 거죠?."

고정엽은 비웃는 것 같은 기이한 표정을 웃음을 지었다.

"최악의 추문이었기 때문이지. 이 세상과 친지에게 절대 알릴 수 없는 일이었어."

명란은 어느 정도 짐작은 했지만, 입 밖으로 꺼내진 못했다.

"아버지는 몹시 기뻐하시며 내 손을 잡고 말씀하셨다. 이제 아비가 됐으니 말썽은 그만 피우고 철도 들고 사람 구실도 하라고 말씀하셨어. 그때 아버지께 말씀드렸다. 언홍이 배 속의 아이는 고 씨일지는 모르겠으나 내 아이는 아니라고."

그때 아버지는 놀라기도 하고 화도 나서 자신에게 괜한 화풀이는 그만두라며 연신 말했다. 고정엽이 집을 나간 지는 한 달 정도 됐고 언홍이 회임한 지는 두 달이 좀 넘었으니 딱 맞지 않느냐고 물었다. 고정엽은 만랑 때문에 언홍과 다투고 난 뒤 합방을 한 적이 없다고 담담하게 대답했었다.

고정엽은 그때의 아버지 표정을 죽을 때까지 잊지 못할 것이다. 분노와 당황스러움, 뼛속까지 파고드는 수치심과 죄책감이 섞인, 말로 형용할 수 없는 표정이었다. 하지만 고정엽은 그 당시만 해도 본인의 감정이 우선이었기 때문에 고씨 집안사람들을 싸잡아 조롱하며 이 집안은 더러운 진흙탕이고 깨끗한 사람이 몇 명이나 되냐며 욕을 퍼부었다.

자신에게 이런 수치스러운 상황을 안겨준 사람이 누군지는 관심도 없고 묻고 싶지도 않았다. 어쨌든 녕원후부에 있는 사람 중에 괜찮은 사람은 없으니까 말이다.

"그럼, 언홍 언니는 어떻게 죽게 된 거예요?"

명란은 속상해하며 말했다.

고정엽은 암담하게 말했다.

"낙태를 하다 하혈이 심해 죽었다. 이 소식이 전해졌을 때 아버지는 여대인과 잘잘못을 따지고 계셨지. 언홍이 잘못했지만 나도 잘한 건 없으니 언홍에게 목숨으로 죗값 치르라고 할 생각은 전혀 없었다. 그런데 별원으로 갔을 때 그 아이는 이미 숨이 끊어져 있었지."

명란은 간담이 서늘했다. 죗값이라기에는 너무 지나쳤다.

"사람들은 죄다 언홍이가 조급해진 나머지 낙태를 하다가 죽은 것이라 생각했다. 고씨 집안은 추문을 덮으려고 밖으로는 병사한 것이라 알렸지. 여씨 집안에서도 쉬쉬해서 그 일은 그렇게 마무리됐다."

고정엽은 갑자기 미간을 찌푸렸다.

"이상하다고 생각한 건 나 혼자뿐이었다."

그래도 부부 사이였으니 여언홍이 바보가 아닌 걸 아는데, 들킬 줄 알면서 어째서 더 일찍 낙태하지 않은 걸까. 게다가 고씨 집안사람들이 고정엽을 불러들이게까지 하다니.

"어쩌다 그렇게 된 거죠?"

명란은 의아해하며 물었다.

"내게 평귀라는 하인이 있었는데 만랑이 그 아이를 매수했더구나. 그 아이는 자주 만랑을 칭찬하곤 했다. 그때만 해도 딱히 무슨 의도가 있다고 생각하지 않았다. 경성을 떠난 뒤 만난 적도 없었고."

고정엽의 웃는 얼굴에 울분이 느껴졌다.

"그런데 내가 떠나려 하자 별원의 문지기가 반나절 전쯤 평귀가 내 대신 말을 전하러 왔었다고 하더구나! 나는 누군가에게 말을 전하라 시킨 적이 없었어!"

명란은 놀라서 물었다.

"설마 또 만랑인가요?"

만랑이 정말 신기했다. 소소한 일이라고 생각한 일이 만랑만 거치면 항상 눈덩이처럼 불어났다. 고정엽은 서늘하게 말했다.

"평귀를 잡아다 심문했더니 몽땅 실토하더구나."

고정엽이 경성을 떠난 후 감감무소식이자 만랑은 몹시 애가 탔다. 상유모가 입도 뻥긋하지 않으니 만랑은 수시로 녕원후부를 감시할 수밖에 없었다. 특히 언홍이의 몸종을 염탐했더니 월척이 낚였다. 친정에 간다던 언홍이 도중에 길을 바꾸더니 유모를 쓰고 몰래 의원을 찾아간 것이다.

만랑도 뒤따라가 그 의원을 만났다. 의원은 단골손님이고 뭐고 은자를 보더니 방금 찾아온 부인은 태기가 있고 두 달 정도 됐다고 곧장 털어놓았다. 만랑은 생각도 못 한 성과에 기뻐하며 바로 계책을 꾸몄다. 고정엽을 빨리 돌아오게 만들고 언홍이 비밀을 숨길 수 없도록 해야 했다. 그 후에 몰래 문제를 해결해야 했다.

평귀의 여동생은 고부의 안채에서 몸종으로 일했다. 녕원후부 사람이라면 모두 언홍이 연근을 못 먹는다는 걸 알고 있었다. 평귀의 여동생은 기회를 봐서 언홍의 음식에 몰래 연근가루를 탔지만 극히 소량이라 얼굴에 두드러기만 났다. 하지만 우리 자상한 고 태부인은 고 대인이 자신을 고정엽이 떠나자마자 며느리를 홀대하는 시어머니라고 여길까봐 기어이 의원을 불러 진맥을 보게 했다. 그 바람에 사실이 탄로 나고 말았다.

사건이 터진 뒤 언홍은 놀랍고 두려워 별원에서 꼼짝 않고 처분만 기다렸다. 바로 이때 평귀가 찾아왔다. 그는 고정엽이 이 일이 퍼지면 안 되니 사생아만 지운다면 상황이 잠잠해지는 걸 봐서 갈라서자고 했다는 말을 전했다.

귀가 솔깃한 제안이었다. 고정엽은 악명 높았고 이제 집까지 뛰쳐나가버렸다. 두 사람이 조용히 갈라서면 경성 사람들은 죄다 고정엽의 잘못이라 생각할 것이니 언홍은 별다른 타격을 받지 않는다. 몇 년 기다렸다가 자신을 아끼는 부모에게 다시 혼처를 알아봐 달라고 하면 될 일이었다. 평귀는 서두르지 않으면 일이 꼬여버릴 수도 있다고 강조했다.

그 말에 따르지 않을 수 없었다. 언홍은 그 자리에서 낙태약을 지어 오라고 시키고, 약이 들지 않을까봐 두 그릇을 내리 먹었다. 결국 아이는 떼었지만 자신도 목숨을 잃고 말았다.

명란은 그 말을 듣자 온몸이 오싹해져 더듬거리며 물었다.

"……만랑은 왜 굳이 그렇게까지……?"

"만랑은 그저 언홍이를 골탕 먹여 분풀이를 하고 싶었던 것뿐이라고 말했다."

고정엽은 차갑게 웃었다.

"거기서 내가 단서를 잡아낼 줄 어찌 알았겠느냐. 나는 그날 밤 만랑과 결판을 냈고 우리는 그걸로 끝이었다."

그 일이 벌어진 뒤 고 대인은 안팎으로 곤란한 상황에 처했고 화병까지 얻어 세상을 떠났다. 고정엽은 아버지의 임종도 보지 못했다.

명란은 사건의 자초지종을 전부 알게 되었지만 아무 말도 할 수 없었다. 한참을 침묵하고 있는데 고정엽이 갑자기 몸을 돌려 엎드린 자세를 취했다. 고정엽의 눈에는 미안함이 가득했다.

"내가 원망스러우냐? 아직도 만랑에게 아무런 처분을 내리지 않았으니까."

명란은 살짝 놀라며 실소를 터뜨렸다.

"어떻게 처분하시게요? 만랑의 목숨이라도 끊어 놓을 생각이세요?"

명란은 천천히 몸을 일으켰다. 고정엽도 따라 일어나 명란을 마주 보고 앉았다.

“나리께서 만랑을 죽인다면 저는 용이를 절대 곁에 두지 못할 거예요. 반드시 멀리 보내버려야 하지요. 용이가 도리를 알든 모르든 모녀지간은 천륜이잖아요. 전 그런 위험을 감내할 수 없어요.”

명란이 말을 이었다.

“만랑을 죽인다면 그것도 과한 처분이긴 해요.”

명란은 이미 몇 번이나 그 일을 고민했다. 언홍의 죽음에서 만랑은 겁을 주고 속인 죄밖에 없다. 자신을 들이받으려고 한 것도 미수에 그쳤다. 이 두 가지만으로 사형을 선고할 수는 없다.

“벌을 내린다 한들 또 어떤 벌을 내릴 수 있나요?”

명란은 쓴웃음을 지었다.

“솔직히 말해 만랑의 성정을 봐선 아무리 욕하거나 때려도, 또 중형을 내린다 해도 절대 반성하지 않을 거예요.”

만랑은 강 부인과는 다르다. 강 부인은 최소한 자식을 아끼는 마음은 있다. 약점이 있으니 얼마든지 저지할 수 있다. 하지만 만랑에게는 자식의 안위도 위협이 되지 않는다. 사실 폭력성이 잠재된 정신 질환 환자에게 가장 좋은 처벌은 종신형이지만 그 말은 할 수 없었다.

명란은 양손을 펴 보이며 웃었다.

“만랑을 아주 먼 곳으로 보내 버리는 것도 좋은 방법이에요.”

고정엽은 잠시 얼이 빠졌다. 명란이 이런 상황에서도 이성적으로 상황을 분석하고, 사사로운 감정은 배제한 채 옳은 말만 할 줄은 몰랐던 것이다. 그는 만감이 교차했다.

“조정이나 바깥에 보는 눈이 있으니 이 일은 되도록 빨리 처리하는 게 좋겠구나.”

그는 하나둘 설명하기 시작했다.

"이 일은 들쑤시면 안 되는 문제였어요."

명란은 바로 동의하며 말했다.

"만랑은 나리의 첩도 아니고 고부의 종도 아니에요. 평범한 백성이지요. 우리가 무슨 권리로 벌하거나 죽일 수 있겠어요. 백성이 저지른 죄를 사적으로 단죄하면 안 되니 송사를 거쳐 죄를 선고해야 하지요. 하지만 송사를 벌였다가 시끄러워지면 우리 체면은 바닥에 떨어질 거예요. 시간을 끌수록 변수는 많아지는 법이에요. 시간이 지체되다가 나리의 적수에게 약점이라도 잡히면 일이 복잡해질 거예요."

만약 제가 고정엽의 정적이라면 분명 이 일을 더 크게 만들어 기를 꺾으려 할 것이다. 누군가가 개인적인 양심을 걸고넘어진다면, 고정엽도 심 국구처럼 집에서 자숙하는 신세가 될지도 모른다. 두 심복이 모두 자숙하는 처지가 된다면 황제도 다급해질 것이다.

고정엽은 명란을 복잡한 눈빛으로 지그시 바라보았다. 그는 한참을 침묵하다 입을 열었다.

"면주에 창이 앞으로 전답을 좀 사 놓았다. 관리할 사람도 구했어. 만랑이 아들을 생각해서라도 여기서 끝내길 바라야지."

그는 갑자기 단호한 얼굴로 말했다.

"또 한 번 수작을 부리면 나도 더 이상 봐줄 수가 없다. 바로 그 계집의 숨통을 끊을 것이야."

명란은 고개를 끄덕이고는 손을 휘휘 저으며 말했다.

"어휴, 사실 이 일은 문제도 아니에요! 더 급한 것 그 사람이지요. 계책은 생각해보셨나요?"

명란의 얼굴에 두려워하는 기색이 떠올랐다.

"더는 같이 못 살겠습니다."

그래도 웃어른이라 때리거나 욕도 못 하고 정말 골칫거리였다.

태연자약한 모습에서 갑자기 놀란 토끼같이 변한 명란을 보며 고정엽은 저도 모르게 빙그레 웃었다.

"걱정 말거라. 네가 괜찮다고 해도 내가 무서워서 같이 못 살겠구나. 준비는 다 했다. 바로 분가하자꾸나!"

제177화

동풍은 잦아들고 전고도 찢어졌다 : 분가

분가는 고대 가정생활에서 혼인 다음으로 중요한 명제였다.

조정朝廷 당국에서는 상앙[1]이 공포한 〈분이령分異令〉[2]에 '장성한 아들이 두 명 이상이나, 분가하지 않은 집은 조세를 배로 납부한다'고 규정돼 있으며, 이는 시간이 흐르면서 소농小農 경제를 진작시키고 집안 갈등을 해소하는 역할을 함으로써 분가가 사회적 통념으로 자리 잡게 만들었다고 한다.

집안 어르신들은 뿌리 깊은 나무에 가지와 잎이 무성하듯 새로운 줄기를 뻗어 자손을 번성시키고 가족끼리 똘똘 뭉쳐 함께 발전해 나가야 한다고 말한다.

자식들을 제대로 관리하지 못해 그렇게 하지 못한 부모는 이렇게 탄

---

1) 중국 진나라의 정치가, 엄격한 법치주의를 주장함.

2) 가족 구성원에 관한 법령.

식할 것이다. 자식들 마음이 제각각이라 하나로 이끌기가 힘들다고.

하지만 고정엽의 입장에서 보면 이유는 더 단순하다. 계모가 자신의 처를 태워 죽이려 한 마당에 갈등이 더 심화되어 집안이 분열되는 것을 막고 그나마 남은 가족의 정을 지키기 위해서라도 거리를 두려는 것이었다.

고정엽은 먼저 입궁하여 황제를 알현했다. 조복을 정갈하게 갖춰 입었지만 귀밑머리나 손등 군데군데에 화염과 잿가루로 입은 상처가 남아 있었다. 양회 상황을 아뢰고 나자 황제는 당연히 오른팔인 고정엽에게 상처가 난 연유를 물었다. 고정엽은 능수능란하게 화재 상황을 묘사한 뒤 비통함을 담아 분가의 뜻을 전했다.

황제도 녕원후부 가정사라면 익히 들어 알고 있었다. 그는 고정엽이 작위를 물려받으면 계모를 쫓아낼 거라 생각했다. 그런데 고정엽은 도리를 다하며 반년을 버텼고 동생을 위해 좋은 자리를 알아봐주기도 했다. 그런데 그 계모라는 작자는 여전히 욕심을 버리지 않고 녕원후부에 불을 질러 온 경성을 떠들썩하게 만들었다. 황제도 곳곳에 눈과 귀를 심어 두었으니 모를 수가 없었다.

충직한 신하는 자신을 위해 기꺼이 먼 곳까지 나가 임무를 완벽하게 수행했다. 그 와중에 하마터면 부인과 아이를 잃을 뻔했으니 이 일은 황제가 나서야 했다. 그는 곧장 따뜻하게 위로했다.

"나도 사정을 전해 들었다. 민간의 법도에 따르면 계모는 보통 친아들을 따르는 법. 경이 원한다면 못할 것도 없지."

고정엽은 n자 모양으로 허리를 꺾어 감사의 절을 올리며 깍듯하게 충심을 전했다. 황제는 고정엽 같은 신하를 좋아했다. 능력도 있고 충심도 깊은 데다 가끔 청하는 도움도 그다지 심각한 일이 아니었기 때문이다.

휴, 그나저나 백성들은 분가라도 하는데 자신은 언제쯤 머리 꼭대기에 앉아 있는 태후 마마를 궁 밖으로 내보낼 수 있을까.

황제가 허락하니 나머지 일들은 술술 풀렸다. 며칠 준비를 마치고, 이날은 퇴청하자마자 평소처럼 부인과 아들에게 달려가 입을 맞추었다. 그런데 방금 배를 든든히 채운 아들 녀석이 옷섶에 젖을 토하는 것이 아닌가. 조복을 입고 담판을 지으러 가려 했으나 아들 녀석이 망치고 만 것이다. 이제 막 사람을 알아볼 수 있게 된 아기는 아무것도 모른다는 천진난만하고 똘망한 눈으로 고개를 비스듬히 꺾어 아버지를 바라보았다.

고정엽은 웃으며 꾸짖다가 조심스럽게 아기의 머리를 받치고 명란의 품으로 넘겨주었다. 그는 가벼운 목소리로 말했다.

"저쪽에 다녀오마. 오래 걸리진 않을 게다."

사정을 아는 명란은 강보를 받아 아이에게 입을 맞춘 뒤 다시 고정엽을 올려보며 말했다.

"절대 화를 내시면 안 됩니다. 차분하게 처리하고 오세요."

고정엽은 명란의 얼굴을 쓰다듬으며 나직이 알았다는 말만 남기고 옷을 갈아입으러 갔다.

해는 서쪽으로 기울고 훤지원 안은 적막했다. 초목이 비비대는 소리조차 들리지 않고 더위만 맹렬한 날이었다. 징원에 불이 난 후, 둔감한 하인들조차 집안 상황이 심상치 않다는 것을 느꼈다. 하지만 수일이 지났는데도 고정엽은 조용하고, 징원은 평소와 너무나 똑같아서 오히려 '폭풍 전야'라는 느낌을 갖게 했다. 그런데 드디어 고정엽이 호위를 대동하여 훤지원을 찾아왔다. 그가 검은 칼집을 차고 회색 옷을 걸친 채 엄숙하게 등장하자 하인들은 제각기 처소로 숨어버렸다.

모든 일의 원흉인 고 태부인은 당황하지 않고 고정엽이 온다는 소리에 대청에 단정히 앉아 불경을 넘겼다. 고정엽이 들어오자 고 태부인은 입꼬리만 살짝 올리며 말했다.

"바쁘신 녕원후 나리께서 무슨 용무로 예까지 왔느냐?"

고정엽은 홀로 들어와 주위를 쓱 둘러보았다. 텅텅 비어 썰렁해진 집안에 향씨 어멈만 시중을 들고 있었다. 고정엽은 무덤덤하게 웃으며 말했다.

"향씨 어멈과 관련해 긴히 상의 드릴 게 있어 찾아왔습니다."

고 태부인은 마음의 준비를 했는지 침착하게 물었다.

"무슨 일이냐?"

"얼마 전에 징원에 불이 나지 않았습니까? 향씨 어멈이 장작을 든 사람들을 데리고 가는 걸 봤다는 사람이 있습니다."

일이 이렇게 된 이상 굳이 숨길 필요가 없었다. 고정엽이 냉랭하게 바라봐도 향씨 어멈은 얼굴색 하나 변하지 않고 고개를 숙이고 있었다.

고 태부인은 가소로운 듯 웃으며 대답했다.

"하인이 불을 질렀다면 보통 일이 아니구나. 사실이라면 가만있을 수 없지. 어떤 눈썰미 좋은 아이가 그걸 봤다는 건지 모르겠구나."

고정엽은 망설이지 않고 말했다.

"만랑입니다."

고 태부인은 날카롭게 코웃음을 치다가 향씨 어멈을 바라보며 말했다.

"자네가 그랬는가?"

향씨 어멈은 무표정으로 말했다.

"그럴 리가요. 나리께서 믿기 어려우시면 관아로 고하시든 일가 어르신들을 모시든 하십시오. 만랑과 대질하겠습니다."

"하하하……."

고정엽은 재미있다는 듯이 한 손은 팔걸이에 걸치고 다른 한 손으로는 입을 가리며 크게 웃었다. 몸이 뒤로 넘어갈 정도로 웃어 방 안이 쩌렁쩌렁 울렸다.

눈앞의 저 늙은이는 주도면밀한 사람이라 아주 치밀하게 방화 계획을 짰다. 당시 주변이 어두어둑했고 하인들은 주인마님의 출산을 목이 빠져라 기다리고 있어서 경계가 허술했다. 특히 징원은 크기도 큰 데다 사람도 적어 비워 둔 곳이 많았다. 먼저 후미진 방에서 불길이 발견돼 몇몇 하인들이 불을 끄러 달려갔지만, 얼마 뒤 사방에서 불길이 일었다. 평소 명란의 지시하에 일사불란하게 움직였던 하인들이지만 징원에 머문 기간이 길지 않아 갑자기 벌어진 화재에 다들 허둥댈 수밖에 없었다.

이때 가희거에까지 위험이 닥쳤다. 다들 우왕좌왕하며 한바탕 혼란이 벌어지고 있을 때, 고부의 노복 차림을 한 자들이 가희거로 들이닥친 것이다. 다행히 눈치 빠른 도호가 호위를 이끌고 주실을 지키고 있었다. 그는 주위가 아무리 소란스러워도 절대로 자리를 이탈하지 않았고 덕분에 분만하고 있던 명란을 놀라지 않게 할 수 있었다.

당시 의심스러운 행동으로 잡힌 자들과 후속 조사로 잡아들인 자들은 한사코 징원에 불을 끄러 간 것이라고 우겼다. 정말로 물통을 들고 있긴 했다. 그때 날도 어둡고 난리통이라 사람들도 혼비백산하여 아무도 그들을 눈여겨보지 않았다. 고정엽이 싸늘한 눈빛으로 훑어보니 잡힌 자들은 전부 고 태부인이 친정에서 데리고 온 종들이었다. 그들의 노비 문서와 처자식은 전부 고 태부인 수중에 있었다.

그들은 똑똑히 알고 있었다. 이번 방화 사건은 아무 증거가 없으니 끝까지 함구하면 목숨은 구제할 수 있다는 것, 오히려 괜히 입을 함부로 놀렸다간 처자식은 물론 제 목숨도 구제하기 힘들다는 것을 말이다.

고정엽이 정말로 심문을 해 무언가를 알아냈다 하더라도 고 태부인이 상처투성이인 하인을 가리키며 무고한 자를 괴롭혀 거짓 자백을 받았다고 반격하면 되었다. 그때 누군가가 죽을 각오로 진술을 번복해주면 '계모를 겁박하여 죄를 뒤집어씌운다'라는 논리를 내세울 수도 있었다. 거기다 고 태부인이 훌쩍거리며 밧줄이라도 가져와 죽네 사네 한다면 더 재밌어질 터였다.

그런데 하필 만랑이 항씨 어멈을 목격했다. 이게 어찌 된 일일까?

고정엽은 서서히 웃음을 거두며 앞에 앉은 고고한 중년 부인을 똑바로 바라보았다. 그가 반평생 겪었던 고난은 대부분 이 여인의 소행이었다. 이 여인은 대체 얼마나 추악한 속내를 숨기고 있는 걸까.

항씨 어멈은 늙고 쇠약한데 방화할 사람들을 굳이 직접 인솔할 필요가 있었을까? 분명 만랑이 보라고 한 짓이었다.

"뭘 그렇게까지 말하나?"

고정엽은 중앙에 서서 싸늘하지만 부드러운 말투로 말했다.

"요즘 경성 날씨가 건조해서 우연히 불이 난 거겠지. 굳이 집안사람을 의심할 필요가 뭐 있나? 그 천한 계집이 사람을 해치려 한 것도 모자라 이간질을 하려는 게지. 내가 이미 쫓아냈네."

이 요망한 여편네는 만랑의 소란을 부추기기 위해 일부러 대질을 유도하고 있었다. 만약 고정엽이 홧김에 만랑을 해치거나 죽인다면 이 여편네는 곧장 고정엽의 적수를 찾아갈 것이다. 하지만 자신이 두 계략에 모두 걸리지 않는다면…….

고 태부인도 예상대로 살얼음처럼 차가운 미소를 지었다. 얼음 위는 따뜻한 볕이 내리쬐고 있을지 몰라도 아래는 뼛속을 파고들 정도로 차가웠다.

"정엽이 네가 마음이 여린 사람이라는 건 안다. 그런데 이 지경이 되었는데도 만랑을 감싸다니, 네 아내의 상심이 크겠구나."

"걱정 마십시오."

고정엽은 고 태부인보다 더 따뜻한 미소를 지었지만 속은 왠지 모르게 씁쓸했다.

"이미 말했는데 괜찮다더군요."

그는 살짝 표정을 바꾸어 본론으로 들어갔다.

"오늘 찾아온 연유는 다른 일 때문입니다."

그는 갑자기 소리쳤다.

"여봐라. 데리고 들어오너라."

고 태부인과 향씨 어멈이 정신을 차리기도 전에 건장한 호위 두 명이 누군가를 끌고 들어와 바닥에 패대기쳤다. 바닥에 내팽겨쳐진 자는 신음을 흘리며 고통을 호소했다. 향씨 어멈은 말문이 턱 막혔다.

"표야, 어찌 네가?!"

그자는 고개를 들어 시퍼렇게 멍이 든 얼굴로 향씨 어멈에게 달려들며 애원했다.

"어머니, 살려주십시오!"

향씨 어멈은 순간 당황하여 속수무책으로 고 태부인을 바라봤다.

고 태부인은 싸늘하게 말했다.

"이게 무슨 짓이냐?"

고정엽은 소매에서 문서 두 장을 꺼내더니 고 태부인 옆의 소반에 천천히 내려놓았다.

"요 몇 년 동안 저자는 녕원후부의 권세를 등에 업고 밖에서 온갖 나쁜 짓을 일삼았습니다. 강제로 농민의 전답을 차지하고 죽게 만들었지요.

관아에 고발한 자가 있습니다. 증인과 물증도 다 있고요."

고 태부인이 읽어 보니 자백 내용과 갖가지 전표, 수결이 빼곡했다. 문서를 읽는 고 태부인의 숨이 가빠졌다.

고정엽은 두 여인의 표정을 바라보며 차분하게 말했다.

"향표는 저희 집의 하인입니다. 순천부윤이 제 체면을 염려하여 알아서 처결하라는데 어찌해야 할까요?"

고 태부인은 목이 막힌 듯 숨을 힘겹게 몰아쉬며 가까스로 웃음을 보였다.

"퍼뜨려서 좋을 것도 없는 일이다. 일이 커지면 네 체면도 깎일 테고."

어사들은 '권문세가 노비의 횡포'를 고발하는 것을 가장 좋아한다. 사례도 많고 증거도 찾기 쉽다.

고정엽은 호탕하게 한참을 웃었다.

"어머니, 정말 걱정도 많으십니다. 향표가 저지른 횡포는 모두 이삼 년 전의 일입니다."

그때 그가 또 어디서 위험한 일을 벌였는지 모르겠지만, 그래 봐야 아버지와 형님 이름에 먹칠을 할 뿐이었다.

고 태부인의 얼굴이 새하얗게 질렸다. 사실 고정엽이 작위를 물려받은 후 상황이 심상치 않다는 생각에 아랫것들이 다시는 말썽을 일으키지 못하게 단속했었다. 그래서 고정엽이 향표의 횡포를 물고 늘어질 일이 없다고 생각했다.

"어쩔 생각이냐?!"

고 태부인은 굳이 고개를 돌리지 않아도 향씨 어멈이 안절부절못하고 있다는 것을 알 수 있었다. 향씨 어멈은 오랜 세월 동안 자신을 보필하며 스스로를 돌볼 겨를도 없었고, 자식이라곤 향표 하나였다.

고정엽은 쥐를 희롱하는 고양이처럼 가만히 두 사람을 지켜보았다.

"향씨 어멈 생각은 어떤가?"

향씨 어멈의 손발이 떨렸다. 아들의 애원을 듣자 마음이 복잡해졌다. 향씨 어멈은 고개를 돌려 고 태부인을 한번 쳐다봤다. 그리고 이를 악물더니 마음을 독하게 먹고 고정엽을 쏘아보며 쉰 목소리로 말했다.

"저 아이가 후부의 명성을 더럽혔으니 나리께서 처분하고 싶은 대로 하십시오."

"알겠네!"

고정엽은 웃으며 말했다.

"두 사람 목숨값인데 곤장 백 대 정도는 돼야겠지. 여봐라, 시작하거라."

미리 준비하고 있던 호위 둘이 분부에 답했다. 곧바로 건장한 남자 하인 둘이 굵직한 몽둥이를 들고 들어왔다. 호위가 향표를 바닥에 눕히자 가정들은 매질을 시작했다. 힘이 단단히 실린 몽둥이가 몸을 내리치자 둔탁한 소리가 나더니 향표가 그 자리에서 울며불며 고함을 질러댔다.

향씨 어멈은 아들이 매질 당하는 모습을 보고 넋이 나가버렸다. 고 태부인은 얼굴이 새파랗게 질려선 아무 말도 못 했다. 보통 사람은 곤장 서른 대도 버티기 힘들다. 예순 대면 불구가 되고, 백 대면 목숨을 잃는다. 고 태부인은 고정엽의 성격을 잘 안다. 통사정이나 협박 모두 통하지 않고 오히려 고정엽에게 훈계를 듣게 될 게 분명했다.

향표는 초반에는 고래고래 비명을 질렀지만 매질 횟수가 늘어날수록 목소리가 점점 약해졌다. 위태롭게 비틀거리던 향씨 어멈은 바닥으로 쓰러져 처참하게 애원했다.

"나리! 불을 지른 것은 모두 이 늙은이 혼자서 한 일입니다. 큰마님과는 아무 상관없습니다! 나리, 차라리 제 목숨을 끊으십시오!"

고정엽은 태사의에 앉아 근엄하고도 냉랭한 표정으로 말했다.

"향씨 어멈, 무슨 엉뚱한 소리인가? 조금 전에 내가 날씨가 건조하여 불이 나는 일은 흔하다고 말하지 않았나."

경성은 여름이 일 년 중에 가장 습한데 어찌 건조할 수 있겠는가. 하지만 그는 일부러 그렇게 말했다.

향씨 어멈은 더 이상 견딜 수가 없어 아들 위로 몸을 던지며 울부짖었다.

"그냥 저를 때려죽이십시오! 제가 대신 대가를 치르겠습니다!"

두 남자 하인은 훈련을 제대로 받은 자들이었다. 한 사람은 매질을 멈추고 향씨 어멈을 결박해 한쪽에 잡아 두었고, 다른 한 사람은 매질을 계속했다. 향씨 어멈은 발버둥 치며 숨이 끊어질 듯 울기만 했다.

향표의 숨이 짧아져가는 모습을 보면서 향씨 어멈은 반쯤 정신이 나갔다. 고정엽은 갑자기 웃음을 터뜨리더니 고개를 돌려 느긋하게 말했다.

"제가 요 몇 년 남과 북을 떠돌며 수많은 사람들을 만나 느낀 것이 있습니다. 사람의 마음이 참으로 묘한 게 제아무리 독하고 악랄한 짓을 일삼는 자도 자식이 걸린 일에는 똑같아지더군요."

고 태부인은 목석처럼 딱딱하게 굳어 아무 말도 하지 못했다. 안색은 산사람의 얼굴 같지 않게 새파랬다.

"뭐 신기할 건 없지요. 한낱 짐승도 제 새끼가 귀한 줄 아는데 사람은 오죽하겠습니까?"

고정엽이 계속 조롱했다.

고 태부인은 이를 악문 채 한마디 내뱉었다.

"어쩔 셈이냐?"

고정엽은 웃음을 거두더니 입술만 움직였다.

"분가하겠습니다."

고 태부인은 휙 하고 고개를 돌려 독사 같은 눈으로 고정엽을 노려보았다. 고정엽도 우뚝 솟은 산처럼 미동도 하지 않고 차갑게 마주 봤다. 그는 고 태부인에게 반박할 틈을 주지 않고 덧붙였다.

"이번에 일어난 화재는 꽤 컸지만 다행히 아무도 다치지 않았습니다. 명란은 무사히 아들을 낳았고 정위와 조카도 무사하지요. 정말로 하, 늘, 이, 도, 왔, 습, 니, 다!"

마지막 말은 일부러 단호한 목소리로 한 자씩 힘주어 말했다. 피비린내 나는 살기가 느껴졌다.

고 태부인은 씩씩거리며 앞에 있는 건장한 사내를 죽일 듯 노려보았다. 고정엽은 혼절한 향씨 어멈을 바라보며 미소 띤 얼굴로 탄식했다.

"정말 대단한 충복입니다. 보통 사람 같았으면 아들을 위해 다른 건 안중에도 없었을 텐데 말입니다."

귓가에 몽둥이가 살갗에 부딪히는 소리만 들렸다. 묵직하고 절망적인 소리였다. 향표는 피를 흥건하게 흘린 채로 아무 소리도 내지 않았다. 고 태부인은 간담이 서늘해지며 난생처음으로 속수무책이란 게 무엇인지 체감했다.

• • •

집안일이 많아 명란은 세삼례를 생략했다. 그래도 몸조리 기간에 양쪽 친지들이 잇달아 명란을 보러 왔다. 명란이 분만하던 날 고부에 불이 났다는 소식에 친지들의 표정과 말투에서 의심스러워하는 기색이 느껴졌다.

내부 사정을 잘 알고 있는 형님 동서들은 특히 의심스러워했지만 감히 묻지 못하고 그저 축복의 말만 전했다. 화란만 대놓고 말했다.

"네 시어머니란 사람은 우리 시댁보다 훨씬 악랄하구나!"

명란이는 바로 언니 말을 고쳐 주었다. 엄밀히 말하면, 화란의 시어머니는 윗사람이라고 위세 떠는 것뿐이었다. 성 노대부인도 직접 찾아와 아끼는 손녀딸의 머리를 쓰다듬으며 한마디만 했다.

"고생 끝에 낙이 온다고, 단이는 분명 복이 많을 게다."

얼마 지나지 않아 향씨 어멈이 아들을 잃었다는 소식이 들려왔다. 그때부터 향씨 어멈은 병상에서 일어나지 못했다. 고 태부인도 몸져누웠다. 단이의 만월이 다가오기도 전에 분가 얘기가 나왔다. 고 태부인은 군말하지 않고, 일가 어르신과 넷째, 다섯째 숙부댁 식구를 모셔 놓고 분가를 결정했다.

명란은 그 자리에 참석하진 않고 결과만 들었다. 공훈전功勳田[3]과 조상의 유산, 후부 저택은 건드리지 않고, 남은 재산을 2.5분의 1로 나누었다. 여자의 몫은 남자의 절반으로 계산하여 0.5는 한이에게 주고, 나머지는 두 형제가 똑같이 나눠 가지기로 한 것이다.

고 태부인은 본래 이 의견에 동의하지 않았다. 가법에 따라 과부든 아니든 시집온 여인에게는 혼수만 돌려주면 된다고 생각했다. 하지만 고정욱은 본래 후계자였기 때문에 그의 외동딸은 처우가 달라야 했다. 고정엽은 고 태부인이 고정욱의 장례비용을 높게 책정할 때 사용했던 말을 그대로 되돌려주며, 그 김에 고정찬의 혼사까지 들어 비교하였다.

---

3) 공신에게 주던 논밭.

고 태부인은 하는 수 없이 받아들였다. 소 씨는 기쁨에 겨워 눈물을 흘렸다. 친정은 평범한 집안이라 수중에 있는 거라곤 대진 씨의 혼수밖에 없었고, 이마저도 시간이 지나면서 얼마 남지 않은 상황이었다. 그런데 이렇게 가산을 받았으니 한이의 장래도 안심할 수 있게 되었다.

훗날 고 태부인은 재산 분배를 가지고 또다시 다시 이의를 제기했다. 고정엽이 많은 가산을 숨겼으니 이유를 막론하고 조사해야 한다고 고집을 부렸다. 하지만 황제에게 받은 장원을 제외하고는 점포든 전답이든 다른 재산은 하나도 없었다.

분가하는 데 황제에게 하사받은 것까지 나누는 것은 옳지 않다. 그리고 고정엽에게 다른 재산이 얼마나 있는지 정확히 아는 사람은 명란 외에는 아무도 없었다. 그러니 고 태부인은 씩씩거리고 있을 수밖에 없었다.

이 소식에 명란은 침상에서 펄쩍 뛰어내려 뒷방으로 들어가 쇠줄로 감아 놓은 쌍어쇄雙魚鎖[4]를 더듬었다. 벽을 따라 만든 비밀 공간의 자물쇠였다. 확인을 마친 명란은 두 손을 합장하며 느긋한 성격을 타고나게 해 준 하늘에 감사했다.

고정엽은 당연히 상당한 자산을 모아 두었다. 남쪽에서 넘어온 재산, 무공武功으로 얻은 재산(전쟁은 꽤 짭짤하다)에 가산 몰수 시 암묵적 관행에 따라 거둬들인 재산과 황제가 내린 하사품까지 있었다. 명란은 비밀 공간에 동일한 규격의 금덩이를, 조금 악취미지만, 피라미드 모양으로 차곡차곡 쌓았고, 은표는 두툼하게 말아 두었다. 땅문서와 장부책도 던져두었다. 황제에게 받은 귀한 골동품도 징원 고방에 모셔져 있는 상

---

4) 한 쌍의 물고기 형태로 된 자물쇠.

황이다. 명란은 본래 재산을 굴려볼 생각이었지만, 신혼 때부터 이것저것 의심할 일도 많고 방어책을 세우느라 머리가 복잡해 시기를 놓치고 말았다. 아미타불! 할렐루야!

분가하는 과정 중에 고정훤의 부인이 발휘했던 출중한 능력은 언급할 만하다. 고정훤의 부인은 십 년 넘도록 모범적인 생활과 훌륭한 평판으로 신뢰하는 사람이 많았다. 고정훤 부인의 부단한 선전으로 징원에서 일어났던 화재는 신속하게 퍼져 공공연한 비밀이 됐다. 이 일로 사람들은 고 태부인을 두려워하거나 혐오와 질책이 섞인 눈빛으로 쳐다봤다. 마음씨 착한 사람들은 '너무 속 보이는 짓을 했다'는 표정을 숨기지 못했다. 덕분에 고정엽이 소문을 내는 데 힘을 허비하지 않아도 됐다.

물론 고 태부인의 선전 능력도 출중했다. 그녀는 자신의 아들 처소에도 불이 났으니 본인은 결백하다고 강하게 주장했다. 그러나 안타깝게도 사람은 경험에 따라 판단한다. 몇 년 동안 고정엽의 노력으로 사람들은 고 태부인이 어린 양처럼 깨끗한 사람이 아니라는 것을 믿게 됐다. 그렇게 생각하면 고정위 처소에 불이 난 것은 자신의 죄를 숨기기 위한 고 태부인의 연막작전이라는 결론이 나온다.

게다가 아무리 뇌가 없어도 이건 너무나 쉬운 문제였다. 녕원후는 서른이 다 됐는데 슬하에 자식이 없었다. 아무리 계모가 밉다 해도 부인이 분만하는 날 적자를 잃을 위험을 무릅쓰고 불을 지를 리는 없었다.

분가를 논의하는 날, 다섯째 숙부는 아무 말도 하기 싫은 듯 도인 같은 표정만 짓고 있었다. 넷째 숙부는 자신이 분가할 때 고 태부인이 어떻게 했는지를 떠올리며 전력을 다해 도왔다. 그렇게 단이의 만월이 다가오기 전 분가 준비를 마쳤다. 만월이 끝나면 고 태부인이 아들 내외를 데리고 나가기로 했다.

만월연을 대비해 명란은 일부러 이틀 밤을 새워 뽀얗던 얼굴을 초췌하게 만들었다. 게다가 멍한 표정으로 연약하고 불안한 모습을 보였다. 잔치에 찾아온 친지와 지인들은 그 모습에 짠한 마음이 들어 따뜻한 위로의 말을 건네거나 달래주었다. 명란은 애써 웃음을 지으며 가녀린 말투로 자신은 무탈하다며 걱정 말라고 대답했다.

효과만점이었다.

옥에 티라고 한다면 먹고 자기만 하는 아기였다. 뽀얗고 오동통한 얼굴에 우는 소리도 우렁찼다. 사람들이 예쁘다고 쓰다듬으면 조그만 게 신경질을 부리며 큰 눈을 부릅뜨고 노려봤다. 엄마 배 속에서 놀란 아이라고 하기엔 너무 기운이 넘쳤다. 그 광경을 본 고 태부인은 원통한 마음이 극에 달했지만 애써 웃음 지었다.

많은 사람에게 둘러싸여 축복받는 명란은 귀티가 흐르고 빛이 났다. 묵란은 부러움을 참으며 질투 어린 말을 몇 마디 내뱉고는 입을 닫아 버렸다. 여란은 아이를 바라보며 부러운 눈빛을 감추지 못했다. 왕 씨는 그 모습을 몇 번 힐끔 보다가 여란을 위로했다. 친정어머니가 다른 곳에 정신을 팔자 장녀인 화란이 손님맞이를 도와주었다. 웃는 얼굴로 능숙하게 손님을 맞이하는 모습에 사람들의 칭찬이 자자했다.

고정엽은 진심으로 기뻤다. 흥이 나서 아이를 안고 동료와 벗들에게 팔불출처럼 머리부터 발끝까지 자랑했다. 단이가 연신 하품을 하자 하품하는 모양새도 남다르다며 자랑을 늘어놨다.

보다 못한 심 국구가 방해 공작을 펼치고자 정효 장군에게 축사를 시켰다. 주변 사람들이 술잔을 높이 들고 나서야 겨우 어멈이 단이를 다시 데려올 수 있었다.

성 노대부인은 특히 기뻐하며 통통한 아이를 안고 연신 입을 맞췄다.

단이도 증조 외할머니가 좋았는지 그 품에서 쿨쿨 잠이 들었다. 단잠에 빠진 작은 얼굴을 보자 성 노대부인은 눈물이 핑 돌았다. 평생 부족했던 것이 다 채워진 것 같았다.

명란은 성 노대부인의 품에 얼굴을 파묻었다. 사실 명란도 이미 충분히 만족스러웠다. 모두 행복하면 그걸로 좋았다.

고 태부인이 이사하는 날 주 씨가 명란을 찾아왔다. 그녀는 조용히 차를 마시며 아무 말 없이 앉아 있다가 잠시 후 작별인사를 고했다. 주 씨는 문을 나서기 전 갑자기 고개를 돌리며 낮은 목소리로 쓸쓸하게 말했다.

"여자의 몸으로 태어나면 선택할 수 없을 때가 많지요."

명란은 주 씨의 말뜻을 이해했다. 고 태부인의 행동을 모르지 않았지만, 시집온 여인으로서 아무리 마음에 들지 않아도 시어머니의 정체를 어찌 폭로할 수 있겠는가. 그저 무기력하고 이기적으로 장님과 벙어리가 돼야 했을 것이다.

고정위는 관직에 있다. 고정엽은 딱히 도와주려 하진 않겠지만 해도 입히지 않을 것이다. 그리고 녕원후란 든든한 가문이 있다. 주 씨가 가져온 혼수도 두둑이 있고, 고 태부인이 숨겨 둔 재산도 많아서 분가해도 편안한 생을 보낼 수 있을 것이다. 남의 것만 욕심내지 않으면 행복하지 못할 이유가 없다. 행복은 마음먹기에 달린 것이다.

명란은 웃으며 자리에서 일어나 주 씨를 배웅했다.

주 씨는 뜰 한가운데 서서 기품 있고 예의 바르게 마지막으로 인사했다. 이렇게 두 동서는 작별했다.

제178화

주의! 두 장을 합친 내용이니
부디 노여워하지 마시길!

산후조리가 끝난 후 가장 먼저 한 일은 머리부터 발끝까지 세 번 씻는 것이었고, 그 뒤로도 매일 두 번 이상 씻고 또 씻었다. 푹푹 찌는 날씨에 수일 동안 씻지 못했다는 생각을 하면 명란은 머리털이 쭈뼛 곤두서는 것 같아 소도에게 더 세게 문지르라고 했고, 그 바람에 살갗이 군데군데 벌게졌다. 최씨 어멈은 그 모습을 애처롭게 바라보았다. 사실 몸조리하는 동안 자신이 하루도 빠짐없이 부드러운 수건을 따뜻한 물에 적셔 명란의 몸을 구석구석 닦아 주었으니 딱히 냄새가 날 리 없었는데, 명란은 살갗이 벗겨질 정도로 밀어야 속이 시원한 모양이었다.

허리 높이의 목욕통에서 따뜻한 김이 모락모락 피어올랐다. 서남西南[1]에서 공수한 편백나무와 동선銅線을 꼼꼼하게 엮어 만든 목욕통이었다. 명란은 그 안에 힘을 쭉 빼고 앉았다. 물에 넣은 향료가 뜨거운 수

1) 사천, 운남, 귀주, 티베트 등을 포함하는 중국 대륙 서남부.

증기에 실려 정방 전체에 은은하게 퍼졌다. 지난번 궁에서 받은 향유는 아직 많이 남았다. 임신 중에 사용하다 괜히 부작용이 생길까 두려워 여태껏 쟁여만 두었던 것이다. 유통기간이 따로 있는지 모르겠지만, 그러든 말든 일단 물에 몽땅 쏟아부었다. 최씨 어멈의 입꼬리가 다시금 움찔했다.

잠시나마 주변에 맹수와 독사가 없으니 살 것 같았다. 명란은 전에 없던 편안함을 느꼈다. 며칠 간격으로 문안드릴 필요도 없고, 괜히 꼬투리 잡힐세라 한마디 꺼낼 때마다 생각하고 또 생각할 필요도 없었다. 그동안 명란은 매일 아침 눈만 뜨면 수비와 반격을 고심해야 했다. 사실 곰곰이 따져 보면, 자신은 고 태부인과 아무런 원한도 없었으니 이처럼 필사적으로 반목할 이유도 없었다. 그러나 고 태부인은 눈엣가시인 고정엽 동지에게 맞서기에 힘이 부치자 대신 같은 여성 동지에게로 화살을 돌렸다. 이에 명란은 순식간에 쏟아지는 불세례를 받는 재해 지역이 되었던 것이다.

정말 못해 먹겠네! 순간 부아가 치민 명란은 하사품으로 받은 향유 두 병을 더 쏟아부었다. 돈 주고도 살 수 없는 이 귀한 것을. 아, 짜릿해라!

향기가 자욱한 가운데 최씨 어멈이 어이없다는 표정으로 웃음을 터뜨리더니 깨끗한 당목 수건을 가져와 명란을 닦아주었다. 어멈의 핼쑥한 얼굴에 유독 주름이 자글자글했다. 목욕통 가장자리의 구불구불한 편백나무 무늬처럼 깊게 팬 주름살에 명란은 순간 울컥했다. 가뜩이나 적지 않은 나이인데 최근 들어 마음고생이 이만저만이 아니었던 터라 금세 십 년은 늙어버린 것 같았다. 돌아가서 좀 쉬라고 타일러도 그녀는 통 말을 듣지 않았다. 최씨 어멈은 자신이 잠시 한눈이라도 팔면 승냥이가 아이를 물어갈 것만 같은지, 온종일 단이 옆을 맴돌며 한시도 눈을 떼지 않았다.

명란은 단귤, 소도와 궁리 끝에 기막힌 방법을 생각해냈다. 자신이 앞으로 아이를 열일고여덟은 더 낳을 생각인데 그때마다 어멈의 손이 필요하지 않겠냐고 구슬리니, 최씨 어멈도 그제야 더는 고집을 부리지 않았다.

목욕을 마친 명란은 새하얀 비단 내의를 입고 상반신 높이의 거울 앞에서 빙그르르 세 바퀴를 돌아보았다. 커다란 눈동자에 또렷한 눈매, 반달 모양으로 휘어진 눈썹, 뽀얀 피부에 분홍빛이 감도는 얼굴이 제법 생기 있어 보였다. 그간 고 태부인이 부린 온갖 패악 덕분에 명란은 제대로 먹지도 자지도 못했고 심지어 출산 후에 붓기도 금방 빠졌다. 체중 조절을 고민할 필요가 없으니 차라리 잘된 건가 싶었다. 명란은 거울 속 자신의 모습을 보며 대단히 흡족했다.

명란은 옷을 마저 입고 침상으로 다가가 단이를 안았다. 포동포동 살이 올라 주름까지 잡힌 단이의 목살을 보며, 그녀는 귀여워 죽겠다는 듯 연신 뽀뽀를 해댔다. 기특한 녀석, 엄마가 찔 살을 대신 쪄주다니.

"마님, 학 관사가 아뢰기를 미장공 정 씨가 당도했다고 합니다."

녹지가 들어와 작은 목소리로 기별을 전했다.

"학 관사더러 정 씨에게 집을 보여주라고 하거라. 너와 료용댁도 같이 따라가고."

명란이 머리도 들지 않은 채 지시를 내렸다. 품에서 단이가 토실토실한 팔다리를 버둥거리며 옹알이를 했다.

"불에 탄 방들은 수리가 급하지 않아. 그보다 형님이 머물 곳부터 손보는 게 먼저지. 혹여 목재를 빼돌리다 발각되는 날엔 경을 칠 거라 일러두고."

사실 고 태부인이 나가서 주실 정당이 비었으니 고정엽 내외가 들어가는 게 맞았다. 그러나 그곳은 고 태부인이 권력을 쥐고 수십 년간 기거하던 곳이었기에 곳곳에 '옛 주인'의 흔적이 깊게 배어 있었다. 명란은 그 어두침침하고 낡은 집에 들어가 살고 싶지 않았고, 고정엽 역시 그곳이 부담스럽고 께름칙하기는 매한가지였다. 두 사람은 고민 끝에 아예 정당을 옮기고 예전 후부의 주실은 새로 수리하여 별채로 쓰기로 했다.

사정이 이러하니, 주실에 거주하던 소 씨와 한이도 이사를 해야 했다. 지난 화재 때 도와주지 않은 일로 내심 가책을 느꼈는지, 아니면 한이에게 가산 절반이 툭 떨어져서였는지, 소 씨가 웬일로 명란의 말을 흔쾌히 받아들였다. 한 차례 운만 뗐을 뿐인데, 이튿날 바로 "알겠다"고 대답한 것이다.

새로운 거처는 징원의 서남쪽에 위치했다. 동쪽은 연못, 서쪽은 죽림이어서 경치가 매우 아름다웠다. 소 씨는 죽은 남편과의 추억이 깃든 집에 쉬이 미련을 버리지 못했지만, 한이는 새집을 보더니 새장 밖을 나온 새처럼 들떠서 짐짓 어른 흉내를 내며 여기는 이렇게, 저기는 저렇게 장식하라고 온갖 참견을 해댔다. 그러더니 이제 새로운 이웃이 된 용이를 만나겠다며 신나게 뛰어갔다. 딸이 이렇게 좋아하는 모습을 보자 소 씨의 헛헛한 마음도 금세 사그라들었다.

사실 어린아이 눈으로 봤을 때 전에 살던 집은 크고 고풍스럽긴 해도 곳곳이 어둡고 칙칙했다. 어릴 때부터 눈이 닿는 곳마다 죽음의 그림자가 아른대던 옛집과는 달리 새집은 볕이 잘 들어왔다. 창문을 열기만 해도 집안에 신선한 공기와 꽃 내음이 가득 찼고 청아한 새소리까지 울려 퍼졌다.

명란 모자가 한참 재미있게 놀고 나니 단이가 졸기 시작했다. 명란은 조심스레 아이를 흔들어 주면서 계속 분부했다.

"일전에 복가에서 보낸 자수가 놓인 대모 병풍을 가져다주거라. 용이에게 있는 것은 한이한테도 있어야 하니까. 단귤아, 너는 이따가 형님 시중드는 아이한테 가서 필요한 것이 있으면 고방에서 가져가라고 이르고."

명란의 말 한마디 한마디에 단귤이 일일이 대답하자 녹지가 웃음을 터뜨렸다.

"마님도 참. 단귤 언니가 벌써 다 일러두었답니다. 다만, 첫째 마님께서 워낙 내성적이셔서 더 필요한 게 없다고만 말씀하셨고요."

소 씨는 그래도 까다로운 편이 아니었다. 도움을 주지 않는 대신 폐도 끼치지 않는 유형의 사람이랄까. 이따금 신세 한탄에 원망 섞인 푸념도 쏟아 내긴 하지만, 일부러 티를 내어 남을 불편하게 만들지는 않았다. 하기야 과부가 된 사람이 슬픈 기색 하나 없이 지나치게 생기발랄하다면 그게 더 이상하지 않겠는가. 어쨌든 명란도 그녀와 친해질 마음이 없었기에, 그저 예의를 지키고 체면을 살리는 선에서 관계를 유지할 생각이었다.

"그리고 정 씨더러 아예 숲을 크게 조성하라고 이르거라. 지금 여기는 사람은 적은데 남는 땅이 많아서 텅 비면 썰렁해 보일 테니 말이야. 그러니까 대나무를 심어 죽림을 만들고 망태버섯도 심고 해야지. 난각[2]을 지을 땅도 일부 남겨 두라고 일러두고. 형님께서 좋아하실 거야. 또 후부 뒤편에 있는 정원에는 울타리를 쳐 두라고 하거라. 나중에 사슴이나 토

---

2) 난방이 되는 방.

끼, 꿩 같은 것을 키우면, 훨씬 더 사람 사는 집 같겠지."

이는 명란이 어젯밤에 떠올린 아이디어였다. 고정엽도 제법 참신하다는 생각에 명란의 뜻에 동의했다. 사실 이 커다란 저택에는 땅도 일손도 남아도는 판국이라 밭을 마련해 각종 채소를 심으면 식솔 모두 배불리 먹기 충분한 양이 될 터였다. 그러나 그렇게 하는 건 위신이나 품위와는 거리가 멀었으니 기껏해야 산에서 자라는 버섯이나 사냥용 날짐승을 키울 수밖에 없었다. 그래도 식단을 풍성하게 하고 불필요한 지출을 줄이는 방법이긴 했다.

"여긴 나무도 많고 정원도 여러 곳이라 울타리와 안쪽 담벼락 수리에 특히 신경 써야 할 거야. 정 씨한테 열심히만 하면 사례는 두둑하게 챙겨주겠다고 전하렴."

녹지가 웃으며 혹시라도 단이가 깰까 봐 조그만 목소리로 지시 사항에 일일이 대답했다. 그러고는 조심스럽게 문발을 열고 나갔다.

강적이 사라지자 명란도 긴장이 풀렸는지 온몸이 나른해졌다. 품 안에서 세상모르고 자는 단이를 보며 명란은 저절로 하품이 나왔다. 일어난 지 얼마 되지도 않은 데다 일도 별로 한 게 없는데 또다시 잠이 쏟아졌다. 명란은 타인에게 너그럽고 자신에게는 더 관대한 사람이었기에 졸음과 싸우는 대신 아들과 함께 꿀 같은 낮잠을 청했다.

고정엽이 조정에서 돌아왔을 때, 사랑하는 아내와 아들은 머리를 맞댄 채 새근새근 자고 있었다. 뽀얀 얼굴의 두 사람을 보며 그는 마음속 깊은 곳에서 포근함을 느꼈다. 요 며칠 사이 단이는 부쩍 자랐다. 투정을 부릴 때도 힘이 넘쳤다. 명란은 아들 걱정에 밤잠도 제대로 못 잔 터라 곤히 잠들어 있었고, 단이는 실컷 잤는지 어느새 깨어나 동글동글한 눈으로 이리저리 둘러보고 있었다. 아버지를 발견한 단이가 그를 보며 연신 채 무어라 옹알이를 해댔다.
옆에서 유모가 작게 말했다.
"도련님이 이제 얼굴을 알아보네요."
덩달아 기분이 좋아진 고정엽이 허리를 숙여 조심스레 단이를 안아 올렸다. 자신의 아들은 세상에서 가장 예쁜 아이 같았다. 고정엽은 보고 또 봐도 질리지 않는 사랑스러운 단이의 조그만 뺨에 한참이나 뽀뽀 세례를 퍼부었다.
"이 녀석이!"
단이가 포대기 안에서 제법 힘 있게 발차기를 하자, 고정엽이 피식 웃으며 장난스레 말했다.
"이놈, 힘이 장난 아니구나."
그가 손에 힘을 살짝 실어 아이를 위아래로 살살 흔들었다. 단이는 곧장 까르르 웃기 시작했고, 아들의 웃음소리에 명란도 잠에서 깼다. 그녀는 잠이 덜 깬 듯 눈을 비볐다.
"나리, 오늘은 웬일로 일찍 오셨네요."
고정엽이 웃으며 말했다.
"자는 데 방해하고 싶지 않다만, 마침 점심때가 되었으니 일어나는 게 좋겠구나."
명란은 창밖을 내다보고 해가 중천에 뜬 것을 확인하자 얼굴이 화륵 달아올랐다. 요즘 따라 자꾸만 노곤한 것이 자도 자도 부족한 느낌이었다. 그러나 고정엽은 그보다도 단이의 땅딸막한 팔다리에 묶인 빨간색 끈이 더 신경 쓰였다. 그가 미간을 찌푸리며 침상 옆에 앉아 명란에게 물었다.
"아이를 왜 묶어두는 게냐?"

죄인도 아닌데.

사실 명란도 이유를 잘 몰랐다.

“최씨 어멈이 그러는데, 저희 집안에서는 어릴 때 다 이렇게 했대요. 저희 형제자매 모두 다요. 지금은 단이가 아직 어리니 이 정도만 묶고 앞으로 크면 더 세게 묶어야 한답니다. 큰 오라버니도 어릴 때 최씨 어멈이 이렇게 해줬다는군요.”

명란은 그저 안짱다리를 예방하고 손이 소매에 끼지 않도록 하기 위한 게 아닐까 추측만 해볼 따름이었다.

고정엽은 소나무처럼 듬직하고 외모까지 준수한 성장백이 떠오르자 최씨 어멈이 왠지 믿음직스러운 마음이 들었다. 그가 다시 단이를 보았다. 눈매나 기질이 자신을 빼다 박은 듯하여 내심 기뻤으나, 한편으로는 염려스럽기도 했다.

“조카는 외삼촌을 많이 닮는다는데, 우리 단이가 네 큰오라버니처럼 자라 주면 참 좋겠구나.”

고정엽은 평소 손위 처남인 장백을 좋아했다. 다소 유약해 보이는 장풍과 온순하고 성실한 장동 쪽이라면 살짝 아쉬운 감은 있으나 그들 역시 다른 건 몰라도 경우가 바르고 진취적이었으며 어른 말씀을 거스르지 않는 괜찮은 인물들이었다. 반면에 자신은 걸음마를 뗄 때부터 그야말로 천방지축에 안하무인이 따로 없었다.

단이가 엄마 젖을 찾는 듯 보드라운 입술을 오물거렸다. 그러나 명란과 고정엽은 대화를 나누느라 아들을 보지 못했고, 단이는 “응애!” 하며 큰 소리로 울음을 터뜨렸다. 어느새 옆에 와서 대기하던 유모가 미소 띤 얼굴로 다가와 단이를 안았다.

“이 시각이면 도련님도 배고플 때가 되었지요. 쇤네가 모시겠습니다.”

단이는 말이 운다는 것이었지 정작 눈물은 한 방울도 흘리지 않았다. 고정엽은 잔뜩 골이 나 새빨개진 아이 얼굴이 마냥 귀엽기만 했다. 그가 벙싯벙싯 웃으며 단이를 유모에게 맡겼다. 유모의 듬직한 뒷모습을 보며 명란이 짧게 한숨을 터뜨렸다.

"단이는 먹성이 너무 좋아서 탈이에요. 유모 둘이서 번갈아 먹여야 할 판이라니까요. 웬만한 집안 아니고서는 쟤 하나 먹이는 데만 집안이 휘청거릴 거예요."

고정엽이 조복의 옷깃을 풀며 말했다.

"하하하, 잘 먹고 잘 자는 게 얼마나 큰 복인데 그러느냐? 종대유의 아들은 먹기만 하면 토하기 일쑤였는데 커서도 여전히 비실대서 그 집 근심이 이만저만이 아니니라."

이야기가 여기로 흐르자, 또 그때의 일이 생각났는지 고정엽의 목소리가 한껏 가라앉았다.

"생각할수록 괘씸하군. 요망한 노친네! 갓난아이까지 해치려 하다니. 사람이 어찌 그리 악독할 수가 있단 말이냐! 노대부인께서 빨리 눈치채셨기에 망정이지 하마터면 큰일 치를 뻔했어!"

명란이 중의[3)]만 걸치고 침상에서 일어나 고정엽의 옥대玉帶를 풀고 의복을 벗겨주며 말했다.

"이제 다 지난 일이잖아요. 그런 끔찍한 일은 더 이상 생각하지 말아요. 우리가 이렇게 다 무사하지 않습니까."

명란은 수개월 전부터 유모를 물색하기 시작했다. 최씨 어멈은 늘 그

---

3) 겉옷 안쪽에 입는 옷.

랬듯 노대부인에게 일일이 보고했고, 노대부인은 왠지 모를 불안감에 방씨 어멈을 불러 은밀히 유모를 물색하라고 일렀다. 때마침 성가에 귀속된 장두莊頭[4] 집안에 이제 막 출산한 산모가 여럿 있었는데, 그중 두 명이 모유량도 풍부하고 순박한 데다 성격도 진중했다. 노대부인은 그 두 사람을 유모로 내정한 후에도 전혀 내색하지 않고 명란에게 유모를 계속 찾아보라고 시켰다. 자신이 아닌 명란이 고른 유모에게 관심이 집중되도록 하기 위함이었다. 노대부인은 명란이 출산하고 이틀이 지나서야 은밀히 뽑은 두 유모를 노비 문서와 함께 보냈고, 이전에 명란이 뽑은 유모들은 은자 몇 냥을 쥐여주며 돌려보냈다.

당시 명란은 노대부인이 지나치게 의심이 많다고 생각했지만, 효도하는 마음으로 노대부인의 말을 따랐다. 그러다 나중에 고정엽이 안팎으로 조사해본 결과, 명란이 뽑은 유모 둘 다 수상한 점이 많다는 사실이 밝혀졌다.

유모 중 한 명은 궁에서 하사한 노복의 처라, 고 태부인과 전혀 관계없는 사람인 줄 알았다. 그런데 뒷조사를 해보니 연락이 끊겼다던 그녀의 전남편과 아들이 나타났고 누군가 그들이 시골 마을에 정착하도록 도왔단다. 장담할 수는 없지만, 이들에게 '선행을 베푼 독지가'는 고 태부인이 시집올 때 데려온 진 관사일 것으로 짐작할 따름이었다.

다른 한 명은 외지에 사는 여염집 출신의 산모였다. 당시 최씨 어멈과 상 유모가 재차 조사해보았으나 미심쩍은 부분을 발견할 수 없었다. 유모로 뽑힌 여자는 물론이고 집안 식구들도 성실하고 분수를 지키는 사

4) 지주의 농가 관리인.

람이었다. 계약금을 받은 후 산모는 유모로서 사명감이 생겼는지 젖이 잘 도는 음식을 꼬박꼬박 챙겨 먹기 시작했다. 그즈음, 그녀에게 새로 이사 온 이웃이 생겼다. 어찌나 곰살맞고 인정이 두터운 사람들이었는지, 집에서 기른 닭과 오리, 그리고 친척 집에서 기르는 잉어, 백련어 등을 그 유모네 식구들에게 싼값에 팔았다. 보양에도 좋고 가격도 저렴하니, 그 유모로서는 마다할 이유가 전혀 없었다.

명란이 출산한 날은 유모가 옆집에서 공수한 닭과 오리, 생선을 먹은 지 거의 두 달이 된 시기였다. 아니나 다를까, 며칠 전 상 유모가 급히 기별을 보내왔다. 유모와 그 유모의 시어머니가 거동하기 힘들 정도로 아프다는 것이었다. 계속 고열에 시달리는데다가 온몸에 반점이 올라와 경련까지 일으켰다고 했다. 명란은 도호에게 조사를 부탁했고 조사를 마친 그는 다른 건 문제가 없었는데 옆집에서 준 음식만 유독 수상하다고 보고했다.

당연한 말이지만, 옆집은 이미 짐을 챙겨 이사한 상태라 아무 흔적도 남아 있지 않았다.

그 말을 듣고, 명란은 순간 온몸에 소름이 돋고 간담이 서늘해졌다. 처음 먹을 때는 아무 이상 없다가 일정량이 체내에 축적되면 발작을 일으키는 만성 독약을 쓴 것이 분명했다. 성인도 이 지경에 이르는데, 갓난아이가 이런 독성 있는 모유를 먹게 되면 어떻게 되겠는가?

역시나 마귀할멈은 치밀하고 악랄했다. 명란을 죽이지 못해도 아이만은 확실히 없앨 심산이었던 것이다.

유모의 식구들은 좋은 음식이 있으면 산모와 연로한 어머니부터 먼저 챙길 정도로 효심이 지극했다. 그 효심 덕에 집안의 아이와 사내들은 화를 면할 수 있었다. 명란은 미안한 마음에 의원을 보내주고 은자도 넉넉하게 챙겨주면서 두 사람이 하루빨리 쾌차하기를 간절히 빌었다.

고정엽은 그때 일을 떠올리며 치를 떨었다.

"하늘이 굽어보는 한 언젠가 반드시 천벌을 받을 것이야!"

그는 당장이라도 고 태부인을 찢어 죽이고 싶었다. 당초 집안의 재산을 너무 후하게 나눠준 것도 심히 후회되었다.

"그때 노대부인의 혜안이 없었다면……."

그는 이토록 자그마한 단이가 고열과 경련에 신음하는 모습을 감히 상상조차 할 수 없었다.

명란은 고개를 숙인 채 아무 말 없이 그의 의대를 풀어주었다.

노대부인은 두 유모에게 명란을 잘 모시면 일가 전체를 노비에서 면해주고 온 가족이 후부에서 편히 살게 해주겠지만, 터럭만큼이라도 허튼 생각을 한다면 그 즉시 식솔들 모두 가장 춥고 고된 곳으로 팔아버리겠다고 으름장을 놓았다. 서슬 퍼런 노대부인 앞에서 유모들이 어찌 감히 딴마음을 품거나 소홀히 할 수 있겠는가.

따지고 보면 노대부인도 젊은 시절 온갖 고초를 겪은 탓에 오늘날 이리 빈틈없고 매사에 주도면밀한 사람이 된 것이었다. 명란은 할머니 생각에 가슴 한편이 시큰거렸다. 그녀가 나지막하게 말했다.

"우리 나중에 공짜로 죽을 나누어주는 죽집을 두어 군데 더 여는 게 어때요? 선한 일을 많이 하면 우리에게도 좋은 일이 생기겠죠."

명란은 옆에 시립한 계집종 하죽에게 조복을 건넸다.

"나리, 세수 먼저 하고 식사하세요."

고정엽이 머리를 끄덕이며 정방으로 향했다. 땀과 먼지를 말끔하게 씻어내고 나오자, 식탁 위에는 이미 밥상이 차려져 있었다. 방 한쪽 구석에는 얼음이 가득 담긴 대야도 놓여 있었다. 부부는 식탁 앞에 앉아 식사를 시작했다.

"이제 매미 소리도 안 들리는데, 아직도 이리 무덥네요."

워낙 더위를 많이 타는 명란인지라 겨우 국물 두어 모금 마셨을 뿐인데도 이마에 땀방울이 송골송골 맺혔다. 열이 오르는 듯 얼굴에 홍조도 피었다. 반면에 고정엽의 까무잡잡한 얼굴에는 아무런 변화도 없었다. 그가 차분한 목소리로 말했다.

"올여름이 길기는 하구나. 농업세 징수에 차질이 없어야 할 텐데."

명란이 잠시 멍해 있다가 얼른 대답했다.

"소작료를 일부 감면해야 할까요?"

고정엽이 고개를 저으며 낮은 목소리로 말했다.

"그렇게까지 할 필요는 없고, 일단 양회兩淮[5]의 상황을 좀 더 지켜보는 게 좋겠구나. 이번 정책이 효과를 보면 연말까지 염세를 더 징수할 수 있을 것이야. 그렇게만 되면 모든 게 순조로울 텐데."

현재 조정 대신들은 모두 양회를 주시하고 있어 기 싸움이 알게 모르게 치열했다. 자숙을 끝낸 심종흥이 조정에 복귀하면서 고정엽도 한숨 돌리고 무거운 짐도 조금은 내려놓을 수 있었다. 홧김에 모든 공신과 친지와 등을 돌리는 건 고정엽도 원하는 일이 아니었다. 주인공은 황제이지만, 어쨌든 명품 조연이 되면 분량도 더 늘어날 테니까.

대화의 주제가 다소 무겁다고 느꼈는지 고정엽이 얼른 화제를 돌렸다.

"요즘 여기서 지내긴 어떠냐? 성가신 일이 있거든 내게 맡기고 너는 몸조리에만 신경 쓰거라. 절대 무리하지 말고."

---

5) 회하 주변 지역.

명란이 젓가락을 내려놓고 고정엽에게 탕을 한 그릇 떠서 건네고는 웃으며 말했다.

"불상도 옮겨 나갔는데 스님이 텅 빈 절간에서 독경하겠습니까? 나리께서는 염려치 마세요. 요즘은 노복들도 전보다는 말을 잘 듣고 있습니다."

고 태부인은 분가할 때 꽤 많은 몸종을 데리고 나갔다. 그녀의 수족이거나 쓸 만한 사람으로만 추려내 데려간 터라, 남은 몸종들은 하나같이 사리 분별에 어둡거나 대대로 종살이를 해온 늙고 쇠약한 세습 노복들뿐이었다. 그들은 나이만 들먹인 채 텃세를 부리며 콩고물이 떨어지기만 바랐다. 이 꼴을 두고 볼 수 없었던 명란은 옛 후부의 공간을 싹 비운 다음 새로 단장할 것은 단장하고 정리할 것은 정리했다. 그러다보니 저택을 관리하는 성실한 하인 몇몇만 남겨 두어도 문제가 없었다.

상황이 이렇게 되자, 평소 큰소리만 치고 다니던 노복들은 온몸에서 힘이 쭉 빠졌다. 주인도 잃고 일자리도 잃은 셈이었기 때문이다. 하는 일이 없으니 어디를 가서 공돈을 챙기기는커녕 좀처럼 큰소리조차 내지 못했다.

"혹여…… 대사면이라도 내리면 좋을 텐데……."

명란이 젓가락을 입에 물고 혼잣말하듯 중얼거렸다.

고정엽이 눈빛을 반짝이며 눈썹을 위로 실룩거렸다.

"대사면이 아니더라도 가장 문제 있는 노복만 먼저 내보내도 꽤 효과가 있겠지."

명란이 무안한 듯 말끝을 흐렸다.

"어찌 아셨습니까……."

그녀는 하인 몇몇을 내보내고 싶었지만 매정하다는 비난을 들을까봐 황실이나 조정에 경사가 있을 때를 노리고 있었다. 이를테면, 나라의 경사를 맞아 '은혜'를 베푼다는 핑계로 내보낼 요량이었다.

"우리 같은 집안에는 늘 주인을 따라 전쟁터까지 나가는 하인이 있기 마련이지. 목숨을 걸고 나간 터라 그들 중 일부는 기고만장하니 고약하기 짝이 없어."

고정엽이 살짝 미소 지으며 말했다.

"네가 구실을 만들어보거라. 상이든 벌이든 상관없으니. 일단 한두 집 내쫓고 나면 남은 사람은 더욱 고분고분해질 게야."

결국 '일이 있을수록 차근차근 진행해야 좋은 결과를 얻을 수 있다'는 말이었다. 명란은 고개를 끄덕였다.

"그 후에도 행실을 지켜보다가 기회를 봐서 다 같이 내보내야겠어요."

명란은 정원을 가꾸고 숲을 정돈하고 꽃을 심고 가축을 기르는 소소한 일도 아무에게나 맡기고 싶지 않았다. 존경하는 고 태부인께서 친히 심은 '첩자'가 그 노복들 중에 있을 수도 있으니 말이다.

식사를 마치고 명란은 늘 그랬듯 고정엽의 오침을 위해 잠자리를 살폈다. 잠에서 깬 지 얼마 되지 않아 다시 눕는 게 살짝 민망해진 명란은 그냥 나가려고 했다. 하지만 몸을 일으키자마자 고정엽에게 잡히고 말았다. 베개 위에 그녀의 칠흑같이 까만 머리카락이 흐트러졌다. 고정엽은 나른한 표정으로 같이 낮잠을 자자며 명란의 치맛자락을 손가락으로 잡아당겼다. 그러나 돌아온 대답은 똑 부러진 거절이었다.

"제가 우리 귀한 아드님처럼 먹으면 바로 자는 아기인 줄 아세요?"

고정엽이 웃는 듯 마는 듯한 표정으로 대답했다.

"허면 살도 금세 오를 테니 좋지 않으냐."

하, 이건 또 무슨 말이람, 무슨 가축 사육장도 아니고. 명란이 농담 반

진담 반으로 대꾸했다.

"나리, 어째서 돼지는 안 키우십니까? 분명 떼돈을 버실 텐데요."

고정엽이 얼굴을 베개에 파묻은 채 명란의 한쪽 손을 잡아 얼굴에 대며 쿡쿡 웃었다.

"이미 키우고 있느니라. 그것도 두 마리나. 둘 다 통통하니 쑥쑥 잘 자라고 있지."

명란이 손을 빼려고 바둥대며 정색했다.

"저는 단이한테 가 볼 터이니 나리께서는 돼지나 잘 키우십시오!"

고정엽은 명란의 손을 끝까지 놓지 않았다. 불현듯 그가 고개를 들더니 웃음기가 가신 얼굴로 물었다.

"나한테 시집온 것이 억울하진 않으냐?"

갑작스러운 질문에 명란도 약간 당황했다.

"무엇이 억울하냐는 말씀이세요?"

고정엽이 대답했다.

"그간 골치 아픈 일이 많지 않았느냐. 너도 여러 번이나 위험에 빠질 뻔했고."

명란이 해사하게 웃었다.

"사내가 바깥일을 하고 아녀자가 집안일을 하는 게 법도이지 않습니까. 안사람으로서 집안일을 챙기는 게 당연한데 억울할 일이 뭐가 있겠어요."

게다가 그녀의 사내는 전통적이고 보수적인 가치를 추구하는 인간미 넘치는 시골 출신 성공남도 아니었다. 혼수로 돈이고 차고 집이고 다 갖다 바치면서 시어머니와 시누이에게 괴롭힘을 당하고, 시댁의 사돈에 팔촌까지 일일이 다 챙겨야 하는 처지가 아니었던 것이다.

"식구가 많은 대가족을 보세요. 며느리는 시부모님에, 동서에, 시누이에, 사촌에, 심지어 사촌의 손주까지 챙겨야 하지요. 친척들과 함께 살면서 온종일 시시콜콜 따지고 주판알을 굴리느라 편한 날이 없을 거고요. 역시 하늘은 공평하다니까요. 이런 부분에서는 절 편하게 해준 대신 다른 부분에서 상응하는 '보상'을 주셨으니까요."

음, 확실히 고 태부인의 전투력은 대가족 전체와 비견해도 절대 밀리지 않았다.

"꽤나 낙천적이로구나."

고정엽이 피식 실소하더니 잠시 뜸을 들이다가 말했다.

"그럼…… 날 원망하지 않는 게냐?"

명란이 침상 옆에 걸터앉아 고정엽 쪽으로 천천히 몸을 기울였다.

"나리, 무슨 말씀이신지 잘 알고 있습니다."

고정엽 때문에 명란은 생사를 오가는 고초를 이미 여러 번 겪었다.

"저를 아끼시는 건 더 잘 알고 있고요."

솔직히 첩과 서자녀가 득실대는 것과 악랄한 계모 시어머니 중에 고르라면, 명란은 차라리 악랄한 시어머니를 선택할 터였다.

고정엽이 그녀를 물끄러미 바라보다가 갑자기 또 머리를 베개에 파묻더니 아이처럼 투정을 부리기 시작했다. 베개 속이라 그런지 목소리가 웅웅거렸다.

"나랑 같이 낮잠이나 자자꾸나. 네가 없으면 잠이 안 온다."

여전히 명란의 손은 놓지 않은 채였다.

명란이 난감해하다가 번뜩 좋은 생각이 떠올랐다.

"지금은 단이가 또 잘 시간인데, 단이를 데려올까요? 부자가 둘이 함께 낮잠을 즐기는 건 어때요?"

아기 돼지로 아빠 돼지까지 해결할 수 있는 일석이조의 전략이었다! 두 사람이 낮잠을 잘 동안 명란은 조용히 장부를 확인할 수 있으니 일석삼조라고 해도 좋았다. 고정엽이 다시 웃음을 터뜨리며 고개를 들어 명란을 바라보며 입꼬리를 올렸다.

"그것도 나쁘지 않구나."

단이는 잠동무로 제격이었다. 잠이 들면 누가 업어 가도 모를 정도로 잘 잤다. 게다가 사람을 가리지도 않아 누가 곁에 있든 잠만 잘 잤다. 고정엽은 종종 밤늦게 들어올 때마다 아들 방으로 건너가 단이를 안고 오곤 했다. 명란이 자다가 보면 어느새 보드랍고 토실토실한 단이가 옆에 와 있는 일도 자주 있었다. 한밤중 소변 때문에 깨면 아버지가 사람을 불러 기저귀를 갈게 했고, 배고파서 깨면 어머니가 많지 않은 모유로 야식을 챙겨주었다.

세월은 빠르게 흘러갔다. 아이를 키우면서 자잘하게 신경 쓸 일이 많았지만, 그만큼 재미있고 행복한 시절이었다.

단이가 조금씩 머리를 들기 시작하자, 명란은 이전 생에서의 지식을 바탕으로 단이를 하루에도 몇 번씩 1분간 엎드리게 했다. 요 위에서 강아지처럼 엎드린 아들을 처음 봤을 때, 고정엽은 화들짝 놀라 황급히 단이를 안고서 다짜고짜 유모와 어멈을 닦달했다. 명란은 얼른 그를 붙잡고 엎드리기의 좋은 점을 나열하기 시작했다. 경추 근육을 강화하는 데 좋다는 둥, 뇌를 발달시키고 사지의 균형을 잡아준다는 둥, 앞으로 학문을 배우든 무예에 정진하든 큰 도움이 될 거라는 둥, 나름 열정적으로 설명했다.

고정엽은 반신반의했으나, 보채지도 않고 얌전히 엎드려 있는 아들을 보니 그저 명란이 하는 대로 내버려둘 수밖에 없었다. 한번은 고정엽이 침상에 누워 책을 보는데, 장난기가 발동한 명란이 단이에게 자세를 취하게 한 다음, 그의 가슴팍에 올려놓았다.

고정엽의 넓은 어깨와 단단한 팔과 가슴 근육 덕분에 단이는 안정적으로 엎드려 있었다. 그는 행여나 아들이 떨어질까봐 미동도 하지 못하고 긴장한 듯 눈만 끔뻑거렸다. 아들은 무척 진지한 얼굴로 머리를 아버지의 가슴에 박지 않으려고 애썼다. 부자는 이런 자세로 서로를 물끄러미 쳐다보았고, 명란은 그 모습에 배꼽을 잡고 웃었다.

잠시 후, 단이가 미세한 움직임을 느끼고는 아버지의 가슴이 위아래로 오르락내리락할 때마다 까르르까르르 웃었다. 고정엽은 가슴에 기댄 조그맣고 보드레한 단이를 보았다. 자기를 그대로 닮은 눈을 보며, 그의 가슴속에 무한한 기쁨이 차올랐다. 고정엽은 두 팔로 아들을 안고 함박웃음을 지었다.

명란은 순간 가슴이 뭉클해졌다. 고정엽의 마음속 깊은 곳에는 세상을 떠난 아버지에 대한 복잡한 감정이 얽혀 있었기 때문이다.

고 태부인이 이사한 당일, 고정엽은 아들을 안고 사당으로 갔다. 사당에 도착하고 몸종들을 전부 내보낸 후 홀로 아버지 위패 앞에 한참을 서 있었다. 고정엽은 품에 안은 단이가 울음을 터뜨리자 비로소 사당을 나왔다. 고씨 부자 사이에 수십 년간 쌓인 은혜와 원망은 이미 연기처럼 사라지고 없었다. 이미 고인이 된 사람에게 무슨 말이 필요하겠는가.

다만, 고정엽이 태어난 그날을 상상할 수는 있을 것이다. 당시 고언개의 나이는 이미 불혹에 가까웠다. 병마에 허덕이다 초주검이 된 장자 고정욱을 보다가 자신을 쏙 빼닮아 건강하고 다부진 갓난쟁이를 보았을 때, 고언개의 기분은 과연 어땠을까?

그도 분명 무척이나 기뻤을 것이다.

고정엽을 안고 입맞춤을 했을 것이고, 고정엽으로 인해 행복을 느꼈을 것이고, 또 고정엽이 대견했을 것이다. 지금 고정엽이 단이에게 그런 것처럼. 자식을 키워 봐야 부모의 마음을 알 수 있다더니, 인생은 한 바퀴를 빙 돌아 다시 원래 자리로 돌아오는 것인 듯싶다.

• • •

이날 오전, 명란은 나른하게 침상에 기댄 채 단이와 놀아주며 시간을 보내고 있었다. 이때, 문밖에서 심청평이 왔다는 기별이 들렸다. 명란은 재빨리 머리를 매만지고 손님을 맞았다.

요새 들어, 심청평의 방문이 잦았다. 가뜩이나 아이만 보면 사족을 못 쓰는 그녀인데, 동글동글한 단이가 어찌 어여쁘지 않겠는가. 심청평은 단이의 만월연滿月宴[6]에 참석한 뒤로 단이를 보러 문지방이 닳도록 드나들기 시작했다. '기분도 전환하고 좋은 기운도 받기 위해서'라는 것이 심청평의 방문 이유였고, 올 때마다 그녀의 손에는 선물이 들려 있었다.

지난번에는 싱싱한 연근 두 개를, 지지난번에는 달콤한 앵두가 담긴 작은 소쿠리 하나를 가져왔다. 지지지난번에는 호랑이를 수놓은 유아용 모자를 직접 만들어서 가져왔는데, 다만 호랑이 머리에 놓은 '왕王'자 자수가 삐뚤삐뚤했고 바느질도 엉성했다. 심청평은 반나절은 족히 꾸물대다가 마지못해 모자를 꺼냈다. 부끄러워하는 모습이었지만, 명란은 진심이 담긴 선물이 고맙고 좋았다.

---

6) 아기가 출생한 지 만 한 달이 된 것을 축하하는 연회.

그런데 이날 심청평은 평소와는 달리 빈손으로, 게다가 빨갛고 퉁퉁 부은 눈을 하고서 나타났다. 그러고는 무슨 말 못 할 고충이라도 있는지 침울한 얼굴로 조용히 앉았다. 복스럽게 살이 오른 단이를 보고는 다가가 품에 안더니, 별안간 눈물을 뚝뚝 흘리기 시작했다. 이마에 눈물이 떨어지자 단이가 고개를 들어 멀뚱멀뚱 그녀를 쳐다보았다.

명란은 깜짝 놀라 유모와 단귤을 불러 아이를 데리고 잠시 나가 있으라 명했다. 그러고는 서둘러 손수건을 꺼내 심청평의 눈물을 닦아주며 물었다.

"대체 무슨 일이에요? 울지만 말고 말씀 좀 해보세요. 황후마마께 무슨 변고라도 생겼나요?"

명란의 머릿속에 가장 먼저 스친 생각이었다. 그러나 심청평은 눈물만 흘리며 고개를 저었다.

"그럼 형님께 꾸지람이라도 들은 거예요?"

심청평이 또다시 고개를 저었다.

"그…… 그럼 부군과 다투기라도…… 혹시 부인한테 손찌검했어요?"

명란의 생각은 곧장 가정폭력으로 향했다.

심청평은 울다가 '풉' 하고 웃음을 터뜨렸다.

"무슨 그런 말도 안 되는 생각을! 간이 배 밖으로 나오지 않는 이상 감히 제게 손을 대겠습니까?"

심청평이 잠시 울음을 그친 틈에 명란이 다그쳐 물었다.

"그럼 어찌 이러는데요? 울기만 하면 어떡해요? 사람 불안하게."

심청평이 깊은 한숨을 내쉬었다. 눈에는 그렁그렁 눈물이 맺혔고, 목소리에서는 흐느낌이 새어 나왔다.

"그게…… 또 조카가 생겼어요……."

"조카요?"

명란은 당황했지만, 한편으로는 부러운 생각이 들었다.

"정 장군과 정 부인은 정말 금슬이 좋으시네요. 흠, 그런데 어찌 부인이 속상해하는 거죠?"

애도 아니고.

심청평이 착잡한 얼굴로 명란의 손등을 푹 찔렀다.

"회임한 건 바로 제 친정 올케니까요!"

"국구 부인이요?"

명란이 잠시 얼떨떨해하다가 다시 물었다.

"그래도 부인이 우실 일은 아니지 않나요?"

"모르시는 말씀이에요!"

심청평의 울음보가 제대로 터졌다.

"올케는 오라버니와 정도 별로 없다고요. 그런데도 애만 잘 들어서잖아요! 저희는 사이도 좋은데 왜 아직 소식이 없는 걸까요……. 하늘도 무심하시지……."

명란은 심청평의 통곡을 들으며 조용히 자리에 앉았다.

심청평이 탁상에 얼굴을 묻고 한참 소리 내 울었다. 명란은 위로할 말이 생각나지 않아 그녀의 등만 부드럽게 쓰다듬었다. 하기야 그녀가 억울할 만도 했다. 국구 부인 장 씨가 임신했다고 심청평은 화를 낼 수도, 불쾌해할 수도 없었고, 어디서든 유쾌한 모습을 유지해야 하니 말이다. 하나밖에 없는 친언니는 황궁에 있어 얼굴도 보기 힘든 상황이니, 그녀는 명란한테라도 달려가 하소연을 해야만 했던 것이다.

명란이 짧게 한숨을 내뱉고 심청평을 다독였다.

"비교할 사람이 없어서 국구 부인과 비교하는 거예요? 하나만 물어볼

게요. 부인은 그분처럼 살라고 하면 살 수 있겠어요?"

이 말에 심청평이 조금씩 울음을 그쳤다. 어깨만 살짝살짝 들썩이는 모습을 보며, 명란이 계속 위로했다.

"세간에서는 부인께서 복을 물고 태어났다고 한답니다. 부인께서 계례를 올리셨을 때 때마침 황상께서 황위에 오르셨고, 그 덕에 부인의 언니는 황후마마가, 오라버니는 위북후 나리가 되셨지요. 시부모님 모두 자상하고 인자하신 데다 부군도 부인을 무척이나 아끼잖아요. 부인의 형님이신 정 부인도 조금 엄격해서 그렇지 사람 자체는 나무랄 데가 없고요. 허나, 국구 부인은…… 말하지 않아도 잘 알지 않습니까."

국구 내외가 화목하지 않다는 사실은 경성 안에서도 소문이 자자했다. 풍문으로는 심 국구가 한 달에 한두 번 국구 부인의 처소를 찾을까 말까 하는 반면, 추 이랑은 끔찍하게 총애한다고 한다.

이 위로의 말은 제법 효과가 있었다. 아직도 간간이 훌쩍이고 있었으나, 심청평이 천천히 고개를 든 것이다. 그녀는 잔뜩 뿔이 난 아이처럼 속사포로 말을 쏟아 냈다.

"제가 속이 좁아서 올케 잘되는 꼴을 못 보는 게 아닙니다. 다만 올케가 너무…… 오만한 사람이라 그래요! 게다가 우리 가문을 은근슬쩍 무시하고요. 세도가에 건국 공신인 영국공 장씨 가문 출신이라 오라버니 재취로 시집온 게 세상에서 가장 억울한 일이라 생각하는 게지요!"

심청평은 하도 울어서 목이 바짝 말랐는지 차를 한 모금 들이켰다.

"흥! 허나 그 혼사는 우리 오라버니가 바란 게 아니었다고요. 황상께서 좋은 뜻으로 맺어주신 거죠. 올케도 황상의 뜻을 거역할 수 없어 혼인해 놓고는, 애꿎은 우리 가문에 화풀이하고 있는 거예요! 일부러 눈치 보라고 온종일 우거지상을 하고 다닌답니다."

한번 말문이 트이자 말이 청산유수처럼 술술 잘도 나왔다.

"저도 알아요. 추 이랑이 얼마나 얄밉고 못마땅하겠어요? 오라버니가 귀첩[7]을 들인 것이 올케 입장에서는 체면 깎이는 일이겠죠! 허나 그래 봤자 첩실일 뿐이잖습니까. 아무리 시간이 흐른다고 추 이랑이 올케 자리를 넘볼 수 있을 것 같나요? 최근 두 해 동안 오라버니는 홀아비처럼 지냈어요. 올케가 문도 열어 주지 않고 그렇다고 나가지도 않고서는 노상 사람만 불편하게 하니까요. 온 세상에 자기가 제일 억울하다고 시위하는 것도 아니고, 원!"

명란은 그녀와는 생각이 달랐다.

"그……리 말씀하시면 안 될 것 같아요. 만약 부군께서 혼인하기 전에 귀첩을 들이셨다면 부인은 어떠실 것 같습니까?"

심청평은 순간 말문이 막혔지만 그래도 제 고집을 꺾지 않았다.

"그것과는 다르지요. 오라버니는 고충이 있었잖아요."

명란이 싱겁게 웃으며 말했다.

"이 세상에 고충이 없는 사람이 있을까요? 흠, 만약에 정가에 큰 도움을 준 은인이 자기 여식을 혼인시키고 싶다고 찾아왔다고 쳐보세요. 부인의 시부모님께서 이를 거절하실 수 없다면, 그땐 어찌하실 겁니까?"

심청평의 얼굴이 금세 새빨갛게 달아올랐다. 한참 동안 입을 앙다물고 있다가 갑자기 버럭 소리쳤다.

"시집 안 가고 말지요!"

"허나 국구 부인은 무조건 시집가야 했지요."

---

7) 귀족 출신 첩으로, 귀첩의 자녀는 적자, 적녀로 인정받음.

명란이 담담하게 말했다.

심청평은 바람 빠진 풍선처럼 몸에 힘이 쭉 빠지는 듯했다. 그녀가 의자 위에 털썩 앉더니 한참 만에 입을 열었다.

"사실…… 오라버니도 처음에는 올케한테 미안해했어요. 그래서 혼례를 올리고나서 올케한테 잘해주려고 노력했고요. 하지만 올케는 늘 냉담하고 매정했습니다. 아무리 다정하게 말을 걸어도 거의 대꾸하지 않았지요. 작년에는 어린 조카가 물에 빠질 뻔했는데 추 이랑이 구해주다가 유산한 일이 있었어요. 그 일로 죄책감에 괴로워하는 오라버니한테 올케는 여전히 쌀쌀맞았지요……."

명란은 묵묵히 그녀의 말을 들었다. 아마도 심청평은 국구 부인에게 자주 냉대를 받은 모양이었다. 국구 부인은 출가한 비구니처럼 온종일 혼자 예불을 드렸다. 그녀는 집안일에도 신경 쓰지 않았고, 친지와 지인한테 하는 형식적인 인사도 귀찮아했다. 연회에 초대를 받아도 대부분 건강을 핑계로 거절했으며, 친정에도 거의 가지 않았다.

그녀는 단이의 만월연에도 오지 않았다. 생각해 보면, 국구 부인은 지체 높은 세도가 출신이었으니 어릴 적부터 부모의 사랑을 한 몸에 받으며 응석받이로 자랐을 터였다. 그러니 지금 이 상황을 쉬이 받아들이지 못하는 것이 어쩌면 당연한 일일 수도 있다.

두 사람은 한참 이런저런 얘기를 나누었다. 심청평이 제법 진정된 듯하자 명란은 몸종을 불러 물을 받아오라 시켰다. 그러고는 직접 수건을 물에 적셔 그녀에게 눈물 자국을 닦으라고 건넸다. 한편, 소도에게 경대를 가져와 분도 발라주고 눈썹도 그려주라고 일렀다.

"분이 정말 좋네요. 얼굴에 착 감기고 향도 좋고요. 궁에서 쓰는 것과 비교해도 전혀 손색이 없는데요?"

심청평이 재차 거울을 보며 감탄하자 명란이 웃으며 말했다.

"이건 분이 아니라 운남의 동백꽃을 분말로 만들어서 거기에 쌀가루와 진주 가루를 섞은 것이랍니다. 향료도 조금 섞었고요. 일전에 제 지기의 부군이 심심풀이로 만들어준 것이지요."

심청평이 좋아하는 모습에 명란은 소도를 불러 아예 새 통에 담아서 주라고 분부했다. 명란은 평소에도 분을 잘 바르지 않으니 심청평에게 주어도 상관없었다.

"아직 어린 나이시니 딱히 별일 없으면 분은 바르지 마세요. 허옇게 화장하고 다니시다가 공연히 죄 없는 저만 정 부인의 눈 밖에 날까 무섭습니다."

분첩을 받고 한껏 신이 난 심청평의 모습을 보며 명란이 덧붙였다.

심청평이 눈을 치켜뜨며 말했다.

"저희 형님을 무서워하시는군요!"

"참 좋으신 분을 형님으로 두셨잖아요. 제가 늘 부인을 부러워하잖습니까!"

명란이 일부러 가벼운 어조로 물었다.

"혹여 형님께서 후사 얘기를 꺼낸 적 있나요?"

심청평이 조용히 대답했다.

"아니, 전혀요. 오히려 잘 먹고 잘 쉬라고 하시지요. 조만간 아이가 생길 테니 걱정 말라시면서요."

정 장군부에는 자손이 많았다. 정실 소생만 해도 아들이 네 명, 딸이 한 명이었고, 첩의 소생도 아들 하나에 딸이 두 명이었다. 정씨 집안의 두 어르신부터 첫째 내외까지 아무도 후사 문제로 심청평을 다그친 적이 없었다. 다만, 그녀는 부부 금슬이 좋은 데도 아이가 생기지 않으니 공연히 남편에게 미안하고 마음이 무거운 것이었다.

"형님께서 참으로 옳은 말씀 하셨네요."

명란이 심청평 옆에 앉아 부드럽게 타일렀다.

"혼인한 지 겨우 두 해밖에 안 지났잖아요. 일단 마음을 편히 가지셔야 합니다. 괜히 속 끓이지 마시고요. 그러다 몸 망가지면 어쩌려고 그러십니까."

명란은 엉겁결에 하소연을 시작했다.

"생각해 보세요. 지금까지 부인은 모든 일이 술술 잘 풀렸어요. 그런데 이삼 년 사이에 애 둘 낳고 십 년 사이에 여덟을 낳으면, 우리처럼 힘들게 살아온 사람은 배 아파 죽을 겁니다! 정말 그러면 하늘이 너무 불공평한 거라고요. 저를 좀 보십시오, 단이가 태어난 날 불구덩이에서 통구이가 될 뻔했잖아요."

심청평이 웃음을 빵 터뜨리고는 명란을 가리키며 약을 올렸다.

"후후, 그러게요! 이리 말이 많으니 그런 고초를 겪는 게 아닙니까!"

돌연 심청평이 명란을 위아래로 짓궂게 훑어보았다.

"이제 불쌍한 척은 그만하시지요. 제가 모를 줄 아셨습니까? 어서 말해 보세요. 꼭두새벽부터 이리 피곤해하는 이유가 뭐죠?"

명란이 무의식적으로 얼굴을 매만지며 어색한 웃음을 지었다.

"그냥 뭐, 단이가 밤에 잠투정이 심해서 제가……."

물론 거짓말이었다.

"또 이렇게 시치미를 떼시겠다 이겁니까?"

심청평이 탁자를 탁 내리치며 웃었다.

"제 눈이 무슨 장식으로 달린 줄 아세요? 왜 피곤한지 제가 모를까봐요? 잠을 못 잔 얼굴치고는 교태가 넘치는데, 몸에서 꿀 떨어지겠습니다. 간밤에 얼마나 불장난을 했으면……."

말하면서 심청평도 무안한지 얼굴을 붉혔다. 어릴 적부터 자유분방하게 자라온 그녀도 더는 말을 이어갈 수 없는 모양이었다.

명란이 크게 당황했다. 도자기처럼 매끄럽고 하얀 볼이 붉게 달아오르더니 귓불까지 뜨거워지기 시작했다.

모유 수유는 고위험군에 속하는 업무였다. 수유하느라 옷을 반쯤 벗게 되면, 부부의 진한 접촉이 불가피하고 그러다가 불을 지피게 되었다. 대개 한 명을 먹이면, 곧바로 남은 한 명이 먹으러 달려드는 통에 그야말로 오밤중에 투잡을 뛰는 격이었다. 이러니 어디 체력이 남아나겠는가!

"아니, 부끄러운 줄도 모르고, 못 하는 말씀이 없으시네요!"

명란이 창피한 나머지 버럭 소리쳤다.

"다 이를 거예요!"

심청평이 깔깔대며 약을 올렸다.

"부인이 누구한테 이를지 궁금한데요?"

"이, 이……!"

명란은 약도 오르고 창피하기도 한 마음에 성난 아이처럼 등을 홱 돌렸다. 평소의 단정하고 품위 있는 모습은 이미 온데간데없이 사라진 채였다.

"이제 부인과는 안 놀 겁니다! 말도 시키지 마세요!"

명란의 뺨이 타오를 것처럼 시뻘게졌다. 원래 티끌 하나 없이 하얗고 보드라운 피부라서 마치 서역에서 파는 포도주가 새하얀 비단에 스며든 것처럼 보였다. 초롱초롱하고 커다란 눈으로 씩씩대며 째려보는 명란을 보며, 심청평은 황후마마가 하사한 유리 등잔이 떠올랐다. 유리 등잔의 불빛은 반딧불처럼 작지만, 투명하고 영롱하게 반짝이고 유리 색상은 진하고 선명하여 등잔마다 불을 켜면 눈부시게 아름다웠다.

심청평은 명란의 자태에 감탄이 절로 나왔다. 이러니 녕원후 나리가 명란에게 푹 빠져 있지. 허나 진짜 화난 듯한 명란을 보며, 그녀도 더는 놀리지 못한 채 연거푸 사과하며 어르고 달랬다. 분명 위로받으러 온 사람은 심청평 본인이었거늘…….

"아, 저에게 마침 백차와 여러 특산품이 있으니 온 김에 챙겨 가세요."

명란은 아직 화가 덜 풀린 듯 뾰로통하게 말했다.

심청평이 웃으며 말했다.

"우리 사이에 무슨 이런 예의를 차리고 그러세요. 게다가 저는 용정차만 마신답니다."

명란이 기가 막힌 듯 말했다.

"부인한테 주는 거 아닙니다. 형님께 전해주세요. 저번에 미장공을 소개해주셔서 정말 감사했거든요."

"저번에 인사드리지 않았나요?"

명란이 한숨을 내쉬며 조용히 말했다.

"모르시기는. 일전에는 인사치레였던 것이고, 이번에는 진심을 담아서 인사드리려는 것이지요. 형님께서 소개해주신 그 미장공, 정말 솜씨가 좋았거든요."

유명한 미장공은 아니지만, 묵묵히 제 일을 하는 성실하고 능력 있는 사람이었다.

명란의 어조가 사뭇 진지해졌다.

"이번에 불이 났을 때, 바로 옆집은 불에 탔는데, 새로 쌓은 담벼락과 배옥排屋[8] 여러 채는 멀쩡했거든요. 나리께서 직접 확인해 봤더니, 기와 한 겹, 목재 한 겹마다 물에 이긴 석회를 야무지게 바른 데다 석회 안에 질 좋은 찹쌀로 만든 풀을 섞었더라고요. 그 덕에 집도 지키고 불도 피할 수 있었지요. 솜씨와 재료가 모두 좋았던 겁니다. 요새 그런 믿을 만한 일꾼을 찾기가 쉽지 않아요."

"아, 이걸로 그 미장공들을 계속 쓰려는 거군요?"

심청평은 역시 눈치가 빨랐다.

명란이 감복한 눈빛으로 고개를 끄덕였다. 심청평도 정 부인을 떠올리니 탄복할 수밖에 없었다.

"형님은 정말 있는 그대로만 말씀하시죠. 정직하고 신중하고 믿음직한 분이십니다. 황후마마께서도 형님을 보실 때마다 침이 마르도록 칭찬하신답니다. 저한테는 그만 좀 까불고 형님을 보고 배우라면서 맨날 잔소리를 하시지만요."

명란이 말했다.

"역시 황후마마는 영명하십니다."

"허나, 형님은 저만 보면 예불을 올리고 덕을 베풀라고 하세요. 그래야 부처님이 지켜 준다면서요."

심청평이 내키지 않는 목소리로 말했다.

명란이 의아하다는 듯 물었다.

"부인께서도 자주 예불을 올리러 가시잖아요?"

"형님 말씀은 평소에도 예불을 올리라는 거예요. 제가 필요할 때만 부

---

8) 여러 채를 이어서 만든 가옥 형태.

처님을 찾는다고, 너무 계산적이라 하십니다."

심청평이 고개를 떨군 채 말을 이었다.

"언제 어디서든 예불을 드리게, 어른을 공경하고 아이를 사랑하게, 덕을 쌓고 선행을 베풀게, 늘 선한 마음으로 살게……. 항상 이렇게 말씀하시지요."

자신도 심청평과 별반 다르지 않다는 생각에 명란은 얼굴이 화끈거렸다. 역시 현대인의 정신수양은 아직 갈 길이 멀구나.

고정엽이 귀가했다. 잠시 반성의 시간을 가졌던 명란이 '앞으로 좋은 일을 많이 해야 복도 많이 받고, 승진도 하고, 돈도 많이 벌 수 있다(또 계산적이네)'고 말을 하려던 찰나, 고정엽이 먼저 말을 꺼냈다.

"여 각로께서 거의 다 나으셨다는구나."

명란이 잠시 멈칫하더니 바로 물었다.

"임 태의에게 물어보신 거예요?"

고정엽이 고개를 끄덕이며 태사의 팔걸이에 팔을 올려놓았다. 그의 안색은 어두웠다.

"이번 기회에 질질 끌지 말고 깨끗하게 마무리해야겠어."

여 각로는 보름 전에 의식을 되찾은 후 지금까지 의원의 처방대로 약을 먹고 요양을 하고 있었다. 그 덕에 최근 눈에 띄게 병세가 호전된 것이다.

명란이 가만히 그의 옆에 앉았다.

"너무…… 심하게 하지 마세요. 여 각로께선 아마 상황을 잘 모르셨을 거예요."

고정엽이 '흥' 하고 냉소를 지었다.

"여가 놈이 아무리 우리를 업신여겨도 예전에는 따지지 않았다. 허나, 감히 며느리를 앞세워 너를 협박하다니! 흥, 이리 대놓고 무시하는데 뭐가 무섭다고 가만히 있으란 말이냐!"

그러다 그가 명란을 힐끗 보고는 한층 누그러진 어조로 덧붙였다.

"걱정하지 말거라. 여씨 집안의 다른 사람은 나와 원수진 일이 없으니 너무 많이 연루되지는 않을 것이다."

〈7권에 계속〉

서녀명란전 6

초판 1쇄 인쇄 2020년 4월 1일 초판 1쇄 발행 2020년 4월 9일

지은이 관심즉란关心则乱
옮긴이 (주)호연
펴낸이 연준혁

웹소설본부 본부장 이진영
책임편집 최은정 윤가람
디자인 김태수
표지 그림 감몬

펴낸곳 (주)위즈덤하우스 출판등록 2000년 5월 23일 제13-1071호
주소 경기도 고양시 일산동구 정발산로 43-20 센트럴프라자 6층
전화 031-936-4000 팩스 031-903-3893
홈페이지 www.wisdomhouse.co.kr

값 14,000원
ISBN 979-11-90786-10-2 04820
ISBN 979-11-90427-73-9 04820(세트)

* 이 도서의 국립중앙도서관 출판예정도서목록(CIP)은 서지정보유통지원시스템 홈페이지(http://seoji.nl.go.kr)와 국가자료종합목록 구축시스템(http://kolis-net.nl.go.kr)에서 이용하실 수 있습니다. (CIP제어번호 : CIP2020013209)